C. E. Bernard
Palace of Silk

C. E. Bernard

PALACE of SILK

Die Verräterin

Deutsch von
Charlotte Lungstrass-Kapfer

penhaligon

Sollte diese Publikation Links auf Webseiten Dritter enthalten, so übernehmen wir für deren Inhalte keine Haftung, da wir uns diese nicht zu eigen machen, sondern lediglich auf deren Stand zum Zeitpunkt der Erstveröffentlichung verweisen.

Verlagsgruppe Random House FSC® N001967

1. Auflage
Copyright der Originalausgabe © 2017 by Christine Lehnen
Copyright der deutschsprachigen Ausgabe © 2017 by Penhaligon
in der Verlagsgruppe Random House GmbH,
Neumarkter Str. 28, 81673 München
Redaktion: Angela Kuepper
Umschlaggestaltung: © Isabelle Hirtz, Inkcraft
JaB · Herstellung: sam
Satz: Vornehm Mediengestaltung GmbH, München
Druck und Bindung: CPI books GmbH, Leck
ISBN 978-3-7645-3197-3

www.penhaligon.de

Für alle, die für ihre Träume kämpfen

Teil I

Geheimnisse

*Die dunkle Nacht umfängt mich bang,
die Winde stürmen, eisig wehen,
doch mich hält herrisch' Bann gefangen,
und ich kann nicht, kann nicht gehen.*
EMILY BRONTË

Kapitel 1

Die Straßen des Quartier Latin sind heute noch so eng wie in alter Zeit und ebenso düster. Ich gerate auf den nassen Pflastersteinen ins Rutschen, während ich im prasselnden Regen um mein Leben laufe. Drei Verfolger. Ich zähle ihre Schritte. Sie sind schnell. Die Jagd drängt mich fort von den belebten Boulevards am Fluss in immer dunklere Gassen hinein, wo die Laternen kaputt oder erst gar nicht vorhanden sind. Ich biege um eine Ecke. Häuser mit verrammelten Fensterläden, nur drei Stockwerke hoch. Ich sollte springen, auf ein Fensterbrett hechten, ein Regenrohr hinaufklettern. Vielleicht aufs Dach. Aber mein Rücken tut immer noch weh, und meine von Blutergüssen übersäten Beine zittern. Ich kann nichts anderes tun, als weiterzulaufen. Was ich in Paris zu finden gehofft habe, weiß ich nicht. Falls es Frieden war, hätte ich wohl nicht weiter danebenliegen können. Mir ist sehr wohl bewusst, dass ich es nicht anders verdient habe. Immerhin habe ich gegen die Regeln verstoßen. Damit kommt man nicht so einfach davon.

Dann erkenne ich, dass ich in einer Sackgasse gelandet bin. Nichts ist so schwarz wie eine Mauer, auf der ein imaginäres *Aus und Vorbei* prangt.

Ich warte nicht ab, bis ich gegen die Ziegel pralle, versuche nicht, über die Mauer zu klettern. Stattdessen drehe ich mich um und hebe die mit Verbänden umwickelten Fäuste. Meine Knöchel sind noch nicht verheilt. Mit den Zähnen reiße ich die

Verbände ab. Sofort setzen brennende Schmerzen ein, schießen durch meine Finger. Aber nur so habe ich eine Chance – mit bloßen Händen.

Die drei Verfolger sind am Eingang der Gasse stehen geblieben. Vielleicht wollen sie den Moment auskosten. Jetzt haben sie mich. Nichts und niemand steht ihnen im Weg. Hier gibt es nur das fahle Licht des Mondes und die dicken Regentropfen auf unserer Haut. Der Mann auf der rechten Seite hat ein vernarbtes Gesicht, der Linke ballt bereits die Fäuste. Doch es ist die Gestalt in der Mitte, die mir einen kalten Schauer über den Rücken jagt. Diese Frau war der Grund dafür, dass ich losgerannt bin, sobald ich die drei entdeckt habe. Sie trägt eine Maske – silbern wie das Mondlicht, aus leichtem Metall, das einem Gesicht nachempfunden ist. Wie die von Marias Megären, jenen Magdalenen, die auf andere angesetzt werden, um ihnen unerträgliche Schmerzen zuzufügen oder sie Befragungen zu unterziehen, die im Wahnsinn enden.

Die Megäre ruft mir etwas zu. Durch das laute Prasseln des Regens verstehe ich kein Wort. Ich will es auch gar nicht. Schon als die drei auf mich zukamen, verborgen unter dunklen Capes, haben sie so getan, als wollten sie nur mit mir reden. Aber ich weiß, wann man sich besser aus dem Staub macht. Narbengesicht und Faust treten einen Schritt vor. Sie kommen. Ich atme durch den Schmerz. Dann greife ich an. Meine Sohlen trommeln auf das Kopfsteinpflaster, der Regen schlägt mir ins Gesicht. Ich halte auf die Megäre zu. Ziele auf ihre Kehle. Schon jetzt brennen meine Beine, und überall an meinem Körper pochen schlecht verheilte Wunden. Viel Zeit bleibt mir nicht für einen Sieg. Narbengesicht und Faust brüllen etwas, während sie sich vor die Megäre schieben. Ich katapultiere mich voran. Narbengesicht bückt sich, greift an seinen Stiefel. Zieht ein Messer. Ich lache laut auf. Adrenalin schießt durch meine Adern. Dann werfe ich mich in eine Drehung und sehe gerade noch, wie Narbengesicht die Augen aufreißt. Die Klinge gleitet über meinen Brustkorb, als ich sie mit dem Schwung meines Körpers aus dem Weg schiebe. Ein heißes Rinnsal läuft über meine Haut. Wenn er meint, Schmerzen würden mich aufhalten, sollte er sich mal meinen Rücken ansehen. Meine Arme. Meinen Geist.

Ich pralle mit meinem ganzen Gewicht gegen Narbengesicht. Das reicht aus, um ihn von den Füßen zu reißen. Ineinander verkeilt landen wir auf dem Boden. Sofort versuche ich, nackte Haut zu berühren, egal wo, aber ich werde von hinten gepackt. Faust hebt mich hoch. Als er die Finger in meinen Rücken bohrt, schreie ich gequält auf. Er kann die Spuren der Auspeitschung nicht sehen, aber ich spüre sie. Ruckartig reiße ich den Ellbogen nach hinten, nehme ihm die Luft zum Atmen. Er lässt mich los. Schnell wirbele ich herum und schlage blind in Richtung seines Solarplexus. Der Treffer entlockt ihm ebenfalls einen Schrei, allerdings weniger laut als meiner. Es fühlt sich an, als wären meine Knochen zersplittert. Die Schmerzen nehmen mir die Sicht. Trotzdem ist er derjenige, der aus dem Gleichgewicht gerät. Das ist meine Chance. Mein Körper mag zu schwach sein, um die beiden zu schlagen, aber mein Geist ist es nicht. Ich packe Fausts Cape und nutze mein eigenes Körpergewicht, um uns herumzuwirbeln. Als er Narbengesicht direkt gegenübersteht, werfe ich mich gegen ihn. Er fällt hin, ich mit ihm. Gemeinsam reißen wir Narbengesicht mit.

Hastig rappele ich mich auf. Meine Knochen knirschen gequält, meine Muskeln brennen. Ich strecke beide Hände nach ihren Gesichtern aus. Nach ihrer nackten Haut. Sobald ich sie berühre, werde ich in ihr Bewusstsein geschleudert. Ihre Gedanken strömen wie eine Droge durch meine Adern. Die von Faust sind exakt aufgereiht – klar, karg, genau abgewogen. Wie ein endloses silbernes Band gleiten sie unter meiner linken Hand entlang.

Unter der rechten drängen sich die von Narbengesicht zusammen wie die Ladung eines vollgepackten Güterzuges, Gedanke über Gedanke. Sein Bewusstsein klingt auch so, ein lautes, chaotisches Rauschen drängt sich in meinen Geist, der instinktiv zurückweicht. Ich zwinge mich, nicht nachzugeben. Die mentalen Wunden, die ich mir beim letzten Kampf zugezogen habe, reißen wieder auf. Ich denke an meinen Bruder, an meine Freunde, die bestimmt schon auf mich warten, und für den Bruchteil einer Sekunde auch an jenen, der es sicherlich nicht tut.

Mit brutaler Gewalt zwänge ich einen Gedanken nach dem anderen in Narbengesichts Geist, bis ich spüre, dass er fast platzt. Gleich darauf wende ich mich Fausts ordentlicher Gedankenkette zu. Bei ihm muss ich nur die Ränder etwas ausfransen. Ich schiebe ihm etwas unter, was nicht von ihm stammt. Nur einen einzigen meiner Gedanken. Schwarz statt Silber. Ein falscher Flicken in dem perfekten Band. Dann spüre ich, wie ihre Körper unter meinen Händen anfangen zu zucken. Bewusstseinsschock. Das wird sie lange genug außer Gefecht setzen, damit ich verschwinden kann. Und all das hat nicht länger als einen Atemzug gedauert.

Ich stemme mich auf meine malträtierten Knie hoch. Ein Krampf erfasst meinen Körper. Blut verklebt meine Kleidung. Doch mir bleibt keine Zeit. Komm schon, flehe ich stumm. Komm schon! Diesmal brülle ich es, während ich schwankend aufstehe. Aber ich schaffe es. Ja, ich schaffe es.

Zu spät.

Verhüllte Finger schließen sich um meinen Nacken.

Die Megäre steht hinter mir.

Ihre Hand drückt auf meinen Mantelkragen, zwingt mich nach unten, wieder auf die Knie. Durch den Stoff erahne ich ihren Geist, wie ein leises Wispern aus der Ferne. Er flüstert mir etwas zu, genau wie ihre Stimme. »Du hast Schmerzen.«

Diese Stimme. So weich.

»Ihr Auftraggeber wird das sicher gerne hören«, presse ich hervor, dann beiße ich wieder die Zähne zusammen, um den Schmerz unter Kontrolle zu halten.

Die Megäre scheint zu zögern. Ich höre nur ihren Atem. Und das Prasseln des Regens auf dem Pflaster. Das leise Klatschen, wenn er auf meine Haut trifft.

»Tatsächlich?«

Es ist kalt und nass. Ich zittere. Die Hand in meinem Nacken ebenfalls, für einen kurzen Moment, bevor die Megäre fortfährt: »Bist du eine *visionnaire*?«

»Eine was?« Das verwirrt mich. Eine Frage? Von einer Megäre? Was ist aus ihrem Motto geworden: Erst schießen, dann fragen?

Ein leises Geräusch dringt an mein Ohr, fast wie ein Seufzen, nur trauriger. Es klingt vertraut. Oder liegt das am Regen, den harten Steinen unter meinen Knien, der Erniedrigung, auf allen vieren zu hocken? »Du würdest Magdalena sagen.«

Ich schließe die Augen. Wie sehr ich dieses Wort gefürchtet habe. *Magdalena.* »Das ist kein Verbrechen.« Hier nicht. Anders als in England, meinem Heimatland, aus dem ich gerade erst geflohen bin. Nicht hier in Paris, wo ich dem Hass entkommen wollte.

»Ja oder nein?«

Ich könnte es sagen. Sollte es sagen. Schlagartig wird mir bewusst, dass es das erste Mal in meinem Leben wäre. Zum allerersten Mal würde ich zu dem stehen, was ich bin. Rea Emris, Mensatorin, Gedankenformerin. Wenn ich Hautkontakt mit einem anderen Menschen habe, kann ich seine Gedanken lesen und sie verändern. Hier ist das nicht illegal. Hier könnte ich frei sein.

Aber mein Geist steht in Flammen, mein Rücken brennt höllisch, und meine Knie können kaum noch mein Gewicht tragen. Ich will auf Nummer sicher gehen. Also schweige ich. Am

Rand meines Gesichtsfeldes blitzt etwas auf. Der Dolch liegt an meiner Kehle, bevor ich mich auch nur rühren kann. Beim Schlucken spüre ich die Klinge. Es fließt kein Blut. Noch nicht. Nur ein kalter Druck auf der Haut.

»Antworte.«

Ich verlagere mein Gewicht. Diese Waffe macht mir auch nicht mehr Angst als die von Narbengesicht. Es wird wehtun, aber ich kann es schaffen. Glaube ich.

Die Megäre keucht überrascht, als ich mich gegen ihren Dolch lehne. Ihre Finger lockern sich, rutschen über den Griff. Ich trete nach hinten aus, treffe mit der gesamten Stiefelsohle. Regen und Dunkelheit verschlucken den leisen Schmerzensschrei, doch ich bin bereits aufgesprungen und renne los. Am Ausgang der Gasse entscheide ich mich blind für eine Richtung, die mich hoffentlich zum Fluss führt. Eine Straße fliegt an mir vorbei, dann noch eine. Ich höre Stimmen. Sie folgen mir nicht, kommen eher von vorne. Vielleicht bilde ich mir das aber auch nur ein. Ein Geruch steigt mir in die Nase. Blumen? Ich bin mir nicht sicher. Vor meinen Augen verschwimmt alles. Plötzlich muss ich wieder an den anderen Kampf denken. Erst vor drei Tagen habe ich den König von England und seinen treuesten Ritter besiegt – geistig wie körperlich. Oh Mann, ich habe echt nachgelassen. Ich gerate ins Stolpern. Ein Licht kommt auf mich zu. *Hoffentlich ist es das am Ende des Tunnels und nicht der heranrasende Zug,* denke ich noch, dann verliere ich das Bewusstsein.

Als ich wieder zu mir komme, ist es wesentlich wärmer und trockener. Ich kuschele mich unter meine Decke. Sie ist nicht besonders weich, aber gemütlich. Ein Feuer knistert, und ich höre Stimmen. Vertraute Stimmen.

»Was hat sie da draußen getrieben?«

»Keine Ahnung. Kleiner Mondscheinspaziergang?«

»Findest du das etwa lustig?«

»Oh ja, und wie.«

»Sicher, es waren ja auch nicht deine Nähte, die ruiniert wurden.«

»Welch ein Jammer. Die Welt der Kunst hat ein Meisterwerk verloren.«

»Ich werde dich an dieses Gespräch erinnern, wenn du das nächste Mal irgendwo blutend auf der Straße liegst.«

»Das würdest du niemals tun.«

»Dein Gesicht wäre heute jedenfalls wesentlich hübscher, wenn ich schon immer für dich da gewesen wäre.«

»Narben sind sexy, wusstest du das nicht?«

»Messieurs«, schaltet sich eine dritte Stimme ein. »Sie wacht gerade auf.«

Als ich die Augen aufschlage, blicke ich in das Gesicht des Comte. Er lehnt neben der Tür an der Wand, in der schwarzblauen Uniform der Mousquetaires, der französischen Palastwache und Polizei.

»Miss Emris.« Er klingt ruhig wie immer, hält sich aufrecht wie immer, sieht mich finster an wie immer. Mein Erinnerungsvermögen ist demnach nicht beeinträchtigt. Das ist gut.

»Comte.« Ich versuche mich aufzusetzen, ändere meine Pläne aber, sogar noch bevor René an meine Seite eilt, um mich daran zu hindern.

»Schön langsam, Mademoiselle.« Renés attraktives Gesicht verzieht sich mitfühlend, als er mich langsam zurück auf die Matratze sinken lässt. Im Gegensatz zum Comte trägt er keine Uniform, sondern nur ein Hemd. Er hat dunkle Ringe unter den Augen, die er mit einem charmanten Lächeln zu kaschieren versucht, und sein sonst immer sorgfältig gestutzter Bart wirkt ein wenig zerzaust. Während der vergangenen drei Tage hat er jede freie Minute damit verbracht, Ninons und meine Wunden zu heilen, die körperlichen wie die geistigen, die wir im Kampf gegen den König und seinen tapfersten Ritter davongetragen haben. Es tut immer noch weh, an die beiden zu denken. An den König von England und Mister Galahad.

An den Prinzen.

Also tue ich es nicht. Und ich sehe René nicht in die Augen, dessen ganze Pflege gerade in einer dunklen Gasse von zwei Schlägertypen und einer Megäre zunichtegemacht worden ist.

Wir befinden uns in seiner Wohnung. Ich erkenne es an den Möbeln aus Ahornholz, auf denen überall Kerzen stehen, ebenso wie an der Wäscheleine, die quer durch das Zimmer gespannt ist und an der immer etwas zum Trocknen hängt. Ein Grammofon spielt leise Jazzmusik, dazu singt jemand einen deutschen Text. Aus der Küche dringt der verlockende Geruch eines deftigen Wintergerichts herüber: Fenchel, Oliven, Kapern und Knoblauch. Mir läuft das Wasser im Mund zusammen.

Renés Arzttasche steht geöffnet auf dem Tisch, Nadel und Faden stecken in seinem Gürtel. Neben meiner liegen noch zwei weitere Matratzen im Raum. Eine von ihnen ist leer. Dort sollte eigentlich Ninon liegen. Auf der anderen hat sich Blanc ausgestreckt wie ein müder Bär. Ein mit ziemlich vielen Verbänden umwickelter Bär, aber trotzdem ein Koloss. Ich beobachte, wie seine Brust sich hebt und senkt. Seine nackte Haut, die den warmen Braunton von Tee mit Milch hat, spannt sich über seinen Muskeln, durchzogen von hellen Narben und dunklen Wunden, sowohl frischen als auch älteren. Als ich in sein Gesicht sehe, wird mir klar, dass er meine Blicke bemerkt hat. Vielleicht irre ich mich ja, aber ich könnte schwören, dass er rot wird.

Blanc hebt eine träge Pranke von seiner Uniformjacke, die ihm als zusätzliche Decke dient, und sagt: »Du machst es ganz richtig, mein Hase. Einen anständigen Kampf sollte man sich nie entgehen lassen.«

»Du weißt wirklich, wie man mit Damen umzugehen hat, Blanc«, seufzt René und zwinkert mir zu. Dann drückt er einen Kuss auf meine nun wieder aufgeplatzten Knöchel. Er ist wirklich ein Charmeur. Vorsichtig streicht er mit den Fingerspitzen über meine Verletzungen. Bei jeder Berührung schnappe ich kurze Gedankenfetzen auf: *... ist nur geschehen – wir werden alles neu machen müssen – was ist nur los in dieser Sta ...* Als er schließlich eine Hand an meine Wange legt, flattern seine Lider kurz. Er überprüft, ob ich auch geistige Wunden davongetragen habe.

»Was ist passiert?« Der Comte hat die Arme vor der Brust verschränkt. Mir ist nicht entgangen, dass er eine Waffe bei sich hat. Die hat er nicht mehr abgelegt, seit wir hier angekommen sind – Blanc, Ninon und ich, blutverschmiert und verletzt, am Rande des Zusammenbruchs.

Ich befeuchte meine trockenen Lippen, während ich meine Gedanken ordne. Dann erzähle ich ihnen von dem Besuch bei meinem Bruder Liam, den ich viel zu lange nicht mehr gesehen habe. Dem Rückweg von seiner kleinen Wohnung unten bei der Moschee, ganz in der Nähe des Jardin des Plantes im 5. Arrondissement. Wie ich mich verlaufen habe. Wie ich, beim Blick in das Schaufenster eines Schneiders, dessen gewagte Entwürfe man nur bewundern kann, bemerkt habe, dass ich verfolgt werde.

»Sie waren zu dritt. Und ich glaube, die Frau war eine Megäre.«

»Eine was?«, fragt René.

»Eine Magdalena, die man zur Befragung und Folterung seiner Feinde anheuern kann. In London gab es viele von ihnen, in Babylon«, erkläre ich ihm.

»Barbarisch«, murmelt René, während Blanc ihm einen kurzen Blick zuwirft und dann an den Comte gewandt fragt: »Megären? In Paris?«

»Das wäre die Erste seit Jahren«, erwidert der Comte. Noch

immer vollkommen gelassen sieht er mich an. Egal was kommt, er hat sich stets unter Kontrolle. »Eine Patrouille hat dich bewusstlos in der Rue Santeuil gefunden. Sie haben dich erkannt und hierhergebracht. Ich werde diesen Vorfall gleich morgen Früh dem Capitaine melden.«

»Das war doch nichts weiter«, protestiere ich. René zuckt zusammen, denn er spürt meine Verlegenheit ebenso wie meine Schmerzen. Er ist ein Maltor, ein Magdalene, der nicht die Gedanken, sondern die Emotionen anderer lesen und verändern kann. Langsam, ganz subtil lässt er ein Gefühl der Geborgenheit in meinen Geist fließen. Sein Bewusstsein hüllt mich ein wie eine weiche Decke. Ein himmlisches Gefühl. Als wäre ich nach einem Spaziergang in einer bitterkalten Winternacht nach Hause gekommen und hätte mich mit einem Becher Tee an den prasselnden Kamin gesetzt.

»Haben sie dir verraten, was sie von dir wollten?«, fragt er, während er mich auf die Seite rollt, um meinen Rücken untersuchen zu können.

»Nein.« Krampfhaft presse ich die Kiefer zusammen, um den Schmerz zu unterdrücken, der mich aus der Geborgenheit reißt. »Ich habe dafür gesorgt, dass sie keine Gelegenheit dazu hatten.«

»Und wie?«

Ich schaue zu Blanc hinüber, denn ich will sein breites Grinsen sehen. »Indem ich ihnen eine Tracht Prügel verpasst habe, die sie so schnell nicht vergessen werden.« Blanc legt den Kopf in den Nacken und lacht. Ich liebe dieses Geräusch. Sofort muss ich daran denken, wie er einmal laut gelacht hat, während wir kämpften. Damals hat er mich in die Luft gehoben, als wäre das gar nichts. Einmal habe ich dabei seinen nackten Handrücken berührt – in England, wo dergleichen streng verboten ist. Noch heute spüre ich die Wärme seiner Haut und diese unendliche Weite seines Geistes.

»Gut gemacht, mein Hase.«

Ich schließe die Augen. René nimmt mir nach und nach den Schmerz, und Blancs Lachen erledigt den Rest. Von der Frage erzähle ich ihnen nichts. *Bist du eine* visionnaire? Auch nicht von meiner Antwort, die keine war. Blanc hat immer noch Albträume wegen der beiden Wachen, die er in England verloren hat. Sie wurden getötet, damit wir fliehen konnten. Der Comte berührt mich nach wie vor nur mit Handschuhen. Und René ist an meiner Seite und setzt seine überragenden Fähigkeiten ein, um meine Schmerzen zu lindern. Er soll nicht erfahren, dass ich eben das verleugnet habe, was uns verbindet, ihn und mich. Zwei Magdalenen. Mir wäre es am liebsten, wenn wir alle diesen Vorfall so schnell wie möglich vergessen könnten. Am besten jetzt sofort. Beim nächsten Mal muss ich einfach wachsamer sein.

Ich versinke voll und ganz in Renés Behandlung. Als wir vor drei Tagen hier ankamen, hat Blanc uns zu ihm gebracht, noch bevor er einen Arzt verständigte. Ninon und ich hatten gemeinsam die Erinnerungen des englischen Königs manipuliert, damit er vergaß, dass ich eine Magdalena und sein Sohn, der Kronprinz, überhaupt nicht sein Sohn war. Dabei hatten wir unseren Geist restlos ausgebrannt. René warf einen kurzen Blick auf uns, legte seine Uniformjacke ab, krempelte die Ärmel hoch und legte jedem von uns eine Hand auf die Stirn, während der Comte einen Arzt rief. Meine Schmerzen waren so stark, dass ich überhaupt nicht mitbekam, was um mich herum geschah. Auch jetzt erinnere ich mich nur noch daran, dass ich Blancs Hand umklammert hielt, und an das Gefühl, dass sich jeder Gedanke wie ein Eiszapfen in meinen Verstand bohrte. René nahm das alles von mir. Davor war ich noch nie von einem Maltoren behandelt worden, diesem Meister über Emotionen und Schmerz. Ich wusste nicht, wie sich so etwas anfühlte. Mir erschließen sich nur die Gedanken der Menschen. Ihre Gefühlswelt ist für mich das reinste Minenfeld, sie ist immer in Bewegung, unmöglich zu fixieren. Ihre Schmerzen sind grausame Strömungen, die mich in die Tiefe reißen und dort festhalten, bis ich keine Luft mehr bekomme. Doch für René ist es anders. Er schmolz die Eiszapfen und ließ das Wasser abfließen. Anschließend flickte er uns wieder zusammen, erst den Geist, dann den Körper – jeden Kratzer, jede Brandwunde, jeden noch so kleinen Riss. Genau wie jetzt. Er hüllt meinen Geist in federleichte Verbände, in warme Decken. Jetzt schlafen.

»Mon cher«, höre ich die leise Stimme des Comte, und es klingt wie eine Warnung. Aber ich verstehe nicht, was er damit sagen will. Dazu bin ich viel zu entspannt, viel zu sehr mit meiner Heilung beschäftigt. Bilder aus der Vergangenheit steigen auf, flackernd und verschwommen. Meine Mutter. Die Gutenachtgeschichten, die sie uns zum Einschlafen vorgelesen hat und an die ich mich jetzt nicht mehr erinnern kann. Selbst ihr Gesicht ist im Laufe der Jahre immer undeutlicher geworden. Ich war noch klein, als sie uns verließ. Aber das Gefühl ist geblieben, unverfälscht und gestochen scharf. Das Gefühl, beschützt zu werden. Behütet. Das Einzige zu sein, was wirklich wichtig ist.

Es klopft an der Tür. Langsam öffne ich die Augen. Noch ein Klopfen, diesmal lauter. Orientierungslos sehe ich mich um. René schläft tief und fest, er hat sich neben Blanc zusammengerollt. Der Comte geht gerade mit erhobenem Rapier zur Wohnungstür.

Schlagartig bin ich wach. Versuche mich aufzusetzen. Dehne meine Finger. Aua. Es geht. Also ist doch nichts gebrochen, auch wenn ich sie wohl noch nicht wieder benutzen sollte. Aber der Comte sieht so aus, als ob …

Schaudernd stelle ich die Füße auf den Boden. Ich trage lediglich ein Nachthemd, und die sind hier wesentlich kürzer als in England. Es wird reichen müssen. Während ich angestrengt auf jedes Geräusch achte, stemme ich mich vorsichtig von der Matratze hoch. Wieder klopft es, diesmal noch drängender.

»C'est qui?«, ruft der Comte. *Wer ist da?*

Keine Antwort. Zumindest höre ich nichts. Einen Moment lang befürchte ich, meine Beine könnten unter mir nachgeben. Ich atme tief durch – einmal, zweimal – und stütze mich an der Wand ab. Dann lasse ich los. Balle die Fäuste, atme gegen den Schmerz an. Schaffe es um die Ecke.

Die Tür erscheint genau in dem Moment in meinem Blickfeld, als der Comte sie mit erhobener Waffe aufstößt. Es ist immer noch Nacht, ich kann also nicht allzu lange geschlafen haben. Das Mondlicht zeichnet tiefe Schatten auf den Hof. In der Tür steht eine vermummte Gestalt, die in schnellem Französisch auf den Comte einredet. Der hört reglos zu. Dann stößt er einen Fluch aus – eines der wenigen Wörter, die Ninon mir bereits beigebracht hat. Er steckt das Rapier weg und greift nach seinem Cape. Dabei entdeckt er mich in der offenen Schlafzimmertür.

Überrascht zuckt er zusammen. Wer hätte gedacht, dass dieser Mann dazu überhaupt fähig ist?

»Was ist los?«, frage ich.

Er wendet sich bereits ab. »Ich muss gehen. Schließen Sie die Tür hinter mir ab.«

»Und was soll ich den anderen sagen? Wo gehen Sie denn hin?«

Er zögert, legt kurz die sorgsam bekleidete Hand an den Türstock. Es dauert beunruhigend lange, bis er leise antwortet: »Sagen Sie ihnen gar nichts.«

Kerzengerade steht er da, als wäre es ein Kraftakt, sich aufrecht zu halten, und gleichzeitig seine einzige Möglichkeit. Er sieht mich an. Dieser Mann gehört zu den Menschen, deren volle Aufmerksamkeit nur schwer zu ertragen ist. Die so standhaft sind, die viel zu genau hinsehen. Für den Bruchteil einer Sekunde umklammern seine Finger den Türrahmen. Es hat den Anschein, als wolle er noch mehr sagen. Stattdessen geht er ohne ein weiteres Wort hinaus.

Kurz überlege ich, ob ich ihm folgen soll. Aber der Adrenalinschub klingt bereits ab, und mir wird bewusst, dass ich mich kaum auf den Beinen halten kann. Ich muss mich ausruhen. Noch immer habe ich das Gefühl, als hätte jemand einen schweren Vorhang vor meine Gedanken gezogen. Also kehre ich ins Schlafzimmer zurück und lasse mich wieder auf die Matratze sinken. Ich spüre das rote Seidenband an meinem Hals. René muss es mir umgebunden haben, nachdem ich eingeschlafen bin. Als er es das erste Mal sah, hat er es vollkommen überwältigt angestarrt. Ich habe nur heftig mit dem Kopf geschüttelt, als er mich Feuerschwester nannte. Das ist nichts weiter als eine Legende.

Draußen poltern Schritte über das Kopfsteinpflaster. Schwere Stiefel. Es sind nicht nur zwei Paar, sondern sechs. Nein, acht. Ich schließe die Augen und hoffe, dass ich bald wieder einschlafe. Denn bis es so weit ist, wird hinter meinen geschlossenen Lidern immer wieder ein und dasselbe Gesicht erscheinen.

Der Kronprinz von England. Robin. Wie er meine Hand nahm und vor einer Schar von Reportern einen Kuss darauf hauchte, wodurch er alles aufs Spiel setzte. Wie wir gemeinsam über alberne Vorhänge gelacht und so getan haben, als wären wir jemand, der wir nie sein könnten.

Wie er herausfand, was ich wirklich bin. Seine Hand an meinem Hals. Der Hass in seiner Stimme. »*Aber das war nicht echt. Du hast mich das denken lassen. Es war alles gelogen.*« Und doch war er plötzlich da, als ich fast an dem Versuch gescheitert wäre, die Erinnerungen seines Vaters zu verändern. Sein Geist verband sich mit meinem zu wahrer Feuerseide, wie in den alten Legenden, und verlieh mir die Kraft, den Weißen König zu besiegen.

Und wie er mich geküsst hat ... als ich ihm anbot, ihn vergessen zu lassen, genau wie seinen Vater und Mister Galahad. Kurz vor unserer Flucht. Wie er mir seine Antwort ins Ohr flüsterte: *Wage es ja nicht!*

Eigentlich hatte ich nicht damit gerechnet, noch einmal wirklich tief einzuschlafen, aber als ich am nächsten Morgen aufwache, fühle ich mich durch und durch erholt. Sogar die Schmerzen in meiner Hand sind so gut wie fort. Blanc und René haben mir eine Nachricht auf dem Küchentisch hinterlassen, zusammen mit einem Croissant und einem Becher Tee. Sie mussten zur Arbeit. Einer von ihnen hat neben die Erklärung ein Strichmännchen gemalt, das sich gerade ein Croissant in den Mund steckt – oder vielleicht auch aus einem extrem missgebildeten Becher trinkt, das lässt sich nicht zweifelsfrei sagen. Grinsend setze ich mich zum Essen an den chaotischen Tisch, auf dem sich Stoffservietten, Zigaretten und zerlesene Kochbücher stapeln, bevor ich in dem kleinen Badezimmer verschwinde. Heute Morgen will ich mich mit Liam am Fluss treffen. Die Sonne scheint, Renés Wäsche schaukelt in dem leichten Luftzug, der durch das offene Fenster hereinweht, und es riecht nach Kaffee und frisch gebackenem Brot. Einen kurzen Moment lang scheinen die Geschehnisse der letzten Nacht nicht mehr zu sein als ein böser Traum.

Nachdem ich mich gewaschen habe, ziehe ich den Rattankorb unter dem Bett hervor, in dem ich meine Kleidung aufbewahre – beziehungsweise das, was Liam für mich zusammensammeln konnte. Mein Bruder bewahrt in seiner Wohnung zwar einige meiner Sachen aus England auf, die er bereits bei seiner Abreise mit nach Paris genommen hat, aber die wären hier vollkommen unpassend, weshalb er seine Kommilitonen um ein paar milde Gaben bat. Ich löse das Band Feuerseide von meinem Hals und wickele es wieder um meinen Oberschenkel, bevor ich die Sachen auf dem Bett ausbreite. Noch immer kann ich bei ihrem Anblick nur staunen. Sie sind so … zwanglos. Nicht dazu gemacht, etwas zu verstecken, sondern etwas zum Ausdruck zu bringen. Hier finden sich keine bodenlangen Kleider, keine Kummerbünde, keine Gladiéhandschuhe oder Marienkragen, die einem die Hände fesseln, Arme bedecken oder Wangen verhüllen. Stattdessen streiche ich ehrfürchtig über eine karierte Strickjacke aus Wolle. Über einen kurzen schwarzen Rock, eng geschnitten. Hier nennt man das Bleistiftrock. Über Caprihosen aus Seide. Der Stoff schmiegt sich wispernd an meine Fingerspitzen. Sofort werde ich innerlich ruhiger. Niemand weiß warum, aber Seide hilft gegen die Hautgier, die alle Magdalenen überfällt, wenn sie zu lange keinen Körperkontakt mit anderen hatten. Ich ziehe die Caprihose an, dazu die Strickjacke und hohe Schuhe mit hübschen Ziernähten, die René als Budapester bezeichnet. Sich so anzuziehen ist für mich immer noch ein kleines Wunder – all die leichten Stoffe, die verschiedenen Kombinationsmöglichkeiten. Als ich fertig bin, nehme ich einen kleinen Samtbeutel aus dem Korb und stelle mich damit vor den Ganzkörperspiegel. Er hat einen edlen Goldrahmen. Einmal habe ich René gefragt, wie er denn an ein so wertvolles Stück gelangt sei, woraufhin Blanc und der Comte nur die Augen verdrehten, während René antwortete, er wolle lieber keine alten Bettgeschichten auspacken. Diesmal nehme ich das Gold allerdings gar nicht wahr. Ich habe nur Augen für die Person im Spiegel.

Das kann nicht ich sein. Nicht diese junge Frau ganz in Schwarz, deren Beine deutlich zu sehen sind, die Knöchel entblößt. Die Jacke ist so elegant, die Hose derart gewagt. In England würde keine alleinstehende Frau es wagen, Schwarz zu tragen, nicht einmal in den verborgensten Winkeln von Babylon. Selbst mein Gesicht sieht irgendwie fremd aus. Der Stoff lässt das Blau meiner Augen dunkler wirken, meinen Hals länger, meine Wangenknochen markanter. In Paris ist alles irgendwie extremer. Hier muss ich auch meine Haare nicht hochstecken. Trotzdem flechte ich mir einen Zopf. Ich fühle mich schon frivol genug, wenn er über meinen Rücken gleitet.

Anschließend öffne ich den Beutel, in dem sich schmale Stoffbänder befinden, alle in grellbunten Farben: Pink, Grün, Gelb. Als ich sie das erste Mal sah, hielt ich sie für eine grelle Art von Kummerbund, was mir einen ordentlichen Schrecken einjagte. Aber dann erklärte mir Liam, dass man diese Bänder *manchettes* nennt, was früher einmal so viel hieß wie Überschrift oder Schlagwort. Und er zeigte mir, wie man sie trägt, nämlich indem man sie um Arme, Beine oder Hals wickelt, sogar um Brust, Füße oder Finger. Auf meine Frage hin, welchen Zweck das habe, antwortete er: zum Spaß. Einfach zum Spaß.

Soweit ich mich zurückerinnern kann, habe ich nie irgendetwas zum Spaß getragen. Ich habe mir angesehen, wie er seine anlegte, unzählige grüne und rote Bänder über seinen schwarzen Ärmeln, aber ich bin nicht so wagemutig wie er. Ich entscheide mich für zwei dunkelblaue Bänder und wickele sie wie kurze Gamaschen um meine Knöchel und Waden. So halten sie auch die Kälte ab. In dem Beutel gibt es zudem Schmuck – *manchettes* aus Leder, die mit bunten Steinen besetzt sind – und glitzerndes Make-up. Aber diese Sachen wage ich momentan noch nicht einmal anzusehen.

Ich reiße mich erst vom Anblick meines Spiegelbildes los, als mein Handy vibriert. Eine Nachricht von Liam: *Komme fünf Minuten später.* Ein Blick auf meine Taschenuhr – ein wunderschönes Geschenk von Ninon – verrät mir, dass ich noch sehr viel später dran sein werde als er, wenn ich mich nicht beeile. Schnell gehe ich in die Küche zurück, streife ein Paar fingerlose Handschuhe über und lege mir das Cape um, das René mir geliehen hat. Mäntel oder Jacken scheinen momentan nicht in Mode zu sein. Dann trete ich in den Sonnenschein hinaus.

Montmartre ist wunderschön. Allerdings nennen die Pariser dieses Viertel jetzt anders. Améthyste ist sein neuer Name, wie der strahlend violette Farbton. Améthyste mit seinen langen Treppen und steilen Kopfsteinpflastersträßchen, in denen das Leben pulsiert, verschiedene Sprachen erklingen, Menschen sich begegnen und himmlisches Essen serviert wird. Überall sieht man kleine Läden wie Schneidereien oder Floristen, in Brasserien werden Couscous und Tabouleh angeboten, Fromagerien, Bäckereien und verlockende Patisserien reihen sich aneinander. Noch nie zuvor habe ich so viel Schokolade auf einmal gesehen. Die Macarons sind so bunt wie die *manchettes* in meinem Beutel. Und erst die *manchettes* in den großen Geschäften, die von den Touristen bestaunt werden! Aufstrebende Künstler tragen die Bänder im Haar, Arbeiter wickeln sie zum Schutz um ihre Hände. Hier findet man Studenten, Angestellte und Mousquetaires, rauchende Kellner in Straßencafés, deren Tische voll besetzt sind. Die Gäste genießen die Wärme von Heizpilzen oder haben sich in Decken gewickelt. Die meisten von ihnen sind schwarz gekleidet, aber durch die farbenfrohen *manchettes* und das glitzernde Make-up, das von Männern und Frauen getragen wird, entsteht das bunteste Chaos, das ich je gesehen habe. Die Erinnerung an den König von England, an seine weiße Uniform und seine grauen Augen, erscheint hier fast unwirklich. Der Weiße Hof, der Glaspalast und die stets verschleierte Königin … nein, so etwas kann doch gar nicht existieren.

Der Prinz. Immer in Schwarz. Seine befehlsgewohnte Stimme, die mir so oft einen Schauer über den Rücken gejagt hat.

Entschlossen schüttele ich den Kopf und gehe zur Metro. Hier gibt es nirgendwo aufgemalte Linien, die den Bürgersteig in verschiedene Spuren unterteilen, auch auf der Straße nicht. Jeder geht einfach dort, wo es ihm gerade passt. Bis ich den U-Bahnhof erreiche, habe ich mehr Hände gestreift, als ich zählen kann. Niemand trägt Handschuhe. Ich komme mir nackt vor, und die Gedanken der Menschen hängen in meinem Bewusstsein wie ein Hauch von Parfum auf der Haut. *Ça, c'est un beau gosse.* Ich spreche noch kein Französisch, aber oft fange ich Bilder auf. Der Mann, den die Frau offenbar bewundernd mustert, ist ein Oberkellner mit schmaler Nase und blauem Glitzer auf den Wangen. Er steht vor einer Brasserie. *Peut-être qu'il vaut mieux de lui apporter des fleurs* – eine alte Dame an einem Blumenstand. *Oublié mon livre* – ein gestresst wirkender Herr mit rötlichem Augen-Make-up. *So schön* – ein kleines Mädchen an der Hand des Vaters, das zu der beeindruckenden Kirche auf dem Hügel hinaufblickt. Sie ist aus weißem Stein erbaut, aber ihre Fassade verschwindet fast hinter verschiedenen bunten Bannern. Ganz ähnlich sehen die hohen Häuser ringsum aus, in denen jeder Vorhang eine andere Farbe hat, alles außer Weiß oder durchsichtig. Fast meine ich die Farben riechen zu können … die Farben und die unterschiedlichen Gedanken. Wenn da nicht noch so viele andere Düfte wären, wie die frische Winterluft, heißes Mandelgebäck und die blumigen Aromen von schwarzem Tee.

Nur ein Duft fehlt.

Bergamotte und rauchiges Holz.

Ich schiebe den Prinzen gedanklich so weit von mir weg wie irgend möglich und gehe hinunter in die Metrostation Améthyste. Das große Schild leuchtet in genau dem Farbton, nach dem das Viertel heute benannt ist. Dies ist der Beginn eines neuen Lebens. Eines Lebens, an dem *er* keinen Anteil haben kann. Selbst wenn er es wollte.

Die Metro bringt mich ins Herz der Stadt, zu einer kleinen Insel in der Seine, diesem glitzernden Band, das sich quer durch Paris windet. Die Gegend wird Île-de-Corail genannt, und das

Metroschild ist in einem sanften Rotton gestaltet, eben der Farbe von Korallen nachempfunden. Liam wartet auf der Bank vor einem alten Laden für englischsprachige Bücher auf mich, der zwischen einem kleinen Park, dem Fluss und mehreren windschiefen Häusern eingezwängt ist. Mit einem Becher Tee in der Hand mustert er die Kathedrale am gegenüberliegenden Flussufer. Die helle Morgensonne lässt seine roten Haare leuchten, umschmeichelt seine schmale Gestalt und wärmt das Holz der Violine in seinem Schoß.

»Guten Morgen, Brahms«, begrüße ich ihn, während ich mich neben ihm auf die Bank fallen lasse und nach seinem Tee greife.

»Brahms war Pianist«, erklärt er und hält den Becher geschickt außerhalb meiner Reichweite. Dabei achtet er sorgfältig darauf, dass seine Violine nichts abbekommt. Er erzählt zwar nicht viel, aber anscheinend läuft sein Studium am Königlichen Musikkonservatorium richtig gut. Schon jetzt wurde er mehrfach gelobt und sogar als Solist für ein Konzert im königlichen Palast auserkoren, bei dem aufstrebende Musiker vor dem Hof der Farben auftreten sollen. In zwei Wochen wird es so weit sein. Ich könnte kaum stolzer auf ihn sein. Als er sich nach endloser Bohrerei gestern Abend endlich dazu herabließ, es mir zu erzählen, wusste ich plötzlich wieder, wie sich reine, ungetrübte Freude anfühlt. Er hingegen musterte nur meine blauen Flecken und Verbände und presste die Lippen zu einem dünnen, traurigen Strich zusammen.

»Kein Grund, so ein finsteres Gesicht zu ziehen«, wiederhole ich nun, was ich ihm schon am Vorabend gesagt habe. »Wir sind endlich in Sicherheit.« Ganz bestimmt werde ich ihm nichts von dem Angriff erzählen. Albträume sind etwas für die Nacht. Ich möchte von jetzt an nur noch über angenehme Dinge sprechen. »Hast du gut geschlafen?«

»Gequält von der unfassbaren Geschichte meiner kleinen Schwester und ihrer Flucht aus England. Und du?«

»Getröstet von dem Wissen, dass ich sicher in Frankreich angekommen bin. Da sieht man mal wieder, wie unterschiedlich sich die Dinge bewerten lassen.«

»Werd jetzt bloß nicht frech«, sagt er. »Ich habe ja wohl das Recht, ein wenig besorgt zu sein, wenn ich erfahre, dass meine Schwester innerhalb von nur drei Monaten vom Kronprinzen von England verführt, ausgepeitscht und zum Tode verurteilt wurde. Und dass sie es im Anschluss daran versäumt hat, seine Erinnerungen zu löschen, bevor sie aus dem Land floh, weil sie nun einmal der Meinung ist, man könne ihm trauen.«

Das schon wieder. »Haben wir das nicht schon gestern alles durchgekaut?«

»*Du* hast es durchgekaut. Mir wurde dieser Brocken einfach vor die Füße geworfen.«

»Wie ich bereits sagte«, erkläre ich ihm zum gefühlt hundertsten Mal, »muss er selbst ein Geheimnis hüten. Eines, das sogar folgenschwerer sein dürfte als meines. Er wird mich nicht verraten.«

Und er hat gesagt, dass er mich liebt.

»Bis es ihm dann plötzlich doch in den Kram passt«, murmelt Liam.

»Du kennst ihn doch gar nicht«, erwidere ich schärfer als beabsichtigt. Warum verteidige ich den Prinzen eigentlich? Vielleicht, weil ich ihn jetzt schon so sehr vermisse, dass es wehtut.

»Bitte verzeih, dass ich keinen Fanclub für den Mann gründe, der dich hinrichten lassen wollte«, pflaumt Liam mich an. »Mir liegt eben einiges an deiner fortwährenden Existenz.«

Einen Moment lang starren wir uns nur wütend an. Schon immer konnten wir uns gegenseitig von einer Sekunde auf die andere auf die Palme bringen. Dann berührt er meine Finger, und die wundervolle Sinfonie seines Geistes strömt in mein Bewusstsein. Sie ist nicht ganz so voll wie in meiner Erinnerung, klingt jetzt eher fokussiert. Aber dadurch ist sie nicht weniger einladend, nicht weniger liebevoll. Wenn überhaupt, hat sie an Wildheit gewonnen. Ein bisschen wie Ninons Geist.

»Verzeih mir«, sagt er leise. »Ich kann einfach noch nicht glauben, dass all das real ist. Dass du in Sicherheit bist.« *Wenn dir etwas zugestoßen wäre, hätte ich ihren Palast dem Erdboden gleichgemacht, ihn bis auf die Grundmauern niedergebrannt. Das hätte ich sowieso tun sollen.*

Ich drücke seine Hand. Als ob es da etwas zu verzeihen gäbe. Liam erwidert den Druck, bevor er meine Hand loslässt. »Und eine leibhaftige Feuerschwester«, scherzt er. »Muss ich dir jetzt huldigen? Wären zwei Opfergaben pro Tag ausreichend?«

Sofort bringe ich ihn zum Schweigen. »So etwas wie Feuerschwestern gibt es nicht. Das ist bloß eine Legende.«

»Nein, nein, ist schon gut. Ich wusste immer, dass du etwas Besonderes bist.«

»An mir ist überhaupt nichts Besonderes«, betone ich. »Wenn überhaupt, bist du hier die große Nummer, immerhin darfst du schon nach ein paar Monaten Studium bei Hofe auftreten.«

»Eine große Nummer vielleicht, aber trotzdem total pleite«, erwidert er leichthin und überlässt mir endlich den Teebecher. »Weißt du, was ich für diesen einen Tee bezahlt habe? Das ist eine echte Unverschämtheit. Und ich habe auch keine Zeit mehr für Straßenmusik. Mal ganz abgesehen davon, dass hier die Konkurrenz viel größer ist.« Er deutet zur anderen Straßenseite hinüber, wo eine hochgewachsene Frau Saxofon spielt. Blues. Ein toller Rhythmus, da will man gleich mitwippen.

»Mach dir darüber mal keinen Kopf«, lache ich. »Du spielst bald für den Roi.«

So nennen sie hier ihren König: *Roi*. Noch kann ich das Wort nicht richtig aussprechen, aber ich arbeite daran. Liam spreizt die Finger. »Bedauerlicherweise zahlt der nicht sonderlich gut.« Erst jetzt bemerke ich, dass sein Hals leicht gerötet ist, ein klares Zeichen von Nervosität. Wie entzückend – mein großer Bruder ist nervös.

»Trotzdem ist das eine ziemlich große Sache«, trieze ich ihn. »Die Presse wird da sein. Fernsehen, Radio, Talentsucher.«

»Oh Mann, halt bloß die Klappe.« Jetzt ist sein Hals glühend rot. Ich muss lachen. Er ebenfalls, schlägt dann aber die Hände vors Gesicht. »Die Besten der Besten haben vor ihm gespielt. Da kann ich mich nur blamieren. Sie werden mich bemitleiden.«

»Ich gebe zu, es ist wirklich schwierig, eine solche Riesenenttäuschung zum Bruder zu haben, aber ich werde schon irgendwie damit klarkommen«, versichere ich ihm großmütig. Das bringt mir einen Boxhieb gegen den Arm ein.

Ich zucke zusammen – etwas zu heftig. Liam mustert mich prüfend. »Alles in Ordnung mit dir?«

»Klar doch. Alte Verletzung«, lüge ich. Das kann ich verdammt gut, auch wenn ich mir wünschte, es wäre anders.

»Ach so. Tut mir leid.«

»Ist schon gut.« Schnell wechsele ich das Thema: »Verrate mir lieber, was du spielen wirst und wie ich auf die Gästeliste komme.«

Verlegen spielt er an einer seiner *manchettes* herum. Sie ist leuchtend grün. Inzwischen hat er sich offenbar ziemlich an die Bänder gewöhnt. Er trägt sie um seine enge schwarze Jeans gewickelt, über den langen Ärmeln und am Hals, immer Rot und Grün. Ich habe sogar schon einen Hauch grünen Glitzer auf seinen Lidern gesehen. Das passt gut zu seinen Augen. Deshalb ist es auch kein Wunder, dass die Saxofonistin auf der anderen Straßenseite ihm zwischen den Songs immer wieder Blicke zuwirft.

»Als sie mich gefragt haben, ob sie jemanden für mich auf die Gästeliste setzen sollen, wusste ich noch nicht, dass du zum Konzert hier sein würdest, also habe ich Nein gesagt.«

»Du bist vermutlich der schlechteste Bruder aller Zeiten.«

»Oh bitte«, spottet er. »Du brauchst mich doch gar nicht, um Zugang zum Hof der Farben zu bekommen. Frag einfach deine berühmte neue Freundin.«

So nennt er Ninon immer. *Meine berühmte neue Freundin.* Womit er natürlich nicht unrecht hat. Sie ist die Duchesse d'Orléans, Schwester des Königs von Frankreich und CEO von M3RL1N, einem der größten Konzerne des ganzen Kontinents. Und sieht noch dazu absolut umwerfend aus. Natürlich.

»Seit sie in den Palast gezogen ist, habe ich sie nicht mehr gesehen«, erkläre ich ihm bemüht sorglos, schaffe es aber doch nicht ganz, meine Anspannung zu verbergen. Gerade mal zwölf Stunden nach unserer Ankunft in Paris – ich war noch kaum bei Bewusstsein – klopfte es plötzlich an Renés Tür: ein Gesandter des Roi. Der wollte, dass seine Schwester bei Hofe gepflegt wird. Ninon versuchte zu protestieren, aber da ihr Zustand genauso miserabel war wie meiner, schien das niemand zu bemerken. René war da schon wesentlich nachdrücklicher, wurde aber vom Comte mit einem Blick zum Schweigen gebracht. Selbstverständlich wurde den Wünschen Seiner Majestät Folge geleistet. Blanc verkniff sich während des ganzen Prozesses jeden Kommentar, auch wenn er meine Hand so fest umklammert hielt, dass ich mehrere Knochenbrüche befürchtete.

Hinterher hörte ich sie streiten, René und den Comte, als sie dachten, Blanc und ich wären eingeschlafen. Was sie sich gegenseitig an den Kopf warfen, verstand ich nicht, aber René wurde immer wieder laut, während der Comte fast schon unnatürlich ruhig blieb.

»Sie wird bestimmt gut versorgt«, sagt Liam nun. Ich nicke.

Natürlich, schließlich ist sie die Schwester des Roi. Sie wird sich vor Maltoren und Ärzten kaum retten können. Aber sie fehlt mir. »Allerdings hat sie nicht einmal eine Telefonnummer hinterlassen. Wie soll ich es da noch auf die Gästeliste schaffen?«, scherze ich.

»Die Mousquetaires werden eine Wache abstellen. Vielleicht können die dich reinschmuggeln.«

»Nein, ich habe ihre Großzügigkeit schon mehr als genug strapaziert«, sage ich mit Nachdruck. Dass sie sich um Blanc und Ninon kümmern, ist verständlich, immerhin sind sie alte Freunde und Waffenbrüder. Dass sie mir dieselbe Freundlichkeit erweisen, ist geradezu unglaublich. Während ich noch halb im Delirium war, haben sie sich sogar eine Erklärung für Blancs und meine überstürzte Abreise aus London ausgedacht: Ihr Capitaine schrieb dem Weißen König eine Nachricht, in der er ihm erklärte, der Roi habe Blanc bei der Rückkehr der Duchesse wieder nach Paris abkommandiert, um für ihren Schutz zu sorgen, während die Duchesse darum gebeten habe, dass ich sie begleite, als ihre besondere Freundin.

»Ich bin jedenfalls froh, dass du bei mir einziehst«, stellt Liam fest. »So kann ich immer ein Auge auf dich haben.«

Jetzt würde ich ihn gerne boxen, halte mich aber zurück, da meine Finger das vielleicht nicht so gut verkraften würden. »Wird dir bestimmt guttun, eine Weile auf dem Boden zu schlafen«, schieße ich stattdessen zurück. So oder so bin ich froh, momentan nicht in London zu sein. Es war dumm, *Winter* für den Anschlag auf den König verantwortlich zu machen. Dadurch sind die Repressalien nur noch weiter verschärft worden. Aber die Königin ließ uns keine andere Wahl.

Liam lacht laut auf. »Manja meinte, sie hätte eine alte Matratze für *dich* gefunden, bis wir uns etwas Richtiges leisten können.«

Ich muss ebenfalls lachen. In Wahrheit können wir uns momentan nicht mal etwas Un-Richtiges leisten. Wenn wir über die Runden kommen wollen, werde ich mir bald eine Arbeit suchen müssen. Aber wir hatten nie viel Geld, und in diesem Moment ist mir das auch völlig egal: Ich sitze in der Sonne, habe meinen Bruder neben mir und einen heißen Tee in der Hand. »Mag sein, aber ich glaube, Beethoven hätte lieber mich als Bettgenossin.«

Beethoven ist die Katze, die nie wieder gegangen ist, seit Liam sie einmal gefüttert hat. Sie schlüpft regelmäßig am frühen Morgen durch die Dachluke und rollt sich am Fußende des Bettes zusammen – unabhängig davon, wie nass oder schmutzig sie ist.

»Dumme Katze«, brummt Liam und streckt sich. »Immerhin bringe ich das Futter nach Hause.« Da sein Stipendiumsgeld fast komplett für die Miete der winzigen Dachkammer draufgeht, arbeitet er abends zusätzlich in der Cafeteria des Konservatoriums. Vielleicht könnte ich mir etwas Ähnliches suchen. Wenn ich doch nur schon Französisch könnte – was nicht der Fall ist. Und Qualifikationen habe ich auch keine. Es sei denn, jemand braucht einen Undercover-Bodyguard. Darin habe ich Erfahrung. Vor allem aber habe ich Erfahrung darin, mich in meinen Schutzbefohlenen zu verlieben. Gott, wie ich es hasse, dass meine Gedanken ständig um Robin kreisen. Um seine tiefe Stimme, seine Schlagfertigkeit, seine blauen Augen, in denen oft kalter Zorn lodert. Wie er aus Hamlet zitiert und mich zu einer illegalen Theateraufführung mitgenommen hat, wo wir dann zusammen in einer der Garderoben gelandet sind. Mühsam versuche ich, den Blick auf Paris zu richten. Liam sitzt schweigend neben mir. Wir beobachten die Touristen, die voller Begeisterung die Kathedrale bestaunen, sich über den Sonnenschein freuen, das blanke Holz unserer Bank und die frisch gedruckten Bücher im Schaufenster bewundern. Ich höre Englisch, Französisch, Polnisch, Deutsch. Die Katze aus dem Buchladen kommt angeschlichen und beschnüffelt neugierig unsere

Finger. Nachdem sie eine Weile überlegt hat, gestattet sie uns, sie zu streicheln. Ich vergrabe die Finger in ihrem Fell, bis ich ihre Haut berühre. Ihr Bewusstsein gleicht einem Feuerwerk. Es ist so ganz anders als das eines Menschen. Ein umwerfendes Erlebnis. Angeblich fürchten sich viele Magdalenen davor, weil es sie so desorientiert zurücklässt, dass ihnen übel wird, sie das Bewusstsein verlieren oder sogar Fieber bekommen. Auf mich trifft nichts davon zu. Ich betrachte die Welt gerne durch den Filter eines fremden Geistes. Die Katze beginnt zu schnurren, und Liam gibt Laute von sich, die dem sehr ähnlich sind. »Was haben wir doch für ein Glück«, sagt er.

Wo er recht hat, hat er recht. Einige Mousquetaires schlendern an uns vorbei, ohne uns die geringste Beachtung zu schenken. Schließlich sind wir einfach nur zwei junge Menschen, die vor einem Buchladen sitzen und Tee trinken.

Sobald Liam ausgetrunken hat, machen wir uns auf den Weg – weg vom Fluss und der Île-de-Corail mit ihren teuren Restaurants, Regierungsbehörden und dem Hauptquartier der Mousquetaires, direkt gegenüber der Kathedrale. Stattdessen gehen wir ins Quartier Latin, heutzutage Corail genannt. Liam erklärt mir die Stadt und wie man hier lebt. Er zeigt mir seine Lieblingsbäckerei in der Rue Monge, den Markt, auf dem er seine Lebensmittel einkauft, den Supermarkt, aus dem Beethovens Futter stammt. Dabei kommen wir an zwei Theatern, fünf Buchhandlungen, einem Dutzend Cafés und Bars, drei Diskotheken und zwei Seidenhändlern vorbei. Und an unzähligen Menschen, deren Kleidung auf der anderen Seite des Kanals nicht einmal als solche angesehen würde. Als Verbrechen gelten würde. Unverhüllte Hälse, Arme, Beine, Gesichter. Es ist wie im Traum. Ja, das muss ein Traum sein. Wie hätte ein solcher Ort denn all die Jahre existieren können, während ich in London und Amerika Kragen trug, die bis zu den Augenwinkeln reichten, um mein Gesicht vor unbeabsichtigter Berührung zu schützen. Handschuhe trug, die an den Ärmeln festgenäht waren. Wäre ich an einem Ort wie diesem geboren worden, hätte ich dann sorglos und in Sicherheit aufwachsen können? Der Gedanke ist vollkommen verrückt.

Hier bieten Magdalenen ihre Dienste ganz offen an. Liam zeigt mir einen Laden, den ich geschlagene zehn Minuten lang fassungslos anstarre, weil ich es einfach nicht glauben kann. Er heißt *Gesunder Geist* und scheint eine Kooperation eines Mensators mit einem Maltoren und einem Memextraktor zu sein, die in die Gedanken, Gefühle oder Erinnerungen ihrer Kunden eintauchen, um ihnen bei Stressbewältigung, Migräne oder geistigen Beschwerden zu helfen. Sie haben einen offiziellen Abschluss. Einen Titel. Und sie präsentieren am Türpfosten stolz ihre Seidenbänder: blau für den Mensator, grün für den Maltoren, Gelb für den Memex. Einfach nicht zu fassen. Ich lege eine Hand an das Schaufenster. Was könnte ich hier nicht alles werden.

Während wir weitergehen, fällt mir auf, wie problemlos ich in der Menge aufgehe. Niemand beachtet mich. Wir spazieren an der Straße vorbei, die zur Moschee und zu Liams Wohnung führt, und halten auf die Place Contrescarpe zu, wo wir uns mit ein paar von Liams Kommilitonen treffen. Sie kommen aus den verschiedensten Ländern. Liam stellt mir einen nach dem anderen vor. Seine Freundin Manja ist die Erste. Lächelnd beugt sie sich zu mir. Ich kann nicht glauben, dass sie das wirklich tut. Sie begrüßt mich auf die gleiche Art, die ich auch schon bei anderen beobachtet habe, indem sie ihr Gesicht an meines drückt und mir einen Kuss auf jede Wange haucht.

Sie tut es tatsächlich. Sie alle tun es, sie alle lassen mich in ihren Geist. Ohne Angst. Ohne zu zögern. Für sie ist das so normal wie ein Devotionsknicks. Und zur Begrüßung sagen sie alle, wie es hier üblich ist: »Mögest du stets offenen Geistes sein.«

Ich bin im Himmel.

Zumindest bis einer von Liams Kommilitonen, der Junge mit der Flöte, bei meinem Anblick die Augen aufreißt. »Moment mal«, sagt er. »Bist du nicht das Mädchen, das mit dem Kronprinzen von England zusammen ist?«

Alle sehen mich an. Mir fällt wieder ein, welche Lügen der Weiße Hof der Presse untergeschoben hat ... wir der Presse untergeschoben haben. Demnach war ich nicht der Bodyguard des Prinzen, sondern hatte »sein Interesse geweckt«. Entsprechend hofierte er mich. Was wir ihnen auch vorgespielt haben, erst auf einer Pressekonferenz, dann bei einem Abendessen im Savoy. Irgendwann war es keine Schauspielerei mehr, sondern wurde real.

Ich sollte die Bemerkung mit einem Achselzucken abtun können. Ich bin schließlich eine gute Schauspielerin, ich liebe es, in fremde Rollen zu schlüpfen. *Es hat nicht funktioniert.* Ein ganz einfacher Satz. Nur ein paar Worte, vollkommen unverkrampft vorgebracht, vielleicht mit einem kleinen Lachen garniert. Aber ich schaffe es nicht.

»Ehrlich, Cos«, rettet mich Manja, »du bist eine solche Tratschtante.«

Cos hat zumindest den Anstand, rot zu werden. »Er ist eben heiß, okay? Da lohnt es sich, auf dem Laufenden zu bleiben.«

»Du könntest ja versuchen, Monsieur le Roi bei unserem Konzert im Palast mit deiner meisterhaften Darbietung zu becircen«, schlug Manja trocken vor. Irgendwie erinnert sie mich an Zadie, mit der ich in der Schneiderwerkstatt in London zusammengearbeitet habe. Hoffentlich geht es ihr gut. Cos rümpft empört die Nase. »Das überlasse ich wohl eher Mister Erstes-Solo-nach-drei-Monaten.« Er zeigt auf Liam.

»In dieser Suite gibt es sowieso kein Flötensolo, das deinem Talent gerecht würde«, stichelt Liam, während ein anderes Mädchen sich empört: »Hast du dir den Roi überhaupt mal angesehen?«

»Er sieht doch nicht schlecht aus.«

»Nicht schlecht? Mit diesem Schnurrbart?«

Ich atme erleichtert auf, als sie begeistert weiterzanken. Schließlich mache ich sogar mit. Es ist ganz leicht. Verstohlen beobachte ich Liam, der gerade fröhlich lacht. Selten habe ich etwas Schöneres gesehen. Wir könnten hier glücklich werden.

Irgendwann setzen wir uns in ein Café weiter unten in der Rue Monge, um uns aufzuwärmen. Hinten im Raum spielt ein Pianist, und die Musik untermalt unsere Gespräche. Liams Freunde trinken fast alle Kaffee aus winzigen Tassen. Espresso, vermute ich. Ich probiere einen. Er schmeckt bitter, sehr intensiv. Irgendjemand empfiehlt mir lachend, als Nächstes einen Café au lait zu probieren, allerdings nur, wenn ich ein volles Bankkonto hätte. Cos erklärt mir, wo ich am besten auf Jobsuche gehen soll. Er winkt sogar den Kellner herbei, um zu fragen, ob hier vielleicht jemand gebraucht würde – auf Französisch natürlich. Während ich ihm zuhöre, frage ich mich bedauernd, warum er nicht singt. Seine Stimme ist so weich und voll. »Er wäre bestimmt ein großartiger Sänger«, raune ich Manja zu, während Cos mit dem Kellner plaudert.

Die verdreht nur die Augen. »Sag ihm das bloß nicht. Sein Ego ist auch so schon groß genug.«

»Bist du jetzt nicht etwas zu hart zu ihm?«, frage ich scherzhaft.

Bevor Manja antworten kann, schreit Cos begeistert auf. Zusammen mit dem Kellner deutet er auf die Straße hinaus, wo sich gerade ein schwarzer Wagen nähert. »Das ist eine Limousine aus dem königlichen Fuhrpark«, erklärt Cos aufgeregt und steht auf, um besser sehen zu können. Ich lehne mich in meinem Stuhl zurück und schließe die Augen, sauge die Wärme des Heizpilzes in mich auf. Was für ein Leben. Ich kann ganz entspannt hier sitzen und zusehen, wie eine schwarze Limousine vorbeifährt, ohne gleich um mein Leben fürchten zu müssen. Denn was auch immer die Königliche Garde hierherführt, es hat sicher nichts mit mir zu tun. Ich kann einfach weiter meinen heißen Kaffee trinken, den Kopf auf Liams Schulter legen und der gedämpften Sinfonie seines Geistes lauschen, die sich trotz der Kleidung, die uns trennt, erahnen lässt.

Plötzlich höre ich ein Räuspern. »Mademoiselle?«

Es ist der Oberkellner. Er mustert mich erwartungsvoll. Ich richte mich auf. »Ja?«

»Sind Sie so weit?«

Verwirrt starre ich ihn an. Darf ich hier arbeiten? Sehe ich überhaupt angemessen aus? »Jetzt gleich?«

»Aber ja. Davon gehe ich aus.«

»Gibt es keine ... Formalitäten zu erledigen?«

»Nein.«

»Aber sollte ich dafür denn nicht besser Französisch können?« Ich werde immer verwirrter.

Das scheint den Kellner irgendwie zu kränken. »Mademoiselle«, setzt er an und reckt steif das Kinn. »Der Roi Citoyen spricht ausgezeichnet Englisch.«

»Rea«, sagt Liam drängend, und da begreife ich endlich.

Die Limousine hat direkt vor dem Café angehalten. Vor unserem Tisch steht ein Mousquetaire in schwarz-blauer Uniform. Und er sieht mich unverwandt an. »Entschuldigung, Mademoiselle, ich wusste nicht, dass Sie kein Französisch sprechen. Man hat mich gebeten, Sie abzuholen.«

»Wer hat Sie darum gebeten?«, frage ich, obwohl die Antwort schmerzlich klar auf der Hand liegt.

»Seine Majestät, der König von Frankreich.«

Kapitel 2

Das kann doch nur ein schlechter Scherz sein.

Ich weiß, dass ich eigentlich nicht nervös sein sollte, als ich in der schwarzen Stretchlimousine Platz nehme, aber bei Maria noch mal, das kommt mir alles so verdammt vertraut vor. Nur, dass ich diesmal nichts zu befürchten habe. Ich habe nichts getan.

Außer Seine Majestät den König von England anzugreifen und seinen Geist zu manipulieren, natürlich.

Der Mousquetaire starrt mich unverblümt an. Er ist sehr aufwendig gekleidet. Diese Jacke, der Hut und dieses Cape sind wohl eher für zeremonielle Anlässe gedacht, nicht für den Kampf. Er muss so um die fünfzig sein, zumindest sind Bart und Haare schon stark ergraut. Ich wüsste nicht, wann ich in England je so offen gemustert worden wäre. Zumindest nicht vor meinem Eintreffen am Weißen Hof. Im gläsernen Turm des Weißen Königs, dem nichts verborgen bleibt.

»Sie sind Miss Rea Emris«, stellt mein Gegenüber schließlich fest. Er spricht fließend Englisch, was mich leicht beschämt.

»Offenbar sind Sie mir gegenüber im Vorteil«, erwidere ich leicht trotzig.

»Nicht nur in dieser Hinsicht.« Seine Antwort könnte als Scherz gemeint sein. Oder eine Drohung beinhalten. »Ich bin der Capitaine der Mousquetaires.«

»Und da dienen Sie dem König als Laufbursche?« Sobald ich die Worte ausgesprochen habe, wünschte ich, ich hätte es nicht getan. Aber er lächelt nur süßlich. »Immer noch besser, als die Kurtisane des Kronprinzen von England zu sein.«

Dieser Begriff stößt mir bitter auf. *Kurtisane?* »Worum geht es hier überhaupt?«

»Das weiß ich nicht. Doch es schien recht dringlich zu sein.«

Okay, jetzt werde ich doch nervös. »Es überrascht mich, dass der Roi überhaupt weiß, dass ich existiere.«

»Inzwischen weiß er das sehr wohl. Er hat ein Schreiben Seiner Majestät des Königs von England erhalten, das sich unter anderem mit Ihrer Person befasste.«

Sofort verkrampfe ich mich. Hätte ich doch nur ein Messer bei mir. Ich bohre die Fingernägel in die Ledersitze. Wie ein glühendes Band liegt die Feuerseide auf meiner Haut. Diese Megäre von gestern. Wurde sie am Ende aus England hergeschickt? Zum ersten Mal seit meiner Ankunft hier taucht die *Kreatur* an meiner Seite auf – jenes große graue Ungetüm, das nur in meinem Kopf existiert. Wenn ihr das nur ebenfalls bewusst wäre. Wenn sie sich nur nicht neben mir auf dem Sitz zusammenrollen, mir die Finger ablecken und flüstern würde: *Es gibt kein Entrinnen, Magdalena.*

Mit größter Mühe kann ich mich davon abhalten, aus dem fahrenden Wagen zu springen. Doch ich bleibe sitzen und würge möglichst unbeteiligt hervor: »Und was hatte Seine Majestät über mich zu sagen?«

»Ich glaube, es ging um Sie und die Duchesse d'Orléans.«

Was, wenn Ninon und ich versagt haben? Wenn der König sich doch erinnert? Oder Mister Galahad. Was, wenn sie die Megäre geschickt haben, um mich zur Strecke zu bringen? Wo ist eigentlich Ninon? Ist sie in Sicherheit? »Wo ist die Duchesse?«, frage ich mit wild klopfendem Herzen. Der Capitaine mustert mich mit undurchdringlicher Miene.

»Das weiß ich nicht.«

Der Palast des Roi befindet sich am anderen Ufer der Seine, direkt am Fluss. Ein prachtvolles Bauwerk, an dem seit zweihundert Jahren nichts verändert wurde: ein von schlanken Säulen getragenes silbernes Dach; hohe Fenster, durch die man hin und wieder einen Blick ins Innere erhaschen kann. Zwei lange Seitenflügel strecken sich weit in die Königlichen Gärten hinein, den Jardin des Tuileries, heutzutage ein öffentlicher Park. In den Beeten rund um den Palast findet man selbst jetzt im Winter strahlend bunte Blumen, sogar unter den Fenstern, in den Innenhöfen und den hellen Wandelgängen. Erst als wir aus dem Auto steigen, wird mir klar, dass es sich dabei um Kunstblumen handelt: ein wahres Blütenmeer, aus Seide gemacht.

Ich hole tief Luft. Auf dem Fußweg zum Palast hat man Blütenblätter verstreut. Es fühlt sich an, als würde man auf Wolken gehen, oder auf Wasser, das zu einer weichen Masse erstarrt ist. Der Capitaine reicht mir nicht den Arm, als wir uns dem Portal nähern. Ein paar Fußgänger im Park beobachten, wie wir den Palast betreten, aber ich sehe keine Kameras, kann nirgendwo Vertreter der Presse entdecken. Das macht mich misstrauisch. Warum bleibt das alles unbeachtet? Fast wirkt es so, als wolle man mich nicht verschrecken.

Mir fällt wieder ein, wie der Comte letzte Nacht verschwunden ist. Der Blick, den er mir zugeworfen hat. Als habe er mir damit etwas sagen wollen.

Er wollte dir sagen, dass du abhauen sollst, schnurrt die Kreatur. Aufgeregt beißt sie mich in die Wade. *Bevor es zu spät ist.* Abrupt bleibe ich stehen. Ich darf dem Comte nicht vertrauen. Ich darf diesem Capitaine nicht vertrauen. Und ich werde ganz sicher keinem König mehr vertrauen. »Ich gehe keinen Schritt weiter, bevor ich nicht weiß, warum ich hier bin.«

Irritiert runzelt der Capitaine die Stirn. »Miss Emris. Warum sollten wir so tun, als hätten Sie oder ich eine andere Wahl?«

Ich schlucke schwer. Mein Hals ist plötzlich ganz trocken. Fast hätte ich ihn angefleht. Nun bietet er mir doch seinen Arm an, wenn auch offenbar widerwillig. »Bringen wir es einfach hinter uns, ja?«

Er spielt die Sache herunter, haucht die Kreatur. *Er will dich einlullen.* Trotzdem lege ich meine Hand auf seinen Unterarm. Der Stoff seiner Uniformjacke ist fest und dick.

Wenn sie mich hier ebenfalls jagen, weiß ich nicht, wo ich noch hingehen könnte. Für mich gibt es ansonsten keine Fluchtmöglichkeit mehr. Die Kreatur hat sich inzwischen für den Fluss erwärmt. *Wie man hört, ist die Strömung stark und sehr tückisch.*

Im Innern des Palastes erwarten mich sogar noch mehr Blumen als draußen. Kein Fensterbrett ohne ein Gebinde, kein Korridor ohne riesige Vasen und Gestecke, die bis zur Decke reichen. Blumenstickerei auf den Teppichen, Blüten auf den Tapeten und Gemälden. Natürlich wieder und wieder die französische Lilie, aber auch rote Chrysanthemen, gelbe Rosen, weiße Tulpen mit violetten Spitzen. Und alle aus Seide. Vor dem kalten Weiß der Böden und Wände erstrahlen die Blumen wie ein Regenbogen. Mehrmals kommen wir an Adeligen vorbei, die der Capitaine mit einer respektvollen Verbeugung grüßt. Ihre extravaganten Outfits bestehen aus Stoffen, die so leicht sind, dass man fast hindurchsehen kann. Kleider, die ihre Träger umfließen wie Wasser; Roben, schimmernd wie Mondlicht; Ärmel wie fein gefiederte Schwingen. Dazu tragen Männer wie Frauen eine einzelne Seidenblume, entweder im Knopfloch, im Haar oder eingefasst in ein Schmuckstück. Als wir immer weitergehen, werden die Fenster irgendwann durch Spiegel abgelöst, die nun in einer langen Reihe den Korridor säumen. Ich blicke starr geradeaus, um mein Spiegelbild nicht sehen zu müssen. Habe immer nur die Doppeltür am Ende des Flurs im Auge, die schließlich für mich geöffnet wird.

Dahinter liegt kein Thronsaal. Es scheint eher eine Art Studierzimmer zu sein. Riesengroß natürlich, aber in der Mitte des Raums steht ein Schreibtisch, der vermutlich nicht einmal in Liams Wohnung gepasst hätte, und sämtliche Wände sind mit Bücherregalen bedeckt. Die Beine des Tisches sind rot, die Platte grün, der Sessel dahinter blau-gelb. Ganz hinten, wo die Bücherwände enden, stehen drei Lehnsessel auf dem weißen Boden. Jeder von ihnen bietet Platz für mindestens zwei Personen und ist mit blauen, roten und grünen Kissen bestückt. Sie sind einem großen Kamin zugewandt. Der Platz hinter dem Schreibtisch ist leer, einer der Sessel am Kamin aber offenbar besetzt. Zumindest hängen ein Paar Füße über eine der Armlehnen.

Der Capitaine räuspert sich laut.

Die Füße rühren sich nicht. Stattdessen erscheint ein Kopf auf der anderen Armlehne, so als würde der Mensch dort quer über dem Sessel liegen. Ein schmales Gesicht mit perfekt geformten Augenbrauen und einem gepflegten Schnurrbart wendet sich uns zu. Die dunklen Augen über der klassischen Römernase mustern uns. Insgesamt ist der Gesichtsausdruck schwer zu deuten, aber am ehesten würde ich ihn wohl als verschnupft bezeichnen. »Oui, Jean?«

»Miss Rea Emris, Majestät«, erklärt der Capitaine und verbeugt sich. Ich traue meinen Ohren nicht.

»Qui?«

»Die junge Frau, die kürzlich aus England gekommen ist, Eure Majestät. Ihr erinnert Euch …?«

Sofort ist der Roi auf den Beinen. Er trägt einen perfekt sitzenden Anzug aus blauer Seide, mit einer gelben Seidenblume am Revers. Mir bleibt allerdings kaum Zeit, sein Outfit zu bewundern, denn er kommt bereits mit großen Schritten auf uns zu, wobei er im Vorbeigehen einen Spazierstock vom Kaminsims nimmt, um ihn anschließend gegen meine Wange zu drücken. Als Gehhilfe braucht er ihn offensichtlich nicht. »Sie?«

»Ganz genau, Eure Majestät.«

»Das ist die, von der mir der König von England berichtet hat? Die hier?«

»Eure Majestät«, sagt der Capitaine mühsam beherrscht, »sie kann Euch hören.«

»Oui. En fait.« Er mustert mich. Noch immer bohrt sich die Spitze seines Spazierstocks in meine Wange. Sie sieht sehr scharf aus. Vorsichtshalber trete ich einen Schritt zurück. Irgendwie habe ich das Gefühl, dass der Mann nicht sonderlich geschickt ist im Umgang mit diesem Stock. »Sie sind das also.«

Die passende Erwiderung ist so offensichtlich, dass ich sie fast nicht ausspreche. »Ja. Oui. Ich … Es tut mir leid, Eure Majestät, ich spreche kein Französisch.«

Der Roi lässt seinen Stock sinken. Streicht dann damit über mein Bein. Mir läuft ein Schauer über den Rücken. Höher, immer höher, bis die Spitze wieder mein Gesicht erreicht, meine Wange streift. Ganz langsam drückt er zu. Mir bleibt nichts anderes übrig, als den Kopf zu drehen. Er starrt. Dann drückt er den Stock an die andere Wange. Zwingt mich wieder, den Kopf zu drehen. Elfenbein, kühl und glatt auf meiner Haut. Ganz im Gegensatz zu dem Gefühl der Erniedrigung, das heiß in mir brennt. Nun schiebt sich der Stock in meine Haare, bringt meinen Zopf zum Schwingen. Von rechts nach links, von links nach rechts. Klatschend schlägt er gegen meinen Rücken. Ein beschämendes Geräusch.

Dann lacht der König. »Das macht Spaß!«, kichert er, während er weiter an meinem Zopf herumspielt und versucht, ihn rechtzeitig mit dem Stock abzufangen. Dabei bleibt sein Blick am Capitaine hängen.

»Eure Majestät«, seufzt der leidgeprüft. Der Roi schnaubt empört. »Sie sind so ein Spielverderber, Jean.« Nachdem er sich wieder mir zugewandt hat, rümpft er die Nase. »Gott, ist das abstoßend.«

»Was, bitte?«

Leicht klopft er mit dem Stock gegen meine Wange. »Wie hässlich Sie sind.«

Fassungslos starre ich ihn an.

»Es ist nur Ihr Gesicht«, fährt er fort, »Sie können ja nichts dafür. Wie dem auch sei, das ist großartig. Sie können gehen.« Er wirbelt herum, um zu seinem Sessel zurückzustolzieren. Ich bin so schockiert, dass ich mich nicht vom Fleck rühren kann. Das … das war's? Was … Dieser … Vollkommen verwirrt verbeuge ich mich, obwohl er mir bereits den Rücken zukehrt. Das ist der Roi? Der König von Frankreich?

Wäre es dir etwa lieber gewesen, wenn er wie der König von England wäre?, flüstert mir eine innere Stimme zu.

Ich will den Capitaine bereits nach dem Weg zurück zum Ausgang fragen, als plötzlich eine neue Stimme ertönt: »Bemerkenswert schnell, Eure Majestät.«

Mir war gar nicht bewusst, dass sich noch jemand im Raum befindet.

Aus einem der anderen Sessel am Kamin erhebt sich eine elegante Frauengestalt. Die Farbe ihres Kleides ändert sich mit jedem Schritt, den sie nun auf uns zu macht – mal ist es schwarz, dann wieder dunkelblau oder lila. Dunkler Spitzenstoff bedeckt ihre Beine, Arme, Hände, Finger, sogar den Hals. Jedes noch so winzige Fleckchen Haut. Ihr Alter ist schwer zu schätzen, vermutlich irgendwo jenseits der vierzig. Sie ist ungefähr so groß wie ich, und ihre Stimme ist kühl wie Seide. Doch das ist es nicht, was mich so aus dem Konzept bringt.

Sie ist maskiert.

Eine venezianische Maske bedeckt die obere Hälfte ihres Gesichts, silberfarben wie ihre Lippen.

»Mon trésor.« Der Roi streckt ihr eifrig eine Hand entgegen. Etwas zu eifrig. »Du schmeichelst mir.«

Es ist schwer zu sagen, aber ich meine ein kurzes Zucken ihrer Lippen zu bemerken, während sie die Hand des Königs ergreift und zu uns tritt. Der Capitaine macht zunächst keinerlei Anstalten, sich vor ihr zu verneigen. Erst als sie sich ihm direkt zuwendet und stumm wartet, verbeugt er sich knapp. Ihre langen Haare fallen ihr in üppigen Locken über die Schultern. »Wollen Sie uns nicht miteinander bekannt machen, Jean?«, fragt sie.

Ich kenne diese Stimme.

»Gern«, antwortet er zähneknirschend. »Madame Hiver, dies ist Miss Rea Marian Emris.«

Nun erst wendet sie sich mir zu. Sofort verbeuge ich mich vor ihr. Sie muss mich ebenfalls erkannt haben. Es sei denn, in der Gasse von Corail war es zu dunkel. Es sei denn, der Regen war zu stark. Ihre großen Perlenohrringe klappern leise, als sie sagt: »Miss Rea Marian Emris. Welch eine Freude.«

Sie lässt die Hand des Roi los und kommt auf mich zu. Der Saum ihres Kleides gleitet über den Boden wie eine Schlange. Als sie so dicht vor mir steht, dass wir einander berühren könnten, hebt sie die Hand. Ich spüre etwas im Nacken. Eine Hand umfasst meinen Zopf.

Ich sehe schon vor mir, wie sie meinen Kopf nach hinten reißt, mich zu Boden wirft. Mir eine scharfe Klinge an die Kehle hält, so wie letzte Nacht. Ihre Stimme ist so tief. Und es war so still.

Die freie Hand legt sie an meine Wange. Auch jetzt trägt sie Handschuhe. »Wir haben schon viel von Ihnen gehört. Durch den König von England.«

Zitternd hole ich Luft. »Zu viel der Ehre.«

Sie lacht leise. »Ich würde nicht unbedingt sagen, dass in seinem Schreiben viel von Ehre die Rede war, Miss Emris.«

Wie letzte Nacht greift sie auch jetzt nicht fest zu. »Allerdings hat es ein paar Fragen aufgeworfen. Fragen, die Sie uns sicherlich gerne beantworten werden.«

Ich nicke. Sie lächelt. Ein so vielschichtiges Lächeln habe ich noch nie gesehen. »Warum haben Sie sein Land verlassen?«, beginnt sie. Plötzlich meine ich zu hören, wie sie leise schnüffelt. Das überrascht mich so, dass ich fast einen Schritt zurückgewichen wäre. Ausgerechnet diese eine Frage möchte ich nun wirklich nicht wahrheitsgetreu beantworten.

»Zwischen dem Prinzen und mir war es aus«, sage ich. In meinem Hals bildet sich ein dicker Kloß.

»Wieso?«

Ich hole tief Luft. »Wir waren zu verschieden.«

Ihr Daumen streicht über meinen Kiefer, hinunter Richtung Kehle. Ganz sanft. »Tatsächlich? In welcher Hinsicht?«

Ich schließe die Augen, kann einfach nicht anders. Zitternd denke ich daran zurück, wie er meinen Hals geküsst hat, meine Hände. Daran, wie sich seine Finger um meine Kehle schlossen. »In jeder Hinsicht, die eine Rolle spielt.«

»Warum sind Sie nicht in London geblieben?«

»Mein Bruder war bereits hier in Paris. Ich wollte zu ihm.«

»Ihr Bruder, ja. Liam Allan Emris«, sagt sie betont langsam. So als wolle sie den Namen meines Bruders auf der Zunge schmecken. »Er wird bald hier bei Hofe spielen.«

Ihre Fingerspitzen bohren sich in meine Haut, etwas fester als nötig. Fast scheint es, als suche sie nach meinem Puls. Um zu überprüfen, ob ich lüge?

»Aber Sie sind doch nicht wegen Ihres Bruders hier, Miss Emris, oder?«

Wieder spüre ich den Druck ihrer Finger an meinem Hals. So klar und deutlich, wie ich nur kann, antworte ich: »Ich bin hier, weil ich in Frieden leben möchte. Genau wie er.«

»Aber warum hat Seine Königliche Hoheit Sie einfach so aufgegeben?«

Ich kriege kaum noch Luft. Sie wollen es wissen. Wollen wissen, was ich bin. Wieso? Hier darf ich das doch sein. Hier darf ich es, würde ich am liebsten schreien. Stattdessen bleibe ich stumm. Denke an Liams Lachen. An seine Mansarde, in der wir bald gemeinsam wohnen werden. An das Théâtre Odéon, das er mir gezeigt hat, schon an unserem ersten Abend, und an den Aushang, mit dem dort nach englischsprachigen Schauspielern gesucht wurde. Aber wenn sie so erpicht darauf sind, es zu wissen, wie soll ich die Lüge dann aufrechterhalten?

»Schließlich hat er Sie mit Sicherheit noch nicht sattgehabt«, fährt Madame Hiver fort. Sie lässt mein Gesicht los. »Wir alle haben die Fotos gesehen, die Videos. Wie er Sie in den Gassen der Heiligen Höfe angestrahlt hat. Wie er gesagt hat, er liebe Sie.«

Ein kurzer Ruck an meinem Zopf, dann lässt sie auch ihn los. Er landet in meinem Dekolleté. Dass mir so etwas noch immer die Schamesröte ins Gesicht treibt, macht mich wütend.

»Sie erwarten doch nicht wirklich von uns zu glauben, er wäre derart flatterhaft?«

Ich schlucke. »Nicht einmal ich selbst hätte das geglaubt, Madame.«

Sie lächelt wieder. Es wirkt unglaublich charmant, trotzdem schwingt noch etwas anderes darin mit – Trauer vielleicht, oder Hass. Oder es ist alles nur gespielt.

»Nun ja, Miss Emris, ein wenig entgegenkommender sollten Sie schon sein.«

Ich balle die gesunde Hand zur Faust. Wenigstens trage ich heute kein Kleid. Die Absätze könnten hinderlich werden, aber darin habe ich genug Übung. Eher kämpfe ich gegen die gesamte Palastmannschaft, als dass ich ihnen etwas verrate.

»Ich muss sagen, wir waren schon etwas überrascht, als wir gestern Abend das Schreiben des Weißen Königs erhielten.«

Ich mustere ihre schwarzen Locken. Sie sind wunderschön. Rote *manchettes* leuchten in ihrem Haar. »Ach ja. Was stand denn in dem Schreiben?«

»Das wissen Sie wirklich nicht?«

»Wie sollte ich?«

Sie lacht. Geht zum Schreibtisch und greift nach einem fantastischen Fächer aus Spitze.

»Miss Emris. Ich weiß Ihr Feingefühl durchaus zu schätzen, aber Sie müssen es uns einfach sagen.«

»Das möchte ich aber nicht.«

»Bei meinem Geiste!«, ruft der Roi laut und trommelt mit seinem Stock auf den Boden. Es wundert mich, dass er nicht auch noch mit den Füßen stampft. »Das ist ja so was von ermüdend!«

Seufzend schlägt der Capitaine vor: »Eure Majestät, Madame, wäre es nicht ratsam, Miss Emris zu sagen, was das Schreiben des Königs zum Inhalt hatte?«

Der Roi wedelt genervt mit seinem Stock, wobei er beinahe meine Schienbeine erwischt. »In dem Schreiben kündigt er an, dass sein Sohn um die Erlaubnis bittet, eine offizielle Brautwerbung zu beginnen.«

Mir wird schlecht. Dann verschwindet das Gefühl, und zurück bleibt einfach nur Leere. Ich weiß, dass meine Reaktion dumm ist. Was habe ich denn erwartet? Dass er trotz allem mit mir zusammen sein will, nur weil er mich zum Abschied noch einmal geküsst hat? Habe ich mich ernsthaft an den Funken Hoffnung geklammert, dass wir eine gemeinsame Zukunft haben könnten? Der Kronprinz und eine Flüchtige?

»Was hat das mit mir zu tun?«, frage ich laut. Dabei fällt selbst mir auf, wie erstickt meine Stimme klingt.

»Das erschließt sich mir auch nicht«, stellt der Capitaine mit bemühter Höflichkeit fest.

»Nun ja ...« Madame Hiver fächelt sich weiter Luft zu. »Sie müssen doch zugeben, dass es ein wenig verdächtig erscheint. Der Kronprinz gesteht öffentlich seine Liebe zu diesem Mädchen, nur um sie dann vierzehn Tage später vor die Tür zu setzen und ernsthafte Absichten in Bezug auf die Ehe mit einer anderen zu äußern?« Sie stellt sich wieder neben den Roi, lässt mich dabei aber nicht aus den Augen. »Wir müssen die Wahrheit wissen.«

»Inwiefern betrifft Sie das denn?«, hake ich nach. Ich sollte die Nachricht positiv sehen. Wenn er nun offiziell um eine Braut wirbt, gibt es für mich keinen Grund mehr, mich an unrealistische Hoffnungen zu klammern. Außerdem ist er dann – je nachdem, welche Prinzessin er im Auge hat – so richtig weit weg von mir. In Berlin. Sankt Petersburg. Seoul.

»Wir müssen wissen, ob er es ehrlich meint. Oder ob vielleicht ... andere Absichten dahinterstecken.«

»Welche Absichten? Wie soll ich Ihnen da weiterhelfen können?« Ich habe die Schnauze voll von diesem Spielchen, und ich bin wütend: auf ihn und auf mich, weil ich wütend auf ihn bin. Weil ich noch immer etwas für ihn empfinde.

Madame Hiver kommt wieder einen Schritt näher. Legt mir lächelnd die Hand auf die Schulter. So als wolle sie mir Mut machen. »Ist das, was zwischen Ihnen und dem Prinzen war, wirklich vorbei, Rea?«

Beschämt spüre ich, wie meine Augen anfangen zu brennen. Einen Moment lang bin ich so damit beschäftigt, die Tränen zu unterdrücken, dass ich nicht antworten kann. »Ja«, sage ich dann. Dabei hatte ich noch nicht einmal Zeit, es zu verarbeiten. Aber es ist wahr. Er wird mich nie wieder küssen. Sanft streicht ihr Daumen über meine Schulter.

»Wer hat es beendet?«

Ich starre sie an. Mustere die weiten Falten ihres Rocks. Genug Platz, um einen Dolch zu verstecken. »Ich denke nicht, dass das Privatleben des Kronprinzen von England Gegenstand von Klatsch und Tratsch sein sollte.«

»Wer hat es beendet?«, fragt nun der Roi mit erhobener Stimme.

»Er«, sage ich schließlich und blicke zu Boden, damit sie meine Tränen nicht sehen. Damit nur ich mich dafür schämen muss.

»Warum hat er es beendet?«, fragt sie leise weiter.

»Madame!«, protestiere ich, aber der Roi lässt mich nicht zu Wort kommen.

»Ach, nun stellen Sie sich nicht so an! Sie müssen es uns sagen.«

»Ja.« Madame Hiver zieht das kleine Wort in die Länge. »Das müssen Sie.«

Ich könnte ihnen die Wahrheit sagen. Dass er herausgefunden hat, dass ich eine Magdalena bin. Das ist hier nicht verboten, und ich habe deswegen nichts zu befürchten.

Aber ich kann die Augen dieser Frau nicht richtig sehen. Sie hat beinahe jeden Zentimeter ihrer Haut verhüllt, und sie hat mich in einer stürmischen Nacht durch finstere Gassen gejagt, nur um mir eine einzige Frage zu stellen.

Also mache ich es wie meine Mutter. Ich entscheide mich für die naheliegendste Lösung: »Ich habe ihn betrogen«, behaupte ich und denke dabei an den Kuss mit Mister Galahad in der Bibliothek. Nur so konnte ich seine Gedanken lesen und herausfinden, dass der König und er gemeinsam ein Komplott geschmiedet hatten, um den Prinzen zu töten. Aber das müssen die Herrschaften hier ja nicht erfahren.

»Nun, Miss Emris.« Ganz langsam lässt Madame Hiver

mich los. »Ich kann nur hoffen, dass es ein anständiger Mann war.«

»Allerdings.« Meine Stimme bricht. Ich habe auch gute Erinnerungen an Mister Galahad. Er hat mich immer mit Respekt behandelt. Er hat dafür gesorgt, dass ich eine Zofe hatte, angemessene Kleider und züchtige Frisuren. Um mich aufzumuntern, hat er ein albernes Spiel mit mir gespielt, bei dem wir uns Zitate an den Kopf geworfen haben. Und er hat für jeden meiner Fehltritte den Prinzen verantwortlich gemacht, hat an meine Tugendhaftigkeit geglaubt, bis es irgendwann nicht mehr ging.

Außerdem erinnere ich mich daran, wie er gegen mich gekämpft hat. Wie ich ihn niedergeschlagen habe. Seine Erinnerungen gelöscht habe. Mister Galahad – Lord of Buckingham – George.

»Und nun sind Sie ganz allein hier in Paris«, stellt Madame Hiver fest. »Keiner von beiden ist bei Ihnen.«

Vielen Dank für die Zusammenfassung, denke ich, verkneife mir aber jeden Kommentar. »Ich bin sehr froh darüber, hier zu sein, Madame.«

»Lieben Sie ihn noch?«

Der Capitaine räuspert sich. »Ich verstehe nicht ganz, inwieweit das relevant sein sollte, Madame.«

Ohne ihn eines Blickes zu würdigen, erwidert sie: »Bedauerlicherweise ist es das.«

»Warum?«, bohrt der Capitaine ungeduldig nach. »Was für Spielchen spielen Sie nun wieder?«

»Capitaine. Mir ist durchaus bewusst, dass wir nicht immer einer Meinung sind, aber glauben Sie mir, wenn ich Ihnen sage, dass ich einzig und allein im Interesse des Roi handele.« Das lässt den Capitaine verstummen, während sie sich zum König umdreht. »Ich denke, es wird nun Zeit, sie hereinzurufen, Majestät.«

Er nickt ehrerbietig und klatscht in die Hände. Hinten, am anderen Ende des Studierzimmers, befindet sich noch eine Tür, die sich nun langsam öffnet.

Im Türrahmen erscheint eine vertraute Gestalt.

»Ninon«, rufe ich laut. Ich kann einfach nicht anders. Als ich zu ihr laufen will, hält mich Madame zurück, indem sie eine Hand auf meinen Arm legt. »Madame la Duchesse«, sagt sie süßlich. »Es freut mich ungemein, dass es Ihnen besser geht.«

Ich mustere Ninon prüfend. Sie ist die schönste Frau, die ich kenne – mit ihren zarten Gesichtszügen, der eleganten Haltung, in der immer ein Hauch Gefahr mitschwingt, und mit ihrem messerscharfen Verstand. Wie immer ist sie hervorragend gekleidet: Ihr weit geschnittenes, bodenlanges weißes Kleid lässt Hals und Schultern frei und schafft einen umwerfenden Kontrast zu ihrer dunklen Haut. Goldene Stickereien zieren den durchscheinenden Stoff. Abgerundet wird das Ganze von einer goldenen *manchette* am Hals und goldenem Rouge auf ihren hohen Wangenknochen. Auf dem Kopf trägt sie ein schmales Diadem mit den Insignien des französischen Königshauses. Sie sieht überirdisch aus. Nie bin ich einem schöneren Menschen begegnet und werde es wohl auch nie tun.

Sobald sie mich bemerkt, breitet sich ein Lächeln auf ihrem Gesicht aus. Es lässt sie vor Glück strahlen.

»Rea.« Mit wenigen Schritten ist sie an ihrem Bruder, dem König, und Madame Hiver vorbeigerauscht, um mich fest an sich zu drücken. Sobald ich ihre Haut berühre, versinke ich in ihrem Geist. Wie immer ist er in goldenes Licht getaucht, voll Kapriolen schlagender Gedanken und wilder Löwenkraft. Aber diesmal ist alles etwas gedämpft. Abgeschwächt. Als hätte sich ein feiner Nebel über sie gelegt. Verwirrt runzele ich die Stirn. Hat sie denn keine so gute Pflege bekommen wie ich? Ich lasse ein Bild von René in mir aufsteigen, wie er mich behandelt. Ninon ist eine

Memex, also eine Magdalena, die Einfluss auf die Erinnerungen anderer nehmen kann. Ohne sie hätte ich niemals das Bewusstsein des Königs und das von Mister Galahad manipulieren können. Erinnerungen sind für mich ebenso unzugänglich wie Gefühle.

Ich weiß, dass sie sensibel genug ist, um zu bemerken, dass ich ihr gerade eine ganz bestimmte Erinnerung präsentiere, aber irgendwie scheint sie dem auszuweichen. *Du bist einfach fabelhaft,* denkt sie stattdessen. *Sieh dich nur an.* »Du siehst umwerfend aus, Liebes«, sagt sie, als wir uns voneinander lösen. Nachdem sie mir einen Kuss auf die Wange gedrückt hat, wendet sie sich ihrem Bruder zu. »Frère, mon cher, Capitaine, Madame Hiver.« Sie nickt ihnen der Reihe nach zu. »Ich wusste gar nicht, dass ihr meine liebe Freundin bereits kennt.« Sie klingt so unbekümmert wie eh und je. Mir fällt ein Stein vom Herzen. Mit Ninon an meiner Seite kann nichts mehr schiefgehen. Ihr Geist ist strahlender und tapferer als jeder andere, den ich kenne. Sie ist absolut furchtlos. Während ich mir noch Gedanken mache, dass jemand entdeckt haben könnte, was wir mit dem König von England angestellt haben (in Frankreich ist es zwar legal, unsere Gaben einzusetzen, allerdings ist es ganz und gar nicht legal, es gegen den Willen anderer zu tun, schon gar nicht, wenn es sich bei diesem anderen um einen Monarchen handelt), nimmt sie einfach meine Hand und umfängt mich mit ihrem Strahlen. Trotz des feuchten Nebels, der irgendwie schmierig ist, bleibt ihr Bewusstsein das schönste, in das ich je eintauchen durfte.

»Kennen ist leider etwas zu viel gesagt«, antwortet Madame Hiver bedauernd. Welch eine herausragende Schauspielerin sie doch ist. »Es gibt allerdings Neuigkeiten, die Sie beide betreffen.«

Ninon sticht sie auch darin aus. Ohne Madame Hiver anzusehen, zieht sie fragend die Augenbrauen hoch. »Ach ja? Ich kann mir nicht vorstellen, welcher Art diese Neuigkeiten sein sollten.« Schon hat sie die Frau abgefertigt. Ich applaudiere begeistert – innerlich. »Ich muss dich unbedingt im Palast herumführen, Rea. Er ist wunderschön. Und ganz anders als der Weiße Hof, das kannst du mir glauben …«

Sie nimmt meinen Arm und hält auf die Tür zu. »Gräfin«, setzt Madame Hiver an, aber Ninon lässt sie gar nicht zu Wort kommen. »Entschuldigen Sie mich, Madame. Ich bin überglücklich, meine liebe Freundin wiederzusehen, da steht mir nicht der Sinn nach etwas anderem.«

»Danach wird Ihnen sehr wohl der Sinn stehen, *Erlauchte Gräfin*.«

Ninon bleibt stehen. »Was gibt es denn?«, fragt sie ungeduldig und schwenkt mich mit herum. Da ich immer noch ihre Hand halte, merke ich, wie die Löwin sich zurückzieht. Der Nebel wird dicker, das Licht verliert seine warme Färbung.

Madame Hiver nickt Ninon knapp zu, was diese mit sämtlicher Herablassung hinnimmt, die ihr zur Verfügung steht. Ich merke, wie sie unauffällig einen Schritt zur Seite macht, bis sie halb vor mir steht. Mich abschirmt.

»Wir haben heute Morgen ein Schreiben aus England erhalten, Madame la Duchesse«, berichtet Madame Hiver, sieht dabei aber unverwandt mich an. Der Roi grinst. Es sieht blendend aus. Er kommt auf uns zu, hebt seinen Spazierstock und piekt seine Schwester damit in die Seite. »Es gibt exzellente Neuigkeiten, Schwester!«

Sie ringt sich ein Lächeln ab, macht aber nicht einmal den Versuch, seinen Stock wegzuschieben. Anscheinend ist ein solches Benehmen für Seine Majestät vollkommen normal. »Du machst mich neugierig«, sagt sie. In ihrer Stimme schwingt nicht einmal ein Hauch von Unsicherheit mit. Als hätte sie keinerlei Grund, nervös zu sein. »Da ich den Weißen Hof erst vor wenigen Tagen verlassen habe, weiß ich beim besten Willen nicht, was der König mir Neues zu sagen haben könnte.«

»Offenbar warst du noch erfolgreicher, als wir ursprünglich dachten«, kräht der Roi.

»Ich bin immer erfolgreicher, als du denkst«, erwidert Ninon ohne jede Ironie.

»Natürlich, liebste Schwester. Aber diesmal hast du dich selbst übertroffen.«

Im Namen aller freien Gedanken … wovon reden die überhaupt?, denkt Ninon. Das Grinsen des Roi wird immer breiter. Er sieht aus wie ein überdrehtes Kleinkind.

»Der König informiert uns mit seinem Schreiben darüber, dass der Kronprinz beschlossen hat, eine Brautwerbung zu beginnen.«

Ninon runzelt die Stirn. *Con,* denkt sie, *was ich nicht übersetzen kann. Aber es klingt nicht sonderlich nett.* »Darüber bin ich natürlich überaus entzückt, aber was hat das bitte schön mit mir zu tun?«

»Also, Duchesse, nun wirklich«, lacht Madame Hiver. Noch immer lässt sie mich nicht aus den Augen. »Madame la Duchesse, der Prinz hat beschlossen, um eine ganz bestimmte Braut zu werben – um Sie.«

Sicher bemerkt Madame Hiver, wie ich zusammenzucke. Anders lässt sich das verschlagene Lächeln, das sich langsam auf ihrem Gesicht ausbreitet, kaum erklären.

»Um mich? Hier in Paris?«, fragt Ninon. Nun bin ich froh, dass ich die Gedanken nicht verstehe, die durch ihren Kopf schießen. Aber ich bewundere sie dafür, wie ungezwungen sie lacht, wie mühelos sie ihnen vorspielt, nicht überrascht zu sein, sondern alles als einen Witz abzutun. Ich schaffe das nicht. »Warum, im Namen aller freien Gedanken, sollte er etwas derart Absurdes vorschlagen?«

Der Roi zieht tatsächlich einen Schmollmund. »Was soll das heißen? Wer würde denn nicht gerne eine Allianz mit unserem Haus eingehen?«

»Frère, mon cher«, seufzt Ninon. Wie kann sie sich nur so unbeschwert geben? Die Kreatur knabbert an meinen Fersen. »Der König von England hat körperliche Berührungen unter Strafe gestellt. Wir nicht, und wir haben es auch nicht vor. Solange es noch ein Gerücht war, war die Sache ja recht amüsant, aber wie würde eine offizielle Brautwerbung zwischen uns denn bitte aussehen?«

»Da werden wir schon einen Weg finden«, erwidert der Roi unbeeindruckt. »Er wird nach unseren Regeln spielen, immerhin kann er sich glücklich schätzen, dass ich überhaupt zugestimmt habe.«

Fassungslos starrt Ninon ihn an. »Du hast bereits zugestimmt? Ohne vorher mit mir zu sprechen?«

»Madame Hiver war der festen Überzeugung, dass es die beste Entscheidung wäre«, sagt der Roi.

Diese neigt bescheiden das Haupt. »Zu viel der Ehre, Eure Majestät. Dergleichen würde ich mir niemals anmaßen. Es war die Entscheidung Eurer Majestät. Ich fühle mich geehrt, überhaupt um Rat gefragt worden zu sein.«

»Allerdings, es war meine Entscheidung. Wir werden den Prinzen in vierzehn Tagen bei dem königlichen Konzert offiziell willkommen heißen.« Wieder klopft er mit seinem Stock auf den Boden. Das Parkett musste heute schon ordentlich leiden. Aber nicht so sehr wie Ninon. »Warum hast du mich nicht vorher gefragt?«, wiederholt sie.

»Seine Majestät hielt es für unklug, dem König von England eine Absage zu erteilen«, antwortet Madame Hiver anstelle des Roi. »Immerhin sind die Beziehungen zwischen unseren Ländern momentan so angespannt, dass eine Heirat dem gesamten Kontinent auf viele Jahre hinaus nur guttun kann. Dies ist eine Gelegenheit zur Friedenserhaltung von historischen Ausmaßen.«

»Und außerdem«, fügt der Roi hinzu, »würden viele Menschen in Frankreich eine solche Verbindung gutheißen. Auch ihre Stimmen sollten gehört werden.«

Das soll doch wohl ein Witz sein. Dieser Gedanke dringt glasklar durch den Nebel in Ninons Geist. *Vollidiot. Alte Hexe.*

Ich drücke ihre Hand. Eigentlich wollte ich sie damit trösten, aber sofort wenden sich ihre Überlegungen mir zu. *Was ist mit ihr? Spiritus apertus, dann muss sie ihn wiedersehen. Ich muss sie von ihm fernhalten, muss ...*

Die Kreatur hängt sich über meine Schultern. Drückt mich nieder. Und doch ...

Ich könnte ihn wiedersehen.

»Das ist absolut unmöglich«, sagt Ninon laut. *Der Kronprinz von England könnte niemals eine Magdalena heiraten.* Natürlich hat sie recht. Wenn der König von England wüsste, dass Ninon eine Memex ist, würde er niemals zulassen, dass sein Sohn und Erbe um diese Braut wirbt.

Erwartungsvoll sehe ich sie an. *Sie* wird es niemals zulassen, da bin ich mir sicher. Bestimmt wird sie ihren letzten Gedanken gleich laut aussprechen und damit auf das Offensichtliche hinweisen – dass eine solche Werbung für alle Seiten nur Zeitverschwendung wäre.

Doch sie bleibt stumm. *Sag nichts. Schweige, wie du es immer getan hast.*

Ihre Gedanken, nicht meine. Sie will trotzdem schweigen. Warum sollte sie weiter schweigen?

Und dann begreife ich.

Sie hat es ihnen nicht erzählt.

Kapitel 3

Im ersten Moment kommt mir die Idee absurd vor. Allein die Vorstellung ist schon lächerlich. Noch nie ist mir ein Mensch begegnet, dessen Geist so frei und unabhängig wäre wie der von Ninon. Dass sie es als Schwester des französischen Königs und CEO von M3RL1N nicht publik macht, habe ich immer verstanden. Sonst hätte sie riskiert, in Großbritannien oder den Vereinigten Staaten zur *persona non grata* zu werden, was Politik und Geschäfte angeht. Aber ihre Familie weiß doch sicher Bescheid. Ihr eigener Bruder wird es ja wohl wissen.

Aber sie lässt einfach meine Hand los und verdreht die Augen. »Tja, wenigstens verstehe ich jetzt, warum du mir dieses Kleid geschenkt hast, frère, mon cher.«

»Madame hat mir bei der Wahl geholfen«, verkündet er stolz.

Ninon lächelt, doch es dringt nicht bis zu ihren Augen vor. »Hat sie das?«

»Es ist grandios, nicht wahr?«, schwärmt der Roi. »Keine Frau soll schöner sein als meine Schwester.«

»Danke«, sagt Ninon. »Aber ich kann dich nur warnen: Du wirst den Prinzen schrecklich langweilig finden. Ich behalte mir das Recht vor, ihn abzuweisen, wenn er sich nicht wenigstens in irgendeiner Hinsicht als interessant entpuppt.«

Nicht einmal jetzt sagt sie es ihnen. Dem Roi, Madame Hiver. Sie wissen tatsächlich nicht, was sie ist.

»Denken Sie an die Zukunft des Kontinents, Gräfin«, mahnt Madame Hiver ernst.

Der Roi klatscht lachend in die Hände. »Ich bin mir sicher, dass er sich als höchst amüsant erweisen wird!« Er greift nach seinem Stock und bietet Madame Hiver seinen Arm. »Mon trésor?«

Ich kann es noch immer nicht fassen. Ninon ist der stolzeste Mensch, den ich kenne. Warum hat sie es geheim gehalten, noch dazu in diesem Land?

Der Roi und Madame Hiver verlassen uns. Einen Moment lang bleibt Ninon reglos stehen. Dann dreht sie sich, nun wieder mit einem entspannten Lächeln auf den Lippen, um und nickt dem Capitaine freundlich zu. »Vielen Dank, Capitaine. Sicherlich möchten Sie nun zu Ihren Mousquetaires zurückkehren.«

Er verbeugt sich. Seine korrekte Miene wird um eine Spur weicher. »Ich danke Ihnen, Gräfin.«

Ninon wartet ab, bis er verschwunden ist, dann hakt sie sich bei mir unter und drückt meine Hand. »Du musst dir unbedingt die Gärten ansehen. Selbst zu dieser Jahreszeit sind sie wunderschön.«

Durch eine kleine Tür in einem der Seitenflügel verlassen wir den Palast und gehen direkt in die Königlichen Gärten. Ninon muss furchtbar kalt sein, aber sie lässt sich nichts anmerken. Lange schweigt sie. Erst als wir unter einem Triumphbogen hindurchgegangen, quer über eine Rasenfläche marschiert und in einen der von hohen Hecken gesäumten Wege eingebogen sind, findet sie ihre Sprache wieder.

»Tja«, sagt sie. »Ich habe ja immer gesagt, dass ich ein großer Freund von Überraschungen bin.«

Ich beiße mir auf die Unterlippe. Wo soll ich nur anfangen? Noch immer spüre ich seinen Körper, dicht an meinen geschmiegt. Seine Lippen an meinem Hals. Seinen Geist, eng verwoben mit meinem.

»Warum? Warum kommt er hierher?«, frage ich.

»Meinetwegen ganz bestimmt nicht, so viel ist sicher«, stellt Ninon fest. »Er weiß ganz genau, wie ich zu ihm stehe.«

»Pflichtbewusstsein.« Wie er mich angesehen hat, nachdem er es herausgefunden hatte. Wie seine Hand sich um meinen Hals legte. »Vielleicht ist die Pflicht für ihn wichtiger als deine Gefühle.«

Ninon winkt ungeduldig ab, aber ihre Gedanken sind mitfühlend. Die schrecklichen Erinnerungen an den Kerker sind mir so präsent, dass sie ungewollt auch in ihr Bewusstsein dringen. »Das hat nichts mit meinen Gefühlen zu tun. Er weiß jetzt, was ich bin. Und er weiß, dass eine Verbindung zwischen uns dadurch unmöglich wird.«

Ich streiche über die kleinen grünen Blätter der Hecke. Sie sind nass vom Regen. Funkelnde Tröpfchen fallen zu Boden. Ich sehe zu, wie sie beim Aufprall zerplatzen. Ninons Geist ist im Vergleich zu meinem erschreckend farblos, ihre Gedanken fahl. »Ist das wirklich so?«

Was meint Rea damit? In Gedanken geht Ninon verschiedene Deutungsmöglichkeiten durch. Ich kenne keine klügere Frau als sie. Natürlich versteht sie sofort, was ich damit meine. »Du willst doch nicht etwa andeuten, ich könnte eine Heirat mit ihm auch nur in Erwägung ziehen und den Rest meines Lebens geheim halten, was ich in Wirklichkeit bin?«

Lächerliche Vorstellung. Ihr Gedanke verletzt mich. Ich weiß noch genau, wie ich mir über Robins und meine Zukunft den Kopf zerbrochen habe. Wie ich mir ausgemalt habe, wir könnten tatsächlich zusammen sein. Dabei hatte ich bereits entschieden, mein Geheimnis so lange für mich zu behalten, wie es nötig sein würde – wenn wir nur zusammenbleiben konnten.

Natürlich registriert Ninon auch diese Erinnerungen. Dass sie diese Seite an mir sieht, ist mir peinlich. Schnell lasse ich ihre

Hand los. Da ich eine Rüge erwarte oder – schlimmer noch – Mitleid, gehe ich vorsichtshalber zum Angriff über: »Du hast es ja nicht einmal deinem Bruder gesagt.«

Im ersten Moment wirkt sie verletzt. Dann versteckt sie sich hinter nonchalanter Eleganz und zuckt mit den Achseln. »Warum sollte ich es meinem Bruder sagen? Das geht niemanden etwas an.«

»Vielleicht, damit er dir keine unerwünschten Heiratskandidaten ins Haus holt?«

»Oh, bitte.« Sie lacht laut auf. »Nichts und niemand könnte meinen Bruder davon abhalten, nach Gutdünken irgendwelche Heiratskandidaten einzuladen. Jeder muss immer nach seiner Nase tanzen. Deshalb gibt er ja so einen grandiosen König ab.«

»Trotzdem hätte zumindest diese eine Brautwerbung verhindert werden können.«

Ninon sieht mich an. Ihr Blick ist durchdringend, auch wenn ihr Ton unbeschwert bleibt. »Worum geht es hier überhaupt?«

»Worum sollte es denn gehen?«, erwidere ich stur.

»Rea, Liebes. Bist du wegen dieser Brautwerbung etwa eifersüchtig?«

»Natürlich nicht!«

»Wo liegt dann das Problem? Robin und ich werden eine Zeit lang so tun, als würde er um mich werben, dann werden wir aller Welt mitteilen, dass es nicht funktioniert hat, und ich schicke ihn zurück nach England. Das geht ratzfatz.«

Ich schließe die Augen. Es ist absolut unfair, wie leicht das bei ihr klingt – ihn wegschicken. Wo ich doch genau weiß, dass ich das niemals könnte, wenn er mich haben wollte.

»Warum hast du es deinem Bruder nie gesagt?«

Ninon sieht mich an. In ihrem wunderschönen Kleid, mit ihrem königlichen Diadem. »Rea.«

»Es ist einfach so …« Plötzlich spüre ich, wie mir Tränen in die Augen steigen. »Es wäre alles viel leichter zu ertragen gewesen, wenn ich gewusst hätte, dass selbst eine Prinzessin so sein kann wie ich.«

Sie kommt näher, streicht mir mit der Hand über die Wange. *Ich wünschte, es wäre so ...* »Weißt du, wie die Monarchen in Frankreich auf den Thron kommen, Rea?«

Ich schüttele den Kopf. Sie legt mir die Hand auf die Schulter und drückt sie sanft. »Wir haben einen *Roi Citoyen,* einen König der Bürger. Der Herrschaftsanspruch wird heutzutage nicht mehr vererbt. Unser Vater hat diese Reform vorgeschlagen und verfügt, dass seine Nachfolger zukünftig auf den Thron gewählt werden sollen.« Sie zögert. *Wie erkläre ich das am besten?* »Deshalb hat meine Mutter strikt darauf geachtet, vor allen geheim zu halten, was ich bin. Sie war die Einzige, die es wusste. Ihr war klar, dass es die Chancen meines Bruders schmälern würde.«

Entsetzt starre ich sie an. Unter welch einem Druck sie gestanden haben muss. Jetzt wünschte ich, ich könnte einen Blick in ihre Erinnerungen werfen. Aber ich sehe nur, was ihr in diesem Moment durch den Kopf geht: ein verschwommenes Bild ihrer Mutter, einer zerbrechlich wirkenden Frau, die zu sanftmütig war, um andere zu enttäuschen.

»Warum hätte es die Chancen deines Bruders schmälern sollen? Hier ist es doch nicht verboten.«

Ach, Rea. Ninon lächelt. »Weil es immer auch jene gibt, die Dinge verabscheuen, die nicht offiziell verboten sind.« *Weil königliche Eheschließungen die Schlachtfelder der Kriege ersetzen. Weil es immer Menschen gibt, die sich vor allem fürchten, was sie nicht verstehen.* »Aber das ist jetzt unwichtig.« Entschlossen nimmt sie meinen Arm und verschränkt unsere Finger miteinander. »Ich bin gar nicht unglücklich darüber. Ganz im Gegenteil, ich wollte es so. So kann ich mich viel freier bewegen. Denk nur, wir beide wären uns nie begegnet, wenn alle es wüssten. Zumindest wäre ich am Weißen Hof dann sicher nicht willkommen gewesen. Aber du ... Was machen wir jetzt nur mit dir?«

»Mit mir?«, frage ich überrascht.

»Ja, mit dir. Immerhin bin ich nicht diejenige, die der Prinz geküsst hätte, als hinge sein Leben davon ab, kurz bevor wir aus dem Palast geflohen sind.«

Bei der Erinnerung daran werde ich rot. Und sie sorgt noch immer dafür, dass sich prickelnde Wärme in mir ausbreitet. »Ich werde nicht sonderlich viel von ihm zu sehen kriegen, schätze ich.«

»Würdest du ihn denn gerne sehen?«

Die Kreatur lässt ihre Zunge über unsere verschränkten Hände gleiten. *Ja.* »Nein.«

»Gut.« Ninon zieht mich mit sich. »Sehr vernünftig.«

Aber ... »Aber ich wollte zu dem Konzert gehen«, wende ich ein, plötzlich etwas atemlos. *Genau.* »Liam hat da ein Solo, weißt du.«

Ninon bleibt abrupt vor einer Statue stehen, die wohl einen überirdisch gut aussehenden Pan darstellen soll.

»Hör mal, Rea ...« Sie zögert. »Mir wäre es lieber, wenn du möglichst wenig Zeit hier im Palast verbringen würdest.«

Das ist ein Schlag in die Magengrube. »Wieso denn das?« Selbst jetzt denke ich an nichts anderes mehr, auch wenn ich weiß, dass ich das nicht sollte. Ihn wiedersehen. Seine Handschuhe abstreifen. Seine Finger küssen. Meine von ihm küssen lassen. Maria, das muss aufhören.

Aber Ninon ist gedanklich gar nicht beim Prinzen. Vor ihrem inneren Auge ist jemand anders aufgetaucht. Jemand, der mich zutiefst beunruhigt: die maskierte Frau. Die Megäre. »Ist es wegen Madame Hiver?«

Ninon lacht. »Es ist schon praktisch, wenn man einen Mensator zum Gesprächspartner hat. Das erspart einem viel Mühe.«

Mir ist überhaupt nicht nach Lachen zumute. »Wer ist sie?«, will ich wissen. Ninon lässt meine Hand los und lehnt sich mit dem Rücken gegen die Statue.

»Sie wurde bei Hofe eingeführt als ... nun ja, eigentlich als die Verlobte eines anderen Mannes, soweit ich weiß, aber ich war zu der Zeit nicht hier. Als ich ihr das erste Mal begegnete, war sie bereits die Mätresse meines Bruders. Doch wenn ich richtig informiert bin, ist sie seitdem auch in Geheimdienstkreisen aktiv geworden. Äußerst aktiv. Zumindest konnte ich, als ich etwas mehr über sie in Erfahrung bringen wollte, absolut nichts finden.«

»*Du* hast nichts gefunden?« Das ist mehr als nur beunruhigend. Aber zumindest würde es erklären, woher Madame Hivers Interesse an meiner Person stammt. Wenn sie dem Geheimdienst angehört, nutzt sie mit Sicherheit jedes nur erdenkliche Mittel, um sicherzustellen, dass ich keine Gefahr darstelle für eine Eheschließung, die das französische Königshaus offenbar unbedingt herbeiführen möchte. »Hör mal, Ninon, vielleicht sollten wir noch etwas weitergraben. Das ist doch nicht ...«

»Rea«, unterbricht sie mich. »Das alles ist nicht dein Problem. Du bist hierhergekommen, um in Frieden leben zu können. Und genau das solltest du tun. Deshalb rate ich dir auch von längeren *séjours* im Palast ab.«

Kurz überlege ich, ob ich ihr davon erzählen soll, wie Madame Hiver mich durch Corail gejagt hat. Und dass ich sie für eine Megäre gehalten habe, die jemand auf mich angesetzt hat. Aber dass Ninon mich einfach so abkanzelt, lässt mich aufmerken. Sie verschweigt mir etwas.

Nach kurzem Zögern fragt Ninon: »Wo hast du eigentlich deine Feuerseide gelassen?«

Verwirrt sehe ich sie an. »Ich trage sie am Körper, wie immer. Warum?«

»Nur so ein Gedanke. Pass gut darauf auf. Und verrate niemandem, dass du sie hast.«

Mein Hals wird plötzlich ganz eng. Einen Atemzug lang sieht es so aus, als wolle Ninon noch mehr sagen, aber dann löst sie ihre verschränkten Arme und sagt lachend: »Meine Güte, hör sich das einer an. Was bin ich heute trübselig!«

Sofort fällt mir wieder ein, wie farblos ihr Bewusstsein war. Und was sie mir anvertraut hat. »Wenn niemand weiß, was du bist ... wer hat sich dann in den letzten Tagen um deinen Geist gekümmert?« Wenigstens hat sie den Anstand, betreten aus der Wäsche zu gucken.

»Also wirklich, was bist du doch für eine Glucke«, versucht sie mich abzuwehren, aber das lasse ich nicht zu.

»Du kommst jetzt sofort mit.« Ich greife nach ihrer Hand. Diesmal bin ich diejenige, die uns vorwärtszieht. »Du kannst uns schon mal einen Wagen bestellen.«

Lachend umschlingt sie meine Finger, während wir weitergehen. »Ich hoffe übrigens sehr, dass du mir verzeihst«, sagt sie.

»Dir was verzeihe?«

»Als ich vorhin deine Erinnerungen gesehen habe, hast du plötzlich meine Hand losgelassen. Wenn ich zu aufdringlich war, tut mir das leid.« *Aber sie waren so dicht unter der Oberfläche, dass ich ihnen nicht ausweichen konnte.*

»Nein«, sage ich schnell, »das soll nicht heißen ... ich war einfach ...«

Ninon lächelt mich an. *Ganz ruhig.* »Keine Sorge, Liebes. Dieses Gespräch müssen alle befreundeten *visionnaires* irgendwann führen. Wenn wir uns berühren, teilen wir ganz automatisch miteinander, was uns gerade beschäftigt. Aber wir können darin übereinkommen, nicht tiefer zu graben.«

Ich werfe ihr einen vorsichtigen Seitenblick zu. »Und du wärst mir nicht böse?«

»Ganz im Gegenteil. Es ist eine Frage des Respekts.« *Wir sind doch Freunde.*

»Also gut.« Erleichtert atme ich auf. Ein warmes Glücksgefühl durchströmt mich. Wir sind doch Freunde. Jetzt brauche ich nur noch einen Wagen, der uns so schnell wie möglich aus diesem Palast hinaus und zu Renés Wohnung bringt.

Leider geht es nie so einfach, wenn man es mit Adeligen zu tun hat. Zunächst kehren wir in den Palast zurück, weil Ninon sich *unbedingt* noch umziehen muss, bevor wir fahren – als ob sie nicht auch in einem Müllsack umwerfend aussehen würde. Also führt sie mich zu ihren Gemächern und dort in den hellen, großzügigen Salon, der mit schlanken Marmorsäulen, bunten Vorhängen und langen Kerzen ausgestattet ist. Ihr großer weißer Schreibtisch und hohe Bücherregale aus edlem Padoukholz dominieren den Raum. Die Buchrücken sind bunt wie ein schillerndes Kaleidoskop. In ihrem begehbaren Kleiderschrank sucht sie dann allerdings kein Outfit für sich heraus, sondern überhäuft mich mit diversen Stücken, die ich anscheinend dringend brauche. »Also wirklich, Liebes, wir sind nicht länger in England. Dort hattest du eine Entschuldigung dafür, dass du wie ein chronisch verschrecktes Reh herumgelaufen bist. Hier legen wir allerdings etwas höhere Maßstäbe an.« Wüsste ich es nicht besser, würde ich sagen, sie versucht, Zeit zu schinden. Dabei finde ich es wirklich herzerfrischend, dass selbst eine Frau wie Ninon zu so billigen Mitteln greift. Und es tut gut, sie wieder lächeln zu sehen. Automatisch denke ich an die Frau, die ihr das Lächeln aus dem Gesicht gewischt hat. Madame Hiver. Wenn Ninon glaubt, dass ich mich von einer simplen Warnung abschrecken lasse, irrt sie sich gewaltig. Aber im Augenblick hat Ninons geistige Gesundheit oberste Priorität für mich.

Außerdem sind ihre Sachen durch die Bank wundervoll, weshalb ich mir ein wenig Schwelgerei gönne. Ich probiere zum ersten Mal in meinem Leben ein kleines Schwarzes an, dessen Anblick im Spiegel mir die Sprache verschlägt. Dann lasse ich mir ein wenig Glitzer auf Wangen und Lider streichen. Genieße das Gefühl ihrer Finger in meinem Haar, während sie sich Gedanken über meine Frisur macht.

»Wie wäre es, wenn ich meine Haare einfach offen trage?«, schlage ich vor, aber das entlockt ihr nur ein abfälliges Schnauben.

»Natürlich, Liebes, während der ersten Monate kämst du dir damit wahnsinnig revolutionär vor, aber was dann? Was wirst du tun, wenn du nicht länger jeden Menschen angaffst, der nicht wie die Königin von England aussieht?«

Jemand bringt uns Tee, eine herrlich vollmundige Mischung, gehaltvoll und gleichzeitig pikant. Etwas Derartiges habe ich noch nie getrunken, nicht einmal am Weißen Hof. Ninon verspricht, mich bald mit zu ihrem Händler zu nehmen. Dazu essen wir einen himmlischen Kuchen, eine Tarte au Citron mit leckerer Crème, und packen den Rest für unsere Freunde ein. Ninon massiert mir, noch immer nur mit Unterwäsche und einem Hemdchen bekleidet, die Füße. Dass eine Judasbehandlung einmal so selbstverständlich sein könnte, ist für mich noch immer unfassbar. Dann zieht sie sich an. Um den Hals trägt sie die Kette mit dem Anhänger, der mir so gut gefällt: ein Kreis, der an einer Stelle offen ist. Ich mustere ihre Tätowierung, die ebenfalls diesen Kreis darstellt.

Bis sie schließlich ihr cappuccinobraunes Cape umgelegt und einen Wagen geordert hat, geht bereits die Sonne unter.

»Wunderbar, wir kommen gerade rechtzeitig zum Abendessen«, sagt Ninon nur. Wieder einmal sieht sie einfach umwerfend aus, obwohl sie lediglich eine enge schwarze Hose und eine farblich darauf abgestimmte Bluse trägt und dazu ein tailliertes Jackett. Sie hat sich goldene *manchettes* ins Haar geflochten und um den rechten Arm gewickelt. »Hast du schon mal Blancs geschmorte rote Zwiebeln mit Walnüssen gegessen? Die würde ich glatt heiraten. Oder ihn. Mir ganz egal, solange ich sie dann immer essen könnte.«

Schon bevor Ninon und ich an die Wohnungstür klopfen, sorgt der himmlische Duft, der aus dem offenen Küchenfenster dringt, dafür, dass mir das Wasser im Mund zusammenläuft: Knoblauch, Butter und der pikante Geruch von Zwiebeln. »Woher wusstest du das?«, frage ich Ninon, aber die lächelt nur geheimnisvoll, während sich die Tür öffnet.

Blanc scheucht uns hinein. Ich bin unsagbar froh, dass er wieder auf den Beinen ist. Die Kochschürze und der Pfannenwender in seiner Hand sind ein nicht zu unterschätzender Bonus.

»Ihr hättet vorher Bescheid sagen sollen, dass ihr kommt. Ein paar Zwiebeln kann ich bestimmt noch irgendwo auftreiben, aber der Ziegenkäse ...«

»Keine Sorge, wir haben Nachtisch mitgebracht!« Ninon wirft ihr Cape über einen Stuhl und stellt den Karton mit der restlichen Tarte au Citron, die wir im Palast gemopst haben, in den Kühlschrank. Und plötzlich ist die Welt wieder in Ordnung. Irgendjemand hat die Wäsche abgehängt und den Aschenbecher auf das Fensterbrett verbannt. Stattdessen ist der Tisch mit Rucolablättern, Walnussschalen und roter Zwiebelhaut übersät. Dazwischen erspähe ich ein handgeschriebenes Rezeptbuch, ein besticktes Küchenhandtuch und eine hastig hingeworfene Einkaufliste – erster Punkt: *Papier toilette.*

Lachend rette ich die Liste aus dem Chaos und hänge sie an das Brett neben der Tür. Während ich das tue, bemerke ich Renés Arzttasche auf dem Boden. Sie ist offen.

»Ist alles okay?«, frage ich Blanc. Ninon ist bereits im Schlafzimmer verschwunden. Er dreht sich nicht zu mir um, als er antwortet: »Klar doch. Nur so eine Sache bei der Arbeit. Nichts Ungewöhnliches.«

Ich stelle mich neben ihn. Hier duftet es sogar noch verlockender. Die Zwiebeln brutzeln mit dem Knoblauch in der Pfanne, außerdem sehe ich einige Kräuter. Wahrscheinlich stammen die aus den Töpfen, die unter der Decke hängen. Als unsere Schultern sich berühren, wirft er mir ein kurzes Lächeln zu. Es wirkt fast schüchtern.

»Ja, ich koche.«

»Ziemlich unfair, dass du so viele Talente hast, das muss ich schon sagen.«

Die Verlegenheit verschwindet, sein Lächeln wird frech. Er wischt sich die Stirn, über der eine Bandana seine Haare aus dem Gesicht hält. Dazu trägt er ein leuchtend blaues Hemd.

»Auch nicht mehr als du.«

Ich spiele mit einer meiner *manchettes,* um ihn nicht ansehen zu müssen. Dabei fällt mir auf, dass er barfuß ist. Wir konnten uns noch gar nicht richtig unterhalten, seit er die Wahrheit über mich erfahren hat. »Muss ja eine ziemliche Überraschung für dich gewesen sein, als du herausgefunden hast, wer ich bin.«

Achselzuckend greift er nach der Pfeffermühle. »Ich wusste die ganze Zeit, wer du bist. Obwohl ich mich schon gefragt habe, warum du zu einer so grottenschlechten Kämpferin wurdest, wann immer du Handschuhe anhattest.«

Mein Blick wandert zu den unter karamellisiertem Zucker glänzenden Zwiebeln, dann durch das kleine Fenster hinaus zu der Gasse mit ihren geduckten Holzhäuschen. Bei dem, was ich gleich eingestehen werde, kann ich überall hinsehen, nur nicht in sein Gesicht. »Bestimmt hältst du mich jetzt für eine Betrügerin.«

Er hat sich von den illegalen Arenen bis an die Spitze der Pariser Gesellschaft gekämpft. Im Alter von siebzehn Jahren war er der unangefochtene Champion aller Straßenkämpfer. Und das alles nur durch seine Kraft, sein Talent und seine Gabe, sein Gegenüber blitzschnell zu durchschauen.

Aus dem Augenwinkel sehe ich, wie er die Mühle abstellt. Sorgfältig den Herd ausschaltet.

Gerade noch rechtzeitig hebe ich den Kopf, sehe, wie seine Faust auf mich zurast. Instinktiv gehe ich in Deckung und hebe den Arm. Dann ziele ich auf seinen Bauch. Er wehrt den Schlag im letzten Moment ab. Der nächste trifft, und zwar am Kinn. Kurz flackern seine Gedanken in meinem Geist auf – ich sehe, wie er das Knie hochreißt, um mein Gesicht zu erwischen. Sofort lasse ich mich nach hinten fallen. Dem Knie kann ich so entgehen, dafür schlägt mein Kopf gegen einen Schrank. Schmerzen flammen auf. Ich rolle mich seitlich weg. Eine Faust schließt sich um meinen Fuß. Blanc zieht, ich trete. Meine Sohle landet auf seinem Brustbein. Er stößt einen gedämpften Schmerzensschrei aus, lässt mich los. Ich krieche rückwärts, rappele mich auf.

Das hätte ich besser nicht getan.

Blanc wirft sich mit seinem ganzen Gewicht auf mich. Ich versuche im letzten Moment, ihm mit einem Schritt zur Seite auszuweichen, aber es ist zu spät. Er stößt mich nach hinten, und wir landen beide auf dem Tisch. Dort hält er mich mit seinem Gewicht gefangen, während er sich der Länge nach über mich schiebt. Mit einer Hand packt er ruckartig meine Handgelenke, zieht sie über meinen Kopf. Sein Gesicht ist nur Zentimeter von meinem entfernt. Er atmet schwer.

Und er grinst so breit, dass die Narben auf seinen Wangen sich verziehen. »Ist es denn Betrug, wenn ich trotzdem gewinne?«

Abgrundtiefe Erleichterung durchströmt mich. Ich spüre seinen Geist, genauso stark, wie ich ihn in Erinnerung hatte: ein blau-schwarzer Mantel, das Grammofon, der Comte, René, mein Gesicht, mein Körper unter seinem, ganz in Schwarz und erhitzt durch die Anstrengung ...

Plötzlich spüre ich überdeutlich, wie sein Atem meine Lippen streift.

»Aber die Küche lasst ihr bitte heil, ja?«, fragt jemand von der Tür her.

Blanc lässt mich los und richtet sich auf. Er sieht ungefähr so verlegen aus, wie ich mich fühle. »Entschuldige, Comte.«

Während Blanc wieder an den Herd tritt, schiebe ich mich vom Tisch herunter. Der Comte lehnt am Türrahmen, eine Hand in der Tasche, die andere um ein bauchiges Weinglas geschlungen. Er trägt noch seine Uniform. Und Handschuhe. Oh Maria.

»Guten Abend, Comte«, begrüße ich ihn. Er nickt mir zu. Das Licht ist heute nicht gnädig. Er sieht erschöpft aus. Am liebsten würde ich mit der Hand über seine Bartstoppeln fahren und herausfinden, welche Gedanken ihm durch den Kopf gehen, wenn er mich ansieht. Oder wenn er Blanc ansieht und seine Miene sich dabei so seltsam verändert.

»Guten Abend, Miss Emris.« Wie immer sind seine Manieren tadellos. »Die Duchesse hat uns erzählt, dass Sie heute die Bekanntschaft unseres Capitaines gemacht haben.«

»Ein unbeschreiblich charmanter Mann.«

Zum ersten Mal, seit ich ihn kenne, huscht ein Lächeln über das Gesicht des Comte. Trocken und sofort wieder verschwunden, aber nicht zu übersehen. »Charme war eindeutig nicht Teil seiner Stellenbeschreibung, ja.«

»Sonst wäre René ja auch schon längst befördert worden«, wirft Blanc ein.

Ein leises Lachen dringt aus dem Schlafzimmer, gefolgt von Renés Antwort: »Besser Capitaine als Koch!«

»Da wäre ich mir nicht so sicher«, erwidere ich, während ich Teller aus dem Schrank hole und anfange, den Tisch zu decken. Glatt und fest liegt das blaue Porzellan in meiner Hand.

»Ich schon.« Der Comte prostet Blanc zu und leert sein Glas. Gerade als er sich Wein nachschenken will, betritt René die Küche.

»Das habe ich gehört.« Er stibitzt ihm die Weinflasche und nimmt einen kräftigen Schluck. Irgendwie wirkt er etwas zerzaust. »Diese Flasche ist Vertretern des schönen Geschlechtes und Invaliden vorbehalten. Nicht unbedingt in dieser Reihenfolge«, verkündet er, trinkt noch einmal und reicht sie dann an mich weiter. An seinem Arm befindet sich ein Verband, der am Morgen noch nicht da war.

»Was ist passiert?«, frage ich, greife nach der Flasche und trinke vorsichtig. Schmeckt lecker. »Verrückte«, erklärt er achselzuckend. »Bedauernswerte Irre. Wir sollten für sie um Erlösung beten.«

»Oder darum, dass man uns von ihren illegalen Waffen erlöst«, sagt der Comte trocken.

»Das wäre noch besser, stimmt«, gibt René zu. Als er meinen Blick bemerkt, fügt er hinzu: »Es war nichts. Eine Demonstration, die sich ein wenig unschön entwickelt hat. Die Leute haben Fenster eingeschlagen und Steine geworfen. So etwas eben. Deshalb hat man uns gerufen.«

»Wogegen haben sie denn demonstriert?«

Der Comte blickt zu Boden. Blanc stellt seine Pfanne ein wenig zu heftig auf den Herd zurück. René hilft mir beim Tischdecken, indem er das Besteck aus der Schublade holt. »Die Berührungsfreiheit.«

Verwirrt starre ich ihn an. Plötzlich sehe ich wieder dieses Lächeln von Madame Hiver vor mir. »Was?«

»Unverbesserliche Idioten hat es immer gegeben«, sagt der Comte ruhig, während René den Tisch sauber macht. »Das vergeht wieder.« Er signalisiert mir, ihm die Weinflasche zu geben. »Wer hat Hunger?«

René geht ins Schlafzimmer, um Ninon zu holen. Zögernd bringe ich Blanc die Teller.

Der Tisch ist kaum groß genug für uns alle, aber irgendwie kommen wir zurecht. Blanc füllt am Herd die Teller, und der Comte schenkt allen Wein ein. Bevor ich mit den vollen Tellern zum Tisch gehen kann, hält Blanc mich zurück. »Warte.« Fragend sehe ich ihn an. Er streckt die Hand aus und zieht ganz sanft ein Rucolablatt aus meinen Haaren. Grinsend streicht er damit über meine Wange. Unwillkürlich muss ich kichern.

Als ich mich umdrehe, bemerke ich, wie René schnell den Blick abwendet. Er räuspert sich und fragt lächelnd: »Was gibt es denn heute?«

»Blancs Spezialität natürlich.« Ninon tritt aus dem Schlafzimmer. »Bon appétit, mes amis.« Sie hat ihr Jackett abgelegt und die Ärmel der Bluse hochgekrempelt. Und sie sieht schon viel frischer aus. Offenbar hat René sie behandelt. Nun rückt er ihr einen Stuhl zurecht.

»Wie geht es dir?«, frage ich sie, als alle sitzen. Sie hebt bereits die Gabel zum Mund, anscheinend voll und ganz aufs Essen konzentriert.

»Ich fühle mich absolut fantastisch.«

»Trotz oder wegen der guten Neuigkeiten?«, fragt der Comte nach.

Ninons Gabel bleibt auf halbem Weg in der Luft hängen. »Ihr *wisst* davon?«

Er sieht sie nur an und zieht die Augenbrauen hoch.

»Wer hat es euch gesagt?«

»Wer hat wem was gesagt?«, fragt Blanc.

»Du hast es ihnen nicht erzählt?« Jetzt ist Ninon endgültig fassungslos.

»Uns was erzählt?«, schaltet sich nun auch René ein.

»Mussten Sie deswegen letzte Nacht noch mal weg?«, will ich gleichzeitig wissen.

Blanc und René drehen sich zum Comte um.

»Vaut mieux de s'expliquer vite«, sagt René verräterisch fröhlich, doch Blanc spart sich den höflichen Teil:

»Was zum Teufel …?«

Der Comte sieht keinen von ihnen an, sondern starrt in sein Glas. Sein Essen hat er noch nicht angerührt. »Man hat mich letzte Nacht darüber informiert, dass der Kronprinz von England nach Paris zu kommen gedenkt.«

Ich meine, Blancs Blick auf mir zu spüren.

»Wieso sollte er etwas so Dämliches tun?«

»Anscheinend …«, der Comte sieht kurz zu Ninon hinüber, »beabsichtigt er, um die Duchesse d'Orléans zu werben.«

»Okay«, sagt Blanc verständnislos. »*Was?*«

Liam und er würden sich gut verstehen, denke ich mir.

»Welche politischen Absichten dahinterstecken, wissen wir nicht. Momentan versuchen wir, mehr Informationen einzuholen.«

René ist verdächtig still geblieben – bis jetzt. »Und du hast beschlossen, uns nicht mit einzubeziehen, weil …?«

Vollkommen gelassen sieht der Comte ihn an. »Ich habe nichts dergleichen getan. Ihr habt geschlafen. Es gab keinen Grund, euch zu wecken.«

Ich strecke die Hand aus; ganz automatisch, ich kann einfach nicht anders. Mein Gefühl sagt mir, dass er lügt. Wenn sich unsere Haut nur für einen Moment berührt, erfahre ich die Wahrheit.

Überraschenderweise ist es René, der mich zurückhält. *Man darf niemandem eine Berührung aufzwingen, Rea,* mahnt er in Gedanken.

»Was hat der Capitaine dazu gesagt?«, erkundigt sich Blanc.

René stößt ein abfälliges Schnauben aus, aber der Comte bringt ihn mit einem Blick zum Schweigen. »Auch wenn eine solche Brautwerbung befremdlich anmutet, sieht der Capitaine darin doch keine Bedrohung für unsere bewundernswerte Duchesse.« Ninon nickt dankend, während der Comte fortfährt: »Er sorgt sicher eher darum, welches Signal davon ausgehen könnte. An jene in unserem Land, die das englische Modell für erstrebenswerter halten als unseres. Und an Berlin.«

Wieder blickt er zu René hinüber, dessen Gedanken sich bei dieser Erwähnung neu ausrichten: hell erleuchtete nächtliche Straßen mit Jazzmusik und ausgelassenen Tänzern an jeder Ecke. Funkelnde Kleider, lange Federboas, Flitter, der von der Decke regnet. Dann tauchen ein Mann und eine Frau in seinem Geist auf. Sie trägt die Kleidung eines Geistlichen. Beide sehen ihm unglaublich ähnlich. Offenbar sind es seine Eltern. Sie sprechen in einer Sprache mit ihm, die ich nicht verstehe, aber erkennen kann.

»Moment mal«, wundere ich mich. »Du bist gar kein Franzose?«

»Nein«, bestätigt René. »Geboren und aufgewachsen bin ich in Berlin. Aber die Mousquetaires sind Teil der Europäischen Garde und stehen deshalb jedem offen.«

»So bin ich auch der Königin von England das erste Mal begegnet«, erklärt Blanc. »Ich habe eine Zeit lang in Diensten ihrer Mutter gestanden, am kaiserlichen Hof in Berlin.« Wieder an den Comte gewandt, fährt er fort: »Glaub bloß nicht, dass die Sache schon gegessen wäre. Warum musstest du gestern mitten in der Nacht raus – nur weil der Kronprinz kommt?«

Aus dem Augenwinkel meine ich den Comte schaudern zu sehen, aber als ich genauer hinschaue, wirkt er vollkommen ruhig. »Einige Leute hatten Wind von der Sache bekommen und sahen darin einen Anlass zu … feiern. Ein wenig zu ausgelassen für unseren Geschmack.«

Blanc kneift die Augen zusammen. »Dieselben Arschlöcher wie heute?«

»Davon gehe ich aus, Genaueres werden die Untersuchungen zeigen.«

»Du willst also sagen«, fasst René zusammen, »dass du ohne uns zu einem Einsatz gegangen bist, bei dem du körperlichen Gefahren ausgesetzt warst. Obwohl wir beide hier waren. Obwohl die Boten zu meiner Wohnung geschickt wurden.«

Gelassen sieht der Comte ihn an. »Du brauchtest Ruhe.«

René starrt unbarmherzig zurück. »Ich bin immer einsatzbereit.«

»Tatsache bleibt«, ignoriert der Comte seinen Einwand, »dass der Capitaine und ich besorgt sind über diese Entwicklung. Wir müssen wachsam sein, jetzt noch mehr als zuvor. Das gilt auch für Sie, Miss Emris.« Dass er mich so direkt anspricht, bringt mich etwas aus dem Konzept. Mit einem durchdringenden Blick fragt er: »Weiß irgendjemand, was Sie sind? Abgesehen von den hier Anwesenden?«

Ich schüttele den Kopf. »Außer meinem Bruder niemand.«

»Gut. Belassen Sie es dabei.«

René sieht so aus, als wollte er etwas sagen. Der Comte streckt die Hand nach ihm aus. Bisher habe ich so gut wie nie gesehen, dass er jemanden berührt hätte. Sanft streicht er mit den Fingern über Renés Verband.

Daraufhin klappt René den Mund wieder zu, sodass der Comte fortfahren kann.

»Sie möchten sich ja bestimmt nicht zur Zielscheibe machen, Miss Emris.«

Während ich noch überlege, ob ich ihnen von den heutigen Geschehnissen im Palast erzählen soll, verkündet Ninon bereits: »Unglücklicherweise hat unsere liebe Freundin Madame Hiver sich bereits höchst interessiert an Reas Person gezeigt.«

»Was?«, fragt der Comte scharf. »Wieso das?«

Ich mustere die saftig-weichen Zwiebeln auf meinem Teller. Plötzlich habe ich keinen Appetit mehr. »Ich habe keine Ahnung, was sie von mir wollen könnte.«

»Vielleicht gilt ihr Interesse eher dem Prinzen«, überlegt Blanc. »Vielleicht glaubt sie, du wüsstest etwas über ihn, das sie gegen ihn verwenden kann.«

Und wie recht sie mit dieser Vermutung doch hat.

»Ich will mit ihren Intrigen nichts zu tun haben«, stelle ich klar. Wenn sie wirklich in Geheimdienstaktivitäten verstrickt ist, wäre es nur logisch, dass sie mit schmutzigen Tricks versucht, dem französischen Hof bei dieser Brautwerbung einen Vorteil zu verschaffen. Aber darin will ich ganz sicher nicht verwickelt werden.

»Dann überzeugen Sie sie davon, dass Sie den Prinzen ein für alle Mal aufgegeben haben«, schlägt der Comte vor. »Oder besser noch, dass *er Sie* aufgegeben hat.«

»Das sollte nicht weiter schwierig werden«, sage ich. Denn das hat er doch sicherlich, oder? Sonst würde er ja nicht herkommen, um eine andere Frau zu umwerben. Oder etwa doch?

»Ich weiß nicht«, sagt René, aber sein Blick ruht dabei nicht auf mir, sondern auf dem Comte. Blanc hingegen starrt René an. Sie tauschen sich aus, ohne ein einziges Wort zu sagen. Eine Konversation, der ich nicht folgen kann.

»Je öffentlicher dieser Beweis erbracht wird, desto besser«, stellt Ninon fest. Gequält sehe ich sie an.

»Was denn?«, wehrt sie sich. »Hast du nicht gesehen, was der *Confessional* schreibt? Die sind alles andere als überzeugt davon, dass es zwischen euch aus ist.«

Ich vergrabe das Gesicht in den Händen. Der *Confessional* war in London immer an vorderster Front unterwegs, wenn es darum ging, an Neuigkeiten über den Prinzen und mich heranzukommen. »Ich glaube, das will ich gar nicht wissen.«

»Tja, wir werden ihnen einfach *unsere* Story aufs Auge drücken. Ich werde dafür sorgen, dass ihr Korrespondent bei dem Konzert erscheint.«

»Sollte Rea das Scheinwerferlicht nicht besser meiden?« Blanc klingt skeptisch, und er sieht beunruhigt aus. »Schlimm genug, dass wir da alle antreten müssen wie ein paar aufgerüschte Kriegerfigürchen. Wäre es nicht besser, wenn sie einfach den Kopf einzieht?«

»Nein«, protestiere ich, bevor Ninon etwas erwidern kann. »Nein, ich will da hin. Das ist ein großer Tag für meinen Bruder.« Zumindest rede ich mir ein, dass es nur darum geht.

René drückt ermutigend meine Hand. Der Comte sieht erst ihn an, dann Blanc. »Wenn ihr zwei nicht ausreichend genesen seid ...«

»Ich werde gehen«, unterbricht ihn René scharf.

»Sicher wirst du das.« Grinsend klopft Blanc ihm auf die Schulter. »Das wird lustig. Ein Familienausflug.«

Der Comte verdreht die Augen, sagt aber nichts mehr. Wir wenden uns weniger ernsten Themen zu: Musik und Renés anscheinend übelst kitschiger Plattensammlung, die er in Berlin und anderswo zusammengetragen hat; dem Roi und seinem lächerlichen Spazierstock; dem neuen Trend, seine *manchettes* zu flechten – wer, der nicht zufällig eine Gräfin ist, hat denn bitte Zeit für so etwas? Die Tarte au Citron sieht noch genauso einladend aus wie am Nachmittag, und da René darauf besteht, schlägt Blanc sogar frische Sahne für uns auf. Als er sie uns serviert, warten alle sehnsüchtig darauf, endlich reinzuhauen, aber Blanc macht ein Riesentheater darum, wie genau die Sahne auf den Tellern angerichtet werden muss. Irgendwann geht René die Geduld aus, er steht auf, hebt seine Gabel und verkündet lauthals, er werde sich nun wegen der Sahne mit Blanc duellieren – natürlich nur zum Wohle der Damen. Blanc nimmt ganz unprätentiös seinen Pfannenwender und klatscht ihm eine Ladung Sahne ins Gesicht.

Das Duell endet damit, dass wir alle Schlagsahne in den Haaren beziehungsweise Bärten haben und auch auf unserer Kleidung. Blanc säubert Renés Wange mit einem laut schmatzenden Kuss und wiederholt das dann beim Comte, läuft danach aber knallrot an. Genau wie der Comte. Die Tarte au Citron essen wir schließlich ohne alles. Nach einem letzten Glas Wein bringen der Comte und René Ninon zum Wagen, während Blanc und ich die Küche aufräumen.

Gerade als wir die letzten Teller abtrocknen, wendet Blanc sich mir unerwartet zu. »Du musst nicht zu diesem Konzert gehen, das ist dir doch klar, oder?«

»Ich habe doch schon gesagt, dass es der erste öffentliche Auftritt meines Bruders ist«, entgegne ich.

Seine großen Hände, schwielig von vielen Kämpfen, stützen sich schwer neben meinen auf die Arbeitsplatte.

»Klar, das verstehe ich ja. Ich will einfach nicht …«

Er verlagert sein Gewicht und streift mich mit dem Oberarm. Ich spüre die Kraft, die unter seiner Haut vibriert. »Ich will einfach nicht, dass du denkst, er wäre der Einzige. Bloß weil er dein Erster war.«

Ich sehe ihn an. Mustere sein Profil. Erinnere mich daran, wie wir lachend auf dem Tisch gehangen haben. Plötzlich weiß ich nicht mehr, was ich sagen soll.

Blanc sieht aus dem Fenster. Eine graue Katze huscht vorbei, dann kommen René und der Comte zurück. René schmiegt das Gesicht an den Hals des Comte und beschmiert ihn so mit Sahne. Lachend schiebt der Comte ihn von sich weg. René zieht ihn wieder an sich und flüstert ihm etwas ins Ohr. Mit einem sichtbaren Schaudern drängt er René rückwärts gegen einen Laternenpfahl. Der schließt die Augen. Ich sehe, wie der Comte seine noch immer verhüllten Finger unter Renés Kinn schiebt, sein Gesicht anhebt. Sich langsam vorbeugt. Einen Moment lang verharren sie so, ohne dass sich ihre Lippen berühren. Dann schnellt René in die Höhe. Ich beobachte, wie sie sich küssen. Und wie beim letzten Mal kann ich den Blick nicht abwenden. Will es nicht. Etwas Derartiges würde man in England niemals zu sehen bekommen. Nicht einmal in den Heiligen Höfen. Nicht so öffentlich.

Blanc steht neben mir und sieht ihnen ebenfalls zu. Ausgerechnet jetzt klingelt mein Handy: Brahms' Ungarischer Tanz Nr. 6 – Liam.

Ich wühle in den Taschen meines Capes. Als ich das Telefon endlich finde, bin ich ein wenig außer Atem. »Du wirst nicht glauben, was mir heute passiert ist«, sage ich ohne eine Begrüßung, obwohl ich noch nicht einmal weiß, was ich ihm zuerst erzählen soll. Und was ich ihm lieber gar nicht erzähle.

»Doch, ich denke schon«, antwortet Liam. Er klingt angespannt. »Sag mir, dass du es nicht tun wirst, Rea.«

Jetzt bin ich verwirrt. »Was soll ich nicht tun?«

»Zu ihm zurückgehen.«

Kapitel 4

Ich klammere mich so fest an das Telefon, dass meine Finger wehtun. »Was soll das heißen?«

»Schaust du immer noch keine Nachrichten?«

»Ich verstehe noch kein Französisch«, rufe ich ihm ins Gedächtnis.

»Sie haben gerade bekanntgegeben, dass der Kronprinz von England nach Paris kommen wird«, presst Liam zähneknirschend hervor. »Und jetzt sag mir bitte, dass du nichts davon wusstest.«

Das kann ich nicht. Nicht, wenn ich ehrlich sein will. »Ich habe es heute erfahren.«

»Wie?«

Plötzlich bin ich gereizt. »Der Roi hat es mir gesagt. Deshalb hat man mich zu ihm gebracht.«

»Du hast es also nicht vom Prinzen erfahren?«

»Was?« Oh ja, ich bin definitiv gereizt. Und verletzt. »Nein, natürlich nicht. Was denkst du denn – dass wir uns Liebesbriefe schreiben, oder was?«

»Diese ganze Sache hat also nichts mit dir zu tun?«

»Warum glaubt eigentlich alle Welt, das hätte etwas mit mir zu tun?«

»Na ja, du musst zugeben, das Timing ist schon merkwürdig. Vier Tage, nachdem du in Paris angekommen bist, beschließt dein ehemaliger Lover, sich in dieselbe Stadt zu begeben?«

»Du hast wohl ein paar Mal zu oft den *Confessional* gelesen«, blaffe ich ihn an, obwohl mein Herz einen Gang höher schaltet.

»Lenk nicht ab.«

»Liam, er kommt hierher, weil er um eine andere Frau werben möchte. Glaub mir, ich war von dieser Nachricht ungefähr so begeistert wie du.«

Er holt tief Luft. Ich höre an seinen Atemzügen, wie er sich langsam wieder beruhigt. Im Hintergrund ertönt ein lautes Maunzen von Beethoven. Blanc wirft mir einen fragenden Blick zu. Ich verziehe entschuldigend das Gesicht, streife mein Cape über und gehe nach draußen, um ungestört zu sein. »Hast du dich wieder eingekriegt?«

»Ja. Ich … Als ich sein selbstgefälliges Gesicht in den Nachrichten gesehen habe, bin ich einfach so wütend geworden.«

Ich denke, ich weiß, welchen Gesichtsausdruck er meint. Der bringt mich auch immer auf die Palme, aber vermutlich aus einem anderen Grund. Mit einem heftigen Kopfschütteln versuche ich, diesen Gedanken zu verdrängen. Und den Schauer, der durch meinen Körper fährt.

»Mach dir keine Sorgen, Brüderlein.«

»Alte Gewohnheiten wird man nicht los.« Er lacht zittrig. Mir wird einmal mehr bewusst, wie viel er aufgegeben hat, um mich zu beschützen, wie hart er gekämpft hat, damit wir überleben konnten, wie schwer es ihm fallen muss, wirklich zu glauben, dass er jetzt frei ist.

»Du hast momentan ganz andere Sorgen«, sage ich. »Immerhin rückt das Konzert näher.«

»Ich werde bei dem Konzert nicht auftreten.«

»*Was?*« Meine Stimme hallt durch den kleinen Innenhof.

»Ich weigere mich, für jemanden wie ihn zu spielen.«

»Eine solche Gelegenheit darfst du dir nicht entgehen lassen!« Als an einem der Fenster gegenüber ein Gesicht auftaucht, mache ich den Versuch, meine Stimme zu senken, aber dafür bin ich einfach zu wütend. Weil mein Bruder um meinetwillen seine Karriere torpedieren will. Und weil ich, wenn ich ganz ehrlich zu mir bin und meine Motive kritisch unter die Lupe nehme, keinen Grund mehr angeben könnte, warum ich zu diesem Konzert muss, wenn Liam nicht auftritt. Auch wenn ich es ungern zugebe, hat es doch keinen Sinn, mir länger etwas vorzumachen: Ich will den Prinzen wiedersehen. Selbst wenn es das letzte Mal sein sollte.

»Rea«, faucht er, plötzlich wieder aufgebracht. »Weißt du eigentlich, was hier abgeht? Hast du die vielen Menschen gesehen, die heute auf die Straße gegangen sind – als Protest gegen die Berührungsfreiheit und gegen Magdalenen? Das war auch in den Nachrichten. Ich kann nicht für einen Prinzen spielen, der so etwas auch noch unterstützt. Ich werde für niemanden spielen, der diesen Leuten öffentlich beipflichtet.«

»Idioten wird es immer geben«, wiederhole ich die Ansicht des Comte, auch wenn Liams Worte mich betroffen machen. Robin würde solche Menschen sicher nicht ermutigen. Er würde sich niemals für Gewalt aussprechen. »Das heißt aber noch lange nicht, dass du ihretwegen deine Karriere aufs Spiel setzen sollst. Damit verleihst du ihnen doch nur Macht über dich. Und *ihm* ebenfalls.«

»Dann soll ich also einfach tatenlos zusehen?«

»Du tust doch bereits etwas«, behaupte ich. »Du stellst dich vor ihn, ein ehemaliger Untertan, und zeigst der Welt, was er verloren hat, indem er uns an den Rand der Gesellschaft gedrängt hat.«

Liam seufzt schwer. »Es ist wirklich eine einmalige Gelegenheit«, gibt er zu. Meine Erleichterung ist so groß, dass ich mich gegen die Mauer lehnen muss.

»Ich wusste, dass du zur Vernunft kommen würdest.«

»Noch habe ich nicht gesagt, dass ich es tun werde«, erwidert er hochmütig.

»Oh bitte. Als ob du dir die Chance entgehen lassen würdest, dich selbst spielen zu hören, du alter Narzisst.«

»Du hast eben keine Ahnung von den Qualen einer Künstlerseele.«

Ich lache fröhlich, und er stimmt mit ein.

»Alles gut?«

»Alles gut, *myrddin*.«

»Gib Beethoven einen Kuss von mir.«

»Wenn er ihn haben will.«

»Das verletzt mich.«

»Alles Absicht.«

»Gute Nacht, Bruder.«

»Gute Nacht, Schwester.«

Ich lege auf, starre aber noch eine Weile auf das Display. Dann blicke ich in das kleine Fleckchen Himmel über mir hinauf. Die Nacht ist klar, die Sterne leuchten hell. Ich will lieber nicht zu genau darüber nachdenken, was ich gerade getan habe. Und warum.

Ein Räuspern reißt mich aus meinen Grübeleien. René und der Comte stehen im Hoftor. »Bitte verzeih, wir wollten nicht indiskret sein«, entschuldigt sich René.

Lächelnd wickele ich mich fester in mein Cape. Es ist kalt hier draußen. »Ganz und gar nicht. Eigentlich müsste ich mich bei euch entschuldigen. Ihr seid viel zu großzügig zu mir.«

René greift nach meiner Hand und haucht einen Kuss darauf. *Reinen Anstand als Großzügigkeit auszulegen …* Ich verstehe seinen Gedanken nicht, erkenne aber, dass die Worte deutsch sind. »Du brauchst dich nicht zu entschuldigen.« Er lässt meine Hand los und zwinkert mir neckisch zu. »Für eine Jungfrau in Nöten würden wir alles tun.« Als er noch eine affektierte Verbeugung drauflegt, muss ich laut lachen. Er weiß genau, dass ich das ganz sicher nicht bin. Schmunzelnd blicke ich ihm hinterher, als er hineingeht, und rechne fest damit, dass der Comte ihm gleich folgen wird.

Doch der bleibt stehen und mustert mich. In der Dunkelheit ringsum ist er kaum mehr als ein Schatten. Eine große, leicht bedrohliche Gestalt, deren Stimme fast finsterer zu sein scheint als die Nacht. »Eine Jungfrau in Nöten.«

Ich kann sein Gesicht nicht erkennen. »Dank Blanc und René nicht mehr in Nöten«, widerspreche ich ihm warm.

»Ja, Blanc ist ein außergewöhnlicher Kämpfer und René ein außergewöhnlicher Heiler.« Der Mond steht noch nicht hoch genug, um seine Strahlen in den Hof hineinzuschicken. »Ihnen liegt das Wohlergehen aller am Herzen, nur nicht ihr eigenes.«

Das leise Rascheln seiner Kleidung verrät mir, dass der Comte sich bewegt. Er greift nach etwas. Ich kneife die Augen zusammen, richte mich auf – rein instinktiv.

Sofort hält er inne. Dann zieht er eine Zigarette und ein Feuerzeug hervor. »Es ist nicht klug, seine Furcht zu zeigen.«

»Ich fürchte mich nicht«, behaupte ich.

Die Zigarettenspitze glüht auf, und ich meine, ein kurzes Zucken seiner Lippen zu sehen. »Sie haben sich zu sehr an das Lügen gewöhnt, Miss Emris. Ich weiß, wie schwer es ist, diese Angewohnheit wieder loszuwerden.«

»Was wollen Sie damit sagen?«

Er nimmt einen Zug, sodass die Glut hell aufleuchtet. An seiner Wange klebt noch immer ein wenig Sahne. »Ich weiß, warum Sie zu diesem Konzert gehen wollen.«

»Wie das?« Plötzlich bin ich müde. Schlaff lehne ich mich gegen die Hauswand. Obwohl der Comte mir das Gesicht zuwendet, scheint er einfach durch mich hindurchzusehen.

»Weil die Liebe einen nicht freigibt, ohne Wunden zu schlagen«, antwortet er. Und dem kann ich nun wirklich nichts mehr hinzufügen.

Gemeinsam gehen wir hinein. Die beiden Matratzen auf dem Boden im Schlafzimmer wurden zusammengeschoben. René liegt bereits halb schlafend auf der einen, eng an Blanc gekuschelt. Der Comte wirft Blanc einen langen Blick zu, den dieser stumm erwidert. Dann sieht er mich an. Irgendetwas passiert zwischen den beiden, aber ich weiß nicht, was es ist. Wie lange sind sie eigentlich schon befreundet? Wie lange muss man einander kennen, um sich ohne Worte verständigen zu können?

»Ein Haufen Narren sind wir«, sagt der Comte schließlich und wendet sich ab, um sein Cape aufzuhängen.

Die Nachricht, dass der englische Kronprinz bald kommt, löst auf den Straßen von Paris spürbare Aufregung aus. Praktisch über Nacht werden passende Souvenirs gefertigt und so subtil in den Verkaufsbuden am Fluss platziert, als wären sie schon immer dort gewesen. Für Souvenirs sind manche davon erstaunlich humorvoll: Wie nicht anders zu erwarten, gibt es Tassen, Geschirrtücher und jede Menge anderes Zeug, aber darauf ist nicht nur das Konterfei des Prinzen abgebildet. Als ich mir einen der Becher genauer ansehe, bemerke ich, dass er auf dem Bild neben der berühmten Windmühle des Moulin Rouge zu sehen ist. Darunter prangt der Slogan *Was in Paris passiert, bleibt auch in Paris* – auf Englisch und Französisch. Es gibt sogar Unterwäsche mit dem Foto des Prinzen. Im englischen Buchladen geht man so weit, eine Parodie auf *Erfolg im Leben leicht gemacht: Die Autobiografie der Thea Mallory als Inspiration für die junge Frau von heute* in die Auslage zu legen. Natürlich kaufe ich mir ein Exemplar. Um sich über Thea Mallory lustig zu machen – jene Adelige, die ihre Stimme an die Propagandamaschinerie des Weißen Königs verhökert –, reicht das Geld auf jeden Fall.

Insgesamt versuche ich aber, diesem Wahnsinn so gut wie möglich aus dem Weg zu gehen. Ich begleite Liam zur Probe, füttere Beethoven, besuche die Mousquetaires bei der Arbeit, um mit Blanc zu trainieren und spielerisch mit René zu flirten, und bespreche am Telefon mit Ninon, wann wir zusammen ins Theater gehen sollen. Zweimal marschiere ich zum Théâtre Odéon, nur um im letzten Moment wieder umzukehren. Ich mache Aufnahmen von mir und spreche ein paar Monologe vor der Kamera, wobei ich mich gleichzeitig dumm und wie berauscht fühle. Hinterher traue ich mich nicht, mir das Video anzusehen. Liam zwingt mich schließlich dazu. Zusammen gehen wir zum Theater und reichen am letzten Tag der Bewerbungsfrist meine Unterlagen ein.

Aber vor allen Dingen versuche ich, so viel wie möglich über Madame Hiver auszugraben. Als ich herausfinde, dass *Hiver* das französische Wort für *Winter* ist – jene mysteriöse Organisation von Magdalenen, welcher der Weiße König terroristische Angriffe angelastet hat –, bin ich erst einmal schockiert. Aber zwischen ihnen kann es keine Verbindung geben, denn wenn Madame Hiver in ihren öffentlichen Äußerungen eines ganz deutlich macht, dann ist es ihre erklärte Abneigung gegenüber allen Magdalenen. Eine englischsprachige Zeitung bezeichnet sie sogar als magdaphob. Ich finde keinerlei Aufzeichnungen über sie, die älter wären als zehn Jahre, und ihr Akzent lässt sich einfach nicht zuordnen. Nur eine Konstante gibt es: Sie ist definitiv eine Gegnerin der Berührungsfreiheit. Was ihr Outfit ja irgendwie auch schon vermuten ließ.

Außerdem war *Winter* doch nur eine Erfindung des Königs. Allerdings finde ich auch heraus, dass es einmal eine Organisation dieses Namens gab, die sich für das Recht auf freie Berührung sowohl innerhalb als auch außerhalb der europäischen Grenzen stark machte. Wegen der Affäre rund um die versuchten

Attentate auf den Kronprinzen hat sie allerdings ihren Namen geändert und nennt sich nun Seidener Hof. Dabei handelt es sich aber um eine Organisation für Menschenrechte mit Sitz in Berlin, und angeführt wird sie von einer der wenigen Überlebenden der Seidenrebellion. Auf ihrer Website finden sich Informationen, Veranstaltungstermine, eine Liste mit Anwaltsadressen, eine Spendenaktion zur Finanzierung von Rechtsbeiständen und ein Nachruf auf einen gewissen James Noah, einen englischen Staatsbürger und Freund. Das alles hat nichts mit dem zu tun, was der König sich ausgedacht hat, um einen Schuldigen für die Ermordung seines eigenen Sohnes präsentieren zu können. Trotzdem grabe ich weiter. Es gibt Gerüchte, aber die gibt es ja immer. Ob jemand, der so magdaphob ist wie Hiver, nicht zwangsläufig selbst eine Magdalena sein muss. Schaudernd denke ich an ihre Maske zurück, an ihre Hand an meinem Hals. Maria sei Dank hat sie Handschuhe getragen. Allein die Vorstellung, dass man eine Megäre auf mich angesetzt haben könnte ...

Tag für Tag setze ich meine Suche fort. Und wenn ich mich immer öfter dabei ertappe, wie ich auf mein Handy starre oder meine E-Mails und Nachrichten durchsuche, immer in der Hoffnung, dass vielleicht etwas von jenem Mann dabei sein könnte, den ich seit Wochen nicht gesehen habe, seit ich England verlassen habe ... Tja, das geht allein mich etwas an.

Am Tag vor dem Konzert ruft Ninon mich an und bestätigt, dass ein Vertreter des *Confessional* kommen wird, um die kühle Distanz zwischen dem Prinzen und mir selbst bezeugen zu können. Das deprimiert mich. Bis mich Ninons Frage, was ich denn anziehen wolle, in Panik versetzt.

Liam ist ebenfalls panisch. Jetzt ist keine Rede mehr davon, aus hehren Motiven den Auftritt abzusagen. »Es wird ein Desaster«, sagt er. Ich klopfe ihm aufmunternd auf die Schulter. Mehr kann ich in diesem Moment nicht für ihn tun.

Am Morgen des Konzerttages werde ich von einem Wagen abgeholt. Ninon hat darauf bestanden, dass ich schon in der Früh zu ihr kommen soll.

»Wir müssen dich anständig einkleiden«, verkündet sie, noch bevor ich ganz durch die Tür bin.

»Du bist wirklich besessen vom Thema Mode«, beschwere ich mich, als sie mich energisch in ihren begehbaren Kleiderschrank drängt.

»Du, meine Liebe, wirst heute Abend öfter fotografiert werden, als dir lieb sein dürfte. Glaub mir, da brauchst du etwas, um dich zu schützen.«

Ich mustere ihr fein geschnittenes Gesicht, die strahlenden Augen. Wie entzückend sie ihre Finger knetet und mit ihren Ringen und ihrer Halskette spielt. Plötzlich wird mir bewusst, dass ihr Leben nie anders ausgesehen hat. »Kleidung ist Schutz?«

»Nein.« Ihre Finger bohren sich in meine Schulterblätter, bis ich kerzengerade vor ihr stehe. »Kleidung ist eine Waffe.« Sie beugt sich vor und flüstert mir ins Ohr: »Und wir werden England zeigen, was es an dir verloren hat.«

So fängt es an. Ninon reißt ihre Schränke auf, streicht suchend über Bügel, Kleider, Kostüme, Jacketts, Shirts. Ich folge ihrem Beispiel. Merinowolle, Kaschmir aus Pamir, transparentes Musselin aus Mossul. Und vor allem: Seide. Jenes kühle, weiche Material, das mein aufgewühltes Innenleben beruhigt, sobald es über meine Haut gleitet. Ein Kleid. Ich packe den Stoff mit beiden Händen. Ziehe es heraus. Vergrabe mein Gesicht darin. Es hilft mir beim Atmen, befreit meinen Geist. Zaubert trotz allem ein Lächeln auf mein Gesicht.

»Solltest du es vorher nicht wenigstens zum Essen einladen?«

Ich sehe auf und bemerke Ninons Blick. In ihrem Lächeln schwingt nicht die geringste Herablassung mit. Stattdessen fährt sie prüfend mit einem Finger über den Stoff. »Warum nicht? Das wäre ein wirklich beeindruckendes Outfit.«

Noch einmal mustere ich das Kleid. Es ist umwerfend: eine Schulter bleibt frei, die weiten Röcke sind nahezu durchsichtig, die feine Seide überlagert sich in zarten, schimmernden Schichten. Trotzdem.

Langsam lasse ich das Kleid sinken. »Ich kann nicht.«

Ohne mich anzusehen, sagt Ninon: »Diese Botschaft könnte er nicht missverstehen.« Einen Moment lang krallen sich ihre Finger in den Saum des Kleides, dann lässt sie es los. »Es würde dir wirklich hervorragend stehen, weißt du?«

Wieder starre ich auf das Kleid. Wenn sie das sagt, muss es stimmen. Aber es wäre so grausam. Sieh her, Robin, ich trage Seide. Weißt du noch, was ich bin? Weißt du noch, wie ich dich hintergangen habe?

»Kleidung ist eine Waffe, Rea«, wiederholt Ninon leise. Ich ringe mir ein Lächeln ab und hänge das Kleid zurück in den Schrank. »Verzeih mir, ich habe es total zerknittert.«

Wir suchen weiter und stoßen auf ein wirklich hübsches Kleid mit langen Ärmeln und einem filigranen Muster auf dem Rücken, aber es ist schwarz. Unwillkürlich steigt die Angst in mir auf, dass er mich für unsensibel halten könnte, vielleicht sogar für grausam, wenn ich ihm dermaßen offen unter die Nase reibe, dass ich jetzt die Farbe der Männer trage. Dass mir seine Traditionen egal sind. Wenn wir uns sowieso nur noch dieses eine Mal sehen, warum sollten wir dann im Bösen auseinandergehen?

Für jemanden, der keine Gedanken lesen kann, begreift Ninon erstaunlich schnell, was in mir vorgeht. Sie befiehlt mir, vor dem Ganzkörperspiegel stehen zu bleiben, und verschwindet. Als sie zurückkommt, grinst sie fröhlich und versteckt etwas hinter ihrem Rücken. »Die Entscheidung ist gefallen«, verkündet sie. »Keine Waffen.«

»Keine Waffen?« Ich bin erleichtert.

»Nein.« Sie stellt sich neben mich. »Oder, besser gesagt: die stärkste Waffe von allen. Etwas, das du lieben wirst. Und jetzt raus aus diesen Fetzen und Augen zu.«

Ich gehorche. Sich mit geschlossenen Augen anzuziehen ist nicht ganz einfach, aber Ninon hilft mir dabei. Ich höre, wie ein Reißverschluss geöffnet wird. Dieses Geräusch jagt mir immer noch Schauer über den Rücken. So unanständig. Geschickt hält Ninon mich fest, während ich in etwas hineinsteige. Federleichter, weicher Stoff gleitet über meine Haut. Ninon schiebt meine Arme durch breite Träger. Zieht den Reißverschluss hoch. Legt mir die Hände auf die Hüften. Und dann spüre ich plötzlich ihr Kinn auf meiner nackten Schulter. *Qu'elle soit belle.* »Mach die Augen auf und sage mir, welch ein Genie ich doch bin.«

Ich öffne die Augen. Starre die Frau im Spiegel an.

Es ist ein Kleid – an der Taille gerafft, mit weitem, bodenlangem Rock, der wie Wasser um meine Beine fließt. Und es ist weiß – die Farbe des englischen Adels. Aber nicht komplett weiß. Korsage und Träger leuchten in unterschiedlichsten Schattierungen von Blau, offenbar mit der Hand gefärbt. Es sieht fast so aus, als würde die Farbe an meinem Körper herablaufen, über die Hüften, bis sie sich in den weißen Röcken verliert.

»Du bist anbetungswürdig«, staune ich.

Ninon lacht laut auf. »Geld ist bei so etwas recht hilfreich«, winkt sie ab. »Myriame wird deine Maße nehmen und es bis zum Konzert für dich anpassen. Sie ist die beste Schneiderin von ganz Paris.«

»Was wirst du tragen?«, frage ich. Schon jetzt tut es mir leid, dass ich das Kleid noch einmal ausziehen muss, damit es geändert werden kann.

Achselzuckend meint Ninon: »Bestimmt etwas Schreckliches.«

Mühsam reiße ich mich vom Anblick meiner nackten Schultern und meines unbedeckten Halses los, um stattdessen Ninons Outfit zu mustern: maßgeschneiderte graue Weste, Bluse, Nadelstreifenhose – alles handverlesen. »Hast du dich noch nicht entschieden?«

»Es ist nicht meine Entscheidung, was ich nachher anziehen werde, Rea.«

»Was?«

Sie lächelt grimmig. »Dies ist eine königliche Brautwerbung. Ich steuere nur den Körper bei.«

Fassungslos starre ich sie an. »Ist das dein Ernst?«

»Ich weiß, ich weiß. Das gehört nun einmal zum adeligen Gesamtpaket«, scherzt sie, während sie nach einem Make-up-Tiegel greift. »Mein Bruder oder Madame Hiver haben sicher etwas Angemessenes ausgesucht. Etwas mit einer Botschaft. Das ist Krieg, Rea, nicht einmal mehr Diplomatie.« Sie öffnet das Töpfchen mit den verschiedenen Rougetönen. »Aber ich vertraue auf den Geschmack meines Bruders. Er wählt eigentlich nie die extrem hässlichen Teile aus.«

Nach einem prüfenden Blick auf die Farbpalette greift sie zum Pinsel und taucht ihn in einen leicht glitzernden Silberton. Wider Erwarten trägt sie ihn aber nicht auf ihre Wangen auf, sondern dreht sich zu mir um.

Instinktiv weiche ich zurück. »Ich kann nicht …«

»Rea«, sagt sie einfach.

Ich hole tief Luft. Dann schließe ich noch einmal die Augen. Als ich sie wieder öffnen darf, werde ich von purer Dankbarkeit überwältigt. Es ist nur ein feiner Hauch Farbe, aber er verändert mein ganzes Gesicht. Jetzt sehe ich ein bisschen aus wie sie, unverkrampft elegant.

Die restliche Zeit verbringen wir in Ninons Gemächern. Um an die Bücherregale heranzukommen, muss ich mich zwischen haufenweise Unterlagen, Akten und Dokumentenmappen hindurchschieben, die überall im Zimmer herumliegen. Ninon sitzt inzwischen auf einem grazilen weißen Lederstuhl hinter ihrem Schreibtisch und arbeitet. »Ein paar Dinge müssen noch erledigt werden«, erklärt sie mir ausweichend. Was ihre Arbeit betrifft, war sie schon immer ziemlich zugeknöpft. Doch beim Anblick der unzähligen Bücher vergesse ich, genauer nachzufragen. Es ist alles vertreten, was man sich nur vorstellen kann. In England und den Vereinigten Staaten verstößt man schon gegen das Gesetz, wenn man nur ein Buch eines ausländischen Autors besitzt. Hier klingen alle Namen fremd und geheimnisvoll wie auf einer Schatzkarte: Vladimir Nabokov, August Strindberg, Miguel Cervantes, Irmgard Keun, Ahmad al-Tifashi. Das letzte ziehe ich aus dem Regal. *The Delight of Hearts or What You Will Not Find in Any Book.* Ich schlage es auf und beginne an einer willkürlichen Stelle zu lesen. Wenige Seiten später bin ich feuerrot im Gesicht und spüre, wie meine Wangen brennen. Ich sollte nicht weiterlesen, das ist mir klar, aber ich will nicht aufhören. Diese Gedichte, diese Worte lassen mich an den Prinzen denken. An Robin. An unseren Besuch in dem Untergrund-Theater, als er uns eine leere Garderobe gesucht und mich leidenschaftlich gegen die Tür gepresst hat, sobald wir sie hinter uns geschlossen hatten. Als seine Hand über meinen Schoß strich, wo sich brennende Hitze sammelte.

Ruckartig schlage ich das Buch zu. Es knallt laut. Schon in wenigen Stunden werde ich ihn wiedersehen. Solche Gedanken darf es nicht mehr geben.

Ich suche mir ein anderes Buch aus, kann mich aber nicht mehr auf die Worte konzentrieren. Schließlich rufe ich Liam an, der mindestens so nervös klingt, wie ich mich fühle. Ganz spontan frage ich ihn, ob er nicht früher kommen und Ninon kennenlernen will, um sich etwas abzulenken. Er nimmt die

Einladung an, und Ninon braucht ungefähr zehn Sekunden, um ihn mit ihrem Charme derartig einzuwickeln, dass er für eine Weile seine Anspannung vergisst. Gemeinsam stöbern wir in ihrer Büchersammlung herum, aber der Nachmittag vergeht einfach viel zu schnell. Als wir uns schließlich fertigmachen müssen, fühlt sich mein Magen an, als hätte ich einen Schlag von Blanc kassiert. Und noch einen Tritt dazu. Das hier ist vielleicht die mieseste Idee meines Lebens, und da rechne ich auch die Tatsache mit ein, mich überhaupt erst in den Kronprinzen von England verliebt zu haben. Liam scheint ganz meiner Meinung zu sein. Trotz seiner umwerfenden Aufmachung wirkt er leicht grün im Gesicht.

Um sechs Uhr klopft es an der Tür. Ninon hat inzwischen fast alles durchgearbeitet, was sich auf ihrem Schreibtisch getürmt hat. Jetzt sieht der Tisch merkwürdig leer aus. Bis zum allerletzten Moment hat sie daran gesessen, zum Schluss bereits in ihrer Abendrobe – einer goldenen, am Rücken in einem kurzen Röckchen auslaufenden Spitzenkorsage über einem bodenlangen schwarzen Rock. Arme und Dekolleté sind mit schwarzem Musselin bedeckt, der mit schlichten weißen Schleifen verziert ist. Eine eindeutige Botschaft: selbstbewusst, aber gefügig, ein Kompromiss ist möglich. Natürlich sieht es fantastisch aus. Ninon sieht in allem hinreißend aus.

Im Moment runzelt sie allerdings verärgert die hinreißende Stirn. »Geh du bitte zur Tür«, sagt sie zu mir, »und erkläre dem Comte, dass ich in meinem eigenen Palast nun wirklich keine Eskorte brauche.« Sie brütet noch über einer letzten Akte. Ich frage mich, was so dringend sein kann, dass sie es unbedingt jetzt noch fertigkriegen muss, aber es macht mir nichts aus, für sie an die Tür zu gehen. Für mich ist es immer noch aufregend, die nackte Hand auf die Klinke zu legen. Und wenn es wirklich

Blanc, René und der Comte sind, wäre das zumindest eine nette Ablenkung. Liam ist ebenfalls aufgestanden und klammert sich an seine Violine. Ich signalisiere ihm, sich wieder zu setzen, streiche glättend über mein Kleid, betaste kurz meine opulente Flechtfrisur und öffne dann die Tür.

Nur um plötzlich Mister Galahad gegenüberzustehen.

Automatisch weiche ich vor ihm zurück. Ich muss mich zwingen, keine Kampfhaltung einzunehmen. Mein Muskelgedächtnis fordert genau das von mir. Bei unserer letzten Begegnung hat er mich niedergeschlagen, und ich habe ihn bis zur Bewusstlosigkeit gewürgt.

Und trotzdem verlangt mein Instinkt, dass ich einen Devotionsknicks mache. Also verschränke ich die Arme hinter dem Rücken und neige den Kopf.

Er hingegen lächelt mich an. Da steht er, kräftig gebaut, mit grünen Augen und rotem Haar, und hat dieses irgendwie unbeholfene Lächeln im Gesicht. Er trägt Galauniform, mit dickem Leder an Körper und Händen. Sein Marienkragen reicht bis zu den Wangenknochen hinauf. Die Hände stecken in seinem breiten Kummerbund, der heute aus Samt ist. Er sinkt in einen richtigen Devotionsknicks. »Bitte verzeihen Sie, Miss Emris. Offenbar habe ich Sie erschreckt.«

Diese Stimme. Es ist noch gar nicht lange her, da hat diese Stimme Robin angeschrien: »*Königliche Hoheit, nicht! Sie ist eine Magdalena.*« Aber das hat er natürlich alles vergessen.

Zum Glück ist Ninon da. »George!«, ruft sie, als sie zu uns an die Tür kommt. »Wer hätte gedacht, dass wir uns so bald wiedersehen!«

Es ist bewundernswert, wie gut sie die hohe Kunst der Auslassung beherrscht, die beinahe eine Lüge ist. George verbeugt sich vor ihr. »Duchesse. Es war tatsächlich eine angenehme Überraschung, als der Prinz seine Absichten verkündet hat.«

»Du bist in deiner Funktion als Bodyguard Seiner Königlichen Hoheit hier, nehme ich an?« Ninon hat sich gegen den Türrahmen gelehnt. Mir entgeht nicht, dass sie ihn nicht hereinbittet. Zum Glück, denn ich möchte tunlichst vermeiden, dass er und Liam sich begegnen. Mister Galahad wirft mir einen vorsichtigen Blick zu, bevor er antwortet: »Nachdem Miss Emris ja zum Glück zu der Entscheidung gelangt ist, dass diese Tätigkeit sich nicht für eine Dame eignet, bin ich nun tatsächlich allein für seine Sicherheit verantwortlich. Und für die Wahrung des Anstands.«

Ninons amüsiertes Lachen hilft mir, endlich meine Stimme wiederzufinden. »Es tut mir wirklich leid, dass ich Ihnen eine solche Bürde auferlegt habe.«

»Ganz und gar nicht. Ich halte es für vollkommen richtig so.« Kurz hat es den Anschein, als wolle er den Arm nach mir ausstrecken, obwohl ich keine Schleppe trage. Aber er behält die Hände fest im Kummerbund.

»Ja, trotzdem bedauere ich es sehr, dass wir uns vor meiner Abreise nicht ordnungsgemäß verabschieden konnten«, sage ich. Es klingt überzeugend. Anders als Ninon greife ich einfach zu einer Lüge. »Doch es ist wundervoll, dass sich das nun zurechtrücken lässt.«

Wieder lächelt er. Diesmal wirkt es schon selbstsicherer. »Absolut.«

»Dem kann ich nur zustimmen«, schaltet sich Ninon wieder ein. »Und wir können es kaum erwarten, mit Seiner Königlichen Hoheit dem Prinzen ebenso zu verfahren.« Mir wird flau im Magen. »Deshalb kann ich dich leider auch nicht hereinbitten«, fährt sie fort, »denn wir sind gerade dabei, uns für das Konzert zurechtzumachen.«

Ich bin ihr unglaublich dankbar. Was hätte ich nicht alles gegeben, um dieser Begegnung komplett aus dem Weg zu gehen.

»Selbstverständlich«, nickt Mister Galahad. Er hat offenbar verstanden. »Ich muss Seiner Hoheit ebenfalls bei den Vorbereitungen helfen. Er hat mich lediglich gebeten, das hier zu überbringen.«

Mit einem Blick über die Schulter sagt er in fließendem Französisch: »Merci, Madame. Vous êtes trop gentille.«

Ich blicke an ihm vorbei.

Madame Hiver lächelt mich an. Heute ist ihre Maske golden, genau wie ihre Lippen. Sie hält ein kleines Päckchen in den Händen. »Ich bin Ihnen nur zu gerne behilflich, Milord.« Nun stellt sie sich neben ihn. »Außerdem bin ich doch ein wenig neugierig, was wohl darin sein mag.«

Hinter mir bewegt sich etwas – Liam. Schnell schiebe ich mich weiter vor die Tür, um Madame Hiver die Sicht zu versperren. Ninon kommt von der anderen Seite, bis wir Schulter an Schulter stehen und so die Lücke schließen. Nach einem kurzen Blick auf das Päckchen setzt sie eine arrogante Miene auf und sagt: »Wärst du so freundlich, Rea, Liebes? Mein Nagellack ist noch nicht trocken.«

Nickend nehme ich das Päckchen entgegen. Was er wohl schickt? Oh Maria, mein Herz rast schon jetzt. Dabei habe ich ihn doch noch gar nicht gesehen, sondern nur das dunkelblaue Seidenpapier berührt, mit dem er das Geschenk sorgsam verpackt hat.

Nachdem ich das Samtband gelöst habe, hänge ich es mir über den Arm. Es ist wunderschön, und es passt sogar zu meinem Kleid. Ich könnte es in meine Haare flechten. Falls das Geschenk Anlass zur Hoffnung gibt. Meine Finger zittern leicht, als ich über das weiche Papier streiche. Die Kanten ertaste, zart wie Schmetterlingsflügel. Sie langsam ablöse.

Zum Vorschein kommt ein Paar Handschuhe. Mein Herz rutscht nach einem letzten, aufgeregten Flattern schlagartig in die Tiefe. Weiter, immer weiter runter, bis es im Boden verschwindet. Die Kreatur zerrt es mit dem Maul wieder hervor und hält es mit den Zähnen fest.

Es sind die weißen Spitzenhandschuhe von Ninon, die ich getragen habe, als ich in die Bibliothek am Weißen Hof ging. Als ich Mister Galahad geküsst habe. Als Mister Galahad Robin enthüllt hat, was ich wirklich bin.

Deutlicher konnte die Botschaft gar nicht sein. Er hat nicht vergessen. Er hat nicht verziehen.

»Welch merkwürdiges Geschenk«, merkt Madame Hiver an. Ihr Blick wandert zwischen Ninon und mir hin und her. Wenigstens haben sie das Blut von Mister Galahad und mir entfernt, sonst hätte sie noch viel mehr Grund gehabt, sich zu wundern. Die Kreatur beginnt zu hecheln. Und wie immer ist es Ninon, die mir zu Hilfe kommt.

»Nein, wie aufmerksam Seine Königliche Hoheit doch ist«, flötet sie und reißt mir die Handschuhe aus den Fingern. »Die hatte ich am Weißen Hof vergessen. Es ist sehr freundlich, dass der Kronprinz sie mir auf diesem Weg zurückbringt. Genau dieses Paar habe ich heute vermisst, weißt du noch, Rea? Als wir nach Handschuhen zu deinem Kleid gesucht haben. Ich denke, die passen perfekt zu dem, was wir ausgesucht haben.«

Mister Galahad wirft mir einen erstaunten Blick zu. Maria Magdalena sei Dank, dass er der Schwester eines Königs niemals widersprechen würde. Und erst recht nicht seiner zukünftigen Königin in spe. Mein Inneres ist fahl und still geworden. Die Kreatur zerquetscht es unter ihrer Pfote. Krampfhaft bohre ich die Fingernägel in meine Handfläche. Zum Glück sind beide Hände inzwischen verheilt. So laufe ich nicht Gefahr, dass meine Knochen brechen.

Dabei ist diese Nachricht des Prinzen nicht einmal das Schlimmste. Vermutlich ist es besser, genau zu wissen, wo wir stehen. Nein, viel schlimmer ist, dass ich tatsächlich so dumm war, mir Hoffnungen zu machen. Was bin ich nur für ein Mensch? Wie naiv kann man sein? Während Liam sich hier eine Zukunft aufbaut, klammere ich mich an einen Traum, der längst vergangen ist. Während Ninon gegen ihre geistigen Wunden ankämpft, füge ich mir selbst neue zu, und das mit voller Absicht. Während Blanc bei der Arbeit sein Leben riskiert, sitze ich zu Hause rum und schmachte seufzend vor mich hin. Was bin ich doch für eine Witzfigur.

Mister Galahad verbeugt sich vor Ninon. »Dann freut es mich sehr, dass ich dazu beitragen konnte, sie Ihnen wieder zuzuführen, Duchesse.«

»Mich ebenfalls«, ergänzt Madame Hiver. Sie neigt kaum merklich den Kopf. »Madame la Duchesse.«

Ninon wirft ihr einen finsteren Blick zu und legt eine Hand an die Tür, um sie zu schließen. Als ich mich abwende, steht Liam plötzlich direkt vor mir.

»Einen Moment noch«, bittet er, doch dabei ruht sein Blick nicht auf mir, sondern auf unseren Gästen. Auf Madame Hiver.

Gequält schließe ich die Augen. Wenn ich doch nur größer wäre als mein Bruder. Oder breiter. Dann hätte ich ihn vor ihr verbergen können. »Verzeihung«, sagt Liam nun, ohne Madame Hiver aus den Augen zu lassen. »Offenbar habe ich mich geirrt. Für einen Moment dachte ich, wir würden uns kennen.«

Als ich die Augen wieder öffne, verbeugt er sich gerade vor Madame Hiver. Ihr maskiertes Gesicht neigt sich leicht. »Sie sind Liam Emris«, stellt sie leise fest. Ihr Ton gefällt mir nicht. Darin schwingt zu viel Faszination mit.

»A votre service.« Sein Französisch ist unbeholfen, aber liebenswert.

Sie lächelt. Schon wieder dieses Lächeln. »Das wird sich zeigen«, sagt sie dann. »Ich freue mich bereits sehr auf Ihren Auftritt.«

»Ich bin überaus dankbar, dass ich diese Chance bekomme«, antwortet Liam. Als Mister Galahad sich hörbar räuspert, werden Liams Augen schmal.

»Es freut mich, Sie wiederzusehen, Mister Emris«, sagt Mister Galahad höflich.

Liam, mahne ich ihn in Gedanken, da ich ihm ja schlecht den Ellbogen in die Rippen rammen kann. Das ließe sich unmöglich vor Mister Galahad verbergen. Mein Bruder reckt trotzig das Kinn und nimmt die Schultern zurück. Er schweigt. Sieht er denn nicht, wie Madame Hiver ihn beobachtet? Kann er nicht einfach mitspielen?

»Ich freue mich ebenfalls auf das Konzert«, fügt Mister Galahad tapfer hinzu.

»Für Sie spiele ich nicht«, erwidert Liam knapp. Fast wäre mir ein Stöhnen entschlüpft. Für einen kurzen Moment wirkt Mister Galahad irritiert, bevor er seine Mimik wieder unter Kontrolle bekommt.

Madame Hiver tritt einen Schritt näher an Liam heran. »Warum nicht, Mister Emris?«

»Das ist doch jetzt wirklich …«, setze ich an, aber Liam fällt mir ins Wort: »Ich bin mit deren Politik nicht einverstanden.«

Wieder neigt sich die Maske. Mir läuft ein kalter Schauer über den Rücken. Genau so sah sie aus, als sie in dieser Gasse stand.

»Liam«, protestiere ich, aber Madame Hiver hebt nur die Hand. »Bitte, Miss Emris«, mahnt sie. Liam wirft mir einen trotzigen Blick zu. »Ich habe das Recht, meine Meinung zu äußern.«

»Selbstverständlich haben Sie das«, pflichtet Madame Hiver ihm lächelnd bei. »Wir begrüßen es sogar.«

Die Art, wie sie jede einzelne Silbe betont, gefällt mir nicht. Ganz und gar nicht.

»Welch erfrischender Plausch«, stellt Ninon sarkastisch fest. »Richte Seiner Königlichen Hoheit bitte meinen Dank für diese umsichtige Geste aus, George. Wir sehen uns dann beim Konzert.«

Mister Galahad verabschiedet sich mit einem Lächeln und wendet sich ab. Madame Hiver mustert Liam noch einmal durchdringend, bevor sie ebenfalls geht. Obwohl es ihm offensichtlich unangenehm ist, hakt sie sich bei Mister Galahad unter, während sie den Korridor hinuntergehen.

»Con«, murmelt Ninon und schließt die Tür. Sofort falle ich über Liam her: »Musstest du so unhöflich sein?«

»Unhöflich?« Fassungslos geht Liam zurück zu dem Canapé, auf dem er seine Violine abgelegt hat. »Ist das etwa nicht der Mann, der dich so schlimm verprügelt hat, dass du kaum noch laufen konntest? Aber Verzeihung, du hast natürlich recht – ich war *unhöflich* zu ihm.«

»Er erinnert sich nicht daran«, erwidere ich hitzig.

Liam fährt zu mir herum. »Er erinnert sich nur deshalb nicht daran, weil ihr beide fast gestorben wärt, um seine Erinnerungen zu löschen.«

Dabei zeigt er mit seinem Bogen auf Ninon. Ich drehe mich zu ihr um. Sie beobachtet uns. Dann geht sie zu meinem Bruder und nimmt ihm den Bogen aus der Hand. »Ich bewundere deine Hingabe, Liam.« Umsichtig legt sie den Bogen auf den Couchtisch. »Aber hier geht es nicht um Gerechtigkeit.« Vollkommen selbstverständlich richtet sie das Revers seines Jacketts und glättet es dann sorgfältig. »Die Frau, mit der du gerade gesprochen hast, ist Madame Hiver. Hast du schon einmal von ihr gehört?«

»Die Mätresse des Königs?«, fragt er überrascht. »Ihre Stimme kam mir irgendwie bekannt vor. Aber da habe ich mich wohl getäuscht.«

Ninon zieht weiter sein Jackett zurecht; es ist an den Schultern etwas weit. »Seine Mätresse, ja. Aber sie ist auch eine sehr gefährliche Frau.« Schließlich legt sie ihm beide Hände auf die Schultern und sieht ihn eindringlich an. Plötzlich wirkt ihr Gesicht hart. »Deine Schwester hat mir gesagt, dass ihr hierhergekommen seid, weil ihr in Frieden leben wollt. Falls das so ist, solltest du Sorge tragen, dass sie dich nie wieder zur Kenntnis nimmt.«

Wenige Minuten später muss Liam gehen, um sich einzuspielen. Ninon macht sich stumm daran, ihre Arbeit zu beenden. Tatenlos stehe ich da und starre auf die Handschuhe. Ganz langsam streife ich sie über. Zumindest wird er so wissen, dass ich seine Botschaft verstanden habe. Die Kreatur leckt an meinen Fingerspitzen.

Irgendwann klopft es wieder an der Tür. Diesmal sind es Blanc, René und der Comte. Sie tragen ihre Galauniformen – extrem schnittig, mit Capes, die so strahlend blau leuchten wie das Mittelmeer in der Sonne. Blanc sieht einfach umwerfend darin aus. Sie steht ihm viel besser als die Uniform des Weißen Hofes. Die weinroten Nähte und die goldenen Aufschläge auf dem türkisfarbenen Leder betonen seine breiten Schultern, die muskulösen Arme und sein strahlendes Lächeln. Ich ertappe sogar den Comte dabei, wie er ihn anstarrt. Als er spürt, dass ich es bemerkt habe, wendet er hastig den Blick ab.

»Bereit fürs Gefecht?«, fragt Blanc, als sie hereinkommen.

»Wenn du mit Gefecht meinst, dass man herumsteht und hübsch aussieht, während man sich zu Tode langweilt, dann ja«, antwortet René, der hinter ihm eintritt. Er breitet affektiert sein Cape aus, um die Uniform darunter zu präsentieren. »Beeindruckend nutzlos, nicht wahr?«

»Duchesse?« Der Comte ist in der Tür stehen geblieben. »Ist alles Nötige erledigt?«

Ninon sieht nicht hoch. Sie sitzt noch immer hinter ihrem Schreibtisch, auch wenn dort keine Papiere mehr liegen, keine Akten. Sogar den Computer hat sie heruntergefahren. Ihr Blick ist leer. Sie starrt auf ihre Finger, auf den Füllfederhalter, mit dem sie so viele Dokumente unterzeichnet hat, auf die Samthandschuhe, die an der Tischkante bereitliegen. »Ja. Ja, das ist es.«

»Nun denn, Gräfin.« Er verbeugt sich vor ihr. Abrupt steht Ninon auf und streift ihre Handschuhe über. Sie schenkt mir ein Lächeln, bevor sie empört feststellt: »Die reinsten Barbaren seid ihr. Keiner von euch hat uns auch nur ein Kompliment gemacht.«

Sofort tritt René in Aktion. Als er fertig ist, hat er unsere Hände mit so vielen Küssen bedeckt, dass Ninon unkontrolliert lacht. Aber für mich ist Blanc derjenige, der einen Volltreffer landet, als er mir einen beinahe scheuen Blick zuwirft und sagt: »Du siehst bezaubernd aus.« Das klingt fast, als würde er es ernst meinen. So bringt er mich zum Lächeln. Und als er mir seinen starken Arm reicht, erwacht die leise Hoffnung in mir, dass ich diesen Abend vielleicht doch lebend überstehen könnte.

Wir gehen los: durch lange Palastflure voller Seidenblumen und seidener Blütenblätter, die leise unter unseren Füßen rascheln. Seidene *manchettes* hängen von der Decke. Der Hof der Farben ist prachtvoll geschmückt mit Kerzen, Schleifen, Blumen, Blumen und noch mehr Blumen. Und wir sind nicht die Einzigen, die zu dem Konzert wollen. Draußen eilen die letzten Gäste durch die Palasttore. Ich sehe atemberaubende Kleider und Anzüge und so ziemlich alles, was dazwischenliegt. Die Menschen tragen Seidenschals und elegante Spazierstöcke und drücken sich zur Begrüßung herzliche Küsse auf Wangen oder Mund. Welch eine Ironie. Nun bin ich endlich an einem Ort, an dem Lippen und Hände sich berühren dürfen, an dem alle das vollkommen selbstverständlich finden – alle außer dem einen, dessen Hand ich gerne halten würde.

Als wir auf die Doppeltüren des Konzertsaals zugehen, vibriert mein Handy. Die Nachrichten-App. Ich habe die Meldung noch nicht ganz durchgelesen, da packe ich schon entsetzt Ninons Handgelenk. Kurz verschlägt es mir die Sprache. *Schwester des französischen Königs tritt als CEO von M3RL1N zurück.*

»Ninon! Wieso?«, frage ich schockiert. Die feuchte Schnauze der Kreatur drückt sich in meine Kniekehlen.

Ninons Gedanken sind unruhig. *Wieso? Wieso? Wieso?* Ohne mich anzusehen, antwortet sie: »Es wäre ein Interessenskonflikt entstanden.«

Fassungslos starre ich sie an. Dabei fällt mir auf, dass der Nebel noch immer ihren Geist eintrübt. »Ninon ...« Mir schnürt sich die Kehle zu. Aber sie verschränkt bloß ihre Finger mit meinen und drückt einen Kuss auf meinen Handrücken. *Il y a déjà trop longtemps que je posais un risque à l'entreprise.* Mit einem flüchtigen Lächeln spricht sie ihre Gedanken aus: »Ich weiß, wann ich ein Risiko für meine eigene Firma darstelle.«

Am liebsten würde ich sie weiter aushorchen, aber wir haben die Tür zum Saal erreicht. Ninon lässt meine Hand los und richtet sich kerzengerade auf. Blanc und René stellen sich hinter uns auf, leicht nach rechts und links versetzt, während der Comte nach vorne geht. »Sie sind alle schon da«, sagt er sanft.

»Sie müssen mir das Protokoll nicht erst ins Gedächtnis rufen, Monsieur le Comte«, erwidert Ninon. So angespannt wie jetzt habe ich sie noch nicht erlebt. Mir geht es ähnlich: Meine Muskeln sind verkrampft, meine Atmung ist flach, und mein Blut scheint sich durch die Haut brennen zu wollen, so heiß ist es.

Der Comte klopft an die Doppeltür. Einmal, zweimal, ein drittes Mal. Dann öffnet er die Tür.

Es herrscht absolute Stille, als wir eintreten. Rechts und links vom Mittelgang wurden bequeme Polsterstühle aufgestellt, deren Bezüge so bunt sind wie die *manchettes* draußen auf der Straße. Manche sind silbern oder golden lackiert, andere aus einem hellen Holz gefertigt. Es gibt Stühle mit hoher Lehne und welche mit niedriger. Der Saal selbst ist komplett weiß: Decke, Boden, Wände. So wirken die Stühle wie fröhliche Farbkleckse, genau wie die extravaganten Outfits der Gäste. Auf einem burgunderroten Stuhl sitzt ein Herr, der ganz in Grün gekleidet ist. Der Mann neben ihm trägt einen roten Zylinder. In der Reihe davor entdecke ich drei Damen, von denen zwei maßgeschneiderte Abendroben in Hellblau und Violett tragen, während die dritte einen hellgelben Anzug anhat. Und alle haben farblich passendes, glitzerndes Make-up aufgelegt. Als wir durch die Tür treten, drehen sich sämtliche Gäste, die bisher zum Orchester geblickt haben – auch dort bunte Stühle und ausgefallene Kleidung –, zu uns um. Ich bin die Einzige, die nach vorne starrt. Auf den einzigen Menschen, den ich wirklich wahrnehme.

Er sitzt in der ersten Reihe, genau in der Mitte. Ganz langsam steht er auf, dreht sich um. Der schlanke Körper. Die blauen Augen. Die langen Finger, die nun die Stuhllehne umfassen. Ich weiß noch genau, wie fest er damit zupacken konnte, wenn wir uns geküsst haben. Er ist größer, als ich ihn in Erinnerung hatte. Wie kann das überhaupt sein? Wie kann es sein, dass seine Augen noch strahlender sind als in meiner Erinnerung? Dass er mir den Atem raubt, indem er einfach nur da steht?

Gemessenen Schrittes gehen wir auf ihn zu. Seine Weste schmiegt sich eng an seinen Körper. Das Jackett lässt seine Schultern breiter wirken. Seine Haare sind ebenso schwarz wie seine Kleidung, nur seine Uhrenkette strahlt fast so hell wie seine Augen. Als Zeichen des guten Willens seinen Gastgebern gegenüber trägt er Kajal, wodurch seine Augen noch intensiver leuchten. Er trägt keinen Marienkragen, sondern lediglich ein Halstuch. So bleiben Kinn und Wangen unbedeckt. Am liebsten würde ich mit dem Daumen über seine Unterlippe streichen, über seine hohen Wangenknochen. Über die Stirn, auf der die schmale Krone des Kronprinzen von England ruht. Ich möchte ihn küssen, bis er nur noch lächeln kann. Ich möchte die festen Seidenstränge seines Geistes spüren. Ich möchte ihm die Musselinhandschuhe ausziehen, einen Finger nach dem anderen.

Er sieht mich nicht einmal an.

Während wir uns den vorderen Stuhlreihen nähern, atme ich tief durch. Vielleicht ist es besser so. Ich werde das alles in mich aufsaugen. Werde mir gut einprägen, wie sehr er mich hasst. Das wird wie ein Peitschenhieb sein, wird mir sämtliche Hoffnung austreiben. Und danach wird mein dummes Herz endlich einsehen müssen, dass es vorbei ist. So wie auch Madame Hiver. Dann werde ich vor ihr sicher sein.

Also recke ich das Kinn und blicke ihn unverwandt an, während ich hinter Ninon hermarschiere. Als wir die erste Reihe erreichen, bleibt der Comte stehen. Einen Moment lang sieht er den Prinzen stumm an, dann verbeugt er sich. »Die Erlauchte Gräfin von Orléans«, sagt er nüchtern, bevor er sich einen Schritt zurückzieht. René und Blanc folgen seinem Beispiel. Dabei spüre ich eine kurze Berührung an meinem Arm – stark, fest. Blanc.

Und so bleiben nur noch wir: Ninon, Robin und ich. Der Prinz und die Prinzessin mustern sich. Ich weiß noch, wie ich einmal gedacht habe, sie würden gut zueinanderpassen. Jetzt ist dieser Eindruck noch viel stärker, in diesem prachtvollen, bunten Saal, beide entsprechend gekleidet. Macht und Eleganz in Schwarz und Gold. Sämtliche Blicke ruhen auf Ninon und dem Kronprinzen.

Langsam verbeugen sie sich voreinander und verharren, fast so, als hätten sie es geübt, in exakt demselben Winkel. Nachdem sie sich wieder aufgerichtet haben, tritt Madame Hiver zwischen sie, natürlich mit dem Roi an ihrer Seite. »Königliche Hoheit, Gräfin, möge Euer Geist stets im Einklang sein«, sagt sie förmlich und verbeugt sich nun ebenfalls, bevor sie sich dem Prinzen zuwendet: »Wir haben das Glück, heute Abend eine alte ... Bekannte von Euch begrüßen zu dürfen, Hoheit. Sicherlich freut es Euch, sie wiederzusehen.«

Der Roi führt Ninon zu ihrem Stuhl, dem Platz zwischen seinem und dem des Prinzen. Der Prinz hingegen folgt Madame Hivers Aufforderung und dreht sich zu mir um.

Sein Blick ist kalt wie Eis. Mühsam halte ich mir vor Augen, dass ich das nicht zum ersten Mal erlebe. Diese Miene setzt Robin immer auf, wenn er als Kronprinz auftritt. Ich weiß, dass er hinter dieser gelangweilten Maske seine Gefühle verbirgt, dass er sie sich rigoros antrainiert hat, um niemandem Einblick zu gewähren in das, was wirklich in ihm vorgeht. Aber ich weiß auch noch, wie er mich zum Abschied geküsst hat. Als hinge unser beider Leben davon ab. Da kann es doch unmöglich sein, dass er rein gar nichts empfindet, wenn er mich leibhaftig vor sich sieht.

Trotzdem bleibt seine Miene vollkommen unverändert, als er mich ansieht, und seine Stimme unbewegt, als er mich begrüßt: »Miss Emris.« Und dann wendet er sich einfach so von mir ab. »Vielen Dank, Madame. Wie ich hörte, wird man ein Konzert für uns spielen?«

Einen Moment lang habe ich das Gefühl, mich nicht auf den Beinen halten zu können. Im Namen aller freien Gedanken – niemals hätte ich geglaubt, dass er so grausam zu mir sein könnte. Ich dachte, er wäre wütend. Ich dachte, er wäre verletzt. Aber nicht einmal in meinen schlimmsten Albträumen hätte ich mir ausmalen können, dass ich ihm so vollkommen gleichgültig bin.

Während Madame Hiver sich in Erklärungen über das heutige Programm und die vielen talentierten Musiker des Königlichen Konservatoriums ergeht, tritt der Prinz einen Schritt zurück. Wahrscheinlich wird er mich gleich anrempeln, als hätte er bereits vergessen, dass ich überhaupt da bin. Ich stelle mir vor, wie unsere Hände sich berühren. Wie sich das anfühlen würde. Seine Haut so dicht an meiner, nur getrennt durch den dünnen Musselin seiner Handschuhe. Da ich durchlässige Spitze trage, könnte ich so ein letztes Mal das leise Flüstern seines Geistes hören. Ein letztes Mal seinen Duft einatmen, diese Mischung aus Bergamotte und rauchigem Holz.

Ich glaube, das würde ich nicht ertragen.

Schnell versuche ich, ihm auszuweichen, aber es ist zu spät. Seine Schulter drückt sich bereits gegen meine. Er streift meine Hand, und ich spüre die Wärme seiner Haut.

Und seinen Geist.

Zwei Gedanken stürmen auf mich ein. Meiner: Sein Handschuh ist aufgeschlitzt. Und seiner: *Komm mich suchen.*

Teil II

Das Angebot

Oh Sterne, Träume, sanfte Nacht,
wenn ihr nur wiederkehrt.
Verbergt mich vor dem grausam' Glast,
der brennend mich verzehrt.
EMILY BRONTË

Kapitel 5

Bevor ich es ganz begriffen habe, ist es schon wieder vorbei. »Entschuldigen Sie«, sagt der Prinz, ohne mich überhaupt anzusehen, und folgt Madame Hiver zu seinem Platz. Blanc zeigt mir meinen Stuhl. Vollkommen verwirrt setze ich mich hin. Meine überreizten Nerven müssen mir seinen Gedanken vorgegaukelt haben. Aber die Worte waren so klar, jeder Laut gesponnen aus den weißen Seidensträngen seines Geistes. Nein, das kann nicht sein. Es kann einfach nicht sein.

Tosender Applaus begrüßt das Orchester. Nachdem die Musiker ihre Plätze eingenommen haben, kommt Liam herein. Ich klatsche für ihn, bis meine Hände schmerzen. Dann folgt der Dirigent. Er schüttelt Liam die Hand und nimmt herablassend unseren Beifall entgegen. Sie fangen an zu spielen. Und ich registriere keinen einzigen Ton. Nicht einen.

Blanc sieht mir offenbar an, dass etwas nicht stimmt, aber ich weiche seinen Blicken aus und starre stattdessen auf mein Programmheft. Wenn ich doch nur nicht den Ablauf aus den Augen verloren hätte! Dann wüsste ich jetzt, wie lange es noch dauert bis zur Pause.

Mozarts Violinkonzert Nr. 5 in A-Dur, KV 219. Tschaikowskys Violinkonzert in D-Dur, op. 35. Ich versuche, mich auf die Musik zu konzentrieren. Sie tobt ebenso ungehemmt wie meine Gedanken. Wie Liams Spiel, das niemanden kaltlässt. Er ist vollkommen versunken. Ich zwinge mich, ihn anzusehen.

Das Publikum anzusehen, das wie gebannt seiner Darbietung lauscht. Den Leuten ist deutlich anzumerken, wie sehr sie ihn bewundern. Manche schlagen in ihren Programmen seinen Namen nach. Nichts anderes hat er verdient. Keine Straßenmusik auf der High Street, nein, ein hingebungsvolles Publikum. So habe ich mir das immer vorgestellt. Trotzdem bin ich abgelenkt, denn mir schwirrt ein Gedanke im Kopf herum und lässt mich nicht los. Und der stammt nicht von mir.

Sobald der Applaus vor der Pause verstummt ist und die Musiker die Bühne verlassen haben, springe ich auf. Bis jetzt weiß ich noch nicht einmal, was ich ihm sagen soll. Ich weiß nur, dass ich Antworten brauche.

Das Publikum strömt fröhlich plappernd aus dem Saal. Ihre Gesichter leuchten richtig. Auf dem Weg nach vorne streife ich einige von ihnen. ... *diesen Solisten gesehen? – Tschaikowski, ein wahres Meisterw ... – j'ai faim ... – Kissen, ihr braucht Kiss ... – le mec, c'est pour se rincer l'œil, ça c'est sûr ...*

Schnell schlinge ich die Hände um meine Arme, um mich gegen all die fremden Gedanken abzuschirmen. Nie hätte ich gedacht, dass ich mich einmal vor dem Geist eines anderen verschließen würde, aber jetzt überlagert das alles *ihn*, und mein dummes, dummes Herz schlägt so heftig, sagt wieder und wieder: *Er hasst dich nicht, er hasst die Magdalenen nicht mehr, er hat es überwunden.* Die Kreatur heult laut auf, als ich sie mit einem Fußtritt aus dem Weg befördere. Dort ist er. In der ersten Reihe, mit Ninon, Madame Hiver und dem Roi. Am liebsten würde ich seinen Namen rufen, aber es würde mir auch schon reichen, einfach noch einmal nach seiner Hand zu greifen.

Auf Höhe der dritten Reihe schiebt sich mir plötzlich jemand in den Weg. »Excusez-moi«, bringe ich mühsam hervor, ohne jede Wirkung. Als ich hochschaue, sehe ich in ein mir bekanntes Gesicht. Selbst bei diesem Anlass sind die Haare der Frau zerzaust, doch ihr Blick ist scharf wie immer, und die ständige Erschöpfung ihres Berufsstandes hat sie unter einer dicken Schicht Willenskraft begraben: Moreen Gause, Reporterin des *Confessional*.

»Miss Gause«, stelle ich überrascht fest. Ninon hat ihr Versprechen also gehalten.

»Miss Emris.« Sie hat bereits ihr Tablet gezückt und hält den Touchpen bereit. Ihre typisch englische Aufmachung mit sperrigem Petticoat, an den Ärmeln fixierten Handschuhen und einem Marienkragen, hinter dem ihr halbes Gesicht verschwindet, wirkt hier vollkommen deplatziert. »Wie schön, dass diese Begegnung unter etwas angenehmeren Umständen stattfindet als unsere letzte.«

»Es überrascht mich, dass Sie den weiten Weg auf sich genommen haben«, erwidere ich vorsichtig. Eigentlich hatte ich mit einem Korrespondenten gerechnet.

»Mit dem Zug braucht man nur gut eine Stunde. Außerdem sollten Sie wirklich nicht überrascht sein«, behauptet sie mit einem süßlichen Lächeln. »Ein Interview mit Ihnen würde ein hübsches Sümmchen einbringen, Miss Emris. Ein wirklich hübsches Sümmchen.«

»Miss Gause.« Mir geht die Geduld aus. »Ich habe weder die Zeit noch die Absicht …«

»Jeder muss seine Miete bezahlen, Miss Emris.« Sie kritzelt einige Ziffern auf ihr Tablet. »Ich weiß, dass Sie noch keine Anstellung gefunden haben. Und wir beide wissen, dass Sie nur bleiben können, wenn Sie entweder eine Arbeit oder entsprechendes Kapital vorweisen können. Was darf es also sein?«

Sie streckt mir das Tablet entgegen. Die Summe auf dem Display ist so lächerlich hoch, dass ich im ersten Moment überhaupt nicht begreife, worauf sie sich eigentlich bezieht. »Nichts, was ich zu sagen hätte, würde einen solchen Betrag rechtfertigen«, behaupte ich, obwohl ich genau weiß, dass es eine Lüge ist. Außerdem hat sie recht. Wenn ich hierbleiben will, werde ich entweder Geld oder einen Job brauchen. Aber in diesem Moment interessiert mich das überhaupt nicht. »Wenn Sie mich bitte entschuldigen ...«

»Hier.« Sie drückt mir ihre Karte in die Hand. »Denken Sie darüber nach.«

Irritiert starre ich sie an. In diesem Moment hätte ich zu gerne gewusst, was in ihrem Kopf vorgeht. Warum sie so ausgelaugt ist und warum sie trotzdem weitermacht. Was sie eigentlich antreibt, immer weiter in meinem Privatleben herumzuschnüffeln, bis sie irgendwann ein Geheimnis ausgräbt, das mich das Leben kosten könnte.

Doch ich nehme einfach nur ihre Karte entgegen und dränge mich an ihr vorbei. Schiebe mich durch die Menschenmenge im Mittelgang. Komme an der ersten Reihe an. Sehe mich um. Suche eine schlanke Gestalt mit Krone und diesen ganz besonderen Augen. Wo steckt er bloß?

Ninon sitzt mit Madame Hiver und dem Roi zusammen, aber der Platz des Prinzen ist leer. Wie Blanc es mir beigebracht hat, suche ich den Saal ab, prüfe alle Ein- und Ausgänge. Die Fenster. Ah, da ... eine Glastür, die auf einen Balkon führt. Und hinter der Scheibe eine Gestalt, die mir viel zu vertraut ist.

Mit Mühe unterdrücke ich den Impuls loszurennen. Hastig gehe ich durch den Saal und greife nach der schmalen Klinke der Balkontür. Kurz vergewissere ich mich, dass mich niemand beobachtet. Dann öffne ich die Tür.

Kälte schlägt mir entgegen, aber das ist mir egal. Dort steht er, an der Brüstung. Seine Hände liegen auf der Balustrade. In Handschuhe gehüllt, die aufgeschlitzt wurden.

Langsam gehe ich zu ihm hinüber. Ein paar Raucher haben sich hierher verirrt. Er sieht mich nicht an, als ich mich neben ihn stelle. Und auch ich stütze nur meine Hände neben seinen auf die Brüstung.

Wie in Zeitlupe beugt er sich vor. »Hallo, zwielichtige Fremde.«

Mein Herz macht einen Satz, und meine Finger umklammern die Balustrade. »Ich glaube, das ist mein Text.«

»Du warst eben zu langsam.«

Diese Stimme ... genauso tief, wie ich sie in Erinnerung hatte. Angesengter Samt, weich und rau zugleich. So vertraut. »Du musst verzeihen«, sage ich. »Immerhin hast du mich ziemlich überrascht.«

Aus dem Augenwinkel sehe ich, wie ein schmales Lächeln über sein Gesicht huscht. Fast wirkt es so, als müsse er seinen Schmerz fortlächeln. »Ausnahmsweise einmal.«

Mir fällt wieder ein, wie schockiert er war, als Mister Galahad ihm sagte, was ich bin. Vielleicht habe ich seinen Gedanken ja falsch interpretiert. Vielleicht war das eine impulsive Reaktion, reine Gewohnheit. Der Geist verfügt über ein ebenso ritualisiertes Erinnerungsvermögen wie die Muskeln. »Ich wollte mich nicht aufdrängen«, sage ich deshalb. »Ich wäre gar nicht hier, wenn es nicht das erste Konzert meines Bruders wäre.«

Wenn ich dich nicht noch ein letztes Mal hätte sehen wollen.

»Er ist außergewöhnlich talentiert«, stellt der Prinz fest. Als wären wir zwei Fremde, die sich während der Pause über das Konzert unterhalten. »Wenn seine Ausbildung am Konservatorium erst beendet ist, wird er sicherlich überall mit Handkuss genommen. Ich habe gesehen, wie die Dirigenten der Londoner und der Pariser Philharmoniker sich seinen Namen notiert haben. Sydney und Bangkok ebenfalls. Oh, und auch die Dame aus Quito, glaube ich.«

»Es ist wahrlich ein Segen, einen so begabten Bruder zu

haben«, stimme ich ihm zu. »Auch wenn die Einwohner von London seine Straßenkunst nicht immer zu schätzen wussten.«

»Er ist zu gut für Straßenmusik.«

In seiner Stimme schwingt eine gewisse Herablassung mit. Ich kenne diesen Tonfall. Es ist die Arroganz jener, die nicht infrage stellen müssen, was die Gesellschaft sie lehrt, weil eben jene Gesellschaft ihnen in allem entgegenkommt. Jener, die Straßenmusiker für anrüchig halten, nur weil es ihnen jemand so gesagt hat.

»Ohne die Straßenkunst hätten wir nach dem Tod unseres Vaters nicht überlebt«, erwidere ich schärfer als beabsichtigt.

Er streicht mit dem Daumen über die Brüstung. »Das hast du mir nie erzählt.«

Ich zwinge mich, weiter geradeaus zu blicken, hinunter in die Königlichen Gärten. *Le Jardin de Tuileries.* Im Mondlicht sind die Blumen mit Silberglanz überzogen. »Das hätte zu Fragen geführt, deren Antworten dir nicht gefallen hätten.«

Sein Daumen erstarrt. Natürlich hätte es hauptsächlich eine Frage gegeben, deren Antwort ihm nicht gefallen hätte. Ganz und gar nicht gefallen hätte. »War das ein hinreichender Grund, um ihnen aus dem Weg zu gehen?«, fragt er nach kurzem Zögern und fängt wieder an, über die Balustrade zu streichen. Seine Stimme klingt unbeschwert. So ganz anders als letztes Mal. Ich erinnere mich an jedes einzelne Wort. *Auch indem man etwas verschweigt, kann man lügen, Magdalena!*

»Ich war dieser Meinung, ja. Und vielleicht dürfte ich Eure Hoheit darauf hinweisen, dass Ihr tatsächlich nicht sonderlich entzückt wart, als Ihr auf diese Antworten gestoßen seid.«

»Vielen Dank, aber daran musst du mich nun wirklich nicht erinnern.«

Als ich den Schmerz in seiner Stimme höre, riskiere ich einen kurzen Seitenblick, nur für einen Moment. Mustere sein markantes Gesicht. Es ist noch immer vollkommen gelassen. Er ist wirklich ein exzellenter Schauspieler. Sofort muss ich daran denken, wie wir zusammen gespielt haben. Gelacht haben. So getan haben, als ob ... Und wie dann alles so ernst wurde. »Robin«, flüstere ich. Ich darf ihn nicht länger ansehen. »Warum bist du hier?«

Seine Hand gleitet auf meine zu, ein kleines Stückchen nur. »Mein Vater hielt es für angebracht, dass ich mich offiziell um die Hand von Monsieur le Rois Schwester bemühe.«

Unsere Finger berühren sich. Mir stockt der Atem. Ich bin einfach nur erbärmlich. Aber wen interessiert's? Durch die Schlitze in seinen Handschuhen spüre ich wieder die Seidenstränge seines Geistes – an einigen Stellen noch verbrannt, an anderen neu gesponnen, noch fester als zuvor.

»Warum hast du mir die Handschuhe geschickt?«

»Ist das nicht offensichtlich?« Ganz bewusst schiebt er seine Finger auf die kleinen Lücken meiner Spitzenhandschuhe. Er hat keine Übung in reiner Gedankenkommunikation. Für ihn ist es harte Arbeit, aus seiner Seide einzelne Worte zu weben. *So wird niemand Verdacht schöpfen. Ein Mann, eine Frau, beide mit Handschuhen. Kommunikation ausgeschlossen.*

Warm spüre ich seine Haut an meiner. Seine weiche Seide in meinem Geist. So vertraut. Dieser Geist hat mich festgehalten. Dieser Geist hat mich geliebt.

»Wäre ein schlichter Brief nicht ausreichend gewesen?«

Für den Bruchteil einer Sekunde liebkost sein kleiner Finger meine Hand. *Es gibt immer Menschen, die mitlesen.*

Ich beginne zu zittern. Er hat sich nicht vom Fleck gerührt, sieht noch genauso schicklich, streng und gelangweilt aus wie drinnen im Saal. Nichts deutet darauf hin, dass er sich in irgendeiner Form für mich interessieren könnte.

»Was willst du?«, wiederhole ich meine Frage. Flüsternd, auch wenn ich am liebsten laut gebrüllt hätte. *Komm mich suchen.* »Robin«, flehe ich ihn an. Ich halte das keine Sekunde länger aus. »Sag es mir.«

Zum ersten Mal an diesem Abend zeigt sich eine Regung in seinem Gesicht. Gleichzeitig ziehen sich die Seidenstränge seines Bewusstseins ruckartig zusammen – er versucht, seine Gedanken unter Kontrolle zu halten. »Rea ...« Mein Name lässt sie sich noch weiter verdrehen, erhöht die Spannung bis zu dem Punkt, an dem sie eigentlich reißen müssten. Seine Finger ziehen sich zurück, und er wendet sich mir zu. Sieht mir ins Gesicht, zum ersten Mal heute. Er presst die Lippen zusammen, schließt krampfhaft die Augen. Dann schiebt er seine Hand wieder gegen meine. *Küss mich.*

Noch bevor ich auf diesen ungeheuerlichen Gedanken reagieren kann, noch bevor ich seine Seidenstränge entwirren und lauthals *Ja* rufen kann, höre ich ein zischendes Geräusch. Es kommt von irgendwo draußen im Garten. Instinktiv schiebe ich mich vor Robin, um ihn mit meinem Körper abzuschirmen. Noch vor einem Monat war ich immerhin der Bodyguard dieses Mannes, hatte geschworen, ihn unter Einsatz meines Lebens zu beschützen. Manche Gewohnheiten wird man nur schwer wieder los.

Es ist eine Feuerwerksrakete. Auf dem Balkon ruft jemand fröhlich »Bravo!«, als sie oben am nächtlichen Himmel explodiert und ein weißer Funkenregen niedergeht. Es folgt eine zweite, dann eine dritte. Unten im dunklen Garten, verdeckt von dem schwarzen Blätterdach der Bäume, hat sich jemand darangemacht, uns zu erfreuen. Ich höre aufgeregte Stimmen. Die Balkontüren werden geöffnet, Neugierige strömen heraus. Immer mehr Menschen drängen auf den Balkon: die Gäste, die Journalisten, der Roi, Madame Hiver, Ninon. Sogar ein paar Mousquetaires und einige Musiker sind darunter. Bald ist es gesteckt voll hier draußen. Ich werde gegen den Prinzen gepresst. So nah war ich ihm seit Wochen nicht mehr. Meine Beine berühren seine Oberschenkel, mein Bauch drückt gegen seine Hüfte. Wieder explodiert eine Rakete. Das aufgeregte Raunen der Menschen ist nichts im Vergleich zu dem, was in meinem Körper vorgeht. Die goldene Spitze des Obelisken, der am weit entfernten Ende der Gärten auf der Place de la Concorde steht, glitzert in dem bunten Licht. Dahinter erhebt sich der Eiffelturm. Zwei Raketen gleichzeitig. Nun haben alle nur noch Augen für das Spektakel. Wieder riskiere ich einen schnellen Blick zum Prinzen. Er sieht nur mich an.

Küss mich.

Jemand schiebt sich durch die Menge. Ich spüre es, drehe mich um. Blanc, René, der Comte. Mit gezogenen Waffen. Mir läuft es kalt den Rücken hinunter. »Blanc!« Die Menschen jubeln zu laut, er hört mich nicht. Die Mousquetaires halten auf den Roi, Madame Hiver und Ninon zu. Das kann nur eines bedeuten: Dieses Feuerwerk ist nicht Teil des Programms.

Ich sehe mich um, suche hektisch nach Liam. Überall nur begeisterte Gesichter. Wir müssen die Leute wieder nach drinnen schaffen. Unbewusst packe ich Robins Handgelenk, so heftig, dass er zusammenzuckt.

Die nächste Rakete explodiert, noch spektakulärer als die anderen. Direkt über dem Nordflügel steigt sie auf. Alle wenden sich ihr zu. Auch der letzte Jubelschrei verstummt, als wir endlich das sehen, was wir sehen sollen.

Jemand hat ein langes Banner auf dem Dach entrollt. Anfangs scheint es ebenso harmlos zu sein wie die vielen farbigen Banner an der weißen Kirche in Améthyste oder die bunten Vorhänge in den Fenstern. Obwohl es nicht blau, gelb oder rot ist, sondern weiß. Schneeweiß. Mit großen schwarzen Buchstaben.

HELFT UNS, HOHEIT
HOLT UNS UNSER LAND ZURÜCK
NIEDER MIT DEN *VISIONNAIRES*

Eigentlich hätte ich gedacht, dass jemand schreit. Oder dass sich ein Raunen ausbreitet, wenigstens ein Flüstern. Alles, nur nicht dieses Schweigen. Drückend wie die Furcht, die sich langsam in mir ausbreitet. *Bist du eine* Visionnaire?

Dann höre ich eine Stimme. Ich erkenne sie, sie gehört dem Capitaine der Mousquetaires. An der Balkontür entdecke ich seinen grauen Haarschopf. Mit gelassener Miene ruft er: »Mesdames, Messieurs, veuillez rester calmes et ...« Bevor er seinen Satz beenden kann, ertönt ein schrilles Kreischen. Es klingt, als würde eine Katze gefoltert werden. Oder als würde jemand einen Bogen so über eine Violine ziehen, dass sie schreit. Die Leute weichen zurück, sodass ich noch dichter an den Prinzen gedrängt werde. Mein Rücken presst sich an seine Brust. Wieder überläuft mich ein Schauer. Das hat er mit Sicherheit gespürt. In der Mitte des Balkons tut sich eine Lücke in der Menge auf. Und in dieser Lücke steht Liam. Sein Gesicht ist wutverzerrt. Er hält seinen Bogen in der Hand, deutet damit auf mich.

Nein, nicht auf mich. Auf den Prinzen.

»Du musstest ja unbedingt herkommen, nicht wahr?« Liam zittert am ganzen Körper. Doch seine Stimme ist fest. »Du musstest hierherkommen und deinen Hass mitbringen.«

Erst jetzt bemerke ich Moreen Gause, die offenbar ganz am Rand des Balkons gestanden hat, denn inzwischen ist sie auf die Brüstung geklettert, um ja nichts zu verpassen. Schon macht sie sich eifrig Notizen. Und ich bemerke, dass alle Köpfe, die gerade noch Liam zugewandt waren, sich nun zum Prinzen umdrehen.

Der keinen Ton von sich gibt. Nervös drücke ich die Schultern durch und will einen Schritt beiseitetreten, um ihm besser ins Gesicht sehen zu können, aber der Platz reicht nicht aus. Er muss jetzt etwas sagen. Es muss sagen, dass er einen solchen Hass niemals unterstützen würde. Doch stattdessen meldet sich jemand anders zu Wort.

René sagt ruhig: »Dieser Hass ist nicht erst mit ihm hierhergekommen. Er war schon lange vorher ...«

»Aber er heizt ihn weiter an!« Ich glaube nicht, dass Liam jemals zuvor einem Fremden so über den Mund gefahren ist. »Oder etwa nicht?« Noch immer ruht sein Blick auf dem Prinzen. »Sag etwas. Würdest du ihnen sagen, dass sie im Unrecht sind?«

Stille. Der Wind rauscht in den Bäumen. Streicht wispernd durch die Blumenbeete. Endlich ertönt die tiefe, kraftvolle Stimme des Prinzen.

»Mit Ihresgleichen spreche ich nicht.«

Entsetzt weiche ich vor ihm zurück. Arrogant wirkt er, kalt. Angewidert. Ohne mich darum zu kümmern, wen ich dabei berühre, schiebe ich mich rückwärts in die Menge. Für einen kurzen Augenblick huscht sein Blick zu mir, dann wendet er sich ab. Dreht uns den Rücken zu und blickt zum Nordflügel hinüber.

»Ich schon.«

Als ich mich wieder Liam zuwende, sehe ich, dass er nicht mehr allein ist. Ninon hat sich neben ihn gestellt. Sie sieht Liam ernst an. »Wir können nichts anderes tun, als miteinander zu sprechen«, sagt sie. »Aber deshalb müssen wir uns ja nicht gleich anschreien.« Und dann lächelt sie. Dieses wunderschöne, strahlende Lächeln, das aller Welt sagt: *Seht mich an!* Aber diesmal wirkt es irgendwie grimmig. Ganz langsam fängt sie an, ihren rechten Handschuh abzustreifen, einen Finger nach dem anderen. Dann lässt sie ihn zu Boden fallen.

Die Fotografen drehen durch, plötzlich blitzt es überall. Moreen Gause fällt vor lauter Aufregung fast vom Balkon. Ich mustere den Prinzen, der uns noch immer den Rücken zukehrt, dann den Handschuh auf dem Boden. Ninons Gesicht und auch das von Madame Hiver, die sie genau im Blick hat. Liam.

Schließlich ruft der Capitaine die Menschen dazu auf, wieder hineinzugehen, und zwar bitte schön geordnet. Blanc, René und der Comte lenken die Herde in die entsprechende Richtung. Langsam bewegt sich die Menschenmenge zurück in den Konzertsaal. Ich bin ganz hinten, beim Prinzen. Deshalb stehe ich noch immer auf dem Balkon, als plötzlich wieder dieses Zischen ertönt.

Noch einmal explodiert ein Feuerwerkskörper über dem Nordflügel. Die verbleibenden Zuschauer wirbeln herum, schauen genau wie ich wieder zum Himmel. Als der bunte Funkenregen niedergeht, entdecke ich oben auf dem Dachfirst eine Gestalt. Sogar den winzigen Lichtschein des Feuerzeugs kann ich erkennen.

Dann sehe ich die Flammen.

Jetzt bekomme ich doch noch meine Schreie.

»Wer tut denn so etwas?«

Aufgebracht tigert der Roi im Konzertsaal umher. Wieder und wieder schlägt er mit seinem Spazierstock auf die Marmorfliesen ein. »Unser Konzert zu stören! Wie können sie es wagen?«

Der Capitaine und Madame Hiver räuspern sich mahnend und vollkommen synchron. Dann sehen sie sich an. Der Capitaine seufzt schwer. Außer dem König sind nur der Prinz, Mister Galahad, Ninon, Madame Hiver, der Capitaine und ich im Saal zurückgeblieben. Eigentlich wollte ich ebenfalls gehen, aber der Capitaine hat mich dabehalten, um neben der Zeugenaussage des Prinzen auch meine zu hören. Schließlich gehören wir zu den wenigen, die von Anfang an draußen auf dem Balkon waren. Die Berichte der anderen Zeugen hat er zuerst aufgenommen, vermutlich, damit Robin seinen nur in kleiner Runde abliefern muss. Nun sitzen wir auf den bunten Stühlen vor dem Orchestergraben. Die ordentlichen Reihen sind totalem Chaos gewichen. Ich würde wirklich gerne behilflich sein, aber ich kann leider auch keine konkreteren Angaben machen als Robin. Außerdem ist es nicht ganz leicht, sich zu konzentrieren, wenn der Roi direkt neben uns herumstampft.

Nun wendet sich der Capitaine wieder uns zu, wohl um noch mehr Fragen zu stellen, aber der Roi fährt nahtlos fort. »Es war alles so sorgfältig geplant«, jammert er, ohne seinen Marsch zu unterbrechen. »Und es war wundervoll!«

»Eure Majestät ...«, setzt Madame Hiver an, aber der Roi zeigt nur anklagend mit seinem Stock auf sie. »Feuerwerk! Warum ist uns das nicht eingefallen? Ein Feuerwerk hätte ein großartiges Finale abgegeben.«

Madame sieht aus, als wolle sie noch etwas sagen, doch selbst für sie ist es unmöglich, zu Wort zu kommen. Es war auch schon eine echte Herausforderung, den Roi davon zu überzeugen, dass es wohl keine gute Idee wäre, das Konzert fortzusetzen.

»Wir hätten ein grandioses Feuerwerk veranstaltet. Erinnern Sie sich noch an das Spektakel, das die Kaiserin bei meinem Weihnachtsbesuch inszeniert hat? Das war herausragend. So etwas in der Art hätten wir auch haben können.«

»Eure Majestät«, versucht es nun der Capitaine, »so unschön es auch sein mag ...«

»Unschön?« Der Roi fährt zu ihm herum. Um seine Empörung zu unterstreichen, tritt er mit voller Kraft gegen einen Stuhl. Wie in Zeitlupe neigt sich die Lehne Richtung Boden, und er fällt um. Doch der dumpfe Knall genügt dem Roi anscheinend nicht. Er tritt noch einmal dagegen. Der Stuhl bewegt sich keinen Millimeter.

»Frère, mon cher«, sagt Ninon knapp. »Ta gueule.«

Madame Hiver und der Capitaine holen erschrocken Luft. Der Roi mustert seine Schwester, die handschuhlos und gelassen neben mir sitzt. Dann schleudert er seinen Spazierstock fort, wirft sich in einen Stuhl und verschränkt die Arme vor der Brust. »Es sollte unseren Gast aus England beeindrucken«, greint er. »Alles ruiniert. Wie kann ein Mensch nur so grausam sein? Wer war diese … Person?«

»Meine Männer haben die Ermittlungen bereits aufgenommen, Majestät«, versichert ihm der Capitaine. »Sie werden baldmöglichst zurückkommen.«

»Und wie lange dauert das?«

»Majestät.« Madame Hiver steht auf und geht zu ihm hinüber, um ihm die Schultern zu massieren. »Dieser Vorfall hat Euch furchtbar angestrengt. Ihr solltet Euch ausruhen.«

Möglichst unauffällig blicke ich auf mein Handy. Schon jetzt jagt eine Schlagzeile die nächste. Der *Confessional* ignoriert die Tatsache, dass es einen Brand mit einem Todesopfer gegeben hat, und macht auf mit: *Diplomatie oder Kriegserklärung? Französische Gräfin legt im Beisein des Kronprinzen die Handschuhe ab.* Das Foto dazu ist nicht besonders schmeichelhaft: Der Blitz ist voll auf Ninons Gesicht gerichtet, sodass der Hintergrund im Dunkeln versinkt. Es hat fast etwas Dämonisches an sich. *Strebt Frankreich Dominanz über Großbritannien an?*, wird in der Bildunterschrift gefragt. *Duchesse Ninon d'Orléans unterstützt deutlichst die offizielle Ablehnung Frankreichs hinsichtlich eines Berührungsverbotes.* In den Kommentaren toben sich die Leser ungehemmt aus: *Sucht ihm ein englisches Mädchen! – Oh ja, mit den verkommenen Franzosen Frieden zu halten ist wirklich eine Spitzenidee. Dann können sie noch mehr Perverse und Magdalenen zu uns rüberschicken. Tolle Entscheidung, Leute.* Als ich bei *Die Schlampe sollte man umbringen* ankomme, höre ich auf zu lesen.

»Wirklich charmant, nicht wahr?«

Ninon hat über meine Schulter hinweg mitgelesen. Sie wirkt erschöpft. Mister Galahad späht ebenfalls auf mein Handy. Er scheint schockiert zu sein.

»Du musst sie einfach ignorieren«, rät ihr der Prinz aus der Reihe hinter uns. Seit wir den Balkon verlassen haben, hat er nicht mehr mit uns gesprochen. Und noch immer jagt seine tiefe Stimme mir einen Schauer über den Rücken.

»Vielen Dank für diese weisen Worte«, erwidert Ninon. »Hättest du mir das nicht gesagt, hätte ich nicht gewusst, was ich tun soll. Als schwarze Frau und Schwester des Königs von Frankreich, die noch dazu CEO eines internationalen Technikkonzerns war, habe ich einfach keine Erfahrung mit Hasskommentaren.«

Der Prinz presst die Lippen zusammen. »Ich wollte nur hilfreich sein.«

»Wie überaus nett von dir.«

»Sœur, ma chère«, sagt der Roi ruhig. Erstaunt sehen wir ihn an. Ihm fallen ungebändigt die Locken ins Gesicht. »Ta gueule.«

Ich rechne fest damit, dass Ninon ihn mit einem bösen Blick abstraft. Oder dass sie protestiert. Aber sie sieht ihn einfach nur an, und dann lächelt sie müde. Ein wenig abgenutzt, dieses Lächeln, aber noch brauchbar.

Deshalb ist Mister Galahad der Einzige, der entsetzt dreinschaut, als der Roi den Kopf in den Nacken legt und sich Madame Hivers kunstvollen Handgriffen überlässt. Mir ist inzwischen klar geworden, dass *ta gueule* wohl so viel heißt wie *Halt die Klappe*. Und irgendwie bin ich dankbar dafür, dass der Roi und Ninon so miteinander reden und einander auf diese Weise anlächeln. Das erinnert mich an meinen Umgang mit Liam. Den ich sofort nach Hause geschickt habe, als das Publikum und seine Kollegen gegangen sind. »Geh. In Marias Namen, geh, und halt bloß deine Klappe.« Mir gefiel nicht, wie

Madame Hiver ihn musterte. Ihm schien das gar nicht aufzufallen. Er war voll und ganz auf mich fixiert. »So wie du?«

»Ich bin noch am Leben, weil ich meine Klappe gehalten habe«, fauchte ich ihn an. Als ob ich ihn daran erinnern müsste.

»Aber was passiert, wenn jeder schweigt?«

Darauf hatte ich keine Antwort. Also schob ich ihn einfach Richtung Tür. »Das kommt schon alles in Ordnung.«

Sein Blick wanderte zum Fenster, hinüber zu dem Banner auf dem Dach. »Wir sind hier nicht in einem Märchen, Rea.«

Ich sah ihm nach, als er ging – hoch aufgerichtet und voller Kraft, die Schultern straff zurückgenommen. Und ich sah, dass Madame Hiver ihn ebenfalls beobachtete.

So wie sie es jetzt mit mir tut, während sie die Schultern des Roi knetet. Mister Galahad sieht ihr fasziniert dabei zu. Seine Wangen sind gerötet, was sie offensichtlich bemerkt. Als sich auch noch der Rest seines Gesichts verfärbt, wendet er hastig den Blick ab. Sie lächelt. Es ist wie eine Drohung. »Milord Buckingham, unsere Sitten wirken auf Sie sicher merkwürdig.«

»Ich bin stets bemüht, mich anzupassen, Madame«, murmelt er verlegen.

»Und es wäre mir eine Freude, Ihnen dabei in jeder Hinsicht behilflich zu sein«, versichert sie süßlich. Sie trägt noch immer ihre Maske.

»Zu freundlich, Madame.«

Der Capitaine räuspert sich ungeduldig, was Madame Hiver mit einer hochgezogenen Augenbraue quittiert. Er dreht sich zu mir um – hoffentlich, um mich endlich wegzuschicken –, kommt aber nicht mehr dazu, etwas zu sagen, da in diesem Moment die Saaltür geöffnet wird.

Der Comte kommt herein, flankiert von Blanc und René. Hinter ihnen marschieren sechs weitere Mousquetaires auf. René und ein weiterer Arzt namens Sollers wischen sich den

Ruß von den Händen. Geschlossen kommen sie auf uns zu. Der Capitaine erhebt sich, um seine Leute zu begrüßen, Ninon und Mister Galahad ebenfalls. Schnell folge ich ihrem Beispiel. Nur der Roi bleibt sitzen.

»Was gibt es zu berichten, Lieutenant?«, fragt der Capitaine. Der Comte verbeugt sich vor dem Roi, Ninon und dem Prinzen, dann begrüßt er Mister Galahad, Madame Hiver und mich mit einem höflichen Nicken. In Protokollfragen ist er sehr versiert. Vielleicht steckt hinter seinem Spitznamen ja doch mehr als nur ein Scherz unter Kameraden. Schließlich wendet er sich an den Capitaine und erstattet ihm auf Französisch Bericht. Möglichst unauffällig greift Ninon nach meiner Hand. Sanft dringt der goldene Schein ihres Geistes in mein Bewusstsein, und mithilfe ihrer Gedanken übersetzt sie für mich: »Wir haben in den Tuilerien Rückstände der Feuerwerkskörper gefunden, Capitaine. Nach den ersten Untersuchungen gibt es keine konkreten Verdächtigen, aber die Durchsuchung der Gärten dauert noch an. Das Feuer hat sich nicht sonderlich weit ausgebreitet, doch für den Brandstifter kam jede Hilfe zu spät. Der Leichnam wurde geborgen und zur Identifizierung und weiteren Untersuchung überstellt.«

Sein Französisch klingt so berauschend wie Ninons Gedanken. Fasziniert lausche ich sowohl seiner Stimme als auch der Übersetzung.

»Gibt es keinerlei Hinweise auf die Identität des Opfers?«, fragt der Capitaine.

Die Miene des Comte bleibt reglos, und er rührt sich auch sonst nicht. Trotzdem scheint er kurz zu zögern, bevor er antwortet: »Nichts Eindeutiges.«

»Aber es gibt etwas?« Der Roi hat sich aufgerichtet. Nun vertreibt er Madame Hivers Hände mit kleinen Schlägen von seinen Schultern. »Ich bestehe darauf, dass wir unterrichtet werden, Mousquetaire!«

»Wir haben bei der Leiche einen Ausweis gefunden, Eure Majestät«, sagt der Comte ruhig. »Er scheint echt zu sein, wir warten aber noch auf eine Bestätigung. Der darin eingetragene Name lautet Gabrielle Ayrault.«

In Ninons Geist taucht ein Bild auf – eine junge Frau mit braunen Haaren und Augen, die eine Hornbrille trägt. Es ist ein Zeitungsfoto, darunter die Schlagzeile: *Pariserin am Neujahrsmorgen vergewaltigt.*

»Und wer ist sie?«, will der Roi wissen.

»Sie wurde von einer Gruppe Magdalenen überfallen, als sie sich auf dem Heimweg von einer Silvesterparty befand, Majestät«, erklärt der Capitaine. »Sie haben ihr vorgegaukelt, dass sie freiwillig mit ihnen ging, und zwar durch Gedankenkontrolle. Es war … traumatisch.«

Das warme Licht in Ninons Geist verdunkelt sich etwas. Ich wünschte, ich könnte meine Augen vor dem verschließen, was ihr nun durch den Kopf geht.

»Das ist widerwärtig«, meint Mister Galahad. »Ich nehme an, sie wurden festgenommen und mit der vollen Härte des Gesetzes bestraft?«

Sollers, der andere Arzt, schnaubt wütend, während der Capitaine unangenehm berührt antwortet: »Nein. Wir haben auf dem ganzen Kontinent nach den Tätern gefahndet, konnten sie aber nicht finden. Sie hatten Madame Ayraults Gedächtnis äußerst gründlich gelöscht. Nur das psychische Trauma blieb, und die Behandlung durch einen Maltoren hat sie abgelehnt.«

»Sie haben ihr vorgeschlagen, sich noch einmal von einem Magdalenen berühren zu lassen?«, mischt sich der Prinz ein. Es dauert einen Moment, bis mir bewusst wird, dass er ebenfalls Französisch spricht. Es klingt wunderschön. »Nach einer solchen Erfahrung?«

»Das ist das übliche Verfahren, Eure Königliche Hoheit«,

erwidert der Capitaine ruhig. »Wir bieten den Opfern von Gewaltverbrechen jede verfügbare Unterstützung an.«

»Haben Sie für so etwas keine Ärzte?«

»Ein Maltor ist der einzig geeignete Arzt, um eine solche Verletzung wirksam zu behandeln.« Das kommt von René. Er hat die Arme hinter dem Rücken verschränkt und blickt starr geradeaus, doch er spricht klar und deutlich. Ich bewundere ihn für sein Rückgrat, selbst im Beisein des Roi und des Prinzen. Selbst wenn eine Frau, die von Magdalenen misshandelt wurde, sich gerade erst vor aller Augen umgebracht hat, mit der Forderung auf den Lippen, uns alle zu verdammen. Selbst wenn ein Medizinerkollege ihn dabei angewidert mustert. Und neidisch. Und verlangend. Eine gefährliche Mischung.

»Das ist doch wohl eher ein Pakt mit dem Teufel«, stellt Mister Galahad fest.

»Ganz und gar nicht. Die Kunst der mentalen Heilung hat eine lange Tradition«, wendet René ein, doch Mister Galahad wendet sich bereits wieder an den Capitaine.

»Wie Sie sicher wissen, können Sie jederzeit bei Seiner Majestät dem König um Hilfe ersuchen«, sagt er nachdrücklich. »Die GVK hätte Sie gerne dabei unterstützt, eine solche Verbrecherbande dingfest zu machen.«

Allein der Gedanke, dass die Guard of Virtuous Knights, königliche Ritter aus England, in dieser Stadt auftauchen könnten, jagt mir einen kalten Schauer über den Rücken.

»War nicht einer von ihnen ein Landsmann von dir?«, fragt Sollers an René gewandt.

Der Capitaine bringt ihn mit einer Geste zum Schweigen, aber René lässt sich nicht provozieren. »Was hat das mit der ganzen Sache zu tun?«

»Man könnte die Frage stellen, was er hier wollte«, meint der Prinz.

»Dann könnte man genauso gut die Frage stellen, was Ihr hier wollt«, erwidert René.

Der Comte ermahnt ihn scharf. Ruckartig dreht René sich zu ihm um, und was immer er der Miene des Comte entnimmt – es lässt ihn verstummen. Er presst kurz die Lippen zusammen, dann sagt er vollkommen ausdruckslos: »Mit einem solchen Mann habe ich nichts gemeinsam.«

»Was ja wohl klar sein dürfte«, bestätigt Blanc, während Sollers gleichzeitig abfällig den Atem ausstößt.

»Außer einer Sache natürlich«, nimmt Madame Hiver elegant den Faden auf. Ihre Hände ruhen nun auf der Stuhllehne des Roi. »Dass Sie ebenfalls ein Magdalene sind.«

Automatisch weicht der Prinz einen Schritt zurück. Diese Reaktion entsetzt mich zutiefst. Ich sehe, wie der Comte für einen Moment die Augen schließt. Blanc drückt stumm Renés Arm, während Mister Galahad erschüttert fragt: »Halten Sie es für klug, Magdalenen in Ihre Strafverfolgungsorgane aufzunehmen, wenn sie doch ihresgleichen verfolgen müssen?«

»Es ehrt uns, dass Sie sich unseretwegen so viele Gedanken machen, Milord Buckingham«, antwortet der Capitaine, »aber ich kann Ihnen versichern, dass nichts von alledem sich auch nur im Geringsten auf die Brautwerbung auswirken wird, zu deren Überwachung Sie hier sind.«

»Oh, aber das ist doch ein interessanter Einwand.« Mit einem glockenhellen Lachen fährt Madame Hiver fort: »Miss Emris, Sie sind ja so still. Was ist denn Ihre Meinung?«

Mir zuliebe hat sie ins Englische gewechselt. Stur blicke ich in ihr regloses Gesicht. Die Maske starrt zurück. Dann neigt sie sich leicht vor. Erbarmungslos.

»Ich kann zu diesem Thema nichts beitragen«, sage ich.

»Oh, Sie sind ein kleiner Scherzkeks, Miss Emris.« Sie lacht leise. Es sieht gespenstisch aus, wie die Maske nichts von ihren wahren Gefühlen widerspiegelt. »Im Vergleich zu Ihrem so überaus unverblümten Bruder geben Sie sich überraschend spröde.«

Plötzlich bin ich mir deutlich der Anwesenheit des Prinzen hinter mir bewusst.

»Madame«, mahnt der Comte leise. »Suchen Sie sich einen Gegner auf Augenhöhe.«

»Ich bin überhaupt nicht auf der Suche nach Gegnern«, korrigiert sie ihn mit einem durchdringenden Blick. Und sie spricht auch alles andere als leise. »Meine Sorge gilt einzig und allein der Brautwerbung. Sie hat ja nicht gerade schön begonnen, oder?«

»Diese Angelegenheit sollte zumindest genauer untersucht werden«, findet Mister Galahad. »Der König von England wäre sicher erfreut zu hören, dass umfassende Nachforschungen angestellt werden, um herauszufinden, warum es nicht möglich war, die Verbrecher zu fassen, deren Taten zu diesem tragischen Selbstmord geführt haben und ...«

»Das alles ist so langweilig«, unterbricht ihn der Roi. »Schön, dann gibt es eben eine Untersuchung. Jean«, wendet er sich an den Capitaine, »ich erwarte uneingeschränkte Kooperation.«

»All das ist vollkommen unnötig«, sagt Ninon. »Der Weiße König kann seinen Sohn jederzeit nach Hause holen, wenn er mit der Situation unzufrieden ist.«

Ich höre, wie Robin hinter mir mit den Knöcheln knackt. »Nichts läge mir ferner, als jetzt zu gehen.«

»Tja.« Ninon steht auf und lässt meine Hand los. »Wenn das so ist, sehen wir uns morgen beim Frühstück. Seien Sie alle versichert, dass ich es kaum erwarten kann.« Sie streckt dem Prinzen ihre unverhüllte Hand entgegen. Ihr herausfordernder Blick sagt alles. Mister Galahad räuspert sich verlegen. Ich merke, wie mein Herz wieder anfängt zu rasen. Robins Blick streift mich, nur für eine Sekunde.

Küss mich.

Er nimmt ihre Hand, verharrt aber knapp über der Haut, anstatt sie zu küssen. »Bonne nuit, Ninon.«

»Bonne nuit, Robin.«

Anschließend umarmt sie mich. »Mach dir keine Gedanken wegen des Kleides, ich lasse es abholen, *de chez toi*. Außerdem möchtest du es vielleicht noch einmal tragen. Nächste Woche führen wir die traditionelle Parade in der Stadt an. Und ich könnte es nicht ertragen, wenn es nicht wenigstens ein oder zwei Outfits gäbe, die meines ausstechen.«

Nachdem sie mich auf die Wange geküsst hat, zieht sie sich zurück, gefolgt von ihrem Bruder, der Madame Hiver, den Prinzen, den Capitaine und Mister Galahad noch auf einen Umtrunk in sein Studierzimmer einlädt. Mister Galahad verabschiedet sich von mir mit einem Devotionsknicks, bevor er Madame Hiver und dem Roi nach draußen folgt. Der Capitaine dankt dem Prinzen und mir für die Zeugenaussagen und erklärt mir, dass ich nun nach Hause gehen dürfe. Danach verschwindet er ebenfalls. Aber der Prinz sieht mich unverwandt an. Ich muss daran denken, wie kalt er Liam gemustert hat, draußen auf dem Balkon. Wie verbissen er ausgesehen hat. Nun wendet er sich an den Comte: »Würden Sie mich einen Moment mit Miss Emris allein lassen?«

Mein Herz rast. Verräterisches Herz. Fragend dreht der Comte sich zu mir um. Mein Mund ist ganz trocken. Als ich nicke, befiehlt er den Mousquetaires abzurücken. »Wir warten vor dem Palast auf dich«, sagt Blanc noch, bevor er geht. »Robin.«

Der Prinz verabschiedet sich mit einem Nicken und beobachtet dann stumm, wie sie hinausgehen. Wie sich die Tür hinter ihnen schließt. Plötzlich sind wir ganz allein. Und noch immer starrt er auf die Tür.

»Robin ...«, setze ich an, gehe einen Schritt auf ihn zu.

Er fährt herum, stürmt auf mich zu, vergräbt die Hände in meinen Haaren. Als er meinen Kopf nach hinten neigt, kommt mir das so vertraut vor, dass es wehtut. Genau diese Haltung, die Vorfreude, diese Sehnsucht ... und all die schrecklichen Geheimnisse.

Dann küsst er mich. Schiebt mich vor sich her, bis ich mit den Kniekehlen gegen einen Stuhl stoße. Seine Zunge streichelt meine Lippen. Ich erwidere den Kuss, bis er mich zu Boden drückt. Als ich sanft in seine Unterlippe beiße, steigt ein leises Knurren aus seiner Kehle auf. Wie von selbst öffnen sich meine Schenkel, und er schiebt sein Bein dazwischen. Heftige Schauer packen mich. Seine Hände halten mich fest, während seine Gedanken auf mich einstürmen, weiche Seide, die in Flammen steht. *Ich habe alles risk ... – du gibst – hör nicht auf – sei kein Feigling – es ist das letzte M ... – sie kann das hören, sie kann – sieh sie dir an!*

Ich hebe ihm mein Becken entgegen, und der Gedankenstrom reißt ab. Mein Geist zerfließt. Und ich heize das Feuer noch weiter an. Ich will ihn so sehr.

Wieder ziehen sich die Seidenstränge hart zusammen. *Sie kann dich hören.* Sein Knie reibt über meinen Schoß. Ich stöhne laut auf. *Maria, ich will – ich darf nicht – nicht nachdenken, nicht nachdenken, nicht ...* Er schlingt einen Arm um meinen Oberkörper und dreht mich auf den Bauch. Ich zittere unkontrolliert, ersticke mein Stöhnen im Polster eines Stuhls. Seine Hände gleiten über meinen Rücken, meine Haare. Dann packt er zu, zieht meinen Kopf hoch, bis er meinen Hals erreicht. Während er ihn küsst, wird er von Erinnerungen gepeinigt: die Peitsche in seiner Hand, mein blutverschmierter Rücken, die Lügen. Immer fester packt er zu, beißt mich in den Hals. Fährt mit der Zunge über meine Kehle, bis sich mein ganzer Körper ihm entgegen wölbt. *Denk nicht daran, nicht – das würde sie nicht tun – kommt der Gedanke von mir oder ist sie das – was, wenn sie …*

Ganz plötzlich lässt er mich los. Legt die Stirn an meinen Hinterkopf. »Maria«, keucht er. Ich spüre seinen Atem auf meiner Haut, seine Lippen verharren dicht an meinem Hals. »Maria Magdalena.«

Ich schließe krampfhaft die Augen. Muss die Hände zu Fäusten ballen, damit ich sie nicht unter meinen Rock schiebe, zwischen meine Beine. Obwohl er keinen Ton von sich gibt, spüre ich, wie sich seine Lippen bewegen. Als würde er sich selbst etwas vorbeten, etwas, das nur er hören kann. Dann verschwindet sein Gewicht von meinem Rücken.

Ich setze mich auf. Er steht bereits wieder. Seine Haare sind zerzaust. So hat er auch ausgesehen, als er mich und Mister Galahad im Vorzimmer überraschte, damals, als ich gerade vom Training gekommen war. Auch da war er zerzaust, gerade erst aus dem Bett gestiegen, nur nachlässig in einen Morgenmantel gehüllt. In solchen Momenten konnte er so entspannt sein. So arrogant und gleichzeitig witzig. Dann wirkte er liederlich und unschuldig zugleich, wenn er mittags noch im Bett lag und sich mit den langen Fingern durchs Haar fuhr, als wäre allein das schon eine Sünde. Die Erinnerungen wecken eine solche Sehnsucht in mir, dass ich mich verzweifelt an der Stuhllehne festklammere.

»Rea.« Der Klang seiner Stimme nimmt mir beinahe den Atem. Sein Geruch ist überall an mir. Ich stehe auf. Er tritt einen Schritt zurück. Erst jetzt bemerke ich, dass er abgenommen hat. »Robin. Warum bist du hier?«

Er sieht mich an. Seine Augen sind so blau. Mühsam versucht er, seine Atmung unter Kontrolle zu bekommen. »Ich bin gekommen, um dich um etwas zu bitten.«

Ich zwinge mich, still stehen zu bleiben. Nicht zu ihm zu gehen. Ihn nicht wieder zu küssen. »Und was wäre das?«

Seine Brust hebt sich, senkt sich. Einmal, zweimal, dreimal. Er macht einen Schritt auf mich zu. Hebt die Hand, greift nach meiner. Als sich unsere Finger verschränken, wird mir schwindelig vor Glück. Seine Seidenstränge umschlingen mich. Heben mich in die Höhe. Ich fliege.

Deshalb dauert es einen Moment, bis ich begreife, was er denkt.

Lass mich vergessen.

Ich stürze ins Bodenlose.

»Was?« Ganz bestimmt habe ich mich verhört. Wieder einmal. Er lässt meine Hand nicht los, sieht mich unverwandt an. So stolz, so aufrecht. Seine anderen Gedanken sind wie kleine Wirbelstürme, derart schnell, dass ich sie nicht erfassen kann, da ich mich auf die konzentrieren muss, die er mir zeigen will. *Du hast mir angeboten, mich vergessen zu lassen. Vor deiner Flucht. Ich bin gekommen, um dieses Angebot anzunehmen.*

Ruckartig entreiße ich ihm meine Hand. Mehr kann ich nicht tun, um mich zu schützen. Maria. Maria Magdalena. Ich wende mich ab, aber er greift wieder nach meiner Hand. Zieht mich an sich. Flüstert mir ins Ohr: »Rea. Bitte.«

Wir stehen so dicht beieinander, dass ich wieder seinen Duft rieche. Bergamotte. Rauchiges Holz. Das war das Erste, was ich von ihm kannte. Das war das Erste, in das ich mich verliebt habe. Und das treibt mir nun die Tränen in die Augen. »Dann war das also deine Interpretation eines Abschiedskusses«, stelle ich mit zitternder Stimme fest. Seine Hand umschließt noch immer die meine. *Du hast es angeboten.*

Ich wende den Kopf ab. Ja, das habe ich. Und auch jetzt lässt er keine anderen Gedanken zu. *Meine Mutter und ich haben ent-*

schieden, dass es am sichersten ist, wenn keine Erinnerungen an meine uneheliche Herkunft erhalten bleiben, nicht einmal unsere eigenen. Sie plant ebenfalls einen Besuch hier. Das wäre die perfekte Gelegenheit, um zu vergessen.*

»Mich auch«, flüstere ich. »Du willst das mit uns auch vergessen.«

Das bringt ihn für einen Moment so aus dem Konzept, dass ich in den gedanklichen Mahlstrom eintauchen kann, der unter dem verborgen ist, was er mir mitteilen will.

Ich wüsste nicht, wie ich dich sonst vergessen könnte – ich bin der Kronpr ... – meine Pflicht gilt dem Thron – du hast mich belogen – du lügst – du liest meine Gedanken – selbst jetzt – ich kann nicht – wenn du immer meine Gedanken liest, könnte ich niemals entkommen, und wie lange dauert es dann wohl, bis du herausfindest, was ich wirklich – finster, kaputt, grausam – es ist besser ...

Er löst sich aus meinem Griff. Sieht mich an. Wartet, bis sein Atem wieder ruhiger geht. Dann legt er eine Hand an meine Wange, ganz leicht, berührt nur mit der Außenseite seiner Handfläche mein Gesicht.

Ja.

Ich schlage seine Hand weg. Schweigend sehen wir uns an. Ich sehe dem Mann ins Gesicht, den ich liebe. Jedes Detail davon kenne ich, seine Augen, sein Kinn, die Form seiner Nase. Ich sehe dem Mann ins Gesicht, den ich liebe. Und der sich nichts sehnlicher wünscht, als mich zu vergessen.

Was ich ihm auch noch selbst angeboten habe. »Ich werde darüber nachdenken.«

»Du hast es angeboten, Rea«, sagt er. Ich will seine Stimme jetzt nicht hören. In dem verzweifelten Versuch, die Fassung zu wahren, streiche ich über mein Kleid. Wende mich ab, gehe Richtung Tür.

Er folgt mir nicht. Nur die Kreatur schlüpft zwischen zwei Sitzreihen hervor und läuft neben mir her. Mein alter Gefährte. Ich drücke die Doppeltür auf und laufe blind weiter. Draußen im Korridor steht jemand. Jemand mit einer Maske.

»Doch noch intim genug für ein privates Tête-à-Tête, wie ich sehe«, stellt Madame Hiver fest. »Das sich allerdings nicht so gut für Sie entwickelt zu haben scheint.«

Ich bleibe stehen. Mit geballten Fäusten drehe ich mich zu ihr um. Mag sein, dass ich ihren Gesichtsausdruck nicht sehen kann, aber sie erkennt zweifellos, wie wütend ich bin. Und ihr muss bewusst sein, dass ich ihr jederzeit den Hals umdrehen kann – wortwörtlich. »Was muss ich tun, damit Sie mich in Frieden lassen?«

»Nicht viel.« Ihr Ton bleibt unverändert ruhig. »Aber eventuell möchten Sie ja gar nicht, dass ich Sie in Frieden lasse. Ich habe Ihnen eine Nachricht geschickt. Lesen Sie sie, und denken Sie darüber nach.«

Am liebsten würde ich sie anfauchen. Stattdessen lasse ich sie stehen und stürme aus dem Palast, halb blind vor Tränen, die ich nicht vergießen will. Blanc, René und der Comte lehnen neben dem Tor an der Palastmauer. Sobald sie mich sehen, richten sie sich ruckartig auf. René kommt mir mit so viel Respekt und Mitgefühl im Blick entgegen, dass ich fast taumele. Aber ich gehe weiter, halte direkt auf Blanc zu. Jetzt brauche ich die Art von Trost, die mir vertraut ist. »Wie würde es dir gefallen, heute noch einen kräftigen Arschtritt zu bekommen, alter Mann?«

Wir gehen nach Hause. René sagt uns, dass wir im Innenhof unseren Kampf ausfechten können. Ich reiße mir das Kleid praktisch vom Körper und ziehe schlichte schwarze Sachen über. Blanc erwartet mich bereits draußen. Er hat sich ebenfalls umgezogen. Die Sterne leuchten, der Mond steht hoch am Himmel. Katzen wandern über die in Silberglanz getauchten

Dächer der Stadt, begleitet von den ersten Regentropfen. Tapp, tapp, fallen sie aufs Pflaster. Mir ist kalt, aber das wird sich gleich ändern. Tapp, tapp, tapp.

Blanc und ich umkreisen einander. Er beobachtet mich, ich beobachte ihn. Aufmerksam, wie er es mich gelehrt hat. *Du darfst die Gedanken deines Gegners nicht nur dann lesen, wenn du ihn berührst. Lies sie die ganze Zeit.* Im Mondlicht schimmern seine Narben hell. Die Kontraste lösen sich auf, lassen seinen Umriss verschwimmen. Er ist nur noch ein massiger Körper, ein riesiger Panther, der es auf mich abgesehen hat. Tapp, tapp. Und wie ein Panther setzt er zum Sprung an.

Nur für den Bruchteil einer Sekunde gebe ich mich der Bewunderung hin. Welch ein Sprung. Selbst wenn ich wollte, könnte ich ihm nicht ausweichen. Schon landet er direkt vor mir und schlägt zu. Tapp. Ich keuche auf. Tapp. Ducke mich unter dem nächsten Schlag weg. Tapp. Er legt nach, ich ducke mich wieder. Tapp. Tapp. Tapp. Blanc drängt mich zurück, lässt die Schläge dicht aufeinander folgen. So präzise, dass ich erkenne, worauf er es abgesehen hat: Er will mich in die Enge treiben. Wahrscheinlich ist irgendwo hinter mir eine Mauer. Zähneknirschend blocke ich den nächsten Schlag ab. Es tut so weh, dass ich mir fast die Zunge abbeiße, aber dadurch schaffe ich es, zur Seite zu springen. Der nächste Hieb geht ins Leere. Ich trete zu. Blanc blockt. Ich reiße die Faust hoch. Er duckt sich. Sein Arm schießt vor, seine Finger schließen sich um mein Handgelenk. Sein Geist strömt in mich hinein. In der Millisekunde, bevor er die Bewegung ausführt, sehe ich, dass er mich an sich heranziehen will. Schnell packe ich mit der freien Hand seinen Unterarm. Als er an mir zieht, katapultiert uns seine Kraft beide in dieselbe Richtung. Ich halte weiter fest, stoße mich an ihm ab. Dann schiebe ich mich von seinem Arm weg und ziele mit dem Fuß auf sein Gesicht. Treffer. Seine Gedanken überschlagen sich: eine

Straße in Paris, Kopfsteinpflaster, auf dem er sich vor Jahren die Nase gebrochen hat. Brüllende Demonstranten, der bewusstlose René, erst gestern. Sein eigener Aufschrei, die verzerrte Miene des Comte. Blanc gibt keinen Ton von sich, nicht einmal, als wir zusammen zu Boden gehen. Ich schlage um mich, um mein Gleichgewicht wiederzufinden, und dabei reißt die Verbindung ab. Blanc schlingt die Beine um mich und hält mich am Boden fest. Greift nach meinen Händen. Wir ringen miteinander. Wieder strömen seine Gedanken in meinen Geist, wilde, kraftvolle Bilder. Er grinst. Sein Gesicht ist voller Blut, und trotzdem grinst er. Ich kämpfe gegen seinen Griff an. Gegen dieses Grinsen. Ich weiß, was er denkt. Dass ich im Ringen keine Chance gegen ihn habe. Deshalb beginnt er nun zu lachen. Seine Bandana ist verrutscht, und ihm fallen die Haare in die Stirn. Tapp, tapp. Regen auf unseren Körpern. Tapp, tapp. Der Mond scheint ihm ins Gesicht. Tapp, tapp. Ich streiche mit dem Daumen über sein Handgelenk, will seinen Puls fühlen. Tapp, tapp. Tapp, tapp. Tapp, tapp. So stark. So laut. Wie sein Lachen. Wie seine Augen.

»Gibst du auf, mein Hase?«

Ich schnaube abfällig. Ganz langsam beenden wir den Kampf, verringern den Druck auf die Hände des anderen. Aber ich bleibe unter ihm liegen, unsere Finger bleiben verschränkt. Ich mustere sie. Er beobachtet, wie ich sie mustere. Seine Gedanken strömen dahin: René, der Comte, seine Hand, bedeckt von ihren beiden. »*Tous pour un, un pour tous.*« Diese Frau, Gabrielle Ayrault. Ich, unter ihm auf dem Küchentisch. Immer wieder fließen diese Bilder ineinander, voneinander fort, überlappen sich. Langsam, stetig.

»Geht es dir jetzt besser?«, fragt er schließlich, als unsere Atmung sich wieder normalisiert hat. Die heranrollenden Gedankenwogen formen ein Bild von Robin. Ich drücke das Gesicht an seinen Hals. Schön warm.

»Ist es nicht albern von mir, nur an ihn zu denken, wo doch diese Frau heute zu einem so schrecklichen Mittel gegriffen hat?«

Blancs Achseln zucken vorsichtig. Gabrielle Ayraults Leiche. Renés verkniffenes Gesicht. Die leise Mahnung des Comte. Die hasserfüllte Miene dieses Arztes, Sollers. »Deine Gedanken gehören allein dir, mein Hase. Unser Geist muss stets offen sein.«

Der Regen streichelt über meine Haut. Tapp, tapp. Ich höre Blancs Herzschlag, so dicht drücke ich den Kopf an seinen Hals. Tapp, tapp. Er ist jetzt ruhiger. Das Banner auf dem Dach des Nordflügels. Die Untersuchung.

»Was wird jetzt geschehen?«

Die Demonstranten. Brüllende Massen. Schüsse auf René.

»Ich weiß es nicht«, sagt er.

»Wird es vorübergehen?«

Renés Aufschrei. Mister Galahad, der auf eine Untersuchung drängt. Madame Hiver, auf der Jagd nach mir.

»Wir werden es durchstehen.«

Tapp, tapp. Tapp, tapp. Ich atme tief ein. Er ist so warm. So stark.

»Er will mich vergessen«, flüstere ich. Hoffe beinahe, dass er es nicht hört. Seine Gedanken kehren zurück zu René und dem Comte. Und wieder zu mir, unter ihm auf dem Küchentisch, unsere erhitzten Körper fest aneinandergepresst, komplett von der Hüfte bis zur Brust. Eine so mühelose Berührung. Unsere Lippen, so nah.

»Sein Pech«, stellt Blanc fest und sieht mich an, vollkommen offen. Er legt eine Hand an meine Wange, drückt die Stirn gegen meine.

Mit tränenerstickter Stimme sage ich: »Ich bin so dämlich. Er ist der Kronprinz. Er hätte sowieso nie mit mir zusammen sein können.«

»Rea ...« Ich spüre Blancs Atem an meinen Lippen. Sanft streichelt er mit dem Daumen über meine Wange. *Dass ich nicht bekommen kann, was ich will, kann ich ertragen. Aber du solltest einfach alles haben. Es gibt nichts, was er nicht tun könnte. Wenn er es wollte.*

»Er will es nicht?«, greife ich seinen letzten Gedanken auf.

Blanc zögert. »Robins ersten Bodyguard hast du nie kennengelernt, den Mann, den du ersetzt hast. Sein Name war James Noah. Er war ein Kind der Straße, so wie ich, allerdings waren es in seinem Fall die Straßen von Birmingham und Manchester. Die Königin hat ihn unter ihre Fittiche genommen, als sie Teil des Weißen Hofes wurde und sie ihn unter den Königlichen Wachen entdeckte. Sie waren im gleichen Alter, Maria und James, und er hat Robin seit dem Tag seiner Geburt beschützt.«

Verwirrt sehe ich Blanc an. James Noah. Habe ich diesen Namen nicht schon mal irgendwo gelesen?

»Robin hat nie von ihm gesprochen.«

Achselzuckend stellt Blanc fest: »Ich glaube, Robin spricht am wenigsten über die Menschen, die ihm am nächsten stehen. Oder hat er dir gegenüber je seine Geschwister erwähnt? Aber mir geht es jetzt nicht um Robin, sondern um James.« Er sieht mir in die Augen. »Er war mein Idol, Rea. Der Schwarze Rauch. Und auch wenn wir uns nicht lange kannten, hat er mir doch etwas sehr Wichtiges beigebracht: Wenn die Leute sagen, sie können nicht, meinen sie normalerweise, sie wollen nicht. Wenn du keine Beine hast, kannst du nicht laufen. Wenn du keine Flügel hast, kannst du nicht fliegen. Aber das war's dann so ziemlich. Man hat immer eine Wahl.«

Obwohl er weiterhin mich ansieht, erscheint vor seinem inneren Auge ein mir unbekanntes Gesicht. Das muss James Noah sein. Ein schlanker Mann, ein schneller Kämpfer, immer an der Seite der Königin. Gestorben, um Robins Leben zu schützen, in einer dreckigen Gasse irgendwo in London. Dieses Bild ist verschwommen durch Blancs Tränen. Dann schüttelt er den Kopf und kehrt gedanklich zu René und dem Comte zurück. Und zu vorhin, als ich mit dem Prinzen allein geblieben bin. Zu dem Moment, als ich unter ihm auf dem Küchentisch lag. Mit geröteten Wangen, die Hand mit seiner verschränkt, mein Pulsschlag auf seiner Haut. Unsere erhitzten, aneinandergeschmiegten Körper. Wie es wohl wäre, sich jetzt runterzubeugen. Noch näher. Er spürt, wie ich erschauere.

Meine Lippen an seinen.

Ich hebe den Kopf.

Sein Kuss ist sanft, unbeschwert. Dass ein Kuss überhaupt so unbeschwert sein kann. Sein Geist ist gesättigt mit ruhigen Gedanken, mit Bildern und Stimmen, die aufflackern und wieder verklingen. Ich spüre, wie sich seine Lippen zu einem Lächeln verziehen. Es wirkt ansteckend. Aus Lächeln wird Grinsen, aus Grinsen lautes Lachen. Ich schlinge die Arme um seinen Hals, und er drückt mich an sich.

»Ich habe keine Ahnung, was ich hier tue«, gestehe ich ihm leise.

»Ich auch nicht, mein Hase.« Kaum wahrnehmbar verschieben sich seine Gedanken. Narben erscheinen, Schmerz. Dann verschwinden sie wieder. »Ich auch nicht.«

Er drückt mich noch einmal fest, dann stehen wir auf und gehen hinein – nass und total verdreckt. Der Comte zieht fragend eine Augenbraue hoch, als er uns sieht. Er sitzt an dem winzigen Tisch im Schlafzimmer, mit einem Schachbrett vor sich. René wuselt um ihn herum, faltet trockene Wäsche und räumt sie weg, kehrt aber immer wieder zum Schachbrett zurück, um seinen Zug zu machen. Ich vermute, dass der Comte so eine Ahnung hat, was da draußen passiert ist, doch falls das stimmt, äußert er sich nicht dazu. Genauso wenig wie

Blanc. Und ich ... ich wüsste gar nicht, was ich sagen sollte. Irgendwie kann ich kaum fassen, was ich da gerade getan habe. Jemanden einfach so zu küssen, so vollkommen gedankenlos. Und es scheint ihm gar nichts auszumachen.

Wenig später gehen wir zu Bett. Die Mousquetaires haben bereits ihre Kerzen ausgepustet, als ich noch einmal zum Handy greife, um meine Nachrichten zu checken.

Eine neue E-Mail. Kein Absender. Ruckartig setze ich mich auf. Das muss die Nachricht von ihr sein. Von Madame Hiver. Ich öffne sie.

Er hat Sie behandelt wie Dreck. Und das wird er auch weiterhin tun.
Ich kann Ihnen Ihre Würde zurückgeben. Wenn Sie mir eine Gefälligkeit erweisen.
Werden Sie meine Spionin.

Kapitel 6

In dieser Nacht mache ich kein Auge zu. Ich beobachte den schlafenden Blanc auf der Matratze auf dem Boden, René wie immer an ihn geschmiegt, der Comte ihnen zugewandt auf der Seite, vollkommen reglos. René hat mir versichert, dass dieses Arrangement ihnen nichts ausmache, da sie draußen im Feld schon unter wesentlich unangenehmeren Bedingungen geschlafen hätten. Und so sehe ich zu, wie Blancs Brustkorb sich hebt und senkt, wie selbst jetzt noch ein leises Lächeln seine Lippen umspielt. Ich beobachte diese drei Männer, die sich dazu entschlossen haben, andere Menschen mit ihrem Leben zu schützen, sie zu behüten, Recht und Gesetz zu verteidigen. Und ich stelle mich daneben, eine junge Frau, die nur eines weiß, nämlich wie man Gesetze bricht. Hat Madame Hiver mir deshalb eine solche Nachricht geschickt? Was denkt sie sich nur dabei? Dass sie mich einfach so für ihre Spielchen einspannen kann? Dass sie mich dazu bringen kann, den Mann zu verraten, den ich liebe, bloß weil er meine Liebe nicht erwidert? Und doch habe ich ihn längst verraten, oder etwa nicht? Dieser Kuss draußen im Hof hat inzwischen heftige Schuldgefühle in mir ausgelöst. Ich habe Blanc benutzt. Und ich habe ihn vorher nicht einmal gefragt. Ihm hat es nichts ausgemacht, das weiß ich, aber das ist nicht … So will ich nicht … Ich habe keine Ahnung, wie ich jetzt weitermachen soll. Sowohl in den Vereinigten Staaten als auch in England wäre es absolut undenkbar, dass jemand mit meiner gesellschaftlichen Stellung in seinem Leben mehr als einen Menschen küsst – falls Küsse überhaupt unabdingbar wären. Beißende Gänsehaut überzieht meinen Körper. Ich schließe die Augen. Mein Geist gleitet ab in den Schockzustand. Die Gedanken anderer bohren sich in mein Bewusstsein, kurze, scharfe Splitter. Zu schneidender Härte gewundene Seidenstränge peitschen hindurch. Eine Violine schrillt. Verzerrte Bilder von René und dem Comte. Ein ersticktes Würgen steigt in mir auf. Der Geruch von Blumen. Robins panische Gedanken. Ninons merkwürdiger Gedankennebel. Das alles prallt aufeinander, kollidiert krachend. Ich kann es nicht mehr voneinander trennen. *Wenn dir etwas zugestoßen wäre, hätte ich ihren Palast dem Erdboden gleichgemacht, ihn bis auf die Grundmauern niedergebrannt. Ça, c'est un beau gosse. Weil es immer Menschen gibt, die sich vor allem fürchten, was sie nicht verstehen. Du hast es angeboten.* Die Kreatur reckt den Hals, wird größer und größer. Nicht auf mir drauf, nicht neben dem Bett, wo sie meine Fingerspitzen ableckt. Nein, sie ist in meinem Kopf und wächst ins Unermessliche. Heulend dehnt sie meinen Geist bis über jede Schmerzgrenze hinaus.

Blumen. Der Geruch wird stärker. Er ist vertraut, beruhigend. Lässt die Kreatur schrumpfen. Jemand sortiert mit vorsichtigen Fingern die Scherben in meinem Geist. Zieht sie heraus, eine nach der anderen. Ich kenne dieses Gefühl. Nun kann ich wieder das Laken unter meinen Fingern spüren, die raue Hand auf meiner Stirn.

Als ich die Augen aufschlage, sehe ich René. Wie immer lächelt er charmant, aber er sieht sehr blass aus. Lautlos legt er die Finger auf die Lippen und zeigt zu dem Comte und Blanc hinüber. *Lass sie schlafen.*

Ich nicke.

Leg dich wieder hin, entspann dich.

»Ich bin erbärmlich«, flüstere ich. Mit sanftem Druck gleiten seine Finger über meine Stirn.

Schhh. Schlaf. Lass mich meine Arbeit tun und schlaf.

So ganz gelingt mir das nicht, aber ich lasse mich von ihm in eine Art Halbschlaf versetzen. Blumenduft hüllt mich ein wie eine weiche Decke. Was ist das nur für ein Geruch? Ist das Renés Geist während seiner Zauberei?

Als ich das nächste Mal die Augen öffne, ist es Morgen, und ich bin allein. Mein Geist ist wieder intakt, viel klarer, allerdings nicht weniger schuldgepeinigt. Was bin ich für eine schreckliche Last für René. Und was soll ich Blanc sagen, wenn ich ihn das nächste Mal sehe? Wie verdorben muss man eigentlich sein, um an ein und demselben Abend zwei verschiedene Männer zu küssen? Wie schamlos, den einen zu küssen, während man den anderen will? Der aber nichts anderes will, als zu vergessen. Und was Madame Hivers Nachricht angeht: Bringe ich Blanc, René und den Comte nicht in Gefahr, wenn ich hierbleibe und ihr in aller Genauigkeit mitteile, was ich von ihrem Angebot halte?

Den Tag über wandere ich rastlos durch das Viertel. Bis zum Abend weiß ich, was ich zu tun habe. Ich muss mich bei Blanc entschuldigen und schnellstens meine Sachen packen. Und dann muss ich zu meinem Wort stehen. Der Prinz hat recht. Ich habe es selbst angeboten. Hinterher werde ich mich dann um Madame Hiver kümmern.

Schweren Herzens kehre ich zu Renés Wohnung zurück. Das Küchenfenster ist hell erleuchtet. Dahinter bewegt sich Blancs unverkennbare Silhouette. Ich bleibe eine Weile im Hof stehen und beobachte ihn. Wer hätte das gedacht? Der Weiße Ritter, der gefürchtetste Kämpfer des gesamten Kontinents, steht barfuß und leise summend in der Küche und kocht alte, handgeschriebene Rezepte nach.

Wie ein Stein hängt mein Herz in meiner Brust. Ich will nicht gehen.

Plötzlich wird das Küchenfenster aufgestoßen, und eine Dampfwolke zieht Richtung Himmel. Ein Kopf erscheint. »Willst du weiter nur da rumstehen, mein Hase?« Er wartet nicht einmal eine Antwort ab, bevor er wieder verschwindet. Ich atme tief durch – wie vor einem Kampf. Wie er es mir beigebracht hat. Dann gehe ich zur Tür.

In der Küche riecht es himmlisch: Nelken, Limette und frischer Lorbeer. Zwiebeln und Sellerie schmoren in einer blubbernden Mischung aus Butter und Apfelsaft. Auf dem Tisch entdecke ich ordentlich geschnittene Karotten, Wirsing und Rotkohl, auf der Arbeitsplatte stehen Holzschalen mit Linsen und Graupen. Blanc beugt sich mit zerzausten Haaren über den Herd, die Strähnen werden nur teilweise von seiner Bandana gebändigt. Die Schlafzimmertür ist geschlossen. Daher auch der angestaute Dampf. »Ich mache Renés Lieblingsgericht«, ruft er mir über das Zischen des Topfes hinweg zu. »Das ist etwas aufwendig, tut mir leid. Geht es dir wieder besser?«

Ich schlucke krampfhaft. Ohne mein Cape abzunehmen, setze ich an: »Hör mal, Blanc ...«

»Er hat es mir schon gesagt, mach dir deswegen keinen Kopf.«

Verwirrt starre ich ihn an – auf seine breiten Schultern, den Löffel in seiner Hand. »Was?«

Blanc dreht sich um und wischt sich die Haare aus der Stirn. »Was auch immer dir letzte Nacht solche Sorgen gemacht hat – lass es gut sein. Es ist alles okay.«

So einfach kann das doch nicht sein. Auf keinen Fall.

Aber vielleicht eben doch. Blanc zieht mir das Cape von den Schultern und drückt mir eine Schürze in die Hand. Anschließend befiehlt er mir, die Graupen zu kochen.

Und das war's.

Wir küssen uns nicht noch einmal. Wir kochen einfach.

Als wir fertig sind, helfe ich Blanc dabei, alles in vier Schalen anzurichten, die wir dann ins Schlafzimmer bringen. René sitzt aufrecht im Bett und drückt ein Taschentuch an seine Nase. Ich entdecke Blutflecken auf dem Tuch.

»Nicht so schlimm, wie es aussieht, Mademoiselle«, behauptet er, bevor ich etwas sagen kann. Der Comte, der wie so oft an der Wand lehnt, runzelt finster die Stirn. »Ach, hör schon auf damit.« René lässt beide Hände durch die Luft flattern. »Komm lieber her und gib mir einen Kuss.«

»Dann könnte Seine Durchlaucht aber ein blutiges Hemd kriegen«, stichelt Blanc fröhlich, während er René seine Schale reicht. »Begnüge dich doch stattdessen mit meiner Liebe – heiß und mit viel Knoblauch.«

»Du bist ein Zauberer!« Etwas zu schwungvoll stemmt René sich weiter hoch. Blut tropft auf seine Lippe. Der Comte hebt ruckartig die Hand, lässt sie dann aber sinken und verschränkt die Arme. René schiebt das Taschentuch wieder unter seine Nase. »Du wundervolles Wesen. Mein Leibgericht.«

»Was ist mit deiner Nase los?«, frage ich endlich.

»Die blutet schon den ganzen Tag. Hin und wieder passiert so etwas. Nicht weiter tragisch, solange ich nicht das Hemd von Seiner Durchlaucht vollblute.«

Der Comte lässt die Arme sinken; schockiert und gleichzeitig belustigt sehe ich, dass er rot geworden ist.

»Warum gebe ich mich eigentlich mit euch beiden ab?«

»Du brauchst Lakaien«, behauptet Blanc und lässt sich mit seiner Schale in der Hand neben René aufs Bett sinken.

»Und wir sind die Einzigen, die deine Albernheiten ertragen«, fügt René nahtlos hinzu.

»Wir und Rea«, ergänzt Blanc.

»Wir und Rea«, bekräftigt René. »Das arme Mädchen. Am

einen Tag noch in einem Palast, am nächsten wacht sie in diesem Irrenhaus auf.«

Ich muss einfach lachen, auch wenn es noch etwas brüchig klingt. Während ich dem Comte sein Essen reiche und mir einen Platz suche, höre ich weiter ihrem fröhlichen Schlagabtausch zu. Dann lehne ich mich zurück, beobachte die drei und genieße mein exzellentes Essen. Irgendwann lege ich die Füße auf die Bettkante, der Comte holt sich einen Stuhl, und wir spielen eine Partie Doppelkopf – ein deutsches Kartenspiel, das René allen beigebracht hat. Doch die ganze Zeit über spuken Madame Hiver und ihr kaltes Gesicht in meinem Hinterkopf herum.

»Wir konnten übrigens keine weiteren Spuren einer Megäre entdecken«, merkt René beiläufig an, während er zwischendurch die Karten mischt.

»Vielleicht war es ja gar keine Megäre«, antworte ich. Noch immer sperrt sich etwas in mir dagegen, ihnen die Wahrheit zu sagen. Ich will sie da nicht mit reinziehen. »Sicher war ich mir von Anfang an nicht.«

»Trotzdem«, beharrt er. »Schnüffler hin oder her – du weißt ja, dass du dich gegen mentale Angriffe schützen kannst, oder? Vor allem gegen andere Mensatoren.«

»Kann ich?«

»Allerdings. Ich tue es ständig, wie du vielleicht bei den wenigen Malen gemerkt haben dürftest, als du in meinen Geist eingedrungen bist. Wir könnten in *Les Halles* jemanden suchen, der dir hilft. Das ist unser Babylon«, erklärt er. »Und natürlich kann ich dir beibringen, was ich weiß.«

Obwohl ich ziemlich verunsichert bin, nicke ich. Bisher habe ich nicht gewusst, dass man seine mentalen Fähigkeiten derart trainieren kann. Würde mich das nicht noch gefährlicher machen?

Die nächsten Tage folgen einem ähnlichen Muster. Blanc und ich kommen uns nicht mehr zu nahe, nur auf die übliche Weise und bei unseren Trainingskämpfen im Hof. Keine Küsse mehr – ich wage es nicht, und er macht keinerlei Anstalten dazu. Und ich will definitiv nicht zurück in den Palast, wo ich aus Versehen Robin oder Madame Hiver über den Weg laufen könnte. Als Ninon ein paar Tage später einen Wagen schickt, um das Kleid abzuholen und mich zu einem frühen Mittagessen einzuladen, hätte ich deswegen beinahe abgesagt. Wenn ich je dazu in der Lage gewesen wäre, Ninon etwas abzuschlagen.

Bei meiner Ankunft im Palast finde ich sie, Maria sei Dank, allein vor. Wir essen auf einer Terrasse im Palasthof, mit Blick auf die bunten Blumenbeete in den Königlichen Gärten. Ninon hat zwei Schüsseln mit rausgebracht, eine für jede von uns: Rote-Bete-Püree mit Minz-Taboulé und Lauchsalat. Es schmeckt sensationell. Das Püree ist mit Knoblauch, Ingwer und Zimt abgeschmeckt, das Taboulé mit Ras el-Hanout. Der Salat bekommt durch die Haselnüsse einen besonderen Biss. Ninon erklärt mir, das Rezept stamme von René, und sie habe es an den Chefkoch des Hofes weitergeleitet. So erfahre ich auch, dass Blancs Rezeptbuch ursprünglich einmal Renés Mutter gehört hat.

»Er hat mich übrigens angerufen.«

»Wer?«

Geziert hebt sie die Gabel an den Mund. »René. Am Morgen nach dem Konzert. Er meinte, er hätte in der Nacht mental Erste Hilfe leisten müssen.«

Ich werde blass. »Ich … das … Hoffentlich hat er mir das verziehen, ich will nicht, dass er sich genötigt fühlt …«

»Rea.« Ninon legt ihr Besteck hin, greift nach ihrer Serviette und tupft sich den Mund ab. »Er hat sich nicht genötigt gefühlt. Er hat sich Sorgen gemacht. Und er hat mir deine Symptome beschrieben.«

Ich starre auf das violett-rote Püree, das von meinem Löffel tropft. »Tja. Mein Dad hat auch immer gesagt, dass mit meinem Kopf irgendwas nicht stimmt.«

»Bitte verzeih mir, wenn ich das so offen sage, aber ich glaube, da hat eher bei deinem Vater etwas nicht gestimmt.« Ninons Blick ist extrem ernst. »Was weißt du über Geistesfieber, Rea?«

»Nie davon gehört.«

»Das ist die Übersetzung eines umgangssprachlichen Ausdrucks, den wir auf Französisch verwenden«, erklärt Ninon. »Er beschreibt einen Zustand, mit dem viele Magdalenen zu kämpfen haben, wobei sie damit absolut nicht allein sind. Bei geistiger Überlastung, Misshandlung oder einem Schockzustand leiden sie unter mentaler oder körperlicher Erschöpfung, haben Schmerzen oder Taubheitsgefühle. Bei Magdalenen nimmt das Leiden oft eine konkrete Form an, etwa die eines Tieres oder eines Menschen, der zu ihnen spricht, sie niedermacht, sie verfolgt, sie verletzt und quält. Kommt dir irgendetwas davon bekannt vor?«

Ein bitteres Lachen platzt aus mir heraus. Ninon findet es offenbar gar nicht witzig.

»Warum lachst du?«

»Es überrascht mich einfach nicht zu erfahren, dass es noch etwas gibt, das mit mir nicht stimmt.«

»Mit dir stimmt alles«, betont Ninon. »Aber diesen Zustand kann man behandeln.«

»René hat mir schon enorm geholfen«, setze ich an, aber Ninon schüttelt nachdrücklich den Kopf.

»Du weißt ebenso gut wie ich, dass wir nur den Geist eines Menschen beeinflussen können, nicht aber sein Gehirn. Geistesfieber wirkt sich ebenso im Gehirn aus wie im Geist. Hör mal, wie wäre es, wenn du dir helfen lässt? Ich könnte das für dich organisieren.«

Ich nicke. Natürlich nicke ich. Aber meine wahren Gedanken behalte ich für mich. Es ist ja lieb, dass sie sich um mich kümmern will, doch die Kreatur ist nun einmal die Strafe für das, was ich bin. Selbst der Mann, den ich liebe, konnte mir meine Lügen verzeihen. Aber er kann mir nicht verzeihen, was ich bin.

Wir essen weiter und reden über alles Mögliche. Nebenbei verfolgt Ninon auf ihrem Tablet die aktuellen Nachrichten. Ich verstehe natürlich kein Wort, aber ich muss auch kein Französisch können, um die Meldung zu dem Banner über dem Nordflügel zu verstehen oder die Bilder von Capitaine Jean, wie er von Scharen von Journalisten verfolgt wird. Und natürlich die Fotos von Gabrielle Ayrault. Von Ninon, draußen auf dem Balkon, die Finger an ihrem Handschuh, kurz vor dem Moment, als sie ihn abstreifte.

»Dann ist es also nicht nur der *Confessional?*«, frage ich.

Ninon winkt ab und legt ihre Hand auf meine. »Die Leute tratschen einfach gern. Aber das wird nicht lange anhalten.« Vollkommen entspannt sitzt sie vor mir, in einem seidenen Morgenmantel, der eleganter aussieht als mein Sonntagsstaat. Die handgemalten blauen Blumen und Eulen umschmeicheln ihren Körper. Trotz ihrer Worte starre ich sie verunsichert an. Fast schon panisch denke ich an die Hetzjagd der Journalisten zurück, damals, nachdem sie den Prinzen und mich in einem illegalen Untergrundtheater in den Heiligen Höfen entdeckt hatten. Die Erinnerung daran ist plötzlich wieder so präsent, dass sie Ninon – deren Geist nun mit meinem verbunden ist – förmlich anspringt.

»Oh, bitte, Rea«, sagt sie. »Das hier ist nicht England.«

Wir wenden uns angenehmeren Themen zu. In wenigen Tagen wird die Parade stattfinden, bei der Ninon und Robin in einem offenen Wagen durch die Stadt fahren werden. Ninon beschreibt mir auf drollige Weise, wie langweilig solche Events sind. Sie wird endlos lange neben dem Prinzen sitzen und sich die Zeit damit vertreiben müssen, freche Nachrichten in den sozialen Netzwerken zu posten. Das Gute daran, keine Konzernchefin mehr zu sein, sei es, dass sie nun tun und lassen könne, was sie wolle, sagt sie. Und sie nimmt mir das Versprechen ab hinzukommen.

»Such dir einen Platz auf dem Pont Alexandre. Von da aus hast du einen herrlichen Ausblick auf die Stadt, während du wartest. Und nimm deinen Bruder mit. Ich vergöttere Menschen, die es nicht für nötig halten, Prinzen gegenüber höflich zu sein.«

Ich vermeide es, über Robin zu sprechen, auch wenn mir klar ist, dass sie sich so ihre Gedanken über uns beide macht. Irgendwann werde ich sie um Hilfe bitten müssen – ohne sie kann ich keine Erinnerungen verändern. Aber jetzt und hier strahlt die Sonne fast ebenso hell wie ihr Geist, und ich will nicht, dass sich daran etwas ändert. Deshalb verkneife ich mir auch jeden Kommentar über Madame Hiver, als Ninon erwähnt, dass diese nicht im Palast sei. Stattdessen erzähle ich ihr von Blanc. Von unseren Kämpfen, bei denen ich noch immer so viel von ihm lerne, jedes Mal ein wenig mehr. Von den Wortgefechten der Mousquetaires, von der Verlegenheitsröte des Comte und von dem fantastischen Avocado-Mango-Salat, den Blanc am Vorabend für uns gezaubert hat. Sie lacht viel und stellt keine Fragen.

Nach dem Essen trennen wir uns wieder. Ninon ist überzeugt davon, dass ich allein hinausfinde. Als ich irgendwann im zweiten Korridor lande, den ich definitiv noch nie zuvor gesehen habe, beschleicht mich der leise Verdacht, dass sie ein wenig zu zuversichtlich gewesen sein könnte. Also halte ich ein Dienstmädchen auf und frage nach dem Weg zum Ausgang. Sie versucht krampfhaft, sich das Lachen zu verkneifen. Ich hingegen versuche krampfhaft, nicht knallrot anzulaufen.

Endlich erreichen wir die Eingangshalle im Nordflügel, und ich bedanke mich mit einer Verbeugung bei dem Mädchen, das mich noch bis zur Tür bringt. Mit einer Hand auf der Klinke drehe ich mich um, damit ich ihr noch einmal Danke sagen kann. Da bemerke ich plötzlich die Gestalt auf der Galerie im ersten Stock: Hände reglos auf der Balustrade, Gesicht starr und ausdruckslos. Die Maske scheint sich leicht zu neigen.

Madame Hiver beobachtet mich.

Hastig reiße ich die Tür auf. Das Tor zu den Gärten wurde bereits geöffnet, die Mousquetaires warten darauf, dass ich hindurchgehe. Mit großen Schritten laufe ich darauf zu. Ein kurzer Blick über die Schulter zeigt mir, dass ich nicht verfolgt werde – noch nicht.

Sie hat meine Tränen gesehen, als ich aus dem Konzertsaal gestürmt bin. Vermutlich ist sie wirklich davon überzeugt, dass ich bereit dazu und ein praktisches Werkzeug wäre, um Frankreich bei dieser Brautwerbung einen Vorteil zu verschaffen. Sollte das der Fall sein, hat sie sich ordentlich verschätzt.

Ich gehe jedenfalls auf direktem Weg zu René und bitte ihn, mir dabei zu helfen, meine mentale Abwehr zu stärken. Nur um sicherzugehen. Er verspricht, mir alles beizubringen, was er darüber weiß, hält es aber trotzdem für klüger, jemanden in Babylon um Rat zu fragen. Ich schüttele nur den Kopf. Wenn Madame Hiver mich sogar an Tagen im Auge behält, an denen sie eigentlich gar nicht im Palast sein sollte, wäre es einfach zu riskant, das Pariser Babylon aufzusuchen, um meine mentalen Fähigkeiten auszubauen.

In dieser Woche kehre ich nicht mehr in den Palast zurück, sondern verbringe die Tage in Corail und Améthyste, auf der Place Contrescarpe, am Fluss und im Buchladen. Ich bekomme einen Brief vom Theater. Ein kurzer Moment, der sich zu langen Minuten ausdehnt, da ich mich nicht dazu überwinden kann, ihn zu öffnen. Das ist mein großer Traum. Und ein Riesenwagnis. Der Brief ist dünn. Das muss ein schlechtes Zeichen sein. Bestimmt eine Absage. Es kann nur eine Absage sein. Schließlich reiße ich mit zitternden Fingern den Umschlag auf, überfliege den Brief, nehme nur die Schlüsselwörter wahr. Dann begreife ich, dass sie mich zu einem Vorsprechen einladen. Mich! Selbst als ich die Zeilen zum dritten Mal lese, kann ich es nicht glauben. Ich rufe Liam an und brülle in den Hörer. Ich rufe Ninon an, die mein Gebrüll erwidert. Schnell schreibe ich noch Nachrichten an Blanc und René, dann gehe ich in die Rue Monge und belohne mich mit einem Schokoladentörtchen aus Liams Lieblingsbäckerei. Ich fliege förmlich über das Kopfsteinpflaster, laufe mit einem idiotisch breiten Grinsen an der Bewusstseinsheilerpraxis vorbei. Erst auf dem Rückweg fällt mir auf, dass eines der Fenster eingeschlagen wurde.

Meine erste Unterrichtsstunde bei René findet in seinem kleinen Schlafzimmer statt. Wir stehen uns so dicht gegenüber, dass wir uns jederzeit berühren können. Er wirkt überraschend ernst. »Bist du wirklich sicher, dass du das tun möchtest, Rea?«

»Ja.«

Ein schmales Lächeln huscht über sein Gesicht. »Ohne zu zögern. Hör zu, ich muss noch einmal betonen, dass wir es hier nicht mit einem leichten Unterfangen zu tun haben. Um deine Fähigkeiten trainieren zu können, werde ich deine Emotionen manipulieren müssen. Deshalb muss ich wissen, ob du wirklich damit einverstanden bist. Und dir muss bewusst sein, dass du dieses Einverständnis jederzeit zurücknehmen kannst.«

Langsam werde ich unruhig. »Natürlich hast du mein Einverständnis, René. Aber du machst mich gerade etwas nervös.«

»Dabei habe ich dich noch gar nicht angerührt«, erwidert er mit dem trockenen Sarkasmus des Comte. Mein Lachen klingt etwas zittrig. Plötzlich muss ich an die Maltoren in den Geistigen Korrektiven in England denken. Die treiben einem in den meisten Fällen jeden Verstand aus, bis man dem Wahnsinn verfällt.

René krempelt die Ärmel hoch. »Natürlich kannst du nicht spüren, ob sich jemand in deinem Geist befindet. Dieses Privileg ist den Schnüfflern vorbehalten. Sie sind auch die Einzigen, die Fallen in ihrem Geist platzieren können. Wenn du nicht weißt, dass dein Gegenüber ein *visionnaire* ist, wird es dir immer so vorkommen, als entstamme alles deinem eigenen Bewusstsein, auch wenn du manipuliert wirst.«

Ich lasse die Knöchel knacken.

»Ganz genau«, fährt René fort. »Ich kann dir nicht beibringen, wie man einen Schnüffler bekämpft. Das gelingt nur den Mächtigsten unter uns, und das auch nur, wenn sie sich gezielt darauf vorbereiten. Ich habe meine Energie immer mehr auf die Heilkunst konzentriert.« Er hebt die Hand, hält aber noch einmal kurz inne, bevor er mich berührt. »Was ich dir beibringen kann, ist, gegen jemanden vorzugehen, wenn du weißt oder vermutest, dass es sich um einen *visionnaire* handelt. Darf ich?«

Ich nicke knapp. Als er meine Hand nimmt, rechne ich mit einem sofortigen Angriff, mit grauenhaften Schmerzen. Doch während er ruhig weiterspricht, spüre ich gar nichts. Alles ganz normal. »Das Allerwichtigste ist: *Mögest du stets offenen Geistes sein*. Du musst dein Bewusstsein offen halten, Rea.«

»Und wie mache ich das?« Jetzt bin ich voll und ganz auf meine Gefühlswelt konzentriert. Darauf, irgendwelche Spuren von ihm zu entdecken.

»Zweifel.« Sein Daumen streicht über mein Handgelenk, genau dort, wo der Puls pocht. So eine verletzliche Körperstelle. Das Seidenband an meinem Unterarm zittert leise. Ich habe gesehen, wie er schießt. Wie er kämpft. Er könnte mich hier und jetzt einfach auseinandernehmen.

»Zweifel?« Ich will lachen, schaffe es aber nicht. »Das dürfte für mich kein Problem sein.«

»Es geht hierbei nicht um Selbstzweifel«, betont René, »sondern darum, daran zu zweifeln, dass überhaupt jemand recht haben könnte. Selbst wenn dieser jemand du selbst bist.«

Verwirrende Worte. Seine Hand umfasst noch immer meinen Puls. »Was bedeutet das?«

Als er weiterspricht, klingt seine Stimme irgendwie tiefer. Ich spanne die Muskeln an. Sollte er zuschlagen, will ich mich wehren können. »Wenn du absolut und vollkommen überzeugt bist von einem Gedanken, einem Gefühl oder einer Erinnerung …« Plötzlich steht er noch dichter vor mir. Adrenalin strömt durch meine Adern. Wann ist er näher gekommen? »… zweifele daran. Setze ein Fragezeichen dahinter.« Näher. Kleider rascheln. »Stelle dir vor, dein Geist wäre ein Kreis.« Ein leises Schaben. »Aber ein Kreis, der stets geöffnet sein muss.« Eine Klinge.

Panik. Ich entreiße ihm meinen Arm, taumele rückwärts. Meine Kniekehlen prallen gegen das Bett, und ich falle nach hinten um. Vollkommen schockiert starre ich René an.

Er steht noch an genau derselben Stelle wie zu Beginn. Er hält kein Messer in der Hand, kein bedrohlicher Unterton schwingt in seiner Stimme mit. Seine braunen Augen sind vollkommen gelassen, als er mich mustert.

»Das warst du«, begreife ich. Schon komme ich mir dumm vor. Aber es hat sich so echt angefühlt. »Die Verwirrung, die Panik, das warst alles du.«

»Nein.« Er kommt auf mich zu. Sogar jetzt steigt mein Adrenalinspiegel noch einmal kurz an. René streckt mir die Hand entgegen. »Das warst du. Als Maltor sorge ich dafür, dass *du* etwas empfindest. Es sind deine eigenen Gefühle, und es sind echte Gefühle. Deshalb kommen sie dir auch so real vor. Genauso wird ja auch ein Gedanke, den ein Mensator dir eingibt, zu deinem eigenen Gedanken. Aber du hast zugelassen, dass dein Geist sich verschlossen hat. Du hast nicht hinterfragt, woher diese Angst kam und ob sie überhaupt gerechtfertigt war. Du musst den Kreis offen halten, Rea.«

Er zieht mich auf die Füße. Ich komme mir vor wie ein kompletter Idiot, und das sage ich ihm auch. Doch René will davon nichts hören. »Es ist schwierig. Hier auf dem Kontinent bringt man *visionnaires* und *parlants* – also Nicht-Magdalenen – bereits in der Schule bei, ihren Geist stets offen zu halten. Sich selbst zu hinterfragen. Zu überprüfen, ob das, was sie denken und fühlen, tatsächlich im Einklang steht.«

»Nicht-Magdalenen lernen das auch?«

»Aber natürlich.« René lässt meine Hand los. »Es ist unglaublich wichtig, das zu können. Und sei es nur, damit man nichts Unvernünftiges tut, wenn man … sagen wir mal … sieht, wie der Mensch, den man liebt, jemand anderen küsst.«

Ich werfe ihm einen prüfenden Blick zu, aber er stellt sich nur wieder vor mir auf. »Versuchen wir es noch einmal. Hinterfrage dich selbst. Stelle dir dein Bewusstsein als einen Kreis vor, und halte ihn an einer Stelle geöffnet.«

Wir versuchen es also wieder. Und wieder. Anscheinend bin ich nicht sonderlich gut darin. Jedes Mal, wenn ich glaube, endlich den Bogen rauszuhaben, setzt René eine andere Empfindung ein, und ich schaffe es wieder nicht, meinen Geist offen zu halten. Einmal gehen meine Nerven mit mir durch, und ich presse mich in Renés Bewusstsein, bedränge seine Gedanken im Gegenzug mit meinem Feuer. Ein reiner Reflex, sozusagen aus Notwehr. Aber sobald mir klar wird, was ich getan habe, breche ich den Kontakt ab und entschuldige mich tausendmal bei René. Der versichert mir, wenn auch leicht zittrig, dass alles in Ordnung sei, und besteht darauf weiterzumachen.

Nach einer Stunde fühlt sich mein Kopf an, als hätte jemand

mit einer Keule darauf eingedroschen, und René lässt keinen Widerspruch zu: Wir hören auf.

»Das ist für uns beide anstrengend«, erklärt er, »und sowieso hauptsächlich eine Frage der Übung.« Dann geht er los und kauft uns Tartes aux Noix Pécan, das beste Dessert, das ich je gegessen habe: süß und pikant zugleich. Wir essen draußen im Hof und sehen Blanc und dem Comte zu, wie sie miteinander kämpfen – der Comte mit dem Rapier, Blanc mit bloßen Händen. Ein ästhetischeres Schauspiel habe ich nie gesehen. Schonungslos und präzise. Die beiden gehen vollkommen ungehemmt aufeinander los, fast schon brutal. Und doch habe ich den Comte nie so viel lachen hören wie jetzt, wenn er Blanc studiert, seine Angriffe abwehrt, ihn verspottet und fröhlich Retourkutschen kassiert. Schließlich landen die beiden lachend und ineinander verschlungen auf der Erde, wo sie einen Moment liegen bleiben, bevor René sich mit auf den Haufen wirft und lauthals »Hab euch!« brüllt.

In dieser Woche trainieren wir jeden Tag: René und ich in seinem Schlafzimmer, Blanc und der Comte draußen. Durch das offene Fenster dringen ihr Gelächter und die Schmerzensschreie herein. Nach vier Sitzungen habe ich das Gefühl, zumindest kleine Fortschritte zu machen, aber dann lässt René mich wieder etwas anderes fühlen: Zweifel.

»Wie kann ich denn bitte meine Zweifel anzweifeln?«, beschwere ich mich hinterher kindisch, während wir wieder im Hof sitzen und eine ganze Schachtel Macarons verdrücken.

»Mensatoren tun das ständig«, erklärt er mir geduldig. »Sie geben den Menschen keine vollkommen neuen Gedanken ein, sondern versehen die bereits vorhandenen einfach mit Fragezeichen. Das ist die subtilste Form der Manipulation und auch die effektivste. Du musst selbst deine Fragen infrage stellen. Vor allem Mensatoren sind dann am stärksten, wenn sie deinen

Geist *verschließen.* Erst dann hat ein *visionnaire* dich ganz in seiner Gewalt. Es gibt Mensatoren, die sogar Schnüffler überwältigen und ihrer Kontrolle unterwerfen können. Wenn der Mensator schnell genug ist, kann er schon bei einer kurzen Berührung den Geist des Schnüfflers – oder jedes anderen Menschen – verschließen, noch bevor der überhaupt weiß, mit wem er es zu tun hat. Und dann ist er ihm ausgeliefert. Das nennt sich Gedankenkontrolle. Fast unmöglich aufzuspüren. Das Opfer reagiert vielleicht etwas langsamer als sonst, aber abgesehen davon gibt es keinerlei Symptome.«

Zögernd frage ich: »Haben sie das auch mit Gabrielle Ayrault gemacht?«

René nickt traurig. »Es ist unfassbar grausam. Gedankenkontrolle ist natürlich illegal, und sie ist auch extrem schwer durchzuführen. Trotzdem bleibt es eine erschreckende Vorstellung. Nicht länger Herr des eigenen Geistes zu sein ... Stell dir das nur mal vor. Man ist nur noch ein Werkzeug, das nach Belieben benutzt werden kann. Benutzt und dann weggeworfen. Ein Sklave. Nein, schlimmer: Man ist nicht mal mehr man selbst.«

Ich schlucke nervös. »Aber das willst du mir nicht beibringen, hoffe ich.«

»Das würde ich niemals tun, selbst wenn ich es könnte. Nein, ich werde dir beibringen, wie du dich gegen eine solche Manipulation schützen und sie abwehren kannst. Das verlangt höchste Konzentration. Ein waches Bewusstsein. Und Detailversessenheit.«

Jammernd schlage ich vor, dass ich – als angebliche Feuerschwester – doch einfach alles niederbrennen könnte. Renés Lachen zeigt mir, dass er sich über den kleinen Stimmungsaufheller freut. »Eine Feuerschwester ist stark. Ein Mensator ist gerissen. Du bist beides, Rea.«

Ich fühle mich allerdings nicht sonderlich gerissen. Oder

stark. Eher einfach nur erschöpft. Und erschüttert von der Vorstellung, dass ich zu etwas so Schrecklichem wie Gedankenkontrolle in der Lage wäre – wenn auch nur rein theoretisch. René empfiehlt mir, immer das Bild meines eigenen Geistes vor Augen zu haben, die Eiskugel mit der Flamme im Inneren, und mir vorzustellen, ich würde ein kleines Loch in das Eis hacken. »Der einzige Kreis, der sich nicht öffnen lässt, ist das Schwarze Loch, und unser Leben ist fest auf dieser Seite verankert.«

Aber meine Eiskugel zu öffnen ist schwieriger, als ich es mir vorgestellt hätte. Außerdem scheint mein Feuer dann überhaupt nicht mehr kontrolliert einsetzbar zu sein, es brennt einfach alles nieder, was ihm im Weg steht. Also denke ich stattdessen an Ninons Halskette und an ihre Tätowierung. Jetzt endlich begreife ich, was sie darstellen sollen. Mögest du stets offenen Geistes sein. René möchte mir ebenfalls eine solche Kette schenken, aber ich schüttele nur heftig den Kopf. Auch als er mir versichert, dass so etwas sowohl von *visionnaires* als auch *parlants* getragen wird und deshalb in keinster Weise verräterisch wäre, lehne ich ab.

Nach jeder Sitzung bietet er mir an, mich zu behandeln, aber auch das möchte ich nicht. Er tut sowieso schon viel zu viel für mich. Aber ich frage ihn nach diesem beruhigenden Duft.

»Ein Geruch?« Neugierig sieht er mich an. »Ich wusste nicht, dass es ein Geruch ist. Ich bin in deinem Geist auf etwas gestoßen, das dir offenbar Trost spendet, also habe ich es verstärkt. Es ist immer leichter, mit etwas zu arbeiten, was bereits im Bewusstsein vorhanden ist.«

Solange mein Kopf ständig wehtut, halte ich mich vom Palast möglichst fern, was allerdings nicht für die Königlichen Gärten gilt. Sie sind selbst mitten im Winter wunderschön, und zu jeder beliebigen Stunde scheint sich dort die halbe Stadt zu tummeln, zum Beispiel auf den gusseisernen grünen Stühlen an den Brunnen, wo man Segelbötchen, Möwen und Tauben beobachten kann.

Am Tag vor der Parade habe ich mir einen dieser Stühle gesichert und lasse den Blick über die Blumenrabatten hinweg Richtung Triumphbogen wandern. Dann kuschele ich mich tiefer in mein geliehenes Cape und versuche, mich wieder auf mein Französischbuch zu konzentrieren. Robin habe ich seit dem Konzert nicht mehr gesehen. Morgen wird sich das allerdings ändern, auf dem Pont Alexandre. Dort wird er an mir vorbeifahren, mit Ninon an seiner Seite, umgeben von einer Garde der Mousquetaires, unter ihnen auch Blanc. Plötzlich tut mir alles weh, und ich frage mich, ob ihm eigentlich klar ist, dass Madame Hiver in einem Punkt doch recht hatte. *Er hat Sie wie Dreck behandelt.*

Wenn auch nur noch ein einziger Mensch einen Fuß auf den Pont Alexandre setzt, wird er mit Sicherheit zusammenbrechen.

Liam und ich können uns kaum noch rühren, weil so viele Leute am Straßenrand stehen, um den Prinzen und die Duchesse zu sehen. Die Blumenbinder kommen heute schneller zu Geld, als sie es in die Seine werfen könnten, wenn sie jemals auf einen solch absurden Gedanken kämen. Nach den Ereignissen der letzten Woche ist auch ein neuer Kaffeebecher in den Souvenirbuden aufgetaucht – das Konterfei des Prinzen mit zwei Worten darunter: *Nouvel ordre. Neue Ordnung,* das hat Liam für mich übersetzt. Dabei hatte er wieder diesen zornigen, kalten Gesichtsausdruck. Das Foto des Prinzen ist alles andere als schmeichelhaft. Vielleicht ist dieser Becher deshalb so beliebt. Jetzt werden auch Flaggen zum Verkauf angeboten: die Flagge des Neuen Hauses Tudor (schwarzes Kreuz auf weißem Grund, rein und schlicht), dann noch die der französischen Republik und eine dritte: ein geöffneter Kreis in allen Farben des Regenbogens. Ich erinnere mich, dieses Symbol an den Uniformen der Mousquetaires gesehen zu haben.

Jetzt, wo ich die Bedeutung des Symbols kenne, tut dieser Anblick wahnsinnig gut. Auch hier in der Menge sehe ich nur vereinzelt schwarze oder weiße Gestalten, alle anderen sind herrlich bunt gekleidet. Plötzlich fällt mir das Atmen wieder leichter.

Liam stellt sich auf die Zehenspitzen und späht über die Köpfe der Menge hinweg zum Grand und Petit Palais am nördlichen Ende der Brücke. Schon immer war ich neidisch auf die Zentimeter, um die er mich überragt.

»Kommen sie?«

»Es wird auf jeden Fall langsam Zeit«, antwortet er, hin- und hergerissen zwischen Vorfreude und Gereiztheit. Als ich ihm vorgeschlagen habe, mich zu begleiten, meinte er, auf eine solche Veranstaltung würden ihn keine zehn Pferde bringen. Dann habe ich allerdings erwähnt, dass Ninon darum gebeten habe, woraufhin er seine Meinung überraschend schnell änderte. Er hat sich sogar feingemacht: Um seine Arme, die Beine und den Oberkörper sind noch mehr *manchettes* gewickelt als sonst, und zwar in allen erdenklichen Farben. Der Kajal lässt seine grünen Augen leuchten, und sowohl auf seinen Wangen als auch in seinen Haaren schimmert roter Glitzer.

Ich wäre ja auch mit Blanc, René und dem Comte gegangen, um Liam das hier zu ersparen, aber die haben Dienst. Natürlich habe ich meinem Bruder nichts von dem Kuss erzählt. Von keinem der beiden Küsse. Das Konzert ist wieder aus der Berichterstattung verschwunden, verdrängt von diversen anderen Ereignissen. Er hat mir erzählt, dass seine Freunde und er sich jetzt organisieren, um sich gegen jene zu stellen, die Magdalenen und die Berührungsfreiheit diffamieren. Ich muss an Madame Hivers mögliche Feindseligkeit den Magdalenen gegenüber denken und ihre Position am Hof, daher mahnte ich Liam zur Vorsicht. Daraufhin sah er mich an, als hätte ich ihm einen Tritt verpasst, und ich wechselte schnell das Thema.

Jetzt drängt Liam mich ein Stück zur Seite und versucht, sich noch länger zu machen. »Warte mal ...«, ruft er. »Da kommen sie!«

Ich recke den Hals, um zumindest einen Blick auf den Boulevard zu erhaschen. Doch ich muss mich noch ein wenig gedulden, bis ich sie ebenfalls sehe: Angeführt wird die Parade von einer stattlich herausgeputzten Reiterstaffel der Mousquetaires, allesamt mit langem Cape und Hut. Der Capitaine trabt an der Spitze. Hinter ihnen taucht langsam die Motorhaube eines Autos auf. Es ist ein Oldtimer-Cabriolet in dezentem Gelb, mit burgunderroten Ledersitzen. Die Scheinwerfer sind ungefähr so groß wie die Reifen. Ninon hat mir erzählt, dass ihre Mutter sich den Wagen am Tag ihrer Hochzeit selbst gekauft habe, ein seltenes Stück aus dem frühen zwanzigsten Jahrhundert. »Er schafft nicht mehr als fünfzehn Stundenkilometer«, hatte sie mir im Verschwörerton verraten. »Mein Bruder und ich sind jedes Jahr aufs Neue erleichtert, wenn er nicht unter uns zusammenbricht.«

Die Menge beginnt zu jubeln. Hinter dem Wagen folgt noch eine berittene Abteilung. Ich entdecke Renés Markenzeichen, die Feder am Hut. Blanc und der Comte müssen also auch irgendwo sein. Je näher sie kommen, desto lauter schreien die Menschen. Vor mir verschiebt sich etwas, und ich kann nichts mehr sehen. Ich stelle mich auf die Zehenspitzen, aber Liam drückt mich wieder runter. Dann lacht er auch noch, der Blödmann. Um es ihm heimzuzahlen, gebe ich ihm einen ordentlichen Schubs, was uns böse Blicke von zwei anderen Zuschauern einbringt. Liam entschuldigt sich auf Französisch. Dann klappern die Pferde der ersten Wachen an uns vorbei, und ich muss mir nicht länger den Hals verrenken. Hoch zu Ross ragen sie über uns auf, das weiße Fell der Tiere glänzt. Pferde und Reiter sind mit bunten *manchettes* geschmückt, die lustig im Wind flattern. Auch an dem Wagen sind bunte Bänder befestigt worden. Ein wirklich schöner Anblick. Die Mousquetaires wirken ebenso fröhlich wie die Menschen um uns herum. Nur der Capitaine scheint angespannt zu sein. Offenbar fordert die vergangene Woche ihren Tribut, was er gar nicht erst zu verbergen versucht.

Der Roi ist nicht dabei, ebenso wenig Madame Hiver. Jetzt ist die Reitervorhut an uns vorbei. Meine Nerven fangen an zu flattern.

Der Wagen nähert sich, der Jubel wird noch einmal lauter. Ich höre Ninons Namen. *Notre Dame,* rufen manche – unsere edle Dame. Ihr bewundernder Tonfall verrät mir bereits, wie sie aussieht, noch bevor ich sie im Blickfeld habe: atemberaubend. Und dann sehe ich sie: Ihr Kleid … ja, ihr Kleid ist umwerfend. Weißer Musselin mit glitzernden Perlen am Rücken, oben am Hals und entlang der Wirbelsäule mit bunten Schleifen gebunden. Durch die Lücken schimmert ihre dunkle Haut. Aber eigentlich ist es ihre Persönlichkeit, die uns alle umhaut, diese elegante, gewitzte Frau, deren Lächeln ebenso strahlend schön wie gefährlich ist. Ihr Arm ruht auf der Wagentür, die Finger streifen den glänzenden Lack.

Und neben ihr der Prinz. Wie kann man nur so durch und durch königlich aussehen? Maßgeschneiderte Weste, Uhrenkette, Knöpfe aus rötlichem Gold. Da er keine Kopfbedeckung trägt, wehen seine schwarzen Haare leicht im Wind. Der hohe Kragen seines schwarzen Mantels ist aufgestellt. Die langen Finger ruhen auf dem roten Leder. Und in seinen Augen schimmert all die Wut, die er niemals offen zeigen würde.

Er ist der Kronprinz.

Ich hätte nicht herkommen sollen.

Hastig wende ich den Blick ab. Sehe nicht mehr ihn an, sondern die Menge. All die lachenden, schimpfenden, jubelnden, brüllenden Menschen. Mustere ihre bunte Kleidung, die bunten Bänder. Die Flaggen und Souvenirs. Alles, alles sehe ich mir an, nur nicht Seine Königliche Hoheit, den Kronprinzen von England. Langsam gerät die Menge in Bewegung, als manche versuchen, hinter dem Wagen herzulaufen. Sie kommen allerdings nicht durch. Andere haben genug gesehen und wollen gehen. Körper werden herumgeschoben und gegeneinandergedrückt. Vor mir tun sich Lücken auf, sodass ich bis zum südlichen Ende der Brücke sehen kann, auf das der Wagen im Schritttempo zusteuert, Richtung Esplanades des Invalides. Dann versperrt mir wieder ein Mann die Sicht, ungefähr so groß wie Liam. Extrem nachdrücklich drängt er sich durch die Menge. Hinter dem Wagen her. Ein geheimer Verehrer, denke ich noch. Aber dann fällt mir seine merkwürdige Körperhaltung auf, irgendwie gebückt. Seine Hände kann ich gar nicht sehen, er scheint sie sich unter die Achseln geschoben zu haben. Fast so, als würde er etwas unter seinem Cape verstecken.

Blanc hat mir beigebracht, was das bedeutet.

Ich renne los, schiebe mich zwischen den Menschen hindurch auf die Straße zu. Die Nachhut der Mousquetaires hat uns zwar bereits passiert, aber sie sind noch nicht weit gekommen. Ich werde den Mann nicht mehr rechtzeitig erreichen, doch sie könnten es schaffen. Kurz muss ich an James Noah denken, gestorben in einer schmutzigen Gasse von London. Dann brülle ich Blancs Namen. Die Menge ist zu laut. Ich pralle mit einem Mann zusammen, der doppelt so groß ist wie ich. Er flucht noch, als ich mich bereits an ihm vorbeischiebe. Liam folgt mir wohl, aber ich kann nicht auf ihn warten. Wieder rufe ich. Niemand hört mich. Ich blicke mich um. Die

Leute haben sich neu verteilt, sodass ich den Mann nicht mehr sehen kann. Keine gebeugte Gestalt mehr, unter deren Cape sich etwas abzeichnet.

Ich wirbele herum, stemme mich nach vorne. Eine Frau macht mir Platz, ein Kind wird beiseitegedrängt. Ein Mann ruft mir wilde Beschimpfungen hinterher, die ich einfach ignoriere, während ich mich weiter vorankämpfe. Dann erreiche ich die Straße, renne los. Wie viele Sekunden bleiben mir noch? »Mister Lancelot!«, schreie ich, so laut ich kann. Einer der Mousquetaires hält an – Blanc. Er hat mich gehört. Mehr brauche ich ihm nicht zu sagen. Er weiß, dass es nur einen Grund haben kann, wenn ich seinen alten Codenamen benutze.

Der Prinz ist in Gefahr.

Er stürmt sofort los. Gleichzeitig brüllt der Comte einen Befehl. Aus dem Augenwinkel sehe ich, wie Liam hinter mir aus der Menge hervorstürzt. Weiter vorne kommt es zu einem Tumult. Ganz in der Nähe des Wagens. Ich renne los, schneller als ich je gerannt bin. Robin. Gedanklich treibe ich Blanc zur Eile an. Die Garde formiert sich auf Befehl des Comte, der bereits hinter Blanc herhetzt und seinen Namen brüllt. Sie versuchen, den Wagen einzukreisen, aber jetzt stürmt auch eine andere Gestalt auf die Straße. Jemand durchbricht die Absperrung – der Mann, jetzt nicht mehr gebeugt. Er reißt sein Cape auf, schreit irgendetwas. Ich verstehe nicht, was er sagt, renne einfach weiter. Blanc hat das Auto erreicht.

»Robin, runter!«, brüllt er.

Da zieht der Mann eine Pistole. Ich sehe nicht hin, kümmere mich nicht darum. Ich stürze mich einfach auf den Wagen. »Robin!«

Im ersten Moment sehe ich nur seine reglose Gestalt auf dem Rücksitz. Ein Moment, in dem mein Atem aussetzt.

Dann begegnen sich unsere Blicke. Seine blauen Augen

suchen das Auto ab, die Menge, bis sie mich erfassen. »Rea!« Seine Stimme zittert. Wir sehen uns in die Augen, und die Zeit scheint stillzustehen. All seine Gedanken, seine Ängste, stehen ihm deutlich ins Gesicht geschrieben. Und es sind die gleichen wie meine: Wir hatten gedacht, jetzt wäre er sicher. Was, wenn sein Vater sich doch erinnert? Oder wenn er es irgendwie wieder herausgefunden hat? Was, wenn alles umsonst war? Dann hören wir den Schrei – überrascht, gequält. Diese Stimme kennen wir beide. Ich sehe mich um.

Blanc hat den Mann gerade noch erwischt, bevor er abdrücken konnte. Der Comte ist ebenfalls da, die Mousquetaires haben sich rings um den Wagen aufgestellt, aber jetzt fliegen plötzlich Gegenstände durch die Luft, treffen die Mousquetaires, die Pferde, den Comte – der Blanc abzuschirmen versucht – und den Wagen.

»Wir wollen unser Land zurück!«, brüllt der Mann, und andere greifen den Slogan auf. Doch der Mann sieht dabei nicht mich oder Robin an. Oh nein.

Ninon sitzt extrem aufrecht auf der Rückbank des Wagens. Etwas tropft über ihren Rücken. Etwas Schwarzes.

»Ninon ...« Meine Stimme bebt. Als sie sich halb zu mir umdreht, ist ihr Gesicht verzerrt.

Sie ist über und über mit schwarzer Farbe bedeckt.

Dasselbe gilt für den Comte, der noch immer schützend vor Blanc steht. Und für das Fell seines Pferdes, für Renés Feder. Und auch für Liam, der auf Ninons Seite des Wagens aufgetaucht ist. Er hat Farbe im Gesicht und in den Haaren, sodass sein Glitzer schwarz schimmert. Feine Spritzer rinnen über seinen Hals. Während die Mousquetaires die Menge zurückdrängen, sieht er nur Ninon an. Sein Arm ist erhoben, als wolle er sie schützen. Vor einer Kugel schützen. Ganz langsam lässt er ihn sinken. Dann richtet sich sein Blick auf den Prinzen.

»Seht Ihr denn nicht, was hier geschieht?«, sagt er in die drückende Stille hinein.

Ruckartig richtet der Prinz sich auf. »Ich wüsste nicht, was das Ganze mit mir zu tun haben sollte, Sie Narr.«

Ich kann nicht glauben, dass Robin das wirklich gesagt hat. Er war immer ein vernünftiger Mensch.

Außer, wenn es um Magdalenen geht.

Ein schwarzer Tropfen löst sich aus Liams Haar und rinnt über seine Stirn, hinunter zum Auge. Er blinzelt.

Dann stürzt er sich auf Robin.

Ich schnappe ihn mir, bevor er ihn erreicht. Zerre ihn mit mir fort. Er wehrt sich gegen meinen Griff. Besonders stark ist Liam nicht, aber bei Maria – sein Geist ist ein einziger schriller Schrei der Wut. Ich wünschte, ich würde Handschuhe tragen. Das Kreischen hämmert auf meine Gedanken ein, krallt sich in meinen Geist.

»Du willst ihn beschützen? *Ihn?*«, faucht er mich an. *Er schafft es nicht einmal, zu ihr zu stehen, und trotzdem ist sie auf seiner Seite?!* Die Farbe klebt wie eine schwarze Narbe in seinem Gesicht. »Auf welcher Seite stehst du eigentlich?«

»Liam!«, ermahne ich ihn drängend, als ich sehe, wie der Comte auf uns zukommt, um einzuschreiten. Auch er tropft schwarz. René will ihn aufhalten, aber der Comte sieht ihn so lange stumm an, bis er seinen Arm loslässt.

»Mister Emris«, beginnt er ruhig. Mir wird schlecht, und ich fange an zu zittern. Mein Blick huscht zu Robin, zu Ninon, zu Liam, zu Blanc, zu René. Am liebsten würde ich sie alle beschützen. Dabei kann ich Liam nicht einmal vorwerfen, im Unrecht zu sein.

»Lass es gut sein, Comte«, sagt Ninon mit farbverklebten Lippen. »Geh nach Hause, Liam.«

Bevor er sich zum Gehen wendet, wirft er mir einen langen

Blick zu. In meinem ganzen Leben hat er mich nie so angesehen. Er verbeugt sich vor Ninon. Anschließend richtet er sich stolz auf. Aber seine Lippen zittern.

»Das Attentat auf die Duchesse wurde vereitelt. Sie wurde lediglich von einem Farbbeutel getroffen, Eure Majestät«, versucht es der Capitaine erneut, doch der Roi ist außer sich.

»Lediglich ein Farbbeutel? *Lediglich?!*«

»Damit will ich nur sagen, dass es wesentlich schlimmer hätte ausgehen können«, erklärt der Capitaine müde. Wir befinden uns in Ninons Gemächern. Sobald sie sicher im Palast war, wollte ich eigentlich gehen, aber sie bestand darauf, dass ich bleibe. Und da ihre Unterlippe noch immer verräterisch zitterte, wollte ich ihr das nicht abschlagen. Nun ist sie gerade gesäubert und in frischer Kleidung aus dem Bad gekommen, während der Comte, Blanc, René, der Prinz, Mister Galahad und ich den in einen Morgenmantel gehüllten Roi umringen. Madame Hiver ist die Einzige, die Platz genommen hat und entspannt auf Ninons Canapé sitzt.

»Und wir haben den Attentäter mitsamt seinen Komplizen gefasst. Sie werden gerade verhört. Anscheinend war er empört darüber, dass die Duchesse bei dem Konzert in Gegenwart des Prinzen ihre Handschuhe abgelegt hat.«

»Dank der schnellen Reaktion von Rea und den Mousquetaires ist ja alles gut gegangen«, meint auch Ninon. »Wir sollten in den kommenden Tagen eine Pressekonferenz abhalten, um den Leuten zu zeigen, dass es mir gut geht. Ich bin jedenfalls froh, dass es nur Farbe war. Wie hätte das denn sonst ausgesehen, vor all den Kameras?« Sie lacht gezwungen.

»Nur Farbe?«, wiederholt der Roi. Fassungslos starrt er uns an. »Warum tun hier bloß alle so, als wäre das nichts weiter als ein Witz?« Er wendet sich an seine Schwester und legt ihr beide

Hände auf die Schultern. »Sœur, ma chère«, sagt er ernst. »Du hast absolut *lächerlich* ausgesehen.«

Der Capitaine räuspert sich wie üblich. Madame Hiver lacht leise. Sie blickt konzentriert auf ein Tablet. »Ihr habt vollkommen recht, Eure Majestät.«

»Ich halte das eher für eine Frage der Sicherheit, weniger der Ästhetik«, meldet sich René zu Wort. Es klingt unbeschwert, aber er hat die Hände starr hinter dem Rücken verschränkt. »Die Duchesse ist zur Zielscheibe geworden. Wir müssen ihren Personenschutz neu überdenken.«

»Personenschutz!« Der König wirbelt herum und zeigt anklagend mit dem Spazierstock auf René. »So etwas nennen Sie Schutz? Wenn *meine* Schwester mit schwarzer Farbe auf dem Kleid endet, und das direkt vor der Nase ihres Verehrers? Soll das Herrscherhaus Frankreichs denn immer weiter vor dem Kronprinzen von England gedemütigt werden? Vielleicht sollten wir doch besser die GVK einschalten!«

René richtet sich steif auf. Angespanntes Schweigen breitet sich aus, bis der stets gewissenhafte Mister Galahad sagt: »Wie ich bereits erwähnte, wird Seine Majestät der König sicher gerne bereit sein, Euch einige seiner …«

»Das ist äußerst großzügig von Seiner Majestät, wird aber nicht nötig sein«, unterbricht ihn der Capitaine bestimmt.

»Was schlagen Sie dann vor, Capitaine?«, faucht der Roi. »Ist ja alles gut gegangen, wollen Sie das damit sagen?«

»Ganz und gar nicht, Majestät. Wie mein Stabsarzt hier bereits sagte …«

»Was tut dieser Mann überhaupt schon wieder hier?«, fällt der Roi seinem Capitaine ins Wort. »Hat er durch seine Anwesenheit beim letzten Mal nicht bereits genug Anstoß erregt?«

René wird blass. Ich fange an zu zittern. Madame Hivers Lippen verziehen sich zu einem feinen Lächeln. Heute sind sie blutrot.

»Vielleicht sollten wir Mister Emris bitten, sich um die Sicherheit der Duchesse zu kümmern«, sagt sie. »Wenn ich mir diese Aufnahmen so ansehe, scheint er ihr ohne zu zögern zu Hilfe geeilt zu sein.« Sie wendet sich vom Display ab und mir zu. Dann neigt ihr maskiertes Gesicht sich leicht. »Ihr Bruder ist wirklich äußerst direkt, Miss Emris. So ganz anders als Sie.«

Innerlich verfluche ich Liam. Und mich selbst.

Niemand sagt etwas, bis der Prinz schließlich das Wort ergreift. »Dürfte ich einen Vorschlag machen, Eure Majestät?«

Der Roi dreht sich zu ihm um und gestikuliert so wild, dass sein Morgenmantel flattert. »Ich bitte darum!«

Robin neigt respektvoll den Kopf und wendet sich dann an mich. Einen Moment lang sieht er mich stumm an, und ein humorloses Lächeln umspielt seine Lippen. Eigentlich ist es kaum mehr als ein kurzes Zucken. »Ich denke, es wird Zeit, ihnen Ihr kleines Geheimnis zu verraten, Miss Emris.«

Ich kann nicht glauben, dass er das vorschlägt. »Königliche Hoheit«, setze ich an, »das ist sicherlich nicht …«

»Nicht alles, was in der Presse über Miss Emris zu lesen war, entspricht der Wahrheit«, fährt Robin fort, ohne mich weiter zu beachten. »Genauer gesagt könnte man das meiste davon als Lüge bezeichnen.«

Madame Hiver richtet sich auf.

»Hoheit«, versuche ich es noch einmal, aber er sieht mir auch noch direkt ins Gesicht, während er verkündet: »Miss Emris hat so einiges zu bieten, was sich nicht auf den ersten Blick erschließt.«

»Das habe ich nicht verdient«, unterbreche ich ihn aufgebracht. Er zieht nur fragend die Augenbrauen hoch. Wie widerlich herrisch er doch sein kann.

»Ich wollte ihnen lediglich verraten, Miss Emris«, sagt er langsam, »was für eine hervorragende Kämpferin Sie sind. Da offenbar jemand gesucht wird, der für den Schutz der Duchesse sorgen kann, dachte ich mir, es wäre der richtige Moment, um ein paar Referenzen anzubringen.«

Ich presse die Lippen zusammen. Meine Verbeugung fällt so knapp aus, wie es nur geht. Der Prinz wendet sich wieder an den Roi und Madame Hiver: »Miss Emris wurde nie aus romantischen Gründen zu mir an den Hof gebracht, das diente lediglich als Coverstory. Sie war ein paar Monate als mein verdeckter Bodyguard tätig. Als wir sichergehen konnten, dass für meine Person keine akute Gefahr mehr bestand, ließen wir sie gehen. Sie ist eine talentierte Kämpferin, vor allem im direkten Nahkampf agiert sie hervorragend. Und zudem ist sie überaus diskret.«

Dieses letzte Kompliment ist mit einer ordentlichen Portion Bitterkeit gewürzt. Ich zucke schuldbewusst zusammen. Den Roi scheint das allerdings nicht zu interessieren. »Endlich eine brauchbare Idee! Miss Emris, was sagen Sie dazu? Capitaine, setzen Sie sie auf die Gehaltsliste.«

Ich muss an den Brief vom Theater denken, an die Einladung zum Vorsprechen. An den Prinzen, den ich dann jeden Tag sehen müsste. Fragend sehe ich zu Ninon hinüber, die am anderen Ende des Raumes steht. Sie erwidert meinen Blick stumm. Fast hat es den Anschein, als könnte sie meine Gedanken ebenso mühelos lesen wie ich ihre.

»Nein«, sagt sie schlicht. »Nein, ich will nicht, dass Rea in meine Dienste tritt. Sie ist hierhergekommen, um ein unabhängiges Leben zu führen. Und meines ist nun wirklich nicht dermaßen bedroht, dass ich ihr seinen Schutz aufzwingen müsste.«

Der Roi rammt seinen Stock so heftig auf den Boden, dass die Marmorfliese eine Schramme bekommt. »Nein! Nein, nein, nein, nein! Ich werde mir nicht im Beisein des Prinzen ständig diese entwürdigenden Proteste anhören! Du hast hierbei kein Mitspracherecht!«

»Eure Majestät«, schaltet sich der Capitaine vorsichtig ein, »Ihr könnt Miss Emris nicht zwingen. Ihre persönlichen Freiheitsrechte werden durch die Verfassung gesch ...«

»Sie ist Ausländerin, oder etwa nicht?«, unterbricht ihn der Roi.

»Was jedoch nicht bedeutet, dass ihr nicht dieselben verfassungsmäßigen Rechte ...«

»Dann eben britische Staatsbürgerin! Sie braucht Arbeit, ansonsten verliert sie ihr Aufenthaltsrecht.«

»Eure Majestät«, schaltet sich nun auch René ein, »wir haben stets eine Politik – *Eure* Politik – des offenen Weltbürgertums vertre ...«

»Halten Sie die Klappe. Miss Emris, gehen Sie zurzeit einer Beschäftigung nach?«

Mir steigt die Röte ins Gesicht. »Nein«, gebe ich zu, den Brief mit der Einladung klar vor Augen. Noch nicht.

»Dann nehmen Sie dieses Angebot an, oder verschwinden Sie umgehend aus meinem Land.«

»Bruder«, versucht es Ninon noch einmal, woraufhin er seinen Spazierstock quer durch den Raum schleudert. Beim Aufprall scheppert er so laut wie Liams Geist vorhin. »Annehmen oder gehen!«

Ich verbeuge mich so tief, wie ich es seit meiner Flucht aus England nicht mehr getan habe. *Wenigstens ist jetzt alles wieder so, wie ich es gewöhnt bin,* denke ich verbittert. »Es wäre mir eine Ehre, Eure Majestät.«

»Seht ihr? Wenigstens ein vernünftiger Mensch hier.« Aufgebracht fährt sich der Roi mit einer Hand durchs Haar. Der Gürtel seines Morgenmantels hat sich gelöst, sodass sein Rüschennachthemd zu sehen ist. »Madame Hiver, gehen wir zurück ins Bett. Welch ein ermüdender Tag.«

Sie erhebt sich elegant aus den Polstern und verbeugt sich

vor allen Anwesenden außer dem Comte. Zu mir kommt sie als Letztes. »Grüßen Sie Ihren Bruder von mir, Miss Emris«, bittet sie mich mit einem feinen Lächeln. Dann nimmt sie die Hand des Roi, und die beiden gehen hinaus.

Eine Zeit lang sagt niemand etwas. Der Comte steht wie eingefroren da. Blanc starrt auf den Boden. Ninon hat uns den Rücken zugekehrt und blickt aus dem Fenster, während Mister Galahad immer wieder mit betretener Miene zu mir herüberschielt. Den Prinzen scheint das alles nicht zu berühren. Renés gerötete Wangen zeigen, wie sehr der Roi ihn gedemütigt hat. Trotzdem ist er es, der nun hoch erhobenen Hauptes sagt: »Die Geheimnisse anderer sollte man für sich behalten, Königliche Hoheit.«

Mister Galahad richtet sich ruckartig auf, nach einem weiteren Blick zu mir bleibt er jedoch stumm. Der Prinz hingegen sieht nicht René an, sondern wendet sich an den Comte: »Warum spricht dieser Mann mich an?«

»Könnt Ihr tatsächlich nur Eure eigene Stimme ertragen?«, fragt René leise. »Nur Eure eigenen Ansichten?«

»René«, sagt der Comte. »Geh und sorge dafür, dass sämtliche Zeugen befragt werden.«

Ganz langsam dreht René sich zu ihm um. Als der Roi ihn heruntergeputzt hat, ist er zwar rot geworden, hat aber Haltung bewahrt. Jetzt weicht sämtliche Farbe aus seinem Gesicht. Seine Schultern sacken herab. Es tut weh, das mit anzusehen. Ich bin unendlich dankbar, als Blanc vortritt und ihm einen Arm um die Schultern legt. »Ich komme mit.« Dabei wirft er dem Comte einen finsteren Blick zu, dem dieser ausweicht.

Sobald sich die Tür hinter den beiden geschlossen hat, lässt Ninon kraftlos die Hände sinken. »Das war schäbig von dir, Comte«, sagt sie. »Ich wünschte nur, ich wäre zumindest einen Deut besser als du.«

Sie dreht sich zu uns um. Ihr Gesicht hat sich zu einer Grimasse verzerrt, die ich noch nie an ihr gesehen habe. »Und auch dein Verhalten war wirklich allerliebst, Robin. Ich bin beeindruckt.«

Er runzelt irritiert die Stirn. »Es kann doch nichts Falsches daran sein, die Wahrheit zu sagen.«

»Die ganze Wahrheit?«, hake ich nach. Ich höre selbst, wie provozierend das klingt, aber das ist mir egal. Ich bin einfach nur wütend. Offenbar habe ich bis gerade eben vergessen, wie wütend er mich machen kann. »Du willst die ganze Wahrheit auf den Tisch bringen, Robin?«

Als er zu mir herumfährt, sehe ich nackte Panik in seinem Blick. Mister Galahad ist noch anwesend. Sehr gut. Soll Seine Hoheit doch mal von seiner eigenen Medizin kosten. Ninon hebt gebieterisch die Hand. »Mister Galahad, Comte – ich denke, wir sollten Seine Königliche Hoheit und Rea kurz allein lassen.«

Sobald sie weg sind, legt Robin jede Zurückhaltung ab. Mit großen Schritten geht er durch den Raum und baut sich vor mir auf. »Bist du des Wahnsinns?«, zischt er.

»Du vielleicht?«, schieße ich zurück. »Seit wann behandelst du alle, die unter dir stehen, wie Abschaum?«

»Ist dir nicht klar, dass Mister Galahad jedes einzelne Wort, das über meine Lippen kommt, an den König weitergibt? Du solltest doch wohl am besten wissen, warum ich meinem … Vater keinerlei Grund zu der Annahme liefern sollte, dass ich vom offiziellen Weg abweiche, oder?«

»Und was ist mit mir?«

»Ich habe ihnen dein Geheimnis doch nicht verraten!«

»Du hast ihnen etwas erzählt, was ich lieber für mich behalten hätte. Warum tust du so etwas?«

Abwehrend hebt er die Hand. »Ich wusste, dass du eine Arbeit brauchst, um hierbleiben zu können. Du willst dir hier doch ein neues Leben aufbauen. Damit wollte ich dir nur einen Gefallen tun. Außerdem dachte ich, Ninons Sicherheit würde dir ebenso sehr am Herzen liegen wie mir. Bitte verzeih, wenn ich damit im Irrtum war.«

Sofort werde ich von Schuldgefühlen gepackt – natürlich sollte Ninons Sicherheit für mich oberste Priorität haben. Dann folgt Verzweiflung. Verzweiflung, weil sein Entschluss offenbar bereits in Stein gemeißelt ist. Sonst würde er wohl kaum dafür sorgen, dass ich so bald nicht mehr in sein Land zurückkehre. *Er hat Sie wie Dreck behandelt.* Eigentlich sollte ich dankbar sein, aber mir wurde das Herz aus der Brust gerissen, das nun vor meinen Füßen verblutet. Und ich kann einfach so gar nichts Erfreuliches daran finden, wenn man auch noch darauf herumtrampelt. »Wenn Ninons Wohlergehen dir so wichtig ist, warum hast du diese absurde Brautwerbung dann überhaupt initiiert?«

»Sie ist nicht absurd«, protestiert er mit wütender Miene. »Wir würden ein großartiges Paar abgeben.«

Ich schlucke. »Du weißt, wer sie ist.« *Was sie ist.*

»Ja. Und du weißt, dass dies exakt der Grund ist, warum ich hier bin.«

Lass mich vergessen.

»Hast du sie überhaupt schon gefragt?«, will ich von ihm wissen. »Hast du wenigstens in diesem Punkt Anstand gezeigt?«

»Selbstverständlich habe ich das!« Damit habe ich jetzt nicht gerechnet. »Und sie hat zugestimmt.«

»Ich …« Verunsichert blicke ich zu ihm hoch. Gott, wie gut ich diese Perspektive doch kenne. Und dieses Gefühl … das ich nie wieder haben werde. »Pardon?«

»Sie hat zugestimmt, dir dabei zu helfen, falls du es tun willst.«

»Wann? Warum?«

»Ich habe mich bereiterklärt, auch unsere Erinnerungen an …

euch beide löschen zu lassen. So hat sie ebenso eine Rückversicherung wie ich.«

Mir wird schwindelig. Haltlos gleitet mein Blick von ihm fort ... zu ihm zurück. Sein nackter Hals ist genau auf Augenhöhe. Wenn ich doch nur größer wäre ... irgendwo anders wäre, nur nicht hier ... Wenn ich doch bloß nicht den Duft seines Aftershaves in der Nase hätte ... nicht so wahnsinnig viel für ihn empfinden würde. »Sie hat sich noch nicht von ihrem letzten ... vom letzten Mal erholt.«

Robin nickt. »Ninon hat mir versichert, dass sie vollständig wiederhergestellt sein wird, bis meine Mutter hier eintrifft. Außerdem würden wir uns natürlich nicht zur Wehr setzen.«

Faser für Faser reißt er mein Herz in Stücke. In seinem Blick kann ich nur vorsichtige Hoffnung entdecken. Hoffnung, dass ich mitspielen werde.

»Also gut.« Noch nie hat meine Stimme so leblos geklungen. Ich habe dieses Angebot gemacht, und ich werde zu meinem Wort stehen. Sanft strecke ich die Hand nach ihm aus. »Ein letztes Mal«, flüstere ich. Abschiednehmen. Abschiednehmen zu meinen Bedingungen, nicht seinen. Mit einer heftigen Bewegung packt er mein Handgelenk und hält es fest. »Nein, ich kann nicht.«

»Kannst nicht? Oder willst nicht?«, schleudere ich ihm Blancs Worte entgegen. Ich bin so verletzt. Ohne jede Hoffnung. Was würde es ihn schon kosten, mir diesen letzten Gefallen zu erweisen? »Denn andere können durchaus, weißt du?«

Seine Augen werden schmal, als er mich loslässt. »Was?«

»Lass es.«

»Was soll das heißen?«

»Wieso? Macht es dir etwas aus?«

Er beißt sich auf die Lippe. Dann schüttelt er den Kopf. »Mir ging es dabei lediglich um deine Sicherheit. Für einen Moment hatte ich vergessen, dass in einer solchen Situation ja du die Gefahr darstellst und nicht der andere Beteiligte.«

Tränen brennen in meinen Augen. »Und doch bezeichnest du Ninon als großartige Partie.«

Seine Lippen werden zu einem schmalen Strich. »Sie hat mich ja auch nicht belogen.«

Ich spüre, wie die Tränen über meine Wangen laufen. Hastig wende ich ihm den Rücken zu. Ich will nicht, dass er es sieht. »Wann wird deine Mutter kommen?«

Stille. Dann: »Rea.« Plötzlich klingt seine Stimme so anders.

»Eure Königliche Hoheit.« Mühsam versuche ich, meine Stimme ruhig zu halten. Wie heiß die Tränen auf meiner Haut sind. Bis zu diesem Moment habe ich geglaubt, er wolle mich vergessen, weil ich eine Magdalena bin. Jetzt weiß ich, dass er einfach nur *mich* vergessen will. »Wann wird uns Ihre Majestät die Königin mit ihrer Anwesenheit beehren?«

Wieder schweigt er einen Moment. Als er antwortet, klingt er wieder vollkommen normal: »Ich werde mit ihr korrespondieren und es dich anschließend wissen lassen.«

Stille breitet sich aus. Ich brauche meine gesamte Willenskraft, um ein Schluchzen zu unterdrücken; das Zucken meiner Schultern würde mich verraten. Eine Antwort habe ich keine. Es gibt nichts mehr zu sagen. Während er hinausgeht, richte ich den Blick krampfhaft auf andere Dinge: die Regale mit meinen alten Freunden, den Büchern; das Fenster, hinter dem dunkle Wolken aufgezogen sind; den Beistelltisch, auf dem Madame Hiver ihren Fächer liegen gelassen hat.

Die Kreatur tappt heran und lässt ihre nasse Zunge über meine Wangen gleiten. *Ich bin zurück,* schnurrt sie dicht an meinem Ohr. *Du kannst mich nicht abschütteln. Das wird dir niemals gelingen.*

Leises Quietschen, als die Tür geöffnet wird. Leise Schritte.

Leise bleibt jemand hinter mir stehen. Als ich mich umdrehe, erwarte ich, Ninon zu sehen. Sie ist es nicht. Es ist Madame Hiver. »Ich bin wegen meines Fächers gekommen«, sagt sie. »Obwohl sich mir nun der Eindruck aufdrängt, ich wäre besser Ihretwegen gekommen.«

Sie hat sich definitiv den falschen Moment ausgesucht. Plötzlich steigt in mir der Wunsch auf, sie zu schlagen. Einfach so. »Gehen Sie.«

»Warum lassen Sie das zu?« Es klingt tatsächlich so, als könne sie es nicht begreifen. »Warum lassen Sie zu, dass er Sie so behandelt?«

»Madame ...« Meine Hände haben sich wie von allein zu Fäusten geballt. Sie zittern. »Ich bin nicht an Ihrem Angebot interessiert. Und jetzt gehen Sie.«

Sie kommt einen Schritt näher. »Ihr Bruder ...«

Das war's. Noch bevor mir bewusst wird, was ich tue, habe ich sie am Hals gepackt und presse sie mit dem Rücken gegen die Wand. »Wenn Sie meinem Bruder auch nur ein Haar krümmen, werde ich Sie vernichten.«

Sie hebt die Hand und schnipst mit den Fingern. Zwei Wachen treten ein. Sofort lasse ich sie los. Die Kreatur wickelt sich mit ihrem drückend schweren Körper um mich, drängt sich an meine Brust, leckt über meine Lippen, während ich mühsam nach Luft ringe.

»Und wenn Sie mir noch einmal drohen, Miss Emris«, flüstert Madame Hiver, »können Sie sich darauf verlassen, dass Sie es danach nie wieder tun werden.« Sie hebt einen Finger. Nur einen. Krümmt ihn um eine meiner Haarsträhnen. »Was wirklich ein Jammer wäre. Also denken Sie besser noch einmal darüber nach.«

»Er verabscheut mich«, presse ich hervor. »Selbst wenn ich dazu bereit wäre, könnte ich nichts für Sie tun.«

»Das zu beurteilen sollten Sie mir überlassen.« Nun hält sie den erhobenen Zeigefinger vor mein Gesicht. »Hören Sie gut zu, Miss Emris, und wählen Sie Ihre Verbündeten sorgsam aus.« Der Finger gleitet über meine Wange. Ganz langsam. Ganz sanft. »Denn Sie werden eine Wahl treffen müssen.«

Ihre Augen sind wie immer hinter der reglosen Maske verborgen, aber ich sehe an ihren roten Lippen, dass sie lächelt. »So wie der Kronprinz. Wie Ihr Bruder. Wie ich. Wir alle müssen unsere Wahl treffen.«

Kapitel 7

Die Mousquetaires haben sich bereiterklärt, mir bei meinem Umzug zu helfen – viel habe ich sowieso nicht. Blanc und der Comte sind mitten in einem Kampf, als ich zurückkomme, um meine Sachen zu packen. Diesmal geht es brutal zu. Anscheinend will der Comte sich selbst bestrafen, denn er wirft sich Blancs Fäusten quasi entgegen, wieder und wieder. Blancs Knöchel sind aufgeplatzt. Am Rapier des Comte klebt Blut. René ist nicht da. Vom Fenster aus sehe ich den beiden heimlich zu. Am Ende bricht der Comte in Blancs Armen zusammen. Vor dessen breiter Brust und den noch breiteren Schultern sieht er schmal und zerbrechlich aus. Seine Hand krallt sich in Blancs Hemd. Blanc hält ihn so fest umklammert, als wolle er ihn nie wieder loslassen.

Bis die beiden sich gewaschen und umgezogen haben, bin ich fertig mit dem Packen. Nun warten wir nur noch auf Renés Rückkehr. Inzwischen würde niemand mehr vermuten, dass die beiden gerade noch wild miteinander gekämpft haben: Sämtliche Schnittwunden und Blutergüsse verschwinden unter sorgsam angelegten Schichten Kleidung.

Während Blanc in der Küche herumwerkelt, um uns einen Nachmittagssnack zu machen, ertappt mich der Comte dabei, wie ich ihn mustere. Er räuspert sich. »Ich hoffe doch sehr, dass Sie René gegenüber unerwähnt lassen, was Sie hier vorhin gesehen haben.«

Zögernd antworte ich: »Ich hätte gedacht, dass er es versteht.«
Der Comte lächelt traurig. »Nein, Miss Emris. Wenn es eines gibt, was man einem Heiler nicht begreiflich machen kann, dann ist es das Bedürfnis nach Schmerz.«

Wieder sehe ich vor mir, wie Blanc ihn draußen im Hof gehalten hat. Es ist gerade mal eine halbe Stunde her. Und plötzlich glaube ich zu verstehen, wie die beiden ticken. René wollen sie ihre helle Seite präsentieren. Und wenn sie unter sich sind, leben sie ihre dunkle Seite aus. Vielleicht sollte ich sie mal fragen, ob ich mitmachen darf.

Im Palast teilt man mir eines der kleineren Zimmer in Ninons Gemächern zu, das normalerweise für die Kammerzofe gedacht ist. Eine solche wollte Ninon allerdings nie haben. Deshalb wurde das Zimmer seit Jahren nicht mehr benutzt. Aber die Vorhänge sind frisch gewaschen, die Matratze wurde ausgelüftet, und insgesamt ist es ein sehr heller und luftiger Raum, auf dessen Fenstersims sich grün schimmernde Vögel um die Körner streiten, die irgendjemand dort ausgestreut hat. Ninon und ihr Kleiderschrank befinden sich direkt nebenan, ebenso ihre Bücher, Gedichtbände, Schreibutensilien und ihr Flügel.

Alles wäre wundervoll, gäbe es da nicht die Kreatur. Die hat sich am Fußende des Bettes zusammengerollt, sobald ich mein Zimmer betreten habe. Und seither folgt sie mir auf Schritt und Tritt. Insbesondere, wenn der Prinz anwesend ist.

Das Leben am Hof der Farben ist das komplette Gegenteil dessen, was ich aus England kenne. Schon nach wenigen Tagen ist mir vollkommen schleierhaft, wie der Prinz und Mister Galahad an einem solchen Ort überleben können. Jeder berührt hier jeden: Dienstboten, Adelige, Minister, Regierungsvertreter, Parlamentsangehörige. Der Roi selbst. Und dann die Wangenküsse – manchmal zwei, manchmal drei oder sogar vier, je nachdem, wo der Grüßende herkommt. Außerdem sind am Hof immer nur sehr wenige Mousquetaires zu sehen, fast so, als würden sie nicht gebraucht. Und die, die hier sind, sind sehr entgegenkommend, manche richtiggehend charmant. Falls es irgendwelche Regeln gibt, erschließen sie sich mir nicht. Man weiß nie, was einen erwartet, wenn man einen Raum betritt. Einmal bin ich fest davon überzeugt, in der Küche zu landen, und finde mich stattdessen in einer kleinen Bibliothek wieder, die anscheinend allein der Archivierung von Zeitungen dient. Eine Gruppe Studenten (nehme ich an) wälzt gerade die Kataloge und isst dabei fröhlich Éclairs. Sofort erklären sie mir, woran sie hier arbeiten; es hat irgendetwas mit Architektur zu tun. Unten im Keller, wo ich mit Waschküchen oder Kerkerzellen gerechnet hätte, stoße ich auf etwas, das sich nur als Spielzimmer für Erwachsene beschreiben lässt. Hier bekriegt sich gerade eine Gruppe an einer Art Fußballautomaten, den sie *Kicker* nennen. Und in Ninons Gemächern trifft sich einmal wöchentlich eine Frauengruppe, die über das Thema Magdalenen debattiert. *Visionnaires.* Sie stellen Forschungsergebnisse vor, tauschen Neuigkeiten aus und diskutieren in einem so rapiden und entzückenden Französisch, dass es mich allein schon berauscht, nur lauschend danebenzusitzen. Eine von ihnen ist Psychiaterin – ein Beruf, von dem ich in England oder auch in den Staaten nie etwas gehört habe. Sie ist eine Ärztin, die mit Medikamenten das Gehirn behandelt und mit Worten den Geist. Geduldig hört sie sich meine wirren Beschreibungen an und erklärt mir dann vollkommen gelassen, was Geistesfieber ist. Außerdem zählt sie noch einmal die Symptome auf: mentale und körperliche Erschöpfungszustände, Schmerzen, Taubheitsgefühle. Ein Wesen oder eine Gestalt, die einen niederdrückt, zu einem spricht, einen verletzt. Müdigkeit, Trägheit, Selbstmordgedanken. Und sie sagt, dass sie mir helfen könne. Woraufhin ich ihr erkläre, dass sie mich nicht von meinem Laster befreien kann, selbst wenn sie ein echtes Zaubermittel hätte. Trotzdem empfiehlt sie mir, darüber nachzudenken, und schreibt mir die Symptome genau auf, mit der Anweisung, die Liste durchzugehen und herauszufinden, ob ich mich darin wiederfinde. Ich nehme die Liste und ihre Karte entgegen, bin aber versucht, den nutzlosen Kram einfach zu zerknüllen, während ich mich wieder der lebhaften Diskussion der Gruppe zuwende. Das Ganze wird sowieso nicht mehr lange dauern. Ninon und ich haben nämlich einen Plan.

»Ein Monat«, hat sie gesagt, als sie mich am ersten Abend in den Arm nahm, mich wiegte und mir ein Schlaflied sang. »In einem Monat wird die Brautwerbung von beiden Seiten einer Einschätzung unterzogen, und du kannst dir ja sicher vorstellen, wie die meinige aussehen wird. Dann wird das alles vorbei sein. Eine Pressekonferenz, ein Theaterbesuch, ein Ball. Bis dahin wird auch mein Bruder das Interesse an deiner Person verloren haben, und du wirst wieder frei sein.«

Sie rief sogar im Théâtre Odéon an und erkundigte sich, ob man einen neuen Termin für mein Vorsprechen anberaumen könnte. Und natürlich sagt niemand Nein, wenn Ninon d'Orléans einen Wunsch äußert.

Also nur vier kurze Wochen. Fast hätte es sich – abgesehen von Robin – als erträglich erwiesen, wäre da nicht Madame Hiver gewesen. Nach fünf Tagen schickt sie mir die nächste Nachricht, diesmal allerdings nicht auf elektronischem Weg. Stattdessen entdecke ich eines Abends einen Zettel auf meinem Kopfkissen: *Schläft es sich gut in dem Palast, in dem der Mann weilt, der Sie so verletzt hat? Sie sollten meine Geduld nicht zu sehr strapazieren.* Der Gedanke, dass sie während meiner Abwesenheit in meinem Zimmer war, jagt mir einen kalten Schauer über den Rücken.

Aber zumindest bekomme ich sie kaum zu sehen. Was für den Prinzen leider nicht gilt. Ja, es hätte einiges zu spionieren gegeben für Madame. Er und Ninon – und deshalb auch ich – nehmen sämtliche Mahlzeiten gemeinsam ein. Sie verbringen die Nachmittage zusammen. Die abendliche Unterhaltung findet normalerweise in Form diverser Gruppenaktivitäten statt. Allein der Blumenduft in meinem Geist, der inzwischen stärker ist als der reale hier bei Hofe, sorgt dafür, dass ich nicht völlig den Verstand verliere.

Nach einem besonders zermürbenden Nachmittag – Bibliotheksbesuch in alleiniger Gesellschaft von Ninon und dem Prinzen – platzt schließlich die Frage aus mir heraus: »Warum hast du seiner Bitte nachgegeben?«

Ninon steht vor dem Spiegel und nimmt gerade ihre schmale Krone ab. »Ich bin eben ein Ja-Sager«, antwortet sie leichthin, aber ich bin nicht in der Stimmung für Scherze. Morgen wird die Pressekonferenz stattfinden, und natürlich werde ich dort sein und die beiden im Auge behalten müssen. »Ninon. Warum hast du zugestimmt?«

Sie fährt sich mit beiden Händen durchs Haar, lockert es, massiert sich die Kopfhaut. »Ich sagte, ich würde helfen, wenn du zustimmst, weil ich dir nie etwas abschlagen könnte.«

Immer wenn sie so etwas sagt, fühle ich mich schuldig, weil ich mich so dagegen gesträubt habe, ihr Bodyguard zu werden. Obwohl sie es ja selbst nicht wollte. Sie hat sehr entschieden kundgetan, dass sie nicht mit einem weiteren Angriff rechnet. Madame Hiver gegenüber ist sie hingegen noch wachsamer geworden. Den Grund dafür kenne ich noch immer nicht, frage aber auch nicht danach, um sie nicht zusätzlich zu belasten.

»Er meinte, du wolltest im Gegenzug, dass er das mit dir auch vergisst.«

»Ja.« Noch immer streicht sie sich durchs Haar, nun aber

ungeduldig. Fast sieht es so aus, als würde sie an den Strähnen ziehen. Sie wirkt unruhig. »Durch dieses Wissen werde ich erpressbar. Also, wenn wir schon dabei sind, können wir das auch loswerden.«

Mir fällt wieder ein, wie er sie heute in der Bibliothek angesehen hat. Ihre lebhafte Mimik, ihr feines, angedeutetes Lächeln beobachtet hat, während sie ihn bei ihren Diskussionen über Politik, Mode oder die neueste Literatur mit ihrem Esprit und ihrem Scharfsinn fast in Grund und Boden gestampft hat. Dabei wurde mehr als deutlich, wie viel er von ihr hält. Er sieht sie in gewisser Weise so an, wie ich es tue. *Wir würden ein großartiges Paar abgeben.* »Gehst du damit nicht auch ein Risiko ein?«

»Was für ein Risiko?« Ninon verschwindet im Badezimmer und kehrt mit einer Bürste in der Hand zurück. Rigoros fängt sie an, damit ihre Haare zu bearbeiten. Zögernd trete ich zu ihr und greife nach der Bürste. Für einen Moment sieht es so aus, als wolle sie sich wehren, aber dann überlässt sie sie mir. Mit langsamen Strichen fange ich an, ihr Haar zu bürsten. »Wenn er es nicht mehr weiß … dann will er die Brautwerbung vielleicht fortsetzen.«

Sie setzt zu einem ungeduldigen Kopfschütteln an, bevor ihr wieder einfällt, was ich gerade tue. »Mein Bruder würde mich niemals ohne meine Zustimmung verheiraten.«

»Könnte er das denn?«

»Er würde es nicht tun. Im Namen aller freien Gedanken, diese Haare!« Ninon fährt herum, packt die Strähnen und flicht sie so schnell, dass ich nur staunen kann. »Ich sollte sie abschneiden.«

»Das wäre nicht sonderlich diplomatisch«, stelle ich fest. Sie seufzt aus tiefstem Herzen. »Womit du allerdings recht hast, fürchte ich. Tja, dann müssen wir eben sehen, welche anderen Mittel mir zur Verfügung stehen, um mich so unattraktiv zu machen wie möglich.«

Ich sage ihr, dass das vergebliche Liebesmüh sei, wenn ich nicht inzwischen jeden Bezug zur Realität verloren habe. Daraufhin schimpft sie mich einen Schleimer und lässt sich ein Bad ein.

Die Pressekonferenz ist für den kommenden Tag angesetzt. Ich bin nur froh, dass ich diesmal nicht reden, sondern einfach nur dasitzen und auf Ninon aufpassen muss. Mister Galahad, den hier alle nur Lord Buckingham nennen, wird mir als Verstärkung dienen. Trotz allem, was war, und trotz der Tatsache, dass Madame Hiver ständig in seiner Nähe lauert, habe ich angefangen, mich hin und wieder mit ihm zu unterhalten. Immerhin kann er wirklich nett sein, wenn er will, und wenn ich mich ihm gegenüber zu reserviert gebe, könnte das verdächtig wirken. Außerdem hat mir ein Blick in den *Confessional* verraten, dass er eine kleine Ablenkung zurzeit gut gebrauchen kann: Inzwischen ist an die Öffentlichkeit gedrungen, wie hoch seine Familie verschuldet ist. Ihr gesamter Besitz wurde unter die Verwaltung eines Cousins in Deutschland gestellt, der die Titel Nottingham und Hannover führt.

Und so widmen wir uns also wieder einmal unserem alten Zitate-Spiel, während wir vor dem Pressesaal auf Ninon und den Prinzen warten. »›Zweifle an der Sonne Klarheit, zweifle an der Sterne Licht‹«, schlägt er als erstes Zitat vor. Ich schnaube nur empört. Als ob ich seit dem letzten Mal nicht längst den Hamlet gelesen hätte. »›Zweifle, ob lügen kann die Wahrheit, nur an meiner Liebe nicht.‹ Dachten Sie wirklich, Sie könnten mich zweimal damit drankriegen?«

Er neigt kurz den Kopf. »Einen Versuch war es wert.«

»Das stimmt.« Seit ich in Paris bin, habe ich so vieles gelesen. Mein Nachttisch ächzt unter der Last all der Bücher. »›Sie bieten saure Milch, und ich will Sahne.‹«

Ruckartig hebt er den Kopf. Hat meine Wahl ihn etwa schockiert? Zumindest wirkt er aufgewühlt.«»Erklären Sie, wie Sie mich lieben««, gebe ich ihm einen weiteren Hinweis.

»Aber ... sehr«, antwortet er schließlich. »Miss Emris, *Cyrano de Bergerac* ist wohl kaum die geeignete Lektüre für eine junge Dame wie Sie.«

»›Oh, erkunden Sie den Irrgarten Ihrer Gefühle‹«, zitiere ich neckend weiter, als ich plötzlich Schritte höre.

Mein Herz wird schwer wie Blei. Ich erkenne ihn sogar am Klang seiner Schritte. Natürlich weiß ich nicht, wie viel er mit angehört hat, aber das dürfte ihn ja auch nicht weiter kümmern. Trotzdem bemerke ich, wie verkniffen er aussieht, als ich mich zu ihm umdrehe. Als wäre das hier für mich ein Riesenspaß. Er ist vollkommen schwarz gekleidet – Hemd, Weste, Marienkragen. Und keine Spur Make-up. Stattdessen trägt er eine weiße Schärpe, auf der die königlichen Insignien des Neuen Hauses Tudor prangen. Dazu noch eine weiße Scheide für seinen Säbel und weiße Handschuhe. So wirkt er genauso streng und rein wie sein Vater. Nur sein Duft bleibt schmerzhaft vertraut und ruft Erinnerungen wach, gegen die ich mich einfach nicht wehren kann. Seine Lippen auf meinen, ein spielerischer Schlag mit der Zunge. Sein Mund an meinem Hals. Seine Hand in meinem Einteiler, die nackten Knöchel gleiten über mein Steißbein. Um diesen Bildern zu entkommen, trete ich ein paar Schritte zurück und konzentriere mich ganz auf Ninon. Für mich sieht es so aus, als wäre Schminke zum Einsatz gekommen, um ihre Haut heller wirken zu lassen, aber das könnte auch am Licht liegen. Wieder trägt sie ein weißes Kleid, diesmal ist es bodenlang. Ärmel hat es keine, dafür trägt sie weiße Gladiéhandschuhe. Über ihren Schultern hängt ein weißer Pelzkragen.

»Sag nichts«, befiehlt sie sofort. »Der hat meiner Großmutter gehört. Ich ertrage es kaum, ihn an mir zu haben.«

»Er steht dir hervorragend«, behauptet der Prinz. Sie verdreht nur die Augen und rückt ihr Diadem zurecht, in dem ein fast schon lächerlich großer Edelstein funkelt. »Ich habe ein totes Tier um den Hals hängen, Robin. Können wir das jetzt bitte hinter uns bringen?« Nachdem sie das Diadem noch eine Weile hin und her geschoben hat, reißt sie es sich vom Kopf und schleudert es fort.

Leicht irritiert verbeugt sich Mister Galahad vor ihr. Der Prinz knirscht wieder mit den Zähnen, sagt aber nichts. Ninon greift nach meinem Arm, wofür ich ihr unendlich dankbar bin. Ich trage eine einfache blaue Hose und eine weiße Bluse – fast eine Uniform, aber eben nicht ganz. Wir haben uns darauf geeinigt, meine wahre Tätigkeit hier geheim zu halten. Wieder einmal. Beim letzten Mal hat das ja gut funktioniert.

»Sollen wir auf Seine Majestät Monsieur le Roi warten?«, fragt Mister Galahad noch, aber Ninon fegt schon an ihm vorbei und öffnet die Tür zum Saal.

Der Pressesaal am Hof der Farben sieht fast genauso aus wie die Konzerthalle, nur kleiner. Außerdem stehen hier andere Stühle – breite Sessel, in denen mindestens zwei Personen Platz haben, in allen nur erdenklichen Farben. Aber das Blitzlichtgewitter und die aufgeregten Stimmen sind fast gleich. Der Roi sitzt bereits vorne, beglückt die Reporter mit seinem strahlenden Lächeln und wickelt sich kokett eine Haarsträhne um den Finger. Wenigstens genießt auch er es, im Mittelpunkt zu stehen, ähnlich wie seine Schwester. Madame Hiver hält sich dezent im Hintergrund.

Die Kameras verstummen erst, nachdem wir uns gesetzt haben. Hinter uns haben sich mehrere Mousquetaires aufgereiht. Erleichtert stelle ich fest, dass Blanc und René darunter sind.

»Bienvenue, Mesdames et Messieurs«, begrüßt Madame Hiver die Reporter. Natürlich wird die Konferenz auf Französisch abgehalten. Ninon tastet unter dem Tisch nach meiner

Hand, aber sie trägt Handschuhe, und meine Oberarme sind bedeckt. Zwar ist mein Französisch schon um einiges besser geworden, aber es reicht noch lange nicht aus, um bei diesem Tempo alles zu verstehen. Schließlich beugt Mister Galahad sich leicht zu mir herüber und flüstert mir eine Übersetzung der wichtigsten Punkte ins Ohr. Dass er mir so nah kommt, lässt mich schaudern. Beim letzten Mal hatte er gerade mein Todesurteil unterzeichnet.

»… überaus glücklich darüber, dass die Gräfin wohlauf ist. Die Ereignisse haben sie zwar erschüttert, aber die Brautwerbung wurde ungestört fortgesetzt. Alle anberaumten Veranstaltungen, vor allem der Besuch des englischen Theaterstücks und der Große Ball, werden wie geplant stattfinden.«

Ich spüre Mister Galahads Atem an meinem Ohr. Höre, wie Blanc hinter mir sein Gewicht verlagert. Beobachte Ein- und Ausgänge sowie die Reporter. Sie sehen … besser aus als die bei uns zu Hause. So als würden sie regelmäßige Mahlzeiten bekommen und in anständigen Wohnungen leben, wo nicht das Wasser von der Decke tropft. Die meisten von ihnen tragen Schwarz, aufgehellt durch die üblichen *manchettes,* aber manche haben auch extravagantere Outfits gewählt. Doch niemand sticht so aus der Menge hervor wie die wenigen Pressevertreter aus England. Ganz hinten entdecke ich Moreen Gause – in demselben Kleid wie bei unserer letzten Begegnung. Automatisch muss ich an meine letzte Pressekonferenz denken. Wie der Prinz mir den Stuhl zurechtgerückt hat. Wie unsere Finger sich berührt haben. Und jetzt sitzt er neben Ninon, die weiß gekleideten Hände ordentlich neben ihren auf dem Tisch. Während er in fließendem Französisch eine Frage beantwortet, wandern seine Finger langsam zu ihren hinüber. Ninon lacht über seine Worte. Ja, das habe ich damals auch getan. Allerdings hat sie sich entspannt zurückgelehnt, wie immer hat sie ihre Haltung und ihre Mimik vollkommen im Griff. Plötzlich wird mir übel. Unter dem Tisch hält sie immer noch meine Hand. Ruckartig schüttele ich sie ab. Ich kann einfach nicht anders.

»Würde es Ihnen etwas ausmachen, wenn wir eine Frage auf Englisch stellen?«, fragt ein Reporter aus der vierten Reihe. Es ist nicht zu übersehen, dass er von der anderen Seite des Kanals kommt.

Madame Hiver neigt hoheitsvoll den Kopf. »Ganz und gar nicht.« Ihr Englisch ist perfekt. Ich wünschte, ich könnte ihren Akzent zuordnen, aber damit habe ich Schwierigkeiten. Andere haben auch immer Schwierigkeiten, meinen einzuordnen.

»Eure Königliche Hoheit, sicherlich ist Euch zu Ohren gekommen, dass Eure Brautwahl bei Euren Untertanen nicht auf ungeteilte Begeisterung gestoßen ist. Was könnt Ihr uns dazu sagen?«

Er lehnt sich vor. Ich beobachte ihn nur aus dem Augenwinkel heraus, versuche, seine Stimme auszublenden. Diese tiefe, aufregende Stimme. »Meiner Überzeugung nach verstehen meine Untertanen durchaus, dass ich mich als Thronerbe voll und ganz der Krone verpflichtet fühle und dass ich niemals etwas tun würde, das unserem Land Schaden zufügen könnte. Außerdem könnte sich sicherlich auch keiner von ihnen dem Charme dieser umwerfenden Frau entziehen.«

Meine Miene bleibt vollkommen ausdruckslos. Schließlich habe ich jahrelange Übung darin.

»Vor noch nicht allzu langer Zeit habt Ihr Euch ähnlich begeistert über eine andere Frau geäußert, die sich heute ebenfalls in diesem Raum befindet«, meldet sich Moreen Gause zu Wort. Alle Blicke richten sich auf mich. Ich ziehe den Kopf ein. Was soll ich auch sonst tun?

»So ist es«, nickt der Prinz. »Und das tue ich auch heute noch. Miss Emris und ich sind als Freunde auseinandergegangen. Als sie den Wunsch äußerte, uns zu verlassen, wollte ich ihr nicht im Wege stehen.«

Er sieht mich an. Lächelt sogar. Als wäre es für ihn immer noch schön, mich anzusehen.

»Bei allem nötigen Respekt, Königliche Hoheit.« Moreen Gause lässt ihn nicht vom Haken. »Fehlt es dem Ganzen nicht etwas an Glaubwürdigkeit?«

»Meiner Meinung nach kann es der Wahrheit nie an Glaubwürdigkeit fehlen«, erwidert er. Ninon sitzt stumm neben ihm, und auch Madame Hiver sagt nichts. Der Roi sieht aus, als würde er die allgemeine Aufmerksamkeit gerne auf ein anderes Thema lenken – seine Person zum Beispiel –, weiß aber offensichtlich nicht, wie er das anstellen soll.

Moreen Gause gibt noch lange nicht auf. »Und was sagt Ihr dann zu den Gerüchten, laut denen die Trennung von Miss Emris darauf zurückzuführen ist, dass sie Euch mit Lord Buckingham betrogen hat?«

Mister Galahad und ich richten uns ruckartig auf. Wir sind so schockiert, dass uns beiden die Worte fehlen. Der Großteil der anwesenden Journalisten, deren Fragen sich hauptsächlich um Außenpolitik und diplomatische Verstrickungen gedreht haben, wirkt extrem irritiert. Nur Moreen Gause bleibt vollkommen ungerührt. Die Hand des Prinzen zuckt leicht. Schnell zieht er sie an den Körper.

»Dazu sage ich, dass dies nichts als schäbige Klatschgeschichten sind und dass es an Verleumdung grenzt, den Namen einer der ältesten und loyalsten Familien von ganz England derart durch den Schmutz zu ziehen.«

Vorsichtig spähe ich zu Mister Galahad hinüber. Der versucht, eine durch und durch empörte Miene aufzusetzen, aber seine unter dem Tisch verborgenen Hände zittern. Seine Loyalität infrage zu stellen ist eine schwere Anschuldigung. Zum ersten Mal wird mir bewusst, dass in ihm ja auch ein Magdalene neben mir sitzt. Ein Schnüffler, ja, aber trotzdem ein Magdalene. Wird seine Loyalität ernsthaft angezweifelt, muss er um sein Leben fürchten. Und zum ersten Mal frage ich mich, ob er irgendwo ein verborgenes Seidenband am Körper trägt, um seine Gier zu lindern, oder ob er ständig hungert.

Dann wandert mein Blick weiter zu Madame Hiver, die vollkommen ungerührt im Beisein des englischen Kronprinzen und seines treuesten Ritters Renés Geheimnis preisgegeben hat. Die dabei war, als ich diese Lüge über Mister Galahad und mich in die Welt gesetzt habe. Und die wohl als Einzige dazu fähig wäre, so etwas an die Presse weiterzugeben.

Sie sieht mich direkt an. »Möchte sich eine der beteiligten Parteien dazu äußern?«, fragt sie vollkommen ruhig. Und wieder droht sie mir.

Mister Galahad, der inzwischen feuerrot im Gesicht ist, setzt zu einer Erwiderung an, aber der Prinz lässt ihn nicht zu Wort kommen. »Ich werde nicht zulassen, dass einer meiner treuesten Männer einer solchen Befragung unterzogen wird.«

»Und Sie, Miss Emris?«, hakt Madame Hiver nach.

Es gibt nichts zu sagen. Vor allem nicht, weil Mister Galahad das alles tatsächlich für eine Lüge halten muss. Er kann sich schließlich nicht mehr an unser Gespräch in der Bibliothek erinnern.

»Rea Emris ist mein Gast.« Wie immer ist es Ninon, die zu meiner Rettung eilt. »Sie muss sich nicht zu derart lächerlichen Fragen äußern.«

»Vorerst«, fügt Madame Hiver leise hinzu.

»Wenn Sie als Freunde auseinandergegangen sind«, bohrt Moreen Gause noch einmal nach, »dann dürfte es doch sicher kein Problem sein, uns das zu beweisen.«

Ungeduldig spreizt der Prinz die Finger. »Wofür halten Sie

uns eigentlich? Eine Herde Zirkusaffen? Wie sollten wir denn Ihrer Meinung nach einen solchen Beweis erbringen?«

»Nun, es wäre schon ein Anfang, wenn Sie sich zumindest in die Augen sehen könnten.«

Inzwischen mustern uns mehr und mehr Journalisten mit prüfendem Blick. Offenbar wurde ihr Interesse jetzt doch geweckt. Moreen Gause hat eine solide Geschichte gesponnen. Ich starre stur geradeaus.

»Für mich ist dieses Thema beendet«, verkündet der Prinz herablassend.

»Selbstverständlich wollte ich Euch nicht zu nahetreten, Eure Königliche Hoheit.« Plötzlich schwingt Unterwürfigkeit in Moreen Gauses Stimme mit. »Ich wollte Euch lediglich die Gelegenheit geben, den Namen von Miss Emris – und natürlich von Lord Buckingham – reinzuwaschen, allein durch eine kleine Geste. Ihr wisst doch, wie sehr unsere heutige Kultur durch die Bildlichkeit geprägt wird. Deshalb hätte ich unseren Lesern zu gerne ein entsprechendes Bild präsentiert. Sagen wir ... ein Handkuss?«

Gegen meinen Willen empfinde ich Bewunderung für diese Frau. Ihre Instinkte sind unfehlbar: Sie hat ihre Bitte so formuliert, dass es klingt, als würde Robin uns beiden einen Gefallen tun, wenn er sie erfüllt. Als könnte er uns mit einem kleinen Foto beschützen. Deshalb überrascht es mich auch nicht, dass er sich schließlich umdreht. Dass sein Blick auf mich gerichtet ist, als ich aufsehe.

Sehr überraschend ist allerdings sein reumütiges Lächeln. Dieses Lächeln lässt den Kronprinzen verschwinden und Robin zum Vorschein kommen. Und so ist es auch Robin, der aufsteht und auf mich zukommt.

»Bitte verzeihen Sie, Miss Emris, wenn ich es an Aufmerksamkeit fehlen ließ«, sagt er. Dann beugt er sich vor und greift nach meiner Hand. Heute trägt er Lederhandschuhe. Ich hasse Lederhandschuhe. Fast schon rau gleiten sie über meine Handfläche. Er hebt meinen Arm an, beugt sich über meine Hand. Kurz bevor seine Lippen mich berühren, hält er inne. Sein warmer Atem streicht über meine Haut. Seine Lippen zittern. Wieder steht mir das Bild unserer Flucht durch die Heiligen Höfe vor Augen, als er meine Finger küsste, nur um anschließend der Presse zu verkünden, dass er mich liebe. Diesmal küsst er nur die Luft über meiner Hand und lässt dann los. Ich lächele ihn an, und er lacht. Nun lache auch ich, als wäre das alles ein Riesenspaß.

Wieder einmal muss ich Theater spielen, um mein Leben zu schützen. Was für ein Glück, dass ich das so gut kann: innerlich zerbrechen, ohne etwas davon nach außen dringen zu lassen.

Im weiteren Verlauf der Pressekonferenz werden Fragen zu anderen Themen gestellt, alle auf Französisch, sodass ich sie nicht verstehe. Die Kreatur hat es sich, schwer und grau, auf meinem Schoß bequem gemacht. Mister Galahad achtet peinlich genau darauf, sich nicht zu mir zu beugen oder mich auch nur anzusehen. Irgendwann drückt die Kreatur ihre dicke Pfote auf meine Augen, schlingt eine Tatze um meinen Kopf. Alles wird trübe, scheint plötzlich weit weg zu sein. Ich brauche Hautkontakt, einen Geist, irgendjemanden, der diese Apathie von mir nimmt. Die Seide wirkt nicht mehr.

Als Ninon aufsteht, gehe ich automatisch hinter ihr her. Die Mousquetaires eskortieren uns nach draußen. Erleichtert stelle ich fest, dass Blanc direkt neben mir läuft. Die Kreatur quetscht sich zwischen uns, reibt ihren kratzigen Pelz an meinen Beinen, sodass ich es durch den weichen Hosenstoff spüre. Kurz komme ich aus dem Tritt. Sofort ist Blancs Arm da, um mich aufzufangen.

»Alles in Ordnung?«, fragt er, woraufhin Ninon sich zu uns umdreht. Da ich ihr nicht in die Augen sehen kann, konzentriere ich mich stattdessen auf Blanc. »Hättet Ihr einen Moment, Weißer Ritter?«, frage ich möglichst förmlich, da schließlich sämtliche Blicke auf uns gerichtet sind – Robins genauso wie der von Madame Hiver. Ich sollte nicht auch noch Blanc in diese Sache mit reinziehen. Deshalb darf sie keinerlei Verdacht schöpfen. »Eine Frage bezüglich der Sicherheit der Duchesse«, füge ich hinzu.

Er nickt. Als er René einen kurzen Blick zuwirft, scheinen die beiden sich wortlos auszutauschen. Dann führt Blanc mich durch die nächste Tür in etwas, das wohl ein Salon sein soll, obwohl hier Stoffballen in diversen Formen und Farben gelagert werden. Vorhänge und Kissen sind bunt zusammengewürfelt, ebenso das Flickenmuster von Teppichen und Tapete. Ich warte gerade so lange ab, bis die Tür hinter uns zugefallen ist, dann fahre ich zu Blanc herum. »Bitte verzeih mir«, sage ich. Die Kreatur schiebt eine Pranke in meinen Mund. Pelzig drückt sie auf meine Zunge. »Ich brauche … ich will wirklich nicht … aber …«

Jetzt schnürt mir die Kreatur endgültig die Luft ab, ich kann nicht mehr sprechen. Besorgt, aber auch verwirrt sieht Blanc mich an. »Was brauchst du? Sag mir einfach, was du brauchst.«

Ich gehe auf ihn zu. Mit nackten Fingern ziehe ich an seinen Handschuhen, streife sie langsam von seinen Händen. Sehe ihn fragend an. *Sag mir, wenn du es nicht willst.*

Sobald seine Hand befreit ist, umfasst Blanc mein Gesicht, streicht über meine Wange. »Schhh.«

Ich vergrabe den Kopf an seiner Schulter. Seine Gedanken schweben durch meinen Geist: René, kaum mehr als ein Teenager, ohne Bart und mit strahlenden Augen, legt zum ersten Mal seine Hand an Blancs Gesicht und spürt seinen Geist. Die Pressekonferenz am Weißen Hof, nach der ich mit fliegendem Kleid hinter Robin hergehetzt bin. Robins stützender Arm, als ich tief im Geist seines Vaters verschwunden bin, um mit Stahl verkleidete Erinnerungen aufzusprengen, damit er endlich wieder sicher ist. Das Blut in meinem Gesicht. Der Comte, als er Blancs Blick bemerkt und errötet. Blancs eigene Perspektive. All diese Bilder drängen die Kreatur zurück. Blanc legt eine Hand auf meinen Kopf und streicht mir übers Haar.

»Was ist los?«, fragt er und hebt mein Kinn an, damit ich ihm ins Gesicht sehe.

»Ich weiß es nicht.« Am schlimmsten ist, dass ich Robin so gut kenne: Er würde lieber vorgeben, gar nichts zu empfinden, als sich seine wahren Gefühle anmerken zu lassen. So kann ich nicht einmal mit Sicherheit sagen, ob er mich nun hasst oder ob ich ihm einfach gleichgültig geworden bin. Doch da es total schäbig wäre, mir Blanc als Schmuseobjekt zu suchen, um dann über Robin zu sprechen, sage ich lieber gar nichts.

»Du solltest einfach nicht hier sein«, sagt er. »Warst du schon mal in Marseille? Da kommt mein Vater her. Auf seine eigene Art wunderschön. Lyon? Avignon? Brügge? Köln? Warschau? Ljubljana? Rom? Du solltest unbedingt mal raus. Wir könnten dir dabei helfen zu verschwinden. Keine große Sache. Sag einfach Bescheid.«

Natürlich hat er recht. Aber selbst wenn ich es wollte – der Roi hat eindeutig klargestellt, dass ich meinen Posten nicht zu verlassen habe. »Ich kann nicht«, sage ich deshalb. »Nicht, bevor der Roi mich aus seinen Diensten entlässt. Ich werde hier gebraucht.«

Blanc drückt seine Stirn an meine. »Und was ist mit deinen Wünschen?«

»Meine Wünsche werden sich sowieso nicht erfüllen.«

»Willkommen im Klub«, murmelt er.

Vorsichtig hebe ich eine Hand an seine Wange. Gebe ihm einen Kuss, ebenso zart wie beim letzten Mal. Wieder schießen ihm diverse Bilder durch den Kopf: der Comte und René eng umschlungen unter der Straßenlaterne; Renés Betroffenheit nach den harten Worten des Roi; seine eigene Faust in Robins Gesicht – was sicherlich nie passiert, sondern reine Einbildung ist.

Er erwidert den Kuss. Meine Lippen öffnen sich, seine Zunge umspielt sie sanft. Dann gleitet sie in meinen Mundwinkel, wo ich extrem kitzelig bin. Sobald er das erkennt, grinst er breit. Ich fange an, mich zu winden, aber er hält mich mit eisernem Griff fest. Sein Lachen sorgt dafür, dass die Kreatur von dannen schleicht und ich fast gegen meinen Willen anfange zu kichern. Ihn noch einmal küsse, einfach so, diesmal mit mehr Leidenschaft.

»Mit dir ist alles so einfach«, murmele ich.

»Das liegt daran, dass ich so einfach gestrickt bin. Und total anspruchslos bin.«

Jetzt lache ich richtig. »Oh, Maria, ich danke dir«, sage ich, als wir uns voneinander lösen. Die Kreatur ist verschwunden. Vorerst.

»Kein Grund, beleidigt zu sein. Seit Ninon sich um deine Garderobe kümmert, hast du große Fortschritte gemacht«, stellt er fest, was ihm einen vorgetäuschten Schlag einbringt. Mühelos fängt er meine Faust ab.

Da klopft es an der Tür. Traurigerweise haben Blanc und ich keine ausreichende Übung darin, beim kleinsten Geräusch wie angestochen auseinanderzuspringen. Deshalb schaffen wir gerade mal einen Schritt, bevor die Tür sich öffnet. Mein Herz rast, dann setzt es kurz aus. Robin erscheint im Türrahmen.

Einen Moment lang steht er wie angewurzelt da, vollkommen deplatziert in seinem schwarz-weißen Outfit zwischen all den Farben. Nur seine Augen bewegen sich, erfassen Blancs nackte Finger, meine zerzausten Haare und die Tatsache, dass wir viel zu dicht beieinanderstehen. Er begreift sofort. Hinter ihm tritt René durch die Tür. Seine Reaktion ist wesentlich eleganter als die Seiner Königlichen Hoheit. »Ah«, sagt er nur. »Bitte verzeiht die Störung.«

»René …« Blanc tritt noch einen Schritt zurück, aber da hat Robin sich bereits wieder gefangen. »Ich wollte mich bei Miss Emris entschuldigen, aber offensichtlich sollte ich mich damit wohl eher an Sie wenden, Weißer Ritter.«

»Nein, ich bin mir ziemlich sicher, dass Miss Emris hier der richtige Ansprechpartner ist«, erwidert Blanc mit schmalen Augen. Der Prinz zuckt gleichgültig mit den Schultern, bevor er mir zunickt und fortfährt: »Ich entschuldige mich für die Vorkommnisse bei der Pressekonferenz. Ich wollte lediglich sicherstellen, dass Georges guter Ruf ebenso wie Ihrer unangetastet bleibt.«

»Es hat mir nichts ausgemacht.« Das ist wohl die am wenigsten groteske Lüge, die ich hier anbringen kann.

»Gut.« Er streicht sich glättend über seine Weste. »Ich wäre Ihnen jedenfalls dankbar, wenn Sie mir gegenüber dieselbe Sorgfalt walten lassen könnten.«

»Ich verstehe nicht ganz …«, setze ich an, aber er hat sich bereits Blanc zugewandt: »Auch bei Ihnen muss ich mich entschuldigen, Weißer Ritter, denn ich muss Sie um einen Gefallen bitten. Sollte an die Öffentlichkeit dringen, dass Miss Emris sich bereits neu orientiert hat, würde mich das vor dem Adel der gesamten Welt bloßstellen. Meine Position bei künftigen Eheverhandlungen wäre bedeutend geschwächt, wenn man der Meinung wäre, ich könnte nicht einmal eine Bürgerliche halten – geschweige denn eine Prinzessin.« Als ich protestieren will, hebt Robin nur die Hand. »Wie traurig es ist, dass derlei Überlegungen eine Rolle spielen, ist hinlänglich bekannt, es lässt sich aber nun einmal nicht ändern. Es ist, wie es ist.« Nach wie vor sieht er nur Blanc an. »Deshalb stünde ich auf ewig in Ihrer Schuld, wenn Sie diese Privatangelegenheit noch eine Zeit lang mit Diskretion behandeln könnten.«

René wirft uns einen bohrenden Blick zu. »Dann ist es also offiziell? Ihr durchtriebenen Schlitzohren. Ihr hättet etwas sagen sollen. Da bekommt der Begriff ›Trainingskampf‹ gleich eine ganz neue Bedeutung.« Er lacht, doch irgendwie klingt es hölzern.

»Das verstehst du falsch«, beharrt Blanc, wird aber von Robin unterbrochen: »Sie müssen sich nicht rechtfertigen.« Damit verbeugt er sich vor uns und geht. René sieht uns an, zieht kurz die Augenbrauen hoch und folgt ihm nach draußen.

»Putain«, flucht Blanc mit finsterer Miene und lässt meine Hand los. Schon halb aus der Tür, ruft er noch über die Schulter: »Wir sehen uns später!«

Ich richte meine Kleidung und gehe in Ninons Gemächer. Die Badezimmertür ist geschlossen, und ich höre die Dusche. Dankbar schleiche ich durch den Salon zu meinem Zimmer. Möglichst leise öffne ich die Tür und schließe sie ebenso vorsichtig hinter mir.

Allerdings bin ich in meinem Schlafzimmer nicht allein.

Madame Hiver steht neben dem Nachttisch und hält mein gerahmtes Familienfoto in der Hand. Es ist das einzige Bild, das ich noch von meinen Eltern habe. Darauf sind Liam und ich noch klein; immerhin war ich gerade mal neun, als unsere Mutter uns verlassen hat. Ich kenne jedes Detail dieses Bildes: wie Liam und ich herumzappeln, wie meine Mutter die Arme hinter dem Rücken verschränkt hält, um uns nicht festzuhalten. Madame Hiver ist bestimmt der letzte Mensch, dem ich erlauben würde, dieses Bild anzurühren. Maria sei Dank, dass ich mir die Feuerseide heute Morgen um den Oberschenkel gewickelt habe, sonst hätte sie die in meinem Bett gefunden. Warum kann sie mich nicht einfach in Ruhe lassen? Ja, der Handkuss bei der Pressekonferenz ist ihr vermutlich gegen den Strich gegangen, wenn sie denn wirklich so sehr am Erfolg dieser Brautwerbung interessiert ist. Aber das hier hat etwas Persönliches an sich. Denkt sie vielleicht, wenn ich zustimme und mich auf ihr Angebot einlasse, wäre das der Beweis dafür, dass ich Robin tatsächlich aufgegeben habe? Testet sie meine Loyalität?

»Was tun Sie hier?«

Anstatt mir zu antworten, sagt sie: »Ein wirklich hübsches Foto.« Ihr Zeigefinger gleitet über das Gesicht meines Vaters. Dann über meins und das von Liam.

»Stellen Sie das weg«, fordere ich.

Sie gehorcht. Heute trägt sie Rot, und wieder ist ihr gesamter Körper mit Spitze bedeckt, auch Hände und Hals. Der filigrane Stoff reicht sogar bis in ihr Gesicht, läuft in feinen Zacken auf ihren Wangen und an den Schläfen aus, schmiegt sich an ihre Stirn und bedeckt ihr Haar. Ihre Maske ist aus schwarzem Porzellan, passend zum Lippenstift.

»Warum bewahren Sie es auf?« Ihre Schleppe gleitet über den Boden, als sie sich endlich zu mir umdreht. Die Hände hat sie in die weiten Ärmel des Kleides geschoben – in denen man wunderbar etwas verstecken kann. Noch bevor es mir bewusst wird, bringe ich mich für einen Angriff in Stellung.

»Es ist die einzige Erinnerung an meine Familie, die ich noch habe.«

»Erzählen Sie mir von ihr.«

»Da gibt es nichts zu erzählen.«

Ihre Mundwinkel heben sich kurz. »Irgendetwas muss es geben. Ihren Bruder habe ich bereits kennengelernt. Wie steht es mit Ihren Eltern?«

Ich verkrampfe mich. »Sind beide tot, und das geht Sie nichts an.«

Sie kommt einen Schritt näher. »Woran erinnern Sie sich noch?«

»An so gut wie gar nichts.« Was in gewisser Weise sogar stimmt. Hätte ich nicht dieses Foto, wüsste ich nicht einmal mehr, welche Augenfarbe meine Mutter hatte.

Madame Hiver wiegt den Kopf hin und her. Die Spitzenzacken in ihrem Gesicht verwandeln sich in tanzende Flammen. »Ich muss mich bei Ihnen entschuldigen, Miss Emris. Mein Verhalten Ihnen gegenüber war nicht immer korrekt, und nun befürchte ich, es könnte zu spät sein. Vermutlich betrachten Sie mich als eine Feindin. Aber vielleicht könnten Sie ja in Erwägung ziehen, dass Sie damit falschliegen?«

Ich mustere ihr starres Gesicht. Ob es wohl irgendjemanden gibt, der diese Maske als freundlich empfindet? »Sie wollen wohl nicht ernsthaft behaupten, Sie wären meine Freundin?«

»Das könnte ich sein.«

»Sie kennen mich doch gar nicht.«

Ihre Ärmel rascheln leise, als sie in einer präzisen Geste die Hände spreizt. »Was ich sehr bedauere.«

Hier steht sie, mitten in meinem Schlafzimmer: eine Frau, deren Gesicht – ja deren Haut – ich bisher noch nie ganz gesehen habe.

»Nehmen Sie die Maske ab«, fordere ich.

»Warum? Erinnert sie Sie an Ihre Mutter und die Moretta?«

Ich werde blass. »Was wissen Sie über meine Mutter?«

Ihre schwarzen Lippen verziehen sich zu einem Lächeln. »Was es zu wissen gibt.«

Die Affäre meiner Mutter. Wie sie uns verlassen hat. Wenn Ninon davon wusste, sollte es mich eigentlich nicht überraschen, dass Madame Hiver es ebenfalls weiß. »Als Mätresse des Roi kann es Sie doch nicht ernsthaft stören, wenn eine Frau sich außerhalb ihres Ehebettes vergnügt«, fauche ich.

Sie lacht. »Sie haben recht. Allerdings sollten Sie wissen, dass Ihr Vater sie nicht deshalb rausgeworfen hat, weil sie ihn betrogen hat. Sondern weil sie eine Magdalena war.«

Es kommt mir vor, als würde ich in ein bodenloses Loch stürzen. Die Panik überwältigt mich so plötzlich, dass ich es einfach nicht glauben kann. »Sie lügen«, behaupte ich instinktiv.

»Warum sollte ich? In diesem Land ist das schließlich kein Verbrechen.« Sie breitet die Arme aus. »Weshalb es mich erstaunt festzustellen, dass es Ihnen durchaus etwas auszumachen scheint.«

»Mit Magdalenen will ich nichts zu tun haben«, sage ich. »Und erst recht nicht mit Ihren Intrigen.«

»Warum das? Haben Sie etwas gegen die Berührungsfreiheit?«

»Ich bin nur hergekommen, um in Frieden leben zu können«, wehre ich mich verzweifelt.

»Und doch sind Sie nun der Bodyguard der Duchesse. Was schon seltsam ist für jemanden, der sich nichts weiter wünscht als ein friedliches Leben.«

»Man hat mir keine Wahl gelassen.«

Ohne auf meinen Einwand zu achten, fährt sie fort: »Und doch behaupten Sie, vom Kronprinz verlassen worden zu sein, weil Sie ihn mit einem anderen betrogen haben, während Seine Königliche Hoheit äußerst bestrebt ist, diese Geschichte zu entkräften.«

»Natürlich ist er das. Er könnte es nicht ertragen, wenn Georges Name befleckt würde.« Ganz bewusst gebrauche ich Mister Galahads Vornamen. »Er ist ein guter Mann.«

»Tatsächlich?«, erwidert sie scharf. »Sind Sie wirklich dieser Meinung?«

Ich weiß nicht, wohin ich schauen soll – ihre Augen kann ich nicht sehen, nur ihren Mund. Der hat sich abfällig verzerrt. Mister Galahad hat mich in der Bibliothek auf den Glastisch geschleudert, bis sich die Scherben in meine Haut gebohrt haben. Ebenso gnadenlos wie sie. Ich kenne solche Menschen. Sie spielt gerne Spielchen. Und sie erkennt, wenn man lügt. Auch wenn es mich rasend macht vor Wut: Solche Menschen muss man mit Bruchstücken der Wahrheit abspeisen. Entscheidend ist nur, welche Stücke.

»Was wollen Sie von mir hören?«, frage ich schließlich. »Dass ich den Prinzen noch liebe? Dass er mir das Herz gebrochen hat mit seinem Entschluss, mich plötzlich nicht mehr zu wollen? Damit, mich einfach wegzuwerfen, wie man das in seinen Kreisen eben tut, ohne einen weiteren Gedanken an mich zu verschwenden? Warum wollen Sie so etwas von mir hören?«

»Sie lieben ihn«, wiederholt sie.

»Ja.« Mir ist schmerzlich bewusst, wie wahr das ist. Schmerzlich bewusst, dass ich alles tun würde, um ihn zurückzubekommen. Nicht sein Aussehen, seine Stimme, seinen Duft. Ich will sein Lächeln, seinen Witz, seine Herzenswärme. Heiße Wut brennt in mir, als ich ihr entgegenschleudere: »Ich liebe ihn, und deshalb würde ich auf Ihr Angebot auch niemals eingehen.«

»Sie würden ihn mit Ihrem Leben schützen?«

»Ich denke, das habe ich bereits ausreichend bewiesen.«

Madame Hiver nickt. »Allerdings.« Ihr Kopf dreht sich leicht, als wolle sie über meine Schulter blicken. Es ist schwer zu sagen, aber es sieht fast so aus, als würde ihr Blick in die Ferne schweifen. »Sehr schön.«

Erneut rascheln ihre Ärmel, als sie die Hände aneinanderlegt. Ihr Gesicht wendet sich wieder mir zu, und sie neigt den Kopf. Mit weicher Stimme sagt sie: »Ich danke Ihnen, Miss Emris. Das war äußerst erhellend.«

Ihre Schleppe gleitet lautlos über die Marmorfliesen, als sie an mir vorbeigeht. Verkrampft warte ich darauf, dass die Tür hinter ihr zufällt.

Aber das Geräusch bleibt aus.

Stattdessen packt sie mich von hinten, so schnell, dass ich nicht reagieren kann. Automatisch will ich mich wehren, aber der Druck der Klinge an meinem Hals setzt jedem Versuch ein Ende. Als ich schreien will, presst sie mir eine Hand auf den Mund. »Erlauben Sie mir, noch eines zu sagen, Miss Emris«, haucht sie in mein Ohr. Immer fester drückt die Klinge gegen meine Haut. »Ich möchte Sie nicht verletzen. Aber sollten Sie mir im Weg stehen …« Jetzt dringt die Spitze in meine Haut. Es brennt. Sie beugt sich noch näher zu mir. »Ich könnte es nicht ertragen, mehr von diesem Blut zu vergießen, als Sie verlieren möchten.« Der erste, warme Tropfen rinnt meinen Hals hinunter. Wenn sie mich nicht als Spionin haben kann, will sie mich lieber tot sehen? Ich schlucke, was die Klinge noch tiefer in die Haut drückt. »Ein wohlgemeinter Rat«, flüstert sie. »Verlassen Sie Paris. Und kommen Sie nicht zurück.« Ihre Finger bohren sich in meinen Körper, und es fließt noch mehr Blut. Einen Moment lang drückt sie die Stirn gegen meinen Hinterkopf. Ich begreife es einfach nicht. Was will sie von mir? Warum ausgerechnet ich? »Lassen Sie Ihren Bruder in Ruhe.«

Ein leises Knurren steigt in mir auf. Rote Flecken tanzen vor meinen Augen. Noch immer hält sie mich fest. »Und vor allen Dingen: Halten Sie sich fern vom Prinzen.«

Dann fährt sie herum und geht.

Ich lasse es geschehen. Lasse es geschehen, weil wir uns hier in Ninons Gemächern befinden, direkt vor der Tür eine Wache steht und sie mir trotzdem ein Messer an die Kehle halten konnte.

Aber ich werde sie aufspüren. Ich habe keine Ahnung, warum sie ausgerechnet mich ausgesucht hat, doch wenn sie mich zur Feindin haben will, dann soll es so sein. Und wenn wir uns das nächste Mal in einer dunklen Gasse begegnen, werde nicht ich die Gejagte sein.

Teil III

Entscheidungen

*Bestehen muss dein strahlend' Blick
wenn die Vernunft mit Hohn und Spott
herabsieht auf mein wild' Geschick.
Süß du musst fleh'n und sagen ihr
warum die Wahl bestand in dir.*

EMILY BRONTË

Kapitel 8

Als Erstes rufe ich Liam an, um ihn zu warnen, aber er geht immer noch nicht an sein Telefon. Leise fluchend hinterlasse ich ihm eine weitere Nachricht: *Sei vorsichtig, bitte. Ruf mich an.* Dann widme ich mich dem nächsten Namen auf der Liste – dem Prinzen. Auch wenn ich wirklich nicht erpicht darauf bin, ihn zu sehen, sollte er zumindest darüber informiert werden, dass Madame Hiver außergewöhnliches Interesse an ihm zeigt. Es macht mich wahnsinnig, nicht zu wissen, was sie von den beiden will. Dass sie mich loswerden will, falls ich nicht den Spion für sie spiele, ist offensichtlich. Aber warum? Was hat sie vor? Würde sie wirklich zu solch drastischen Mitteln greifen, nur um den Erfolg einer Brautwerbung zu garantieren? Und was hat das alles mit Liam zu tun?

Eine Möglichkeit gibt es natürlich. Sie könnte magdaphob sein. Dann wäre eine Verbindung mit England weniger im Interesse der französischen Krone, sondern ihr ganz persönlicher Wunsch. Was auch einen gewissen Grund für ihre Fixierung auf Liam darstellen könnte, der so offen als Verteidiger der Magdalenen auftritt. Was wiederum bedeuten würde, dass sie plant, ihn zum Schweigen zu bringen. Maria Magdalena, ich muss etwas unternehmen.

Den Gedanken, mir das Blut vom Hals zu waschen, bevor ich zu den Gemächern des Prinzen gehe, verwerfe ich wieder. Meine Botschaft wird wesentlich nachdrücklicher sein, wenn es dranbleibt. Also lege ich mir nur ein Tuch um den Hals, um in den Fluren des Palastes keine unnötige Aufmerksamkeit zu erregen. Sobald ich mit meinem Bruder und dem Prinzen gesprochen habe, brauche ich dringend einen Schlachtplan.

Vor Robins Tür stehen vier Mousquetaires. Zwei von ihnen kenne ich von meinen Besuchen in ihrem Hauptquartier, zwei Frauen aus Straßburg. Schnell zupfe ich noch einmal an meinem Halstuch, um sicherzugehen, dass die Wunde nicht zu sehen ist. Die Wachen klopfen inzwischen für mich und rufen auf Französisch nach dem Prinzen. Ich halte mich im Hintergrund, positioniere mich aber so, dass ich von der Tür aus gut zu sehen bin, die nun von den Mousquetaires geöffnet wird. Der Prinz erscheint. Er trägt Handschuhe und hat die Finger in seinen Kummerbund geschoben. Der hohe Kragen seines Capes ist aufgestellt und betont seine markanten Wangenknochen. Ihm ist keinerlei Unsicherheit anzumerken, alles an ihm strahlt Autorität aus – Haltung, Miene, Blick. Trotzdem muss ich an unseren Kuss im Konzertsaal denken. An sein Knie zwischen meinen Beinen.

»Oui, qu'est-ce qu'il y …«, setzt er an, unterbricht sich aber, sobald er mich sieht. Die Wachen stehen von mir abgewandt, und so ziehe ich mein Halstuch unauffällig ein Stück herunter. Seine hochmütige Miene entgleist für einen Moment, und er macht unwillkürlich einen Schritt auf mich zu. Nur einen. Gleichzeitig zieht er die Hand aus dem Kummerbund, lässt sie dann aber unvermittelt in der Luft hängen. »Was ist passiert?«, fragt er, doch ich ziehe das Tuch wieder über die Wunde.

»Ein Wort unter vier Augen, Königliche Hoheit?«

Er lässt die Hand sinken und ballt sie zur Faust. »Kommen Sie herein. Merci, Mesdames et Messieurs.«

Wir betreten seine Räumlichkeiten, und die Mousquetaires schließen die Tür hinter uns. Steif geht er mir voraus bis zur

Mitte des Raumes. Hier stehen nur schwarz lackierte Antiquitäten, die Vorhänge sind weiß, die Teppiche dunkel. Einige der Bilder an den Wänden kommen mir bekannt vor, sie entsprechen genau dem, was er und Ninon bevorzugen: einfache, abstrakte Gemälde mit Schnitten aus Farbe.

Robin bleibt im zentralen Wohnbereich stehen, der mit zwei großen Sofas und ebenso vielen Sesseln ausgestattet ist – schwarzer Rahmen, weiße Polster. Auf dem Couchtisch stapeln sich Bücher, deren Ledereinbände ebenso antik sind wie das Mobiliar. Die goldenen Lettern auf den Buchrücken verraten mir, dass er ebenfalls dabei ist, seine Lektürekenntnisse auf kontinentaler Ebene zu erweitern: *Henrik Ibsen,* EIN VOLKSFEIND*; Molière,* DON JUAN*; Friedrich Schiller,* DON CARLOS. Es juckt mich geradezu in den Fingern, sie mir zu nehmen und darin zu lesen, aber die langsam trocknende Blutkruste auf meiner Haut erinnert mich daran, weshalb ich gekommen bin. Ebenso wie Robins Blick, als ich mich schließlich zu ihm wende. Diese Wut in seinen Augen. Auch in sie habe ich mich verliebt.

»Was ist passiert?«, fragt er wieder.

»Ich hatte Besuch.« Ohne das Halstuch loszulassen, atme ich einmal tief durch, um mich zu beruhigen. »Was weißt du über Madame Hiver?«

»Die Mätresse des Königs?« Robin runzelt die Stirn. Dabei lässt er den Blick über meinen Körper wandern, als suche er nach weiteren Verletzungen. Offenbar hat er mir kaum zugehört. »Lass mich das ansehen«, fordert er und kommt schon auf mich zu, aber ich packe mein Halstuch nur noch fester.

»Antworte mir, Robin.«

Ungeduldig wedelt er mit der Hand. »Angeblich ist sie das Oberhaupt des Geheimdienstes hier bei Hofe, der sogenannten Seidenblüten. Mein Vater hat mich natürlich vor ihr gewarnt, aber das ist nichts Ungewöhnliches. Ansonsten ist nichts weiter über sie bekannt, außer dass sie ein strikter Gegner der Magda ...«

Er verstummt abrupt. Ich klammere mich weiter an mein Tuch. Verbissen knirscht er mit den Zähnen. Als er fortfährt, klingt seine Stimme bedrohlich tief: »Willst du etwa sagen, sie hat das getan?«

Fast könnte man meinen, es würde ihn erschüttern. Ich muss mir einen entsprechenden Kommentar verkneifen. »Genau das will ich damit sagen. Für dich ist allerdings nur relevant, dass sie das Ganze mit einer Warnung verknüpft hat.« Diesmal will ich sichergehen, dass er mir gut zuhört, also sehe ich ihm fest in die Augen. »Ich soll mich von dir fernhalten.«

Jetzt ist er endgültig verwirrt. »Von mir?«

Ich nicke. »Sie und der Roi haben kurz nach meiner Ankunft hier in Paris nach mir geschickt, um mich auszufragen ... über uns beide.« Mühsam verbanne ich das Zittern aus meiner Stimme.

Der Prinz zieht ungläubig die Augenbrauen hoch. »Nicht dein Ernst.«

»Glaub mir, ich wünschte, es wäre so.«

»Was wollten sie denn wissen?« Immer wieder wandert sein Blick zu meinem Hals.

»Angeblich wollten sie sich versichern, dass dein Angebot einer Brautwerbung wirklich ernst gemeint ist, da du und ich ja ... da wir uns gerade erst getrennt hatten.«

Einen Moment lang sieht er so verlegen aus, dass es einfach nur liebenswert ist. »Aber sie können nicht wissen, warum ich in Wirklichkeit hier bin.«

»Hoffentlich nicht.«

Furcht lässt ihn jünger wirken. Es fällt mir so schwer, jetzt nicht über sein Gesicht zu streichen. Ihn nicht zu küssen. Diesen Mann nicht zu küssen, der seine Angst nie zeigt, auch wenn sie sicher nicht leicht zu ertragen ist. Er senkt den Kopf. »Das ist unmöglich. Es sei denn ...« Langsam hebt er den Kopf wieder und sieht mich an.

»Wenn du damit andeuten willst, dass ich etwas verraten haben könnte, solltest du diesen Gedanken besser nicht laut aussprechen«, fauche ich. »Zumindest nicht, wenn du weiterhin zwei gesunde Arme haben willst.«

Damit habe ich es offenbar endlich geschafft, mir seine volle Aufmerksamkeit zu sichern. Zum ersten Mal, seit er hier ist. Seine Augen funkeln, und ich glaube ein Lächeln auf seinen Lippen zu erahnen. »Gewalt bringt nur noch mehr Gewalt hervor, Rea.«

Ich hole tief Luft. Erinnere mich an die Gasse, seine Lippen auf meiner Haut, *die Frau, in die ich mich verliebt habe.*

»Ja, natürlich«, sage ich. Mein Griff löst sich, und ich lasse langsam das Halstuch sinken. »Sie haben nicht lockergelassen, also habe ich ihnen einen Teil der Wahrheit gesagt, um sie zu überzeugen – dass ich George geküsst habe.«

Sein Lächeln verschwindet schlagartig. »Womit wir die Quelle dieses ganz speziellen Gerüchts aufgetan hätten.«

»Das muss Madame Hiver in Umlauf gebracht haben«, sage ich zähneknirschend.

Robin drückt den Daumen an die Lippen und runzelt die Stirn. »Ich gehe einmal davon aus, dass ihr am Erfolg dieser Brautwerbung gelegen ist«, murmelt er. Dann stimmt er mir also zu. »Mit diesem Gerücht ließe sich die Aufrichtigkeit meiner Werbung unterstreichen, während es gleichzeitig meine Position schwächt. Niemand hat Respekt vor einem Hahnrei. Das würde dem Roi einen klaren Vorteil verschaffen.« Er klingt verbittert.

»Ich habe dir doch erklärt, warum ich es tun musste«, erwidere ich müde, doch er scheint mir gar nicht zuzuhören. »Natürlich ist das Wissen darum, wie sehr der Hof der Farben einen erfolgreichen Abschluss der Brautwerbung anstrebt, äußerst wertvoll. Dadurch wird meine Position mehr gestärkt als geschwächt. Deshalb wird bei diesen Eheanbahnungen auch immer eine Menge Spionage betrieben, weißt du.«

Ich beiße mir auf die Unterlippe. Dabei wollte ich doch nie ein Spion sein. Wollte ihre Spielchen nicht mitspielen. »Ich wollte dich lediglich warnen, mehr nicht.«

»Das ist sehr nett.« Wieder starrt er auf meinen Hals. »Aber ich denke, du hast von Madame Hiver mehr zu befürchten als ich. Nach allem, was du mir gesagt hast, müsste ich in Sicherheit sein, solange ich die Fassade aufrechterhalte. Ihr scheint tatsächlich viel an dieser Brautwerbung zu liegen.«

»Was meinst du, warum ist das so?«

Er zögert. Ohne mir ins Gesicht zu sehen – da sein Blick noch immer auf meinen Hals fixiert ist –, antwortet er schließlich: »Ich weiß es nicht. Aber vielleicht strebt sie eine Verbindung mit England an, weil sie nicht gerade ein Freund der Magdalenen ist.«

Ich schlucke nervös. Der Prinz kommt einen Schritt näher und hebt zögernd die Hand. Mit unerträglich sanfter Stimme sagt er: »Sie muss es wirklich ernst meinen, wenn sie so etwas tut, nur um eine mögliche Konkurrentin zu vertreiben. Wenn ich dir irgendwie helfen kann …«

Seine Fingerspitzen gleiten über meinen Hals. Trotz des feinen Musselins, der seine Hand bedeckt, höre ich das leise Wispern seines Geistes. »Lass mich das verarzten, Rea«, sagt er leise, um dann wesentlich autoritärer hinzuzufügen: »Setz dich.«

Ich schlucke wieder krampfhaft, lasse mich aber auf das weiße Sofa sinken. Dabei packe ich wieder mein Halstuch, um zu verhindern, dass ich Blut auf die Polster schmiere. Erst dann wird mir klar, wie befriedigend das eigentlich wäre. »Wo ist George?«, frage ich und starre auf den Couchtisch. Robin ist ins Badezimmer gegangen, um etwas zu holen.

»Unterwegs, im Hauptquartier der Mousquetaires.«

»Darf er dich denn einfach so allein lassen?«

Er tritt wieder zu mir, weshalb ich seine belustigte Miene sehen kann. »Ich bin zwar ein recht anspruchsvoller Arbeitgeber, aber er ist inzwischen ziemlich stark in die Ermittlungen bezüglich der verschwundenen Vergewaltiger von Gabrielle Ayerault eingebunden. Eine schreckliche Sache. Mein Vater hat mich auch schon vor Gedankenkontrolle gewarnt, davor, zum willenlosen Sklaven eines Mensatoren zu werden. Oder noch Schlimmeres. George scheint ihnen dabei jedenfalls gerne behilflich zu sein.«

Nun steht der Prinz direkt vor mir, in einer Hand eine Porzellanschüssel und ein Waschlappen, in der anderen einen kleinen Verbandskasten. Ihn bei einer so banalen Tätigkeit zu beobachten, lässt mir den Atem stocken.

»Die Untersuchung dauert also noch an?«, will ich wissen. Meine Stimme klingt höher als sonst.

»Ja, wieso?« Er kniet sich vor mich, und ich beuge mich zentimeterweise nach vorn. »Bislang sieht es so aus als wäre niemand dafür verantwortlich, aber es kann gut sein, dass man bei der Untersuchung letztlich doch noch einen Schuldigen auftut, und sei es nur, um meinen Vater zufriedenzustellen. Eigentlich bin ich nicht davon ausgegangen, aber nachdem ich nun weiß, wie stark sich Madame Hiver engagiert ...«

Er taucht den Waschlappen in die Schüssel und tupft damit quälend sanft meinen Hals ab. Dabei konzentriert er sich ganz auf meine Wunde. Aber ich spüre seinen Atem auf meiner Haut. Und seine Berührungen sind so vertraut ... Wenn ich die Augen schließe, kann ich mir vorstellen, wir wären wieder am Weißen Hof, kann mir einbilden, wir wären noch zusammen. Und dass ich ihn noch berühren könnte.

»Ist das nicht riskant?«, frage ich schnell. Der Lappen gleitet über die kleine Senke zwischen meinen Schlüsselbeinen. Dort ist die Haut besonders empfindlich. Ich fange an zu zittern. Sofort hält er inne. Er schließt die Augen, nur für einen kurzen Moment. Dann tupft er mein Dekolleté ab, so weit der Ausschnitt des Kleides es zulässt. Ich halte den Atem an.

»Riskant?«

Er nimmt mein Halstuch und lässt es aufs Sofa fallen. Dann verlagert er sein Gewicht auf beide Knie, um besser an mein Kinn heranzukommen. Mit dem Daumen schiebt er es sanft nach oben. »Wenn ich erst …«, setze ich an, »wenn du erst vergessen hast …«

Plötzlich zuckt seine Hand und streift die Wunde. Zischend sauge ich den Atem ein.

»Verzeihung«, sagt er schnell, bevor er seine Arbeit wieder aufnimmt. »Verzeihung, ich bin abgerutscht. Was wolltest du sagen?«

Ich schlucke schwer, spüre dabei seine Finger an meiner Kehle. Es wird immer schwieriger, Luft zu bekommen. »Wenn du erst vergessen hast, könntest du diese Brautwerbung dann nicht vielleicht in sich als lohnenswert betrachten?«

Noch einmal gleitet der Lappen über mein Schlüsselbein. Und wieder überläuft mich ein heftiger Schauer. Dann lässt er den Waschlappen langsam sinken und setzt sich auf die Fersen. »Der Roi würde Ninon nie gegen ihren Willen verheiraten.«

Damit lässt er den Lappen in die Schüssel fallen. Das Wasser verfärbt sich rot. Mir ist vollkommen schleierhaft, warum hier alle so viel Vertrauen in den Roi haben – einen Mann, der seine Gefühle zum Ausdruck bringt, indem er quengelt, brüllt und mit den Füßen stampft. »Selbst wenn Madame Hiver so sehr daran gelegen ist? Er scheint ja hin und weg von ihr zu sein.«

Robin greift nach dem Verbandskasten. Als er die Wunde

desinfiziert, zucke ich kurz zusammen. »Verzeihung«, sagt er wieder, bevor er mehrere schmale Pflaster auf meinen Hals klebt. Er drückt sie kurz an, sodass ich bei jedem Atemzug seine Finger an meiner Kehle spüre. »Jetzt sieht es schon besser aus«, stellt er fest und legt die Hände auf die Knie. »Was nicht weiter überraschend ist, immerhin habe ich es gemacht.«

Der Witz kommt so unvermittelt, dass ich automatisch anfange zu lachen. »Eines der vielen Talente Eurer Hoheit, neben der Tätigkeit als Vorhanginspizient und Modeikone?«

Mit einem schmalen Lächeln dreht er sich zum Fenster um und mustert die hellen Vorhänge. »Nun, was sagen Sie dazu, Miss Emris? Im Vergleich zu denen zu Hause?«

Ich lege die Stirn in grüblerische Falten. »Der Stoff weist eine leicht unebenmäßige Textur auf. Leinen. Die Webart lässt einen gewissen Lichteinfall zu, was eine Atmosphäre der Wärme erzeugt. Nein, ich muss sagen, sie finden meine volle Zustimmung.«

»Und wieder scheidet ein kritischer Geist dahin«, klagt er melodramatisch, ohne sich von den Knien zu erheben. »Sie waren in Bezug auf Vorhänge einst von so leidenschaftlicher Härte getrieben, und jetzt finden diese hier einfach so Ihre Zustimmung? Nun, wie gefallen Ihnen denn dann meine Verbandskünste?«

Um die gespielte Nachdenklichkeit nicht zu zerstören, unterdrücke ich mit Mühe ein Grinsen. »Nun ja, Eure Königliche Hoheit, wenn ich ehrlich sein soll ... ich habe Besseres gesehen.«

Er drückt eine Hand aufs Herz. »Sagen Sie das nicht.«

»Es ist nicht Eure Schuld«, räume ich großmütig ein. »Zufällig habe ich eine Zeit lang mit dem besten Arzt des gesamten Mousquetaire-Korps zusammengewohnt.«

Schlagartig verschwindet das Lächeln aus seinem Gesicht. »Tatsächlich.«

Er steht auf und räumt den Verbandskasten wieder ein. Ich vergrabe das Gesicht in den Händen, gestatte mir diesen kurzen Moment.

Dann greife ich nach der Schüssel mit dem Waschlappen, um ihm beim Aufräumen zu helfen. Erst als ich den Lappen auswringe, bemerke ich, aus welchem Material er besteht.

Es ist Seide.

Ich sehe auf. Robin ist im Badezimmer verschwunden. Weich und kühl liegt der blaue Stoff in meiner Hand, blutiges Wasser tropft über mein Handgelenk. Hastig lasse ich den Lappen wieder in die Schüssel fallen und gehe, bevor er zurückkommt.

Das Halstuch wieder sorgfältig umgelegt, kehre ich in Ninons Gemächer zurück. Noch immer spüre ich seine Finger an meinem Hals, sehe sein lächelndes Gesicht vor mir. Habe seine Scherze im Ohr. Oh Maria, er konnte immer so lustig sein. Konnte küssen … konnte lieben.

Als ich in den Korridor einbiege, der zu Ninons Salon führt, höre ich laute Stimmen. Sie kommen aus ihren Gemächern. Vor der Tür stehen vier Mousquetaires, die so tun als wären sie taub. Kommentarlos werde ich durchgelassen.

»… m'habiller comme ça!«

»Il te faut, Ninon!«

»Il te faut de fermer ta gueule, Henri!«

Ninon und der Roi halten überrascht inne, als ich hereinkomme. Bei ihrem Tempo habe ich natürlich kein einziges Wort verstanden. Sie stehen an Ninons geschlossenem Flügel, auf dem jemand ein Kleid ausgebreitet hat.

»Verzeiht die Störung«, sage ich schnell, werde aber sofort vom Roi unterbrochen: »Sie stören nicht, da es nichts gibt, wobei man stören könnte. Ich mache mir Sorgen um dich, Ninon. Ohne dich *schaffe* ich das alles nicht. Also, hier ist das Kleid. Du wirst es tragen. Ende der Diskussion.«

Er schlägt mit seinem Spazierstock auf den Flügel, schnaubt noch einmal empört und drängt sich dann an mir vorbei. Mit einem lauten Knall wirft er die Tür hinter sich zu.

Ninon faucht frustriert – ein solches Geräusch habe ich von ihr noch nie gehört. Mit einer heftigen Bewegung fegt sie das Kleid vom Flügel.

»Was ist los?« Ich gehe zu ihr hinüber, aber sie reißt abwehrend die Hände hoch. Sofort bleibe ich stehen. Ninon senkt den Kopf, stößt ein zittriges Lachen aus. »Im Moment willst du nicht einmal in die Nähe meines Geistes kommen, Rea, glaub mir. Sonst würdest du nämlich mit ansehen, wie ich in meiner Vorstellung meinen Bruder ermorde, was du wiederum den Mousquetaires melden müsstest. Und es würde dem Comte das Herz brechen, mich zu verhaften. Deshalb sollten wir das aus Rücksicht auf ihn besser sein lassen.«

»Natürlich«, sage ich betroffen. »Alles, was du willst.«

Das Schnauben, das Ninon nun ausstößt, klingt ganz ähnlich wie das ihres Bruders. Sie stützt sich schwer mit beiden Armen auf den Flügel. Ihre Finger streichen vorsichtig über den Lack. »Wenigstens einer, der mich wie eine Prinzessin behandelt.«

Ich gehe hinüber und greife nach dem Kleid. Es ist nicht weniger elegant als das, was sie sonst immer trägt, vielleicht sogar noch feiner. Wenn Róisín Carter, meine ehemalige Chefin in der Schneiderei, sehen könnte, wie ich eine derart edle Robe in Händen halte, würde sie platzen vor Neid. Das Kleid ist weiß und so hoch geschlossen, dass der komplette Hals bedeckt ist. Die zentralen Stellen an Mieder und Rock bestehen aus grober Spitze, sodass die Haut an Brustbein und Hüfte durchschimmert, jedoch leicht verschleiert durch mehrere Lagen Chiffon, die wie verspielte Vorhänge über den grobmaschigen Stoff fallen. Auf den ersten Blick bemerke ich nichts Ungewöhnliches. Dann gibt Ninon mir einen Tipp: »Die Ärmel.« Ich hebe einen der beiden an und entfalte ihn zu seiner ganzen Länge, und jetzt begreife ich: Das sind nicht bloß Ärmel. An den Säumen sind Handschuhe angenäht.

Zaghaft sehe ich Ninon an. »Es ist doch nur ein Abend …«

»Ein Abend, ja. Aber die Fotos bleiben ewig«, erwidert sie trocken. »Hast du in letzter Zeit mal eine Bildersuche mit meinem Namen gemacht?«

Noch einmal mustere ich die angenähten Handschuhe. Es fällt mir schwer, das zu begreifen. Außerdem spüre ich, wie die Kreatur an meinen Fingerspitzen knabbert. »Wieso?«

»Mein lieber Bruder sorgt sich um mein Wohlergehen. Er will verhindern, dass ich zur Zielscheibe werde.«

Vorsichtig lege ich das Kleid über eine Sessellehne. Ein Teil von mir wird wohl immer Schneiderin bleiben. »Bist du denn eine?«

Ninon seufzt schwer. »Laut den Ermittlungen der Mousquetaires wollte dieser Mann mich tatsächlich deshalb erschießen, weil ich im Beisein des Prinzen meine Handschuhe ausgezogen habe. Außerdem besteht Grund zu der Annahme, dass er kein Einzeltäter war, sondern Teil eines Netzwerkes.«

Sie beugt sich so weit vor, dass sie die Stirn auf die Unterarme drücken kann. Ich gehe zu ihr hinüber und lege ihr den Arm um die Schultern, sodass ich ihre Haut berühre. Unsere Geister verschmelzen. Nein, sie stellt sich nicht vor, wie sie ihren Bruder ermordet. *Si seulement j'avais le courage … Wenn ich nur den Mut dazu hätte …*

»Aber eigentlich ist es doch nur gut, dass er sich um deine Sicherheit sorgt«, sage ich in dem Versuch, etwas Positives an dem Ganzen zu sehen.

»Oh, bitte, Rea. Sogar *dein* Bruder sorgt sich um meine Sicherheit, und der würde niemals von mir verlangen, so etwas anzuziehen.«

»Es ist doch nur *ein* Abend«, betone ich noch einmal.

»Ein Abend, an dem Tausende von *visionnaires* mich sehen und denken werden, dass eine Prinzessin eben doch nie so sein kann wie sie.«

Okay, jetzt hat sie mich mit meinen eigenen Waffen geschlagen. *Wenn ich nur den Mut dazu hätte …* Immer und immer wieder quält sie sich selbst mit diesem Gedanken. Ich kann sie einfach nicht so leiden sehen. Ich muss sie irgendwie trösten. »Ninon … dein Bruder macht sich doch nur Sorgen um dich.«

»Ja, mein Bruder vielleicht. Aber nicht mein Bruder hat dieses ganz spezielle Kleid für mich ausgesucht, sondern seine reizende Gespielin.«

Madame Hiver. Schon wieder. »Trotzdem bin ich mir sicher, dass er dich nicht dazu zwingen würde, wenn er die Wahrheit wüsste.«

Sie sieht mich an, ringt sich sogar ein Lächeln ab. »Du bist so lie …«

Als sie plötzlich verstummt, sehe ich sie fragend an. Erst hebt sie den Kopf, dann richtet sie sich ruckartig auf. »Im Namen aller freien Gedanken, Rea! Was ist passiert?«

Ich sehe mich selbst durch ihre Augen: Hose, Bluse, Halstuch … das verrutscht ist. Die Pflaster an meiner Kehle. Schnell will ich sie wieder verstecken, aber Ninon hält mein Handgelenk fest. »Das hat jetzt doch wohl keinen Sinn mehr, oder, Süße?«

Sobald sie mich berührt, steigen die Erinnerungen in mir auf: Madame Hiver mit dem Foto in der Hand, ihr Dolch an meiner Kehle, ihre Stimme dicht an meinem Ohr. Ich konzentriere mich mit aller Kraft darauf, um Ninon klarzumachen, dass sie daran teilhaben kann.

Ihr stockt der Atem, und ihre Finger schließen sich noch fester um mein Handgelenk. Offenbar untersucht sie meine Erinnerungen extrem gründlich. Also schließe ich die Augen und suche nach

dem goldenen Licht in ihr, stemme mich gegen den klebrigen Nebel, der sich wieder einmal in ihrem Geist ausgebreitet hat. Genauso gut könnte ich gegen den Nebel in London ankämpfen.
Wann?
Laut und klar hallt ihre Frage durch meine Gedanken. Ich rufe eine andere Erinnerung auf: den Rückweg von der Pressekonferenz, das Rauschen der Dusche im verschlossenen Badezimmer.
Ich war hier?! Noch einmal verstärkt sich ihr Griff. *Dass sie das wagt, direkt vor meiner Nase …*

»Es ist doch nicht deine Schuld«, protestiere ich, aber Ninon reißt sich bereits von mir los. Im selben Augenblick wird die Verbindung zwischen uns unterbrochen. »Doch, ist es. Ich hätte dich beschützen müssen.«

»Ich kann sehr gut auf mich selbst aufpassen«, wehre ich mich, aber sie lacht nur.

»Natürlich kannst du das. Ich hingegen bin darin wesentlich weniger bewandert.«

»Wie meinst du das?« Ich will nach ihrer Hand greifen, aber sie lässt es nicht zu.

»Rea … an diesen Gedanken willst du vielleicht nicht teilhaben.«

Ungläubig starre ich sie an. »Ich glaube nicht, dass du zu solchen Gedanken überhaupt fähig bist.«

»Hör mir zu, Liebes. Ich weiß, dass du mich für stark hältst. Und wenn du das auch weiterhin glauben willst, solltest du dich jetzt zurückhalten.«

»Ninon.« Langsam bekomme ich wirklich Angst. »Was soll das heißen? Was hat sie dir angetan?«

Ninon schließt die Augen. Dann streckt sie die Hand aus, ohne mich zu berühren. »Die Frage ist vielmehr: Was habe ich mir von ihr antun lassen?«

Zögernd sehe ich sie an. Dann lege ich meine Hand in ihre. Ninon kennt sich mit Erinnerungen aus. Ich sehe zu, wie sie eine aus ihrem Bewusstsein heraussucht, ein strahlend helles Licht, in dem schmierige Nebelfetzen hängen. Sie fängt an, das Licht zu formen. Es ist beeindruckend. Wie einen feinen Faden schlingt sie die Erinnerung um meinen Geist, kreuz und quer, wieder und wieder, bis ich mittendrin stehe, ihre Erinnerung sehe, höre, ein Teil davon werde.

Ich finde mich im selben Zimmer wieder, in Ninons Salon. Allerdings fehlen einige Bücher, und die Möbel stehen anders – der Flügel mitten im Raum, der Schreibtisch drüben am Fenster. Ninon sitzt am Flügel und spielt ein berührendes Stück. Sie sieht jünger aus, nur wenig älter, als ich es heute bin, würde ich sagen. Ihre Haare sind kurz. Das gefällt mir. Ich bin Ninon. Ich sitze am Flügel. Es fühlt sich an wie einer dieser Träume, in denen man weiß, dass man jemand anders ist und gleichzeitig doch auch man selbst.

Als ich Hände auf meinen Schultern spüre, sehe ich auf. Ninon sieht auf. Wir hören auf zu spielen.

Eine lächelnde Maske beugt sich über uns.

»Wundervoll«, sagt Madame Hiver. Dann lehnt sie sich so weit nach vorne, dass sie in unser Ohr flüstern kann: »Sie haben so viele Talente, Madame la Duchesse. Welch eine Schande, dass Sie sie vor der Welt verbergen.«

Unsere Schultern spannen sich an. Eine Locke streift unseren Hals. »Ich kann Ihnen nur zustimmen: Es ist wahrlich empörend, dass man mich noch nicht zur Solistin des Philharmonieorchesters gemacht hat. Aber an ein geringeres Publikum werde ich mein Talent nun einmal nicht verschwenden.«

Ein leises Lachen. »Damit waren nicht Ihre musikalischen Talente gemeint, Madame la Duchesse.«

»Nun ja, mein kulinarisches Talent wird es kaum sein«,

erwidern wir scherzhaft. Ich bewundere Ninon dafür, dass sie es lachend abtun kann, während sie innerlich zittert. »Sonst müsste ich Ihnen bei Gelegenheit mal eine Ratatouille kochen, um Sie vom Gegenteil zu überzeugen.«

Madame Hiver lässt die Hände über unsere Oberarme gleiten. Ganz sanft, fast wie eine Liebkosung. »Dann sind Sie also nicht bereit, sich dazu zu bekennen?«

»Zu meinen miserablen Kochkünsten? Überaus bereit, glauben Sie mir. Aber als Gesprächsthema wäre das doch eher reizlos.«

Die Hände halten inne. »Bekennen Sie sich dazu, Gräfin.« In Madame Hivers Tonfall ist nun keine Spur von Heiterkeit mehr zu finden. Sie verstellt sich nicht mehr. »Leugnen Sie es nicht.«

Wir drehen uns um und schütteln ihre Hände ab. »Ich habe keine Ahnung, worauf Sie sich beziehen, Madame, aber Ihr Ton missfällt mir.«

Ihre Lippen verziehen sich zu einem Lächeln, dann umfasst sie unsere Wangen und zieht uns zu sich heran, bis ihre Lippen fast unser Ohrläppchen streifen. Mit der Intimität eines Liebhabers haucht sie: »Sie sind eine *visionnaire*, Erlauchte Gräfin. Und wenn Sie nicht wollen, dass die Welt erfährt, was die Schwester von Monsieur le Roi und die CEO von M3RLıN in Wahrheit ist, sollten Sie dafür sorgen, dass wir beide von nun an gute Freundinnen sind.«

Ninon ... Ich will ihren Namen rufen, werde aber von ihrer Stimme unterbrochen, die aus dem hellen Licht hallt, aus dem die Erinnerung gewoben wurde. *Das war noch nicht alles.* Und schon verändert sich der Raum um mich herum. Jetzt sieht er wieder so aus, wie ich ihn kenne, allerdings türmen sich auf dem Schreibtisch noch Akten, Bücher und Tablets. Der Flügel steht in der Ecke, und Ninon sieht so aus wie zu der Zeit, als wir uns kennenlernten, mit langen, kunstvoll frisierten Haaren.

Sie trägt einen grauen, in der Taille gerafften Cashmerepullover und graue Pluderhosen, geschlitzt vom Oberschenkel bis zu den Knöcheln. Vor dem Fenster geht der Herbst gerade in den Winter über. Die Dämmerung senkt sich über die Palastgärten, braune Blätter fallen, dicke Regentropfen klatschen gegen die Scheiben. »Das werde ich nicht tun.«

Wir starren in das maskierte Gesicht. Madame Hiver steht mit dem Rücken zum Fenster, dramatisch eingerahmt von dem aufziehenden Sturm. »Warum denn nicht? Für die CEO von M3RL1N sollte das doch kein Problem darstellen.«

»Es wäre überhaupt kein Problem. Aber was haben Sie mit diesem Mädchen vor, wenn ich es erst mal gefunden habe?«

»Das geht allein mich etwas an.«

»Wohl kaum, wenn Sie mich zu Ihrer Komplizin machen.«

»Oh, aber Erlauchte Gräfin, so etwas würde ich doch niemals tun. Ich bitte Sie lediglich um einen Gefallen. Als gute *Freundin.*«

Ich muss den Namen auf dem Zettel in unserer Hand nicht sehen, um zu wissen, dass es meiner ist. Die Erinnerung löst sich auf.

Der Raum verändert sich wieder, das Licht wird heller. Einen Moment lang bin ich verwirrt, weil ich plötzlich an einer anderen Stelle stehe. Und weil ich keinen Zettel mehr in der Hand halte. Ninon lässt mich los, meine Finger sind nun ebenso leer wie mein Geist.

»Wie jetzt?«, frage ich wenig eloquent.

Ninon ringt sich ein Lächeln ab. »Hast du dich nie gefragt, warum wir ausgerechnet dich ausgesucht haben? Unter all den als Männern verkleideten Frauen, die in Londons verborgenen Boxhallen in den Ring steigen?«

»Ich dachte … Ich …« Doch die Wahrheit ist, dass ich mir diese Frage tatsächlich nie gestellt habe. Ninon stützt sich wieder auf den Flügel und streicht vorsichtig über die Delle, die der Spazierstock des Roi hinterlassen hat.

»Kurz nach Madame Hivers Forderung erhielt ich eine Anfrage des Weißen Hofes, nach einem Undercover-Bodyguard für den Kronprinzen Ausschau zu halten. Da M3RL1N zu jener Zeit bereits andere … Anfragen des Hofes bearbeitete, war es logisch, dass sie damit zu uns kamen. Sie suchten nach einer jungen Frau mit Nahkampferfahrung, die noch nie öffentlich in Erscheinung getreten war.« Sie sieht mich an. »Zu diesem Zeitpunkt hatte ich dich natürlich bereits aufgespürt. Und ich war unsagbar erleichtert, als mir klar wurde, dass du diesen Anforderungen voll und ganz entsprachst. Wenn der Weiße König dich in seine Dienste nähme, gäbe es für Madame Hiver keinerlei Möglichkeit, an dich heranzukommen. Deshalb kam ich nach London.« Plötzlich wirkt sie wahnsinnig müde. »Natürlich kannte ich dich da noch nicht, aber ich musste mit dem Schlimmsten rechnen. Genauer gesagt befürchtete ich bereits, du könntest eine *visionnaire* sein.« Immer wieder streicht sie über den gesprungenen Lack. »Wobei mir natürlich auch klar war, dass ich dich in eine unmögliche Lage bringen würde, falls sich dieser Verdacht bestätigte. Aber mein Geheimnis musste gewahrt bleiben. Deshalb tat ich es trotzdem. Du siehst also: Hier steht eine echte Heldin vor dir.«

»Ninon …« Oh, diese Frau. Die stärkste Frau, die ich kenne. Hätte ich es nicht in ihren eigenen Erinnerungen gesehen, hätte ich es nicht geglaubt. »Sie hat dich erpresst. Ich gebe dir keinerlei Schuld …«

»Wieso nicht?« Sie schlägt mit der flachen Hand auf den Flügel und sieht zu mir hoch. »Wieso nicht? Es *ist* meine Schuld.«

»Was hättest du denn tun sollen?«, halte ich dagegen. Ruckartig richtet sie sich auf und lässt fahrig die Hände über den Flügel gleiten. Dann packt sie ihr eigenes Handgelenk und zwingt sich, die Hände vor dem Körper zu halten. »Die Wahrheit sagen. Ich hätte die Wahrheit sagen sollen.«

Sie geht zu dem Kleid hinüber und streicht über einen der Ärmel.

»Warum verschweigen wir die Wahrheit, Rea?«

»Hör mir zu, Ninon.« Ich gehe zu ihr und umschließe ihre Hände mit meinen. Graue Schlieren wabern durch ihren strahlenden Geist. Ihre Gedanken sind düster. »Wir werden sie aufhalten.«

Wie? Wie kann man eine solche Frau aufhalten? Drohen können wir ihr nicht, sie steht unter dem Schutz meines Bruders.

»Auch sie muss Geheimnisse haben«, beharre ich. »Und wenn wir die finden, haben wir sie in der Hand.«

»Meinst du denn, das hätte ich nicht längst versucht? Sie ist ein vollkommen unbeschriebenes Blatt. Als wäre sie vor neun Jahren einfach aus dem Nichts aufgetaucht.«

»Da hattest du nur deine Algorithmen. Aber jetzt hast du mich.« Vielsagend drücke ich ihre Hände, bis sie mich ansieht. In ihrer Miene blitzt etwas auf, das so gar nicht zu ihr passt – Verletzlichkeit. Ich ziehe sie an mich. »Vor mir kann niemand Geheimnisse haben«, flüstere ich. Ninon lacht unsicher. Dann vergräbt sie die Finger in meinen Haaren, bis sie meine Kopfhaut berührt. *Dass dieser Albtraum doch noch ein Ende haben soll ... Spiritus apertus, man könnte endlich wieder frei atmen. Wieder leben.*

»Wir werden dafür sorgen, dass sie verschwindet«, verspreche ich ihr. »Und dann bist du wieder sicher.«

Aber Rea ... »Aber Rea ...« Sie löst sich von mir. »Laufen wir damit nicht direkt in ihre Falle? Immerhin hat sie mich gebeten, *dich* ausfindig zu machen.«

Eine Tatsache, die uns zum Vorteil gereichen könnte. »Was meinst du, warum hat sie das getan?«

»Ich weiß es nicht.« Ninon legt mir eine Hand auf den Arm. »Zumindest wusste ich es nicht, bis ich das hier gesehen habe.« Sie zeichnet den Umriss meiner Feuerseide unter der Kleidung mit den Fingern nach.

Ich will ihre Überlegung automatisch als Unsinn abtun, aber selbst jetzt beginnt meine Haut zu kribbeln, wenn ich an das Feuer denke, das der Prinz und ich in meinem Geist entfacht haben. Das mächtige, unbezwingbare Feuer. »Ein Erbstück, nichts weiter. Nur eine Geschichte, das hast du selbst gesagt.«

»Und trotzdem ist es dir gelungen, den König zu bezwingen«, wendet sie mit einem durchdringenden Blick ein. »Wie in der alten Legende. Selbst wenn nicht mehr dahintersteckt, Rea: Auch Legenden bergen Macht in sich – solange die Menschen daran glauben. Ein Band aus Feuerseide, getragen von einer Frau, die bewirken kann, was du bewirkt hast ... Wer weiß, wer sich dir nicht alles anschließen würde?«

»Aber es weiß niemand, dass ich dieses Band habe«, widerspreche ich ihr. Das ist die Wahrheit. Liam ist der Einzige, der es je gesehen hat. »Und niemand weiß, was ich getan habe.«

Ninon legt ihre Stirn an meine. *Dann muss es etwas anderes sein. Aber aus welchem Grund auch immer – sie ist hinter dir her. Und ich will dich nicht in Gefahr bringen. Nicht noch einmal.*

Ich schließe die Augen. Mir fällt wieder ein, dass ich Madame Hiver ursprünglich für eine Megäre hielt, für eine Magdalena. Nicht sehr wahrscheinlich ... aber was, wenn doch? Was, wenn ich in ihre Falle tappe? Wenn sie meine Gedanken lesen, mich manipulieren, mein Bewusstsein kontrollieren kann ...

Entschlossen umfasse ich mit beiden Händen Ninons Gesicht. Was ist das alles im Vergleich zu Ninons Qualen? Zu all den Drohungen? »Wir könnten das zu unserem Vorteil nutzen. Wenn sie etwas von mir will, lässt sie mich vielleicht an sich heran. Und vielleicht macht sie dann einen Fehler.«

Das ist ... »Das ist zu gefährlich!« *Viel zu gefährlich!*
Lächelnd trete ich einen Schritt zurück. »Nicht, wenn wir ein gutes Team dazu holen.«

»Ihr habt komplett den Verstand verloren.«
Niemand hätte das so trocken zusammenfassen können wie der Comte.
Wir sitzen an Renés Küchentisch. Ninon hat darauf bestanden, unterwegs noch Kuchen zu besorgen. Ich war zu froh darüber, dass sie langsam wieder die Alte wurde, um sie darauf hinzuweisen, dass dies vielleicht nicht der richtige Zeitpunkt dafür wäre. Dann tat ich es doch, woraufhin sie mir erklärte, dass es keinerlei Rechtfertigung dafür gäbe, sich den Mœulleux au chocolat aus der Pâtisserie am Ende der Rue Cardinal Lemoine entgehen zu lassen. »Wenn morgen die Welt untergehen sollte«, fügte sie voller Dramatik hinzu, »würdest du mich genau dort finden, denn dann könnte ich glücklich sterben.«
Deshalb stehen nun fünf warme Schokoladenküchlein vor uns auf dem Tisch. Sie schmelzen bereits, aber bisher hat niemand seinen Kuchen angerührt. Außer Ninon natürlich, die gerade vollkommen gelassen den ersten Bissen nimmt. »Du hast uns trotzdem lieb.«
Der Comte schnaubt empört. Er sitzt gegenüber von mir, Blanc neben mir. Nur René hat sich nicht zu uns gesetzt, sondern lehnt am Rahmen der Schlafzimmertür.
»Wie sieht euer Plan überhaupt aus?«, fragt Blanc und lehnt sich weiter nach vorne.
»Wir müssen herausfinden, was Madame Hiver vorhat«, erkläre ich. »Sobald wir ihre Pläne kennen, können Ninon und ich sie alles vergessen lassen, was sie über uns weiß, damit sie uns in Zukunft in Frieden lässt.«
»Bei eurem letzten Versuch, die Erinnerungen eines anderen

zu löschen, habt ihr den Prinzen dazu gebraucht«, wendet Blanc ein.

»So weit kommt es vielleicht gar nicht«, erwidere ich ausweichend. »Ich muss mir ihren Geist zuerst bloß einmal ansehen. Und das schaffe ich, solange ich nur nahe genug an sie herankomme.«

»Was Sie wie genau bewerkstelligen wollen?«, hakt der Comte nach. »Falls Sie sie in eine Ecke drängen, wird sie Sie entweder mit ihrem Dolch erledigen oder die Wachen rufen und Sie verhaften lassen.«

»Deshalb muss es in aller Öffentlichkeit passieren«, schaltet sich Ninon ein. »Dafür bieten sich in nächster Zeit einige Gelegenheiten, etwa der Theaterbesuch oder der Große Ball.«

»Un bal blanc«, murmelt Blanc, und Ninon nickt. Das Konzept dahinter hat sie mir bereits erklärt: ein Ball, an dem nur Frauen teilnehmen. Zwar wird der anstehende Ball kein wirklicher Weißer Ball sein, aber es wird einen *danse blanche* geben, also einen Weißen Tanz, bei dem Frauen mit Frauen tanzen. Genau um Mitternacht. Eine wahrhaft einmalige Gelegenheit.

Der Comte schüttelt den Kopf. »Was ihr da vorschlagt, ist illegal.«

»Doch dein Zögern hat noch einen anderen Grund«, sagt René, der sich bisher noch gar nicht geäußert hat. Er sieht den Comte durchdringend an.

Alle anderen finden plötzlich den Fußboden extrem spannend und mustern ihn mit höchster Konzentration.

»Habe ich was verpasst?«, frage ich vorsichtig.

Ganz langsam streift der Comte seinen rechten Handschuh ab und legt die Hand flach auf den Tisch. »Der Ring, an dem Sie bei unserer Begegnung in London so interessiert waren, Miss Emris, gehörte früher meiner Verlobten.«

Mein Blick schießt zu René, aber der wirkt vollkommen ungerührt. Blanc allerdings nicht. Seine Miene hat sich verfinstert.

»Ich wusste gar nicht, dass Sie einmal die Absicht hatten zu heiraten, Comte.«

»Es ist bereits einige Jahre her. Unglücklicherweise erinnere ich mich selbst nicht mehr genau daran.«

»Pardon?«, wundere ich mich, werde jedoch gleichzeitig von einem unguten Gefühl gepackt. Der Comte schluckt schwer, antwortet aber nicht. Das übernimmt stattdessen Ninon.

»Die Verlobung des Comte währte sehr kurz. Ich war zu jener Zeit nicht in der Stadt und bin der Dame deshalb damals nicht begegnet. In der Woche vor der geplanten Hochzeit wurde der Comte eines Morgens wach und musste feststellen, dass jemand in sein Stadthaus eingebrochen war. Seine Verlobte lag blutend neben ihm, er selbst war bei einem Kampf verletzt worden. Sein Erinnerungsvermögen war manipuliert worden. Anscheinend hatten sich in der Nacht Einbrecher Zugang zum Haus verschafft, und der Comte und seine Verlobte waren wohl aufgewacht und hatten ihre Gesichter gesehen. Daraufhin wilderten die Einbrecher so brutal in ihren Erinnerungen, dass sie nicht nur das Aussehen der Kriminellen vergaßen, sondern sich auch kaum mehr an ihre Verlobungszeit erinnern konnten. Noch dazu fügten sie der Verlobten schwere Schnitte im Gesicht zu, die zu entstellenden Narben führten. Unter diesen Umständen sah sich die Frau nicht mehr in der Lage, den Comte zu heiraten.«

Ich schlucke schwer. Plötzlich habe ich wieder lebhaft vor Augen, wie ich die Erinnerungen des Königs verbrannt und Mister Galahads Bewusstsein in einen Feuersturm verwandelt habe. »Wir würden nur das auslöschen, was unvermeidlich ist. Nur das Wissen, mit dem sie Ninon erpresst.«

»Natürlich«, nickt der Comte. »Trotzdem sollte nicht unerwähnt bleiben, um wen genau es sich bei meiner Verlobten handelte. Und dass ich derjenige war, der sie bei Hofe einführte, wo sie die Aufmerksamkeit des Königs erregte.«

Nun weiß ich, wen er meint. »Madame Hiver«, stelle ich fest und presse für einen Moment die Lider aufeinander. Ich wünschte, mir würde jemand widersprechen. Wenigstens kann ich jetzt ansatzweise verstehen, woher ihr Hass auf Magdalenen kommt.

»Mit anderen Worten«, fährt der Comte ernst fort, »verlangt ihr von mir die Erlaubnis zu – nein, die Beteiligung an – einer illegalen Operation, die sich gegen die Gespielin des Königs richtet. Gegen meine ehemalige Verlobte. Unter Einsatz eurer speziellen Fähigkeiten, während gerade gegen die Mousquetaires ermittelt wird wegen angeblicher Bevorzugung von Magdalenen. Und das, nachdem diese Frau schon einmal durch solche Fähigkeiten verletzt wurde.«

Eine Zeit lang herrscht drückendes Schweigen. Dann sagt Blanc: »Könnte lustig werden.«

Der Comte zieht wortlos eine Augenbraue hoch, aber Blanc grinst ihn breit an. »Was denn? Komm schon, du kannst mir nicht weismachen, dass es nicht auch für dich einen gewissen Reiz hat. Die Spannung und so …«

»Du bist das taktloseste Individuum, dem ich je begegnet bin.«

»Und genau deswegen liebst du mich so.«

Nun kann sich der Comte ein Lächeln nicht länger verkneifen, das aber schnell wieder verblasst. Übertrieben förmlich stellt er fest: »Der Capitaine würde etwas Derartiges niemals sanktionieren.«

Blancs Grinsen erlischt ebenfalls. »Der Capitaine muss ja nichts davon erfahren, oder, *Lieutenant?*«

Der Comte sieht zu René hinüber. Nach kurzem Zögern sagt er: »Nein. Nein, muss er nicht.«

René mustert erst den Comte, dann uns. »Ja. Natürlich, das könnte funktionieren. Ohne dass sie etwas davon erfahren würde, könntet ihr hinter ihre Machenschaften kommen und ihre Erinnerungen so manipulieren, wie es euch nützt. Ihr würdet dabei euer Seelenheil, eure Entlassung und eine Gefängnisstrafe riskieren, aber es könnte funktionieren.«

Nun ruht sein Blick auf Ninon und mir. »Oder ihr könntet einfach den Mund aufmachen und euch dazu bekennen. Der ganzen Welt sagen, was ihr seid, und ihr damit auf einen Schlag all ihre Macht nehmen. Einfach so.« Er schnippt mit den Fingern.

Ich schlucke schwer. Wenn ich der Welt verrate, was ich bin, ist der Prinz ruiniert.

»René«, erwidert Ninon leise. »Ich habe Verpflichtungen, die über mein persönliches Wohl hinausgehen.«

»Ganz genau«, nickt er, bevor er sich zu Blanc und dem Comte umdreht. »Et vous, mes chers amis …« Er unterbricht sich kurz. »Ihr könntet den beiden sagen, wie verrückt es ist, wegen eines solchen Geheimnisses sein Leben zu riskieren.«

»Soll das etwa heißen, dass du uns nicht helfen wirst?«, fragt Blanc scharf.

René schließt für einen Moment die Augen. »Ich würde euch auch helfen, wenn es mich das Leben kosten würde, du treuloser Narr.« Mit diesen Worten schnappt er sich sein Cape und geht.

Ninon lässt die Gabel sinken. Blanc starrt auf die Wohnungstür. »Putain.« Er schiebt seinen Stuhl zurück, aber der Comte legt ihm warnend die Hand auf den Arm.

»Ich denke nicht, dass er dich jetzt sehen möchte.«

»Dich aber auch nicht.«

»Mich auch nicht, so viel steht fest«, gibt der Comte mit brechender Stimme zu. Hastig wendet er das Gesicht ab. Blanc greift nach seiner Hand.

Ich stehe auf. »Lasst mich gehen.«

Während ich mein Cape umlege, sagt der Comte leise: »Wenn ich raten müsste – der Friedhof an der Ecke, rechts die Straße runter.«

Draußen regnet es, feine Tröpfchen legen sich auf meine Kapuze. Der Comte hatte recht, René steht nicht vor der Tür. Dort sitzt nur eine graue Katze, gut geschützt auf einem Fensterbrett. Mit einem leisen Zungenschnalzen gehe ich zu ihr hinüber. Wachsam lässt sie sich von mir streicheln. Ihr Geist ist so ganz anders als meiner. *Halte den Kreis immer offen.* Ihre Art der Geruchswahrnehmung wird in meinem Bewusstsein in Form bunter Farbspuren in der Luft wiedergegeben. Und offenbar hat gerade jemand den Innenhof verlassen und sich dann nach rechts gewandt.

Ich trete auf die Straße hinaus und drehe mich nach rechts, bis ich das kleine Kirchlein mit dem bescheidenen Friedhof entdecke, geschützt von einer niedrigen Mauer und dichten Büschen. Als ich näher herankomme, stoße ich an der Seite der Mauer auf ein eisernes Tor, hinter dem sich ein schlichter Garten mit ordentlich aufgereihten Beeten ausbreitet. Damals in den Staaten hatte mein Vater einen Gemüsegarten, weshalb ich einige der Pflanzen wiedererkenne: Lauch, Steckrüben, Kohl. Eingebettet zwischen den alten Steinen und Büschen, gut verborgen vor neugierigen Blicken, hat dieses Fleckchen etwas Magisches an sich.

Zumindest bis ich das Tor öffne und es ein schrilles Quietschen von sich gibt. René, der ganz hinten bei den Beeten steht, dreht sich um. »Laissez-moi tranquille si vous voulez pas vous battre en duel, putain de mer …«

Als er mich erkennt, verstummt er abrupt. Er hält irgendetwas hinter dem Rücken versteckt. »Oh«, sagt er schlicht. Ich kann ihm ansehen, wie krampfhaft er sich bemüht, sich seine Wut nicht anmerken zu lassen, seine Erschöpfung. Seine Ratlosigkeit. Wie er versucht, die für ihn so typische Herzlichkeit aufzubringen, sein charmantes Lächeln aufzusetzen, und es doch nicht schafft. »Mistkerle.«

Nun hebt er die Hand, die er hinter dem Rücken verborgen gehalten hat. Zwischen seinen Fingern steckt eine Zigarette. Erst jetzt sehe ich, dass er nicht sein eigenes Cape mitgenommen hat, sondern das des Comte. Er nimmt einen tiefen Zug. »Ziemlich schlau von ihnen, dich vorzuschicken, das muss ich zugeben. Sie wissen genau, dass ich dich nie zum Teufel jagen würde. Für so etwas kennen wir uns noch nicht lange genug.«

Da er mir rein technisch gesehen nicht gesagt hat, ich solle verschwinden, gehe ich langsam auf ihn zu. »Sie haben mich nicht geschickt.«

»Und woher wusstest du dann, wo du mich finden würdest?«, fragt er und registriert genau, wie ich rot werde.

»Könnte sein, dass der Comte da so etwas erwähnt hat«, gebe ich zu. »Außerdem lebt bei euch im Hof eine ziemlich aufmerksame Katze.«

Während er wieder an seiner Zigarette zieht, trete ich zu ihm. In der freien Hand hält er eine kleine Blechkiste, in die er die Asche fallen lässt. »Ich gebe dir jetzt einen guten Rat, Rea: Verliebe dich niemals in deine besten Freunde. Denn dann hast du niemanden mehr, zu dem du gehen kannst, wenn dir ihre beschissenen Gesichter mal zum Hals raushängen.«

Mir entgeht nicht, dass er den Plural verwendet. Das erklärt natürlich auch seine Reaktion, als er Blanc und mich zusammen erwischt hat. Ich weiß gar nicht, wo ich anfangen soll.

»Und wie steht es mit meinem Gesicht? Ist das noch erträglich?«

Er mustert mich von der Seite. An seinen Schläfen entdecke ich erste graue Strähnen. »Es ist ein bezauberndes Gesicht, aber ich bin mir nicht sicher, ob ich es jetzt gerade sehen möchte.«

Ich hole tief Luft. Die Missbilligung eines solchen Mannes zu spüren tut körperlich weh. »Du bist wütend, weil ich nicht zu dem stehe, was ich bin.«

Er antwortet nicht, sondern zieht nur wieder an der Zigarette. Starrt wortlos auf die Pflanzen zu unseren Füßen. Dann schließt er die Augen und senkt den Kopf.

»Nein, bin ich nicht.«

»Doch, bist du.«

René lacht gequält auf und fragt kopfschüttelnd: »Wer von uns ist denn hier der Maltor, Mademoiselle? Ja, gut, vielleicht bin ich tatsächlich wütend. Allerdings nicht wirklich auf dich.«

Er bietet mir eine Zigarette an, die ich ablehne. »Auf wen denn dann?«

Mit ruckartigen Bewegungen steckt er sein Zigarettenetui ein. Dann fährt er sich mit der freien Hand durchs Gesicht. »Auf die Welt. Auf all jene, die nichts Besseres in sich haben als Hass und diesen Hass verbreiten, weil sie sich vor allem fürchten, was anders ist als sie. Nur weil sie ihren Geist nicht mal ansatzweise öffnen können.«

Nun beugt er sich zu einer Rübenpflanze hinunter und streicht über die dunklen Blätter. Prüft die Erde und lockert sie mit den Fingern auf. »Und natürlich bin ich deshalb auch wütend auf Ninon, weil es von so großer Bedeutung wäre, wenn sie ihnen allen zeigen würde, wie untragbar das ist. Und auf Olivier, der immer einen Grund hat, warum er nicht zu mir stehen kann, der aber auch wissen sollte, dass selbst mein Verständnis nicht grenzenlos ist.« Im ersten Moment ist mir nicht klar, wer Olivier ist. Dann begreife ich, dass auch der Comte einen Namen haben muss. »Und ja, ich bin auch wütend auf dich«, fährt René fort, »weil mir vollkommen schleierhaft ist, wie du nicht sehen kannst, in welch katastrophale Richtung sich die Dinge entwickeln. Und dass nichts zu tun fast genauso schlimm ist, wie den Hass zu schüren. Insbesondere für eine Feuerschwester.«

Ich will schon protestieren, als er plötzlich innehält. »Und natürlich gibt es auch noch einen anderen Grund dafür, dass ich ein bisschen wütend auf dich bin«, fügt er leise hinzu. »Aber das ist nicht deine Schuld.«

Ich hocke mich neben ihn. Wir sehen uns nicht an, als ich ebenfalls anfange, die Pflanzen zu kontrollieren.

»Blanc«, stelle ich fest.

»Blanc«, bestätigt er. Dann buddelt er weiter, und ich mache mit. Es fühlt sich gut an, etwas zu tun zu haben. Der Regen hat die harte Erde ein wenig aufgeweicht. »Wie funktioniert das eigentlich?«, frage ich René. »Ich dachte immer, du und der Comte ...«

Ich lasse den Satz ausklingen. René seufzt schwer. »Ich habe noch nie verstanden, warum die Liebe nur auf eine Person beschränkt sein sollte.«

Plötzlich sehe ich wieder Blanc und den Comte vor mir, kämpfend im Hof, blutverschmiert, wie sie sich gegenseitig in die tiefsten Abgründe ihrer Seele blicken lassen. Und René, der lauthals lachend über sie herfällt. Licht und Dunkelheit. Ja, das ergibt Sinn. »Was sagt der Comte dazu?«

Wieder seufzt er. »Dir ist vielleicht aufgefallen, dass er kein Freund großer Worte ist. Aber ich denke, er empfindet dasselbe wie ich.«

Ich muss schlucken. Diesmal habe ich wirklich keine Ahnung, was ich sagen soll. »Hör mal, ich ...«

Er legt sanft seine Hand auf meine. Sofort strömt sein Geist in mein Bewusstsein, weich und mühelos wie warmes Wasser. »Es ist nicht deine Schuld. Er will nicht mit uns zusammen sein.«

»Wieso nicht?« *Immerhin denkt er immer nur an euch, wenn wir uns küssen.*

René verschränkt unsere Finger miteinander. Verspielt und zart fließen unsere Geister ineinander. »Nun, zum einen glaubt er nicht, dass Olivier dieselben Gefühle für ihn hat wie ich. Er kann es sich einfach nicht vorstellen, was ich ihm nicht zum Vorwurf mache. Olivier ist nicht gerade freimütig. Außerdem denke ich, dass Blanc mein Licht mehr fürchtet als Oliviers Dunkelheit. Aber es steckt noch mehr dahinter. Liebe ist nicht nur ein Gefühl, sie ist auch eine Entscheidung. Man muss sich bewusst dazu entschließen, mit einem anderen Menschen zusammen zu sein. Und das nicht nur einmal, sondern immer wieder aufs Neue, so lange die Beziehung andauert.«

»Aber warum sollte er nicht mit euch zusammen sein wollen?«

René drückt meine Hand. *Comment expliquer?* »Rea ... Ich weiß genau, was du in diesem Moment empfindest, kenne jede noch so kleine Gefühlsnuance: Du bist ratlos, wütend, hast Angst. Du bist verliebt, obwohl dein Herz in Stücke gerissen wurde. Und am liebsten würdest du jemanden schlagen.«

Fast hätte ich ihm meine Hand entrissen, kann mich aber im letzten Moment zurückhalten. René lächelt müde. *Siehst du? Ist es nicht verständlich, wenn jemand sich davor fürchtet, einen solchen Grad an Intimität zuzulassen? Nie wieder etwas geheim halten zu können? Jemanden zu haben, der all deine Gefühle kennt? Die schönen, aber eben auch die hässlichen. Und das ausgerechnet mit einem Menschen, von dem man sowieso der Meinung ist, man könne niemals gut genug für ihn sein. Das muss unvorstellbar furchteinflößend sein.*

Mein Herz rast. Meine Gedanken sind nicht mehr allein bei Blanc. »Du glaubst, er fürchtet sich davor?«

Renés Lächeln verrät mir, dass er erkannt hat, in welche Richtung sich meine Gefühle verschoben haben. »Es erfordert Mut, um einen *visionnaire* zu lieben, Rea.«

Plötzlich ist meine Kehle wie ausgetrocknet. Ich drücke Renés Hand. »Ich kenne niemanden, der mehr Mut hätte als Blanc.«

Er erwidert den Druck, bevor er meine Hand loslässt. »Das

mag sein. Ihr werdet jedenfalls eine Menge davon brauchen, wenn ihr euch mit Madame Hiver anlegen wollt.«

Fahrig streiche ich über den rauen Stoff meines Capes. »Ich kann sie bezwingen.«

»Mit der Unterstützung des Prinzen.«

Das tut weh. »Vielleicht auch ohne ihn.«

»Vielleicht«, betont René. »Vielleicht aber auch nicht. Du wirst ihn um Hilfe bitten müssen.« Er verzieht das Gesicht und drückt seine Zigarette aus. »Maria Magdalena, das hätte ich nicht tun sollen. Ich habe doch aufgehört.«

Er hilft mir hoch, umfasst sanft meine Oberarme und sieht mir in die Augen. »Bitte, Rea. Eines muss dir klar sein. Wenn Madame Hiver herausfindet, was ihr vorhabt, wird es so aussehen, als hätte eine Bande von Magdalenen es auf eine Frau abgesehen, die schon einmal schwer gelitten hat. Was ihr da vorschlagt, ist illegal und absolut unethisch. Ihre Verfehlungen sind keine Rechtfertigung für eure. Wenn dein Leben in Gefahr ist, werde ich jederzeit für dich in den Kampf ziehen, aber bis dahin … Bitte überlege es dir noch einmal. Das könnte übel nach hinten losgehen.«

Ich nicke, denke aber gleichzeitig: *Es gibt keine andere Möglichkeit.*

Nein, es gibt keine.

Kapitel 9

Bei unserer nächsten Begegnung reagiert Madame Hiver in keinster Weise auf meine fortgesetzte Anwesenheit. Nur ihre Hand verschwindet kurz zwischen den Falten ihres Kleides. Ich bin froh, dass ich inzwischen ein Messer im Stiefel versteckt habe.

Wir befinden uns in dem Studierzimmer, in dem wir uns vorgestellt wurden, und besprechen den angesetzten Theaterbesuch – unsere erste Gelegenheit, Madame zu stellen, ohne dass sie mir dabei die Kehle aufschlitzen kann. Der Roi räkelt sich in einem der Sessel am Kamin. Madame Hiver hat eine Hand auf seine Lehne gestützt, sich aber Ninon, dem Prinzen, dem Capitaine, dem Comte, Mister Galahad und mir zugewandt.

»Ihr habt doch ein recht merkwürdiges Stück gewählt, Eure Königliche Hoheit«, sagt sie gerade.

»Wenn Sie mit merkwürdig langweilig meinen, muss ich Ihnen zustimmen, Madame«, beschwert sich der Roi. »Shakespeare? Muss es denn immer Shakespeare sein?«

Der Prinz neigt höflich den Kopf. »Natürlich möchte ich Euch zu nichts zwingen, Majestät. Aber es ist eine seltene Gelegenheit für mich, ein Stück dieses in meinem Land so hochverehrten Poeten auf der Bühne bewundern zu können, und noch dazu in seiner Muttersprache. Ich wüsste es wirklich zu schätzen, wenn ich sie wahrnehmen könnte.«

»Ja, ja, Ihr sollt Eure Gelegenheit bekommen«, erwidert der Roi ungeduldig. »Solange ich nicht mitkommen muss.«

»Dann sollte ich ebenfalls fernbleiben«, beschließt Madame Hiver. Ich werfe Robin einen kurzen Blick zu, der zum Glück gerade in meine Richtung schaut. Als er meine Miene bemerkt, runzelt er irritiert die Stirn, was sich jedoch sofort legt, als er begreift, was ich von ihm will. »Aber Majestät, sicherlich wollt Ihr Euch und Madame nicht um ein solches Erlebnis bringen? Es ist eine Gastspieltruppe. So bald werden sie sicherlich nicht wieder in Paris auftreten.«

»Aha.« Der Roi dehnt das kleine Wort so weit wie es irgend geht. Anscheinend will er damit seine Zweifel daran ausdrücken, dass ein Gastspiel überhaupt etwas an sich haben könnte, das zu verpassen bedauerlich wäre.

Möglichst dezent ramme ich dem Prinzen den Ellbogen in die Rippen. Er geht daraufhin zu Madame Hiver und verbeugt sich vor ihr. »Bitte gestatten Sie mir, Sie von den Qualitäten meines liebsten Dramatikers zu überzeugen, Madame. Ich garantiere Ihnen, dass es ein unterhaltsamer Abend werden wird.«

»Natürlich wäre es von Vorteil, wenn ein Vertreter des Hofes der Farben anwesend wäre, um die Brautwerbung zu überwachen«, fügt der Comte hinzu. Der Capitaine sieht ihn verwirrt an, aber der Comte nickt lediglich Mister Galahad zu. »Nichts für ungut.«

Mister Galahad deutet einen Devotionsknicks an. »Aber nicht doch, Lieutenant. Sie haben vollkommen recht.«

»Seine Majestät und Sie würden dem Neuen Hause Tudor damit eine große Ehre erweisen, Madame«, fügt der Prinz hinzu.

Madame Hiver erwidert zunächst nichts. Dann dreht sie sich zum König um und sagt: »Ich denke, Eure Majestät, uns bleibt keine andere Wahl.«

Der Roi legt den Kopf in den Nacken und sieht zu ihr auf. »Müssen wir wirklich, mon trésor? Ich habe keine Lust dazu. Danach werde ich mindestens einen Monat lang schlechte Laune haben.«

Madame Hivers Mundwinkel zucken, als müsste sie ein Lächeln unterdrücken. Ihre Maske ist makellos glatt. Wie wohl die Narben darunter aussehen?

»Seid versichert, ich werde alles in meiner Macht Stehende tun, um die Laune Eurer Majestät wieder zu verbessern.«

Daraufhin greift der Roi nach ihrer Hand und bedeckt sie mit Küssen – ein wenig zu leidenschaftlich für meinen Geschmack. »Madame!«

Als er uns entlässt, geht Ninon als Erste zur Tür. Anscheinend legt sie keinen besonderen Wert darauf zuzusehen, wie ihr Bruder irgendwelche Hände abschleckt. Sobald wir draußen auf dem Gang stehen, bittet der Capitaine Mister Galahad, den Comte und mich, ihn zu begleiten, damit wir die nötigen Sicherheitsmaßnahmen besprechen können. Doch als ich mich der Gruppe anschließen will, hält mich eine seidenweiche Stimme zurück: »Auf ein Wort, Miss Emris.«

Robin wirkt vollkommen unverbindlich, als ich mit ihm davongehe. Er führt mich durch mehrere Räume, bis er sich offenbar rein zufällig für einen Salon entscheidet, der seinen Ansprüchen genügt. Nachdem er die Verbindungstüren zu den angrenzenden Zimmern geöffnet und sich vergewissert hat, dass diese leer sind, geht er sogar so weit, die bunten Vorhänge vollständig zu öffnen, bevor er sich mir zuwendet. Ich muss mir ein Grinsen verkneifen, was mir jedoch anscheinend nicht ganz gelingt. Als er es sieht, runzelt er die Stirn. »Was finden Sie denn so amüsant, Miss Emris?«

»Mir war nie bewusst, dass Vorhänge ein so beliebtes Versteck abgeben.«

Er läuft rot an und starrt zu Boden. »Oh doch, das wusstest du.«

Erst jetzt fällt mir wieder ein, wie er mich am Weißen Hof einmal in einen Alkoven gezerrt hat. Die Erinnerung an seine

Lippen, die meinen Hals entlangglitten, bis ich zitterte, lässt mir die Schamesröte ins Gesicht steigen. Er räuspert sich. »Also, was sollte das Ganze?«

Ich bin mir nicht sicher, inwieweit ich ihn einweihen soll. Alles, was wir geplant haben, ist hochgradig illegal. Andererseits werde ich früher oder später vermutlich seine Hilfe brauchen. »Das betrifft dich nicht. Noch nicht.«

»Ach nein?« Seine Gereiztheit ist so offensichtlich, dass ich nun doch wieder fast grinse.

Ich gebe nicht nach. Er ist sowieso viel zu ungeduldig, um ein Wettstarren zu gewinnen.

»Rea, wenn du einen Plan geschmiedet hast, durch den sich verhindern lässt, dass Madame Hiver dir etwas antut, bin ich voll und ganz auf deiner Seite.«

»Wie überaus ritterlich von dir«, erwidere ich trocken. Offenbar färbt der Comte langsam auf mich ab.

»Ich wollte dir lediglich meine Hilfe anbieten.« Wie immer verkriecht er sich hinter seiner Arroganz.

»Mit seinen Wünschen sollte man vorsichtig sein«, murmele ich.

»Was soll das jetzt wieder heißen?«

Ich sehe ihn offen an. »Dass ich vielleicht tatsächlich deine Hilfe brauchen werde, was dir dann allerdings nicht gefallen dürfte.«

Er verengt die Augen. Dann zieht er einen Handschuh aus und umfasst meine Finger. Sobald er sie berührt, spüre ich seine weißen Seidenstränge in meinem Geist, weich und gleichzeitig fest. Sie knistern leise, sind mit roten Spritzern übersät. Für einen Moment schließe ich die Augen und genieße dieses berauschende Gefühl. Diese Kraft. Ich weiß, dass ich sie in lodernde Flammen verwandeln könnte, wenn ich es wollte. *Du willst ihr Bewusstsein manipulieren.*

»Eventuell«, flüstere ich. »Erst mal muss ich nur nahe genug an sie herankommen, um herauszufinden, was für ein Spiel sie spielt. Und ob ich sie allein bezwingen kann.«

Er lässt mich los, doch ich glaube, noch immer seine Finger auf meiner Haut zu spüren. »Sag Bescheid, wenn ich dir helfen kann.«

Überrascht ziehe ich die Augenbrauen hoch und drücke ihm noch einmal meinen Ellbogen in die Rippen. »Ich dachte, das hätte ich getan.«

Damit erwische ich ihn so unvorbereitet, dass er laut auflacht. »Und sehr subtil, wenn ich das sagen darf.«

»Ich werde daran arbeiten.« Kopfschüttelnd trete ich einen Schritt zurück. So viel Lachen ist nicht gut. Es tut zu weh, wenn dann der Moment kommt, in dem klar wird, dass wir nie wieder gemeinsam so lachen werden. Kurz überlege ich, ob ich ihn anschreien soll. Ihm alles an den Kopf werfen soll, was ich bisher runtergeschluckt habe: wie grausam er zu mir ist. Wie unverzeihlich sein Verhalten meinem Bruder gegenüber war. Dass er nur aus einem falschen Verantwortungsgefühl heraus einfach alles wegwirft, was wir hatten. Und wie weh es tut, dass er überhaupt nicht an mich denkt. Doch stattdessen entscheide ich mich für eine vollkommen ungefährliche Frage. Denn wenn ich ihm all das entgegenschleudere, werde ich hinterher ein Häufchen Elend sein, während er vollkommen unbeschadet daraus hervorgeht – wie immer. »Du hast dir wirklich ein seltsames Stück ausgesucht, Robin. Warum ausgerechnet das?«

Als ich gesehen habe, was für einen Theaterbesuch er geplant hat, hat das meinen Puls für einen Moment in die Höhe getrieben: die Schauspieltruppe, die wir zusammen in den Heiligen Höfen gesehen haben und die er mit ihrer Inszenierung von Shakespeares *Wie es Euch gefällt* auf Tournee geschickt hat. Sie nennen sich *Die Verbannten*.

Robin zuckt nur mit den Schultern, aber sein Gesicht ist noch immer gerötet. »Ich dachte, das würde dir gefallen. Immerhin hattest du nie Gelegenheit, die zweite Hälfte zu sehen.«

Ich hole tief Luft. »Ich wünschte, du würdest das lassen.«

Das verwirrt ihn offenbar. »Was lassen?«

»Nett zu sein. Sodass ich dich vermisse.«

Er will etwas erwidern, klappt dann aber wortlos den Mund zu. Mit einer steifen Verbeugung sagt er: »Verzeihung. Das lässt sich nun nicht mehr ändern.«

Oh, Maria. Ich verbeuge mich ebenfalls, dann wende ich mich ab. Als ich bereits an der Tür bin, hält er mich noch einmal zurück. »Meine Mutter wird nach dem Großen Ball hier eintreffen.«

Ich drehe mich zu ihm um. Er drückt an seinem Daumen herum und hat Mühe, mir ins Gesicht zu sehen. »Ich würde vorschlagen, dass wir es am Tag ihrer Ankunft erledigen, nachdem Ninon und ich unsere Einschätzung der Brautwerbung vorgenommen und sie für gescheitert erklärt haben.«

Andere zu verletzen ist doch wirklich eine solch einfache Angelegenheit.

Ich kehre in Ninons Gemächer zurück und berichte ihr von der geplanten Anreise der Königin. Sie will mich in den Arm nehmen, aber ich wehre sie mit einem Lächeln ab. »Wir haben Wichtigeres zu tun«, behaupte ich, als wir uns auf ihr weißes Canapé setzen.

Auf dem Couchtisch steht eine Platte mit Trüffelpralinen. »Aus Brüssel«, erklärt Ninon, während sie mir welche anbietet und die Beine anzieht. Sie ist barfuß, und ihr Morgenmantel ist nicht zugebunden. Ich entscheide mich für weiße Schokolade, und Ninon fährt fort: »Das haben wir allerdings. Dein Bruder hat mir eine Nachricht geschickt.«

Mir fällt fast die Praline aus dem Mund, weil ich so hastig zu ihr herumfahre. »Ich versuche schon seit Tagen, ihn zu erreichen!«

Wortlos schiebt mir Ninon ihr Handy hin. Ich greife danach und lese die Nachricht:

Chère Madame,
wir organisieren gerade einen Protestmarsch durch Paris, um friedlich für unser Recht auf freie Berührung zu demonstrieren. Es wäre uns ein großes Anliegen, Sie als Schirmherrin für unseren Marsch zu gewinnen. Das würde nicht nur uns eine Menge bedeuten, sondern auch allen, die um ihr Leben fürchten müssen, nur weil sie sind, was sie sind, oder ihrem Herzen folgen wollen. Die Wahrheit müsste gar nicht ans Licht kommen, wir brauchten nur Ihren Namen.
Mögen Sie stets offenen Geistes sein.
Lassen Sie sich nicht ausnutzen, Ninon.
Ohne respektlos erscheinen zu wollen, sende ich Ihnen meine allerherzlichsten Grüsse
LIAM EMRIS

»Warum ist er damit nicht zu mir gekommen?«, frage ich. Meine Kehle schnürt sich zusammen. »Und warum macht er sich derart zur Zielscheibe, wenn ich ihn doch gebeten habe, einfach nur die Füße stillzuhalten?«

»Auf mich wirkt es so, als wären seine Füße nicht sonderlich begeistert von der Vorstellung stillzuhalten.«

»Das ist nicht witzig, Ninon!«

»Glaubst du denn, ich fände das witzig? Mit einer so herzerwärmenden Bitte geehrt zu werden und darauf zu reagieren, indem ich mich in diesem *Ding*«, sie zeigt angewidert auf das Kleid mit den angenähten Handschuhen, das über ihrem Stuhl hängt, »im Theater zeige?«

»Du musst es nicht anziehen«, gebe ich zu bedenken.

»Ich *weiß*«, erwidert sie frustriert. »Aber ich habe Angst.« Krampfhaft schlingt sie die Finger um ihren Fuß. »Ich habe wirklich gedacht, dieser Mann würde mich erschießen, Rea. Ich habe gedacht, er würde abdrücken, und alles wäre vorbei.«

Die Knöchel an ihrer Hand treten weiß unter der Haut hervor. »Wir haben nur einmal die Chance, auf dieser Seite des Schwarzen Loches zu stehen. Nur eine Gelegenheit, nur einen Geist, um die Welt zu erfahren. Welch ein Geschenk. Ein Geschenk, das uns so schnell entrissen werden kann. Ich war starr vor Angst. Wenn René mir nicht geholfen hätte, hätte ich wohl keinen Muskel rühren können.« Immer fester und fester drückt sie zu. »Ist das alles, was mich ausmacht? Nackte Angst?«

»Nein, hör mir zu.« Beschwichtigend lege ich meine Hand auf ihre. Lautlos schiebt sich die Kreatur unter dem Canapé hervor und leckt über unsere Knöchel. »Dir wird nichts passieren. Ich bin bei dir. Und ich bin wirklich, wirklich gut in meinem Job.« Nass und rau gleitet die Zunge der Kreatur über meine Hand. Am liebsten hätte ich sie abgeschüttelt. *Es ist nicht real.*

Ninon ringt sich ein Lächeln ab. »Ja, das bist du.«

Eine Zeit lang starrt sie mit leerem Blick vor sich hin und spielt mit dem Anhänger an ihrer Kette, dem geöffneten Kreis. Dann drückt sie meine Hand. »Spiritus apertus«, seufzt sie. »Sieh mich nur an, was bin ich wieder am Jammern. Lass uns etwas Nützliches tun und ein Kleid für dich suchen, ja? Etwas, worin die arme Madame Hiver dir hilflos ausgeliefert ist.« Mit einem mühsamen Lächeln stellt sie fest: »Das arme Ding. Sie wird das Unheil gar nicht kommen sehen.«

Ein Theaterbesuch in Paris ist etwas vollkommen anderes als in London. Zunächst einmal liegt das Theater nicht in irgendeinem schäbigen, verrufenen Viertel. Die Verbannten treten im Théâtre de l'Odéon auf, das sich mitten im Nobelviertel Capucine befindet, direkt am luxuriösen Boulevard Saint-Germain. Ich betrete es heute zum ersten Mal, und es ist das schönste Theater, das ich je gesehen habe: ein altes Gebäude aus unverrückbarem Stein, mit einer großen Bühne und weichen Polsterstühlen im Zuschauerraum. Jede Reihe ist bunt wie ein Regenbogen, von Rot bis Violett. Und oben auf der Galerie setzt sich das Muster fort. Wände und Teppiche sind in bordeauxrotem Samt gehalten. Wir sitzen in der ersten Reihe, mit Ninon in der Mitte, dem Prinzen rechts von ihr und mir zu ihrer Linken. Neben dem Prinzen sitzen der Roi und Madame Hiver, daneben Mister Galahad und der Capitaine. Einmal meine ich zu sehen, wie Madames Ellbogen den von Mister Galahad streift. Zu meiner Linken sitzt der Comte, als Verstärkung für Ninons Sicherheitsmannschaft. René und Blanc haben sich in der Reihe hinter uns platziert, neben ihnen einige andere Mousquetaires. Vor unserer Ankunft wurde das Theater durchsucht und alles überprüft. Trotzdem bin ich angespannt, und der Comte offenbar ebenso. Obwohl wir vermutlich unterschiedliche Gründe dafür haben. Oder auch nicht. Vielleicht überlegt er auch die ganze Zeit, wie ich es schaffen soll, Madame Hiver zu berühren. Sie trägt ein bodenlanges Seidenkleid mit geblümtem Tüll, dazu ein langes Samtcape mit weitem Kragen und Gladiéhandschuhe aus demselben Material. An dem filigranen Diadem in ihrem Haar ist ein transparenter Schleier befestigt, der über ihren Hinterkopf fällt. Ihre Maske bedeckt ihr Gesicht zur Hälfte, und so bleibt kaum eine Stelle übrig, an der eine Berührung möglich wäre.

Ich mustere sie aus dem Augenwinkel und suche nach einer Schwachstelle, nach einem kleinen Fleckchen nackter Haut. Aber mein Blick bleibt immer wieder am Prinzen hängen. Ich bin froh, dass ich nicht näher bei ihm sitzen muss. Das hier weckt auch so schon viel zu viele Erinnerungen.

»Was wärst du denn gerne?«
»Ich bin der Kronprinz.«
»Du hast einen Bruder und eine Schwester. Vielleicht wollen die ja den Titel übernehmen?«

Ich weiß noch, wie lange er geschwiegen hat, damals in dem Theater in den Heiligen Höfen. Und wie er dann plötzlich zugegeben hat:

»Ein Gesetzloser. Als ich klein war, wollte ich immer ein Gesetzloser sein.«

Natürlich hat Robin keine Ahnung davon, wie das Leben eines Gesetzlosen aussieht. Oder das eines Ausgestoßenen. Es war ein Traum, nichts weiter. Aber etwas anderes wollte ich ja auch nicht wissen. Es war alles nur ein Traum, vom ersten Moment an.

Ninon sieht wieder einmal atemberaubend aus. Kurz bevor sie sich umgezogen hat, hat sie noch einmal Liams Nachricht gelesen – als sie dachte, ich würde nicht hinsehen. Dann hat sie sich für ein anderes Kleid entschieden, das ihre Schneiderin ihr in aller Eile kreiert hat: obenrum weit, mit engem Rock, ganz in Weiß, aber mit komplett freiem Rücken. Nur unten am Steißbein prangt eine große Schleife. Myriame kennt nicht nur das Geheimnis ihrer Herrin, sie kann auch Wunder wirken. Als Robin sie in dem Kleid gesehen hat, hat es ihm den Atem verschlagen. Und ich kann es ihm nicht übel nehmen. Mir ging es genauso.

Ninon und ich haben uns, was mich angeht, für ein praktisches Outfit entschieden statt für etwas Glamouröses, und so trage ich wieder einen Einteiler. Ihre Taschenuhr ist mein einziger Schmuck an diesem Abend.

Als die Lichter gedimmt werden und der karmesinrote Vorhang sich hebt, lehne ich mich in meinem Stuhl zurück. Sobald das Stück beginnt, erkenne ich auch die Gesichter und Stimmen der Schauspieler wieder, teilweise sogar die Art, wie sie sich bewegen: den jungen Mann, der sich Fawkes nennt, und die alte Frau, Phoolan Devi. Pankhurst, die wir zusammen mit Fawkes in der Garderobe getroffen haben. Sie sind alle da. Ihre Schminke und ihre Kostüme wirken weniger improvisiert und wesentlich hochwertiger. Als hätten sie endlich genug Zeit und Geld, um in Ruhe in der Garderobe zu sitzen und sich vorzubereiten, ohne ständig auf der Flucht zu sein, und alles Nötige zu kaufen. Jetzt warte ich auf diesen Rausch, in den mich das Theater immer versetzt, auf das Adrenalin und die pure Freude, die mich dabei durchströmen.

Doch er bleibt aus. Jedes noch so kleine Geräusch, jeder laute Atemzug, jedes raschelnde Kleidungsstück – alles lenkt mich ab. Rastlos wandert mein Blick von Madame Hiver zu Robin und wieder zurück. Ich weiß, dass ich nichts tun kann, solange wir hier sitzen. Trotzdem bin ich angespannt. Meine Gedanken kreisen um meine Freunde, meine Verbündeten, meine Feinde. Robin, so nah. *Das lässt sich nun nicht mehr ändern.* Madame Hiver, nur einen Platz weiter. *Sie werden eine Wahl treffen müssen.* Der Comte, der so viel verloren hat. *Weil die Liebe einen nicht freigibt, ohne Wunden zu schlagen.* Ninon, die ihren nackten Rücken präsentiert. *Ist das alles, was mich ausmacht?* Blanc, den ich zur Ablenkung missbraucht habe und der ebenso mich benutzt hat. *Dass ich nicht bekommen kann, was ich will, kann ich ertragen.* René, der es gesagt hat: *Ihre Verfehlungen sind keine Rechtfertigung für eure.* Liam, der nicht hier ist, nicht mit mir sprechen will, nicht auf sich aufpasst. *Auf welcher Seite stehst du?*

Unruhig rutsche ich auf meinem Sitz herum. Ninon legt ihre Hand auf meine. Die Kreatur klettert wimmernd auf meinen Schoß. Sie dürfte eigentlich gar nicht hier sein. Hätte ihre Existenz irgendetwas mit Hautgier oder Geistgier zu tun, wäre sie jetzt nicht hier. Blinzelnd versuche ich, etwas zu sehen, aber sie legt sich über meine Lider. Plötzlich habe ich nur noch weißen

Nebel vor Augen. Krampfhaft klammere ich mich an Ninons Hand. *Es ist wieder da,* denke ich, *was ist das?* Aber sie kann meine Gedanken ja nicht lesen. Sie kann nur meine Hand halten, unsere Finger miteinander verschränken und mir kurze Seitenblicke zuwerfen. Reglos starre ich auf die Bühne. Dann lasse ich den Kopf hängen, schüttele ihn. Ich muss wieder klar sehen. All meine Sinne sind betäubt. Meine Gedanken auch. Fremde Gedanken rasen durch meinen Geist, Gedanken, die ich in mir behalten habe. Gedanken, die ich gestohlen habe. Die Kreatur ist wieder in meinem Kopf. Ich will ein Feuer entzünden, um den Nebel und die Dunkelheit zu vertreiben, schaffe es aber nicht. Meine Hand beginnt zu zucken.

Ninon dreht sich um und flüstert etwas, und im nächsten Moment spüre ich warme Finger in meinem Nacken. Natürlich, René. Er ist in meinem Geist und packt die dunklen Nebelschwaden meines Schmerzes. Der Duft ist wieder da, er beruhigt mich. Er vertreibt die Kreatur. Ich schließe die Augen und überlasse mich ganz diesem Duft, bis ich wieder klar sehen kann. Bis ich wieder Ninons Geist höre, die Stimmen der Schauspieler, die leise Musik. Als ich die Augen öffne, flüstert der Comte neben mir gerade etwas. Wäre das nicht so absolut unmöglich gewesen, hätte ich gesagt, er klingt ängstlich. »*Mon cher.*«

Etwas tropft in meinen Nacken, warm und dickflüssig. Ich kenne dieses Gefühl.

Blut.

Der Comte steht auf, gleichzeitig fahre ich herum. René sitzt hinter mir, er zieht gerade seine Hände zurück. Ihm läuft Blut über das Kinn, ein dünnes Rinnsal, das zwischen seinen Lippen hervorquillt. »Es geht mir gut«, behauptet er, was der Comte jedoch mit einer scharfen Erwiderung auf Französisch quittiert. Ninon übersetzt in ihrem Geist für mich: »Lüg mich nicht an, verdammt.«

Während das Stück auf der Bühne weiterläuft, gehen die beiden hinaus. Blanc stößt einen unterdrückten Fluch aus und folgt ihnen. Noch immer hält Ninon meine Hand. *So etwas passiert, wenn Maltoren sich zu stark verausgaben. Schmerzen können sich nicht einfach in Luft auflösen. Sie müssen irgendwohin. Bei jeder Heilung nimmt der Maltor den Schmerz seines Patienten in sich auf. Aber er wird sich wieder erholen. Ganz bestimmt.* Doch unter dieser Erklärung tost ein wirbelnder Strom von unfertigen Gedanken, vernichtenden Wahrheiten, undefinierbaren Gefühlen. *Qu'est-ce qu'il y – Was, wenn nicht, was, wenn er ... Was mache ich, wenn etwas passiert – wenn ich mich irre – et si – mais quoi – c'est pas ...*

Ich drücke ihre Finger. Ich kann nicht fassen, dass René die ganze Zeit unsere Schmerzen in sich aufgenommen hat. Wie konnte er das nur aushalten? Die Kreatur ist noch da, hat sich aber unter meinem Stuhl zusammengerollt. Ich sehe zu Ninon hinüber. Sie ist nicht die Einzige, die mich beobachtet, auch Robin neben ihr und Madame Hiver haben den Kopf in meine Richtung gedreht. Selbst Mister Galahad reckt den Hals.

Als ich in der Pause aufstehe, zittern mir die Knie. Ninon geht an der Seite des Prinzen hinaus. Irgendwie werde ich das Gefühl nicht los, dass die Leute über ihr Kleid tratschen. Der Prinz ist wie immer tadellos gekleidet, er trägt eine edle mitternachtsblaue Weste unter einem schwarzen Jackett mit hohem Kragen und langer Schleppe. Möglichst vorsichtig, um nicht auf Letztere zu treten, folge ich den beiden nach draußen. Madame Hiver und der Roi gehen Seite an Seite voraus. Mit dem Capitaine und Mister Galahad als Schlusslicht nähert sich unsere merkwürdige Prozession der Bar, die vollständig in Marmor gehalten ist. Eigentlich scheint das gesamte Theater aus weißem Marmor zu bestehen, aufgelockert durch Vorhänge, Stühle und Tische in Gelb, Grün, Blau, Violett und Rot. An der Bar werden diese bunten Drinks serviert, die ich bisher erst einmal gesehen habe, im Avalon in London. Wir bestellen uns alle etwas, nur der Capitaine nicht, der sein Funkgerät gezückt hat und offenbar versucht, Kontakt zu Blanc, René und dem Comte herzustellen. Die übrigen Mousquetaires verteilen sich im Raum. Ich habe ebenfalls ein Funkgerät in der Handtasche.

Sobald der Capitaine sich unserer Gruppe wieder anschließt, beuge ich mich zu ihm. Wir haben seit unserer ersten Begegnung kaum mehr miteinander gesprochen. Irgendwie habe ich nie einen Grund gefunden, um daran etwas zu ändern. »Geht es Ihnen gut?«

»Monsieur le Comte hat alles unter Kontrolle«, antwortet er ausweichend, während er prüfend die Menge mustert. Gereizt spitze ich die Lippen. »Wo sind sie?«

»Wenn ich Ihnen das sage«, erwidert der Capitaine, »wird das nur dazu führen, dass Sie davonrennen, sodass Mister Galahad und ich das hier alleine stemmen müssen. Und offen gesagt bin ich zu alt für diesen Scheiß.«

Mein Blick huscht zu Madame Hiver. Sie hängt am Arm des Roi, hinter dem der Capitaine sich nun postiert. Ich muss sie allein erwischen. Also atme ich tief durch und gehe zum König hinüber. »Eure Majestät, dieses Theater ist einfach atemberaubend! Ein wahres Juwel Eurer Hauptstadt. In London gibt es nichts Vergleichbares, nicht wahr?«

Kokett drehe ich mich zu Robin um. Noch bevor ich überhaupt begriffen habe, dass er mich offenbar beobachtet hat, nähert er sich dem König von der anderen Seite und sagt: »Allerdings nicht, Eure Majestät. Ich muss zugeben, ich bin äußerst beeindruckt.«

Wie erwartet fühlt sich der Roi geschmeichelt. Er errötet sogar ein wenig. »Ja, es ist ziemlich prachtvoll, nicht wahr?«

»Absolut«, versichere ich ihm. »Vor allem diese Galerie mit

den Königsporträts, die ist mir sofort aufgefallen, als wir reingekommen sind. Wirklich einzigartig.« Ich werfe Robin einen vielsagenden Blick zu. »Sagtet Ihr nicht, wie interessant Ihr sie fändet, Königliche Hoheit?«

Der Prinz nickt enthusiastisch. »Majestät, wärt Ihr so freundlich und würdet mir die Ehre erweisen, mir Eure Vorväter zu zeigen? Immerhin könnten sie ja bald auch zu meiner Familie gehören.« Okay, das war brillant, das muss ich zugeben. Und um den Sack endgültig zuzumachen, beugt er sich nun noch vor und flüstert dem Roi verschwörerisch zu: »Das wäre auch eine gute Gelegenheit, um sich mal ohne die Damen zu unterhalten.«

»Nun, wie könnte ich Euch das abschlagen?«, ruft der Roi. »Capitaine, Sie begleiten mich. Mon trésor, sœur, ma chère, wir sehen uns später.«

Ja, wirklich verflucht brillant.

Ich sehe Robin nach, als er mit dem Capitaine, Mister Galahad und dem Roi in einen Korridor einbiegt. Sie bleiben in Sichtweite, sind aber abgelenkt. Schnell stelle ich mich neben Madame Hiver. Jetzt ist keine Zeit für Zögerlichkeiten.

»Miss Emris.« Sie wirkt überrascht. »Geht es Ihnen gut? Sie haben während der Vorstellung etwas … verstört gewirkt.«

»Aber ja.« Möglichst subtil suche ich sie ab. Schwachstellen, Schwachstellen … irgendwo muss doch etwas Haut freiliegen, vielleicht am Handgelenk oder am Oberarm …

»Eigentlich dachte ich, ich hätte mich klar genug ausgedrückt, als ich Ihnen riet, Ihr Glück an einem anderen Ort zu suchen«, fährt sie unbeschwert fort. Natürlich haben mir alle versichert, dass sie mir niemals in aller Öffentlichkeit ihren Dolch in die Brust rammen würde – aber plötzlich bin ich mir da nicht mehr sicher. Immerhin scheinen sich ja auch alle auf die Integrität des Roi zu verlassen. Und das halte ich nun wirklich für eine eklatante Fehleinschätzung.

Ich lehne mich neben Madame an die Bar. Ninon hat sich von uns abgewandt und spricht gerade mit einem Bewunderer. Sie wird von zwei Mousquetaires flankiert. »Na ja, ich finde Paris im Winter einfach so schön. Es hat dann noch einmal einen ganz anderen Charme.«

Wenn ich sie wenigstens dazu bringen könnte, diesen Schleier abzulegen. Oder das Cape. Einen Handschuh. Vielleicht, wenn zufällig mein Drink auf ihrem Kleid landet …

»Dann muss ich meinen Rat wohl noch einmal bekräftigen.« Sie nippt an einem grellroten Getränk. »Glauben Sie mir, er ist durchaus ernst zu nehmen.«

»Und Sie können mir glauben, dass es ebenso ernst zu nehmen ist, dass ich diese Stadt nicht verlassen werde, solange Sie meinen Bruder bedrohen.«

Madame Hiver lacht leise. »Aber ich bedrohe Ihren Bruder doch nicht, Miss Emris.«

»Sie sagten …«

»Ich sagte, Sie sollten ihn in Frieden lassen.« Mit einem kurzen Seitenblick fügt sie hinzu: »Aber ich musste bereits feststellen, dass Sie kein sonderlich aufmerksamer Zuhörer sind.«

Am liebsten würde ich ihr die Maske vom Gesicht reißen. Und sie dann durch meine Faust ersetzen – Magdalena hin oder her. Mit meinem Drink in der Hand schiebe ich mich näher an sie heran. »Nun, reden Sie mit mir, Sie haben meine volle Aufmerksamkeit.«

Wieder huscht dieses undefinierbare Lächeln über ihr Gesicht – traurig, zornig, spöttisch. »Wenn ich mich richtig erinnere, habe ich Ihnen das bereits des Öfteren angeboten.«

»Mich in eine dunkle Gasse zu jagen gilt wohl kaum als Einladung zu einer gepflegten Unterhaltung.« Ich kippe mein Glas. Der Handschuh, den kann man am leichtesten ausziehen.

Und wenn sie nun doch eine Magdalena ist?

Sie dreht sich zu mir um und zieht so ihren Arm aus der Schusslinie. Verdammt, ich habe zu lange gezögert.

»So lautet also Ihre Version der Geschichte?«

Ich höre Stimmen. Der Roi und Robin kommen zurück. Ich unterdrücke einen Fluch und setze eine möglichst aufrichtige Miene auf. »Ich möchte Ihnen nicht im Weg stehen, Madame. Ich verlange nichts weiter von Ihnen, als dass Sie nicht die Menschen bedrohen, die mir am Herzen liegen.«

Abfällig verzieht sie die Lippen. »Ja, ich konnte bereits feststellen, dass dies bei Ihnen oberste Priorität hat.«

»Mon trésor«, ruft der Roi, als er zu uns tritt – oder besser gesagt, sich zwischen uns quetscht. Jetzt komme ich ganz sicher nicht mehr an sie heran. Entgeistigter Roi! »Wussten Sie, dass Seine Königliche Hoheit ein wahrer Historiker ist? Er konnte mir Dinge über dieses Theater erzählen, die nicht einmal ich wusste!«

Robin taucht neben mir auf und neigt bescheiden den Kopf. »Eine meiner Leidenschaften«, erklärt er.

»Höchst unorthodox für einen Sohn des Weißen Königs«, stellt Madame Hiver mit schneidender Stimme fest. Robin zuckt kurz zusammen, doch sein Lächeln entgleist nicht.

»Nach allem, was ich aus Berlin höre, haben mein Bruder und meine Schwester ebenfalls eine Vorliebe für das Theater entwickelt«, erwidert er. »Ich plane einen Besuch bei ihnen, bevor ich nach England zurückkehre – wann auch immer das sein mag. Habt Ihr in letzter Zeit Nachricht vom Neuen Hof erhalten, Majestät?«

Es ist das erste Mal, dass ich ihn über seine Geschwister sprechen höre. Der Roi grinst selbstzufrieden. »Die Kaiserin und ich korrespondieren regelmäßig. Erst vor ein paar Wochen hat sie uns besucht.«

Madame Hiver räuspert sich und fügt hinzu: »Sie hatte nur

Gutes über Eure jüngeren Geschwister zu berichten, Königliche Hoheit. Vor allem von Victoria schien sie ganz angetan zu sein, aber auch William ist in Berlin äußerst beliebt.«

»Das höre ich gerne«, sagt der Prinz liebevoll. Neugierig will ich weiter nach den königlichen Zwillingen fragen, aber da ertönt der Gong.

Während wir zu unseren Plätzen gehen, lässt sich Robin ein Stück zurückfallen, bis er neben mir läuft. »Hat es funktioniert?«, flüstert er.

»Ich hatte nicht genug Zeit.«

Stirnrunzelnd hakt er nach: »Wie wolltest du es denn anstellen?«

»Mein Drink auf ihren Handschuhen.«

Robin gibt etwas von sich, das irgendwo zwischen einem Husten und einem Schnauben anzusiedeln ist. Es dauert einen Moment, bis ich begreife, dass er einen Lachanfall unterdrückt.

»Was ist so komisch?«, frage ich gereizt.

»Nicht gerade subtil, oder?«

»Ich denke, wir haben bereits geklärt, dass Subtilität nicht zu meinen Stärken gehört.«

»Dann lass dir von mir zeigen, wie man so etwas macht«, verkündet er, schiebt sich an mir vorbei und setzt sich auf seinen Platz. Ich gestatte mir einen kleinen Hassanfall.

Soweit ich das sehen kann, macht Robin während der zweiten Hälfte des Stücks keinerlei Anstalten, seine großkotzige Ankündigung in die Tat umzusetzen. Stattdessen sitzt er einfach nur da und lacht. Da ich mir das nicht weiter ansehen will, konzentriere ich mich auf meine Pflichten als Ninons Leibwächterin. Der Comte, René und Blanc sind nicht zurückgekommen. Und der Capitaine spielt die ganze Zeit an seinem Funkgerät herum.

Nach der Vorstellung applaudieren wir, bis unsere Hände brennen. Die Schauspieler treten immer wieder vor den Vorhang und verbeugen sich drei, vier, nein, sechs Mal, doch das Publikum hört einfach nicht auf zu jubeln. Mir gefällt das wahnsinnig gut.

Dann wird es Zeit für die Aftershowparty. Während der zweiten Hälfte sind Bar und Foyer umgebaut worden, sodass wir, als wir den Saal verlassen, in einem verzauberten Wald landen: Goldene Äste mit bunten Seidenblättern bilden den magisch anmutenden Rahmen für eine Band mit gepuderten Perücken und geblümten Jacken, die in der Mitte des Barbereichs spielt. Die Zuschauer verteilen sich fröhlich in allen Ecken. Nur ich nicht. Ich hänge wie ein Schatten an Robin. »Jetzt musst du liefern«, sage ich ihm, nachdem er Mister Galahad losgeschickt hat, um »das Umfeld zu sichern«. Er verzieht kurz das Gesicht, leert seinen Drink und geht zielstrebig auf Madame Hiver zu. Schnell berühre ich Ninon am Arm. »Ich überlasse dich kurz den fähigen Händen des Capitaine, Ninon.«

In ihrem Gesicht blitzt etwas auf, das fast wie Angst aussieht, aber dann nickt sie lächelnd. »Natürlich, Liebes.«

Hastig schiebe ich mich durch die wogende Menge, um Robin nicht aus den Augen zu verlieren. Dabei streife ich Arme, Hände, Geister: *Quel spectacle, was für ein tolles Stück elle est là, il faut juste d'être courageux, pour la patrie – welch eine Truppe, und diese Rosalind, ich – elle est trop belle …* Ich versuche, keinen dieser Gedanken in mich aufzunehmen, denn ich kann jetzt keine Ablenkung gebrauchen. Mein Geist fühlt sich noch immer labil an.

Robin steht auf der Tanzfläche und spricht leise mit einer der Schauspielerinnen. Es ist Pankhurst. Ihre Miene ist ernst. Als er gehen will, scheint sie ihn zurückhalten zu wollen, aber er schüttelt nur den Kopf. Dann gesellt er sich zum Roi und Madame Hiver, die – umgeben von Mousquetaires – am Rand der Tanzfläche stehen. Der Roi sieht so aus, als würde er sehr bald anfangen, mit zuckenden Gliedern seine Vorstellungen zum Thema Tanz zum Besten zu geben. Seine kindliche Freude ist ein gefundenes Fressen für die Fotografen. Sogar Madame Hiver wiegt sich elegant in den Hüften, in einem ganz eigenen Rhythmus, dem eine Art der Begeisterung innewohnt. Das weckt Erinnerungen an meine Eltern, die damals, auf der anderen Seite des Ozeans, hin und wieder in unserem Wohnzimmer miteinander getanzt haben. Plötzlich habe ich einen dicken Kloß im Hals.

»… Besonderes, oder nicht?«, brüllt der Roi Robin gerade zu, um die Musik zu übertönen. »Ich würde sagen, so etwas bekommen Sie nicht oft zu sehen. Zumindest nicht in der Öffentlichkeit.« Kichernd zeigt er auf eine bunt gemischte Gruppe auf der Tanzfläche. Männer und Frauen tanzen dort mit einer solchen Hingabe, dass ihre *manchettes* bei jeder Bewegung miteinander zu verschmelzen scheinen: rot, blau, grün. Einige habe ich auf der Bühne gesehen. Pankhurst und Fawkes reiben ihre Hüften aneinander. Sie trägt ein kleines Schwarzes, er ebenfalls. Dann lachen sie beide laut auf, als eine zweite Frau Pankhurst zu sich heranzieht und sich mit dem ganzen Körper an sie schmiegt. Fawkes drückt inzwischen einem Kollegen einen Kuss auf die Wange, einfach so. Erstaunlich, dass ich bei einem solchen Anblick immer noch erröte.

»Allerdings nicht«, antwortet der Prinz vollkommen gelassen. »Mir ist jedoch nicht entgangen, dass Ihr persönlich es eher zurückhaltend mögt, Majestät.«

»Wie kommt Ihr darauf?«

Robin sieht vielsagend zu Madame Hiver hinüber. »Ich finde es ganz reizend, dass Madames Modegeschmack so überaus britisch geprägt ist«, stellt er fest und neigt anerkennend den Kopf.

Madame Hiver verbeugt sich, allerdings nur langsam. Für eine Sekunde bleibt ihr Blick am König hängen, als wolle sie seine Reaktion abschätzen. »Ich wurde in Eurem Land geboren, Königliche Hoheit.«

»Tatsächlich?« Robin scheint kurz zu zögern, dann streckt er ihr die flache Hand entgegen. Der Siegelring, den er über dem Handschuh trägt, blitzt auf. Madame Hiver rührt sich nicht. Wieder huscht ihr Blick zum Roi, der alles andere als erfreut wirkt. Trotzdem beugt sie sich über Robins Hand und berührt mit den Lippen seinen Ring.

Der Roi schnaubt empört. »Eure Majestät!« Sobald sie sich wieder aufgerichtet hat, wendet Madame Hiver sich ihm zu, aber der Roi zeigt ihr buchstäblich die kalte Schulter. Er kehrt ihr den Rücken zu, verschränkt die Arme vor der Brust und beobachtet die Menschen auf der Tanzfläche.

»Ihr habt mich noch gar nicht zum Tanzen aufgefordert«, stellt sie neckend fest.

»So wie es aussieht, wollt Ihr vermutlich lieber mit dem Kronprinzen tanzen«, beklagt er sich so bockig, dass ich beinahe gelacht hätte. Das kann doch nicht sein Ernst sein. Aber Madame Hiver wirkt plötzlich extrem angespannt. Ihre golden geschminkten Lippen sind fest zusammengepresst. Bei ihrem nächsten Versuch schlägt sie einen anderen Ton an. Fast schon schnurrend sagt sie: »Mon Roi, es wäre mir eine Ehre, Euch das Gegenteil zu beweisen.«

Sie legt ihm eine Hand auf die Schulter, woraufhin er sich ein kleines Stück in ihre Richtung wendet. Schon ziert er sich nicht mehr, schon gibt er nach. Aus dem Augenwinkel sehe ich, wie Robin unauffällig mit der Hand wedelt. Pankhurst löst sich aus der Menge auf der Tanzfläche und geht auf den Roi zu. Ihre Knie zittern, aber ihr Blick ist entschlossen.

»Monsieur le Roi!«, ruft sie. Einer der Mousquetaires hält sie auf und sieht fragend zum König, der Pankhurst aufmerksam mustert: ihr frivoles Make-up, ihr kurzes Kleid, ihre nackten

Schultern. Schließlich nickt er. Der Mousquetaire tastet Pankhurst kurz ab, dann darf sie sich nähern. »Mon roi, quel incroyable honneur que vous avez assisté à notre petit spectacle.« Sie wirft ihm einen koketten Blick zu. Mein Französisch reicht gerade eben aus, um mir zu erschließen, dass sie ihm erklärt hat, welche Ehre seine Anwesenheit doch ist, als sie bereits fortfährt: »Il sera même plus d'un honneur si vous vouliez assister à notre danse.«

Mit angehaltenem Atem verbeugt sie sich und präsentiert dabei ihr Dekolleté. Ihre Wangen haben sich gerötet. Wenn ich nicht völlig danebenliege, hat sie ihn gerade zum Tanzen aufgefordert.

Der Roi grinst selbstzufrieden, anscheinend fühlt er sich geschmeichelt. Madame Hivers Hand schließt sich fester um seinen Arm. Und schon meldet sich Robin wieder zu Wort: »Ach ja«, stellt er abfällig fest, »das entspricht doch eher der französischen Mode.« Fast unhörbar fügt er hinzu: »Flittchen.«

Ruckartig richtet sich der Roi auf und schüttelt Madame Hivers Hand ab. »Nun ja, Monsieur le Prince, welch ein Glück, dass heute Abend für unser beider Geschmäcker etwas dabei ist.« Er streckt Pankhurst eine Hand entgegen, die diese ehrfürchtig ergreift. »Madame«, ruft er über die Schulter, »sollten Sie noch einmal mit mir tanzen wollen, dann nur nach der französischen Mode.« Damit stolziert er mit Pankhurst auf die Tanzfläche, gefolgt von den Mousquetaires, die ihn auch dort im Auge behalten.

Ich sehe, wie Madame angestrengt schluckt. Robin stellt sich neben sie.

»Oh nein«, seufzt er betroffen. Seine Stimme ist weicher, als ich es je gehört habe. »Wie ungeschickt von mir. Ich weiß Ihre Loyalität gegenüber den englischen Sitten wirklich zu schätzen, Madame. Aber wenn ich Ihnen einen Rat geben dürfte – vielleicht wäre es klüger, *die* beim Großen Ball zu Hause zu lassen.« Er zeigt kurz auf ihre Handschuhe, dann schlendert er davon.

Ich folge ihm. Obwohl ich es nur ungern zugebe, bin ich beeindruckt. Dabei will ich absolut nicht von ihm beeindruckt sein.

»Wo lernt man denn so etwas?«, frage ich ihn, sobald wir außer Hörweite sind.

Robin geht gelassen weiter. »James. Er war mein ... Du hast ihn nie kennengelernt.« Wir schlendern noch ein ganzes Stück weiter, bis er plötzlich stehen bleibt. »Maria Magdalena«, flucht er so inbrünstig, dass es mir durch Mark und Bein geht. »Das war widerwärtig.«

»Was denn?«

»Pankhurst so zu benutzen? Madame Hiver so zu beschämen, dass sie ihre Kleiderwahl überdenkt? Such dir etwas aus.«

Gereizt verziehe ich den Mund. »Du hättest es ja nicht tun müssen.«

»Nein.« Er sieht mich an. »Hätte ich nicht.«

Ich hole tief Luft. Obwohl ich es ihm deutlich gesagt habe, tut er es schon wieder. »Hör auf.«

Seine ahnungslose Miene reizt mich nur noch mehr. Er weiß genau, wovon ich spreche. »Aufhören? Womit?«

»Hör auf, mich für dumm zu verkaufen«, fauche ich. Er zuckt erschrocken zusammen und sieht sich um.

»Sei still«, zischt er. Da sehe ich rot.

»Wage es ja nicht, mir den Mund zu verbieten! Ich habe all deine Geheimnisse für mich behalten, all deine Gedanken, ich habe ...«

»Nicht hier«, raunzt er mich an, fährt auf dem Absatz herum und marschiert davon. Ich folge ihm. Zusammen gehen wir in den Bereich hinter der Bühne, wo es nichts als kahle weiße Wände und schmale Türen gibt. Wo es still ist. Nur wir zwei, ohne Ablenkungen. Robin läuft neben mir her. Ich höre das Rascheln seiner Schleppe, spüre seine Wärme neben mir. Als sein Ärmel mich streift, zucke ich zusammen. Er gerät kurz aus dem Tritt. Dann gehen wir schweigend weiter. Mich überkommt der fast zwanghafte Drang, laut zu lachen. Das ist alles so absurd. In England durften wir uns nicht berühren. Hier könnten wir tun und lassen, was wir wollen. Niemals hätte ich mir vorstellen können, wie grausam so etwas sein kann: jemanden berühren zu dürfen, aber nicht erwünscht zu sein.

Wir biegen um eine Ecke, laufen einen Korridor entlang, und dann endlich: die Garderobe, voller Farben, Glitzer und Menschen. Auf einem Regal stapeln sich verschiedene Masken, an der Wand lehnen eine Laute und eine Gitarre, ich entdecke sogar eine Querflöte. Irgendjemand singt aus vollem Hals: »Ein Liebster und sein Mädel schön, mit heißa und ha und juchheißa trala!«

Mitten in dem ganzen Trubel steht Phoolan Devi in einem grellgrünen Petticoat und wischt sich den orangefarbenen Nagellack von den Fingern. Ich würde ihr gerne Hallo sagen, sie in eine Unterhaltung verwickeln, denn ich möchte das anstehende Gespräch mit Robin nicht führen. Aber sie wirft nur einen kurzen Blick auf uns und deutet wortlos auf eine Tür weiter hinten im Gang. Robin nickt knapp und stürmt in den Raum. Sobald ich die Tür hinter uns geschlossen habe, springt er mir ins Gesicht: »Könntest du bitte damit aufhören, im Zusammenhang mit meiner Person irgendwelche Geheimnisse zu erwähnen? Es könnte tödlich enden, wenn die Wahrheit doch noch ans Licht kommt, nur weil du dein Stimmvolumen nicht unter Kontrolle hast!«

»Oh ja, da kann ich ein Lied von singen«, schieße ich zurück. »Und ich habe dich nie um Hilfe gebeten.«

»Aber gebraucht hast du sie ja offensichtlich«, erwidert er hochmütig.

Am liebsten würde ich ihn schlagen. »Ich hätte eine andere Möglichkeit gefunden.«

»Doch das musstest du nicht, weil ich ja da war. Und anstatt mir zu danken, sagst du mir, ich soll aufhören!«

»Du *musst* aufhören.« Oh, Maria. Mir war nicht klar, wie verzweifelt ich klingen kann.

»Womit denn?«

»So zu tun, als würde ich dir etwas bedeuten!« Der Klang meiner Stimme macht mich nur noch wütender. Einfach erbärmlich. »Du darfst nicht länger so tun, als wäre ich dir wichtig. Du darfst nicht länger andeuten, dass du mir eben deshalb helfen willst.«

Kurz sieht es so aus, als wolle er protestieren, aber dann lässt er die Schultern sinken. »Ich weiß. Das war schäbig von mir.« Er fängt an, auf und ab zu gehen, und presst den Daumen an die Lippen. Ich sehe, wie er an der Kuppe nagt. Dann fährt er zu mir herum. In seinen Augen lodert ein gleißendes Feuer. »Das Problem ist allerdings … ich tue nicht nur so.«

Krampfhaft schließe ich die Augen. »Sei still.«

»Lass mich …«

»Nein, ich lasse dich nicht! Wie kannst du von mir verlangen, dass ich mir das anhöre? Wie kannst du von mir verlangen, dass ich mir schon wieder von dir das Herz brechen lasse? Das konntest du dir schon zweimal ansehen. Und du bist nicht so grausam, dass du es ein drittes Mal tun würdest.«

Sein Blick huscht zu meinem Hals. Ich schlucke schwer, und er sieht zu Boden. »Ich dachte, du wärst darüber hinweg. Hättest dich neu orientiert …«

»Das kann nicht dein Ernst sein. Wenn du wirklich glaubst, dass ich der Mensch bin, den Blanc liebt, dann musst du blind sein.«

»Du hast mein Herz auch gebrochen«, sagt er. Das klingt nicht einmal mehr vorwurfsvoll.

»Ich wollte dich nicht belügen«, erwidere ich müde. Mein Funkgerät knackt laut; hat der Capitaine den Comte, René und Blanc also gefunden? Robin kommt auf mich zu. Er sieht mich durchdringend an. »Wie lange hättest du gelogen? Wie lange hättest du gewartet, bis du mir die Wahrheit gesagt hättest?«

»Bis ich hätte sicher sein können, dass du mir nicht den Kopf abschlagen lässt«, erwidere ich bissig.

»So denkst du also über mich?« Ein kleiner Funke der Wut. Genau das will ich. Ich will, dass die Flammen in meinem Inneren alles verzehren. »Aber natürlich, du warst ja in meinem Kopf«, fährt er fort. »Du denkst nicht, du weißt.«

»Dazu musste ich nicht in deinen Kopf eindringen.« Wieder gibt das Funkgerät Geräusche von sich. Sie müssen zurück sein. »So wie du meinen Bruder behandelst, René behandelst, über Magdalenen sprichst?«

»Manche Magdalenen sind gefährlich«, beharrt er. »Denk doch nur an diese junge Frau und was ihr an Silvester zugestoßen ist. Wie sie die Kontrolle über ihren Geist an sich gerissen haben? Dazu sind Mensatoren nun einmal fähig. Sie versklaven unschuldige Menschen.«

»Sie? Oder ich? Wer stellt hier für wen die größere Gefahr dar: ich für dich oder du für mich?«

Als er nicht antwortet, steigt glühende Hitze in mir auf. »Siehst du? Hast du mir denn je Grund gegeben, dich nicht zu fürchten? Selbst hier, selbst jetzt höre ich von dir immer nur dasselbe Lied!«

Er zuckt zusammen, gibt aber nicht nach. »Ich bin der Kronprinz.«

»Oh ja.« Ich trete einen Schritt zurück. »Und deshalb wirst du es auch respektieren, wenn ich dich bitte, einfach gar nichts mehr zu sagen. Wenn ich mich verbeuge und auf die Party zurückkehre.«

»Ich hätte nie gedacht, dass du einmal vor einem Kampf wegläufst«, bringt er zwischen zusammengebissenen Zähnen hervor.

»Nennst du mich etwa feige?« Ich bleibe abrupt stehen. »Das traust du dich? Der Mann, der so viel Unrecht geschehen lässt?«

»Ich kann nicht«, sagt er. »Begreifst du das denn nicht? Ich kann nicht so handeln, wie ich es gern würde! Du ... du ...«

»Ja?« Aus Feuer wird Eis. »Wolltest du gerade wirklich behaupten, ich wäre frei gewesen, so zu handeln, wie ich wollte? Dass in Wahrheit du derjenige bist, den man bemitleiden muss?«

Er presst die Lippen zusammen. »Ich wünsche mir einfach, du würdest es verstehen.«

»*Was* verstehen?«

»Wie das ist!« Er krallt die Finger so heftig ineinander, dass schon der Anblick wehtut. Als könne er sich kaum noch zusammenreißen. »Wenn man ständig die Erwartungen anderer erfüllen muss. Wenn man einer Sache verpflichtet ist, die immer wichtiger ist als die eigenen Wünsche.« Obwohl er krampfhaft um Fassung ringt, sehe ich den Schmerz in seinen Augen. »Ich bin bedeutungslos, Rea. Robin ist bedeutungslos. Einzig und allein der Kronprinz zählt. Was Robin denkt, ist belanglos.«

Es schnürt mir die Kehle zu. »Und was denkt Robin?«

Er zögert, versucht, sich zu beruhigen. Flüstert so leise, dass ich ihn vielleicht nicht höre. »Er denkt an dich.«

Mein Herz beginnt zu rasen. Er kommt einen Schritt auf mich zu, spricht so leise weiter, als wolle er mir ein dunkles Geheimnis anvertrauen. »Jedes Mal, wenn ich dich sehe, will ich dich einfach nur küssen.« Noch ein Schritt. »Will dich in meinen Armen spüren.« Noch leiser. »Will dich festhalten. Will alles vergessen, was seit jener Nacht in der Bibliothek geschehen ist, und einfach so weitermachen, wie es war.«

Ich weiche seinem Blick aus. Hätte ich doch nur nicht gefragt.

»Aber das spielt alles keine Rolle?«

Sein Schweigen dröhnt mir in den Ohren.

»Wenn das alles keine Rolle spielt, warum erzählst du es mir dann?«, will ich wissen. »Warum, im Namen aller freien Gedanken, sagst du mir das?«

»Weil es die Wahrheit ist.«

Jetzt kehrt sie zu mir zurück, die Wut. Weil er es tatsächlich schon wieder tut, mir ein weiteres Mal das Herz bricht. »Seit wann interessierst du dich denn für die Wahrheit? Du kannst die Wahrheit nicht ertragen! Du willst die Wahrheit unbedingt *vergessen!*«

»Meine Mutter und ich halten es für sicherer ...«

»Für sicherer, mich zu vergessen?«

»Für sicherer, auch für dich, ja.«

»Wieso das? Wärst du sonst in Versuchung, mein Geheimnis preiszugeben? Mir doch noch den Kopf abzuschlagen? Oder mich vielleicht auf den Scheiterhaufen zu stellen? Ziemlich mittelalterlich, aber das gäbe ein tolles Spektakel!«

Sein Gesicht verzerrt sich vor Zorn, aber er ist auch blass geworden. »Verstehst du denn nicht, Rea? Genau deswegen muss ich dich vergessen. Weil ich dir nichts bieten könnte. Wie du es auch drehst und wendest, ich könnte dir nie mehr geben als ein Leben, in dem du dich ständig verstecken müsstest. Ein Leben als meine Mätresse, in einem Land, in dem man deinen Tod will. Würdest du mir so etwas anbieten wollen?«

»Du hättest wenigstens fragen können.«

»Und wenn du Ja gesagt hättest? Wenn ich dein Todesurteil hätte unterzeichnen müssen, falls es jemand herausfände?«

»Du hättest fragen können«, wiederhole ich. Hilflos. »Wenn man mit jemandem zusammen sein will, muss man die Entscheidungen gemeinsam fällen.«

»Erinnere dich daran, was passiert ist, als ich es herausgefunden habe.« Er sieht mich eindringlich an, dann wandert sein

Blick zu meinem Hals. Plötzlich glaube ich wieder seine Hand an meiner Kehle zu spüren. Als er erkennt, dass ich seinen Blick bemerkt habe, hebt er langsam die Hand. »Oh ja, du erinnerst dich daran. Ich habe dir wehgetan.« Hauchzart gleiten seine verhüllten Fingerspitzen über die Adern an meinem Hals. »Und vielleicht hätte ich sogar zugelassen, dass man dir noch viel Schlimmeres antut. Ist das in deinen Augen etwa Liebe?«

Darauf habe ich keine Antwort. Trotzdem überläuft mich ein Schauer, als er hinzufügt: »Wie könntest du mir so etwas je verzeihen?«

»Es wäre ein Anfang, mich darum zu bitten«, flüstere ich tonlos.

Er sieht mir ins Gesicht, starrt auf meinen Mund. Schließt die Augen und beugt sich zu mir.

Sobald sich unsere Lippen berühren, umfangen mich seine Seidenstränge. Strahlend weiß, so weich. Aber seine Gedanken sehen anders aus, er hat noch immer das Bild von mir im Kerker vor Augen. *Sie weiß, was du bist* – seine Hand an meiner Kehle – *was du denkst* – mein Körper auf dem Scheiterhaufen – *stopp* – mein nackter Körper in seinem Bett – *stopp, sie wird denken, dass* – die Krone seiner Mutter auf meinem Kopf – *stopp, stopp, denk an sie* – mein wutverzerrtes Gesicht – *nein* – tränenüberströmt – *ich* …

»Stopp.« Mühsam reiße ich mich von ihm los. Er atmet schwer. Seine Handschuhe umfassen mein Gesicht, sein Daumen streicht über meinen Hals. Und er klingt, als würde es ihn innerlich zerreißen. »Ich kann das nicht, Rea. Nicht, wenn du bei jedem Kuss all meine Gedanken lesen kannst. Bei jeder Berührung. Ich kann nicht. Es ist zu viel. Zu viele von ihnen sind hässlich.«

»So sind Gedanken nun einmal – meine ebenso wie deine. Bei jedem Menschen.«

Aber Robin schüttelt verzweifelt den Kopf. »Du könntest

in mir lesen wie in einem Buch, während du selbst dich verschließt. Früher oder später würdest du mich hassen, und ich dich ebenfalls.«

Meine Schultern fangen an zu zittern. Ich werde nicht betteln. »Daran kann ich nichts ändern, Robin.« Eindringlich sehe ich ihn an. »Ich bin eine Magdalena.«

Zum ersten Mal habe ich es ausgesprochen.

Zum ersten Mal in meinem Leben.

Seine Finger bohren sich in meine Wange.

»Ich bin, was ich bin. Und nur so kannst du mich haben.«

Ein Schritt, und ich habe mich von ihm gelöst. Seine Augen sind so blau. Noch nie waren sie so strahlend blau. Wieder ein Rauschen aus dem Funkgerät. Ich sollte gehen, herausfinden, wie es René geht. Ich muss gehen. Doch stattdessen stehen wir uns reglos gegenüber. Starren uns an. Versuchen wortlos, den anderen zu etwas zu bewegen. Irgendetwas, Hauptsache Bewegung. Je länger er dort steht und schweigt, desto eindeutiger wird seine Antwort. *Dann kann ich dich nicht haben.*

Sobald mir das klar geworden ist, kann ich ihm nicht mehr in die Augen sehen. Selbst für ihn kann ich nicht unbegrenzt Schmerz ertragen. Ich wende mich ab. Es mag kaum noch etwas davon übrig sein, aber den letzten Rest meiner Würde will ich mir bewahren. »Leb wohl, Robin.« Ich würde gerne noch etwas hinzufügen, aber es gibt nichts mehr zu sagen. Also sage ich es noch einmal: »Leb wohl.« Jeder Schritt, der mich von ihm entfernt, bereitet mir körperliche Schmerzen. Aber es ist offensichtlich, dass es mir mehr wehtut als ihm.

»Rea.«

Ich wünschte, ich wäre stark genug, um mich nicht zu ihm umzudrehen.

Er starrt auf seine Hände. Dann sieht er mich an. In meinem Inneren regt sich etwas. Es ist klein, aber unbeherrschbar.

Das Feuer. Das Feuer ist in seine Augen zurückgekehrt.

Ganz langsam umfasst er seine Hand. Mir stockt der Atem. Daumen und Zeigefinger der Rechten packen den Handschuh an der Linken. Das Leder gleitet über seine Haut. Ich sehe zu, wie die schlanken Finger der rechten Hand zum Vorschein kommen. Dann die der linken. Ich kann es nicht glauben. Diese blassen Hände. Hände, die ich geliebt habe. Hände, die ich noch immer liebe.

Und dann streckt er mir eine entgegen. »Rea«, wiederholt er mit zitternder Stimme. »Du hast das Pech, von einem Egoisten geliebt zu werden. Ich will dich nicht vergessen. Ich kann dieses Opfer nicht bringen, nicht einmal für deine Sicherheit. Ja, ich dachte, ich könnte es, aber wann immer ich in deiner Nähe bin, löst sich dieser Entschluss in Luft auf. Wann immer ich in deiner Nähe bin, schreit alles in mir danach, dich zu küssen. Wann immer ich in deiner Nähe bin, gibt es für mich nur noch eine Frage.« Er holt tief Luft. »Willst du mich noch?«

Er überlässt die Entscheidung mir.

Gedankenschnell werfe ich mich in seine Arme. Küsse ihn, als hinge mein Leben davon ab. Er hält mich fest, vergräbt die Hände in meinen Haaren. Dabei denkt er an Scheiterhaufen, Exekutionen, den König. Endlich mal etwas, das ich ihn vergessen lassen will. Ich küsse seinen Hals. Fahre mit den Lippen über die Stelle, wo sein Puls hämmert. Ein Schauer überläuft ihn, und die Gedanken an seinen Vater lösen sich auf. Meine Lippen gleiten nach oben, über sein empfindsames Ohrläppchen. Ich schiebe die Hände unter sein Jackett, zerre es über seine Schultern. Er zittert. *Rea.* Noch immer Scheiterhaufen und Feuer. Ich knöpfe seine Weste auf, ziehe das Hemd aus seiner Hose. Lasse beide Hände über seine nackte Haut gleiten. Er erschaudert.

»Sieh dich an«, spreche ich seine Gedanken aus und schicke

ihm dabei ganz vorsichtig das Bild, das ich vor Augen habe: der Kronprinz von England, ohne Jackett, mit einem Knutschfleck am weißen Hals. Mit offener Weste, zerknittertem Hemd. Ich öffne die Knöpfe; er hat eine Gänsehaut. Und natürlich ich, wieder in einem Einteiler, ähnlich wie jener, den ich damals für ihn getragen habe. In dem er mich zum ersten Mal geküsst hat. Dessen Reißverschluss er geöffnet hat, um mich zu berühren, den er mir bis zur Taille heruntergestreift hat, während ich mich ihm zitternd überlassen habe.

Ein leises Knurren steigt aus seiner Kehle auf, dann packt er zu, umfasst meine Taille, presst eine Hand an meine Schulterblätter. Ohne Vorwarnung hebt er mich hoch, legt mich auf den Boden. Ich stöhne leise. Sämtliches Blut meines Körpers scheint zwischen meine Beine zu strömen. Ich bohre die Fingerspitzen in seine Haut, spüre seine angespannten Muskeln. Dann liege ich auf dem Rücken, er kniet über mir. Er packt meine Handgelenke, hält sie über meinem Kopf fest. Mich überläuft ein Schauer. Beim nächsten Kuss sind die Scheiterhaufen aus seinem Geist verschwunden. Seine Zunge berührt kurze meine Lippen, dann gleitet sie in meinen Mund. Gleichzeitig senkt er ein Bein zwischen meine Oberschenkel und schiebt es langsam nach oben.

Ich hebe mich ihm entgegen. Das Verlangen flackert in mir auf wie rote Seide, die in Flammen steht. Sie umhüllt meinen Körper, bis alles brennt. Seine Zunge in meinem Mund. Als ich den Kuss erwidern will, zieht er sich zurück, lässt sich von mir jagen. Ich wimmere leise. Er legt eine Hand an meine Wange und drückt mich wieder hinunter. Dann packt er meine Haare, sodass ich mich nicht rühren kann, und fährt mit der Zunge über meine Unterlippe, genießt es, wie ich mich nach ihm strecke. *Ich werde dich für sie alle verderben.* Blancs Gesicht blitzt in seinen Gedanken auf. Wieder stoße ich dieses Wimmern aus. Er beugt sich über mich und hinterlässt nun sein Mal an meinem Hals. Dabei weiß er genau, welche Knöpfe er drücken muss, um mich in ein zitterndes Häufchen zu verwandeln. Dann geht er tiefer, zieht am Ausschnitt meines Einteilers, küsst mein Dekolleté. Und wieder schiebt er sein Bein nach oben. Ich erwidere den Druck, so fest ich kann. Reibe mich an seinem Oberschenkel. Mein Stöhnen wird durch seine Küsse erstickt. *Für sie alle.*

»Roter Kardinal!«

Das kommt aus dem Funkgerät. Ein Befehl.

Robin hält abrupt inne. »Nein«, protestiere ich. Ich kann René noch später danken, Hauptsache, es geht ihm gut ... Doch dann fällt es mir ein: Ninon!

Sobald Robin sich aufrichtet, suche ich nach dem Funkgerät. Die Stimme, die aus dem Lautsprecher dringt, ist laut. Zu laut. »Roter Kardinal, hier spricht der Capitaine. Können Sie mich hören?«

»Ich höre Sie, Capitaine«, antworte ich. Robins Augen sind weit aufgerissen, er atmet schwer. »Lagebericht?«

Der Capitaine klingt panisch. Absolut panisch. »Die Duchesse wurde angegriffen. Ich wiederhole: Die Duchesse wurde angegriffen.«

Kapitel 10

Ich renne die Stufen hinauf. Dank sei allen Gedanken dieses Planeten, dass ich kein Kleid trage. Während ich mich taumelnd der Bar nähere, fluche ich aus tiefstem Herzen – und es ist mir völlig egal, wer mich hören kann.

Ninon liegt in der Lobby auf dem Boden, auf der Seite, das Gesicht mir zugewandt, umringt von Mousquetaires und dem Roi. Neben ihr kniet eine Frau in Abendgarderobe mit einem Arztkoffer. Madame Hiver kniet auf Ninons anderer Seite. Ich sehe keine Wunde, aber auf dem Boden ist Blut. Rücksichtslos dränge ich mich durch die Menge.

»Was ist passiert?«

Ninons Gesicht ist fast so weiß wie der Marmorboden – ganz im Gegensatz zu dem ihres Bruders. Der Roi springt auf, sobald er mich sieht. Wenn er brüllt, kann er richtig furchteinflößend sein. »Putain où étiez-vous?!«

»Frère, mon cher«, sagt Ninon leise. Maria sei Dank, sie kann sprechen. Aber der Roi will sich nicht beschwichtigen lassen. Er fährt herum, schreit sie an und deutet dabei auf ihr Kleid: »Je t'ai dit que tu ne dois pas porter cette robe, mais non, Madame est trop chic pour ça, trop rebelle!«

Ich verstehe kein Wort.

»Ninon, was ist passiert?«

»Es geht mir gut, Rea«, behauptet sie, es sieht allerdings ganz und gar nicht danach aus. Als sie sich zu bewegen versucht, verzieht sich ihr Gesicht schmerzerfüllt. Die Ärztin schnalzt mahnend mit der Zunge. »Liegen bleiben, Duchesse.«

Ich sinke neben Ninon auf die Knie und greife nach ihrer Hand. Jetzt konzentriere ich mich nur auf sie, ignoriere die reglose Maske gegenüber. »Was ist passiert?«

Doch ich bekomme meine Antwort nicht von ihr. Stattdessen tritt der Capitaine zwischen seinen Mousquetaires hervor, begleitet von Mister Galahad.

Mit versteinerter Miene berichtet er: »Die Duchesse wurde von hinten mit einem Messer angegriffen.«

Ich versuche, ruhig zu bleiben, während ich mir vorsichtig Ninons Rücken ansehe. Der frische Verband verfärbt sich bereits rot. Dann blicke ich mich nach dem Angreifer um: Es ist eine Frau, die gerade von den Mousquetaires abgeführt wird. Habe ich sie nicht kurz gestreift, als ich dem Prinzen zur Tanzfläche folgte? Ich habe nicht darauf geachtet. Oh, Maria – ich habe mit dem Prinzen rumgemacht, während Ninon in Gefahr war.

»Zum Glück wurde die Angreiferin rechtzeitig bemerkt«, fährt der Capitaine fort, »und konnte daran gehindert werden, der Duchesse allzu schwere Verletzungen zuzufügen.«

»Immer noch schwer genug«, schaltet sich die Ärztin ein. »Wir müssen sie hier wegbringen.«

»Wer hat sie aufgehalten?«, will ich wissen. Der Capitaine und die Ärztin blicken über meine Schulter. Damit hätte ich nie gerechnet.

Madame Hiver, die noch immer an Ninons Seite kniet, hat die Hände im Schoß verschränkt. Trotzdem sind die Schnitte an ihren Unterarmen deutlich zu sehen.

»Sie?«, platze ich verblüfft heraus. Ninon drückt mahnend meine Hand, aber Madame Hiver hat nur Augen für den Roi. »Meine Loyalität der Schwester des Königs gegenüber gebot es mir einzuschreiten.«

Natürlich, sie wollte sich wieder bei ihm einschmeicheln. Da hat sie sich allerdings verschätzt. Der Roi scheint auf sie nicht weniger wütend zu sein als auf mich. »Ich habe Ihnen gesagt, dass Sie sich fernhalten sollen«, herrscht er sie an. »*Befohlen* habe ich es Ihnen! Und warum haben Sie überhaupt zugelassen, dass sie dieses Kleid trägt? Warum haben Sie eine solche Provokation gestattet?!«

Meine Finger schließen sich noch fester um Ninons Hand. Aus dem Augenwinkel sehe ich, wie die Ärztin sich leicht verkrampft. Madame wendet sich vom Roi ab und starrt blicklos geradeaus. Seit wann ist Ninons Rücken denn bitte eine Provokation?

Die Ärztin räuspert sich, dann steht sie auf. Sie trägt ein schulterfreies burgunderrotes Kleid, das perfekt mit ihrer kaffeebraunen Haut harmoniert. Um den Hals hat sie eine pinke *manchette* geschlungen, die ihr hinten über den Rücken fällt.

»Eure Majestät«, sagt der Capitaine vorsichtig. »Wir müssen die Duchesse jetzt verlegen.«

»Warum spreche ich überhaupt mit Ihnen?«, wütet der Roi weiter. Seine kunstvolle Frisur hat sich aufgelöst, einzelne Strähnen hängen ihm ins Gesicht. »Wo war Ihr Lieutenant? Wo waren Ihre Leute?«

Genau in diesem Moment hallen hastige Schritte durch die Lobby. »Ninon!«

Der Prinz kommt auf uns zu. Sein Jackett sitzt, Hemd und Weste sind korrekt geknöpft. Er greift nach Ninons freier Hand.

»Was ist passiert?«

»Würdet ihr bitte aufhören, so ein Theater zu machen?«, wehrt sie sich kraftlos. Ich höre das Klicken einer Kamera. Natürlich. Bestimmt filmt das auch jemand – um das Material dann zu einem Spitzenpreis zu verkaufen.

Der Prinz sieht hoch. »Wer hat das zu verantworten?«

Allein meine Schuldgefühle verhindern, dass ich genervt die Augen verdrehe. Willkommen bei Königs, wo alles in Ordnung ist, solange man jemandem die Schuld in die Schuhe schieben kann.

»Oh ja, *wer?*«, faucht der Roi.

»Eure Majestät«, versucht es der Capitaine noch einmal. Dann schließt er erschöpft die Augen. Er wirkt noch mitgenommener als zuvor, trotzdem bleibt seine Stimme fest: »Ich übernehme die volle Verantwortung. Trotzdem müssen wir jetzt gehen.«

Zwei Sanitäter heben Ninon auf eine Rollbahre. Ohne uns eines weiteren Blickes zu würdigen, folgt der Roi seiner Schwester. Auch Madame Hiver lässt er links liegen. Zusammen mit der Ärztin und mir bleibt sie zurück. Um uns herum sind überall Blutflecken. Die Ärztin fährt sich mit einer Hand durchs Gesicht, dann drückt sie kurz Madame Hivers Schulter. »Vielen Dank, das hätte nicht jeder getan.«

Madame Hiver neigt stumm den Kopf. Ich kann es mir gerade noch verkneifen, die Ärztin über Madames wahre Motive aufzuklären. Die mustert das Blut auf dem Boden und wendet sich dann an mich. Sie spricht aus, was ich bereits gedacht habe: »Seit wann ist unsere Haut eigentlich eine Provokation?«

Ninon wird in das älteste Krankenhaus der Stadt gebracht, das Hôtel-Dieu de Paris. Es befindet sich in der Rue de la Cité auf der Île-de-Corail, direkt gegenüber vom Hauptquartier der Mousquetaires.

Eigentlich ist es kaum zu glauben: Noch vor wenigen Wochen saß ich am anderen Flussufer mit Liam auf einer Bank und genoss den Sonnenschein, sorglos darauf wartend, dass mein neues Leben seinen Anfang nahm.

Als der vorläufige Verband entfernt wird, kann ich die Wunde an Ninons Rücken sehen: Sie ist lang, mit rissigen Rändern.

Aber, Maria sei Dank, sie ist nicht sonderlich tief. Wenn sie genäht und ordentlich versorgt wird, müsste sie bald vollständig ausheilen. Während die Ärzte sich ans Werk machen, werden wir alle rausgeschickt. Wir warten im Innenhof des Krankenhauses, umgeben von Rundbogenfenstern und einem schmalen Säulengang. Um diese Zeit sind die tannengrünen Vorhänge alle zugezogen. Die Farbe der Maltoren. Ich frage mich, wie viele hier wohl arbeiten. Und wie viele Patienten nicht die notwendige Behandlung bekommen, weil sie es nicht wagen zu verraten, was sie sind. Madame Hiver steht schweigend mit dem Capitaine zusammen. Ihre Schnittwunden wurden bereits versorgt. Der Roi tigert wortlos auf und ab. Obwohl er die Hände hinter dem Rücken verschränkt hat, sehe ich, dass sie zittern.

Nachdem ihre Wunde genäht und desinfiziert ist, schickt man Ninon mit der strengen Anweisung, Bettruhe zu halten, nach Hause. So macht sich eine angespannte und traurige Prozession auf den Weg zum Palast. Wir fahren am ewig rastlosen Fluss entlang. Nach unserer Ankunft begleiten wir Ninon geschlossen in ihre Gemächer. Die Dienerschaft hat bereits alles für die Patientin vorbereitet: Schreibtisch und Flügel wurden an die Wand geschoben, stattdessen steht in der Mitte des Salons nun ein riesiger goldener Diwan mit roten Polstern. Das spart Reinigungskosten, vermute ich mal. Überall stehen bunte Seidenblumen. Außerdem halten die Diener Essen, Trinken, eine Violine und massenhaft Bücher bereit, und natürlich werden sie ihrer Herrin jeden Wunsch von den Augen ablesen.

Wie nicht anders zu erwarten war, lässt Ninon nur das absolute Minimum an Aufhebens über sich ergehen, bevor sie die Diener fortschickt. Einer von ihnen überreicht dem Roi seinen Spazierstock, bevor er sich mit einer tiefen Verbeugung entfernt. Zurück bleiben der Roi, Madame Hiver, der Capitaine und ich, außerdem der Prinz und Mister Galahad. Und sobald der letzte Dienstbote gegangen ist, fällt der Roi erneut über uns her: »Sehen Sie sich an, was Sie getan haben!«

»Es geht mir gut«, unterbricht ihn Ninon.

»Gut? Gut?! Und wenn eine Narbe zurückbleibt? Du wirst mit der hässlichsten Wulstnarbe des ganzen Kontinents auf dem Rücken herumlaufen. Was würde Mutter dazu sagen, dass ich so etwas gestattet habe, ich …«

»Henri, bitte«, sagt Ninon müde. »Gib Ruhe. Wenigstens mir zuliebe.«

Und wie durch ein Wunder hält der Roi tatsächlich die Klappe. Obwohl ich ihm dieses eine Mal sogar recht geben muss. Warum habe ich nicht sofort auf das Funkgerät reagiert? Warum war ich nicht bei ihr?

Draußen ertönen Schritte, vor der Tür werden ein paar Worte gewechselt, dann stürmen drei Männer herein – der Comte, René und Blanc.

So viel zum Thema Ruhe.

Der Roi trommelt mit seinem Stock auf den Boden, während er auf die drei zustürmt. Dann brüllt er sie an, auf Französisch. Ninon drückt ihren nackten Arm an meinen, sodass sie übersetzen kann. Der klebrige Nebel in ihrem Geist ist wieder stärker geworden. »… es wagen? Wie können Sie es wagen, Ihren Posten zu verlassen?«

Innerhalb eines Wimpernschlags steht der Comte kerzengerade da, steifer als es einem Menschen möglich sein sollte. Sein Blick ist starr geradeaus gerichtet. Gleichzeitig gelingt es ihm, sich so zu positionieren, dass er schützend vor René und Blanc steht. Blanc nimmt ebenfalls Haltung an. Nur der noch immer blasse René ist ganz auf Ninon konzentriert.

»Es handelte sich um einen Notfall, Eure Majestät«, erwidert der Comte ruhig. Das schafft nicht jeder, wenn sich einem ein spitzer Spazierstock in die Brust bohrt.

»Ein größerer Notfall als *das hier*?« Mit der freien Hand zeigt der Roi auf Ninon. Die will offenbar protestieren, aber er fährt ihr mit einer ungeduldigen Geste über den Mund. »Was könnte einen größeren Notfall darstellen als eine Messerattacke auf die Schwester des Roi?«

Bei dem Wort »Messerattacke« fährt René heftig zusammen. Der Comte hingegen verzieht keine Miene. »Hätten wir voraussehen können, dass an ein und demselben Abend zwei Leben in Gefahr sein würden, hätten wir uns natürlich anders verhalten. Ich übernehme die volle…«

Doch der Capitaine lässt ihn nicht ausreden. »Comte«, unterbricht er ihn scharf. Der verstummt sofort, woraufhin der Roi wieder loslegt: »Und was war von solcher Wichtigkeit? Was war dieser Notfall, durch den es Ihnen unmöglich war, die Duchesse vor einer Irren mit einem Messer zu beschützen?«

Das ist der Moment, in dem René es nicht länger aushält. Er schiebt sich am Comte und an Blanc vorbei und läuft zu Ninon hinüber. Ihm steht quasi ins Gesicht geschrieben, was in ihm vor sich geht: Was kann ich tun? Lass mich helfen. Es tut mir so leid.

Blitzartig hebt der Roi seinen Stock, sodass er quer vor Renés Brust landet und ihn mitten im Lauf stoppt.

»Sie.« Sein Tonfall sorgt dafür, dass ein kurzes Beben Ninons Geist erschüttert, das goldene Licht flackert einen Moment lang. Wie ein Kurzschluss. Zum ersten Mal, seit es passiert ist, schreit der Roi nicht. »Sie waren dieser Notfall, habe ich recht?«

René sieht ihn gefasst an. »Ja, Eure Majestät.«

»Was ist vorgefallen?«

»Wir hatten Grund zu der Annahme, dass unser Kamerad an inneren Blutungen litt«, erklärt der Comte, bevor René etwas sagen kann. »Es war unsere Pflicht, uns schnellstmöglich um ihn zu kümmern.«

»Was wir auch getan haben«, ergänzt Blanc.

Der Roi fixiert René durchdringend. Mir ist nie bewusst gewesen, wie groß der König ist. Ebenso groß wie der Mousquetaire.

»Und wie kann es zu inneren Blutungen kommen, während man ganz ruhig im Theater sitzt?«

Jetzt weiß ich nicht mehr, wer der Blasseste im Raum ist: Ninon, René oder ich. »Es handelt sich dabei um ein weit verbreitetes Leiden unter Maltoren, wenn sie ihre Fähigkeit zur Aufnahme von Schmerzen über einen längeren Zeitraum zu sehr strapazieren«, antwortet René.

»Und warum sollten Sie Ihre Fähigkeiten während eines Shakespeare-Stücks derart strapazieren, wenn Ihre eigentliche Aufgabe doch darin bestand, meine Schwester zu beschützen?«

Renés Blick huscht erst zu mir, dann zu Ninon. Schließlich sieht er wieder den König an. »Das kann ich nicht sagen, Eure Majestät.«

Mir wird übel. Ninons Licht flackert wieder. Der Nebel wird dichter, dringt bis in die hintersten Winkel ihres Bewusstseins vor.

»Das können Sie nicht sagen?« Die Stimme des Königs bebt vor Wut. »Und wenn ich es Ihnen befehle?«

Ich zittere vor Angst. Ninon ebenfalls. Noch einmal sieht René zu uns herüber, dann senkt er den Blick. »Ich bin nur der Verfassung und meinem Gewissen verpflichtet, Eure Majestät.«

»So, so.« Der Roi lässt den Stock sinken und tritt einen Schritt zurück. »Mousquetaire, Sie sind hiermit vom Dienst suspendiert. Die Krone wird ein Verfahren wegen Mittäterschaft bei einem tätlichen Angriff durch Unterlassung gegen Sie anstreben.«

»Eure Majestät!« Der Capitaine tritt vor. »Laut Gesetz ist es Euch nicht erlaubt, rechtliche Schritte gegen einen Staatsdiener einzuleiten, der lediglich seinem Gewissen folgt.«

»Das sollen die Gerichte entscheiden.« Der Roi richtet sich steif auf. »Im Übrigen ist es mir durchaus erlaubt, rechtliche Schritte gegen einen Staatsdiener einzuleiten, der durch eigenes Verschulden zu einer Belastung für den Staat wird.« Er baut sich so dicht vor René auf, dass ihre Nasen sich fast berühren. Dann reißt er ihm das Emblem der Mousquetaires von der Uniformjacke. »Ihre Dienste haben für uns keinerlei Wert mehr.«

Ninon will etwas sagen, aber der Comte ist schneller: »Ich habe ihm befohlen zu gehen, Eure Majestät. Die Verantwortung liegt bei mir.«

Der König sieht ihn kalt an. »Aber Sie tragen ja wohl nicht die Verantwortung dafür, dass er ein Maltor ist, oder?«

Der Comte öffnet den Mund. Dann schließt er ihn wieder. Stattdessen will sich der Capitaine einschalten. »Und Sie ebenso wenig, Capitaine«, kommt ihm der Roi zuvor. Dann wendet er sich an den Prinzen: »Berichtet Eurem Vater dem König von dem, was Ihr hier gerade gesehen habt.«

Ich sehe zu Robin hinüber. Er erwidert meinen Blick kurz, dann starrt er auf seine Füße. »Selbstverständlich.«

Madame Hiver setzt zum Sprechen an, aber der Roi hebt abwehrend die Hand. »Ich habe Ihnen gesagt, dass Sie sich fernhalten sollen, aber Sie haben sich trotzdem ins Gefecht gestürzt. Sie haben meinen Befehl missachtet. Ich kann Ihren Anblick nicht länger ertragen.« Damit geht er hinaus. Madame Hiver wartet ein paar Sekunden, dann verbeugt sie sich stumm vor uns und geht ebenfalls. Sie umfasst ihre Unterarme, um die Stichwunden zu bedecken. Auch Mister Galahad wartet nur mehr das Signal des Prinzen ab, bevor er ihr nach einer schnellen Verbeugung nach draußen folgt.

Nachdem die Tür hinter ihm zugefallen ist, stehen wir eine ganze Weile schweigend da. Alle beobachten René, der blicklos vor sich hin starrt. Ninons Geist hat sich dermaßen eingetrübt, dass ich kaum noch ihre Gedanken erkennen kann. Aber vielleicht ist es auch mein eigener. Dann zuckt René zusammen, als erwache er aus einem Tagtraum. Er krempelt die Ärmel hoch und tritt zu Ninon. »Wie geht es deinem Geist?«, fragt er, während er die nackte Hand auf ihre Stirn legt.

Der Comte kann nicht länger an sich halten. Plötzlich steht er vor René und packt ihn am Revers. »Das kann nicht dein Ernst sein«, sagt er mit zitternder Stimme.

»Das gilt wohl eher für dich«, erwidert René ruhig. »Warum fasst du mich überhaupt noch an?«

Der Comte atmet scharf ein, dann lässt er ihn los und tritt einen Schritt zurück. Seine Augen schimmern verdächtig. »Ich habe ihm doch gesagt, dass es mein Fehler war.«

»Du warst schon immer ein Ehrenmann.« Der Comte zuckt zusammen, als hätte René ihn geschlagen, während dieser seine Hand von Ninons Stirn nimmt und fortfährt: »Du hast den König gehört. Hier geht es nicht darum, wer welchen Befehl gegeben hat. Hier geht es darum, dass ein Maltor eine Belastung darstellt. Oder eine Bedrohung. Der Roi scheint dieser Ansicht zu sein, aber warum sollte mich seine Meinung kümmern? Das war der Moment, in dem *du* mir hättest beistehen müssen. Aber das hast du nicht getan. Du hast es nie getan. Weil du dir selbst nicht sicher bist.«

Das Schlimmste ist wohl, dass der Comte nichts sagt. Dass wir alle nichts sagen. Nur René spricht weiter: »Nach allem, was du durchgemacht hast, ist das wohl verständlich. Du und Madame. Was aber natürlich der zweite Grund dafür ist, dass du mir gerade eben nicht beigestanden hast. Dass sie noch immer hier ist und dass sie alles mitbringt, was die Ehefrau eines Comte de l'Aisne haben sollte.« Sein Lächeln verzerrt sich. »Ich kann nicht ändern, was ich bin. Und selbst wenn ich es könnte, würde ich es nicht wollen. Wie heißt es noch gleich bei Saint-

Exupéry? Liebe bedeutet nicht, einander anzusehen, sondern in dieselbe Richtung zu blicken.« Mit einem traurigen Lächeln fügt er hinzu: »Wir blicken nicht in dieselbe Richtung, Olivier.«

Und noch immer sagt keiner etwas.

René wendet sich Ninon zu: »Geht es dir besser?«

»Das ist eine rein körperliche Verletzung«, versichert sie ihm.

»René, ich kann dir gar nicht genug danken …«

»Du musst mir nicht danken. Aber tu mir einen Gefallen und pass besser auf dich auf.« Er dreht sich zu mir um. »Dasselbe gilt für dich, Rea. Du weißt, was da vorhin passiert ist – schon wieder. Du kannst so nicht weitermachen. Ninon hat dir doch eine Ärztin empfohlen, oder nicht? Du schuldest mir nichts, aber solltest du mir gegenüber ein wenig Dankbarkeit empfinden, wünsche ich mir als Gegenleistung, dass du sie aufsuchst.«

Er ringt sich ein Lächeln ab, dann wendet er sich zum Gehen. Als er den Comte erreicht, beugt er sich zu ihm und küsst ihn auf die Wange. Mein Inneres verkrampft sich, als ich mit ansehe, wie dieser sich ihm entgegenstreckt. Wie sein sonst so regloses Gesicht sich verzerrt.

Blanc geht einen Schritt auf René zu, weicht dann wieder zurück. Seine Zerrissenheit ist förmlich greifbar. René schüttelt nur stumm den Kopf und drückt ihm einen Kuss auf die Stirn. Dann verbeugt er sich vor dem Capitaine und verlässt ohne einen Blick zurück den Raum.

»Das können wir nicht zulassen.« Sobald die Tür hinter René zugefallen ist, wendet sich Blanc erst an den Comte, dann an den Capitaine. »Es war nicht sein Fehler.«

Fast schon in Zeitlupe bückt sich der Comte und hebt Renés Dienstabzeichen auf. »Warum haben Sie verhindert, dass ich die Verantwortung auf mich nehme, Capitaine?«

Der Mousquetaire reibt sich die müden Augen, bevor er antwortet: »Weil ich das bereits selbst getan hatte. Aber der Roi wollte ein anderes Bauernopfer. Die Zeiten ändern sich. Und ich kann es mir nicht leisten, euch alle drei zu verlieren.«

Mit gesenktem Kopf starrt der Comte auf das Abzeichen in seiner Hand. »Wenn wir uns auf seine Seite stellen – würden wir dann ebenfalls suspendiert werden?«

Mit einem tiefen Seufzer sagt der Capitaine: »In der momentanen Lage? Ich denke nicht, dass mein politischer Einfluss ausreichen würde, um es zu verhindern.«

Der Comte sieht zu Blanc, der frustriert die Fäuste ballt. Er beißt sich auf die Lippe. Offenbar geht irgendetwas zwischen ihnen vor, denn schließlich nickt der Comte. Er umklammert Renés Abzeichen und wendet sich wieder an den Capitaine: »Bitte wegtreten zu dürfen, Capitaine.«

»Bitte gewährt, Lieutenant. Blanc.«

Gemeinsam gehen sie hinaus. Ich weiß, wo sie hinwollen. Und was sie vorhaben. Heute Abend werden ihre Körper mit Schnittwunden, Blutergüssen und blutenden Kratzern übersät sein. Ich würde ihnen gerne Trost spenden, aber mein Platz ist jetzt an Ninons Seite. Die zieht beide Augenbrauen hoch und fragt an Robin gewandt: »Gibt es noch etwas, oder willst du nur gaffen?« Er verbeugt sich, wirft mir einen kurzen Blick zu und geht. Ninon zittert noch immer. Nun lässt sie sich endlich von mir auf den Diwan helfen – Maria sei Dank. »Spiritus apertus«, ächzt sie mit zusammengebissenen Zähnen, als sie meinen Arm loslässt. »Ich bin ein noch größeres Weichei, als ich dachte.«

»Du wurdest niedergestochen, Ninon«, rufe ich ihr in Erinnerung. Noch immer schnüren mir schreckliche Schuldgefühle die Luft ab. »Du bist ganz sicher kein Weichei.«

»Das scheinen aber alle zu glauben.« Mit einer knappen Geste deutet sie auf den Berg von Polstern und Kissen, den die Dienstboten für sie bereitgelegt haben.

»Sie sind lediglich besorgt, Duchesse«, wendet der Capitaine ein, der nervös seinen Hut in den Händen dreht. Ninon sieht ihn nur an und verdreht die Augen. »Aufhören, Jean.«

»Sie sollten das nicht auf die leichte Schulter nehmen, Duchesse«, beharrt er. Mit gesenktem Kopf fällt er vor dem Diwan auf die Knie. »Es tut mir unendlich leid, dass ich Sie nicht beschützen konnte.«

Noch nie zuvor ist mir so deutlich bewusst geworden, dass Ninon dem Königshaus angehört.

»Spiritus apertus! Stehen Sie auf!«, befiehlt sie ihm mit auffallend hoher Stimme. Dass sie trotz ihrer offenkundigen Angst noch zu solcher Großherzigkeit fähig ist, sorgt dafür, dass ich mich noch schlechter fühle. »Sie haben doch nun wirklich Wichtigeres zu tun. Zum Beispiel, die Bürger von Paris zu beschützen.«

»Sie sind ebenfalls ein Bürger von Paris«, wendet er ein.

»Mir geht es hervorragend!«, betont sie. »Ganz im Gegensatz zu ... hm ... Ihrem Lieutenant oder Blanc oder – warten Sie –, ja, René. Oder allen anderen *visionnaires*, die um ihr Leben fürchten müssen. Beschützen Sie die. Ich bleibe so lange hier liegen, halb erstickt von den edelsten Federkissen, die man für Geld kaufen kann, und werde ekelhaft gut behütet sein.«

»Natürlich werden wir die Sicherheitsmaßnahmen verstärken und öffentliche Auftritte nur noch an Orten zulassen, an denen wir Sie bestmöglich schützen können.«

»Aber natürlich. Und jetzt hören Sie auf mit diesem nervösen Gezappel, das steht Ihnen nicht. Wenden Sie sich wichtigeren Aufgaben zu als diesem unnötigen Theater wegen eines kleinen Schnittes an meinem Rücken.«

Der Capitaine steht vom Boden auf und verbeugt sich. Aber selbst auf dem Weg nach draußen fummelt er noch an seinem Hut herum.

Bleibe nur noch ich. Doch als ich etwas sagen will, hebt

Ninon abwehrend die Hand. »Verschone mich – wenigstens du.«

»Aber Ninon ...«

»Lass es. Bitte. Was muss ich tun, damit du die Klappe hältst und mir einfach nur den *Don Carlos* rüberreichst? Sag es mir, ich würde alles tun.«

»Einfach nur fragen, natürlich«, sage ich, obwohl es so vieles in mir gibt, was ausgesprochen werden will. Stattdessen gehe ich zum Bücherregal, suche das Stück heraus und bringe es ihr. Als sie es entgegennimmt und anfängt zu lesen, achtet sie genau darauf, mich nicht zu berühren. Sie will ihre Gedanken für sich behalten.

Ich verschwinde ins Bad, ziehe mich aus und stelle mich unter die Dusche. Das Gefühl von Wasser auf meiner Haut ist so schön klar. Es ist warm wie Renés Geist.

Er hat mir im Theater geholfen, damit ich Madame Hiver entlarven konnte. Ninon hat mich extra dafür gehen lassen. Er hat seine Stellung dafür geopfert, sie ihr Blut. Und was habe ich getan? Ich habe in der Theatergarderobe mit Robin rumgeknutscht.

Die Schuldgefühle drohen mich zu ersticken. Aber ich bin es den beiden schuldig, diesen Plan jetzt durchzuziehen – uns Madame Hiver ein für alle Mal vom Hals zu schaffen. Auf dem Großen Ball, beim Danse Blanche.

Denn wenn ich scheitere, war alles umsonst.

Am nächsten Morgen suche ich als Allererstes die Psychiaterin auf. Zum Glück habe ich ihre Karte noch. Sie ist bereit, mich sofort dranzunehmen, was wohl hauptsächlich dem Umstand geschuldet ist, dass ich eine Freundin von Ninon bin. Denn normalerweise läuft das im Gesundheitswesen sicher ein wenig anders, selbst hier in Paris.

Wir unterhalten uns ausführlich. Ihr wird wesentlich schneller klar als mir, dass ich eine erbärmlich eingeschränkte Sichtweise habe, wenn es um das geht, was sie als »geistige Gesundheit« bezeichnet. Wird in England der Begriff der geistigen Gesundheit erwähnt, bedeutet das, man wird in eine Geistige Korrektive gesteckt, wo sie einen in den Wahnsinn treiben. Hier ist es vollkommen anders. Die Ärztin erklärt mir, dass Geistesfieber – das offiziell »mentaler Paroxysmus« heißt – nicht einmal unbedingt etwas damit zu tun hat, ob man ein Magdalene ist. Jeder kann daran erkranken. Und dass es mich nicht zur Ausgestoßenen macht. Dass es Medikamente dagegen gibt und Therapien, durch die ich die Kreatur in den Griff kriegen kann. Dass es ein langsamer Prozess ist, aber machbar. Als ich gehe, habe ich bereits einen Folgetermin vereinbart und ein Rezept in der Tasche, mit dem ich mir in der nächsten Apotheke meine Medikamente hole. Es kommt mir vor wie ein Wunder – zu sehr wie ein Wunder. Noch während ich die erste Tablette einnehme, schnappt die Kreatur wütend nach meinen Fersen. Aber wenn das wahr ist, wenn das Geistesfieber tatsächlich kein Anzeichen meiner Sündhaftigkeit ist, sondern ein Zustand, unter dem jeder leiden kann … oh, Maria. Mein ganzes Leben könnte sich ändern.

Als ich in den Palast zurückkehre, kenne ich nur ein Ziel.

Mister Galahad öffnet mir die Tür, als ich vor den Gemächern des Prinzen angelange. »Miss Emris«, begrüßt er mich. Natürlich ist er bereits putzmunter. Er sieht aus, als hätte er sogar schon sein Sportprogramm absolviert, vielleicht Jogging im Jardin des Tuileries oder am Ufer der Seine, den Sonnenschein und die kalte, frische Luft genießend. »Es freut mich, Sie zu sehen. Wie geht es der Duchesse?«

»Vorerst ist sie in Sicherheit.«

»Gut, sehr gut.« Wir lächeln uns an. Dann frage ich zögernd:

»Ist Seine Königliche Hoheit der Prinz bereits wach? Ich würde gerne mit ihm sprechen.«

Mister Galahad läuft rot an. »Selbstverständlich ist er das. Ich … äh. Wenn Sie kurz warten könnten, dann werde ich … ihn von Ihrer Anwesenheit in Kenntnis setzen.«

Aufwecken, meint er wohl. Ihm zuliebe verziehe ich keine Miene. »Schlafen, vielleicht auch träumen?«, nehme ich unser Spiel wieder auf.

»Ja, da liegt's«, antwortet er mit einem unterdrückten Lächeln. »Ich bin gleich zurück.«

Es dauert ungefähr fünf Minuten, bis sich die Tür wieder öffnet. Mister Galahad lässt mich hinein, geht dann aber sofort an mir vorbei. »Ich habe einen Termin und komme erst später zurück. Ich treffe mich mit Madame Hiver.«

Nur mühsam kann ich verbergen, wie überrascht ich bin. »Oh, warum das?«

»Nach dem Ball steht die Bewertung der Brautwerbung an. Von den Repräsentanten der jeweiligen Häuser werden entsprechende Beratungen erwartet«, erklärt er mir, was allerdings so gar nicht zu der Röte passen will, die plötzlich sein Gesicht überzieht. »Auf Wiedersehen, Miss Emris.«

Während ich ihm hinterherblicke, nehme ich mir vor, Robin näher zu diesem Thema zu befragen. Dann schließe ich die Tür hinter mir. Noch während ich mich umdrehe, geht am anderen Ende des Raums eine Tür auf. Ein ziemlich verschlafener Robin tritt aus dem Schlafzimmer. Mit den zerzausten Haaren und seinem indigoblauen Seidenmorgenmantel – offenbar hier in Frankreich erstanden – ist er die personifizierte Verführung. Während er gelassen auf mich zukommt, umspielt die feine Seide seinen Oberkörper, streicht über seine langen Beine und die blassen Finger. Mit einem trägen Blick hebt er mein Kinn an und küsst mich. Sein Körper ist noch warm vom Schlafen, und seine Haut schmiegt sich wie Wasser an meine. Es wird ein ziemlich langer Kuss, und er scheint jede Sekunde davon zu genießen. Als wir uns schließlich voneinander lösen, muss ich erst mal tief Luft holen. Robin lächelt zufrieden – wahrscheinlich, weil er mir den Atem geraubt hat – und legt seine Stirn an meine.

»Du bist unmöglich«, stelle ich grinsend fest.

»Wieso?« Seine Stimme ist noch tiefer als sonst, noch rauer.

»Weil ich dich gern zum Beben bringe?«

Ganz zart streicht er mit einem Finger über den Knutschfleck, den er an meinem Hals hinterlassen hat. Mich überläuft ein Schauer. Dann küsst er mich noch einmal. Nachdem sich unsere Lippen widerwillig voneinander gelöst haben, drückt er wieder seine Stirn an meine. *Ich kann nicht glauben, dass ich ihr jemals vorgeschlagen habe, das zu vergessen. Also, dir. Oh Maria, du kannst das hören. Ich ...* »Ich werde dich noch öfter um Verzeihung bitten«, sagt er unbeschwert, aber ich merke, dass er sich schwertut. Renés Worte fallen mir wieder ein: Es erfordert Mut, einen *visionnaire* zu lieben.

»Das ist nun wirklich das Mindeste«, erwidere ich ebenso spielerisch, und dann küsse ich ihn wieder. In seinen Gedanken sehe ich erneut Scheiterhaufen, René, mein Gesicht, als ich zu ihm sagte: *Ich bin eine Magdalena.* All die Exekutionen, denen er beigewohnt hat. Ihn selbst, wie er tatenlos zusah. James Noahs leblosen Körper, erschossen von einem Magdalenen. Und dann erscheint ein Gesicht, das ich nun wirklich nicht in seinen Gedanken sehen will, während wir uns küssen: Madame Hiver.

»Tut mir leid.« Er seufzt schwer, als ich einen Schritt zurückweiche. »Jetzt habe ich den Moment ruiniert, stimmt's?«

Ich rücke das Revers seines Morgenmantels zurecht. *Maria, er sieht so gut aus.* »Nein, du hast ja recht«, winke ich ab. »Warum trifft sich George eigentlich mit Madame Hiver?«

»Hat er dir das nicht gesagt?« Robin grinst breit. »Sie beraten sich bezüglich der Brautwerbung.«

Verwirrt sehe ich ihn an. »Tun sie nicht?«

»Oh, doch, bestimmt. Aber ich weiß auch, dass George mir letzte Nacht Entwarnung geben konnte: Madame Hiver ist keine Magdalena. Und das kann er nur dann mit Sicherheit wissen, wenn er sie berührt hat.«

Erleichtert atme ich auf. Sie ist keine Magdalena.

Ich kann mich ihr also nähern, ohne Gefahr zu laufen, dass sie Einblick in meinen Geist bekommt oder mich manipuliert. Oder noch schlimmer, Gedankenkontrolle ausübt. Auch wenn René gesagt hat, diese Fähigkeit wäre sehr selten, fällt mir doch ein Stein vom Herzen.

In der kommenden Woche widme ich mich voll und ganz dem Thema Hiver. Bisher hat sich an ihrer Garderobe nicht viel geändert. Der Roi ignoriert sie noch immer, anscheinend will er ihr einfach nicht verzeihen, dass sie sich seinem Befehl widersetzt hat. Die Regenbogenpresse ergeht sich in wilden Spekulationen über eine mögliche Trennung. Wenn sie seine Gunst nicht endgültig verlieren will, wird sie bald etwas unternehmen müssen. Und die übergroße Aufmerksamkeit scheint an ihr zu zehren. Wenn ich es nicht besser wüsste, könnte ich fast glauben, sie wäre ein wenig kopfscheu. Vielleicht ist sie ja schon einmal das Ziel der Reportermeute gewesen, damals, nach der Trennung vom Comte. Was auch immer es sein mag, mir gefällt es. Genauso will ich sie haben.

Von Ninon erfahre ich, dass es noch nie so viele Akkreditierungsanfragen für den Großen Ball gegeben hat. Man geht wohl davon aus, dass die Situation dort ihren Höhepunkt erreichen wird. Wie überrascht sie doch wären, wenn sie wüssten, wie genau das vonstattengehen wird …

Leider ist Madame Hiver nicht die Einzige, über die sich die Presse hermacht, denn sie haben auch von der Sache mit René erfahren. Der Roi hat eine Presseerklärung veröffentlicht, woraufhin die seriösen Zeitungen lange Artikel über einen überraschenden Stimmungswechsel in der Haltung des Hofes bezüglich der *visionnaires* abdrucken. Manche sehen das als positiv, andere nicht. Die eine Seite argumentiert, der Roi sei besorgt, und das mit Recht. Die andere meint, er solle sich vor Augen halten, auf welchen Werten die Gesellschaft aufgebaut sei. In der Regenbogenpresse ist man wesentlich direkter und bringt Posts und Titelseiten mit Renés Foto, wobei er unter anderem mit den laufenden Ermittlungen der Mousquetaires im Fall Gabrielle Ayrault in Verbindung gebracht wird. Natürlich mischt auch der *Confessional* bei dieser Sache mit und veröffentlicht Bilder von der Wohnung des »Ausländers«. Als ich auf dem Foto eine eingeworfene Fensterscheibe entdecke, rufe ich René sofort an, lande jedoch nur auf seiner Mailbox. Ninon versucht es ebenfalls, hat aber auch kein Glück. Ich beobachte, wie Robin sich beim Mittagessen mit angespannter Miene über ein Exemplar des *Confessional* beugt. Das alles sorgt dafür, dass mir die Kreatur wieder an den Fersen hängt, Therapie und Medikamente hin oder her.

Myriame bringt eine Auswahl von grünen Bändern in Ninons Gemächer und erkundigt sich, welches davon sie René als Zeichen der Unterstützung schicken soll. Das zeigt mehr als deutlich, dass sie für Ninon nicht einfach nur eine Schneiderin ist, sondern eine Vertraute – eine Freundin. Schließlich fragt sie auch nach meiner Meinung. Dass sie von den farbigen Bändern weiß und sie ihr so wichtig sind … heißt das etwa, dass …

»Bist du …?«, frage ich vorsichtig, während wir uns über die Auswahl beugen. Aber mich verlässt der Mut, und so beende ich die Frage nicht. Sie versteht mich trotzdem und schüttelt den Kopf.

»Und du?« Sie streicht über ein blaugrünes Band auf der linken Seite. Ich schlucke schwer, dann nicke ich langsam.

»Eine Tatsache, von der nicht viele Menschen wissen«, fügt Ninon hinzu, während Myriame entschlossen nach einem wunderschönen waldgrünen Band greift.

»Welche Tatsache?«, fragt sie nur, dann geht sie. Knapp eine Stunde später schickt sie das Band per Eilkurier zu Renés Wohnung. Keine Reaktion.

Nachdem das drei Tage so gegangen ist, greift Ninon zu drastischeren Maßnahmen und schickt ihm eine offizielle Einladung zum Ball – natürlich ohne das vorher mit ihrem Bruder zu besprechen. Obwohl um Rückantwort gebeten wird, hören wir weiterhin nichts von René.

Noch am selben Tag versuche ich, mit Blanc darüber zu reden, aber zwischen uns hat sich so viel Ungesagtes angestaut, dass wir uns kaum noch entspannt unterhalten können. Um das alles zu bereinigen, schlage ich ihm einen Trainingskampf vor, und sogar das lehnt er ab. Anscheinend möchte er im Moment nicht, dass ich seiner Gedankenwelt zu nahe komme. Oder dass ich herausfinde, dass sich unter seiner Kleidung mehr Prellungen verbergen, als er mich glauben lassen will.

»Für mich gäbe es nur den Weg zurück in die Gosse, Rea«, flüstert er – womöglich in der Hoffnung, dass ich es nicht höre.

Es ist nicht nur schwierig, eine Magdalena zu lieben – es ist auch schwierig, eine zu sein. Als Blanc mich stehen lässt, bricht die Kreatur in kreischendes Gelächter aus. Selbst hier empfinden Menschen, die mir nahestehen, es als bedrohlich. Selbst hier wird jemand, der seit Jahren in dieser Stadt lebt, ausgegrenzt – nur weil er ist, was er ist. Mein Herz blutet für Blanc, für René, für mich selbst. Die Kreatur schmiegt sich an meine Beine, drückt das Maul in meine Kniekehlen. *Wirst du jemals Nähe zulassen können, ohne andere zu verletzen?*, flüstert sie.

Den Comte bekomme ich kaum noch zu Gesicht, aber wenn wir uns sehen, wirkt er von Mal zu Mal ausgezehrter. Ich denke, der Capitaine hat den Mousquetaires Pflichten außerhalb des Palastes zugewiesen. Und es gibt eine Menge zu tun: Die Gerüchteküche hat eine angebliche Verbindung zwischen Renés Entlassung und dem Attentat auf Ninon hergestellt, wonach das Leid der Duchesse einem Magdalenen zuzuschreiben wäre. Das liefert den Protesten gegen die Berührungsfreiheit neue Nahrung. Und das Video aus dem Theaterfoyer, in dem Robin sich so liebevoll um Ninon kümmert, bestärkt diese Leute nur noch weiter. (Der *Confessional* hat es ins Netz gestellt – wenig verwunderlich, dass sie den Zuschlag bekommen haben.) Die Lage auf den Straßen spitzt sich dramatisch zu. Als ich Bilder von brennenden Autos sehe, bin ich wirklich froh, dass mein Französisch sich inzwischen um einiges verbessert hat. So verstehe ich zumindest, dass es nicht in der Nähe von Renés Wohnung oder der meines Bruders passiert ist. Oder in der Nähe des Palastes.

Ninon verbringt viel Zeit damit, die Kommentare zu den Onlineartikeln zu lesen. Ich begreife nicht, wie sie das aushält. So viele Leute lassen sich darüber aus, dass sie sich anders kleiden solle, entweder aus Sorge – wie der König oder aus Empörung – wie dieser Angreifer. Manche drohen sogar mit Vergewaltigung. Sollte das nicht illegal sein?

Ich konzentriere mich umso mehr auf Madame Hiver und hänge an ihr wie eine Klette, während Ninon wieder und wieder versucht, René zu erreichen oder den Comte. Nicht einmal bei Blanc gelingt es ihr inzwischen.

Um uns herum stellen die Dienstboten den Palast auf den Kopf, und das nur für den Großen Ball: Plötzlich tragen sie alle edle Capes, gießen und arrangieren Blumen, kochen, putzen, backen und tauschen Kissen aus. Auf Befehl des Königs lautet das Motto des diesjährigen Balls »Schwarz-Weiß«, natürlich zu

Ehren des Gastes aus England. Also verschwinden die regenbogenbunten Möbel in den königlichen Werkstätten und kommen wesentlich farbloser wieder zum Vorschein. Im Nordflügel, wo der Ball stattfinden wird, tauscht man sogar Vorhänge und Teppiche aus, und je näher der große Tag rückt, desto mehr Dienstboten sieht man in Schwarz-Weiß. Das zerrt an meinen Nerven; manchmal kommt es mir fast so vor, als wäre ich wieder am Weißen Hof, wo ich bei jedem Atemzug um mein Leben fürchten musste. Keine sonderlich angenehme Erfahrung. Trost finde ich hingegen bei den vielen Gelegenheiten, wenn Robin und ich uns heimlich in seine Gemächer verdrücken oder versteckt in einem Alkoven oder hinter einem Bücherregal mit Händen und Lippen ein wenig nackte Haut erkunden. Vermutlich versuchen wir so, die verlorene Zeit wieder aufzuholen.

Am Tag vor dem Ball stellen die Diener gerade schwarze Keramiktöpfe mit weißen Schleifenblumen auf, als ich in Ninons Gemächer zurückkehre. Sie wird inzwischen fast verrückt vor Langeweile, sodass ich versuche, sie nie zu lange allein zu lassen, aber heute musste ich wieder einmal Madame Hiver bespitzeln. Leider hat es ziemlich lange gedauert, sie zu finden, und leider war sie am Ende immer noch von Kopf bis Fuß verhüllt. Wenn mich das Glück komplett verlässt und Robins kleine Intrige sich als wirkungslos erweisen sollte, werde ich sie wohl einfach überwältigen und mich in ihren Geist hineinzwingen müssen. Auch, wenn das kein schöner Gedanke ist.

Zum Glück befinden sich Ninons Gemächer nicht im Nordflügel, weshalb der Flur hier auch nicht umgestaltet wird. Schon als ich die Tür öffne, fühle ich mich befreit.

Bis ich sehe, wer neben Ninons Diwan kniet.

»Liam!« Ich kann nicht glauben, dass ich tatsächlich meinen Bruder vor mir sehe. Meinen Bruder, der sich nun schon seit mehr als zwei Wochen weigert, mit mir zu reden. Und nun hockt er dort, mit dem Rücken an den Diwan gelehnt, die Violine in der Hand, den Bogen auf die Saiten gelegt, als hätte ich sein Spiel unterbrochen. Die beiden wirken leicht beschämt, als sie mich sehen.

»Rea ...« Er steht hastig auf. »Ich ...«

»Ich habe immer wieder versucht, dich zu erreichen!«

»Ich weiß. Hör mal, ich ...« Er verstummt. Dann legt er vorsichtig die Geige weg und breitet die Arme aus. »Komm her.«

Und schon liege ich in seinen Armen. Er drückt mich fest an sich, eigentlich sogar zu fest. Mir ist ganz schwindelig vor Erleichterung. »Ich dachte schon, du wärest so wütend, dass du mir nie verzeihen würdest.«

Es sagt nichts, doch seine Hände ballen sich zu Fäusten. Schließlich versichert er mir: »Auf dich könnte ich niemals wütend sein.« Er lässt mich los und zeigt auf sein Instrument. »Und ich dachte mir, die Gräfin könnte etwas Unterhaltung vertragen«, fügt er leicht verlegen hinzu.

»Vollkommen richtig«, nickt Ninon. »Spiritus apertus, ich sterbe vor Langeweile!« Sie setzt sich auf und streckt sich, wobei sie noch immer leicht zusammenzuckt. »Wobei ich fairerweise zugeben muss, dass ich bis in alle Ewigkeit hier liegen könnte, solange dein Bruder dabei für mich spielt. Ich kann mir gar nicht vorstellen, wie es für dich gewesen sein muss, mit einem derart begnadeten Künstler aufzuwachsen.«

»Na ja, sagen wir mal so: Er war nicht von Anfang an so beeindruckend wie heute. Hast du je gehört, wie es klingt, wenn ein Kind Geige lernt?« Ich verziehe das Gesicht.

»So schlecht war ich aber auch nicht«, protestiert Liam. Dass ich ihn immer noch so leicht auf die Palme bringen kann, ist ein Quell ewiger Freude für mich.

»Wie bitte? Kannst du das noch mal sagen? Ich glaube, in den ersten Jahren wurde mein Gehör dauerhaft geschädigt.«

»Oh, bitte. Da warst du höchstens drei.«

»Alt genug, um mich daran zu erinnern. Weißt du, was meine ersten Worte waren, Ninon? ›Gefolterte Katze‹.«

Sie lacht laut auf, während Liam versucht, mir eine Kopfnuss zu verpassen. »Das kann ich nicht glauben«, sagt sie dann.

»Das liegt nur an der hervorragenden Ausbildung, die ich an Ihrem Konservatorium genießen darf, Madame la Duchesse«, behauptet er mit einer eleganten Verbeugung. Ninon schnaubt spöttisch. »Nenn mich bloß nicht Madame. ›Eure höchst königliche Durchlaucht‹ reicht völlig.« Wieder lacht sie. »Und streng genommen ist es nicht mein Konservatorium, weißt du. Das wird alles vom Parlament finanziert. Wir schreiben einfach nur unseren Namen drauf.«

»Na ja, ›Parlamentarisches Konservatorium‹ klingt auch irgendwie nicht besonders«, stelle ich fest.

»Wieso nicht? Mir gefällt's.« Ninon steht auf, zieht ihren seidenen Morgenmantel zurecht und steuert auf ihren begehbaren Kleiderschrank zu. »Spiritus apertus, seht mich nur an – da empfange ich Gäste, und was habe ich an? Erbärmlich. Bitte entschuldigt mich, ich bin gleich wieder da.«

Bevor sie die Schranktür hinter sich zuzieht, dreht sie sich noch einmal um und verkündet mit bedeutungsvollem Blick: »René hat übrigens auf die Einladung geantwortet.«

»Kommt er?«

»›Nur wenn du mir deine Schneiderin ausborgst‹ waren seine genauen Worte.« Sie lächelt glücklich. »So, und jetzt muss ich aus diesem Fetzen raus.«

Wir warten stumm, bis sie die Tür hinter sich geschlossen hat. Dann murmelt Liam leise: »Also, mich hat's nicht gestört.«

Ich werfe ihm einen scharfen Blick zu. »Was denn?« Er läuft rot an.

»Damit wollte ich nur sagen, dass das, was sie als erbärmlichen Fetzen bezeichnet, in unserem alten Viertel als Sonntagsstaat gelten würde.«

Womit er recht hat. Außerdem hätte es mich überrascht, wenn mein Bruder der einzige Mensch auf diesem Planeten gewesen wäre, der Ninon nicht umwerfend fände. »Was hast du getrieben?«, will ich nun von ihm wissen. »Warum hast du nicht auf meine Anrufe reagiert?«

Er trägt heute vier *manchettes:* violett, grün, gelb und blau. Ist es Zufall, dass er ausgerechnet die Farben der Magdalenen gewählt hat? Liam weicht meinem Blick aus. »Ich hatte einfach viel zu tun, mit der Organisation des Protestmarsches und so. Tut mir leid.«

Ich hole tief Luft. »Nein, mir tut es leid. So wie Robin dich behandelt hat … kein Wunder, dass du wütend geworden bist. Ich hätte es wissen müssen.«

»Nein, eigentlich …« Er sieht mich noch immer nicht an, aber sein Hals rötet sich. Dann stößt er in einem hastigen Wortschwall hervor: »Eigentlich glaube ich, ich sollte mich bei ihm entschuldigen.«

Sprachlos. Im ersten Moment bin ich vollkommen sprachlos. »Wie bitte?«

»Na ja, immerhin habe ich ihn in aller Öffentlichkeit beleidigt«, meint Liam. »Wenn auch mit Recht«, fügt er brummend hinzu.

»Falls du das in deine Entschuldigung mit einfließen lassen möchtest, würde ich mir das noch einmal überlegen«, sage ich. »Außerdem ist er derjenige, der sich entschuldigen müsste.«

»Nein, das ist … Hör mal, könntest du ihm einfach ausrichten, dass ich demnächst vorbeikomme, um mich zu entschuldigen? Heute kann ich nicht, ich muss jetzt los, wir haben gleich einen Termin mit den Mousquetaires, um die endgültige Route für den Marsch festzulegen. Es sind nur noch drei Tage.«

»Du willst das nach wie vor durchziehen?« Ich kann es nicht fassen. »Hast du denn meine Nachrichten nicht bekommen? Keine einzige?«

»Einige, doch.«

»Aber du hast beschlossen, sie nicht ernst zu nehmen. Und wo wir schon mal dabei sind: Warum hast du mir nicht selbst von dem Marsch erzählt?«

»Weil ich wusste, dass du genau so reagieren würdest, Rea.«

»Genau wie?«

»Genau so.« Er nimmt seine Violine, legt sie in ihren Kasten und schließt ihn mit einem Knall. »Als wäre es eine dumme Idee.«

Ich baue mich hinter ihm auf. »Hast du mitgekriegt, dass sie inzwischen schon Autos anzünden, Liam?«

»Besser Autos als Menschen.«

»Niemand hat je behauptet, dass Menschen verbrannt werden sollen.«

»Noch nicht.«

»Sei nicht so melodramatisch.«

»Bin ich nicht.« Er fährt zu mir herum. »Was meinst du denn, wie es in England begonnen hat? Glaubst du wirklich, dort hätten sie von Anfang an vorgeschlagen, alle Magdalenen ins Irrenhaus zu stecken und sie dort so lange zu quälen, bis sie sich umbringen? Wohl kaum.«

»Und erinnerst du dich auch daran, was mit denen passiert ist, die in England auf die Straße gegangen sind?«, halte ich dagegen. Er kennt die Geschichten ebenso gut wie ich: rote Seide, rotes Blut, in einer kalten Nacht im Februar. Mit festem Griff packt er seinen Geigenkasten und sagt: »Wir stehen in Kontakt mit Leuten, die dabei waren. Bei der Seidenrebellion. Sie sind eine Organisation mit Sitz in Berlin, sie nennen sich der Seidene Hof. Sie haben uns bei der Organisation geholfen. Du solltest dir mal anhören, was die alles zu berichten haben, Rea. Hier wird es anders laufen als damals, denn ...«

»Ich weiß, deshalb ...«

»... die Mousquetaires werden uns beschützen.«

»Aber die Zeiten ändern sich ...«

»Ganz genau!« Er sieht mich eindringlich an. »Oder willst du etwa, dass solche Angriffe wie der auf Ninon in Zukunft zum Alltag gehören?«

»Natürlich nicht. Wie kannst du nur so etwas sagen?«

»Dann geh mit uns auf die Straße, Rea. Trage deine Farbe. Trage dein Feuer. Marschiere mit uns.«

Unwillkürlich weiche ich einen Schritt zurück. »Hast du irgendjemandem von der Feuerseide erzählt?«

Das schlechte Gewissen ist ihm deutlich anzusehen.

»Maria Magdalena, Liam!«

»Du hast nie gesagt, dass wir das hier auch noch geheim halten müssen!«

»Wie kannst du dich für besser halten als der Prinz, wenn du ebenfalls rumrennst und die Geheimnisse anderer Leute ausplauderst?« Ich bin stinksauer.

»Du begreifst es nicht, Rea.« Liam kommt einen Schritt auf mich zu. »Du verstehst nicht, welche Bedeutung die Feuerseide für die Menschen hätte. Sie und deine Geschichte. Das, was du mit ihr bewirkt hast. Geh mit uns auf die Straße!«

Für einen kurzen Moment erlaube ich mir, die Bilder zuzulassen. Wie es wäre, meine Feuerseide stolz zu zeigen, umgeben von Menschen, die ebenfalls ihre Farben tragen. Über den sonnigen Pont Alexandre zu marschieren, um das Recht auf freie Berührung zu schützen.

Und was würde das für Robin bedeuten?

»Hör zu, Liam, ich muss mich momentan um etwas anderes kümmern.« Hier sollte ich besser nicht offen darüber sprechen.

»Wenn ich das nicht mache, hat Ninon umsonst gelitten. Das willst du doch auch nicht, oder?«

Seine verkrampften Fäuste lockern sich, und der Ausdruck auf seinem Gesicht reißt mir förmlich das Herz heraus. Ich habe ihn wütend erlebt, ich habe ihn ängstlich erlebt, aber nie habe ich erlebt, dass er so abgrundtief enttäuscht von mir gewesen wäre. »Natürlich nicht. Bitte grüß Ninon von mir, und richte dem Prinzen aus, dass ich baldmöglichst vorbeikommen werde, um mich bei ihm zu entschuldigen.«

»Liam …« Aber mir fällt nichts weiter ein. »Liam«, versuche ich es noch einmal, »du *musst* vorsichtig sein. Dieser Sturm wird sich auch wieder verziehen.«

»Wir sehen uns, *myrddin*«, antwortet er schlicht, drückt mir einen Kuss auf die Stirn und geht zur Tür. Ich erhasche nur einen winzigen Einblick in seine Gedanken, Stakkatotöne in Moll. *Es ihr doch nur sagen kön …*

Dann ist er fort.

Er hat sich meine Warnungen nicht einmal angehört. Oh, Maria.

Ich ziehe die einzelne *manchette* an meinem Handgelenk zurecht. Nun bleibt mir keine andere Wahl. Ich muss jeden einzelnen Gedanken, den Madame Hiver je in Bezug auf meinen Bruder hatte, aus ihr herausbrennen.

Ich hole mein Handy aus der Tasche, halte es zögernd in der Hand. Dann öffne ich die Nachricht, die ich von Madame bekommen habe, und schicke ihr eine Antwort:

Und wenn ich meine Meinung geändert hätte?

Anschließend mache ich mich auf die Suche nach einem Kleid für den Ball. *Denkt immer daran, ihr Jungen und Männer dort draußen: No skin, no sin.*

Ich werde ihnen zeigen, wie Sünde aussehen kann.

Kapitel 11

An dem großen Abend steht Ninon in ihren Gemächern vor dem Spiegel und mustert sich angespannt. Sie hält sich extrem aufrecht und hat die Hände vor dem Körper verschränkt. Als ich ihr einen tröstenden Kuss auf die Wange drücke, muss ich mich zusammenreißen, um nicht vor der Berührung zurückzuschrecken. Ihr Geist ist von dichten Nebelschwaden durchzogen. Sie schieben sich in mein Bewusstsein hinein, streichen mit bleichen Fingern über meine Gedanken. Schlingen sich um meinen Hals und drücken zu. Als der Nebel mir die Luft zu rauben droht, erscheint die Kreatur im Spiegel und leckt über das Glas, bis ihr feuchter Atem alles beschlagen lässt.

Schnell stelle ich mich hinter Ninon, ohne sie zu berühren. Sie ist wunderschön. Wie könnte es auch anders sein? Das Kleid, dem sie sich bei unserem Theaterbesuch noch verweigert hat, gleitet wie zu Stoff verwobene Schneeflocken über ihren Körper. Es ist so strahlend weiß, dass es fast in den Augen schmerzt. Die feste Spitze und die dichten Musselinschichten, die jeden Quadratzentimeter Haut bedecken, sind so edel wie die einer Königin. Selbst ihr Hals ist verhüllt, blumige Spitze rankt sich bis zu ihren Wangenknochen hinauf und in ihre Stirn hinein. Heute sind Perlenketten anstelle von *manchettes* um ihren Körper gewickelt, sie hängen um ihre Taille, im Dekolleté, um ihren Hals, bedecken in einem kunstvollen Netz ihr Haar. Die Perlen an Handgelenken und Unterarmen verstecken unauffällig die

Nähte, die den Übergang vom Ärmel zum Handschuh markieren. Hinter ihr gleitet eine Schleppe aus Perlen über den Boden. Dazu hat man ihr Gesicht weiß geschminkt, sogar ihre Lippen. Sie sieht genauso aus wie die Königin von England.

Der Roi hat es befohlen. Für seinen Gast.

Ninon so auszustaffieren ist ein Geschenk an den Kronprinzen. Am liebsten würde ich kotzen.

Und ich will gar nicht erst daran denken, wie ich mich werde kleiden müssen, falls ich mit ihm nach England zurückkehre.

Eigentlich hatte ich erwartet, dass Ninon es mit einem sorglosen Kommentar abtun würde, etwas in der Art von: »Wenigstens siehst *du* gut aus, Liebes.« Doch das tut sie nicht, obwohl ihre Schneiderin sich bei meinem Outfit selbst übertroffen hat: Mein Kleid ist gerade mal knielang und schulterfrei, der Rücken tief ausgeschnitten. Es ist weiß, doch von dem schwarzen Gürtel aus fallen schwarze, aus feinster Spitze genähte Blätter in die Falten des Rocks hinab und winden sich an feinen Zweigen über meine rechte Brust. Einer von ihnen rankt sich bis zum Schlüsselbein hinauf. Etwas Derartiges habe ich noch nie getragen: so freizügig, so gewagt.

Es wird seinen Zweck erfüllen.

René ist bei uns. Ninon hat ihr Versprechen gehalten und ihre Schneiderin gebeten, ihm eine Kleinigkeit anzufertigen. Myriame rückte daraufhin ihren pinken Hijab zurecht und sagte: »Für einen so tapferen Menschen wie ihn braucht es mehr als nur eine Kleinigkeit.«

Nun trägt René einen fantastischen maßgeschneiderten Anzug aus hellgrauer Seide mit einem anthrazitfarbenen Blumenmuster. Die großen Jackettknöpfe sind silbern, seine Frackschöße reichen fast bis zu den Kniekehlen, und das elfenbeinfarbene Hemd betont genau die richtigen Stellen. Es sollte verboten sein, so gut auszusehen.

Myriame hat ihm den Anzug mit einem durchdringenden Blick überreicht und gesagt: »Vergessen Sie nicht: Kleider sind Waffen.«

Also warten wir nun, bis zu den Zähnen bewaffnet, neben Ninon, die durch das, was sie eigentlich schützen sollte, einfach nur schrecklich verletzlich aussieht. Myriame hat sich geweigert, das Kleid auch nur anzufassen. Arbeiten wollte sie erst recht nicht daran, und Ninon war es egal, ob es richtig sitzt. Reglos steht sie vor dem Spiegel, starrt sich an und wirkt ... einsam. Schrecklich, schrecklich einsam.

Doch das wird heute Nacht ein Ende haben. Bis jetzt habe ich noch keine Nachricht von Madame bekommen, aber wenn ihre Neugier nicht geweckt ist, werde ich das bald ändern.

»Es wird Zeit«, sagt René sanft, nachdem er noch einmal seine Manschettenknöpfe gerichtet hat. Ninon nickt und wendet sich wortlos von ihrem Spiegelbild ab. Wir gehen hinter ihr hinaus.

Eine Eskorte bringt uns in den Nordflügel. Viele der Mousquetaires drücken René unauffällig die Hand, einer allerdings würdigt ihn keines Blickes – der Arzt Sollers. »Ignoriere ihn einfach«, rät mir René. »So ist er immer, seit ich ihm einen Korb gegeben habe.« Dann setzt er sein charmantes Lächeln auf, nimmt die Schultern zurück und lässt sich von der feindseligen Atmosphäre nicht weiter einschüchtern: dem monotonen Schwarz und Weiß, den Leuten, die ihn verstohlen mustern und dann schnell wegsehen, wenn er es bemerkt, und jenen, die seine Blicke mit eisiger Miene erwidern. Alles, was Rang und Namen hat, wurde eingeladen, und auch jede Menge andere, für die das nicht gilt: Adelige, Politiker, Journalisten, Beamte, Militärs, Richter, Geschäftsleute, Mousquetaires, Lehrer, Feuerwehrleute, Kindergärtner, Müllmänner. Man hört die unterschiedlichsten Sprachen und Dialekte. Als Ninon mir im Vorfeld die Gästeliste gezeigt hat, war ich der festen Überzeugung, dass kein Saal groß genug sein könnte, um so vielen Menschen Platz zu bieten. Jetzt, wo wir den Ballsaal betreten, muss ich einsehen, dass ich unrecht hatte.

Er ist doppelt so groß wie der Konzertsaal und dreimal so groß wie der in Ninons Stadthaus in London. Der Holzboden ist auf Hochglanz poliert, und die Wände sind mit zahllosen Spiegeln bedeckt, eingerahmt in Gold und Elfenbein. Die Kronleuchter bestehen aus goldenen Blumenranken und sorgen für helles, warmes Licht. An einer Seite gibt eine Fensterfront den Blick frei auf den zentralen Innenhof des Palastes mit seinen bunten Blumenrabatten, die im silbernen Licht der Sterne leuchten. Das Mobiliar, die Vorhänge und die Sitzpolster, die alle streng in Schwarz und Weiß gehalten sind, hätten vielleicht sogar einen reizvollen Kontrast zu alldem Prunk abgegeben, wenn sie mich nicht so sehr an einen anderen Palast erinnert hätten. An ein anderes Leben.

Aber wenigstens haben die Gäste den Dresscode ganz nach meinem Geschmack interpretiert, sie haben – genau wie ich – Schwarz und Weiß miteinander gemischt, wobei ihnen anscheinend überhaupt nicht bewusst ist, dass in England die Damen nur Weiß tragen und die Herren nur Schwarz. Ninon hat mir einmal erklärt, dass diese Unterscheidung in Frankreich schon lange aus der alltäglichen Mode verschwunden ist. Sie kommt nur noch bei historischen oder politischen Anlässen zum Tragen, wie etwa dem *danse blanche,* der im sechzehnten Jahrhundert eingeführt wurde, als Maria II. und Elizabeth mit allen Mitteln um den englischen Thron kämpften. Um ein Blutvergießen zu vermeiden, schufen französische Diplomaten eine eher ausgefallene Gelegenheit zu einem Austausch auf neutralem Boden, indem sie den *bal blanc* ins Leben riefen, inspiriert durch die Lieblingsfarbe der englischen Herrscherin. Bei dieser Gelegenheit konnten die Schwestern zusammenkommen, ohne dabei durch männliche Einflüsse gestört zu werden. Wenn ich mich richtig an den Geschichtsunterricht erinnere, war der Plan der Diplomaten nicht von Erfolg gekrönt, aber der Tanz ist geblieben.

Das Farbschema jedoch nicht. In der Menge entdecke ich den Chefredakteur einer Zeitung, die sich für die Berührungsfreiheit stark gemacht hat. Er trägt einen weißen Anzug mit grauen Nadelstreifen und unterhält sich gerade mit einer Dame in einem anthrazitfarbenen Cape mit farblich passender Militäruniform. Auf ihrem Arm das Emblem des geöffneten bunten Kreises zu sehen wärmt mein Herz. Die Mousquetaires haben ebenfalls neue, vollkommen schwarze Uniformen bekommen. Ich sehe mich nach Blanc und dem Comte um, kann sie zwischen den anderen Soldaten aber nicht auf den ersten Blick erkennen. René, der dicht neben mir steht, versucht es anscheinend ebenfalls. Ich würde ihn so gerne trösten, aber das steht mir nicht zu. Meine Aufgabe besteht heute darin, sein Opfer zu ehren.

Madame Hiver ist noch nicht eingetroffen, ebenso wenig der Roi oder der Prinz. Normalerweise wäre ich davon ausgegangen, dass Ninon frühzeitig bei einer solchen Veranstaltung erscheint, um sich mit Geschäftspartnern oder Politikern zu unterhalten, aber heute macht sie keinerlei Anstalten dazu. Stattdessen ist sie still und unauffällig am Eingang stehen geblieben und sieht niemanden an. Die meisten Gäste haben nicht einmal bemerkt, dass sie den Saal betreten hat – oder wer sie eigentlich ist. René zieht viele anerkennende Blicke auf sich, aber Ninon scheint nahezu unsichtbar zu sein. Nur an der Art, wie sie nervös an ihren Fingern herumspielt, erkenne ich sie wieder. So einsam.

Diener reichen Drinks und *petit fours* herum, Erdbeeren mit weißer Schokolade, die noch warm von ihren Spitzen tropft. Und natürlich ohne Serviergabeln. René wird kurz darauf von der Frau in der Militäruniform entführt, die er mit *General* anspricht. Sein Lächeln lässt vermuten, dass die beiden eine gemeinsame Vergangenheit haben, während ihres den Anschein erweckt, dass sie darauf in der Zukunft gerne aufbauen würde. Da sie wenig später in eine ernste Unterhaltung vertieft sind, gehe ich davon aus, dass es nicht nur eine private, sondern auch eine berufliche Angelegenheit ist.

»Du musst nicht bei mir bleiben, Rea«, überrascht mich Ninon mit den ersten Worten, seit wir angekommen sind. »In diesem Raum bin ich so sicher wie nirgendwo sonst. Amüsiere dich ruhig, bis du tun musst, weshalb wir gekommen sind.«

Obwohl ich nicke, fällt es mir schwer, Ninon allein zu lassen. Immer mehr Gäste treffen ein, aber von Madame Hiver keine Spur. Stattdessen kommt ein Mann auf uns zu. Er trägt einen weißen Anzug mit goldener Stickerei, die immer wieder dasselbe Wappen bildet: drei breite horizontale Linien, zwischen denen mehrere Burgfriede aufgereiht sind. Die feinstichige Arbeit nimmt mich so gefangen, dass es eine Weile dauert, bis ich dem Mann ins Gesicht sehe. Schockierenderweise handelt es sich um den Comte.

»Madame la Duchesse«, er verbeugt sich tief vor Ninon, »möge dieser Tag Ihnen einen offenen Geist und rege Gedanken bescheren.«

Vollkommen untypisch erwidert sie die förmliche Begrüßung auf dieselbe Art: »Monsieur le Comte, möge dieser Abend Ihnen klare Erinnerungen und sanfte Gefühle bringen.«

Dann dreht er sich zu mir um und neigt grüßend den Kopf, ohne mich anzusehen. Es dauert einen Moment, bis mir klar wird, dass er sich schämt. »Miss Emris.«

»Comte«, erwidere ich. Nur zu gerne würde ich ihm sagen, dass es mir ähnlich geht, aber ich glaube nicht, dass er die Geste zu schätzen wüsste. »Sie sehen ... verändert aus.«

Das lässt Ninon endlich schmunzeln, wenn auch nur kurz, während der Comte verlegen von einem Bein aufs andere tritt. »Adelsfamilien werden ohne Ausnahme zum Großen Ball eingeladen, und man erwartet von ihnen, dass sie daran teilnehmen. Wie die Duchesse habe auch ich bei diesem Ball Verpflichtungen, die weiter reichen als meine persönlichen Wünsche.«

»Dann sind Sie also tatsächlich ein echter Comte.«

»Dem Namen nach.«

»Na ja«, schaltet sich Ninon ein, »und mit dem passenden Anwesen dazu.«

Er wirft ihr einen Blick zu. »Und doch wäre es falsch, Miss Emris gegenüber anzudeuten, dass mich dies in meinen Entscheidungen beeinflusst, auch wenn René das anders zu sehen scheint. Ich bin der letzte verbliebene Spross meines Familienstammbaums, Miss Emris, und ich habe auch nicht vor, daran etwas zu ändern. Ich habe keine Familie mehr, die Druck auf mich ausüben könnte. Daher steht es mir frei, meine eigenen Fehler zu machen.«

Sein Blick wandert durch den Raum. Als er René mit der Frau in Uniform sieht, hält er inne.

»Wie ich sehe, ist General Lagrage hinter neuen Rekruten her«, meint Ninon leichthin.

»Diese Grausamkeit passt nicht zu dir«, erwidert er ebenso unbeschwert. Zwei Adelige bei höfischen Ränkespielen. Ich kann nicht begreifen, wie sie das fertigbringen.

»Zu dir aber auch nicht.«

Der Comte lächelt bitter. »Das ist offenkundig unwahr.«

»Dir selbst gegenüber bist du grausam, ja. Aber anderen gegenüber warst du es nie.«

Eine Weile beobachten wir stumm den Mann, um den es hier in Wirklichkeit geht und der nur wenige Meter entfernt ins Gespräch vertieft ist. Dann wandert der Blick des Comte weiter zu den Mousquetaires, sucht Blanc. »Ninon.« Jetzt ist alle Leichtfertigkeit aus seiner Stimme verschwunden. Sie klingt eher so, als bereite ihm jedes Wort Schmerzen. »Ich habe das total verbockt.«

Ninon will tröstend nach seinem Arm greifen, hält aber inne, als plötzlich eine Fanfare ertönt. Die Doppeltür hinter uns wird aufgerissen, und der Roi erscheint. Heute sieht er zum ersten Mal, seit ich ihn kenne, wahrhaft prachtvoll aus. Er trägt schwarzen Brokat, der mit goldenen Bourbonenlilien durchsetzt ist. Dazu eine goldene Krone mit Saphirbesatz, einen schmalen goldenen Gürtel und einen großen Reichsapfel.

Er bleibt in der Tür stehen, und die Menge im Saal verstummt. Alle sinken auf ein Knie – alle außer Ninon. Er streckt ihr eine Hand entgegen, sie geht zu ihm und ergreift sie. Ein Raunen geht durch den Saal. Das Gesicht des Chefredakteurs verzieht sich entsetzt, als er sie endlich erkennt. Das einsetzende Getuschel und die vielen Kameras, die plötzlich klicken, beweisen, dass er nicht der Einzige ist, den ihr Anblick schockiert. Hinter dem König marschiert eine Abteilung der Mousquetaires auf und stellt sich dann an den Wänden auf. Nun entdecke ich auch Blanc. Der Weiße Ritter scheint sich in so viel schwarzem Stoff ziemlich unwohl zu fühlen.

Auf ein Signal des Königs hin erheben wir uns. Wieder tönt die Fanfare. Robin tritt ein, gefolgt von Mister Galahad. Ich höre, wie manch einem der Atem stockt. In ihren schimmernden schwarzen Westen und den Jacken mit den hohen Kragen und den schmalen Schleppen am Rücken sehen die beiden extrem gut aus. Vor allem Robin. Heute ist er durch und durch der Kronprinz von England, so kalt und düster, dass ich ihn fast nicht wiedererkenne. Das ist nicht der Mann, der mich noch heute Morgen geküsst hat, der mir ein leises Stöhnen entlockt hat, als er sanft in meine Unterlippe biss.

Zusammen mit ihnen betritt auch Madame Hiver den Saal, geführt von Mister Galahad. Sie trägt ein schwarzes Kleid mit weißen Blumen an Taille und Rock, die sich bis über eine Schulter ziehen. Ein Netz aus weißen Perlen bedeckt ihren Rücken, ein Arm ist mit schwarzem Musselin verhüllt. Ihre Maske ist schwarz wie die Nacht. Aber ihre Hände, ihre Schultern und ihr linker Arm sind nackt.

Am liebsten hätte ich triumphierend aufgeschrien. Doch stattdessen starre ich Madame Hivers Maske an, um Augenkontakt herzustellen. Sie erwidert meinen Blick, während Robin und Mister Galahad sich vor dem König verneigen, der den Gruß mit herablassender Miene entgegennimmt. Madame würdigt er kaum eines Blickes. Dann hebt er Ninons Hand an und hält sie einen schier endlosen Moment lang hoch, damit alle sie sehen können. Anschließend streckt er sie Robin entgegen.

Es ist wie ein Schlag in die Magengrube: Ninon, die starr zu Boden blickt; der Chefredakteur, die Generalin und René, die betreten den Blick abwenden. Die Art, wie Robin mit einem glatten Lächeln Ninons Hand ergreift. Ein grelles Blitzlichtgewitter setzt ein, als die beiden die Stufen zur Tanzfläche hinunterschreiten. Die Menge teilt sich vor ihnen, die Musiker greifen nach ihren Instrumenten, ein Chor stellt sich hinter ihnen auf. Sobald der Roi das Zeichen gibt, fangen sie an zu spielen. Über dieses Stück haben wir einmal in der Schule gesprochen, in England. Seinen Namen habe ich vergessen, aber nicht den des Komponisten: William Byrd. Sein Stück aus dem sechzehnten Jahrhundert ist berühmt für seine chorischen Elemente. Es ist langsam, schwermütig – das komplette Gegenteil von Ninon.

Der Kronprinz scheint damit kein Problem zu haben, als er sie durch den alten Tanz führt, ihre Schleppe fest in der Hand. Ich beobachte ihn. Der Chefredakteur hat sich in eine Ecke zurückgezogen und tippt mit finsterer Miene etwas in sein Tablet. Als ich mir die anderen Journalisten ansehe, bin ich nicht überrascht, Moreen Gause unter ihnen zu entdecken. Unsere Blicke treffen sich kurz. Sie lächelt. Für sie ist anscheinend alles gut.

Die Musik will kein Ende nehmen. Als es schließlich doch so weit ist, breitet sich Stille aus. Sicherlich entspricht es den Gepflogenheiten, an dieser Stelle zu klatschen, aber offenbar kann sich niemand dazu durchringen. Der Roi mustert die Gästeschar, und einen Moment lang wirkt er verunsichert. Der fehlende Applaus macht ihn stutzig. Ich meine, seine Gedanken lesen zu können: War es ein Fehler, seine Schwester auf diese Art und Weise vorzuführen? Denken die Menschen jetzt, er biedere sich zu sehr bei den Briten an, kokettiere zu sehr mit ihren Wünschen, ihrem Geschmack, ihren Werten?

Madame Hiver stellt sich neben ihn und streckt beide Hände in die Höhe. Ihr maskiertes Gesicht blickt über die Menge. Dann fängt sie an zu klatschen. Laut schlagen ihre nackten Handflächen aneinander. Mit Handschuhen hätte sie niemals einen solchen Effekt erzielt. Nach und nach wird der Applaus von den Umstehenden aufgegriffen. Dem König ist die Erleichterung deutlich anzusehen. Er wendet sich Madame Hiver zu und streckt eine Hand aus. Mit einer demütigen Verbeugung legt sie ihre flache Hand in seine. Ich beiße mir frustriert auf die Unterlippe.

Begleitet vom Applaus der Menge gehen die beiden auf das Parkett hinunter, um den zweiten Tanz zu beginnen. Andere Paare folgen ihrem Beispiel. Ich sehe, wie die Generalin René auffordert, der aber mit einem charmanten Lächeln ablehnt. Daraufhin sucht sie sich den Capitaine aus und führt ihn auf die Tanzfläche. Unwillkürlich blicke ich zum Comte hinüber, der es ebenfalls gesehen hat. »Sehen Sie mich nicht so an«, sagt er.

»Wie denn?«

»So mitleidig.«

»Ich kann nicht anders. Sie müssten nicht so leiden.«

»Muss ich nicht?« Das weiße Make-up wirkt an ihm einfach nur lächerlich. Er hat sich sogar ein Schönheitspflästerchen ins Gesicht geklebt.

»Sie müssten nichts weiter tun, als die auszuziehen«, ich streife mit einer Hand seine Lederhandschuhe – immer Leder, Leder, Leder, »und ihn um den nächsten Tanz zu bitten.«

»So einfach ist das?«

»Allerdings.«

Nun dreht er sich zu mir um. So wie er aussieht, braucht er dringend eine Zigarette. »Verzeihen Sie, wenn ich das sage, Miss Emris, aber wie stark auch immer Ihre Gefühle für den Prinzen sein mögen: Eine Affäre von ein paar Monaten Dauer ist etwas ganz anderes als eine langjährige Beziehung.«

»Inwiefern?« Ich bleibe stur.

»Sie hatten noch nicht so oft Gelegenheit, sich gegenseitig zu verletzen«, sagt er, während er Ninon und dem Prinzen beim Tanzen zusieht. Vollkommen selbstverständlich trägt Robin seine Handschuhe, vollkommen selbstverständlich hält er ihre Schleppe. Dann dreht sich der Comte wieder zu mir und fügt hinzu: »Aber das wird noch kommen.«

»Nehmen Sie einfach seine verdammte Hand, Sie Feigling.«

Er lächelt. »Sind Sie sicher, dass Sie mich meinen?«

Am liebsten hätte ich ihn angefaucht. Aber ich bewahre mir meine Würde und gehe davon, stelle mich an den Rand der Tanzfläche. Dabei rede ich mir ein, dass ich nicht Robin und Ninon beobachte, sondern allein Madame Hiver. Im Moment ist sie ganz auf den Roi konzentriert. Oder doch nicht? Ich sehe, wie sie über seine Schulter hinweg den Saal absucht. Ganz bewusst stelle ich mich in ihr Blickfeld und warte ab.

Bis sie mich sieht.

Wegen ihrer Maske weiß man natürlich nie, ob sie einen

direkt ansieht, aber ich bilde mir ein, dass sie zögert. Nur eine Sekunde lang, dann wendet sie den Kopf ab.

Sehr gut. Sie sollten besser auf der Hut sein, Madame.

Sobald die Musik verstummt, verlässt der Roi mit Madame Hiver am Arm die Tanzfläche, die sich nun mit immer mehr Paaren füllt. Der Zeremonienmeister kündigt den Roten Tanz an, »la danse rouge«. Ninon hat mir bereits erklärt, dass der Große Ball nach den Eröffnungstänzen immer in acht Tänze unterteilt ist, einer für jede Farbe des Regenbogens, und schließlich der Weiße Tanz um Mitternacht. Der Rote Tanz ist für ehemalige Geliebte. »Eine gute Art, einen solchen Abend zu beginnen«, meinte sie. Da war sie noch zu Scherzen aufgelegt. »Er weckt die Eifersucht in den Leuten und verschafft der Sache ein wenig Würze. Etwas, das ich nur gutheißen kann.« Danach kommt der Orange Tanz für alle, die nicht durch Liebe, sondern durch Leidenschaft verbunden sind – etwas so Aufregendes und Unschickliches habe ich noch nie gehört. Es folgt der Gelbe Tanz für Freunde, der Grüne für Anverwandte, der Blaue für junge Liebe, der Indigofarbene für alte Liebe und der Violette für alle, die allein sind.

Der Roi wirkt äußerst königlich – zumindest in den Momenten, in denen er sich das alberne Kichern verkneift. Oder das selbstzufriedene Grinsen eines Dreijährigen. Ich schiebe mich mit gebührendem Abstand hinter ihm und Madame durch die Menge und warte auf eine Gelegenheit, um zuzuschlagen. Der Capitaine und die Generalin sind auf der Tanzfläche geblieben, Ninon und der Prinz jedoch nicht, so wie es beim Roten Tanz nicht anders zu erwarten war. Im nächsten Augenblick tritt Ninon zu mir, während ich weiter Madame Hiver und den Roi im Auge behalte. Blanc schließt sich uns ebenfalls an. Es tut gut, dass er mich unterstützt. Auch der Comte drückt sich in unserer Nähe herum, und plötzlich fällt mir seine ehemalige Liaison mit Madame wieder ein. Er wird doch nicht ... nachdem René gerade erst die Generalin abgewiesen hat? Vorsichtshalber werfe ich ihm einen mahnenden Blick zu, aber er sieht gerade nicht in meine Richtung. Allerdings gilt seine Aufmerksamkeit auch nicht Madame Hiver. Stattdessen beobachtet er den Chefredakteur, der zielstrebig auf den König zuhält.

»Monsieur Battaglia«, begrüßt ihn der Roi. »Comment allez-vous?«

Ganz automatisch greift Ninon nach meiner Hand, hält aber abrupt inne, als ihr bewusst wird, dass ihre Finger ja verhüllt sind. Ich glaube, sie leise wimmern zu hören. Stattdessen zieht Blanc einen Handschuh aus und übernimmt die Gedankenübersetzung.

»Ich fühle mich geehrt, Majestät«, antwortet Monsieur Battaglia und verbeugt sich. »Madame, wie geht es Ihnen?«

»Ich kann nicht klagen, Monsieur.«

»Das hört man doch gern.« Der Chefredakteur lässt scheinbar fröhlich den Blick durch den Saal wandern und betreibt weiter Small Talk: »Eure Gästeliste ist wie immer exquisit, Majestät. Ihr habt wirklich an alle gedacht. Ein exakter Querschnitt der Gesellschaft.«

»Mein Parlament wird nicht müde, mich daran zu erinnern, dass man mir nur deshalb die Mittel für diesen lauschigen Abend zur Verfügung stellt«, beschwert sich der Roi quengelnd. Ist das zu fassen? »Als wäre das alles sooo teuer.«

Blancs Finger verkrampfen sich. Plötzlich sehe ich eine heruntergekommene Häuserzeile in Marseille vor mir, verdreckt, verwittert, mit welligen Tapeten und undichten Rohren im Inneren. Einen vollkommen überarbeiteten Krankenpfleger, der über einem reglosen Körper zusammenbricht – vermutlich Blancs Vater. Eine Ärztin, die hektisch angelaufen kommt, obwohl sie selbst einen Arm in Gips trägt.

Der Chefredakteur geht nicht auf die Worte des Königs ein, sondern mustert weiter die Menge. »Ich muss allerdings zugeben, es gibt einen Gast, mit dem ich hier nicht gerechnet hätte.«

»Und wer wäre das?« Der Roi reagiert verschnupft. »Ich versichere Ihnen, die Liste wurde von mir persönlich abgesegnet.«

»Und warum habt Ihr dann ausgerechnet den Mousquetaire eingeladen, den Ihr gerade erst wegen schwerer Dienstvergehen suspendiert habt?«

Ninon flucht leise, während der Chefredakteur mit ausgestrecktem Arm zu René hinüberzeigt, der in einiger Entfernung mit einem Kellner zusammensteht ... und ganz offen mit ihm flirtet. »Kann ich unserer Leserschaft berichten, dass Ihr es Euch anders überlegt habt, Majestät?«

Der Roi lässt sein Glas fallen. Es zerbricht klirrend auf den Marmorfliesen. »Putain«, zischt er äußerst unköniglich und marschiert zu René hinüber.

»Anscheinend nicht«, murmelt der Chefredakteur und folgt dem Roi, ebenso wie wir. Blanc lässt ein paar äußerst kreative Schimpfwörter vom Stapel. Hinter uns laufen gleich mehrere Diener herbei und kümmern sich um die Scherben, während der Roi auf René und den ahnungslosen Kellner zustürmt.

»Was haben Sie in meinem Haus verloren?«

Diesen Palast als »Haus« zu bezeichnen ist die Untertreibung des Jahrhunderts, aber das scheint den Roi nicht weiter zu stören. René dreht sich zuvorkommend um, der Kellner allerdings – ein Mann in den Dreißigern in maßgeschneiderter schwarzer Livree – ist starr vor Schreck.

»Eure Majestät.« René verneigt sich tief. »Welch eine Ehre, wenn auch nicht unbedingt ein Vergnügen.«

Blanc will offenbar einschreiten, wird aber durch eine Hand auf seinem Arm daran gehindert. Es ist der Comte, der plötzlich neben uns auftaucht.

»Ich verlange zu wissen, wie Sie unbemerkt in den Palast gelangen konnten.«

»Durch das Haupttor, Eure Majestät.«

»Unmöglich. Es wurde niemand eingelassen, der keine Einladung vorweisen konnte.«

»Ich war eingeladen, Eure Majestät.«

»Unmöglich! Ich habe die Gästeliste persönlich abgezeichnet. Und Ihr Name wäre mir aufgefallen.«

Diesmal macht Ninon den Mund auf, um etwas einzuwenden, wird aber ebenfalls vom Comte zurückgehalten. Er starrt den Roi an, dann René und sagt mit erhobener Stimme: »Eure Majestät, dieser Mann ist mit mir hier.«

Sofort fährt der Roi zu ihm herum. Ich umklammere krampfhaft Blancs Hand, damit er sich nicht schützend vor den Comte stellt. Im Gesicht des Königs spiegelt sich mörderische Wut.

»Mit Ihnen? Sind Sie sicher, Comte?«

Madame Hiver hat sich ebenfalls dem Comte zugewandt. Er sieht sie ganz bewusst nicht an, sondern konzentriert sich einzig und allein auf René. Dieser meldet sich nun selbst wieder zu Wort: »Ich kann Euch versichern, Majestät, der Comte irrt sich. Ich befinde mich nicht aufgrund seiner …«

»Und *ich* kann Euch versichern, dass es sehr wohl so ist«, erklärt der Comte mit Nachdruck. »Das Haus von Aisne wird seit Generationen zu diesem Ball geladen. Und wir wurden stets gebeten, in Begleitung zu erscheinen. Ohne Zweifel werdet Ihr Euch daran erinnern, dass Ihr so auch Madame zum ersten Mal begegnet seid.«

Sowohl Madame Hiver als auch der König reagieren äußerst verlegen auf diese Feststellung. Und es ist nicht klug, den Roi in Verlegenheit zu bringen.

»Aber nicht alle Comtes de l'Aisne waren auch Mousquetaires. Sind Sie sicher, dass Sie dieses Risiko eingehen wollen, Lieutenant?«, zischt der König.

Der Comte und René haben jetzt nur noch Augen für einander. »Warum solltest du einen solchen Gast mitbringen?«, fragt René den Comte. »Wenn du doch weißt, dass er nicht erwünscht ist?«

Der Comte zögert, und sein Blick huscht kurz zu mir. Dann antwortet er leise: »Um ihn um einen Tanz zu bitten.«

René mustert den Comte prüfend – seinen Anzug, sein Make-up, seine Handschuhe. Dann schließt er kurz die Augen. Auch der Glitzer auf seinen Wangen und der dunkle Lidstrich können nicht verhindern, dass man ihm seine Qualen ansieht. Es ist verstörend, wenn ein Mann, der sich gerade noch gegen den König von Frankreich behauptet hat, die Fassung verliert. »Ich glaube nicht, dass er dazu bereit wäre.«

In Blancs Geist überschlagen sich Worte und Bilder – *nein, nein, komm schon.* Ein sichtlich jüngerer Comte, der René einen leidenschaftlichen Kuss gibt, mitten in einer Horde wütender Demonstranten, beide in Uniform und Schussweste, aber vollkommen losgelöst von dem Chaos ringsum.

Jetzt sieht der Comte zu Blanc hinüber, dann zu mir. Ich nicke. Mehr kann ich nicht tun. Er konzentriert sich wieder auf René, lässt ihn nicht aus den Augen, während er die Hände hebt. Ich erinnere mich noch gut daran, wie Robin in der Theatergarderobe seine Handschuhe abgestreift hat. Das ist hier anders, nicht langsam, nicht zögerlich. Ruhig, ernsthaft und nachdrücklich zieht der Comte seine Handschuhe aus. Hält das weiche Leder in seiner schwieligen Handfläche. Und dann lässt er sie, ohne sie noch eines Blickes zu würdigen, einfach fallen. Endlich. Er stellt sich vor René auf, streckt ihm die nackten Hände entgegen und verbeugt sich vor ihm, ganz klassisch.

Mit angehaltenem Atem starren wir ihn an. Die Art, wie er den Kopf gesenkt hält … Kann man deutlicher vermitteln, wie unwürdig man sich fühlt, auch wenn man den anderen trotzdem will? Seine nackte Hand hängt reglos in der Luft, seine Handschuhe liegen wie ein Versprechen zwischen den beiden auf dem Boden. In meinen Augen brennen Tränen.

René hat die Hände hinter dem Rücken verschränkt. Er hält seine Finger umklammert, als würden sie zittern. Als müsse er sich zurückhalten. »Olivier.«

»Möchtest du mit mir tanzen, René?« Der Comte schafft es kaum, seinen Namen auszusprechen.

»Du verdammter Idiot«, erwidert René und ergreift seine Hand. Am liebsten würde ich jubeln, aber jetzt muss ich erst ein bisschen weinen. Blanc kann nicht aufhören zu lachen, ebenso wie René. Und auf Ninons Gesicht breitet sich ein glückliches Lächeln aus – das erste Mal seit Tagen.

Dann fragt René: »Nun, Monsieur le Comte, um welchen Tanz möchten Sie mich denn bitten?«

Der Comte richtet sich langsam auf. Noch einmal huscht sein Blick zu Blanc. Seine Wangen haben sich trotz Make-up gerötet, und er antwortet mit liebevoller Stimme: »Um den Blauen.«

Wir sehen den beiden dabei zu. Spiritus apertus, wer würde ihnen nicht zusehen wollen? Was weniger daran liegt, dass sie so attraktiv sind – das ist definitiv der Fall. Und auch nicht daran, wie gut sie tanzen – das können sie wirklich. Nein, es ist das Lachen des Comte. So habe ich ihn noch nie lachen hören, außer vielleicht bei seinen Kämpfen mit Blanc. Und es ist Renés strahlendes Lächeln. Der Chefredakteur, Ninon, die Gäste ringsum … sie alle sind wie gebannt von diesem Bild der unverstellten Liebe.

Robin sieht ebenfalls zu. Er hat wieder seine offizielle, arrogante Maske aufgesetzt, wirkt sogar leicht bestürzt. Als mir bewusst wird, dass eine Träne über meine Wange läuft, wende ich mich hastig ab. Peinlich berührt wische ich sie weg. So etwas wird es in meinem Leben nie geben. Er wird nie so auf mich zugehen. Wird nie für mich seine Handschuhe wegwerfen. Wird nie in der Öffentlichkeit so mit mir tanzen – nicht mit bloßen Händen.

Oh, Maria, ich darf mich nicht ablenken lassen! Jetzt muss ich an jene denken, die ich liebe.

Während ich nun etwas vorsichtiger meine Wangen abtupfe, um nicht das kunstvolle Make-up zu zerstören, das Myriame mir verpasst hat, sehe ich mich nach Madame Hiver um.

Die mir plötzlich direkt gegenübersteht.

Sie bietet mir ein Taschentuch an. Es ist weich und rot. Wie immer ist ihr Gesicht hinter der reglosen Maske verborgen – heute ist sie schwarz –, doch ihre Stimme klingt merkwürdig, als sie feststellt: »Aber Miss Emris. Ihnen scheint diese Sache ja wirklich nahezugehen.«

Misstrauisch nehme ich das Taschentuch entgegen. »Es ist ja auch bewegend, oder etwa nicht?«

Madame Hivers Blick wandert zum Roi, dann zu Robin. »Bewegend? Ja. Aber weder der Roi noch der Kronprinz scheinen erfreut darüber zu sein.«

Ich weiß, was sie meint. Der König wirkt alles andere als glücklich, vor allem, da der Chefredakteur, der noch immer neben ihm steht, breit grinst. Bestimmt sucht Seine Majestät in Gedanken bereits nach einem Grund, um den Comte suspendieren zu können. Der Prinz hingegen zeigt nach wie vor keinerlei Regung, er sieht höchstens etwas ratlos aus. Die perfekte Miene für die Fotografen, die eifrig Bilder machen, während wir den Tanzenden zusehen. »Vielleicht interessiert es mich ja nicht mehr so sehr, was er davon hält.«

»Das wage ich zu bezweifeln. Woher der plötzliche Sinneswandel?«

Schnell suche ich nach einer Begründung – was mir nicht schwerfällt, wenn ich an die traurige Ninon vor dem Spiegel denke, ausstaffiert wie ein Opferlamm. Anstatt zu antworten, sehe ich demonstrativ zu ihr hinüber. Madame Hiver reagiert zunächst nicht. Dann sagt sie: »Auch wenn dieses Argument durchaus zwingend erscheint, müssen Sie mir doch verzeihen, wenn ich es für eher unwahrscheinlich halte, dass sich Ihre Einstellung so grundlegend geändert haben soll.«

»Wenn es tatsächlich derart unwahrscheinlich ist, warum ziehen Sie es dann überhaupt in Erwägung?«

Wieder dieses Lächeln. »Hoffnung, Miss Emris. Meist ist sie töricht, und doch gibt es kaum etwas, das die Menschen stärker antreibt. Nun ja …« Sie mustert einige der Gäste. »Außer Hass, vielleicht.«

Mir ist klar, was sie damit sagen will: Manche Gäste finden den Anblick von René und dem Comte offenbar wenig erquicklich, allen voran der Mousquetaire Sollers. Sein Gesicht hat sich zu einer Grimasse verzerrt, die ich in England oft gesehen habe – wenn Magdalenen oder Hautstreichern öffentlich der Prozess gemacht wurde.

»Dann halten wir uns doch lieber an die Hoffnung, oder?«, stelle ich fest und ergreife meine Chance. »Würden Sie den Weißen Tanz mit mir tanzen, Madame?«

Das wirft sie aus der Bahn. Ich erkenne es daran, wie sie mir abrupt das Gesicht zuwendet. »Was?«, fragt sie etwas atemlos.

»La danse blanche. Wir könnten uns ungestört unterhalten.« Ich sehe kurz zum Prinzen hinüber, um anzudeuten, von wem ich angeblich nicht belauscht werden möchte.

Sie atmet tief durch. Es dauert erstaunlich lange, bis sie sich wieder im Griff hat. Doch dann verbeugt sie sich vor mir. »Wir sehen uns später.« Damit wendet sie sich zum Gehen.

Natürlich, ihr Trauma. Sie wurde in ihrem eigenen Haus angegriffen, und sie hat keinerlei Grund, mir zu vertrauen. Deshalb hat sie wohl so lange gezögert. Aber das ist nicht der richtige Moment für Skrupel meinerseits. Sie hat Ninon erpresst und meinen Bruder bedroht und will den Prinzen für ihre Zwecke missbrauchen. Sie ist ganz sicher kein Opfer.

Und überhaupt besteht immer noch die Möglichkeit, dass bei diesem Tanz ich zum Opfer werde. Lautlos schleicht sich die Kreatur an mich heran und kaut an meinem Rock.

Während ich mir Renés Lehren ins Gedächtnis rufe, sehe ich mich nach meinen Verbündeten um. Blanc hat wieder Posten bezogen, direkt neben Sollers, während Ninon sich zum Prinzen begeben hat. Sie wirkt wieder aufgewühlt, in sich gekehrt. Mit hängenden Schultern steht sie zwischen dem Kronprinzen und dem Roi. Das ist allerdings noch gar nichts im Vergleich zu Blanc, der so zerrissen zu sein scheint, dass er besser einen Maltoren aufsuchen sollte, bevor er innerlich explodiert. Der Comte blickt immer wieder zu ihm hinüber, und René ebenfalls. Und dann wäre da noch Robin, der sich natürlich eiskalt gibt. Er könnte mich nicht einmal dann öffentlich unterstützen, wenn es um Leben und Tod ginge. Heute Abend wird es keine Feuerseide geben.

Nur mich und Madame Hiver.

René und der Comte tanzen auch noch den Indigo-Tanz, der etwas langsamer ist. Der Comte hat den Kopf auf Renés Schulter gelegt. Erst als der Violette Tanz angekündigt wird, verlassen sie die Tanzfläche und machen sich auf die Suche nach Blanc. Ich bin maßlos überrascht, als ich Mister Galahad auf die Tanzfläche treten sehe. Mehr als ein paar verstohlene Blicke wage ich allerdings nicht, denn ich habe plötzlich wieder den Moment vor Augen, als mir klar wurde, dass er sich in mich verliebt hatte – während ich bereits Pläne schmiedete, wie ich am besten in seinen Geist eindringen könnte. Und doch haben all die Gefühle, die ich ihm so deutlich angemerkt hatte, nicht ausgereicht. Er hat mich trotzdem aufs Schafott geschickt, hat mich dem Weißen König ausgeliefert. Genau wie Robin.

Oh Maria. Konzentration!

Der Violette Tanz endet, als die Uhren Mitternacht schlagen. Hektische Betriebsamkeit setzt ein. Wir haben nur während der zwölf Schläge Zeit, einen Partner zu finden und mit ihm auf die Tanzfläche zu gehen. Eins. Madame Hiver und ich gehen aufeinander zu. Zwei. Wir treffen uns oben an den Stufen. Drei. Vier. Sie verbeugt sich. Fünf. Ich erwidere die Begrüßung. Sechs. Dann betreten wir die Tanzfläche, gehen so weit in die Mitte wie möglich. Sieben. Acht. Neun. Sie dreht sich zu mir. Zehn. Ganz langsam streckt sie mir die nackte Hand entgegen. Elf. Sie zittert leicht. Zwölf.

Ich ergreife sie.

Vollkommen unvorbereitet brechen ihre Gedanken über mich herein. Sie strömen dahin wie Musik, bilden ein Feld voller Blumen, das lichterloh brennt. Blaue Flammen lecken an blauen Blüten. *Vorsichtig – Was, wenn sie es ernst meint? Ich darf nicht – trotzdem – wenn sie ihre Meinung wirklich geändert hat – Vorsicht.*

Oh ja, Sie sollten besser vorsichtig sein.

Wir fangen an zu tanzen. Die Musiker spielen ein Stück aus einer Oper, das mir vage bekannt vorkommt: Mozart, *Die Zauberflöte*. Nicht der bekannteste Teil daraus, aber immerhin. Eine Frauenstimme setzt ein. Sie singt auf Deutsch, sodass ich die Worte nicht verstehe, aber ihre Stimme schraubt sich in unglaubliche Höhen. »*Ich musste sie mir rauben sehen: ›Ach helft!‹, war alles, was sie sprach; allein, vergebens ward ihr Flehen, denn meine Hilfe war zu schwach …*« Die Töne passen zu Madames Geist. Ihre Gedanken, die Blumen, das Feuer … all das scheint aus Musik geformt zu sein. So laut, so strahlend, so heiß. Es lenkt mich ab, wo ich mich doch konzentrieren muss.

»Sie scheinen es sich ja zur Aufgabe gemacht zu haben, mich zu jagen, Madame.«

Wenn sie nur wüsste, wie wahr das ist. »Allerdings, Miss Emris. Ich interessiere mich für sie.«

»Warum?«

Oh, Maria, warum? »Wollen Sie sich ein Kompliment erschleichen? Das scheint mir aber nicht typisch für Sie zu sein.«

»Ein Ablenkungsmanöver? Das scheint mir aber sehr typisch für Sie zu sein.«

Sie lacht. *Wenigstens ist sie schlagfertig. Das ist gut.* »Sie lenken doch selbst gerne ab, Miss Emris. Ich weiß so gut wie nichts über Sie.«

»Das lässt sich ändern.«

»Bislang haben Sie mir auf jede meiner Fragen die Antwort verweigert«, stellt sie fest. »Außer einer: ob Sie ihn lieben.«

Für einen kurzen Moment werde ich unruhig. Der Streit im Theater, der Kuss, unsere aneinandergeschmiegten Körper, Haut an Haut – das alles ist plötzlich wieder da. Madame Hiver zieht mich in eine abrupte Drehung. Sie führt, schiebt uns in kleinen Kreisen über die Tanzfläche. Ich vertreibe diese Gedanken und stürze mich wieder auf ihren Geist. Lasse meine Fingerspitzen über ihre brennenden Blumen gleiten. Die Flammen versengen mich nicht – sie sind eiskalt. Schnell ziehe ich die Hand zurück. Ich versuche, einen ihrer Gedanken umzuformen, aber sie sind einfach zu kalt. Zu starr. Genau wie die des englischen Königs damals. Und doch anders.

Ich habe mich so sehr in ihren Geist vertieft, dass ich die anderen Paare und die Musik kaum noch wahrnehme. Sie ist anders als andere Menschen; ihr Geist ist klarer. Weniger auf sich selbst konzentriert, scheint er alles gleichzeitig aufzunehmen. So habe ich mir den Geist des Comte immer vorgestellt. In einer anderen Welt hätten die beiden ein bemerkenswertes Paar abgegeben.

Sie holt tief Luft. Wieder versuche ich, einen ihrer Gedanken zu fassen, und wieder versenge ich mich an dem Eis. Ich spüre, wie ich zurückgedrängt werde, als sie sagt: »Unter dieser Prämisse sehe ich kaum einen Sinn in diesem Gespräch.«

Zähneknirschend versuche ich es noch einmal. Diesmal lege ich es nicht darauf an, ihren Gedanken zu verändern. Ich füge nur ganz vorsichtig etwas hinzu, wie René es mir beigebracht hat.

Oder?

Das Wort wird zu einem blauen Funken, dann zu einer Eisflamme – ihr Geist hat es angenommen. »Sie können es mir schlecht zum Vorwurf machen, dass ich Ihnen nicht traue«, sage ich. »Immerhin waren Sie mit einem Messer hinter mir her.«

Die kleine Flamme, die ich entzündet habe, brennt tapfer weiter. Sie breitet sich sogar aus, greift auf zwei Blumen über, dann auf drei. Ihre Erinnerungen könnte ich auf diese Weise nicht manipulieren, selbst mit Ninon an meiner Seite, aber vielleicht kann ich sie dazu bringen, dass sie mir zuhört. »Ich wollte lediglich mit Ihnen sprechen«, wehrt sie sich. »*Sie* haben *uns* angegriffen.«

Jetzt wird ihre Erinnerung an diese Nacht zu einem aktiven Gedanken: Sie sieht mich in der dunklen Sackgasse vor sich. *Das ist sie!*, und: *Stehen bleiben!* Sie ruft, ich greife sie an. So ist das aber nicht gewesen.

Oder etwa doch?

»Und was ist mit Ninon?«

Sie hat es ihr gesagt? »Ich bin beeindruckt, Miss Emris. Sie sind anscheinend die Erste, der sich die Duchesse anvertraut hat.«

Diesmal ziehe ich sie in eine Drehung. Mein kleiner Brand wird größer und größer. *Oder?* »Haben Sie keine Angst, sich an dieser Sache die Finger zu verbrennen, Madame? Halten Sie sich wirklich für unantastbar? Haben Sie keine Geheimnisse?«

»Ich trage eine Maske, Miss Emris.« Ihre Stimme ist so kalt wie das Feuer in ihrem Geist. »Ich habe mehr Geheimnisse, als Sie ertragen könnten.«

Aber inzwischen werden immer mehr Blumen von meiner Flamme erfasst. Sie beginnt zu zweifeln. *Könnte sie tatsächlich ihre Meinung geändert haben? Können wir es noch einmal versuchen?*

»Was wollen Sie?«, unterbreche ich ihre Gedanken.

Sie lässt mich los. Noch bevor ich die Frage ganz ausgesprochen habe, lässt sie mich einfach los. Als ich wieder nach ihrer Hand greife, werde ich von einer wahren Bilderflut heimgesucht: der Weiße König und sein Kronprinz und ihre Jagd auf die Magdalenen, in allen Zeitungen, in allen Nachrichten; geordnete, farblose englische Straßen im Gegensatz zu dem bunten Chaos in Paris; Tote auf den Straßen, reglose, blutende Körper mit roten Seidenbändern. Dann taucht plötzlich das Gesicht meines Bruders auf, seine bunten *manchettes,* seine Begeisterung für den Protestmarsch. Sie beobachtet ihn aus der Ferne. Maria, sie beobachtet ihn! Ninon, ganz in Weiß. Das schwarz-weiße London. Die dortige Ordnung. Das Chaos in Paris. *Ich will die Welt verändern.* »Ich frage mich eher, was *Sie* wollen, Miss Emris, und zwar mit *ihm.*« *Er hat sie verletzt. Er hat sie benutzt.* »Er ist auf Ihnen herumgetrampelt, tut es heute noch. Oliviers kleines Schauspiel hat Sie zu Tränen gerührt, und doch lieben Sie einen Mann, der zu so etwas niemals bereit wäre. Und weigern sich, mir zu helfen.«

Wieder sehe ich vor mir, wie die Handschuhe des Comte zu Boden fallen. Gleichzeitig sehe ich ihre Erinnerungen an den Comte, in einem wundervollen Garten, irgendwo außerhalb der Stadt. Die grünen Hügel und blühenden Kirschbäume erinnern mich an England. Seine Handschuhe auf dem Boden, sein Lachen, während er tanzt. Der kalte Gesichtsausdruck des Prinzen.

Ratlos. Er hat es nicht verstanden.

Nein, sie versteht es nicht.

Oder doch?

Er ist der Kronprinz. Er kann ebenso wenig aus seiner Haut wie ich.

Aber wohin soll das führen?

Die Kreatur heult auf. Doch ich bin noch nicht fertig. »Wie könnte ich Ihnen denn helfen?« Ich beuge mich zu ihr, packe ihre Hand fester. »Was wollen Sie von mir?«

Wieder will sie sich von mir lösen, aber diesmal bin ich vorbereitet. Diesmal halte ich sie fest – fest genug, um den Anfang des nächsten Gedankens zu erwischen.

Ihn. Sie. Die Feuersei ...

Dann reißt sie sich wieder los. Sie zittert. Ich ebenfalls. Woher weiß sie es? Woher weiß sie von der Feuerseide? Von mir? Weiß sie es? Natürlich kann theoretisch jeder ein Stück Feuerseide besitzen, aber wie wahrscheinlich wäre das? Sie weiß es. Sie weiß es! Panisch zieht sich mein Magen zusammen. Madame hält die Hand umklammert, die gerade eben noch in meiner lag. »Dies ist Ihre letzte Chance, Miss Emris. Eine Frau wie Sie ...« Sie zögert. »Sehen Sie es als letzte Warnung an. Wenn Sie nicht für mich sind, sind Sie gegen mich. Helfen Sie mir. Sind Sie dazu nicht bereit, helfen Sie wenigstens sich selbst und verschwinden Sie.«

Mit wild klopfendem Herzen sehe ich ihr nach. Reglos stehe ich zwischen den tanzenden Paaren. Gedanken aus Eis. So kalt. Sie weiß, was ich bin. Aber sie hat es niemandem gesagt. Zumindest glaube ich das. Noch nicht. Und letztlich ist sie mir in die Falle gegangen. Wenn ich zuerst zuschlage, wird sie mein Geheimnis nicht aufdecken können. Jetzt weiß ich, was sie will. Was wir benutzen können, um ihr eine Falle zu stellen.

Meine Feuerseide.

Ich blicke zu Robin hinüber. Mit seiner Hilfe, mit unserem gemeinsamen Feuer, kann ich ihre Gedanken beeinflussen. Mein Blick wandert weiter zu Ninon. Und mit ihr ihre Erinnerungen. Blanc, der Comte, René – mit ihrer Hilfe kann ich sie erwischen. Dann wird sie die Feuerseide vergessen, Ninon vergessen, Liam und mich vergessen. Sogar den Comte und den Roi. Sie wird niemanden mehr gegen die Magdalenen aufhetzen. Wird nicht diese Ehe arrangieren. Dann werden wir alle in Sicherheit sein.

Robin bemerkt, dass ich zu ihm hinübersehe. Schnell wende ich mich ab. Mein Blick bleibt an den Handschuhen des Comte hängen, die noch immer vergessen auf dem Boden liegen. Und dann an Ninon, die von ihrer weißen Prachtrobe erstickt wird, zerdrückt zwischen den schwarzen Blöcken des Roi und des Prinzen.

Verzweifelt vergrabe ich mein Gesicht in den Händen. Es wird alles wieder gut werden, für uns alle.

Der Comte und René sind verschwunden, nur Blanc steht noch auf seinem Posten. Aber neben ihm ist niemand mehr.

Stabsarzt Sollers fehlt.

Zwei Sekunden vergehen, zwei Atemzüge, zwei Herzschläge. Dann höre ich den Schrei. Niemals hätte ich gedacht, einmal solche Angst in dieser Stimme zu hören.

Der Comte.

Kapitel 12

Ich renne auf den Korridor zu, durch den wir gekommen sind. Blanc ist dicht hinter mir. Dann spüre ich, wie er an mir vorbeizieht, ein Bär mit gefletschten Zähnen und erhobenen Pranken. Mit voller Wucht wirft er sich gegen die Doppeltür.

Wir bleiben abrupt stehen. Ungefähr zehn Meter vor uns steht Sollers mitten im Gang. Er hat seinen Schlagstock in der Hand, hält ihn hoch erhoben. Dunkle Flüssigkeit tropft von seiner stumpfen Spitze.

Blut.

René liegt reglos am Boden. Der Comte kniet über ihm. Er hat Blut auf dem Anzug, auf dem Hemd, viel zu viel Blut. Sollers holt weiter aus, und der Comte schreit auf, hebt abwehrend die Arme.

Blanc zögert keine Sekunde. Er zieht seine Pistole und schießt.

Diesmal bin ich es, die schreit, was aber in Sollers' Gebrüll untergeht. Taumelnd weiche ich zurück. Das Eis in Madame Hivers Geist ist harmlos gegen die Kälte, die ich in Blancs Gesicht sehe. Sollers bricht zusammen. Noch mehr Mousquetaires stürmen aus dem Ballsaal, halten die Gäste zurück, schirmen die Szene vor ihren Blicken ab. Einige gehen zu den Verletzten, aber keiner von ihnen ist so schnell wie Blanc. Er hat René bereits aufgehoben und fordert über das Funkgerät an seiner Schulter einen Rettungswagen an. Der Comte kniet noch immer am Boden. Überall ist Blut, an seinen Händen, seinen Knien. Er atmet schwer. Als Blanc eine Hand nach ihm ausstreckt, wehrt er sie ungeduldig ab. »Geh!«

Das lässt sich Blanc nicht zweimal sagen. Sollers krümmt sich auf dem Boden zusammen. Als Blanc weg ist, steht der Comte langsam auf. Sein Gesicht ist verzerrt vor Hass.

Zusammen mit den beiden Mousquetaires aus Straßburg gehe ich zu ihm – bevor er noch etwas tut, das er später bereuen wird. Als wir näher herankommen, erkenne ich, dass Blanc Sollers ins Bein geschossen hat. Nur ins Bein.

»Manot, hol noch einen Arzt«, befiehlt der Comte einer der beiden Frauen. Tödliche Kälte schwingt in seiner Stimme mit. Sie nickt und geht zurück zum Ballsaal, wo Ninon sich gerade zwischen den Mousquetaires durchdrängt. Der Comte hat sich inzwischen zu Sollers hinuntergebeugt, bis seine Lippen fast auf Höhe seines Ohres sind. Er sieht ihm direkt ins Gesicht. Vermutlich bin ich die Einzige, die seine leisen Worte versteht. »Wie können Sie sich erdreisten, einen Bruder anzugreifen? Wie können Sie es wagen?«

»Einen Bruder?« Sollers hat immerhin noch genug Kraft, um ihn anzuzischen. »Einen Maltoren. Einen Ausländer. Einen Widernatürlichen! Wie können *Sie* sich erdreisten, mit so einem zusammen zu sein?«

Wütend balle ich die Fäuste, genau wie der Comte. »Wenn ich mich richtig erinnere, haben Sie einmal ganz ähnliche Absichten gehegt.«

»Das war *er!* Er hat mir diese Gefühle eingegeben! Er hat mich dazu gezwungen!«

Ruckartig richtet der Comte sich auf. Mit angewiderter Miene erklärt er: »Nicolas Sollers, ich stelle Sie unter Arrest. Für den schändlichen Akt, den Sie heute begangen haben, wird Sie die volle Härte des Gesetzes treffen.« Er wendet sich ab, um Blanc zu folgen, doch Sollers ruft ihm hinterher:

»Sie stehen auf der falschen Seite der Geschichte, Aisne. Die Zeiten ändern sich. Sehen Sie sich die Duchesse an. Sie ist vernünftig geworden. Uns und unserem Land stehen glorreiche Zeiten bevor!«

Der Comte bleibt stehen, dreht sich aber nicht um. Ich schon – und sehe Ninons aschfahles Gesicht.

»Das reicht, Sollers.« Endlich ist der Capitaine gekommen, mit Manot und einem Arzt. Hoch aufgerichtet steht er da. Hinter ihm taucht der Roi auf und will anscheinend etwas sagen, wird aber von Madame Hiver zurückgehalten. So ist es der Capitaine, der mit müder Stimme feststellt: »Es ist genug.«

René wird noch operiert, als Ninon, ich und die Mousquetaire-Eskorte im Hôtel-Dieu eintreffen. Die Kreatur klebt mir an den Fersen. Wir finden Blanc und den Comte in einem Korridor, an dessen Wänden sich lange Stuhlreihen entlangziehen. Eine Menge Kameraden sind gekommen, die meisten in Zivil, einige noch in Uniform. Der Comte, der noch immer seinen blutverschmierten Anzug trägt, informiert uns mit emotionsloser Stimme, dass die Ärzte und Maltoren ihnen kaum etwas gesagt hätten, bevor sie im OP verschwanden. Sollers hat René voll am Kopf getroffen. Der Comte hält sich mit beiden Händen an einem Becher Tee fest. Blanc sitzt vollkommen teilnahmslos auf einem der Plastikstühle. Ein Kollege hat ihm den Arm um die Schultern gelegt. Ich setze mich vorsichtig an seine freie Seite. Er sieht mich nicht an. Ich greife nach seiner Hand. An seinen Handschuhen klebt getrocknetes Blut. Als ich meine Finger in seine schiebe, streife ich kurz die nackte Haut zwischen Handschuh und Ärmelsaum. In Blancs Geist gibt es nur ein einziges Bild: Renés blutverschmierten Kopf und den über ihn gebeugten Comte. Nur ein einziger Gedanke begleitet es: *Et s'il est trop tard? Und wenn es zu spät ist?*

»Das war ein verdammt guter Schuss«, presse ich hervor, obwohl mir ein Kloß im Hals steckt.

»Wieso?«, fragt er mit rauer Stimme. »Ich habe danebengeschossen. Er hätte dem Dreckskerl das Herz zerfetzen sollen.«

Der Kollege neben ihm murmelt etwas. Ich weiß, dass Blanc das nicht ernst meint. Man muss sorgfältig zielen, um jemanden ins Bein zu schießen statt in den Rücken. Doch ich drücke nur seine Hand. Der Comte beobachtet uns, Ninon steht an seiner Seite. Nein, eigentlich beobachtet er Blanc. Ich kenne diesen Blick. So sehe ich immer Robin an. So hat Mister Galahad immer mich angesehen und tut es jetzt manchmal noch.

Und wenn es zu spät ist?

Ich lege den Kopf an Blancs Schulter. Wir warten.

Einige Mousquetaires müssen zum Dienst, andere kommen vorbei, wenn ihre Schicht beendet ist. Irgendwann trifft auch der Capitaine ein. Er wirkt so erschöpft, dass ich mich kurz frage, ob er gleich umfallen wird. Mit ein paar gedämpften Worten drückt er dem Comte ein Bündel in die Hand: saubere Kleidung, Waschzeug, einen Rasierer und eine Flasche Aftershave.

»Ich nehme an, ich gehöre nicht länger der Truppe an?«, fragt der Comte, als der Capitaine gehen will. Alle sehen auf. Der Mann, der neben Blanc sitzt, erhebt sich. Geschlossen bauen sich die Mousquetaires hinter dem Comte auf. Plötzlich sieht der Capitaine noch müder aus. »Wir haben heute Abend kein Mitglied der Truppe verloren, Mousquetaires. Nein, wir haben eines zurückgewonnen. Ich habe Renés Suspendierung mit sofortiger Wirkung aufgehoben.«

Ein anerkennendes Raunen geht durch die Gruppe. Einige lächeln sogar. Der Comte wirkt leicht benommen, doch als der Capitaine ihm die Hand hinstreckt, ergreift er sie ohne zu zögern.

»Weitermachen, Lieutenant.« Er verabschiedet sich mit einem

Nicken von Ninon und will gehen, aber sie hält ihn zurück, indem sie ihm eine Hand auf den Arm legt.

»Capitaine«, sagt sie leise. »Ihre ehrenwerte Haltung könnte Sie teuer zu stehen kommen. Sie könnten alles verlieren.«

Er fährt sich mit der Hand durch die Haare. Maria, sie sind schon sehr grau. »Das ist kein Grund, von dieser Haltung abzurücken. Ich habe mich bereits mehr verbiegen lassen, als mir lieb war. Mir bleibt nichts anderes mehr übrig, als mich nun dagegenzustemmen. Also soll es so sein.«

Ninon lässt die Hand sinken, woraufhin sich der Capitaine vor ihr verbeugt und geht. Der Comte starrt reglos auf das Bündel in seiner Hand. Er hat blutige Ränder unter den Fingernägeln. Blanc erhebt sich schwerfällig. »Na kommt, Eure Herrlichkeit, ziehen wir Euch um. René reißt mir die Eier ab, wenn er aufwacht und du immer noch in diesem Fetzen rumläufst.«

Die beiden gehen, wir warten. Bei ihrer Rückkehr trägt der Comte einen schlichten Kaschmirpulli und eine dunkle Hose. Sein Make-up ist verschwunden, allerdings klebt ein Teil davon jetzt an Blancs Wange. Erleichtert stelle ich fest, dass keiner der beiden irgendwelche Wunden aufweist oder aufgeschürfte Knöchel hat.

Wir warten weiter.

Ich weiß nicht, wie viel Zeit vergangen ist, als endlich eine Ärztin und ein Maltor auftauchen. Sie nehmen den Comte und Blanc beiseite und reden viel zu schnell auf Französisch auf sie ein. Ich verstehe kein Wort, aber als der Comte und Blanc zu uns zurückkehren, wirken sie nicht sonderlich erleichtert. »Sie konnten ihn stabilisieren, aber er hat eine Menge Blut verloren. Ob die OP erfolgreich war, können sie erst sagen, wenn er aufwacht.«

Ninon bietet an, dass sie und ich ein paar Sachen für René holen, damit der Comte und Blanc bei ihm bleiben können.

Mit einem dumpfen Gefühl im Kopf folge ich ihr nach draußen, wo ein Wagen auf uns wartet. Ninon bittet den Fahrer, uns nach Améthyste zu bringen.

In Renés Wohnung ist es kalt; er hat die eingeworfene Fensterscheibe noch nicht reparieren lassen. Auf dem Küchentisch stehen leere Essensschachteln, in der Spüle liegt schmutziges Geschirr. Wir gehen ins Schlafzimmer, um Wäsche für ihn einzupacken. Das Kochbuch seiner Mutter liegt auf dem Nachttisch. Wir nehmen es mit, dazu noch etwas Kleidung und einen Waschbeutel. Dann suchen wir auch ein paar Sachen für Blanc und den Comte heraus. Alles ist an seinem Platz – im Kleiderschrank, im Bücherregal, im Badezimmerschränkchen. Auf Renés Kopfkissen liegt ein altes Schlafshirt des Comte, Blancs Decke auf seinem Bett. All das übersehe ich stillschweigend.

Wir bringen die Sachen ins Krankenhaus. Dort gibt es nichts Neues außer einer Horde Reporter. Ich sehe nicht nach, ob Moreen Gause dabei ist. Drinnen stoßen wir wieder auf den Capitaine, der gerade Kaffee ausschenkt, und er ist nicht allein. Madame Hiver steht neben ihm, mit einer dampfenden Tasse in der Hand. Als ich sie sehe, zucke ich erschrocken zusammen, aber sie würdigt mich keines Blickes.

»Gräfin«, begrüßt sie Ninon, sobald sie sie sieht. »Wenn Sie hierbleiben möchten, müssen wir für Ihre Sicherheit sorgen. Natürlich ist man bereit, uns diesbezüglich zu unterstützen, aber man hat mich darüber informiert, dass die funktionellen Abläufe des Krankenhauses durch unsere Maßnahmen gestört würden. Die Entscheidung liegt natürlich ganz bei Ihnen.«

Ninon senkt den Kopf. »Ich werde mit Ihnen zurückfahren. Wenn meine Anwesenheit heute Nacht noch einer unschuldigen Seele Schaden zufügt, werde ich endgültig nicht mehr schlafen können.«

Mein Blick wandert zwischen Ninon, dem Comte und Blanc hin und her. Ich würde gern bleiben, aber andererseits will ich Ninon nicht mit Madame Hiver allein lassen. »Ich werde dich begleiten.«

Zum Glück gibt es zwei Wagen, so können wir getrennt fahren. Ninon und ich starren schweigend aus dem Fenster. Als wir durch das Palasttor rollen, geht gerade die Sonne auf. Sobald wir ihre Gemächer erreichen, verschwindet Ninon im Badezimmer, lässt die Tür aber angelehnt. Ich gehe zum Kleiderschrank, um endlich das Kleid auszuziehen. Während ich in einen von Ninons Morgenmänteln schlüpfe, höre ich merkwürdige Geräusche aus dem Bad. Das letzte Mal habe ich so etwas in Róisíns Schneiderei gehört – reißender Stoff.

Ich eile ins Bad. Ninon steht vor dem Spiegel, umgeben von goldenen Wasserhähnen, glänzendem Marmor und prachtvollen Blumen. Und sie reißt sich das Kleid vom Leib – wortwörtlich. Wie eine Besessene dreht sie sich hin und her. Ihre Aggression folgt keinerlei Logik, sie bohrt einfach die Fingernägel in den Stoff und zerrt daran. Schmale Streifen aus Spitze hängen ihr ins Gesicht, Musselinfetzen bedecken den Boden. Die Röcke sind vom Saum an aufwärts zerrissen. Gerade beißt sie mit aller Kraft in ihre Handschuhe, durchbohrt Stoff und Haut, bis ihr Blut auf den Marmorboden tropft.

»Ninon!«

Hastig trete ich an ihre Seite und halte sie fest. »Ninon, was tust du?«

»Ich kriege es nicht ab«, sagt sie, ihre Stimme unnatürlich hoch.

»Warte, ich helfe dir.« Mit zitternden Fingern öffne ich die kleinen Knöpfe am Rücken des Kleides und helfe ihr, aus dem Rock zu steigen. Während sie ihre Unterwäsche ablegt, hole ich ihr frische und einen Morgenmantel. Dann wasche ich ihr das

Make-up aus dem Gesicht und helfe ihr beim Anziehen. Sobald wir fertig sind, führe ich sie zu ihrem Diwan. »Du solltest etwas schlafen.«

Stumm setzt sie sich hin und starrt aus dem Fenster. Sieht sie auch diese Silhouette vor sich? Madame Hiver, vor einigen Monaten, eingerahmt von dem aufziehenden Herbststurm? Als sie ihre Drohungen aussprach. Sanft lege ich eine Hand unter Ninons Kinn und drehe ihr Gesicht zu mir.

»Hör zu, Ninon. Ich habe sie erwischt. Ich habe Madame Hiver erwischt. Ich weiß jetzt, worauf sie es abgesehen hat, und wenn ich so tue, als würde ich es ihr geben, können wir ihr eine Falle stellen. Mit Robins und deiner Hilfe können wir sie alles vergessen lassen. Dann wird es endlich vorbei sein.«

Sie sieht mich zweifelnd an. »Wird es das?«

Ich schlucke schwer. Der Prinz und seine öffentlichen Äußerungen. Der Roi, der ihm Ninons Hand überlässt. Gabrielle Ayrault und die Gedankenkontrolle. Der Weiße König in seinem gläsernen Turm, der uns selbst aus der Ferne noch im Blick behält. Sollers, der Attentäter, die Frau im Theater. *Gebt uns unser Land zurück.* »Sie wird vergessen, was sie über dich weiß«, beharre ich. »Das ist ein guter Anfang. Ein Schritt nach dem anderen.«

Ninon wendet den Blick ab. »Ein Schritt nach dem anderen.«

»Ninon!« Ich schüttele sie sanft. »Weißt du nicht mehr, was du gesagt hast? Nicht so bald wieder die Welt retten. Du kannst nicht jeden retten. Nichts davon war deine Schuld.«

Sie schüttelt den Kopf. »Natürlich, Liebes.« Ihre Finger krallen sich in die Decke auf ihrem Schoß. »Das muss der Schock sein. Ich brauche nur etwas Schlaf, dann bin ich wieder ganz die Alte.« Nun sieht sie mich zum ersten Mal richtig an. »Was ist es denn nun, das Madame Hiver unbedingt haben will?«

Ich lege eine Hand auf meinen Oberschenkel und zeichne den Umriss des Seidenbandes nach. »Die Feuerseide.«

Ninon legt ihre Hand auf meine. »Wie ich es mir gedacht habe also.«

»Ich verstehe das nicht«, gebe ich zu. »In Frankreich muss es doch auch Feuerseide geben.«

»Wesentlich weniger, als man meinen sollte.« Nun fährt auch Ninon über den Umriss des Bandes. »Es gab nur eine Weberin, die sie herstellen konnte, und die ist bei der Seidenrebellion gestorben. Außerdem trägst du die Feuerseide nicht nur am Körper, Rea.« Sie sieht mich durchdringend an. »Du trägst sie auch in deinem Geist.«

»Nicht alleine«, gebe ich zu bedenken. Meine Wangen röten sich. Weiß Madame Hiver davon?

»Wenn man der Legende glauben darf, ist niemand alleine Träger der Feuerseide. Aber stell dir doch nur einmal vor, was das für sie bedeuten muss: Stell dir vor, du wärst ein leidenschaftlicher Gegner aller Magdalenen, und dann gelingt es dir, den Menschen unter deine Kontrolle zu bringen, der den Weißen König im gläsernen Turm bezwungen hat. Das ist psychologische Kriegsführung, nichts weiter.«

»Aber woher soll sie denn wissen, was mit dem König passiert ist?«, wende ich flüsternd ein. »Niemand weiß davon.«

Ninon beißt sich auf die Unterlippe. »Eine ganz ähnliche Frage stelle ich mir seit Jahren, Rea: Wie sie das über mich herausfinden konnte. Ich weiß es bis heute nicht.« Seufzend lehnt sie sich zurück. »Wir müssen vom Schlimmsten ausgehen. Dass sie bisher nur deshalb nicht mehr gegen dich unternommen hat, weil du nicht öffentlich Anspruch auf die legendäre Feuerseide erhoben hast. Wir müssen sie in die Falle locken, bevor sich daran etwas ändert.«

»Und sie zuschnappen lassen.«

»Es geht nicht anders«, murmelt sie, während ihr bereits die Augen zufallen. »Gute Nacht, meine Süße.«

Ich decke sie ordentlich zu, dann stehe ich auf und gehe ins Bad. Ich brauche dringend eine Dusche, und danach muss ich Robin suchen. Eigentlich sollte ich wohl etwas schlafen, aber ich bin hellwach. Wir müssen unsere Falle bald auslegen, daher bleibt keine Zeit zum Ausruhen. Da Blanc, der Comte und René im Krankenhaus sind, haben sich die Chancen zu Madame Hivers Gunsten verschoben. Wir werden sorgfältig planen müssen.

Nachdem ich mich abgetrocknet habe, ziehe ich etwas Anständiges an und gehe zu Robins Gemächern. Inzwischen ist es später Morgen, er sollte also wach sein.

»Miss Emris.« Wieder einmal wird die Tür von Mister Galahad geöffnet. »Dürfte ich fragen, ob es Neuigkeiten aus dem Krankenhaus gibt?«

Dass er fragt, ruft mir wieder in Erinnerung, warum ich früher einmal mit ihm befreundet sein wollte. »Unglücklicherweise nichts Konkretes. Monsieur wurde stabilisiert, aber er hat sehr viel Blut verloren, und man wird erst Klarheit über seinen Zustand erlangen, wenn er aufwacht.«

Respektvoll neigt Mister Galahad den Kopf. »Meine Gedanken sind bei ihm. Was für ein abscheuliches Verbrechen, einem Waffenbruder so etwas anzutun.«

Da ich ja eigentlich froh darüber bin, dass er es vergessen hat, erinnere ich ihn an dieser Stelle nicht daran, was er mit mir gemacht hat.

»Ich hoffe, ich störe nicht?«

»Ganz und gar nicht, ich wollte sowieso gerade aufbrechen. Ich habe einen Termin mit Madame Hiver.«

Ich unterdrücke ein Schaudern. »Wegen der Einschätzung der Brautwerbung, nehme ich an?«

»Äh … ja. Genau.« Mister Galahads Wangen röten sich. Ich trete beiseite, um ihn vorbeizulassen, dann gehe ich hinein und schließe die Tür hinter mir. Aus der Dusche dringen Geräusche herüber. Ich habe mir gerade ein Buch von einem der Beistelltische genommen, als Robin hereinkommt, mit nichts weiter bekleidet als einem Handtuch.

Ich starre. Er wirkt völlig überrumpelt, wird sogar rot. Erst jetzt wird mir bewusst, dass ich ihn noch nie so nackt gesehen habe. Bisher war bei uns immer alles verboten, überstürzt, geheim. Und mich trifft die schmerzhafte Erkenntnis, dass er nach wie vor so tut, als würde er um Ninon werben. Noch immer bin ich sein Geheimnis. Noch immer müssen wir vorsichtig sein.

Dabei will ich doch einfach nur zu ihm hinübergehen und mit den Händen über seine nackte Haut streichen, über seinen Bauch, seinen Rücken. Die Rundung seiner Hüftknochen nachzeichnen, bis sie unter dem Handtuch verschwinden ... Oh Maria, warum ist mein Mund plötzlich so trocken?

»Rea«, sagt er überrascht. »Bitte verzeih. Ich bin gleich bei dir.«

Damit verschwindet er in seinem Schlafzimmer. Ich höre, wie er herumrumort, während sich zwischen meinen Beinen drängende Hitze ausbreitet. Ich stelle mir vor, wie er das Handtuch ablegt. Es gibt so viel, was wir noch nicht getan haben, ich aber unbedingt mit ihm tun will. Aber wann? Und wo? Wohin soll das führen?

Bevor ich mich in einer Gedankenspirale verfangen kann, tritt Robin wieder in den Salon, gekleidet in schwarze Hosen, schwarzes Seidenhemd, schwarze Weste. Er kommt auf mich zu, nimmt meine Hand und küsst sie – erst den Rücken, dann die Handfläche. Anschließend drückt er seine Stirn an meine. »Was gibt es Neues?«

Dass er das fragt, überrascht mich, aber es macht mich auch unsagbar glücklich. »Sie konnten ihn stabilisieren, aber sie werden erst wissen, wie groß der Schaden ist, wenn er aufwacht.«

Verwirrt richtet er sich auf. »Wer?«

Fassungslos starre ich ihn an. »René natürlich.«

»Oh. Ja. Ich bete für ihn.«

Als mir klar wird, dass ich mich getäuscht habe, tut es umso mehr weh. »Deine Frage war auf Madame bezogen.«

Anstatt zuzugeben, dass er einen Fehler gemacht hat, legt Robin sich einfach alles so zurecht, dass es für ihn passt. Ein wahrhaft talentierter Prinz. »Nun, wir könnten sein Opfer doch am besten ehren, indem wir uns um sie kümmern, oder nicht?«

Im Prinzip spricht er nur aus, was ich mir auch schon gedacht habe, aber inzwischen bin ich mir da nicht mehr so sicher. Ich löse mich aus seinen Armen und trete einen Schritt zurück. »Ist das so?«

»Er würde es doch sicherlich so wollen«, erwidert Robin leichthin. Nicht zu fassen, dass er mir jetzt mit dem Spruch kommt. Vor allem, da ich noch allzu genau weiß, wie entschieden mich René davor gewarnt hat, Madame Hiver anzugreifen.

»Eigentlich nicht.«

Verblüfft sieht er mich an. »Woher willst du das wissen?«

»Weil er es mir gesagt hat«, erwidere ich scharf.

»Na schön.« Abwehrend hebt er die Hand. »Verzeihung, was habe ich denn getan?«

»Ich ... es stört mich einfach, dass René dir so vollkommen gleichgültig ist.«

Er tritt einen Schritt vor und zieht mich wieder an sich. »*Du* bist mir wichtig, Rea. Und Ninon. Deshalb will ich ja auch dabei helfen, sie aufzuhalten.«

Ganz sanft streicht er mit dem Finger über meine Wange. *Ich hätte gestern so gerne mit dir getanzt. Du warst einfach wunderschön. Aber das bist du ja immer. Oder ist das dumm? James hätte gesagt, ich sei dumm, vielleicht bin ich ja dumm, oh Maria, und sie hört zu, du hörst zu, das ist ...*

Schnell greife ich nach seiner Hand und schiebe meine Finger hinein. »Verzeih mir. Ich bin müde«, sage ich. Vielleicht ist das nicht einmal gelogen.

Er küsst meine Fingerknöchel und schiebt sich dann hinter mich. Ich spüre seine Brust an meinem Rücken, noch warm vom Duschen. Sein gesamter Körper schmiegt sich an mich. Ein Funke flackert in mir auf. Das sollte er mal machen, wenn er nur das Handtuch um die Hüften trägt. Oder wenn wir beide nackt sind. Er fängt an, meine Schultern zu massieren. Noch während ich schaudere, flüstert er mir ins Ohr: »Was hast du über Madame erfahren?«

Ich lehne mich an ihn. »Ihr Interesse gilt … mir. Der Feuerseide. Uns, könnte man sagen. Sie … eventuell weiß sie, was ich bin.«

Seine Hände erstarren kurz, machen dann aber weiter. Seine Daumen bohren sich in mein Genick. *Uns? Wie könnte ich daran beteiligt sein? Ich bin kein Magdalene.* »Woher sollte sie das wissen?«

»Keine Ahnung. Möglicherweise ahnt sie auch nichts von unserer geistigen Verbindung und will nur das Seidenband. Jedenfalls sollten wir ihr weismachen, dass sie es kriegen kann, dann hätten wir sie genau da, wo wir sie haben wollen.«

Er drückt einen Kuss in meinen Nacken, während seine Knöchel knapp über meinem Steißbein kreisen. »Noch einen Sinneswandel wird sie dir wohl schwer abkaufen.«

»Das hat sie beim Ball schon kaum getan. Ich weiß nicht, wie ich weiter vorgehen soll«, gebe ich zu.

Ein Kuss auf die Schläfe. »Es könnte noch eine andere Möglichkeit geben.«

»Und welche?«

»Ich könnte der Köder sein.«

Verwirrt runzele ich die Stirn. »Inwiefern?«

»Madame weiß doch nicht, dass wir wieder zusammen sind, oder?«

»Gestern Abend zumindest noch nicht.«

»Sehr schön.« Nachdenklich stützt er das Kinn auf meinen Scheitel. »Und sie weiß ebenfalls nicht, dass ich weiß, was du bist?«

»Vielleicht vermutet sie es. Aber sicher wissen kann sie es nicht.«

»Sogar noch besser.« Ein Kuss auf mein Haar. »Ich werde George zu ihr schicken, um sie um ein privates Treffen zu bitten, irgendwo außerhalb des Palastes – nur wir beide. Weil ich in deinen Sachen etwas gefunden habe, was mir Kopfzerbrechen bereitet, und ich gehört habe, dass sie meinen Bedenken gegenüber aufgeschlossen sein könnte.«

Verstehend sehe ich zu ihm auf. »Die Feuerseide.«

Er nickt. »Die Feuerseide, ganz genau.«

Ich schmiege meine Wange wieder an seine Brust. »Ist das nicht zu gefährlich?«

»Wieso denn? Du wirst doch da sein. Und du kannst sie überwältigen, oder nicht?«

»Müsste ich, ja. Und vielleicht bekommen wir noch Hilfe.« Zumindest von Blanc.

»Frag Ninon, wo wir das Treffen am besten abhalten können. Sobald er wieder da ist, lasse ich George ein paar Gerüchte streuen: dass du über Nacht geblieben bist, dass du etwas hiergelassen hast. Das lassen wir ein paar Tage für uns arbeiten, und dann kontaktiere ich Madame. Wenn sie wirklich weiß, was du bist, dürfen wir keine Zeit verlieren.«

Warm und weich drückt sich sein Körper an mich. Am liebsten würde ich mich nie wieder bewegen. »Aber wird es nicht deinem Ruf schaden, wenn bekannt wird, dass wir wieder zusammen sind?«

»Wird es ja nicht. Natürlich werden wir Madame Hiver alles vergessen lassen, was mit der Feuerseide zusammenhängt – auch, dass ich ihr davon erzählt habe. Und die verbleibenden Gerüchte kann ich einfach dementieren und behaupten, sie seien nur in Umlauf gebracht worden, um die Brautwerbung zu diskreditieren.«

Aber wohin soll das führen?

Maria. »Und dann ist alles wieder gut?«

»Rea.« Er legt beide Hände auf meine entblößten Schultern, dreht mich zu sich herum und sieht eindringlich zu mir herunter. »Mein Vater erinnert sich an *nichts*. Der König, meine ich. An absolut gar nichts. Ninon und du, ihr seid das reinste Wunder. Es ist …« *Beängstigend.* Er presst die Lider aufeinander. »Nein, das habe ich nicht so gemeint. Es ist beeindruckend, es ist …«

»Nein, ist schon gut. Es ist ja beängstigend. Beängstigend, wenn man annimmt, dass es gegen einen eingesetzt wird. Dass jemand kommen, einen berühren und zu allem Möglichen zwingen kann.«

Ich denke an Sollers und Robin, an den Attentäter bei der Parade sowie die Frau im Theater. »Aber René hätte so etwas niemals getan«, fahre ich fort. »Er würde niemals jemanden berühren, ohne dass der seine Zustimmung gibt. Und trotzdem liegt jetzt er im Krankenhaus.«

»Ja, das ist tragisch«, nickt Robin. Zum ersten Mal denkt er auch wirklich so. Und er zweifelt. Bin ich dafür verantwortlich? Ist es die Schuld meines Vaters? Unsere Schuld?

»Tragisch.« Traurig wiederhole ich das Wort. »Allerdings. Denn was auch immer wir mit Madame Hiver anstellen, ihm wird es kein bisschen helfen.«

Falls er je wieder aufwacht, denkt Robin. Wieder ein Punkt mehr zwischen uns, der unausgesprochen bleibt.

Den ganzen Tag über warten wir auf Neuigkeiten aus dem Krankenhaus. Als es schließlich welche gibt, sind sie nicht besonders ermutigend: Es ist den Ärzten nicht gelungen, René aus dem künstlichen Koma zu holen. Nun hoffen sie auf morgen. Blancs Stimme klingt wie Sandpapier auf nackter Haut.

Ninon sagt Robin, welchen Treffpunkt er Madame Hiver vorschlagen soll: den Dachboden eines kleinen griechischen Crêpe-Ladens in Corail. Anscheinend schuldet ihr der Besitzer noch einen Gefallen. Robin wird uns benachrichtigen, sobald Madame Hiver angebissen hat. Ich halte mich in Ninons Gemächern versteckt und verkrieche mich in ihren Büchern. Auch am nächsten Tag gibt es keine guten Neuigkeiten. Und noch immer keine am Tag danach, als wir aufstehen. Aber Ninon bekommt eine Nachricht von Liam: *Drei Uhr, Pont Alexandre.*

Sein Protestmarsch. Das ist heute.

Sie löscht die Nachricht mit verzweifelter Miene. Ich wende mich wieder meinem Buch zu. Mein Französisch ist inzwischen gut genug, sodass ich eines ihrer Bücher über Magdalenen lesen kann. Am liebsten würde ich es verschlingen. In meiner Hast überspringe ich den ein oder anderen Absatz, nur um dann zurückblättern zu müssen, weil ich weiter hinten etwas nicht verstehe. Außerdem muss ich ständig zum Wörterbuch greifen, aber bei Maria – welch ein Wissensschatz. So etwas gab es für mich noch nie. Das Buch beginnt mit der Legende der Feuerschwestern, und nun lese ich sie zum ersten Mal in aller Vollständigkeit, so wie sie vor dreitausend Jahren auf Tontafeln niedergeschrieben wurde. Die alte Frau in Babylon hat sie schön nacherzählt, aber hier haben die Orte richtige Namen, ebenso wie die Magdalenen. Bis ins Detail werden die bunten Bänder beschrieben, die sie tragen, und wie weit diese Tradition zurückreicht. Blau für die Mensatoren, weil es die teuerste Farbe war und sie am seltensten sind. Gelb für die Memexe, weil sie wie die Sonne Licht auf das werfen, was sich in den dunkelsten Winkeln des Geistes verbirgt, und alle Schatten und Trübungen vertreiben, die Erinnerungen anhängen. Grün für die Maltoren – die Farbe der Pflanzen und Kräuter, die den Körper heilen, so wie sie den Geist zu heilen vermögen. Einzig die Farbe Rot bleibt den wundervollen Gewändern der Feuerschwestern vorbehalten.

Wenn ich es richtig verstehe, werden in der Legende keine Schnüffler erwähnt. Und in dem Buch werden auch andere Begriffe verwendet: Magdalenen heißen *visionnaires,* und die verschiedenen Arten sind nach ihren Farben benannt – so sind die Mensatoren zum Beispiel *les indigos.* Plötzlich will ich so dringend ein eigenes blaues Seidenband haben, dass ich kurz davor bin, aus dem Palast zu stürmen und mir das nächste Babylon zeigen zu lassen.

Und dann frage ich mich: Wieso eigentlich nicht? Ich könnte es tun. Ich bin eine Magdalena. Und die Falle für Madame Hiver ist bereits ausgelegt.

Als ich Ninon danach frage, wo ich hier in Paris ein Babylon finden kann, bringt sie ein Lächeln zustande und befiehlt mir zu warten – sie müsse sich nur kurz umziehen. Wir verlassen den Palast zu Fuß, auch wenn ich Ninon vorhalte, dass wir damit gegen ungefähr ein Dutzend Sicherheitsregeln verstoßen, und gehen nach Norden, fort vom Fluss und in die Stadt hinein. Auf Befehl ihres Bruders trägt Ninon ein Outfit, das sie komplett verhüllt, aber sie scheint sich zumindest darüber zu freuen, an der frischen Luft zu sein. Momentan würde ich beinahe alles tun, um sie nicht mehr so mutlos umherschleichen zu sehen.

Nachdem wir ungefähr eine Viertelstunde zwischen hohen Häusern und auf breiten Boulevards dahinspaziert sind, nähern wir uns Les Halles.

»Was ist Les Halles?«, frage ich Ninon, während wir einen

Park durchqueren, aber sie biegt wortlos um die nächste Ecke und zeigt es mir.

Es sind Markthallen. Wunderschöne alte Pavillons, mit sonnenblumengelben Fassaden, Giebeln in der Farbe des Sonnenuntergangs, rostroten Streben und schieferblauen Dächern. In jeder Halle findet man eine andere Art von Händlern. Es gibt die Halle der Früchte, die Halle der Stoffe, die Halle der Milchprodukte, Fisch, Fleisch, Backwaren, Süßigkeiten ... Voller Begeisterung schleife ich Ninon in *la Halle aux Draps,* um mir all die verschiedenen Stoffe anzusehen. Angesichts von so viel Seide, so viel Pracht, so viel Schönheit fallen mir fast die Augen aus dem Kopf. Wir treffen zufällig auf Myriame, die uns zu ihren bevorzugten Händlern führt. Wie sie mir erklärt, sucht sie nach etwas Besonderem für René, das sie ihm schenken möchte, wenn er wieder aufwacht. Als ich ihr sage, dass wir bisher keine ermutigenden Nachrichten bekommen haben, fährt sie mir resolut über den Mund: »Er dort oben wird René nicht im Stich lassen.«

Zusammen mit Myriame schlendern wir weiter durch die anderen Hallen, vor allem die *Halle de Pâtisserie,* wo Ninon uns herrlich saftige Trüffelpralinen kauft. Hier gibt es Dosen mit Keksen, Obstkuchen und Brunnen mit weißer Schokolade. Ich bleibe an jedem Stand stehen und gaffe, bis Ninon mich irgendwann weiterzieht. »Vergiss nicht, die Hauptattraktion hast du noch gar nicht gesehen.«

Die Hauptattraktion ist Babylon. Oder, besser gesagt, die Pariser Ausgabe davon.

Hier ist es kein schäbiger Hinterhof, kein Kellerloch, und es ist auch nicht überlagert von erstickenden Dämpfen. Nein, das Pariser Babylon ist ein prachtvoller Pavillon im Zentrum des Komplexes: *La Halle de l'Esprit.*

Durch das blaue Glasdach fällt weiches Licht in die Halle,

in deren Mitte eine schlanke Säule aus Silber aufragt – nicht nur bis zum Dach, sondern durch eine Öffnung bis in den Himmel hinein. Sie ist von oben bis unten mit einem riesigen Seidenband umwickelt, das aus vier miteinander verflochtenen Einzelsträngen besteht: violett, blau, grün und gelb. Wir gehen langsam durch die Gänge, und ich mustere staunend die Stände links und rechts. Hier gibt es Bücher, Seidencapes, Seidendecken, Seidenbettwäsche und natürlich die Bänder: violett, blau, grün und gelb. Unwillkürlich umfasse ich mein Handgelenk und ertaste mit den Fingerspitzen meine Feuerseide, die sich unter meiner Bluse verbirgt. An den meisten Ständen hängen Schilder, auf denen die Adresse der Hauptfiliale des jeweiligen Händlers angegeben ist. Dann erreichen wir eine Art offenen Platz, auf dem Magdalenen Beratungen zum Thema mentale und körperliche Gesundheit anbieten und darüber informieren, in welchem Krankenhaus oder in welcher Praxis die jeweils benötigte Behandlung angeboten wird. Hier gibt es keine halbseidenen Behandlungen mitten auf dem Markt, kein beängstigendes Stöhnen, bei dem man nicht weiß, ob der Schmerz durchlitten oder zugefügt wird.

Hinter dem Platz erhebt sich eine Bühne, auf der Forscher über die jüngsten Erkenntnisse zum Thema Geist, Gehirn und *visionnaires* diskutieren. Ninon bleibt stehen und hört eine Weile zu; ich wünschte mir, ich könnte alles verstehen, aber das Fachvokabular ist einfach zu speziell. Trotzdem sehe ich fasziniert zu. Um mich herum sind alle so entspannt, so ganz bei der Sache. Ein Teil der Leute trägt ganz offen ein Seidenband am Handgelenk, um zu zeigen, was sie sind. Obwohl die Bänder in gewisser Weise aussehen wie *manchettes*.

Jedenfalls war ich nie an einem schöneren Ort als hier. Überall hängen Plakate, und auf vielen wird Liams Protestmarsch angekündigt. Die Leute bleiben stehen, lesen, schießen Fotos davon und verschicke sie. Plötzlich fällt mir auf, wie viele von ihnen irgendwelche Transparente dabeihaben oder große Wimpel aus blauer, grüner, gelber oder violetter Seide.

Als wir uns der Mitte der Halle nähern, erreichen wir den Platz rund um die hohe Silbersäule. Dort wird getanzt, ein alter Reigen, bei dem sich alle an den Händen halten und einen großen Kreis bilden. Vollkommen fremde Menschen halten sich an den Händen! Wieder einmal muss ich stehen bleiben und kann nur starren. Erst als ich Ninons Hand an meiner Wange spüre, wird mir bewusst, dass ich Tränen in den Augen habe. Dass so etwas in ihren Gemächern möglich ist, meinetwegen. Dass die Menschen sich auf der Straße im Vorbeigehen streifen, ist schon schockierend. Aber diese öffentliche, anscheinend vollkommen alltägliche Feier übersteigt alles, was ich mir bisher vorstellen konnte.

»Na, komm«, sagt Ninon. »Es wird Zeit, dein Band zu kaufen.«

Wir gehen zu einem Stand am Ende der Halle, deren Besitzerin offenbar eine Bekannte von Myriame ist. In London war ich immer der Meinung, blaue Seide wäre eben blaue Seide. Aber da habe ich mich schwer getäuscht. Die Bänder, die ich hier gezeigt bekomme, unterscheiden sich nicht nur in der Farbe, sondern auch in Textur und Gewicht. Die Standbesitzerin ist eine alte Frau, deren Haare schimmern wie reines Silber und deren Hände aussehen, als wären sie mit zerknüllter Seide überzogen. Ihr Name ist Eszter, ihr Dialekt scheint nicht von hier zu sein, und deshalb greift Myriame resolut nach meiner Hand, um mir dabei zu helfen, sie zu verstehen. »Willkommen Mademoiselle.« Eszter beugt sich über ihre Ware und streicht mit den Fingern über die Stoffe. »Wie man mir sagte, möchten Sie Ihr erstes Band kaufen? Sie sind schon ziemlich alt, nicht wahr?«

Ich antworte auf Französisch. Diesen Satz habe ich bereits

gelernt, es kostet mich aber immer noch Überwindung, ihn auszusprechen. *Ich komme aus England und wurde in den Vereinigten Staaten geboren.* »Je suis d'Angleterre. Née aux Etats-Units.«

Eszters Hand erstarrt. Sie sieht mich an. Eines ihrer Augen ist milchig weiß. »Mein armes Kind«, sagt sie schließlich. »Mazal tov. Willkommen in deinem neuen Leben.« Forschend mustert sie mich. »Wie alt bist du?«

»J'ai pas vingt ans.« *Fast zwanzig.* So genau muss sie es nicht wissen.

»Aber das ist doch die perfekte Zeit dafür! Sich ein Band auszusuchen ist in dieser Stadt eine Art Übergangsritual von der Kindheit zum Erwachsenenleben. Es ist das erste Mal, dass nicht jemand anders dir das Band gibt, sondern du es selbst wählst. Es freut mich sehr, dass du für diesen großen Moment zu mir gekommen bist.«

Noch immer mustert sie mich von oben bis unten. Es fühlt sich an, als würde sie ein Urteil über mich fällen. Was sie wohl in mir sieht? »Du trägst Narben mit dir herum, Mädchen. Die Narben eines Kämpfers. Zeig mir deine Hände.«

Ohne auf eine Antwort zu warten, greift sie zu. Ihr Geist ist wie ein alter, majestätischer Felsen. Der Stein hat Risse, droht aber noch nicht auseinanderzubrechen. Vorsichtig streicht sie mit der Fingerspitze über meine Narben. Über die Knochen, die bereits gebrochen wurden; wenn man genau hinsieht, kann man die Stellen erkennen, an denen sie nicht wieder ganz makellos miteinander verwachsen sind. Dabei streift sie auch mein Handgelenk, den Rand meines Seidenbandes. »Oh ja, allerdings. Deine Hände kennen den Schmerz, ebenso wie dein Herz. Sie haben ihn verursacht, dein Herz hat ihn durchlitten. Ich weiß nicht, ob dieses Muster von Weisheit spricht.« Ihre Finger schließen sich fester um meine Hand. Mich überkommt der Impuls, sie abzuschütteln. Meine Muskeln spannen sich unwillkürlich an. Ich habe schon eine ganze Weile nicht mehr gekämpft.

Die Alte sieht mir in die Augen und zieht die Brauen hoch. »Du genießt es. Die Gewalt ist nicht nur in deinem Kopf, sondern auch in deinem Herzen. Du zerstörst, wirst selbst aber nicht zerstört.« Ihre Augen werden schmal. »Es ist schon einige Zeit her, dass ich jemandem wie dir begegnet bin. Lange, lange Zeit.«

Ich will protestieren, aber Ninon signalisiert mir zu schweigen. Ganz langsam lässt Eszter mich los und wendet sich ihren Seidenbändern zu.

»Weißt du, was das ist? Was zerstört, ohne dabei selbst zerstört zu werden?«

»Feuer«, antworte ich und spüre überdeutlich die Seide meiner Großmutter auf der Haut. »La feu.«

Eszter lacht. Es klingt rau, wie Kieselsteine, die über Glas schrammen. »Oh, ihr jungen Leute. Nein, es ist nicht das Feuer. Feuer mag zerstörerisch sein, aber es verzehrt sich selbst dabei. Nein, Mädchen. Es ist Wasser.«

»Wasser?« Das verblüfft mich.

Sie lacht leise. Anscheinend freut es sie, einen Jungspund wie mich überlistet zu haben. »Offenbar hast du nie am Meer gelebt. Ja, Wasser. Weißt du, wie man Seide am schnellsten zerstören kann? Indem man sie in Wasser taucht. In nassem Zustand wird ihre Struktur brüchig. Deshalb müssen wir mit unserer Ware immer sehr vorsichtig umgehen.« Sie greift unter den Verkaufstresen und holt eine Holzkiste hervor. »Diese hier habe ich seit Jahren nicht mehr rausgeholt. Sie waren für andere Zeiten bestimmt. Aber nun denke ich … Wenn deine Ankunft nicht das Zeichen ist, auf das ich gewartet habe, was sonst, Feuerschwester?«

Schockiert weiche ich einen Schritt zurück. »Woher wissen

Sie …?« Ich bin viel zu angespannt, um jetzt noch Französisch zu sprechen.

Aber die Alte scheint zu verstehen, was ich meine. Mit listiger Miene antwortet sie: »Ich müsste schon sehr alt und senil sein, um Feuerseide nicht zu erkennen. Noch dazu, wenn es die Enkelin von Eira Emris ist, die sie trägt. Weiche nicht, Schwester. Komm her.«

Zögernd trete ich wieder an den Stand. »Woher kennen Sie meine Großmutter? Ich meine … Comment … Tu connais ma grand-mère?« Meine Großmutter, die Feuerseide, ich … Wie kann sie das alles wissen?

»Jeder kannte deine Großmutter. Und jeder Seidenweber, der sich seine Maulbeerblätter verdient hat, würde ihre Feuerseide erkennen, wenn er sie berührt.«

Wieder streicht sie über mein Handgelenk. Ich würde so gern nachfragen, so gern mehr wissen. Was könnte sie mir alles erzählen? Stattdessen ziehe ich den Arm zurück, automatisch, ein Überlebensinstinkt: Stell keine Fragen. Zeig niemandem, wer du wirklich bist.

»Dein kleines Geheimnis, wie?« Eszter brummt nachdenklich. »Ja, das kann ich mir denken, zumindest wenn an den Gerüchten etwas dran ist, die man so hört. Man erzählt sich hinter vorgehaltener Hand, dass die Feuerschwester zurückgekehrt ist. Dass Eira Emris' Enkelin durch die Straßen von Paris zieht, mit einem Band aus Feuerseide, das dem in ihrem Geist entspricht.«

Am liebsten würde ich mich umdrehen und weglaufen, aber wie Robin mir beigebracht hat, ist das so ziemlich die schlechteste Art, mit Gerüchten umzugehen, die der Wahrheit entsprechen.

»Die Feuerschwestern sind eine Legende, nichts weiter.«

»Geschichten sind immer dann wahr, wenn man an sie

glaubt, Rea Emris. Aber ich bin keine Geschichtenerzählerin. Ich bin Verkäuferin.« Sie streicht noch einmal über die Holzkiste und das goldene Schloss, bevor sie den Mechanismus betätigt. Mit einem lauten Schnappgeräusch öffnet sich der Riegel. Ganz langsam hebt sie den Deckel an.

In der Kiste liegen drei Seidenbänder. Das erste ist derart fest gewebt, dass es so unzerstörbar wirkt wie Stein. Das zweite ist so fein gearbeitet, dass es alle Schattierungen von Blau wiedergibt, die sich zwischen Eis und Ozean finden lassen. Und in jedem Moment blitzt eine andere davon auf. Das dritte Band ist breit und von einem so tiefen Blau, dass es einem das Gefühl vermittelt, in die unendlichen Weiten des Himmels zu blicken.

Sie sind alle drei atemberaubend. Ich wage es kaum, meine Hand nach ihnen auszustrecken. »Nur zu«, ermuntert mich Eszter. »Berühre sie. Nur so wirst du es wissen.«

»Was wissen?«, frage ich, während ich langsam die Hand hebe.

»Welches du wählen sollst. Welches für dich bestimmt ist.«

Ich mustere die alte Frau, ihre dunklen Augen und die rissigen Lippen, die meinem Namen eine ganze besondere Bedeutung zu geben scheinen. Dann beuge ich mich über die drei Bänder. Obwohl ich nicht weiß, warum, zögere ich. Als ich das erste berühre, spüre ich ein Kribbeln im Nacken. Fast überrascht es mich, dass es nicht rau ist wie ein Stein. Nein, es ist genauso weich, wie Seide sein sollte. Und doch kann ich mir nicht vorstellen, dass es sich zerreißen ließe, nicht einmal mit zehn Männern an jedem Ende. Fast schon verstörend. Die zweite Hand lege ich auf das Stückchen Himmel in der Kiste. So klein und doch unendlich weit. Es macht mir Angst. Ich sehe, wie Eszter lächelt.

»Wasser, Mädchen.«

Ganz langsam greife ich nach dem letzten Band. Es fließt

durch meine Finger, als wäre Magie im Spiel. Wie ein Kuss. Robins Hände auf meiner Haut. Ninons Lippen an meiner Wange. Die Hände meiner Mutter, tief in meinem Haar vergraben, ihr Duft in meiner Nase. An all das erinnert es mich und an noch vieles mehr. An den Ball aus Eis in meinem Geist. Eis. Bebendes Eis. Splitterndes Eis. Wisperndes Eis.

»Kein Zweifel, dies ist dein Band, Rea Emris«, sagt Eszter. Ehrfürchtig nehme ich es aus der Kiste. Es ist kühl wie blaues Eis. Während Eszter das Geld nachzählt, das ich ihr reiche, krempele ich meinen Ärmel hoch, um mir das Band ums Handgelenk zu wickeln. Erst will ich es neben dem roten festbinden, aber dann muss ich plötzlich an die silberne Säule hier in der Halle denken. Mithilfe meiner Zähne löse ich den Knoten in der Feuerseide und schlinge die beiden Bänder umeinander. Dann wickele ich sie um meinen Arm. »Merci«, bedanke ich mich bei Eszter. Ich finde einfach keine Worte für das, was ich gerade empfinde. »Merci bien.«

»Oh.« Sie lässt die Holzkiste wieder unter dem Tresen verschwinden. »Danke mir nicht. Tu mir stattdessen lieber einen Gefallen. Sorge dafür, dass die Gerüchte wahr werden.«

Ich will protestieren, ihr sagen, dass es sie nichts angeht, wie ich mein Leben lebe, aber sie lässt mich gar nicht zu Wort kommen. »Spar dir die Worte, mein Kind. Ich bin zu alt, um mich noch darum zu scheren, was du von mir hältst. Aber es ist befremdlich, mit anzusehen, wie die Enkelin von Eira Emris und Nachfolgerin von James Noah tatenlos in einem Palast herumsitzt, während wir auf die Straße gehen: die Weber, die *visionnaires*, die *parlants*. All jene, denen etwas am Leben auf dieser Seite des Schwarzen Loches liegt.« Übergangslos wendet sie sich an Ninon. »Es ist schön, Sie hier zu sehen, Madame la Duchesse. Ich fing schon an, mir Gedanken zu machen, wissen Sie. Wie Sie nun zu uns stehen.« Nachdem sie Ninon von Kopf bis Fuß gemustert hat, fragt sie: »Das ist aber nicht dein Werk, Myriame, oder? Nein, das dachte ich mir schon. Heute sehe ich zum ersten Mal eine Herrscherin dieser Stadt in einem solchen Kleid, Duchesse. Hoffentlich wird es auch das letzte Mal gewesen sein.«

Eigentlich hatte ich mit einem schlagfertigen Kommentar von Ninon gerechnet, mir sogar etwas in der Art erhofft. Aber sie bleibt stumm.

»Tja.« Eszter sieht sich nach neuer Kundschaft um. »Vielen Dank für euren Einkauf. Möget ihr stets offenen Geistes sein. Und grüßt euren reizenden Mousquetaire-Freund von mir und natürlich auch deinen Bruder, Rea Emris. In Gedanken bin ich bei ihnen, auch wenn ihr es vielleicht nicht seid.«

Zum Glück legt Ninon mir nun eine Hand auf den Arm und führt mich von dem Stand fort. »Ich bin mir nicht sicher, ob sie mir sonderlich sympathisch ist«, sage ich zähneknirschend, sobald wir außer Hörweite sind. Myriame streicht noch einmal mit den Fingerspitzen über mein Handgelenk, bevor sie mich loslässt.

»Aber das Band muss dir einfach gefallen«, findet sie. »Es ist irgendwie magisch, nicht wahr? Stellt euch nur mal vor, was man aus solch einem Stoff alles machen könnte. Daraus könnte ich ein Kleid schneidern ... Ich muss unbedingt herausfinden, wo sie ihre Ware herbekommt.«

Während Myriame weiter vor sich hin schwärmt, sehe ich verstohlen zu Ninon, aber die hält den Kopf abgewandt. Ein transparenter Schleier, fahl wie das Mondlicht, verhüllt ihr Gesicht.

Wir lassen Myriame in Les Halles zurück und gehen zurück in den Palast. Dort finden wir zwar keine Nachricht von Robin vor, dafür aber von Blanc. Keinerlei Veränderung. Ob wir ihnen ein paar frische Sachen bringen könnten.

Wir machen uns sofort auf den Weg ins Krankenhaus. Tagsüber sieht es irgendwie anders aus. Realer. Die Fassade bröckelt, die bunten Vorhänge sind fleckig, Ärzte und Pflegepersonal wirken abgekämpft.

René liegt noch immer auf der Intensivstation. Als wir in sein Zimmer kommen, finden wir dort überraschenderweise Mister Galahad vor. Er steht steif zwischen Tür und Krankenbett, vor sich den Patienten und seine beiden Wächter. Blanc und der Comte sitzen nebeneinander an Renés Bett. Als er die Tür hört, dreht sich Mister Galahad zu uns um.

»Gräfin, Miss Emris«, begrüßt er uns voller Erleichterung. Dass sein Besuch irgendwie peinlich ist, lässt sich kaum übersehen, trotzdem weiß ich die Geste zu schätzen. »Ich habe Seine Königliche Hoheit dem Schutz der Mousquetaires anvertraut, um Monsieur meinen Respekt zu erweisen. Und auch wenn ich vollstes Vertrauen in ihre Fähigkeiten habe, zwingt mich die Pflicht doch, baldmöglichst an die Seite des Prinzen zurückzukehren.« Nach kurzem Zögern wendet er sich noch einmal an Blanc und den Comte: »Sollten Sie irgendetwas benötigen, ganz egal, was es sei, zögern Sie nicht, es mir zu sagen.«

»Danke, George«, erwidert Blanc mit rauer Stimme. Er räuspert sich, was allerdings keine große Veränderung bringt. »Und danke für deinen Besuch.«

Mister Galahad verabschiedet sich mit einem Nicken, erst von den beiden, dann von uns. Bevor er geht, bleibt er noch kurz vor mir stehen. »Wie gut, dass ich Sie hier treffe, Miss Emris. Seine Königliche Hoheit hat mich gebeten, Ihnen das hier zu überbringen. Persönlich.«

Er drückt mir einen Zettel in die Hand, sinkt in einen Devotionsknicks und zieht dann die Tür hinter sich zu. Ich lasse die Nachricht in meiner Handfläche verschwinden, während Blanc aufsteht und uns dabei hilft, die Sachen wegzuräumen, die wir mitgebracht haben. Es sind vor allem Bücher für die beiden, aber auch noch etwas Kleidung, Hygieneartikel und Leckereien. Die Tartelettes aux Pommes sehen wundervoll aus: karamellisierte Apfelscheiben, überzogen mit goldenem Honig und gerösteten Walnüssen. Doch der Anblick dieser Köstlichkeit wirkt wie der reinste Hohn, solange René bleich und still in diesem Bett liegt und nur das Piepsen der Maschinen anzeigt, dass das Herz in seiner Brust noch schlägt.

Ganz langsam gehe ich auf das Bett zu. Ein seltsamer Widerwille ergreift mich. Ich weiß nicht, ob ich ihn berühren soll. Ob er das wollen würde. Ob es nicht zu aufdringlich wäre. Also klammere ich mich mit beiden Händen an die Metallstange am Fuß des Bettes. »Wann wollen sie das nächste Mal versuchen, ihn aufzuwecken?«

»Morgen, glaube ich«, antwortet der Comte. Seine Haare sind völlig zerzaust, die Augen verquollen. Hilflos hält er die Hände im Schoß verschränkt. »Seine Vitalzeichen sind hervorragend. Aber sein Geist entzieht sich uns.«

Schaudernd denke ich an das Schwarze Loch. Erinnere mich an seine Kälte, seinen unbezwingbaren Sog. »Ich könnte doch ... Kann ich irgendetwas tun?«

»Es war schon ein Mensator hier«, erklärt mir Blanc. Er hält Renés Hand. »Extra aus Rom eingeflogen. Sie hat getan, was sie konnte. Und sie ist die Beste auf ihrem Gebiet.«

Aber keine Feuerschwester, denke ich. »Vielleicht, wenn Robin ...«, setze ich an, werde aber von Blancs abfälligem Schnauben unterbrochen, während der Comte noch weiter in sich zusammensackt. Blanc greift nach seiner Hand.

»Ich denke nicht, dass Seine Königliche Hoheit der Kronprinz diesem Fall sonderlich viel Verständnis entgegenbringt.«

Überrascht sehe ich ihn an. »Er hat uns schon einmal geholfen.«

»Klar. Da ging es ja auch darum, seine Haut zu retten.«

»So ist er nicht.«

Blanc seufzt schwer. »Wenn es darauf ankäme, würde er nicht für uns einstehen, Rea. Nicht für mich und nicht einmal für dich. Und erst recht nicht für René.«

Der Comte gibt ein ersticktes Geräusch von sich. Geschlossen wenden wir uns ihm zu. Als er zu uns hochsieht, schimmern seine Augen wie dunkles Eis.

»Sogar Blanc ist sich sicher, Miss Emris. Er wird nicht mehr aufwachen.«

Tödliche Stille breitet sich aus. Das Gesicht des Comte verzerrt sich zu einem gequälten Lächeln. Entsetzt sehe ich, wie ihm eine Träne über die Wange läuft.

»Wir wissen es doch alle, oder nicht? Feuerschwester hin oder her, er wird nicht mehr aufwachen. Und ich …« Sein Blick richtet sich auf René. »Ich habe so viel Zeit verschwendet, ohne es ihm zu sagen …« Er unterbricht sich, sieht Blanc an. »Ohne es dir zu sagen.«

Ich halte den Atem an.

»Mir was zu sagen?«, fragt Blanc leise.

Der Comte starrt auf ihre ineinander verschränkten Finger – seine schmalen, blassen und Blancs kräftige, dunkle. Es sieht wunderschön aus. Dann räuspert er sich und steht auf.

»Verzeihung. Das war unangemessen«, sagt er mit rauer Stimme und löst sich aus Blancs Griff. Auf dem Weg nach draußen holt er die Zigaretten aus seinem Cape. Ohne sich noch einmal umzudrehen, verlässt er das Zimmer.

Blanc sitzt da wie vom Donner gerührt. Schließlich sagt Ninon sanft: »Du solltest ihm nachgehen.«

»Mach dich nicht lächerlich«, erwidert Blanc. Ich lege ihm die Hand auf die Schulter, und mein Daumen streift kurz seinen Hals. Das reglose Gesicht des Comte beherrscht seinen Geist. *Er wollte mich nie. Das kann nicht das bedeuten, was ich glauben möchte. So etwas hätte er nur für René getan.*

»Bist du sicher?«, frage ich ihn. Was hätte René jetzt gesagt? *Halte deinen Geist immer offen.*

Die Bilder in Blancs Bewusstsein verändern sich, nun stellt er sich vor, wie er dem Comte nachgeht, ihm auf den Balkon am Ende des Flurs folgt, hinaus in den kalten Nieselregen. Ihn am Arm packt, zu sich herumwirbelt und ihn küsst. Wie er es sich seit Jahren wünscht.

Sobald ihm klar wird, was ich da gerade gesehen habe, verkrampft sich Blanc. Aber er schiebt mich nicht weg. Stattdessen sieht er zu mir hoch. Wenn es ihm an einem nie gefehlt hat, so war das Mut. »Bin ich verrückt?«

Ich schlucke gerührt. »Nein. Ich glaube, du bist endlich zur Vernunft gekommen.«

Er schließt die Augen. *Und wenn er mich nicht will? – Ich habe immer geglaubt, dass er mich nicht will – dass er so etwas nur für René empfindet. – Aber vielleicht habe ich mich ja getäuscht – doch was, wenn nicht? – Und wenn ich damit nur beiden wehtue? – Wenn es zu spät ist? – Wenn ich sie damit verletze? Ich will sie nicht verl ... wenn René nicht mehr aufwa ...*

Ich unterbreche seinen Gedankenstrom: »Blanc, du denkst immer nur an sie. Wenn wir uns küssen. Immer nur an die beiden.«

»Jetzt ist nicht der richtige Zeitpunkt«, protestiert er mit Blick auf René.

Ninon schnaubt höhnisch. »Also bitte. Benutze ihn nicht als Vorwand. Er weiß, was er will. Was er immer wollte.«

»Aber ich bin nicht so mutig wie er«, flüstert Blanc. In Gedanken sieht er den Comte vor sich, wie er im Ballsaal vor René stand.

»Blödsinn«, protestiere ich. »Du bist der mutigste Mann, den ich kenne.«

Blanc versucht zu lachen, aber es klingt wenig überzeugend.

»Und ich würde dich niemals enttäuschen wollen, mein Hase.«
Er holt tief Luft. Wie ein Kämpfer, der sich einem Gegner stellen muss, welcher dreimal so groß ist wie er. Er steht auf, drückt die Schultern durch. Wirft erst mir einen langen Blick zu, dann Ninon. Und dann geht er dem Comte hinterher.

Bleiben nur Ninon und ich. Als ich mich zu ihr umdrehe, sehe ich ein Lächeln auf ihrem Gesicht. Maria sei Dank. »Fast schon absurd romantisch, nicht wahr?«, fragt sie. Wieder muss ich an die Szene im Ballsaal denken, an die Handschuhe. Etwas, das der Prinz niemals tun würde. Ninon dreht sich zum Bett. »Wenn er doch nur wach wäre und das sehen könnte.«

Mir schnürt es die Kehle zu. Ninon setzt sich ans Bett und nimmt Renés Hand. Ich lasse ihr einen Moment Zeit und beschäftige mich damit, die Sachen am Waschbecken zu ordnen: Seifen, Aftershave-Flaschen, Renés Eyeliner und Glitzerrouge. Dann ziehe ich den Zettel aus meiner Faust und lese endlich die Nachricht des Prinzen.

Zwei Worte stehen dort, in Robins eleganter Handschrift.

Fünf Uhr.

»Ninon!« Aufgeregt fahre ich zu ihr herum. »Madame hat den Köder geschluckt. Wir kriegen sie – heute noch.«

Ninon reagiert nicht. Sie hält noch immer Renés Hand, wendet mir den Rücken zu. Ihre Schultern beben. »Ninon?« Vorsichtig mache ich einen Schritt auf sie zu.

Trotzdem sieht sie mich nicht an. Als sie spricht, klingt ihre Stimme leise. Zu leise.

»Ich kann nicht.«

Kapitel 13

»Was?« Erschrocken trete ich zum Bett. »Ninon, was ist los?«
»Gar nichts.« Sie richtet sich auf. Dann dreht sie sich zu mir um, sieht mich lächelnd an. Jetzt bin ich endgültig verwirrt.
»Ich kann nicht. Nicht heute.«
»Ich ... Was?«
»Ich gehe auf die Straße, Rea.«
Das wirft mich vollends aus der Bahn. »Du ... du meintest doch, das könntest du nicht. Dass es ... dein Bruder ...«
»Rea.« Ninon steht auf, kommt zu mir rüber. »Ich habe mehr als genug Zeit mit Versteckspielen verschwendet. Und ich will nicht, dass es mir irgendwann so geht wie Olivier und ich von Reue aufgefressen werde. Ich weiß, dass ich nicht den Schlagstock geschwungen habe, aber ich bin zu einem Vorwand geworden: einem Vorwand dafür, den Kopf einzuziehen und den Mund zu halten.«
Ich weiß noch, wie sie einmal genau das Gleiche über die Königin gesagt hat. Damals saß sie mit nackten Füßen vor mir, stolz und in all ihrer Pracht. Nun greift sie nach meiner Hand, und goldene Sonnenstrahlen dringen in meinen Geist, strahlendes Licht nach einer langen, dunklen Nacht. »Und das kann ich einfach nicht ertragen.«
»Ist es nicht zu gefährlich?«, frage ich.
Ninon lacht. Übermütig, frei – endlich wieder. »Gefährlicher als die Erinnerungen des Königs von England zu manipulieren?

Gefährlicher als ein Faustkampf mit Sir George, Lord of Buckingham? Gefährlicher, als Madame Hiver ausgeliefert zu sein? Wohl kaum, denke ich.« Sanft streichelt sie meinen Daumen. »Wäre ich von Anfang an ehrlich gewesen, wäre nichts von alldem hier passiert.«

»Es ist nicht deine Schuld«, beharre ich. Heller und heller erstrahlt ihre Sonne. Ich höre das Brüllen der Löwin.

»Ich tue es nicht, weil ich Schuldgefühle habe. Ich tue es, um endlich frei zu sein. Um mein Leben nicht zu vergeuden.« Sie schlingt ihre Finger um meine, mustert unsere so verbundenen Hände. »Aber die Feuerschwester wird wohl nicht mit uns marschieren.«

Jetzt blendet mich das gleißende Licht. »Ninon … Wenn ich es bekannt mache, könnte ich niemals … Dann würde ich ihn verlieren.«

»Ich weiß.« Klänge hallen durch ihren Geist. Das ist neu. Töne, eine Melodie. Ein Orchester. *Oui. Spiritus apertus, ça c'est moi. Ça c'est la vie. Ça c'est notre côte du trou noir.* Ich verstehe nur zu gut, was sie denkt: *Das bin ich. Das ist Leben. Das ist unsere Seite des Schwarzen Loches.* »Ich bitte dich nicht darum, es zu tun«, sagt sie. »Ganz im Gegenteil, ich gebe dich frei.«

Verwirrt sehe ich sie an. Ihr Lächeln ist ausgelassen, doch es schwingt auch eine Spur Traurigkeit darin mit. »Von nun an bist du nicht länger mein Bodyguard, Rea. Natürlich bleibt dein Vertrag bestehen, bis du etwas anderes gefunden hast, aber ich will nicht mehr, dass du deinen Dienst versiehst. Sei, wer du sein willst. Tu, was du tun willst. Zum ersten Mal in deinem Leben kannst du ein vollkommen eigenständiger Mensch sein. Und wenn du in Paris bleiben willst und Madame Hiver alles über dich vergessen muss, werde ich dir natürlich dabei helfen. Aber nicht heute. Heute gehe ich auf die Straße. Für uns alle.« Sie drückt mir einen Kuss auf die Wange. Dann lacht sie.

Ich stelle mir vor, wie der Comte und Blanc auf dem Balkon dasselbe tun. Wie René genau in diesem Moment aufwacht, uns anlächelt, mit den beiden lacht. Sie küsst. Und ich stelle mir vor, wie ich mit ihnen marschiere, unter all den Menschen mit ihren bunten *manchettes,* die sich an den Händen halten. Liam vorneweg, die strahlende Ninon an meiner Seite. Wir gehen Hand in Hand. Und an meiner anderen Seite marschiert Robin, hält meine andere Hand. Unsere Geister verschmelzen und werden zu Feuerseide.

So wird es niemals sein.

»Verzeih mir.« Ninon drückt ihre Stirn an meine. »Verzeih mir, dass ich dich so hängen lasse, aber es muss sein. Die Zeiten ändern sich, und das werde ich nicht zulassen. Jetzt oder nie.«

Ich nicke. Mein Hals ist ganz trocken. Ich werde Robin sagen müssen, dass wir den Plan auf einen anderen Tag verschieben. Ich werde ... ich ... »Ich muss Robin Bescheid sagen.«

Sie nickt. »Natürlich. Ich ... Verzeih mir, Rea. Ich hätte von Anfang an die Prinzessin sein müssen, zu der du hättest aufblicken können.«

Ich schüttele den Kopf. Meine Gedanken überschlagen sich. Nachdem wir uns noch einmal umarmt haben, gehe ich hinaus, bevor Blanc und der Comte zurückkehren. Ich gehe ohne Ninon. Trotzdem habe ich ihre Stimme im Ohr. Ihre und andere Stimmen.

Jetzt oder nie.

Wenn Gerüchte wahr werden.

Ich bin zu einem Vorwand geworden, um den Kopf einzuziehen und den Mund zu halten.

Sei frei.

Robins Gesicht taucht aus meinen Erinnerungen auf. Sein Versprechen. Seine Haut an meiner. Wie richtig sich das anfühlt. Was ich alles mit ihm tun möchte.

Aber wohin soll das führen?

Abrupt bleibe ich stehen, stütze mich an der Wand ab. Meine Hand streift einen Vorhang. Er ist grün. Krampfhaft bohre ich die Finger hinein. Plötzlich muss ich wieder daran denken, wie ich am Weißen Hof herumgeirrt bin, taumelnd, auf der verzweifelten Suche nach etwas, das den Hunger stillen konnte. Mein Rücken war blutig von der Peitsche, die Kreatur verschlang meinen Geist, zog mich in die Tiefe.

Ist es das? Wird es mich dorthin zurückführen?

Damals erkannte ich an den grünen Vorhängen, dass ich Ninons Gemächer erreicht hatte. Und Ninon hat mich gerettet.

Als ich das Krankenhaus verlasse, sehe ich Gott sei Dank Ninons Fahrerin, die mich sofort erkennt. Sie hilft mir in den Wagen. Als sie vollkommen selbstverständlich meine Hand berührt, spüre ich ihren Geist wie einen starken, prasselnden Sommerregen: *Das arme Mädchen.* Auf dem Weg zum Palast kommen wir an Les Halles vorbei. Ich mustere die Menschen auf den Straßen: Sie berühren sich, küssen sich auf die Wangen, tragen Glitzer im Gesicht und lassen ihre *manchettes* im Wind flattern. Mit Bannern und Seidenbändern marschieren sie zum Pont Alexandre. Um drei Uhr. Und hinter ihnen ragt die schlanke Silbersäule mit den vier Seidenfarben in den Himmel hinauf.

Die Fahrerin lässt mich vor den Toren des Palastes raus, um dann sofort zum Krankenhaus zurückzufahren, wo sie Ninon abholen wird. Als ich mich dem Tor nähere, kommt Manot auf mich zu.

»Salut«, begrüßt sie mich. »Was gibt es Neues?« Dann beugt sie sich vor und drückt ihr Gesicht an meines, erst rechts, dann links.

Für einen kurzen Moment halte ich mich an ihr fest. Antworte stotternd auf Französisch, während sie geduldig zuhört, bis ich ihr das Wenige erklärt habe, was es zu berichten gibt: dass man morgen noch einmal versuchen wird, René aufzuwecken.

Sobald ich mich von Manot verabschiedet habe, betrete ich

den Palast und gehe direkt zu Robins Gemächern. Spiritus apertus. Ich bete zu Maria Magdalena, dass er da sein möge.

Er ist da. Steht mitten im Salon, im langen Mantel, mit aufgestelltem Kragen, silbernem Halstuch und diesen blauen, blauen Augen. Offenbar hat er gerade Aftershave aufgetragen, denn der Duft nach Bergamotte macht mich ganz schwach.

»Lass uns allein, George«, sagt er, sobald er einen Blick auf mein Gesicht geworfen hat. Mister Galahad wirkt so, als hätte er es längst aufgegeben, gegen dergleichen aufzubegehren. Er sinkt wortlos in einen Devotionsknicks und gehorcht.

Sobald er draußen ist, kommt Robin zu mir. »Du hast meine Nachricht also bekommen? Ist alles bereit?«

Dumpf dröhnt mein Herzschlag in meinen Ohren. »Wir müssen es verschieben.«

»Verschieben?« Die Stirn des Prinzen runzelt sich. Drängend fährt er fort: »Wir können es nicht verschieben, Rea. Wenn wir jetzt einen Rückzieher machen, wird sie misstrauisch. Es muss heute passieren.«

Ich lege die Hände auf seine Weste, streiche über den prachtvollen Stoff. Halte mich an ihm fest. »Das geht aber nicht. Ninon kann nicht kommen.«

»Was? Was ist mit ihr?«

»Gar nichts.«

»Warum kann sie dann nicht kommen? Wo ist sie, Rea?«

Ich kann seinen Duft riechen. Seine Wärme spüren. Mit geschlossenen Augen sauge ich alles in mich auf. Die Nähe zu ihm. Wie sehr ich ihn liebe. Oh, Maria, er hatte recht. Wir hätten einander vergessen sollen. Dann müsste es jetzt nicht so geschehen. Dann müsste ich jetzt nicht zu ihm hochsehen und kaum hörbar antworten: »Bei dem Protestmarsch.«

Drückende Stille senkt sich über den Raum. Ich sehe, wie seine Miene versteinert. »Als Zuschauerin?«

Ich schüttele den Kopf. »Als Teilnehmerin. Um der Welt zu verkünden, was sie ist.«

An seinem Kiefer zuckt ein Muskel. »Das ist idiotisch.«

»Sag nicht so etwas.«

»Sie macht sich zur Zielscheibe. Sie wird ihren Bruder ruinieren. Mein Vater wird sämtliche Verbindungen zu Frankreich aufkündigen. Vielleicht sieht er es sogar als Kriegserklärung an. Eine derart öffentliche Demütigung meiner Person wird er niemals ungestraft lassen.«

»Aber was ist mit all jenen, die es stolz machen wird?«, halte ich dagegen. Mit wenigen Sätzen hat er meine Welt auf den Kopf gestellt. Bis zu diesem Moment hatte ich noch die leise Hoffnung, dass er es verstehen würde. Vielleicht sogar gutheißen würde. Aber davon kann keine Rede sein. »Was ist mit all jenen, die ihr gedemütigt habt? Die dein Vater unterdrückt hat? Die sich ihr Leben lang gewünscht haben, es möge eine Prinzessin geben, die so ist wie sie?«

Erst jetzt begreift er, was ich nicht auszusprechen gewagt habe. Was ich mich nicht einmal zu denken getraut habe.

»Du willst mit ihr marschieren.«

Meine Finger bohren sich in den Stoff seiner Weste. »Nein. Ich will, dass *du* mit mir marschierst.«

Fassungslos sieht er mich an. Und dann ist er plötzlich nur noch traurig. »Rea.«

Ich drücke den Kopf an seine Brust, lausche auf seinen Herzschlag. Er beschleunigt sich. »Rea«, sagt er wieder. »Bitte geh nicht. Wenn du dort hingehst und es öffentlich machst, wirst du nie mehr nach England zurückkehren können. Wenn du es aller Welt verkündest, kannst du nie zurückkommen.«

»Du hattest von Anfang an recht«, sage ich. »Ich hätte es dich vergessen lassen sollen. Was haben wir uns nur gedacht? Haben wir wirklich geglaubt, wir könnten zusammen sein?«

»Das können wir.« Aufgebracht umschließt er mein Gesicht mit den Händen. Leder auf meiner Haut. »Wir können zusammen sein, Rea. Geh nicht zu diesem Marsch. Komm mit mir zurück, ich werde dich beschützen.«

»Wie? Die Mätresse des Kronprinzen wäre niemals sicher. Man würde sie immer misstrauisch beäugen.« Ich drücke mein Gesicht an seinen Kragen. Atme seinen Duft ein. »Maria, vergib mir. Du hast es mir alles gesagt. Du hast es mir gesagt.«

»Nein, nein, Rea, hör mir zu.« Er hebt mein Kinn an und küsst mich. So innig, als könnte er mich damit an sich binden. »Bleib bei mir.«

»Komm mit mir«, bitte ich ihn noch einmal. »Zeige der Welt, dass du anders bist als dein Vater. Zeige der Welt, dass du sie verändern willst. Zeige der Welt, was für ein König du sein wirst.«

»Ich kann nicht.« Wieder und wieder küsst er mich. »Ich kann nicht. Ich weiß nicht … Ich bin …« *Aber sie sind gefährlich – Großvater wurde in den Wahnsinn getrieben – es ist gefährlich, sie nicht, natürlich nicht, aber die anderen, manche von ihnen, manche sind gefährlich, ich … Das könnte dem Land schweren Schaden zufügen, es könnte die Reputation meines Vaters schädigen, die Krone schwächen, eine Revolution auslösen, ich …*

Ich beende den Kuss. Sein Geist ist vollkommen in Aufruhr. Die weißen Seidenstränge werden brüchig.

»Du kannst«, beharre ich.

Er legt seine Stirn an meine, flüstert meinen Namen, als wäre er das einzig verbliebene Wort seiner Welt.

»Komm mit mir.«

»Mach es nicht bekannt«, fleht er. »Solange du es für dich behältst … Ich …« Er verstummt, wendet sich abrupt ab.

»Komm mit mir«, sage ich noch einmal. »Lass uns gemeinsam die Welt verändern.«

Als er nicht antwortet, drehe ich mich um und gehe zur

Tür. Wenn ich ihn jetzt nicht verlasse, werde ich es niemals tun. Dann werde ich nach England zurückkehren und entweder umgebracht werden oder mit ansehen müssen, wie andere umgebracht werden. Und so darf Liebe nicht sein. Es geht nicht darum, einander anzusehen. Es muss darum gehen, in dieselbe Richtung zu blicken.

Komm mit mir.
Bleib bei mir.
Verlange ich zu viel? Ich weiß es nicht.

Ich gehe in Ninons Gemächer, ziehe ein schlichtes schwarzes Shirt und eine schwarze Hose an und stelle mich dann vor die Schublade, in der Ninon ihre *manchettes* aufbewahrt. Nehme alle blauen und roten heraus. Schlinge sie um meine Arme, Beine, Brust und Hals. Flechte sie in meine Haare. Dann trage ich Glitzer-Make-up auf. Es fühlt sich an, als würde ich Ninons Licht auf der Haut tragen, das Strahlen der aufgehenden Sonne in ihrem Geist. Als ich anschließend in den Spiegel blicke, höre ich das Brüllen ihrer Löwin. Höre, wie in der Ferne die Sinfonie erklingt.

Ich greife nach meinem Handy, schreibe eine Nachricht an meinen Bruder: *Bin auf dem Weg.*

Gerade als ich Ninons Gemächer verlasse, klingelt mein Telefon. »Rea!«, höre ich Liams atemlose Stimme. »Ist das wahr?«

»Ja.« Ich muss lächeln. »Ich werde rechtzeitig da sein.«

»Rea, du glaubst ja nicht ...« Er scheint vollkommen überwältigt zu sein. Dann lacht er, jubelt laut. Ich lache mit ihm, ich kann gar nicht anders. Plötzlich aber verstummt er.

»Was ist los?«, frage ich alarmiert.

»Rea, ich ...« Er zögert.

»Liam?«

»Ich ... Pass auf, ich bin gerade auf dem Weg zum Palast. Um mich beim Prinzen zu entschuldigen.«

»Jetzt?«, frage ich verblüfft.

»Ich ... ich kann es nicht länger vor mir herschieben. Der Marsch, er bedeutet mir alles, und jetzt, wo du dabei bist ... Das ist mehr, als ich zu hoffen gewagt habe, *myrddin*. Ich muss das mit dem Prinzen hinter mich bringen, damit ich voll und ganz beim Marsch sein kann. Voll und ganz ... Geh zur Brücke, ich hole dich schon noch ein.«

»Ich kann auch auf dich warten.«

»Nein, geh! Ich möchte nicht ... Das ist kein einfacher Schritt für mich. Wenn du dabei bist und mir wieder einfällt, was er dir alles angetan hat ...« Er schnauft in den Hörer, bevor er sich hörbar zusammenreißt. »Dann werde ich mich nie dazu durchringen können. Geh, geh, geh!«

»Also schön. Aber glaub mir, das kann auch noch warten, er ist nicht ...«

In der Verfassung.

»Wenn ich jetzt noch umkehre, überwinde ich mich kein zweites Mal«, sagt er. »Geh, und ich komme gleich nach.«

»Kann es kaum erwarten.«

»Ich auch nicht, *myrddin*.«

Plötzlich muss ich an Eszter denken. Ich muss Liam unbedingt von ihr erzählen. Und von Großmutter. Wenn wir uns sehen. »Dann bis gleich.«

»Bis gleich.«

Als wir auflegen, habe ich den Palast bereits verlassen. Mit wild klopfendem Herzen mache ich mich auf den Weg zur Metro. Die *manchettes* an meinem Körper flattern im Wind und umspielen mich wie seidene Flammen, wie hauchzarte Eiszapfen. Ich spüre, wie sie über meinen Körper gleiten. Zum ersten Mal, seit ich hier bin, fühle ich mich richtig heimisch, während ich unterirdisch an der Seine entlangrase. Die Fahrgäste im Zug stehen dicht gedrängt, jeder wird herumgeschubst, wir packen die

Haltegriffe, wo es uns gefällt – nackte Finger, nackte Gesichter, ungedämpfter Atem. Die Hälfte der Leute wirkt genervt, die andere Hälfte interessiert das Gedränge gar nicht. Metro eben. Ich bin die Einzige mit einem überwältigten Lächeln im Gesicht. Wie sorglos und gedankenlos die Leute hier beieinanderstehen. Wie sie sich mit Wangenküssen begrüßen. Wie sie vollkommen selbstverständlich Türen öffnen, wie sie lächeln, wie sie sich berühren ... Genau dafür werde ich auf die Straße gehen.

Ich bin bei Weitem nicht die Einzige, die an der Haltestelle Champs-Élysées Clemenceau aussteigt. Während wir uns auf den Bahnsteig hinausschieben, wird mir erst richtig bewusst, dass viele dieser Menschen genau wie ich hierhergekommen sind, um sich dem Protestmarsch anzuschließen. Ein Mann in den Fünfzigern mit bordeauxroten *manchettes* trägt ein seidenes Banner vor sich her, auf dem in großen Buchstaben steht: *Comment s'aimer sans se toucher?* Wie lieben ohne zu berühren? Eine Gruppe Teenager hat sich die *manchettes* um den Kopf gewickelt (das scheint jetzt modern zu sein). Sie haben altmodische Pappplakate dabei. Auf einem steht: *Berührungsfreiheit für immer.* Einige von ihnen knutschen wild miteinander rum – anscheinend ist das ihre ganz eigene Form des Protests. Mein Herz schlägt immer schneller. Ich hole mein Handy aus der Tasche und mache einige Fotos, für René. Für Blanc und den Comte. Ich schicke sie den beiden und schreibe dazu: *Falls ihr euch mir anschließen wollt ...* Das würde René bestimmt gefallen. Dann muss ich plötzlich daran denken, wen ich bei dem Marsch gerne an meiner Seite hätte, und mein Herz zieht sich zusammen. *Vielleicht kommt er ja noch.*

Als ich den anderen Demonstranten die breite Straße zwischen Grand und Petit Palais am Flussufer entlang zum Pont Alexandre folge, rufe ich Ninon an. Schon jetzt ist die Brücke so überfüllt wie am Tag der Parade. Dass so viele gekommen sind ... Völlig überwältigt bleibe ich stehen. Die Menge verteilt sich bereits in die angrenzenden Straßen, über den Cours La Reine und Richtung Invalides.

Erst bei meinem zweiten Versuch geht Ninon an ihr Handy. So wie es klingt, ist sie schon mitten im Gewühl. »Wo bist du?«, schreie ich. »Ich komme!«

»Was?«, brüllt sie wenig damenhaft zurück. »Liebes, ist das dein Ernst?«

»Ja, ich bin schon an der Seine, am Cours La Reine ...«

»Du bist fantastisch, Rea!« Sie lacht. Ich kann kaum glauben, wie glücklich sie klingt. »Ist das zu fassen? Rea kommt!«, ruft sie jemandem zu. Prompt wird ihr das Telefon entrissen. »Mein Hase! Wurde aber auch Zeit!«

»Blanc!« Jetzt beschleunigt sich mein Puls noch mehr. Ich freue mich so sehr darauf, die anderen zu sehen, dass ich fast renne. *Vielleicht kommt er ja noch.* »Hast du den Comte bei René gelassen?«

Schallendes Lachen. »Nein, er ist hier bei mir. Anscheinend hat er eine Vorliebe für wild romantische Gesten in der Öffentlichkeit entwickelt.«

Als ich im Hintergrund den Protest des Comte höre, kann ich regelrecht vor mir sehen, wie er rot anläuft.

»Ja, ja, Eure großartige Herrlichkeit«, gibt Blanc unbeeindruckt zurück. »Hör zu, mein Hase, wir stehen bei der Bühne, die ist jetzt auf den Rasen neben dem Dom verlegt worden, damit sich die Leute auf der Brücke nicht zu Tode trampeln. Drängel dich einfach zu uns durch. Falls du das schaffst, kleines Gör.«

»Immer schön die Augen offen halten, alter Mann. Wenn du mir den Rücken zudrehst, wirst du das bereuen.«

Selbst das Telefon kann seinem Lachen nicht das warme Dröhnen nehmen. »Alles leere Versprechungen.«

Ich schiebe mich durch die Menschenmenge auf der Brücke. Überall sorgen Mousquetaires dafür, dass niemand verletzt wird. Sie tragen den bunten, offenen Kreis an ihren Uniformen. Ich flitze an ihnen vorbei, drängele, wenn nötig, renne, wann immer es geht. Als ich endlich die Esplanade des Invalides erreiche, sehe ich auch schon die Bühne. In der schmalen Gestalt am Mikrofon erkenne ich Manja. Neben ihr steht eine Frau in einem fuchsienroten Hosenanzug, der gut aus Ninons Schrank stammen könnte. Je näher ich komme, desto besser kann ich Manja hören. Anscheinend ist das neben ihr die Bürgermeisterin von Paris, die gleich eine Rede halten wird.

Letztlich gelingt es mir nur, Ninon, Blanc und den Comte zu finden, weil sie mir ein Video von sich schicken. Bis ich sie erreicht habe, ist die Ansprache der Bürgermeisterin fast vorbei. Erfreut stelle ich fest, dass ich das meiste davon verstehe. *Ihr alle seid hier willkommen. Diese Stadt ist eine Zufluchtsstätte.*

Blanc dreht mir tatsächlich gerade den Rücken zu, und so verpasse ich ihm zur Begrüßung einen derben Schlag ins Kreuz. Sofort wirbelt er herum, hebt mich hoch und drückt mich an seine Brust. Er lässt mich erst wieder los, als ich nicht mehr fröhlich kreische. Die Menge ringsum beginnt zu jubeln, als die Bürgermeisterin ihre Rede beendet. Sobald ich wieder mit beiden Füßen auf dem Boden stehe, zieht Ninon mich an sich. Ihr Geist begrüßt mich mit wilden Kapriolen. Anstelle von Kleidung scheint sie nur *manchettes* am Körper zu tragen, Körper, Beine und Kopf sind mit einem bunten Regenbogen umwickelt, während Arme, Hände, Hals und Gesicht nackt sind. Dafür ist jedes noch so kleine Fleckchen Haut mit Glitzer bedeckt. Und ihr Haar … Ich … wann …? Ich bin einfach nur baff.

»Wann hast du das denn gemacht?«, rufe ich ihr über den Lärm hinweg zu.

»Ich habe das gar nicht gemacht«, erwidert sie und fährt sich mit allen zehn Fingern durchs Haar. Es ist kurz, so kurz wie in der Erinnerung, an der sie mich teilhaben ließ. »Wie du siehst, kann der Comte nicht nur gut mit dem Schwert umgehen, sondern auch mit anderen Klingen.«

Fassungslos drehe ich mich zu ihm um. »Sie waren das?«

Er trägt wie immer Schwarz, hat sich allerdings eine grüne *manchette* um den Hals geschlungen. Mit hochgezogenen Augenbrauen sieht er mich an. »Wenn ich schon wegen Hochverrats hingerichtet werde, soll es sich wenigstens lohnen«, antwortet er trocken. Dann nimmt er meine Hand und küsst sie.

Seit jenem Abend in London ist es das erste Mal, dass ich in seinen Geist eintauche. Nun stehe ich wieder in dem Feld voller Blumen – Vergissmeinnicht, umgeben von einem Teppich aus blauen Blütenblättern. Jetzt wird mir klar, dass die Blumen wohl mit Madame Hiver verknüpft sind. Aber diese hier brennen nicht. Und ihre Blüten lösen sich auch nicht länger auf. Stattdessen wachsen zwischen den Vergissmeinnicht neue Blumen, eine wilde Mischung sogar. Ganz langsam und bedächtig. Als der Comte meine Hand loslassen will, halte ich automatisch seine Finger fest. Doch dann wird mir bewusst, was ich getan habe, und ich lasse ihn sofort los. Schließlich hat René mich gelehrt, wie man es richtig macht.

»Tut mir leid«, entschuldige ich mich. »Aber er ist einfach so wunderschön. Ihr Geist.«

Der Comte wird ungefähr so rot im Gesicht wie ich. Dann sieht er zu Blanc hinüber, und die Hände der beiden finden sich. Ohne mich noch einmal anzusehen, dreht er sich so, dass unsere Hände sich berühren. Und dann stehen wir dort: Sein Geist flüstert leise in meinem Bewusstsein, und Blanc grinst so breit, dass es fast schon schmerzhaft sein muss. Jetzt nehme ich auch endlich wieder wahr, was auf der Bühne passiert. Manja sieht toll aus, aufgedreht und voller Energie. Überwältigt blickt sie auf die riesige Menschenmenge hinunter. »Und nicht vergessen«, sagt sie auf Englisch, »das Mikro steht allen offen. Tragt euch einfach in die Liste ein, kommt rauf und erzählt uns etwas über euch.«

Als Ninon mich fragend ansieht, rutscht mir das Herz in die Hose, nur um gleich darauf begeistert zu pochen. Ich könnte es tun. Ich könnte es vor der ganzen Welt laut aussprechen: Ich bin eine Magdalena. Ich habe den König von England besiegt. Und zwar mithilfe des Kronprinzen. Wir tragen die Feuerseide in uns.

»Bis jetzt haben wir schon eine ziemlich illustre Liste beisammen, aber es ist immer noch Platz für mehr«, fährt Manja fort. »Und mit einer unserer Rednerinnen hättet ihr hier wahrscheinlich niemals gerechnet. Es macht mich wahnsinnig glücklich, sie nun ankündigen zu dürfen. Unsere nächste Rednerin ist niemand andere als ... die Duchesse Ninon d'Orléans!«

Einen Moment lang herrscht absolute Stille im Publikum. Als Ninon sich durch die Menge schiebt, wird sie von einem leisen Raunen begleitet. Auf halbem Weg zur Bühne setzt zögernder Applaus ein. Kurz bevor sie die Stufen erreicht, beginnen die Ersten zu jubeln. Doch als sie mit flatternden *manchettes* ans Mikro tritt, rastet die Menge förmlich aus. Ohrenbetäubender Applaus schlägt ihr entgegen. Die Menschen trampeln mit den Füßen, schreien, lachen vor Freude. Blanc brüllt wie ein liebeskranker Fan ihren Namen. Der Comte lächelt breit. Ich trampele, klatsche, spüre das Adrenalin im ganzen Körper. Ninon sieht schweigend auf die Menschen herab und hebt dann beide Arme. »Que vos esprits soient toujours ouvertes.« *Möget ihr stets offenen Geistes sein.*

Das Publikum jubelt noch lauter, falls das überhaupt möglich ist. Ninon weiß genau, wie sie es anstellen muss. Sie lächelt – strahlend und voller Selbstbewusstsein – und wartet einfach ab, bis alle sich beruhigt haben. Als sie dann das Wort ergreift, tut sie das natürlich auf Französisch. »Manche von euch sind sicherlich überrascht, mich heute hier zu sehen. Manche von euch haben sich sicherlich gefragt, was eigentlich mit mir los war. Was ich mir dabei gedacht habe. Ob eine Kugel schon ausreicht, um mich zu brechen.« Sie lässt den Blick über das Publikum schweifen und scheint mit ihren dunklen Augen jeden Einzelnen zu erfassen, auch wenn das natürlich unmöglich ist. »Und eines könnt ihr mir glauben: Ich habe mir dieselben Fragen gestellt.«

Nun herrscht atemlose Stille im Publikum. Ninon wirkt so ernst. »Habt ihr jemals in den Lauf einer Pistole geblickt? Habt ihr jemals gedacht: Jetzt ist es aus?« Sie unterbricht sich kurz und sieht zu uns herüber. »Von einigen hier weiß ich es.« Synchron nehmen Blanc und ich die Schultern zurück. »Und ich weiß auch, dass es bei manchen von euch wesentlich öfter der Fall war als bei mir. Und dass ihr versteht, wie furchteinflößend das ist. Der Grund dafür scheint auf der Hand zu liegen – wir alle fürchten uns vor dem Tod. Ich fürchte mich vor dem Tod. Vor dem Schwarzen Loch und dem, was dahinterliegt.« Ninon schluckt. Durch das Mikro kann man es sogar hören. Doch es ist das einzige Geräusch. Das absolut einzige. »Aber daneben gibt es noch eine zweite, nicht ganz so offensichtliche Angst. Sie kommt schleichend, wenn alles vorbei ist und man abends allein in seinem Bett liegt.« Wieder sieht sie zu uns herüber. Und diesmal könnte ich schwören, dass sie allein mich fixiert. »Es ist die beängstigende Erkenntnis, dass man nur ein einziges Leben hat und dass man es bisher nicht richtig genutzt hat.«

Ihre Hand wandert an ihre Halskette. Ganz langsam zieht sie den Anhänger zwischen den *manchettes* hervor, den offenen Kreis, hebt ihn an die Lippen und küsst ihn. Nachdem sie ihn losgelassen hat, lässt sie wieder den Blick schweifen. »Ihr werdet mir vielleicht niemals verzeihen, und wenn es so ist, kann ich es euch nicht zum Vorwurf machen. Aber es ist an der Zeit, dass ich euch etwas sage. Dass ich der ganzen Welt etwas mitteile.«

Ninon blickt geradeaus, direkt in die Kameras: »Ich bin eine *visionnaire*.«

Ein überraschtes Keuchen ertönt – ein einziges unter Tausenden von Menschen. Derjenige steht gar nicht weit weg von uns. Ich höre, wie manche die Hand vor den Mund schlagen. Höre das einsetzende Raunen, kann einzelne Wörter verstehen. Es wird lauter und lauter. *Que le spectacle soit beau,* denkt der Comte und greift wieder nach Blancs Hand, während Ninon mit klarer Stimme fortfährt: »Je suis une jaune. Ich bin eine Memex. Und ich habe es geheim gehalten. Das war der größte Fehler meines Lebens. Aber heute, wo die Proteste gegen einen offenen Geist immer lauter werden, ist die Zeit gekommen, um Flagge zu zeigen. Egal wer ihr seid, *visionnaire* oder *parlant,* kommt hier rauf und erzählt eure Geschichte. Kommt und setzt ein Zeichen gegen den Hass. Que nos esprits soient toujours ouvertes!«

Einer wiederholt den Ruf, dann wird er von immer mehr Stimmen aufgegriffen, bis er überall ertönt: hier auf dem Rasen, auf der Straße, auf der Brücke. *Que nos esprits soient ouvertes!* Die Worte gehen mir ins Blut, erschallen in meinem Kopf. *Ouvertes!* Ich könnte dort hinaufgehen. Ich könnte ein Zeichen setzen. Fragend drehe ich mich zu Blanc um.

»Soll ich?«, brülle ich, um den Jubel zu übertönen.

»Das ist allein deine Entscheidung, mein Hase!«

Der Comte meint: »Ich würde Ihnen – ich würde dir niemals vorschreiben, was du tun sollst, Rea. Aber ich werde jetzt dort hochgehen, und wenn du willst, kannst du mich begleiten.«

Damit macht er sich auf den Weg zur Bühne. Mein Herz rast. Ich folge ihm. Blanc ebenfalls. Wir drängen uns zwischen den jubelnden, singenden Menschen hindurch. Ninon steht noch immer auf der Bühne, als wir erst die Hälfte der Strecke geschafft haben.

Ich könnte es sagen.

Ich darf nicht.

Ich *könnte* aber.

Ich könnte frei sein.

In meiner Tasche vibriert das Handy. Das ist bestimmt Liam. Wo steckt er bloß? Ich hole das Telefon heraus und sehe, dass ich eine Nachricht bekommen habe.

Heirate mich.

Ich bleibe so abrupt stehen, dass Blanc mich von hinten anrempelt. Wir geraten beide aus dem Tritt, und ich halte mich hastig an der Jacke des Comte fest, damit wir nicht umfallen.

»Hase?«, fragt Blanc, aber ich starre nur weiter auf die Nachricht des Prinzen.

In diesem Moment klingelt noch ein anderes Handy, und zwar oben auf der Bühne. Es ist Ninons. Noch immer vorne am Mikro, sieht sie auf das Display und erbleicht, als sie die Nummer erkennt. Dann nimmt sie den Anruf entgegen. »Oui?«

Während sie schweigend lauscht, hilft der Comte Blanc und mir dabei, das Gleichgewicht wiederzufinden. Dann greift er ebenfalls nach seinem Telefon. »Blanc.« Ringsum hat sich Stille ausgebreitet, sodass seine Stimme überlaut klingt. Er streckt uns sein Handy entgegen: drei verpasste Anrufe vom Krankenhaus.

»Olivier!«, ruft Ninon. »Blanc, Rea!« Sie hat ihr Telefon sinken lassen, sucht in der Menge nach unseren Gesichtern. »Mesdames, Messieurs, ich kann es kaum fassen, dass ich diese Nachricht übermitteln darf. Das war das Hôpital Hôtel-Dieu, in dem zurzeit der Mousquetaire René behandelt wird. Einer seiner Kameraden hat ihn halb totgeschlagen, nur weil er ist, was er ist.« Mit feuchten Augen sucht sie weiter nach uns, bis sie uns endlich entdeckt. »Mes amis, er ist aufgewacht!«

Als wir in das Krankenzimmer platzen, beugt sich gerade ein Pfleger über Renés Bett. Mir bleibt fast das Herz stehen. Er liegt immer noch reglos da, ist immer noch an viel zu viele Schläuche angeschlossen, immer noch auf der Intensivstation. Aber dann begreife ich, dass seine Augen offen sind, dass er bei unserem Anblick überrascht die Brauen hebt und seine Mundwinkel belustigt zucken. »Ihr Treulosen. Lasst mich ganz allein im Krankenhaus versauern.«

»Du verrückter Hurensohn!«, schreit Blanc und stürmt Richtung Bett. Der Pfleger weicht automatisch zurück, aber René seufzt voller Dramatik: »Nein, geh nicht, Gérald! Du warst der Einzige, der für mich da war!«

Obwohl er schmunzeln muss, macht der Pfleger hastig Platz, als Blanc auf ihn zuhält. Mit einer leidenschaftlichen Geste zeigt Blanc auf den Stuhl. »Willst du wissen, wo ich die letzten Tage verbracht habe? Siehst du, wie winzig das Ding ist? Ist dir eigentlich klar, wie sehr ich gelitten habe?«

»Oh ja«, erwidert René sarkastisch, »*dein* Leid ist hier definitiv das Thema.«

»Er ist *winzig*!« Blanc wedelt wild mit den Armen, während sich der Comte auf die andere Seite des Bettes schiebt. »Du bist ziemlich verweichlicht, mein Freund«, sagt er, an Blanc gewandt. »Ich denke, diesen Winter ist wohl mal wieder ein Einsatz in Budapest fällig.«

Blanc stöhnt entsetzt, doch der Comte umschließt mit beiden Händen Renés Finger. Hebt langsam seine Hand und drückt einen andächtigen Kuss darauf. »Pardonnez-nous, mon cher.« *Verzeih uns.*

»Ist schon gut.« Mit fröhlich funkelnden Augen mustert René das grüne Band am Hals des Comte. »Wie ich sehe, bist du als mein Stellvertreter zum Marsch gegangen. Dafür danke ich dir. Eine wirklich positive Entwicklung, dass du jetzt für die Berührungsfreiheit eintrittst. Habe ich noch andere weltbewegende Ereignisse verpasst, nur weil ich ein paar Tage weggetreten war?«

»Na ja, liebster René …« Ninon tritt ebenfalls an sein Bett. »Ich habe eine ziemlich umwerfende Rede gehalten.«

Er streckt ihr die freie Hand entgegen. »Tatsächlich?«

Sie ergreift sie. »Sagen wir einfach, ich habe deinen Rat beherzigt.«

»Öffentlich«, fügt der Comte hinzu.

»Sogar sehr, sehr öffentlich«, ergänzt Blanc und verdreht die Augen.

Mit gespielter Nonchalance winkt Ninon ab: »Ach, na ja, zehntausend Leute mehr oder weniger, was macht das schon aus?«

René entgleisen die Gesichtszüge. »Du hast es öffentlich gemacht? Bei dem Protestmarsch? Oh, mein Gott.« Lachend lässt er sich in die Kissen zurücksinken. »Einen größeren Schock hättet ihr mir definitiv nicht verpassen können.«

Blanc schielt schuldbewusst zum Comte hinüber, der sich offenbar kaum traut, seinen Blick zu erwidern. Sein Adamsapfel hüpft nervös auf und ab.

»Ihr wollt mich doch verarschen!«, ruft René. Er will sich aufsetzen, aber seinem Körper gefällt die Idee anscheinend nicht. Streng drückt Blanc ihn zurück in die Kissen.

»Denk nicht mal dran.«

Aber René hört ihm gar nicht zu. »Seit Jahren«, beschwert er sich, »seit *Jahren* habe ich versucht, euch beide davon zu überzeugen, und kaum haut mir einer einen über den Schädel, beschließt ihr zwei …«

»… an deinem Krankenbett miteinander rumzumachen?«, hilft Ninon ihm aus. Der Comte protestiert empört, und auch Blanc schnaubt entsetzt. »Oh, Verzeihung«, korrigiert sich Ninon. »Das war ja draußen auf dem Balkon.«

Ich lache laut auf. Blanc und der Comte ist das Blut ins Gesicht geschossen – ein vollkommen neuartiger Anblick. René stößt einen leidgeprüften Seufzer aus.

»Ist schon gut, ich werde darüber hinwegkommen. Allerdings nur, wenn ihr mich auf der Stelle küsst.«

Wieder sehen Blanc und der Comte sich zögernd an. Letzterer wirkt etwas unsicher, was allerdings harmlos ist im Vergleich zu Blanc, der kurz vor einer Panikattacke zu stehen scheint. Der Comte nickt ihm aufmunternd zu, woraufhin Blanc auf seiner Unterlippe herumkaut. Dann beugt er sich zu René hinunter und küsst ihn. Keusch wie eine Jungfrau.

Zumindest, bis René genüsslich schnurrt und ihn an sich zieht. Blanc muss sich schnell an der Wand abstützen, um nicht auf ihn zu fallen. Diesmal ist es der Comte, der René daran hindert aufzustehen. »Spiritus apertus, bist du sicher, dass du gerade erst aus dem Koma erwacht bist?«, ächzt Blanc, als sich die beiden voneinander lösen. René lacht fröhlich. Nun holt der Comte sich seinen Kuss, nur um anschließend nach Blancs Hand zu greifen und ihn ebenfalls zu küssen. Die drei Männer halten sich aneinander fest, schmiegen ihre Köpfe aneinander. Ein Anblick, bei dem mir fast das Herz bricht.

Heirate mich.

Das kann er nicht ernst meinen. Sein Vater würde das niemals zulassen. Und wie sollte das auch irgendetwas ändern?

Eine Magdalena auf dem englischen Thron. Das würde *alles* ändern.

Nein, er kann das nicht ernst meinen. Er ... Ich ...

Er will mich heiraten. Er will den Rest seines Lebens mit mir verbringen.

»Ninon?«, flüstere ich.

Sie beugt sich zu mir. »Ja, Liebes?«

»Ich muss gehen. Robin ... Ich muss mit Robin sprechen.«

Verwirrt sieht sie mich an. »Du warst nicht auf der Bühne, Rea. Es gibt nichts, was er dir vorwerfen könnte.«

»Er hat mir auch keine Vorwürfe gemacht, Ninon.« Nicht einmal aussprechen kann ich es. Oder doch? Kann ich? »Er will mich heiraten.«

Bis ich wieder im Palast bin, habe ich es dreimal auf Robins Handy versucht, aber er geht nicht dran. Also lasse ich Ninon im Vorhof zwischen blauen Seidenblumen und unter einem sogar noch blaueren Himmel zurück und gehe zu den Gemächern des Prinzen. Gehe. Nein, ich renne nicht, ganz im Gegenteil. Ich versuche, Zeit zu schinden. Er ist nicht zu dem Protestmarsch gekommen. Er hat sich mir nicht angeschlossen. Andererseits bin ich auch nicht auf die Bühne gegangen. Was bedeutet das für uns? Noch immer pumpt das Adrenalin durch meine Adern. Und dann muss ich wieder an Blanc, René und den Comte denken, endlich alle drei vereint. Jetzt renne ich los.

Vor den prinzlichen Gemächern stoße ich auf Mister Galahad. Ein paar Schritte von der Tür entfernt schiebt er einsam und allein Wache und liest in einem schmalen Büchlein: *Cyrano de Bergerac*. Wie romantisch. Noch während ich auf ihn zustürme, rufe ich: »Mister Galahad!«

Hastig lässt er das Buch sinken und begrüßt mich mit einem Devotionsknicks. »Miss Emris. Welche Freude.«

»Wo ist Seine Königliche Hoheit? Und was machen Sie hier draußen?«

Scheinbar überrascht antwortet er: »Ihr Bruder kam zu Besuch, und Seine Königliche Hoheit wollte unter vier Augen mit ihm sprechen, Miss Emris. Deshalb wurden auch die Mousquetaires entlassen. Ich nahm an, Sie wären *en courant?*«

Verwirrt runzele ich die Stirn. »Er ist immer noch bei ihm?« Eigentlich hatte ich angenommen, Liam wäre irgendwo in der

Menge bei der Demonstration. Warum sollte er das verpassen wollen?

»Allerdings. Bis jetzt ist er noch nicht gegangen.«

»Dürfte ich hineingehen?«

»Ich ...« Mister Galahad zögert. »Man hat mich angewiesen, die beiden nicht zu stören.«

»Aber es handelt sich immerhin um meinen Bruder.« Entschlossen baue ich mich vor ihm auf. »Es wird ihm sicherlich nichts ausmachen.«

Mister Galahad scheint weich zu werden, aber er gibt die Tür nicht frei. Prüfend sehe ich ihn an. Will er etwa nicht, dass ich mit Robin spreche?

»Ich habe meine Befehle«, sagt er.

»Befehle von wem? Hat Robin Ihnen diese Anweisungen gegeben? Ich kann Ihnen versichern, dass er mich ganz bestimmt empfangen will.« Als ihn auch das nicht überzeugt, zücke ich mein Handy und zeige ihm die Nachricht. Eigentlich habe ich es ihm etwas schonender beibringen wollen, aber er lässt mir ja keine andere Wahl. »Also, darf ich jetzt durch?«

Benommen starrt Mister Galhad auf das Display. »Ich ... Ja. Ja, selbstverständlich. Bei Ihnen ist das natürlich etwas anderes.«

»Vielen Dank.« Ich schiebe mich an ihm vorbei und gehe hinein.

In Robins Gemächern ist alles noch so wie bei meinem letzten Besuch: Bücher auf dem Tisch, der blaue Seidenlappen liegt achtlos daneben auf der Glasplatte. Ich meine sogar, sein Aftershave zu riechen, als wäre es in die Polster und die Wände eingezogen, frisch und rauchig.

»Robin? Liam?«

Im Salon ist niemand, und ich bekomme keine Antwort.

Hastig reiße ich die angrenzenden Türen auf, rufe wieder und wieder beide Namen. Als Letztes gehe ich ins Badezimmer. Auf dem Boden liegen Glasscherben in klebrigen Pfützen aus Lotion und Parfum. Das Holzschränkchen wurde umgestoßen – Anzeichen eines Kampfes. Das Fenster steht offen. Am Fensterrahmen entdecke ich einen kleinen Stofffetzen und ein paar Haare. Die Haare sind rot, der Fetzen stammt von einem silbernen Halstuch.

Mister Galahad kommt sofort, als ich seinen Namen brülle. Wir lösen Alarm aus. Dreißig Minuten später weiß der ganze Palast, was passiert ist. Und in drei Stunden wird es vermutlich die ganze Stadt wissen.

Der Kronprinz von England wurde entführt.

Teil IV

Die Wahrheit

Und könnten wir, nur dir allein,
vom Aug' den Schleier heben,
voll Glück dein Herz für die würd' sein,
die zum Tode hin nur leben.
EMILY BRONTË

Kapitel 14

Wenn ich doch nur auf Liam gewartet hätte. Wenn ich doch nur im Palast geblieben wäre. Dann wären sie nie entführt worden.

Dort in seinem Badezimmer, vor dem offenen Fenster, an dem noch ein Stück seines Halstuchs hängt, packt mich die Angst mit einem solchen Würgegriff, dass ich herumfahre und Mister Galahad an den Kragen gehe. »Warum haben Sie ihn allein gelassen? Warum haben Sie nicht nach ihm gesehen?«

»Ich hatte meine Befehle!«

»Es wäre ja nicht das erste Mal gewesen, dass Sie seine Befehle missachten. Wo waren die Mousquetaires?«

»Man hat ihnen befohlen, sich zurückzuziehen.«

»Der Prinz hat ihnen befohlen, sich zurückzuziehen?«

»Nein, ich ...« Einen Moment lang wirkt er verwirrt. Schockiert. Ich packe ihn am Revers und schüttele ihn.

»George! Wer hat ihnen befohlen, sich zurückzuziehen?«

»Ich ... Das war Madame Hiver.«

In diesem Augenblick begreife ich, dass es allein meine Schuld ist.

Sie hat mich gewarnt. Wieder und wieder hat sie mir klargemacht, dass ich es bereuen werde, wenn ich Paris nicht verlasse. Dass sie Robin und Liam im Visier hat. Aber ich habe nicht auf sie gehört. Ich bin zu dem Protestmarsch gegangen, anstatt die beiden zu beschützen. Und jetzt sind mein Bruder und der Prinz verschwunden.

Noch sind keine handfesten Informationen zur Presse durchgesickert, aber es verbreiten sich bereits die ersten Gerüchte. Der König und die Königin von England wurden natürlich informiert. Deshalb hat sich die Königin bereits auf den Weg nach Frankreich gemacht, zwei Tage vor ihrem geplanten Besuch. Der König war dagegen, da es als Bestätigung der Gerüchte angesehen werden könnte. Was ihr anscheinend vollkommen egal war.

Die Spurensicherungsabteilung der Mousquetaires durchkämmt nun die Gemächer des Prinzen, während der Capitaine, der Roi, Ninon, Mister Galahad und ich im Kontrollraum des königlichen Sicherheitsdienstes versammelt sind – ein geräumiger, hell erleuchteter Raum im Erdgeschoss des Palastes. Hier gibt es jede Menge Monitore und ein paar Vasen mit einzelnen Blütenzweigen, aber ansonsten keinerlei Ablenkung. Niemand hat eine Ahnung, wo Madame Hiver sich gerade aufhält. Trotzdem betrachtet der Roi meine Anschuldigungen äußerst skeptisch. Und er ist mit dieser Meinung nicht allein. Mister Galahad schwört, dass der Prinz selbst ihm den Befehl erteilt habe, ihn allein zu lassen, und dass Madame lediglich die Wachen abgezogen habe, wohl um diesem Wunsch nachzukommen. Das muss selbst ich schlucken. Besprechungen mit Madame hin oder her, er ist der loyalste Ritter, den man sich nur denken kann. Er würde niemals lügen, um Madame Hiver zu schützen, wenn dem englischen Königshaus dadurch ein Schaden entstünde. Schließlich war er bei unserem letzten Konflikt nicht einmal bereit, das Leben der Frau zu verschonen, in die er sich verliebt hatte, da sonst sein König in Gefahr geraten wäre.

»Wir müssen uns jetzt vor allem darauf konzentrieren, Seine Königliche Hoheit zu finden«, betont der Capitaine und macht damit meinen Beschuldigungen ein Ende. »Bei einer Entführung sind immer die ersten Stunden entscheidend. Dies sollte im Moment unsere Hauptsorge sein.«

Dennoch haben die Mousquetaires bis jetzt keinerlei Indizien gefunden, die uns bei der Suche nach dem Entführer helfen könnten. Während der Roi sich in Wehklagen ergeht und der Capitaine versucht, sich trotzdem zu konzentrieren, streift Ninon unauffällig meine Hand. *Warum haben sie beide entführt?* Weil sie entführt wurden, um an mich heranzukommen. Das ist die einzige logische Erklärung. Madame Hiver hatte nie vor, in unsere Falle zu tappen. Stattdessen hat sie mir eine Falle gestellt.

Mein Bruder und der Mann, den ich liebe. Besser hätte sie sich meine Kooperationsbereitschaft nicht erkaufen können.

Entschlossen stehe ich auf. Wenn sie mich will, soll sie mich haben. Und wenn sich in den Gemächern des Prinzen nichts finden lässt, dann vielleicht in Liams Wohnung. Ja, ich klammere mich an jeden Strohhalm, aber ich kann nicht einfach tatenlos rumsitzen. Mit einem leichten Händedruck signalisiere ich Ninon, dass sie mir folgen soll, aber genau in diesem Moment wird die Tür zum Kontrollraum aufgerissen. »Monsieur le Roi, Madame la Duchesse, il y a des nouvelles«, grüßt eine atemlose Mousquetaire, die sofort ins Englische wechselt, als sie mich bemerkt. »Wir haben soeben erfahren, dass die deutsche Kaiserin in Kürze in Paris eintreffen wird, gemeinsam mit ihren Enkelkindern, Prinz William und Prinzessin Victoria von England. Sie werden noch vor Ihrer Majestät der Königin hier sein. Als sie erfahren haben, was mit dem Kronprinzen geschehen ist, war es unmöglich, sie umzustimmen.«

Unter den Anwesenden bricht eine Art Panik aus, und als Ninon gequält das Gesicht verzieht, wird mir klar, dass sie jetzt nicht weg kann. Ich verabschiede mich mit einem Nicken von ihr und nutze die allgemeine Aufregung, um unauffällig zu verschwinden.

Ich habe schon den halben Korridor hinter mich gebracht, als ich plötzlich meinen Namen höre. Mister Galahad hetzt hinter mir her.

»Miss Emris, wo wollen Sie hin?«

Anscheinend war ich nicht unauffällig genug. Ich drehe mich um. »Ich werde die Wohnung meines Bruders durchsuchen. Vielleicht gibt es dort ja irgendwelche Hinweise.«

Er runzelt die Stirn. »Miss Emris, Sie ... Haben Sie bereits bedacht, dass Ihr Bruder ...«

Ich starre ihn an.

»Er hat Seine Königliche Hoheit als Letzter gesehen«, erklärt Mister Galahad, ohne mich anzusehen.

Ich schlucke. Auch der Capitaine hat mir bereits einen Seitenblick zugeworfen, der mich Schlimmes ahnen ließ. Ich bin nur froh, dass der Roi noch nicht darauf gekommen ist, sonst wäre mein Bruder von diesem Dummkopf schon längst für vogelfrei erklärt worden. Niemand von ihnen weiß, dass Madame Hiver mich bedroht hat; dass sie Liam und Robin bedroht hat; dass sie diejenige ist, die mir diese Falle gestellt hat. »Mister Galahad, Madame Hiver hat sich von Anfang an sehr für ihn interessiert.«

»Miss Emris ...«

»Ich weiß, dass Sie mir nicht glauben«, unterbreche ich ihn scharf.

Mister Galahad zuckt betroffen zusammen. »Eigentlich ist es nicht so, dass ich Ihnen nicht glaube, Miss Emris«, sagt er vorsichtig. »Ich frage mich lediglich, wie sicher Sie sich sind.«

Nun sehe ich ihm offen ins Gesicht. »Mister Galahad. Ich bin mir hundertprozentig sicher, dass Madame meinen Bruder und den Kronprinzen entführt hat.«

Seine Nasenflügel weiten sich. »Also gut.«

»Also gut?«

»Sie gehen zur Wohnung Ihres Bruders und durchsuchen sie,

während ich mich in Madames Unterkunft nach ihrem Verbleib erkundige.«

»Sie hat eine Unterkunft außerhalb des Palastes?«

Mister Galahad senkt den Blick. »Ja. Ich war dort.«

Was der Roi wohl sagen würde, wenn er es wüsste? Aber das ist gerade meine geringste Sorge. Drängend baue ich mich vor Mister Galahad auf. »Dann haben Sie also ihr Gesicht gesehen.«

Jetzt laufen sogar seine Ohren rot an. »Möglicherweise.«

Am liebsten hätte ich seine Wange berührt. Ich muss wissen, wie sie aussieht. Doch gerade noch rechtzeitig fällt mir ein, dass hier ein Schnüffler vor mir steht. Nicht jetzt also. Der Capitaine hat recht – jetzt zählt erst mal nur, dass wir Liam und Robin finden.

Während wir aus dem Palast eilen, rufe ich Blanc und den Comte an. Als ich keinen der beiden erreiche, versuche ich es bei René. Er klingt sehr müde, nicht nur erschöpft, sondern eher wie jemand, der starke Schlafmittel genommen hat. Doch er schafft es noch, mir zu erklären, dass Blanc und der Comte vor zehn Minuten gegangen sind. Der Capitaine hat sie zu einem wichtigen Auftrag abberufen: Sie müssen die Kaiserin zum Hof der Farben eskortieren.

Ich bin also auf mich allein gestellt.

Wie ein Schatten tauche ich in die inzwischen dunklen Sträßchen von Corail ein. Schwere Regentropfen trommeln auf das Kopfsteinpflaster und auf meine Kapuze. Die Menschen eilen in die Cafés, Restaurants und Theater, sodass die Straßen sich schnell leeren. Ich marschiere den Hügel hinauf, auf dem die Moschee steht; direkt hinter der nächsten Ecke liegt Liams Wohnung. Bevor ich den Zahlencode in das Schloss an der Haustür eintippe, greife ich wie ein Dieb nach meinen Handschuhen. Die Wohnungstür öffne ich mit dem Ersatzschlüssel, den Liam mir schon vor einiger Zeit gegeben hat.

Drinnen riecht es nach Regen und Papier. Die winzige Wohnung besteht nur aus einem Zimmer mit einem Waschbecken in der Ecke, das hinter einem Vorhang versteckt ist. Daneben befindet sich die kleinste Kochnische, die man sich nur vorstellen kann. Der alte Perserteppich auf dem Boden hat bestimmt ebenso viele Jahre auf dem Buckel wie das Haus. Unter der Dachschräge auf der linken Seite steht ein schmales Bett, daneben liegt eine Matratze auf dem Boden. Dort hätte eigentlich ich schlafen sollen.

Mir schnürt sich die Kehle zu. Überall auf der Matratze liegen Notenblätter – manche ordentlich aufgestapelt, andere wild verstreut. Einige sind gedruckt, aber mit handschriftlichen Anmerkungen versehen, andere komplett von Hand geschrieben. Originale, Kopien ... überall ist so viel durchgestrichen, so vieles unvollendet. Vorsichtig nehme ich eines der Blätter in die Hand. Es trägt die Überschrift *Rea*.

Ich muss blinzeln, um die Tränen zurückzuhalten. Wenn ich doch nur Noten lesen könnte ... Noch ein unvollendetes Stück: *Mutter*. Ein drittes: *Die Prinzessin*. Und hier: *Der Tapfere, gewidmet R., dem Mousquetaire*. Anscheinend hat Liam an einer eigenen Suite gearbeitet.

Plötzlich höre ich ein Geräusch. Schnell lege ich die Notenblätter zurück auf die Matratze. Da ist es wieder, draußen auf dem Dach. Es klingt wie leise Schritte, die kaum das Geräusch des Regens übertönen.

Ganz langsam schiebe ich mich auf das Fenster zu und presse mich neben der Luke an die Dachschräge. Dort draußen bewegt sich etwas. Ich ziehe mein Messer. Wieder höre ich etwas: eine Art Schaben, wie Krallen auf Glas.

Moment mal.

Das *sind* Krallen auf Glas.

Hastig stecke ich das Messer weg und öffne das Fenster für

Beethoven. Er springt so würdevoll vom Fensterbrett ins Zimmer, wie es einer klatschnassen Katze möglich ist. Als ich die Hand nach ihm ausstrecke, entzieht er sich mir geschickt und stolziert zur Kochnische hinüber. Seine beiden Näpfe sind randvoll.

Während Beethoven speist, beginne ich mit der Durchsuchung der Wohnung. Abgesehen von den Notenblättern ist alles sehr ordentlich. Irgendwie merkwürdig. Einerseits dieser chaotische Haufen auf der Matratze, andererseits ein ordentlicher Stapel direkt daneben, ein perfekt gemachtes Bett und eine blitzblanke Küchenzeile. Liam war nicht einmal als Teenager besonders unordentlich, aber bei meinem letzten Besuch war das Geschirr nicht abgetrocknet, es standen halb ausgepackte Einkaufstüten herum, und der Boden hätte dringend gefegt werden müssen.

Außerdem kann ich seine Violine nirgendwo finden. Und es fehlen auch einige der Originalnotenblätter.

Vielleicht hat er das alles mit in den Palast genommen? Vielleicht wollte er bei dem Protestmarsch spielen?

Aber wo sind dann die Fotos? Bilder von uns im St. James' Park und im verschneiten Amerika, aber auch von Manja und Cos vor dem Eiffelturm, wilde Grimassen schneidend.

Nachdenklich sehe ich zu Beethoven hinüber. Vielleicht kann er mir helfen. Katzen nehmen vieles wahr, was uns entgeht. Und dass sie in Bezug auf Menschen keine guten Informationsquellen sind, liegt nur daran, dass sie sich nicht sonderlich für uns interessieren. Den Geist einer Katze zu erforschen fördert die Bescheidenheit. Ich finde, dass es mir guttut. Eine kleine Erinnerung daran, dass wir Menschen nicht allein auf diesem Planeten sind.

Und es öffnet den Geist, wird mir plötzlich klar.

Ganz langsam gehe ich in die Hocke und locke Beethoven zu

mir. Während ich leise mit der Zunge schnalze, streife ich meine Handschuhe ab. Der Kater wirft mir einen unentschlossenen Blick zu, dann frisst er weiter. Na ja, immer noch besser als ein Fauchen. Ich interpretiere es als Erlaubnis, mich zu nähern. Als ich Zentimeter für Zentimeter die Hand hebe, erstarrt Beethoven. Wieder schnalze ich mit der Zunge. »Ist ja gut«, murmele ich beruhigend. »Alles ist gut.«

Beethoven dreht den Kopf. Seine Schnurrhaare gleiten über meine Knöchel, dann streift seine feuchte Nase meine Haut. Er schnüffelt an mir. Noch immer im Zeitlupentempo lege ich eine Hand auf sein Fell. Schritte im Treppenhaus lassen mich und auch Beethoven wieder zögern. Dann streichele ich seinen Rücken, ganz sanft nur. Als er sich wieder entspannt, vergrabe ich meine Finger in seinem braunen Fell. Er beginnt zu schnurren. Ich atme tief ein, dann drücke ich die Fingerspitzen auf seine Haut.

Sein Geist stiehlt sich in mein Bewusstsein, verschiebt es irgendwie, stellt es regelrecht auf den Kopf. Ich kann spüren, wie mein Geist sich ausdehnt, aufplatzt. Der offene Kreis dreht sich, bis die Lücke an einer anderen Stelle hängt. Es ist wie ein frischer Wind – so fühlt sich das Leben an, diese Seite des Schwarzen Loches. Einen Moment lang gebe ich mich ganz diesem herrlichen Gefühl hin.

Dann fällt mir wieder ein, was René mir beigebracht hat. Ich konzentriere mich auf die Flammen in meinem Geist und schlage ein kleines Loch in den Eispanzer, der sie umgibt. Nur ganz kleine Flämmchen lasse ich austreten und halte sie fest unter Kontrolle, nutze sie, um Beethovens Bewusstsein mit meinem zu verschmelzen. Seines ist so viel konzentrierter als meins. Oder als jedes menschliche Bewusstsein überhaupt. Gestochen scharfe, klare Bilder, gleichzeitig aber auch so viele andere Eindrücke. Alles ist mit einer Art Farbe unterlegt, verschiedene

Nuancen in unterschiedlicher Ausprägung. Gerüche. Sein Geruchssinn ist wie ein weiteres Auge, genau wie sein Gehör: sich nähernde Schritte im Treppenhaus, Liams Geruch in der Wohnung.

Und der Geruch eines Fremden.

Ich richte mich langsam auf. Hinter mir verstummen die Schritte, direkt vor unserer Wohnungstür. Ein leises Klopfen folgt.

»Miss Emris?« Es ist Mister Galahad. Obwohl ich keine Ahnung habe, was er hier will, ist das der perfekte Zeitpunkt, um sich ein bisschen Verstärkung zu holen.

Ich stelle mich hinter die Tür. »Mister Galahad«, rufe ich möglichst unbeschwert. »Hier ist nichts. Ich fürchte, wir sind umsonst hergekommen. Einen Moment noch, ich bin gleich bei Ihnen.«

»Sind Sie sicher?«, fragt er. Während ich mich zentimeterweise auf den Vorhang in der Ecke zuschiebe, fährt er fort: »Ich weiß, dass Sie gehofft hatten, hier etwas zu finden, Miss Emris.« Wie praktisch, so übertönt er das Geräusch meiner Schritte. »Es tut mir wirklich leid für Sie.« Schon habe ich die Ecke erreicht, in der das Waschbecken hängt. Gerade als ich den Arm ausstrecken will, bewegt sich der Vorhang.

Er hat sich verraten.

Ich packe den Vorhang und ziehe ihn zurück, gleichzeitig reiße ich mein Messer hoch.

Aber es folgt kein Angriff, nicht einmal ein Schrei. Ich kann nicht glauben, was ich sehe.

Das Gesicht, das hinter dem Vorhang aufgetaucht ist, kenne ich besser als jedes andere.

Es ist mein Bruder.

Er hat sich seinen Geigenkasten über die Schulter gehängt und hält eine halb geöffnete Tasche umklammert. Da sind die fehlenden Originale, die Fotos. Er trägt schwere Stiefel, ist vollkommen schwarz gekleidet, nirgendwo auch nur eine *manchette*. Und in einem seiner Stiefel steckt ein Dolch. Die tiefe Kapuze seines schweren schwarzen Capes wirft dunkle Schatten auf sein Gesicht.

Aber wenn er nicht entführt wurde … Wenn er nicht entführt wurde, dann …

Nein.

»Rea«, flüstert er so leise, dass ich ihn kaum verstehe. Sein Gesicht verzieht sich gequält.

»Miss Emris?«, ruft Mister Galahad von draußen. »Ist alles in Ordnung?«

»Wer ist das?« Liams Blick huscht zur Tür.

»Liam, was im Namen aller freien …«

»Wer *ist* das, Rea?«

»Miss Emris? Ich komme jetzt rein!«

»Das ist Mister Galahad«, antworte ich mit zitternder Stimme. »Aber das ist nicht …«

Entsetzt reißt Liam die Augen auf. »Rea, *lauf!*«

»Was?«

Da tritt Mister Galahad die Tür ein. Liam will sich an mir vorbeischieben, wohl um sich zwischen mich und Mister Galahad zu stellen, aber ich dränge ihn zurück. Mister Galahad wird ihn angreifen, ihn ausschalten, denn er wird sofort begreifen, was mir jetzt auch klar geworden ist: Liam muss der Kidnapper sein. Mein eigener Bruder hat den Prinzen entführt. Aber wieso?

Mister Galahad wirft uns nur einen kurzen Blick zu.

Dann greift er mich an.

Mir bleibt nicht einmal Zeit, um zu reagieren. Es bleibt nie genug Zeit, wenn der Angriff aus den eigenen Reihen kommt. Ich schaffe es gerade noch, schützend die Arme hochzureißen.

Die Wucht des Schlages schleudert mich bis zum offenen Fenster, und ich lande rücklings auf dem Sims. Der Regen peitscht mir in den Nacken, läuft in meine Haare. Liam schreit auf, aber Mister Galahad greift schon wieder an. Warum nicht Liam? Warum hat er es auf mich abgesehen und nicht auf den Mann, der allem Anschein nach den Prinzen entführt hat? Abwehrend hebe ich die Arme. Oh, Maria, meine Hände! Meine Hände sind nackt, ich darf ihn nicht berühren. Schnell nehme ich die Arme wieder runter, reiße die Hüfte hoch und trete stattdessen mit beiden Beinen zu. Ich treffe seinen Bauch, und Mister Galahad taumelt rückwärts. Ich stoße mich von der Wand ab, setze ihm nach. Meinen Schlag gegen den Solarplexus wehrt er ab. Ich blocke mit den Unterarmen seine Faust. Als er sich duckt, trete ich noch einmal zu, sodass er mit dem Rücken gegen die Küchenzeile prallt. Er flucht laut. Ich verlagere mein Gewicht, reiße den Fuß herum und ziehe ihm die Beine unter dem Körper weg. Als er mein Manöver durchschaut, ist es bereits zu spät, um mich noch aufzuhalten, aber er wirft sich im Sturz nach vorne und prallt mit voller Wucht gegen mich. So landen wir beide auf dem Boden. Mister Galahad liegt auf mir drauf. Seine Nasenflügel blähen sich. Nur wenige Zentimeter trennen meine Haut von seiner. Panisch ramme ich ihm das Knie in den Unterleib. Das entlockt ihm zwar einen Schmerzensschrei, aber er bleibt auf mir liegen. Er packt meine Arme. Als ich hochschaue, sehe ich etwas hinter seinem Kopf. Erstaunt reiße ich die Augen auf. Mister Galahad sieht es, aber er reagiert nicht schnell genug.

Die Flasche zerplatzt auf seinem Hinterkopf, und er bricht über mir zusammen. Liam steht über uns, umklammert noch immer den Flaschenhals. Dann lässt er ihn fallen. Er wirkt vollkommen aufgelöst. Er wirft mir einen langen Blick zu – dann rennt er los.

Ich schubse Mister Galahad von mir runter und springe auf. Renne hinterher. Ich höre seine Schritte im Treppenhaus. Als ich die erste Stufe nehme, taumelt Mister Galahad hinter mir durch die Tür. Er verfolgt mich. Verfolgt Liam. Der wiederum läuft schneller, als ich es bei ihm für möglich gehalten hätte. Er dürfte eigentlich gar nicht so schnell sein. Und Mister Galahad dürfte nicht so langsam sein. Auch während unseres Kampfes war seine Reaktionszeit wirklich mies. Und er hätte mich überhaupt nicht angreifen sollen …

Gedankenkontrolle. Jemand hat ihre Gedanken unter Kontrolle gebracht.

Liam wurde nicht entführt, er war der Entführer.

Brennende Hitze erfasst mich – mein Blut, meine Haut, meinen Geist. Madame Hiver. Sie hat ihn benutzt, hat Mister Galahad benutzt, um an Robin heranzukommen. Das kann nur eines bedeuten: Ich war blind. Wie konnte ich nur so blind sein?

Sie ist eine Mensatorin.

Meine Lunge brennt. Ich renne immer weiter, sehe aber kaum die Stufen unter meinen Füßen. Erinnerungen brechen über mich herein – eine schimmernde Maske in der Dunkelheit, ein grausames Lächeln. Die ganze Zeit … Sie ist eine Mensatorin, hat die ganze Zeit ihr Geheimnis gehütet, mitten im französischen Hofstaat. Hat so getan, als würde sie Magdalenen hassen, nur um nicht selbst unter Verdacht zu geraten. Hat sich angeblich aus Schicklichkeit wie eine Engländerin gekleidet, nur um nicht durch einen Schnüffler entdeckt zu werden. Die Geliebte des Königs. Madame Hiver, eine so mächtige Mensatorin, dass sie sogar Mister Galahad unter ihre Kontrolle bringen konnte. Madame Hiver, die mich beim Weißen Tanz berührt hat. Madame Hiver, die meinen Bruder zu ihrem Sklaven gemacht hat, um den Prinzen entführen zu können.

Ich werde sie umbringen.

Unwillkürlich laufe ich schneller. Vor mir hetzt Liam durch die Haustür nach draußen, hinter mir poltern Mister Galahads Stiefel über die Treppe. Während ich noch die Haustür hinter mir zuknalle, überquert Liam bereits die Straße. Mir bleibt keine Zeit mehr, um die Tür zu verrammeln. Offenbar will Liam Richtung Rue Monge, dabei biegt er aber immer wieder in Nebenstraßen ab. Ich habe keine Ahnung, wo er hinläuft. Und ich muss mich ranhalten, um ihn nicht aus den Augen zu verlieren. Dabei stelle ich mir vor, wie Madame Hiver ihn in die Enge getrieben hat, ihn angefasst hat, ihn unterjocht hat. Seine roten Haare leuchten in der Dunkelheit grau. Wo hat sie es getan? Wo hat sie ihn mit ihren dreckigen, nackten Händen berührt?

Anstatt am Ende der Rue de la Clef links abzubiegen, rennt Liam plötzlich nach rechts, in eine Straße, die ich nicht kenne. Als ich um die Ecke biege, ist er verschwunden.

Ich rufe nach ihm. Er muss nach links weitergelaufen sein. Schon höre ich Mister Galahad hinter mir, es bleibt also keine Zeit zum Nachdenken. Madame Hiver mit ihren angeblich harmlosen Massagen, ihren unschuldigen Berührungen. Rutschend biege ich nach links ab und hetze die Straße hinauf. Da vorne ist jemand. Blind laufe ich durch den Regen, den Blick fest auf die rennende Gestalt geheftet. Ich kriege kaum noch Luft. Meine Lunge brennt. Mister Galahad kommt immer näher. Ich drehe mich nicht um.

Noch einmal ziehe ich das Tempo an, auch wenn meine Muskeln lautstark protestieren. Ich sehe, wie Liam zwischen einigen Bäumen verschwindet. Da vorne ist ein Park. Ein Tor. Jemand öffnet es für ihn – ein maskierter Pförtner im dunklen Mantel. Ich stürme hinterher, aber das Tor schließt sich bereits wieder. Ich renne, renne so schnell ich kann. Es muss einfach reichen.

Jetzt kann ich Liam nicht mehr sehen, aber ich schaffe es gerade noch durch das Tor. Scheppernd fällt es hinter mir ins

Schloss, direkt vor Mister Galahads Nase. Instinktiv halte ich die Eisenstangen fest, als er das Tor aufreißen will. Mit der freien Hand packe ich den Pförtner im Genick und ramme seinen Kopf gegen das Metall. Der Pförtner bricht zusammen. Mister Galahad tritt gegen meinen Arm, und sein scharfkantiger Absatz reißt mir die Haut auf. Ich schreie auf, mein Griff lockert sich. Schnell hebe ich den Schlüssel auf, den der Pförtner fallen gelassen hat, schiebe ihn ins Schloss und drehe ihn. Als ich ihn wieder rausziehe, trifft mich ein zweiter Tritt.

Diesmal brülle ich so laut, dass man es noch unter den Bäumen hören kann. Vor meinen Augen tanzen weiße Flecken. Ich will zurückweichen, aber da schießt eine Hand zwischen den Eisenstangen hindurch. Ein Handschuh schließt sich um meine Kehle. Mister Galahad drückt zu. Ich muss würgen. Mag ja sein, dass er langsamer ist als sonst, aber er ist auch ungehemmter. Seine Muskeln spannen sich an, und er hebt mich hoch. Ich kann nicht atmen, würge, keuche. Dann nichts mehr. Die Flecken vor meinen Augen werden schwarz. Ich muss mich wehren. Wenn er meine Haut berührt, wird er erkennen, was ich bin. Dann könnte ich nie zu Robin zurück.

Robin.

In einem letzten Kraftakt ramme ich meinen Ellbogen in Mister Galahads Adamsapfel. Ächzend lässt er mich los, weicht zurück. Er kann nicht atmen, sieht kaum noch etwas. Ich beobachte, wie er ein paar Schritte zurücktaumelt, bevor er zusammenbricht. Einen Moment lang bekomme ich Angst. Aber mit einem solchen Schlag kann ich ihn nicht ernsthaft verletzt haben. Er wird wieder aufwachen. Bleibt nur zu hoffen, dass es nicht allzu bald passiert.

Schnell sehe ich nach dem Pförtner; es ist eine Frau. Ihre Maske gleicht der einer Megäre, und sie trägt ein grünes Seidenband am Handgelenk. Sie ist bewusstlos, atmet aber gleichmäßig. Als ich mich vom Tor abwende, sehe ich den Eingang zu einem Park vor mir. Rechts und links vom Weg stehen alte Steinmauern, halb verborgen hinter hohen Bäumen. Dieser Ort hier ist älter als der Rest von Paris, sogar älter als die Île-de-Corail. Der Weg besteht nur aus festgetrampelter Erde. Und nirgendwo eine Spur von Liam. Ein Stück weiter hinten scheint der Fußweg zu enden, dort deutet ein Lichtschimmer auf eine offene Fläche hin.

Der Schmerz in meinem Arm ist immer noch so schlimm, dass ich mich kurz frage, ob vielleicht ein Knochen gebrochen ist. Aber das Adrenalin hilft. Die blaue Seide an meinem Handgelenk scheint über meine Haut zu gleiten, in meinen Geist hineinzufließen. Kurz berühre ich das Band und schließe die Augen. Es scheint leise zu flüstern. Nein, das stimmt nicht ganz … Es ist kein Flüstern, mehr ein langgezogener, an- und abschwellender Ton. Der Ball aus Eis, der die Flammen in meinem Geist umschließt, scheint leise zu beben. Er ist blau wie ein Gletscher. Blau – die Farbe der Mensatoren, der Magdalenen, die Gedanken lesen und unter ihre Kontrolle bringen können. Mensatoren wie Madame Hiver. Mensatoren wie ich. Magdalene gegen Magdalene. Wie in der Bibliothek des Weißen Hofes. Wie beim *danse blanche*. Wie in allen Momenten, in denen ich gescheitert bin.

Mein Puls rast so sehr, dass ich ihn an den Seidenbändern an meinem Handgelenk spüre. Erneut ziehe ich mein Messer und schleiche auf den fahlen Lichtschimmer zu, den gesunden Arm vorgestreckt. Angestrengt lausche ich auf jedes Geräusch. Aber ich höre nichts außer meinen eigenen Schritten. Meinen schweren Atemzügen. Meinen unterdrückten Schmerzenslauten.

Als ich mich dem Ende des Weges nähere, kann ich langsam eine Gestalt ausmachen. Hinter den Bäumen steht jemand und wartet auf mich. Und diese Silhouette würde ich selbst im Schlaf erkennen.

Es ist Robin.

Er steht vollkommen still. Zu still. Ich kann sein Gesicht nicht erkennen. Die Messerklinge beginnt zu zittern, während ich mich weiter voranschiebe. Als ich das Ende des Weges erreiche und zwischen den Begrenzungsmauern hindurchtrete, befinde ich mich plötzlich auf einem runden Platz, der von ansteigenden Steinbänken umgeben ist – lange vor unserer Zeit erbaut.

Eine Arena.

Außer Robin ist niemand zu sehen, aber ich weiß, dass sie irgendwo sind. Das muss eine Falle sein. Doch wenn ich schnell genug bin, schneller als schnell …

Mir bleibt keine andere Wahl.

Ich streiche noch einmal über meine Seidenbänder, dann hebe ich entschlossen das Messer und trete in die Arena.

Kleine Steine knirschen unter meinen Füßen. In meinen Ohren klingt es ohrenbetäubend laut. Noch ein Schritt, dann noch einer. Ich rechne mit Schüssen, mit einem heranzischenden Giftpfeil, mit dem Dröhnen einer aufmarschierenden Armee.

Aber hier ist nichts. Nur die Stille – und Robin. Er hat mir den Rücken zugewendet, sodass ich sein Gesicht nicht sehen kann. Plötzlich habe ich Angst. Solche Angst, dass ich kaum weitergehen kann. Und wenn er nun verletzt ist? Wenn er …

Ich kann nicht anders. »Robin!«

Sobald ich seinen Namen rufe, dreht er sich um. Maria sei Dank, er kann sich bewegen. Sein Gesicht ist blass und reglos wie immer. Keine sichtbaren Verletzungen. Fast wäre ich zusammengebrochen vor Erleichterung, aber stattdessen gehe ich nun schneller auf ihn zu. »Robin, Maria sei Dank! Wir müssen dich sofort hier weg …«

»Komm nicht näher.«

Ruckartig bleibe ich stehen. Ich sehe mich um, suche nach dem Sprecher. Dabei weiß ich ganz genau, wer das gesagt hat. Aber das kann nicht sein.

»Robin?« Vorsichtig mache ich einen Schritt vorwärts.

»Ich sagte, du sollst nicht näher kommen.«

Es ist seine befehlsgewohnte Stimme. Seine Miene ist eiskalt. Der Kronprinz.

»Und wenn ich es trotzdem tue?« Wieder wage ich mich ein paar Schritte vor.

Nur, um abrupt innezuhalten, als er eine Pistole zieht.

»Davon würde ich abraten«, antwortet er. Der Lauf der Waffe ist genau auf meine Stirn gerichtet.

Automatisch weiche ich zurück, bevor ich mich wieder im Griff habe: stehen bleiben, Schultern zurück, keine Angst zeigen.

»Robin, was ist hier los?«

»Du hast mich schon wieder hintergangen. Du hast das alles eingefädelt.«

Oh, Maria, bitte nicht. Nicht auch noch er.

Ich traue mich nicht, auch nur einen Finger zu rühren. Lediglich sprechen kann ich. Sie hat kaum Zeit mit ihm verbracht. Wie stark muss sie sein, wenn sie es in nur wenigen Stunden schafft, sich seiner Gedanken zu bemächtigen?

»Sieh mich an, Robin. Das ist nicht echt.«

Nun hebt er die Waffe noch höher. »Du hast mich schon wieder belogen.«

Ich schließe die Augen. Was für ein grausamer Trick. Was für eine perfide, geniale Idee. Pflanze ihm einen ganz simplen Gedanken ein, und lass ihn seine Blüten treiben. *Sie hat dich schon wieder belogen.* In gewisser Weise ist es bewundernswert. Das eine muss ich Madame Hiver lassen: Sie ist eine brillante Mensatorin.

»Geh, Rea«, sagt er. »Jetzt sofort.«

»Ich habe keine Angst vor dir.« Was kann eine weitere Lüge schon schaden?

»Solltest du aber. Du hast mich zweimal zum Narren gehalten. James hat mich gewarnt. Er hat mir immer gesagt, dass die Leute mich nur ausnutzen werden, wenn ich auf mein Herz höre statt auf meinen Verstand. Glaub mir, wenn du nicht sofort gehst, werde ich dich erschießen.«

»Ach ja?« Kaum merklich schiebe ich mich ein Stück vor. »Sieh mich an, Robin.« Er tut es. Diese blauen Augen. Seine Pupillen sind pechschwarz. »Du glaubst, das hier wäre echt, aber du musst deinen Geist öffnen.«

Verständnislos starrt er mich an. Wie könnte er das auch begreifen? Wie könnte der Kronprinz von England, aufgewachsen am Weißen Hof, erzogen vom Weißen König, wissen, was das bedeutet? Gibt es überhaupt einen Geist, der noch fester verschlossen ist? Deshalb ist es ihr bei ihm wohl auch so schnell gelungen.

Ich schlucke schwer. Was hat René mir beigebracht? »Und wenn nicht?«

»Wenn nicht was?«

»Wenn ich dich nicht wieder angelogen habe?«

Seine Finger schließen sich krampfhaft um den Griff der Waffe. »Hast du aber.«

»Aber was, wenn nicht?«

Ein Lid beginnt zu zucken. »Sei still.«

»Warum hast du mir vertraut?« Ich lasse nicht locker. Zweifel säen. »Wenn ich bloß eine Lügnerin bin, warum hast du mir nach dem letzten Mal dann wieder vertraut?«

»Ich wurde reingelegt. Ich bin schwach«, sagt er. Aber sein Blick wird unruhig, gleitet über den Boden, über mein Gesicht, meinen Körper. Ich muss mehr Druck ausüben.

»Warum hast du gesagt, dass du mich heiraten willst?«

Er schließt die Augen. Plötzlich höre ich ein Geräusch, aber als ich herumfahre, ist dort niemand. Ich wende mich wieder Robin zu. Seine Augen sind offen – und in ihnen brennt diese kalte Wut, die ich schon bei unserer ersten Begegnung an ihm bemerkt habe.

»Willst du es denn?«, fragt er.

»Will ich was?«

»Mich heiraten.«

Schwieriges Thema. »Vor allem will ich dich retten, Robin. Ich bin gekommen, um dich zu retten.«

Er befeuchtet seine Lippen, sucht mit Blicken die Bänke der Arena ab. Da ist es wieder, dieses Geräusch. Aber hier ist niemand. Mein Körper macht sich kampfbereit, während ich mich weiter auf Robin konzentriere.

»Wieder eine Lüge«, behauptet er schließlich.

»Das glaubst du zu wissen. Aber wie wäre das: Was, wenn alles, was man dich zu glauben gelehrt hat, falsch ist?«

Ein leiser Schauer packt seinen Körper. »Was, wenn ...«, murmelt er.

Ganz langsam wiederhole ich es: »Was, wenn alles, was man dich zu glauben gelehrt hat, falsch ist? Was, wenn Berührungen nichts Schlimmes sind?« Ich strecke ihm die Hand entgegen, aber er zischt empört. Trotzdem halte ich sie ausgestreckt. »Was, wenn Maltoren keine Folterknechte, sondern Heiler sind?« Ein kleines Stückchen näher heran. »Was, wenn Seide keine Droge ist, sondern ein Heilmittel?« Hinter seiner Stirn arbeitet es. »Was, wenn ich nicht die Ausnahme bin, sondern die Regel? Was, wenn Magdalenen ganz normale Menschen sind, wie alle anderen auch?«

»Rea ...« Seine Stimme klingt rau. »Wenn das alles wahr wäre, dann ... dann hätte das Königshaus ... dann hätte meine Familie ... einen Massenmord sanktioniert.«

»Und wenn das wahr wäre?«

»Wenn das wahr wäre ...« Er mustert mich von oben bis unten. »Wenn das wahr wäre, dann hätte ich tatenlos danebengestanden, während zahllose Unschuldige getötet wurden. Dann hätte ich meinem Vater all die Jahre dabei zugesehen, wie er gemordet hätte, nur weil ich nicht selbstständig denken konnte.« Er beginnt, am ganzen Körper zu zittern. »Wenn das wahr wäre, gäbe es für mich nur noch zwei Möglichkeiten. Und ich weiß, für welche ich mich entscheiden würde.« Mit diesen Worten drückt er sich die Waffe an die Schläfe.

Ich schreie auf, stürze auf ihn zu. Aber da hat er die Waffe bereits wieder auf mich gerichtet. Mit eiskalter Stimme fährt er fort: »Aber nichts davon ist wahr. Du lügst schon wieder, lügst, um zu kriegen, was du willst.«

»Robin«, sage ich drängend. »Denk nach. Geh deine Erinnerungen durch. Aus welchem Grund denkst du denn, ich würde dich anlügen?«

Erst nachdem ich es ausgesprochen habe, wird mir klar, wie brillant Madame Hivers Plan eigentlich ist.

Ich habe ihn ja angelogen. Ich habe ihn von Anfang an belogen. Eine echte Erinnerung, eine Tatsache. Da gibt es nichts, was ich abstreiten könnte. Keine Chance, die Gedankenkontrolle aufzudecken.

Er entsichert die Pistole. »Verschwinde.«

Reglos starre ich ihn an.

Madame Hivers Gedankenkontrolle ist perfekt. Nichts, was ich sagen könnte, würde etwas an der Wahrheit ändern.

Aber ich könnte ihre Kontrolle brechen. Wenn ich nur seinen Geist erreiche. Ich könnte es versuchen.

Wenn ich Todessehnsucht hätte.

Mir fällt wieder ein, was Ninon gesagt hat: *Ich will nicht sterben.* Der Sog des Schwarzen Loches ... die unerträgliche Furcht.

Ich will auch nicht sterben.

Und dann steigen andere Erinnerungen in mir auf: Robin in den Heiligen Höfen, wie er meine Hand küsst. *Gewalt bringt nur noch mehr Gewalt hervor.* Wie er seinem Vater gesagt hat, Gewalt bringe einen nicht weiter – *nachdem* er herausfand, dass ich eine Magdalena bin.

Er wird mich nicht erschießen.

Maria Magdalena. Ich starre ihn an. Starre in den Lauf seiner Waffe. Lähmende Kälte hat meinen Körper erfasst, mein Herz pumpt Eiswasser durch meine Adern. Sie ziehen sich zusammen, erfrieren langsam. Ich kann mich nicht bewegen.

Er wird mich nicht erschießen.

Und wenn ich mich irre?

Ich versuche, ihn anzusehen, aber vor meinen Augen verschwimmt alles. Die Kreatur erscheint zwischen Robins Beinen, hängt sich über seinen Rücken, krallt sich an seinen Schultern fest. Drückt die Pranken auf sein Gesicht, bis ich kein Blau mehr sehe. Sie fletscht die Zähne.

Ich könnte gehen. Natürlich könnte ich gehen. Gehen und Verstärkung anfordern. Madame Hivers Gedankenkontrolle ist nur gegen meine Person gerichtet. Diese Falle wurde für mich ausgelegt. Ihr muss klar gewesen sein, dass ich allein kommen würde. Sie muss gewusst haben, dass ich niemanden in Gefahr bringen würde.

Aber Robin hat sich gerade die Waffe an die Schläfe gehalten, und ich bin mir nicht sicher, ob das nicht auch der Gedankenkontrolle geschuldet war. Ich weiß nur, dass ich ihn in diesem Zustand nicht allein lassen werde. Nicht, wenn es ebenso um sein Leben geht wie um meines.

Ich sehe, wie die Kreatur größer und größer wird. Jetzt hat sie ihn schon fast komplett verschlungen, nur die Waffe ist noch frei. Zum ersten Mal in meinem Leben bin ich dankbar dafür, dass es die Kreatur gibt. Natürlich will sie, dass ich angreife. Sie hat mich schon immer mit süßen Worten von Tod und Zerstörung umgarnt.

Nun bekommt sie vielleicht ihren Willen.

Ich balle die Fäuste.

Dann renne ich los.

Kapitel 15

Ich höre, wie Robin nach Luft schnappt. Höre das triumphierende Heulen der Kreatur.

Höre den Schuss.

Ich treffe ihn mit voller Wucht. Jede Faser meines Körpers ist zu Eis erstarrt. Wir fallen um, schlagen hart auf dem Boden auf. Ich will etwas spüren – Schmerz, Blut –, aber da sind nur der Schock und die Finsternis der Kreatur, die uns beide zu verschlingen droht.

Ich taste nach Robins Hand.

Sobald unsere Geister sich berühren, lande ich zwischen seinen Seidensträngen. Jetzt sieht sein Bewusstsein anders aus als beim letzten Mal. Die Seide ist makellos weiß geworden, und sie glänzt so sehr, dass man fast geblendet wird. Jeder einzelne Strang ist straff gespannt, und sie sind zu einer perfekten Kugel verwoben, die mich von allen Seiten einschließt. Überall nur Seide, keine Lücke, kein Loch, nicht einmal ein Fleck. Nirgendwo ein Hauch von Zweifel. Die Kunstfertigkeit, die hinter diesem Gebilde steckt, raubt mir für einen Moment den Atem.

Aber mir bleibt keine Zeit. Vermutlich habe ich nur wenige Sekunden.

Ich schlage ein Loch in das Eis in meinem Geist, lasse vorsichtig ein paar Flammen hervorschießen. Ich will Robin nicht wehtun, aber ich muss diesen Seidenkokon aufsprengen, sonst wird er nie zu mir zurückkehren. Und unser Feuer ist alles, was ich habe. Es leckt an der Seide, aber die weißen Stränge entzünden sich nicht. Sie verfärben sich nicht einmal. Ich heize die Flammen weiter an, sodass sie an den geflochtenen Wänden hinaufgleiten. Ich breite sie aus, bis ich vollständig von ihnen umgeben bin, lasse das Feuer in alle Richtungen wandern, bis es die Seide komplett bedeckt. Mein Geist steht in Flammen. Oder ist es mein Körper?

Ich reiße die Arme hoch. Sofort rast das Feuer zur Decke hinauf, fließt in der Mitte zusammen, bildet eine gleißende Säule. Überall Hitze, überall Schmerz. Die Flammen umzüngeln mich, trotzdem gebe ich ihnen mehr Kraft. Höher, heißer, stärker. Ich denke an Ninons Sonne, endlich wieder strahlend, nach vielen Wochen voller Nebel und Trübnis. Ich denke an Liams Sinfonie: *Rea, Mutter, Die Prinzessin, Der Tapfere.* An Blancs Lachen, seine größte Stärke. An die Wildblumen des Comte, die endlich wieder wachsen. Daran, dass René zu uns zurückgekehrt ist, dass sein klarer Verstand nun wieder auf dieser Seite des Schwarzen Loches weilt. Dann mache ich mich selbst zu einem Schwarzen Loch und speise das Feuer mit all ihrer Kraft, gebündelt mit meiner. Die Flammen brüllen, rasen. Heißer, immer heißer. Ihre Herzen verfärben sich blau. *Blau.*

Die Seidenstränge beginnen zu beben. Sie zittern. Ich sehe nur noch blau. Spüre nur noch Hitze. Hitze und den Sog. Den Sog des Schwarzen Loches. *Vergiss nicht, wer du bist. Das Schwarze Loch ist ebenfalls ein geschlossener Kreis.*

Mühsam ziehe ich mich zurück. Mühsam öffne ich das Loch im Eis, rufe die Flammen in meinen Geist. Ich sammle sie alle ein, ertrage ihre Hitze, den Schmerz. Ich mache mich selbst zum blau leuchtenden Herzen des Feuers. Als die Wildblumen aufflackern, die Sonne sich blau verfärbt, das Feuer bleich, stark, laut und schließlich komplett blau wird, schleudere ich es in einer gewaltigen Stichflamme in die Höhe.

Die Kraft der Flammen drückt mich auf den Boden des Kokons. Noch drei Herzschläge lang kann ich die Feuersäule aufrechterhalten, dann erlischt sie, die Blumen zerfallen, die Musik verstummt. Und ich liege zusammengerollt auf dem Boden der weißen Kugel. Klein, bedeutungslos. Ein Nichts. Langsam sehe ich auf.

Die Stränge sind verkohlt. Sie bewegen sich ächzend, als würde der Wind über sie streichen. Dann löst sich einer von ihnen, und schwarze Asche regnet auf mich herab. Immer mehr Stränge fallen ab, bis der Boden mit schwarzem Ruß überzogen ist – und ich ebenfalls.

Mit jedem Strang, der sich löst, wächst das Triumphgefühl in mir. Bis mir klar wird, was ich da vor mir sehe.

Hinter der Seide ist noch mehr Seide. Ein Strang über dem anderen, noch fester gedreht als die Schicht, die ich gerade verbrannt habe. So weiß, dass es in den Augen wehtut. So weiß, dass sie wie ein höhnisches Grinsen in dem Ruß und Dreck der verbrannten Stränge aufblitzt.

Mein Geist beginnt zu zittern. Finsternis umschließt mich. Unsere Geister hätten sich vereinen müssen, um die Feuerseide zu erschaffen. Ich bin die Feuerschwester. Aber ohne ihn bin ich nichts. Nichts ohne meine Freunde, ohne meinen Bruder.

Halte deinen Geist offen.

Obwohl ich keine Kraft mehr in mir spüre, zwinge ich mich, den Kreis wieder zu öffnen. Hätten sich unsere Geister wirklich vereinen müssen? Bin ich nicht die Feuerschwester? Bin ich wirklich nichts ohne ihn, ohne meine Freunde, ohne meinen Bruder? Die blaue und die rote Seide an meinem Handgelenk wispern leise. Feuer und Wasser. Blaue Seide, blau wie das Eis in meinem Geist. Genauso kalt. Sie fließt durch meinen Geist, erwacht dort zum Leben, nimmt Gestalt an. Dazu braucht es kein Feuer, keine Berührung. Nur das blaue Band. Blau, die Farbe der Mensatoren.

Eine Feuerschwester ist stark. Ein Mensator ist gerissen.

Noch einmal sehe ich mir Robins Seidenstränge an. Eng verflochten, in sich gewunden, so fest es nur geht. Trotzdem, sie sind *verflochten*. Es muss also Lücken geben, auch wenn man sie mit bloßem Auge nicht erkennen kann.

Die blaue Seide zieht ihre Kreise, flüstert auf mich ein. Nein, das stimmt nicht.

Sie flüstert nicht, sie plätschert. Wie Wasser.

Das ist es.

Ich halte mir vor Augen, wie mein Geist gestaltet ist: Ein Ball aus Eis mit Feuer in seinem Inneren. Mein Ball aus Eis.

Schnell stehe ich auf. Diesmal sprenge ich kein Loch in das Eis, um die Flammen herauszulassen. Diesmal halte ich den Ball fest geschlossen. Aber ich beschwöre das Feuer, stachele die Flammen an. Ganz langsam, eine nach der anderen. Ihre Farbe verändert sich, wandelt sich nach und nach von Rot zu Blau. Heißer, nicht höher. Nur heißer.

Bis das Eis anfängt zu schmelzen. Die blaue Seide an meinem Handgelenk raunt begeistert. Wasser tröpfelt in meinen Geist, fließt, strömt. Dann bricht es aus.

Die Flutwelle brüllt.

Das blaue Feuer schmilzt das gesamte Eis, bis es aus meinem Geist hervorbricht, den Seidenkokon überschwemmt, gegen seine Wände schlägt. Die Stränge dehnen sich unter dem Druck. Aber darauf kommt es gar nicht an. Das hier ist ein Kampf – da geht es nicht allein um Kraft.

Das Wasser dringt durch die winzigen Lücken zwischen den Strängen. Es durchtränkt die Seide. Die Fasern saugen es auf und werden weich, lockern sich.

Werden brüchig.

Wieder öffne ich meinen Geist, greife nach Liams Musik, Ninons Löwin, Blancs Kraft, der Selbstbeherrschung des Comte, Renés Klarheit. Sie fliegen mir so mühelos zu, als wären sie ein Teil von mir. Das Wasser folgt ihnen, umspült mich. Umspült meinen Geist, meinen innersten Kern. Wartet.

Los.

Mit der Wucht eines Geysirs schießt der Strahl in die Höhe und reißt mich von den Füßen. Das Wasser zieht mich runter, dringt in meine Lunge. Ich würge, will schreien. Verzweifelt kämpfe ich gegen die Strömung an. Sie ist so stark. Kämpfen, kämpfen.

Ein Seil aus feinster Seide gleitet zu mir herab – genau wie beim letzten Mal. Ich packe es. Zwischen meinen Fingern verwandelt es sich in Feuer. Ich ziehe mich daran hoch. Dann erreiche ich die Oberfläche, halte die Feuerseide mit beiden Händen fest, lasse mich vom Wasser in die Höhe tragen. Hinauf zur Decke der seidenen Kugel.

Zu der Lücke. Zu der Lücke, die ich geschaffen habe. Zu der Lücke, durch die ein Seil aus Feuerseide zu meiner Rettung kam.

»Robin!« Noch während ich mich mit der Feuerseide aus seinem Geist ziehe, rufe ich seinen Namen. Ich werde in meinen Körper zurückkatapultiert, seine Hand unter meinen Fingern der einzige Anker in dieser Welt. »Robin, komm zu mir zurück«, sage ich leise. Flehend. Sanft streiche ich mit den Fingern über sein Gesicht, mit meinem Geist an der Außenwand der Seidenkugel entlang. Strang für Strang färbe ich die Seide rot, lockere sie vorsichtig auf. Ich schicke wärmendes Feuer und kaltes Wasser in die Zwischenräume, bis die Kugel schließlich zerfällt. An manchen Stellen ist die Seide verkohlt, an anderen durchnässt, aber sie ist nicht länger eingeschnürt, sondern gleitet frei durch seinen Geist, als ich ihn küsse. Jetzt kann ich auch wieder seine Gedanken lesen. *Was, wenn sie nicht die Ausnahme ist, sondern die Regel? Was, wenn es keine Rolle spielt, ob jemand ein Magdalene ist? Was, wenn Berührungen nicht gefährlich sind? Was, wenn ... Oh Maria, ich habe all die Jahre tatenlos danebengestanden. Ich bin ein Mörder. Ich muss etwas tun, ich kann das nicht länger dulden, ich ...*

»Robin«, sage ich eindringlich, »sieh mich an!«

Als er es schließlich tut, breche ich fast in Tränen aus. Als ich wieder in diese blauen Augen sehen kann. Jetzt ist da keine kalte Wut mehr zu entdecken, sie ähneln eher einem stürmischen Ozean. Wieder küsse ich ihn, mit aller Kraft. Er erwidert den Kuss. *Was habe ich mir nur gedacht? Natürlich ist sie keine Verräterin, natürlich nicht. Das ist die Frau, die ich heiraten will, was habe ich nur ... Warum habe ich nicht dagegen angekämpft, warum habe ich ...*

»Schhh.« Zärtlich streichele ich sein Gesicht, seine Schultern, seine Haare. »Es ist alles gut. Dein Geist ist wieder offen.«

»Rea.« Entsetzt reißt er die Augen auf. »Ich habe abgedrückt. Aber ich wollte nicht ... Ich habe über deinen Kopf hinweggezielt. Ich könnte nie ... ich würde nie ... niemals ...« *Ich muss etwas tun, unbedingt, aber was? Ich bin ...*

»Schhh.« Langsam spüre ich meinen Körper wieder: Mein Blut fließt warm und stetig, mein Puls schlägt schnell, voller Leben. Muskeln, Arm und Kopf tun weh, aber ich habe keine tödliche Wunde. Der Schuss hat mich nicht getroffen. Robin hat die Pistole fallen gelassen. Ich helfe ihm beim Aufstehen. Er wirkt noch immer etwas benommen. Doch als er mich ansieht, klärt sich sein Blick. »Heirate mich.«

»Robin, wir müssen von hier ver ...«

»Heirate mich«, wiederholt er, noch immer etwas atemlos. Dann fällt er auf die Knie. »Sei meine Königin.«

Ich starre ihn an. Er ist bleich, er zittert, aber seine Stimme ist fest. Sein Blick ist klar.

»Du kannst mich nicht heiraten, Robin. Dein Vater würde das niemals erlauben.«

»Die Frau, die mich zweimal vor dem sicheren Tod bewahrt hat? Und ob. Heirate mich. Als meine Königin wärst du in Sicherheit. Als meine Königin wärst du unantastbar.«

Ich möchte Ja sagen.

Oh, Maria.

Und wie geht es dann weiter?

»Und wie geht es dann weiter?«

Diese Frage wird nicht von mir gestellt. Aber mir war klar, dass ich diese Stimme am heutigen Abend noch hören würde.

Madame Hiver tritt aus der Dunkelheit.

Kapitel 16

Links von uns gibt es einen zweiten Zugang zu der Arena. Dahinter befindet sich ein Durchgang mit einem hohen Tor. Dort steht sie. Ihr schwarzes Kleid schmiegt sich um ihren Körper, als sie gelassen auf uns zuschlendert.

»Und wie geht es dann weiter, Königliche Hoheit? Soll sie im gläsernen Palast Eures Vaters sitzen und mit ansehen, wie Magdalenen und Hautstreicher, wie Freunde und Liebende abgeschlachtet werden?«

Robin richtet sich auf, während ich versuche, ihn hinter mich zu schieben. Ich ziehe mein Messer. »Wir könnten die Dinge verändern«, sagt er.

»Aber nicht, solange Euer Vater am Leben ist, würde ich meinen.«

Darauf sagt Robin nichts. Madame Hiver wendet sich mir zu. Ihre Maske schimmert im Mondlicht. »Können Sie sich das vorstellen, Miss Emris? Ausstaffiert wie Königin Maria, mit weißem Schleier, fahlem Make-up und wundervollen Perlen? Und immer brav den Mund halten, wenn jemand hingerichtet wird, der doch eigentlich dieselben Ansichten vertritt wie Sie selbst?«

Ihre Schritte wirken gelassen, aber in ihrer Stimme schwingt nur mühsam unterdrückte Wut mit. Als ich ihr ebenfalls nicht antworte, bleibt sie stehen. Erst jetzt hebe ich meinen Arm. Zeige ihr die Feuerseide.

»Ich gebe Ihnen, was Sie wollen, Madame. Alles, was Sie wollen.«

Ich strecke ihr mein Handgelenk mit dem Band entgegen. »Sie können die Feuerseide haben. Und ich werde Ihrer Bitte nachkommen: Ich verlasse die Stadt. Sie werden mich hier nie wiedersehen. Ich werde nach England zurückkehren, so können Sie auch sicher sein, dass von mir niemand die Wahrheit erfährt, immerhin würde sie mich das Leben kosten. Dort komme ich Ihnen nicht mehr in die Quere.«

Fassungslos starrt sie mich an. »Das würdest du tun?«

»Wenn Sie uns gehen lassen.«

Einen Moment lang steht sie einfach nur da. »Du hast nichts begriffen, Rea.«

Ich recke den Arm mit der Feuerseide. »Sie wollten sie. Das habe ich in Ihrem Geist gesehen. Sie wollten sie, damit ...«

Abrupt halte ich inne. Damit sie zu einem Symbol des Aufstands werden kann. Oder liege ich damit etwa falsch?

»Ja, Rea.« Erst jetzt fällt mir auf, dass sie mich duzt. »Das wollte ich. Aber nicht nur das. Ich wollte wissen, ob du so bist wie ich. Ich wollte dich und die Feuerseide. Aber nicht nur als Symbol. Und was ich ganz sicher nicht wollte – niemals wollen würde –, ist deine Rückkehr an den Weißen Hof, wo man dich mit weißem Make-up erstickt, mit dicken Schleiern zum Schweigen bringt und für den Rest deines Lebens versklavt.«

Sie wendet sich wieder Robin zu: »Wenn Ihr meint, ich würde das zulassen, nur weil Ihr ein Prinz seid, nur weil Ihr glaubt, Euch einfach nehmen zu können, was immer Ihr wollt, nur weil Ihr nie gelernt habt, Euren Geist zu öffnen, dann habt Ihr Euch sehr geirrt. Der Tag, an dem diese Frau einen Massemörder heiratet, ist mein letzter Tag auf dieser Seite des Schwarzen Loches.«

Sie zieht ihren Dolch. Robin schaudert. Mit einem schnellen Schritt positioniere ich mich zwischen den beiden.

Trotz allem kann ich immer noch nicht glauben, was ich da höre.

»Ihre Magdaphobie ist nur eine Masche.«

»Natürlich ist sie das«, faucht sie. »Wenn alle Welt über meine wahren Ziele Bescheid wüsste, was meinst du denn, wie lange es dauern würde, bis die Weißen Megären – der wundervolle Geheimdienst des Weißen Hofes – mich in meinem eigenen Bett ermorden würden? Ich musste mir eine plausible Tarnung zulegen. Vor allem, nachdem sie Wind von unserem Vorhaben bekommen hatten. Und von unserem Codenamen: *Winter*.«

Ich bin fassungslos. »*Winter* hat der König doch bloß erfunden.«

»Wie alle begnadeten Lügner hat er seine Geschichte um einen wahren Kern herumgesponnen. Anscheinend hatten seine Geheimdienste von unserer Existenz erfahren. Das war das erste Warnsignal für uns.«

Meine Gedanken überschlagen sich. Ich kann es nicht glauben. *Winter* existiert also tatsächlich, und Madame Hiver ist eine Verfechterin der Magdalenenrechte.

»Hören Sie«, sage ich schnell, »ich verstehe Sie ja. Ich verstehe, wie Sie sich fühlen.«

Sie lacht spöttisch. »Das wage ich zu bezweifeln.«

»Ich verstehe, dass Sie glauben, es gäbe keine andere Möglichkeit. Dass wir uns im Krieg befinden und dass Sie Ihre Schlachten auf diese Art ausfechten müssen. Aber das stimmt nicht. Das ist der falsche Weg. Unschuldige zu entführen …«

»Unschuldige?« Ihre Stimme ist scharf wie ein Peitschenhieb. An den Prinzen gewandt, fährt sie fort: »Ihr seid ein Mörder. Ihr, Euer Vater, Eure Mutter. Und als Ihr die Chance hattet, Wiedergutmachung zu leisten, als Rea Euch gebeten hat, mit ihr zu dem Protestmarsch zu gehen und zu zeigen, was für ein Mensch Ihr seid, da habt Ihr gekniffen.«

Sie kommt einen Schritt näher, aber ich hebe sofort mein Messer. Ich wünschte, ich könnte das abstreiten. Ich wünschte, ich könnte sagen, ich hätte kein Verständnis für sie. Trotzdem ist das der falsche Weg. »Ich werde nicht zulassen, dass Sie ihm etwas antun«, warne ich sie. »Ich werde jetzt gehen – mit dem Prinzen.«

Madame Hiver sieht mich an. Drückende Stille breitet sich aus. Nur der Wind rauscht leise in den Bäumen. Ihre Maske leuchtet fahl im Licht des Mondes, als sie schließlich sagt: »Es tut mir aufrichtig leid, Rea. Aber ich kann nicht erlauben, dass du ihn mitnimmst.«

Dann wirft sie ihren Dolch. Ich ducke mich, stoße Robin zu Boden. Als ich wieder aufsehe, steht sie direkt vor mir. Ihre Hände nähern sich meinem Gesicht.

Ihre nackten Hände.

Fast schon zärtlich umfasst sie meine Wangen.

Dann ist sie in meinem Geist.

Ich spüre es nicht. Ich spüre nicht, wie sie mich manipuliert. Ich spüre nur ihren Geist, sehe das Feld mit den brennenden blauen Blumen. Die merkwürdigen Flammen sind größer als je zuvor. Sie flackern wild. Sind außer Kontrolle.

Oder nicht?

Ihre Gedanken sind wirr ... *kann ihr das nicht – ich brauche ihn – warum sie – warum ausgerechnet ...* Wirr und chaotisch. Aber unfassbar mächtig. Dies ist der Geist, der den Seidenkokon gesponnen hat. Dies ist der Geist, der mich bei dem Ball getäuscht hat. Dies ist der Geist, der Mister Galahad überwältigt hat, den Prinzen, den Roi, Ninon, ja sogar den Weißen König überlistet hat.

Oder sind das gar nicht meine Gedanken? Wurden sie mir von ihr eingeflüstert?

Ich stelle mich dem Problem auf die einzige Art, die ich kenne: Ich kämpfe.

Wieder schüre ich mein Feuer. Wieder lasse ich es blau brennen. Wieder schmelze ich das Eis. Brüllend rast die Woge auf ihr Blumenfeld zu. Doch bevor das Wasser die Blumen erreicht, strecken sie sich plötzlich und schlingen sich so fest umeinander, dass sie eine steinharte Barriere bilden. Einen Damm. Die Flutwelle bricht sich daran, ein wenig sickert hindurch, ein paar ihrer kalten Flämmchen werden erstickt. Doch es reicht nicht aus.

Also schicke ich Feuer hinterher, treibe die Flammen gegen die Blumenmauer. Aber die Pflanzen sind durchnässt, und das Feuer kann sich nicht in sie hineinfressen, sondern erlöscht zischend.

Sie hat mich schon wieder reingelegt.

Falls das alles real ist.

Oh, Maria.

Ich ziehe mich zurück, konzentriere mich wieder auf ihre Gedanken. *Darf es nicht wissen – sie darf es niemals erfahren – brauche ihn – warum sie – warum kämpfen wir ...* Hier füge ich vorsichtig etwas hinzu, nur eine Kleinigkeit: *Kein Kampf mehr ...*

Unsere Geister halten inne. Aber vielleicht liegt das gar nicht an dem Gedanken, den ich ihr eingegeben habe. Vielleicht sollen wir einfach nicht miteinander kämpfen.

Warum sollen wir nicht weiterkämpfen?

Weißt du es wirklich nicht?

Noch immer nicht?

Ich reiße mich von ihr los, löse meinen Geist von ihrem und taumele ein paar Schritte zurück. Robin steht nicht mehr hinter mir. Liam ist plötzlich da, er hält ihn fest. Da bemerke ich aus dem Augenwinkel die Faust, die auf mich zufliegt. Ich ducke mich. Der Schlag streift mein Kinn – *kein Kampf mehr* –, und noch während der Schmerz einsetzt, versuche ich, ihr die Beine unter dem Körper wegzutreten. Sie springt über meinen Fuß hinweg. Sie hat meine Gedanken gelesen. Oder mir die Idee überhaupt erst eingegeben?

Ich bleibe im Gleichgewicht, katapultiere mich wieder hoch, wie Blanc es mich gelehrt hat. Dann versuche ich es wieder mit einem Tritt.

Diesmal sieht sie es nicht kommen. Ich erwische sie mit voller Wucht am Brustkorb, sodass sie rückwärtstaumelt. Ich setze ihr nach. Mag sein, dass sie mir als Mensatorin überlegen ist, aber ich bin die bessere Kämpferin. Während ich heranstürme, zieht sie einen zweiten Dolch. Schnell ducke ich mich unter der Klinge weg. Daraufhin wirft sie sich auf mich, drückt wieder ihre Hand an mein Gesicht – *dürfen nicht mehr kämpfen*. Ihr Feuer ist so kalt, dass es meinen Geist einfriert. Ich weiche zurück, aber sie folgt der Bewegung, berührt weiter meine Wange. Meinen Faustschlag wehrt sie mühelos ab. Ich trete zu, sie blockt ab. Die überlegene Mensatorin. *Hör auf zu kämpfen!* Ich wiederhole den Gedanken: *Hör auf zu kämpfen!*

Sie zögert, und sofort ramme ich ihr mein Knie in den Bauch. Erst im allerletzten Moment springt sie auf, um sich in Sicherheit zu bringen. Ihre Hand löst sich von meinem Gesicht. Ich stürme zu ihr, trete ihr den Dolch aus der Hand. Sie packt mit der freien Hand mein Bein und wirft mich zu Boden. Der Aufprall drückt mir die Luft aus der Lunge. Ich sehe Sterne. Der Versuch, mich rückwärtskriechend zu retten, scheitert, denn schon im nächsten Moment spüre ich ihre Hand an meiner Kehle.

Sie drückt zu.

Meine Luftröhre schließt sich, ich kann nicht atmen. Die Sterne vor meinen Augen werden schwarz. Das Schwarze Loch in mir breitet sich aus. Keine Luft. Keine Kraft. Keine Gedanken, kein …

Doch, da ist ein Gedanke. Plötzlich taucht er auf, mit ungeheurer Macht.

Hör auf zu kämpfen. Es war doch alles nur für sie.

Für den Bruchteil einer Sekunde lockert sich ihr Griff. Ohne zu zögern ramme ich meinen Handballen gegen ihren Kehlkopf. Keuchend hebt sie die Hand an die Kehle. Ich stoße sie weg, sie verliert das Gleichgewicht und fällt rücklings hin.

Sie stöhnt leise. Ich schiebe mich auf sie, klemme sie zwischen meinen Beinen ein, drücke sie mit meinem Körpergewicht runter. Bis heute habe ich noch nie jemanden getötet. Keuchend schlägt sie um sich, aber ich umklammere mit einer Hand ihre Handgelenke, drücke immer fester zu, bis sie sich vor Schmerzen windet. Dann hebe ich mein Messer.

»Rea, nein!«

Liams Hand schließt sich um meinen Unterarm, er hält ihn fest. Ich reiße die Hand in die Höhe, treffe ihn an der Nase. Da lässt er mich los. Blut tropft auf mein Gesicht – sein Blut. Ein kurzer Blick über die Schulter zeigt mir, dass er taumelnd zurückweicht. Sich außer Reichweite bringt. Dann starre ich wieder auf Madame Hiver hinunter – auf ihre Maske, ihren schlanken Hals. Erneut hebe ich das Messer.

»Rea, hör auf. *Hör auf!*«

Diesmal hält Robin mich zurück. Seine Hand umklammert meine, und sofort streicht die Feuerseide durch meinen Geist, begleitet von blauen Wasserströmen. Plötzlich sehe ich wieder klar. Mein Geist öffnet sich.

Wütend reiße ich mich los. Ich will nicht, dass mein Geist sich öffnet. Ich will nicht, dass Feuer und Wasser mich zügeln. Ich will es zu Ende bringen.

»Rea.« Robin legt eine Hand an mein Gesicht, zwingt mich, ihn anzusehen. »Komm zu dir, Rea! Du bist nicht du selbst.«

Wild starre ich ihn an. *Ich will es zu Ende bringen.* Schüttele den Kopf. »Es muss getan werden.«

»Rea«, fleht Liam. Er liegt vollkommen schockiert auf der Erde und drückt eine Hand an seine Nase. »Dein Geist ist verschlossen. Du würdest es bereuen.«

»Sie hat deine Gedanken unter Kontrolle, Liam, du …«

»Nein, Rea, sie kontrolliert meine Gedanken nicht.« Er atmet schwer, aber seine Reaktionen scheinen normal zu sein. In seinem Gesicht spiegeln sich Scham, Erleichterung und abgrundtiefe Trauer. Das lässt mich innehalten. »Was? Warum hast du dann …?«

Er zeigt nur auf Madame Hiver, die immer noch unter mir liegt. »Sieh sie dir genau an, Rea. Hör ihr zu.«

»Rea.« Robins Stimme klingt sanft. »Nimm ihr die Maske ab.«

»Nein!«, protestiert Madame Hiver keuchend. »Lieber soll sie mir die Kehle aufschlitzen. Oder mich mit bloßen Händen erwürgen. Ich habe gesehen, wie sie es sich vorgestellt hat.«

Ich drehe mich wieder zu ihr um. Das Messer liegt noch immer in meiner Hand. »Mit seinen Wünschen sollte man vorsichtig sein, Megäre«, zische ich und drücke die Klinge an ihren Hals.

Sie lacht. Die Frau hat die Dreistigkeit, mich auszulachen. »Tu es. Bevor du mir die Maske abnimmst, stich mich lieber ab.«

»Sie haben hier gar nichts mehr zu sagen«, fauche ich. Wutentbrannt reiße ich die Maske von ihrem Gesicht.

Und plötzlich weiß ich nicht mehr, wo oben ist, wo unten, ob die Erde sich überhaupt noch dreht.

»Nein.« Ich springe auf, weiche zurück. »Nein!«

Kapitel 17

Um mich herum herrscht absolute Stille, ich höre nicht einmal mehr den Wind, spüre nicht die Erde unter meinen Füßen, nehme nichts mehr wahr außer meinem dröhnenden Herzschlag. Panik.

Aber es gibt keinen Zweifel. Dieses Gesicht ... Es ist gealtert, verändert, aber ich kenne es. Habe es unzählige Male betrachtet. Habe voller Sehnsucht seine Konturen auf einem Foto nachgezeichnet und mich dabei an bessere Zeiten erinnert. An die beste Frau, die ich je kannte.

Deshalb kam mir ihr Duft so vertraut vor, deshalb blieb er in meinem Bewusstsein, auch nachdem sie selbst nicht mehr anwesend war. Deshalb konnte René diesen Duft dazu benutzen, mich zu heilen. Er war in meiner Erinnerung verankert.

Ich sinke auf die Knie, während Madame Hiver langsam aufsteht. Aber das ist nicht mehr Madame Hiver.

Es ist unsere Mutter.

Liam kriecht zu mir herüber und nimmt meine Hand. »Rea«, flüstert er und zeigt mir so gut es geht seine Erinnerungen: Wie er Madame Hiver zum ersten Mal gesehen hat, damals in Ninons Gemächern. Irgendetwas an ihr kommt ihm vertraut vor, lässt tief in seinem Inneren eine Saite erklingen. Wie sie ihn bei der Organisation des Protestmarsches unterstützt hat. Wie sie ihm verraten hat, wer sie ist – in seiner kleinen Wohnung in Corail, die Hände krampfhaft in ihren Röcken vergraben. Wie sie sagt: *Du musst deine Schwester davon überzeugen, dass sie sich uns anschließt. Das alles – ich habe das alles nur für sie getan. Und für dich. Für uns. Damit wir frei sein können.*

»Nein«, flüstere ich. »Das kann nicht sein.«

Robin stellt sich neben mich und legt mir tröstend eine Hand auf die Schulter. Liam muss es ihm gesagt haben, gerade eben. Ich ...

»Ich weiß.« Liam drückt meine Hand. »Ich weiß, ich konnte es zuerst auch nicht glauben. Und ich schwöre, ich wusste nichts von ihrem Plan. Hiervon wusste ich nichts.«

Madame Hiver ragt vor mir auf. Mutter. Mom. Es ist eindeutig ihr Gesicht, trotz der Narben. Eine zieht sich von der rechten Stirnseite knapp am Auge vorbei über den Nasenrücken und dann am Wangenknochen entlang bis zum Ohr. Eine zweite verläuft quer über die Stirn, von Schläfe zu Schläfe, und verschwindet hinter dem Haaransatz. Auf der rechten Wange sind es mehrere breite Schnitte, die fast bis zum Auge hinaufreichen. Tiefe Kratzer auf der Stirn, inzwischen weiß vernarbt. Messer und Fingernägel mögen es gezeichnet haben, aber ich würde dieses Gesicht überall wiedererkennen. Mom. Die ganze Zeit war sie es hinter der Maske. Ich stehe auf, ziehe Liam mit hoch. Schiebe beide Männer schützend hinter mich. Auch jetzt bin ich ihr Beschützer. Plötzlich fällt mir der Ring des Comte ein. Der Ring, der mich gleich an den meiner Mutter erinnert hat. Der Ring seiner Verlobten. Moms Ring. Es war wirklich ihr Ring. »Warum ... Was ... Was hat das alles zu bedeuten?«

»Was das alles zu bedeuten hat?« Es ist ihre Stimme. Klingt sie jetzt anders? Ich war noch so klein, als sie uns verließ. »Ich weiß es nicht. Was hat es zu bedeuten, wenn Mutter und Tochter sich auf einem tödlichen Schlachtfeld auf verschiedenen Seiten wiederfinden?« Und dann sieht sie mich endlich an. Ihre Augen ... genau wie Liams. So wunderschön. Sie ist gealtert, stärker als ein Jahrzehnt es erklären könnte. Tiefe Falten haben sich in ihr Gesicht gegraben – Sorge, Schmerz. »Es bedeutet, dass eine von uns den falschen Weg gewählt hat. Es bedeutet, dass du mich besser getötet hättest, anstatt mir die Maske abzunehmen.«

Ich klammere mich an Liams Hand. Es ist nicht möglich. Und doch ist es ihr Gesicht. Die schmale Nase, das weiche Kinn. »Warum hast du es mir nicht gesagt? Was soll das alles?«

Im Mondlicht schimmern ihre Haare silbern. »Ich wollte es dir sagen, Rea. An jenem Abend in Corail.«

»Als du mich von diesen Schlägertypen hast jagen lassen?« Plötzlich schreie ich.

»Maciej und Aurélien sind keine Schlägertypen«, erwidert sie scharf. Dieser Sprachrhythmus – genau wie meiner. Oh, Maria. »Du bist vor uns weggelaufen, bevor ich auch nur ein Wort sagen konnte.«

Ich erinnere mich gut an diesen Abend. Sie hat recht. Sobald ich die drei entdeckte, bin ich losgerannt – drei bedrohliche Gestalten, eine davon maskiert wie eine Megäre. Wer hätte da schon anders reagiert? »Ihr habt mich gejagt.«

»Ich weiß. Das war ... unüberlegt. Ich wollte unbedingt mit dir sprechen und konnte an nichts anderes denken.«

Ich sehe sie an. »Du wirkst auf mich nicht wie jemand, der unüberlegt handelt.«

In ihrem Gesicht blitzt dieses Lächeln auf, das für mich immer so rätselhaft war. So traurig, so fröhlich, so grausam. »Wäre es doch so gewesen.«

»Du hast mich mit einem Messer bedroht«, lege ich gnadenlos nach. Diese Frau kann nicht meine Mutter sein.

»Stimmt«, antwortet sie schlicht. »Du mich aber auch.«

»Wieso?« Meine Stimme bricht. Ich begreife das einfach nicht. »Wieso hast du es mir nicht gesagt?«

»Rea ...« Sie kommt einen Schritt näher. Selbst jetzt klingt sie

noch vollkommen gelassen. Wie kann sie nur so ruhig bleiben?
»Meinen Quellen und deiner eigenen Aussage zufolge warst du die Geliebte des Kronprinzen von England. Meines größten Feindes. Und du hast verleugnet, was du bist.«

»Deswegen hast du das gefragt.« Endlich begreife ich es. »Deswegen wolltest du unbedingt alles über uns wissen. Dir ging es gar nicht um Ninon und die Brautwerbung.«

»Ein wenig schon«, sagt sie. »Aber darauf habe ich mit meinen Fragen nicht abgezielt.«

Wie sie mir nachgestellt hat. Sie hat einfach nicht lockergelassen, und dann …

»Und dann hast du versucht, mich auf deine Seite zu ziehen.«

»Ohne Erfolg. Dein Bruder hingegen …« Wieder kommt sie einen Schritt auf uns zu. Ich dränge Liam und den Prinzen nach hinten, weiche vor ihr zurück. »Als ich ihn bei dem Konzert gesehen habe, und dann bei der Parade, wusste ich, dass er vertrauenswürdig ist.«

Ohne Liams Hand loszulassen, drehe ich mich zu ihm um. »Warum hast du es mir nicht gesagt? Wie konntest du?«

Er wirkt völlig verstört. *Ich wusste nicht, wie du reagieren würdest. Ich wusste es einfach nicht. In Marias Namen, verzeih mir, Rea, aber ich war mir nicht sicher, ob du sie nicht verraten würdest. Das wusste ich erst, als es zu spät war. Und ich hatte doch keine Ahnung, dass sie so etwas plante.*

Krampfhaft schließe ich die Augen, wende mich ab. *Auf welcher Seite stehst du eigentlich?!* Als ich die Augen wieder öffne, blicke ich in das reglose Gesicht von Madame Hiver. »Deswegen hast du mich also bedroht«, stelle ich mit eisiger Stimme fest. »Du wolltest, dass ich die Stadt verlasse, damit ich dir bei der geplanten Entführung nicht in die Quere komme. Die ganze Zeit hattest du es nur auf den Prinzen abgesehen, nicht auf mich.«

»Ich wollte dich an meiner Seite haben – die Feuerschwester. Sollte das nicht möglich sein, wollte ich zumindest, dass dir nichts zustößt«, sagt unsere Mutter und macht noch einen Schritt. Nein, sie ist nicht unsere Mutter. Sie ist Madame Hiver. »Um das zu gewährleisten, musstest du von der Bildfläche verschwinden. Mir war klar, dass du sonst alles daransetzen würdest, ihn zu beschützen. Dabei habe ich nur einen Fehler gemacht: davon auszugehen, dass man dich so einfach einschüchtern könnte, Rea.«

Inzwischen steht sie so dicht vor mir, dass ich ihr in die Augen sehen kann. Ihr Blick ist durchdringend. »Du bist verdammt mutig.«

»Mutig?« Ich zittere vor Wut. »*Du* nennst *mich* mutig? Ich musste mutig sein. Und zwar wegen dir. Ich wollte mir hier ein neues Leben aufbauen, aber du hast es zerstört. Du hast es in einen Albtraum verwandelt.«

Wieder dieses Lächeln. »Und trotzdem bereue ich es nicht. Es war mein sehnlichster Wunsch, dich wiederzusehen. Euch beide.«

»Warum hast du dann nicht schon vor Jahren nach uns gesucht?«, schreie ich sie an. »Du hättest zurückkommen können!«

»Hätte ich? Dein Vater hatte es verboten. Um euch wiederzusehen, hätte ich euch schon entführen müssen.«

»Und wo war dann das Problem?«

Sie holt tief Luft. Es scheint wehzutun. »Nachdem ich euch verlassen hatte, musste ich ein Leben führen, das für Kinder nicht gut gewesen wäre. Bei ihm wart ihr sicher.«

»Sicher?« Am liebsten würde ich ihr von Orlando erzählen, von Liams Auspeitschung, von Dads Selbstmord, aber das ist alles zu persönlich. Ich kenne diese Frau nicht. Und gleichzeitig kenne ich sie so gut. Selbst jetzt sehnt sich mein ganzer Körper danach, von ihr in den Arm genommen zu werden. Dumme, dumme Rea. »Und nachdem er gestorben ist?«

»Sobald ich davon erfuhr, wollte ich euch holen, aber da wart ihr schon nach England übergesiedelt. Ihr hattet euren Namen geändert, und so habe ich die Spur verloren. Nie im Leben wäre ich darauf gekommen, dass ihr den Mädchennamen meiner Mutter annehmt. Bis ich dann auf jemanden stieß, der einfach jeden aufspüren konnte.«

»Du meinst wohl, bis du angefangen hast, Ninon zu erpressen.«

Was sie nicht im Mindesten zu bereuen scheint. »Ich hätte noch zu ganz anderen Mitteln gegriffen, um euch wiederzusehen, Rea.«

»Wage es ja nicht, meinen Namen in den Mund zu nehmen«, zische ich. »Hältst du es nicht auch für ziemlich ironisch, wenn eine Mensatorin eine Memex damit erpresst, ihr Geheimnis aufzudecken, und das alles zum Wohle der Magdalenen?«

Sie stützt einen Ellbogen in die Hand. An diese Geste erinnere ich mich. Es bricht mir das Herz.

»Das ist nicht ironisch, sondern einfach nur strategisch. Es ist schließlich nicht meine Schuld, wenn Magdalenen sich dem Risiko einer Erpressung aussetzen, nur weil sie nicht zu dem stehen wollen, was sie sind. Immerhin sind jene, die tatenlos dabei zusehen, wie Magdalenen umgebracht werden, genauso mein Feind wie jene, die aktiv ihren Tod herbeiführen.« Vielsagend sieht sie zum Prinzen hinüber.

»So willst du also die Welt verändern«, stelle ich wütend fest. »Du bist hierhergekommen und hast dich hochgeschlafen, angefangen beim Comte, um letztlich an den Roi heranzukommen ...«

»Du weißt rein gar nichts über Olivier und mich«, unterbricht sie mich scharf.

»Ich weiß, dass du nach diesem angeblichen Angriff eure Verlobung gelöst hast. Aber es gab nie einen Einbruch, richtig?« Plötzlich ergibt alles Sinn: die flüchtende Verlobte, die ihre Narben hinter einer Maske versteckt. Ja, Narben hat sie. Wahrscheinlich sich selbst beigebracht – alles Teil ihres Plans. »Er hatte seinen Zweck erfüllt und dich bei Hofe eingeführt. Also hast du seinen Geist manipuliert, zusammen mit einem Memex.«

»Dein überaus großes Interesse am Comte de l'Aisne erstaunt mich«, erwidert sie voller Sarkasmus. »Aber mach dir keine Gedanken. Ich bin sicher, er hat nun einen äußerst moralischen Partner gefunden. Extrem dumm, aber nicht mehr mein Problem.«

»Das werde ich mir nicht länger anhören. Ich kann nicht … Du bist …«

»Ich weiß.« Und noch immer lächelt sie. Steht einfach so vor mir und lächelt. »Du hast dieses feste Bild von deiner Mutter im Kopf: dass sie eine Heilige war, eine Kämpferin. Dass sie gerecht war, gut und wunderschön. Dabei hast du natürlich nicht bedacht, dass eine Heilige in dieser Welt kaum überleben kann, geschweige denn etwas verändern. Und jetzt stellt sich heraus, dass sie nichts von alledem ist. Im Gegenteil, sie ist eine Verführerin, eine Erpresserin, eine schäbige Mensatorin, die fremde Geister unterwirft, um ihre Ziele zu erreichen.« Sie hebt langsam die Hand. Ich sollte sie wegschlagen. Sobald sie die Chance dazu kriegt, wird sie wieder meine Gedanken manipulieren.

Doch ich tue es nicht. Nicht einmal, als sie vorsichtig mit dem Handrücken über meine Wange streicht. »Aber sie ist immer noch deine Mutter. Und ich habe das alles für dich getan. Ich wollte, dass du in einer besseren Welt aufwächst als ich. Ich wollte nicht, dass du mit deiner Mutter durch die Straßen von London marschieren und Zeuge davon werden musst, wie sie einfach so erschossen wird. Dass du mit ansehen musst, wie sie vor deinen Augen verblutet.« Drängend fährt sie fort: »Und genau das wird dich wieder erwarten, Rea, wenn du mit ihm nach England zurückkehrst. Egal, ob als seine Königin oder seine Mätresse, du wirst es mit ansehen müssen. Du wirst zusehen müssen, wie sie verhaftet, gefoltert und ermordet werden.«

Nun legt sie die Hand an meine Wange. Mit Tränen in den Augen schiebe ich sie weg.

»Lass mich …«, meine Stimme zittert so stark, dass man die Worte kaum versteht, »… eines ganz deutlich sagen.« Sie steht keinen halben Meter von mir entfernt im Mondlicht. Diese Frau hat das Gesicht meiner Mutter, aber nicht ihre Seele. Die gibt es nicht mehr. »Du bist nicht meine Mutter.«

Zum allererstenmal sehe ich sie betroffen zusammenzucken. Doch das reicht mir nicht.

»Ich verabscheue dich und alles, was du tust.«

Liam schnappt entsetzt nach Luft, aber Madame Hiver sagt nur: »Ich weiß. Das war mir klar. Deshalb wollte ich nicht, dass du mir die Maske abnimmst. Es wäre mir lieber gewesen, wenn du weiter an die Mutter geglaubt hättest, die du für dich erschaffen hast. Auch wenn die niemals in der Realität existiert hat.«

Ich beuge mich vor, bis unsere Nasen sich fast berühren. »Sie hat sehr wohl existiert!«, fauche ich. »Aber sie ist gestorben. Vor zehn Jahren. Du hast sie ermordet!«

Liam keucht. Madame sieht mich reglos an. Registriert meine Wut, meine Verzweiflung, bevor sie sagt: »Wenn das so ist, lass mich festnehmen. Und deinen Bruder natürlich auch. Immerhin haben wir den Kronprinzen von England entführt.«

»Und ihm eingeflüstert, mich zu erschießen, sobald ich hier auftauche.«

Jetzt klingt es so, als würde Liam gar keine Luft mehr bekommen. Madame wirkt noch immer völlig ungerührt. »Davon wusste dein Bruder nichts. Und mir war klar, dass dieser Mann dich niemals erschießen würde. Dazu fehlt ihm einfach der Mumm.« Robin zuckt zusammen. Offenbar ringt er mit sich. »Außerdem hatte ich dich gewarnt, Rea«, fügt sie hinzu. »Und zwar mehr als einmal.«

»Das war also dein großes Ziel: ihn hierherzubringen und dafür zu sorgen, dass er mich tötet?«

»Ganz und gar nicht. Ich brauchte lediglich etwas mehr Zeit, um die Gedankenkontrolle zu perfektionieren, um sie auszuweiten. Um England einen Kronprinzen zurückzuschicken, der ein Kämpfer für die Rechte der Magdalenen wäre – anstatt sich einfach nur eine als Betthäschen zu halten.«

Plötzlich muss ich an René denken, der wahrscheinlich noch immer an viel zu viele Maschinen angeschlossen ist. *Man darf niemandem eine Berührung aufzwingen.* »Du widerst mich an.«

»Dann lass uns verhaften.« Ihre Worte sind wie Eissplitter, kalt und grausam. »Mich, deinen Bruder. Sieh zu, wie man uns nach England ausliefert. Sieh zu, wie man uns auf den Scheiterhaufen stellt. Uns aufhängt. Sieh zu, wie wir sterben. Kehre mit deinem Prinzen nach England zurück und sieh zu, wie er und sein Vater weiterhin Tausende unschuldige Menschen umbringen.«

»Aufhören!«, unterbricht Robin sie, bevor ich etwas erwidern kann. »In Marias Namen, hören Sie auf.«

Ganz langsam dreht sie den Kopf und sieht ihn an. »Mit Euresgleichen spreche ich nicht.«

Aber Robin erwidert ihren Blick, ohne mit der Wimper zu zucken. »Das werden Sie hören wollen.« Als sie nichts sagt, fährt er fort: »Sie könnten mich gehen lassen.«

Als sie abfällig schnaubt, hebt er die Hand. »Ich könnte an den Hof der Farben zurückkehren und Rea als meine Retterin präsentieren. Wenn die Öffentlichkeit und mein Vater erfahren, dass sie mir erneut das Leben gerettet hat – und das sogar, ohne dazu verpflichtet gewesen zu sein –, wird sich niemand gegen meinen Heiratsantrag aussprechen können. Natürlich wird mein Vater auf einer langen Verlobungszeit bestehen, aber trotzdem könnten Rea und ich dann offiziell verlobt nach England zurückkehren. Sie wäre über jeden Verdacht erhaben, zumindest für eine gewisse Zeit.«

»Wie überaus praktisch für Euch«, spottet Madame Hiver, aber Robin beachtet sie gar nicht. Er wendet sich mir zu und holt tief Luft. »Aber diesmal wärst du tatsächlich der Maulwurf.«

Verwirrt starre ich ihn an. Er tritt zu mir und umfasst mein Gesicht mit den Händen. »Ich kann nicht länger tatenlos zusehen. Ich muss etwas unternehmen, aber ich bin nun einmal der Kronprinz. Ich bin nicht frei.« Er sieht mir tief in die Augen. *Tue ich das Richtige? Ist das – kann ich wirklich – doch ich muss etwas unternehmen. Ich muss einfach. Mein Vater ist ein Mörder.* »Aber du bist es. Du kannst es für mich tun. Wir könnten es zusammen tun.« Sanft drückt er seine Stirn an meine. Die Seidenstränge gleiten frei durch seinen Geist. Wie seine Gedanken. *Denke darüber nach. So wärst du ihr Spitzel am Weißen Hof, nicht irgendwelche Fremden, die uns vielleicht in ihrem Auftrag nach dem Leben trachten. So könnten wir etwas verändern. Auf unsere Art. So könntest* du *für die Rechte der Magdalenen kämpfen.*

Ich streiche langsam über seine Schulter, über seinen Hals. Spüre, wie er nervös schluckt. »Dann wäre die Verlobung also nur eine Lüge. Reine Fassade«, stelle ich fest. »Das ist nicht das, was du wolltest. Es wäre nicht dasselbe, wenn ich jetzt Ja sage.«

Er greift nach meiner Hand und haucht einen Kuss darauf. *Das verstehe ich.*

»Und ich würde wieder einmal mein Leben riskieren.«

Nun schließt er die Augen, dreht meine Hand herum und küsst die Handfläche. *Ich weiß. Rea ... du musst selbst entschei-*

den, was das Beste für dich ist. Ich werde dich nicht halten, wenn du das nicht willst. Du bist frei.

Frei.

Maria, diese Freiheit macht mir Angst.

Ich drehe mich um, mustere Madame Hiver, Liam, dann wieder Robin. Zwinge ihn sanft, mich anzusehen. Ich könnte das alles hinter mir lassen: meine Mutter, meinen Bruder, ihn. Ich könnte gehen und noch einmal ganz von vorne anfangen.

Oder ich könnte bleiben und kämpfen.

Und das war ich immer schon – egal ob im Ring oder in einem Palast, auf diesem Kontinent oder auf einem anderen, mit dem Körper oder mit dem Geist: eine Kämpferin.

Ich verschränke unsere Finger miteinander. »Ja.« Meine Stimme klingt fester, als ich geglaubt hätte. »Ja, ich werde mit dir nach England zurückkehren.«

Gemeinsam drehen wir uns zu Madame Hiver um. Die wirkt einen Moment lang wie erstarrt, bevor sie sagt: »Mir wäre es lieber gewesen, wenn du gehst, Rea.«

»Es interessiert mich aber nicht, was du willst. Nimmst du unser Angebot an oder nicht?«

Nachdenklich neigt sie den Kopf. »Und wie soll ich sicher sein, dass ihr mich nicht einfach betrügt, sobald ihr wieder in England seid?«

»Sie haben mein Wort als Kronprinz«, antwortet Robin.

Madame lacht laut auf. Am liebsten würde ich ihr dafür eine Ohrfeige verpassen.

»Herzlichen Dank, Königliche Hoheit, aber das Wort eines Mörders zählt für mich nicht.«

»Wenn du das Angebot ausschlägst«, warne ich sie, löse mich von Robin und greife wieder nach meinem Messer, »dann komm und hol ihn dir. Sie beide. Aber nur über meine Leiche.«

»Gehen Sie auf die Abmachung ein, Madame«, sagt Robin

beschwörend. »Oder möchten Sie lieber Ihre eigene Tochter töten?«

»Und was ist mit Euch, *Hoheit?*«, höhnt Madame Hiver.

»Würdet Ihr das zulassen? Würdet Ihr zulassen, dass sie sich für Euch opfert? Obwohl sie ihr ganzes Leben noch vor sich hat, ein Leben, das sie in Sicherheit und Freiheit verbringen könnte?«

»Nein.« Robin stellt sich schützend vor mich. Ich fauche ihn an und will ihn wegschieben, aber er hält mich fest. »Natürlich nicht.« Sein Blick ist fest auf Madame Hiver gerichtet. »Es gibt etwas, das ich Ihnen anbieten kann, Madame. Eine Art Rückversicherung. Wenn jeder die Geheimnisse des anderen kennt, kann keiner Verrat üben, ohne sich selbst in Gefahr zu bringen.«

Sie zieht skeptisch die Augenbrauen hoch. »Ich höre.«

Robin holt tief Luft.

»Nein, tu es nicht!«, sage ich, aber er hört nicht auf mich.

»Ich bin nicht der leibliche Sohn des Königs.«

Die Worte brechen so überstürzt aus ihm heraus, als wüsste er genau, dass sie niemals über seine Lippen gekommen wären, wenn er auch nur eine Sekunde länger gezögert hätte. »Ich bin aus einer Affäre meiner Mutter hervorgegangen. Als der König davon erfahren hat, ließ er mehrere Attentate auf mich verüben, aber letztlich konnten wir dafür sorgen, dass er es vergisst.«

Wieder ist Madame Hiver vollkommen reglos. Aber irgendwie hat sich ihre Mimik verändert. Es ist nur eine feine Nuance ... Wachsamkeit. *Jetzt ganz vorsichtig.* »Das ist eine Lüge.«

»Glauben Sie mir, ich wünschte, es wäre so«, versichert Robin.

Das Mondlicht lässt ihr Gesicht weiß schimmern. So weiß wie das der Königin. Betont langsam streckt sie die Hand aus. »Beweist es. Zeigt mir Eure Erinnerungen.«

Robin geht einen Schritt auf sie zu.

»Halt, was machst du ...«

Doch bevor ich ihn aufhalten kann, ergreift er ihre Hand. Mein Herz rast, und ich umklammere seine andere Hand. Ich muss sie daran hindern, ihn wieder zu manipulieren. Falls ich dazu überhaupt in der Lage bin. Als ich in seinen Geist eintauche, sehe ich bereits die Erinnerungen, die wie flackernde Bilder seine Gedanken überlagern. *Ich muss es tun – er muss aufgehalten werden – ich muss sie beschützen – sie darf nicht die eigene Mutter töten, zusehen, wie ihr Bruder stirbt ...* Der Tag in der Stahlkammer. Der Kampf. Mein krampfender Körper in seinen Armen. Ninons Hand neben meiner am Gesicht des Weißen Königs. Ich im Kerker, wie ich ihm die Wahrheit entgegenschreie. Das geisterhaft weiße Gesicht seiner Mutter: *»Er ist nicht dein Vater.«*

Madame Hiver lässt langsam die Hand sinken, starrt ihn aber weiter an. Offenbar ringt sie mit sich. Ich sehe es ihr an. So hat sie damals immer ausgesehen, vor all den Jahren, wenn sie ohne ein Wort ihre inneren Kämpfe ausgefochten hat. Gegen meinen Vater. Gegen das Dorf. Gegen die ganze Welt. Plötzlich erinnere ich mich wieder ganz deutlich. Oh, Maria, bitte nicht.

Dann lächelt sie. »Ja.«

»Ja?« Fragend sieht Robin sie an.

»Ja«, wiederholt sie. Dieses Lächeln – so grausam, so traurig. »Ihr wisst wirklich, wie man einen Erpresser in Versuchung führt, Königliche Hoheit. Das reicht mir als Rückversicherung. Ich nehme Euer Angebot an.«

Wieder streckt sie die Hand aus, aber diesmal schiebe ich mich schnell zwischen die beiden. Diese Frau wird nie wieder seine Haut berühren. Ihre seltsamen blauen Flammen umzüngeln meinen Geist, als wir uns die Hand schütteln. Mein Feuer streckt sich ihnen entgegen, und sie umschlingen sich. Der Pakt ist besiegelt.

»Eine Bedingung habe ich noch«, sage ich, ohne ihre Hand

loszulassen. »Du wirst Liam gehen lassen. Er muss hierbleiben und sein Studium abschließen.«

»Nein, Rea«, protestiert er. »Ich will helfen, ich will ...«

»Klappe, Liam.«

»Mein Sohn ist ein freier Mann«, sagt Madame Hiver. »Ich würde ihn nie zu irgendetwas zwingen.«

Ich spitze die Lippen, wende mich dann aber an Liam: »Du musst bleiben. Hier hast du eine Zukunft.«

»Rea.« Abrupt dreht er sich zu mir und ergreift meine Hände. Ich lasse seine Sinfonie in meinem Geist aufbranden. Die Töne sind kristallklar und wunderschön. Dann umarme ich ihn. »Du darfst mich niemals wieder anlügen«, flüstere ich, und er nickt an meiner Schulter. Auch ohne es zu sehen, spüre ich, wie ernst er es meint.

Als wir uns voneinander lösen, bemerke ich, dass unsere Mutter uns aufmerksam beobachtet. Das macht mich wütend. Sie hat kein Recht dazu. Sie hat kein Recht, Zeuge unserer Verbundenheit zu sein.

Anscheinend sieht sie mir an, was ich empfinde, denn sie tritt den Rückzug an. »Ich denke, es wird Zeit zu gehen«, verkündet sie und macht sich auf den Weg zu dem zweiten Eingang. »Gebt mir eine Viertelstunde Vorsprung, damit ich unbeachtet zum Palast zurückkehren kann.« Im Vorbeigehen hebt sie ihre Maske auf und setzt sie auf. Noch einmal dreht sie sich zu uns um. »Ich werde einen sicheren Kommunikationsweg für uns einrichten, bevor ihr nach England aufbrecht.«

Mit diesen Worten verschwindet sie in der Dunkelheit.

Robin setzt sich als Erster in Bewegung; Liam und ich sind noch zu schockiert. Gemeinsam gehen wir durch den Park zurück. Die Torwächterin hat sich davongemacht, aber Mister Galahad liegt noch genauso da, wie ich ihn zurückgelassen habe. Ich kümmere mich um ihn, während Liam die Mousquetaires und den Krankenwagen ruft. Diesem Wiedersehen sehe ich mit sehr gemischten Gefühlen entgegen. Immerhin werde ich ihnen das alles hier erklären müssen.

Und ich werde zurückkehren müssen.

Eine Viertelstunde ist lange vorbei, bis Mister Galahad im Krankenwagen Richtung Hôtel-Dieu liegt und wir in einer kugelsicheren Limousine der Mousquetaires in den Palast zurückfahren. Es wird eine sehr stille Fahrt. Wir sind alle angespannt. Am Hof der Farben werden wir von einer hastig aufgestellten Ehrengarde begrüßt. Im Innenhof wimmelt es von Mousquetaires und Journalisten. Als wir aus dem Wagen steigen, brandet Applaus auf. Die Mousquetaires präsentieren die Schwerter. Wir schreiten durch das Spalier bis zum Haupteingang – ich vorneweg, hinter mir Robin und Liam.

Auf der obersten Stufe warten Blanc, René und der Comte auf uns. René sitzt in einem Rollstuhl und hat für meinen Geschmack noch viel zu viele Schläuche im Körper. Er atmet nur flach. Neben ihnen steht der Capitaine und verbeugt sich tief, bevor er die Tür für uns öffnet. Ich würde gerne stehen bleiben und ihnen erzählen, was passiert ist und was wir vorhaben, aber es bleibt keine Zeit dafür. Diener und Höflinge stehen dicht an dicht in den Fluren, ihre Gewänder bunt wie ein Regenbogen, und verbeugen sich, sobald wir vorbeigehen. Wir werden in den Thronsaal geführt, der ebenfalls fast überquillt vor Adeligen, Reportern und Mousquetaires. Es ist mein erster Besuch in diesem Saal. Ähnlich wie der Ballsaal und die Konzerthalle ist er ganz in Weiß gehalten und mit unterschiedlich gestalteten Stühlen mit bunten Polstern ausgestattet. Vor den Fenstern hängen Seidenvorhänge in Rot, Blau, Gelb, Grün und Violett. Der Thron selbst ist ein wahres Kunstwerk – groß, mit hoher Lehne, aber aus verschiedenen Farben zusammengesetzt:

Die Lehne ist blau, das Polster weiß, und je ein Bein rot, grün, gelb und orange.

Auf dem Thron sitzt der Roi. Links von ihm steht Madame Hiver in einem prachtvollen blauen Kleid, natürlich mit Maske im Gesicht. So ist es mir auch lieber. Mehr ist sie nicht: eine Maske. Eine Lügnerin. Eine Verräterin.

Rechts vom Thron steht eine respekteinflößende Frau, die ich noch nie zuvor gesehen habe. Auf ihrem Kopf ruht eine extravagante Krone aus silbernen Federn, die mit funkelnden Diamanten besetzt ist. Und vor ihr sitzt auf einem weißen Stuhl eine grazile Gestalt, die ich nur allzu gut kenne.

»Robin!«

Noch nie zuvor habe ich erlebt, dass die Königin von England ihre Stimme erhebt. Während sie nun mit hastigen Schritten auf ihren Sohn zugeht, weichen wir anderen automatisch ein Stück zurück. Sie kann sich gerade noch davon abhalten, ihn zu umarmen. Trotzdem scheint ihr bewusst zu sein, welch einen Fauxpas sie gerade begangen hat. Sie greift nach seiner Hand – natürlich tragen beide Handschuhe. »Maria sei Dank, du bist unverletzt.«

»Danke, Mutter. Ja, das bin ich.«

Inzwischen haben sich noch mehr besorgte Verwandte auf den Weg zu ihnen gemacht, was von der Königin mit einem Nicken zur Kenntnis genommen wird. Bislang habe ich die beiden nur auf Fotos gesehen: Prinzessin Victoria und Prinz William, Robins jüngere Geschwister. Sie ist deutlich kleiner als er, nur ungefähr so groß wie ich. Die Augen hat sie eindeutig vom Vater, und ihre Haare sind so hell gebleicht, wie es überhaupt nur geht: weiß mit einem leichten Blauschimmer. Prinz William sieht seinem Vater ebenfalls sehr ähnlich, er ist groß, grauäugig und hat fast ebenso weißes Haar. Die beiden haben ihre Mutter noch nicht ganz erreicht, als diese die Hand hebt. Sofort bleiben die Geschwister stehen. Mit einem Nicken begrüßen sie ihren Bruder.

»Schwester«, sagt Robin. »Bruder.« Nicht mehr.

Bis die merkwürdige Frau neben dem Roi sich hörbar räuspert.

Das muss die Kaiserin sein. Sie scheint die sechzig bereits überschritten zu haben. Und offenbar ist sie ganz ein Kind der Zwanzigerjahre des letzten Jahrhunderts, denn alles an ihr ist funkelnd, glitzernd und dekadent. Ihre fantastische Krone bedeckt fast wie eine Haube ihr dunkles Haar. Das weite, gerade geschnittene Kleid fließt an ihrem Körper herab wie geschmolzenes Silber. In einer Hand hält sie einen Fächer aus wundervollen großen Federn. Sie sind schneeweiß. Ein schöner Kontrast zu ihrer braunen Haut, die dank ihres Kleides nicht nur im Gesicht, sondern auch an Armen, Rücken und Beinen sichtbar wird. Sie hat mandelförmige, dunkle Augen mit sehr dichten Wimpern, allerdings einen eher gedrungenen Körper.

»*Mein Enkel*«, sagt sie auf Deutsch, während Robin auf sie zukommt. Sie umarmt ihn. Irgendwie erinnert es an einen gefährlichen Raubvogel, der seine Beute mit den Flügeln umschlingt. Mit deutlichem Akzent fährt sie auf Englisch fort: »Du hast uns einen gehörigen Schrecken eingejagt, Robin.«

»Verzeih mir«, erwidert Robin. Er klingt nervös. Die Kaiserin zieht eine Augenbraue hoch. »Das wird sich noch zeigen.«

Er schluckt. Inzwischen habe ich Ninon in der Menge entdeckt. Sie steht nicht beim Roi, sondern bei Blanc, René und dem Comte. »Jetzt bin ich ja in Sicherheit«, fährt Robin fort. Dann dreht er sich zu mir um und streckt eine Hand aus. »Und zwar dank Miss Rea Emris.«

Bescheiden senke ich den Kopf. Gehört alles zu der Show, die mein Leben in Zukunft wieder sein wird.

Die Kaiserin kommt zu mir. Ihre Augen sind mit Kajal

umrandet. Sie streckt mir die Hand hin, und ich schüttele sie. Ihr Händedruck ist fest. »Ich danke Ihnen, Miss Rea Emris.«

»Ihr müsst mir nicht danken, Kaiserliche Hoheit.«

»Stimmt«, sagt sie ruhig, während ihr Blick zwischen mir und ihrem ältesten Enkel hin- und herwandert. Dann tritt sie beiseite. »Das muss ich nicht.«

Robin und ich sehen uns an. Lächelnd greift er nach meiner Hand. Nur ich kann spüren, wie verkrampft er ist, als er mich in die Mitte des Saales zieht. Zu seiner Mutter. Ich vermeide es tunlichst, zu meinem Bruder hinüberzusehen. Oder zu unseren Freunden.

»Kaiserliche Hoheit, Majestäten, Hoheiten, erlauchte Herrschaften, meine Damen und Herren, Soldaten und Ritter«, beginnt Robin mit volltönender Stimme. Seine Gedanken sprechen allerdings eine andere Sprache. *Das ist Hochverrat. Ich begehe Hochverrat.* »Es ehrt mich sehr, dass Sie alle hier sind. Nicht nur, weil es mich zutiefst rührt, dass Sie mich nach diesem schrecklichen Vorfall willkommen heißen wollen, sondern auch, weil ich diese Gelegenheit für eine ganz besondere Ankündigung nutzen möchte.«

Sein Blick wandert zu seiner Mutter. *Ich hintergehe sie.* Zu seinen Geschwistern. *Und sie auch.* Ich hingegen blicke zu Ninon und den Mousquetaires. Dann drücke ich seine Hand. Noch kannst du es dir anders überlegen, will ich ihm damit sagen. Aber das ist nicht wahr. Und noch während er sich quält, sieht Robin vor seinem inneren Auge die dunklen Gassen der Heiligen Höfe und den Ritter der GVK, der direkt vor unseren Augen einen Theaterbesucher erschießt. *Mörder.*

Nun sieht er mich an. »Wieder einmal verdanke ich mein Leben dieser Frau. Sie hat mich öfter gerettet, als ich zählen kann. Und nicht nur in einer Hinsicht.«

Ich beiße mir auf die Lippe, während Robin den Roi ansieht,

dann Ninon. »Bitte verzeiht mir – Majestät, Erlauchte Gräfin. Ich versichere Euch, dass ich mich mit den besten Absichten auf diese Brautwerbung eingelassen habe.« *Seit wann bin ich ein so guter Lügner?* Als Nächstes wendet er sich an seine Mutter: »Ich wollte Miss Emris wirklich ziehen lassen, Mutter, da ich der festen Überzeugung war, dass es so das Beste für uns beide wäre.«

Endlich sieht er mir in die Augen. Blau wie die stürmische See. Blau wie das Seidenband an meinem Handgelenk, fest verflochten mit der Feuerseide. Flackernd. Er hat Angst. Aber die habe ich auch.

»Doch ich habe mich geirrt. Dies ist die Frau, die ich liebe. Dies ist die Frau, mit der ich mein Leben teilen will. Für mich gibt es keine andere.«

Es wird mucksmäuschenstill im Thronsaal, als Robin vor mir auf die Knie sinkt. Er nimmt meine Hand. »Rea Marian Emris.« *Verrat.* »Ich frage dich, hier vor aller Augen, mit Maria als meiner Zeugin: Willst du mich heiraten? Willst du meine Königin sein?«

Ich ziehe ihn hoch und küsse ihn, einfach um seine Gedanken zu ersticken: *Verräter.* Ich küsse ihn, bis begeisterter Jubel im Saal ausbricht. Alle freuen sich lautstark, nur Ninon nicht. Sie ist verwirrt, besorgt, fühlt sich betrogen – das alles spiegelt sich in ihrem Blick, und es bricht mir fast das Herz. Bei René ist es dasselbe, während Blanc so fest die Fäuste ballt, dass seine Knöchel weiß hervortreten. Sogar der Comte wirkt bestürzt. Als Robin sich von mir löst, lege ich eine Hand an seine Wange. Streichele für die Kameras einmal zärtlich sein Gesicht. Er ist rot geworden, sein Blick wirkt glasig, die Pupillen sind stark geweitet. Oh, Maria, ich werde sein Untergang sein. Es hat bereits begonnen.

Dann sehe ich zu Ninon hinüber, die noch immer bunte *manchettes* am ganzen Körper trägt. Sie schaut zu Liam, auf den

Boden, überallhin, nur nicht zu mir. Der Comte und Blanc stehen hoch aufgerichtet neben ihr, Blanc hinter dem Rollstuhl. Eine Hand hat er auf Renés Kopf gelegt, die andere ist fest mit der des Comte verschränkt. Dieser drückt Renés Schulter. *Bitte, versteht mich. Ich brauche euch. Mehr als jemals zuvor.*

Sie weichen meinem Blick aus. Langsam drehe ich mich zu den Reportern um. Blicke direkt in die Kameras. Lasse sie Robins Gesicht aufnehmen, zeige ihnen unsere verschränkten Finger. Ein Zeichen an alle, die Berührungen für ein Verbrechen halten.

Dann drehe ich mich zur Königin um und zeige sie ihr. Ihr und dem allwissenden Weißen König in seinem Gläsernen Turm.

Seht uns an. Seht unsere Hände an. Seht unseren Kuss. Trotz all eurer Grausamkeit, all eurer Todesurteile – seht ihr das?

Das ist Liebe.

Die eine Naturgewalt, die sich nicht bezwingen lässt.

Die eine Kraft, die euch bezwingen wird.

Danksagung

Zu all den Menschen, denen ich bereits im ersten Band gedankt habe, möchte ich hier noch hinzufügen:

Clara Clasen für nach wie vor umwerfend schöne Musik

Elisabeth Lewerenz, die mir im Zug nach London eine große Hilfe bei der Redaktion dieses Bandes war

Thomas Pähler für grafische Unterstützung trotz eines zum Bersten gefüllten Terminkalenders

der Stadt Paris

und den (nicht nur geografisch) wachsamen Auge von Angela Kuepper

sowie, wie immer, Beatrice Lampe und Charlotte Lungstrass-Kapfer, ohne die dieses Buch nicht das wäre, was es ist, sowie Thérèse Coen.

Außerdem meinem Freund Adrian Bolz, der das alles aushält und meiner Cast & Crew von *All's Well That Ends Well*; ich konnte mich gerade so dazu bringen, nicht alle eure Namen in dieses Buch einzubauen.

Leseprobe aus
»Palace of Fire – Die Kämpferin«

Von C. E. Bernard

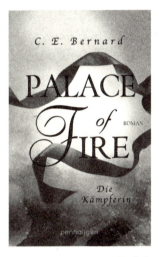

Erscheinungstermin: 23.07.2018 im Penhaligon Verlag.

Lasst London brennen.

Die Straßen stehen in Flammen. Dass eine Stadt so brennen kann, eine Stadt aus Glas und Stein.

Dass Glas so brennen kann. Es schmilzt vor meinen Augen. Dieser grauenhafte, brüchige, gläserne Ort.

Lasst London brennen.

Ich höre Schreie.

Lasst sie alle brennen.

*

Kämpfe enden nie mit einem Schrei. Sie enden mit einem Wimmern. Meine Gegnerin presst den Arm gegen meine Kehle, drückt mich hinunter. Sie ist klein und schmal, aber ihre Hände sind ebenso nackt wie meine. Um ihren Oberkörper ist ein violettes Seidenband gewickelt. Aus der Nähe kann ich die goldenen Funken in ihren braunen Augen sehen. Ihre Nase ist wie gemeißelt, Locken hängen ihr ins Gesicht. Und in meines. Weich wie in einer Shampoowerbung.

Sie quetscht mir die Kehle, und ich muss würgen.

Warum konnte ich es nicht sein lassen?

Weil diese Arena einfach fantastisch ist. Natürlich sind Kämpfe dieser Art hier ebenso illegal wie dort, wo ich herkomme, aber das scheint niemanden zu interessieren. Mein Gehirn registriert den Sauerstoffmangel, und plötzlich fühle ich mich ganz leicht. Der dichte Zigarettenqualm, die glitzernden Kleider, Anzüge und Hüte des Publikums, der Geruch von Champagner ... Es kommt mir so vor, als würde ich schweben. Fliegen. Absolut berauschend.

Und natürlich ihr Geist. Mit meinem Bewusstsein in ihres einzutauchen lässt mich noch höher fliegen. Er besteht aus bunten Glasperlen, die wie funkelnde Sterne vom Himmel fallen, auf glänzenden Steinfliesen landen. Sie rollen durch meinen Geist, sodass ich auf ihnen ausrutsche. Es ist eine Falle. Sie ist ein Schnüffler, und ich tappe jedes Mal wieder in deren Fallen. Immer wenn ich glaube, sicheren Boden unter den Füßen zu haben, trete ich auf eine neue Lage grüner Glitzerperlen, die unbemerkt herangerollt sind. Sie wogen hin und her wie das Meer, wie ein Lebewesen. Sie lassen mir keine Chance zur Flucht, lassen mich nicht gehen. Mir schwirrt der Kopf. Die Welt vor meinen Augen verdunkelt sich. Ich höre nur noch mein eigenes Wimmern, mein verzweifeltes Ringen um Luft. Und das leise Klicken der Glasperlen, klick, klick, klick ...

Und dann Applaus.

Sie lässt mich los. Hustend und würgend setze ich mich auf. Meine Brust krampft, meine Lunge zieht sich zusammen, dehnt sich wieder aus. Sauerstoff schießt in meine Adern. Eine heftige Bruchlandung beendet meinen Höhenrausch – ohne abzubremsen, ohne sanften Sinkflug. Es ist eher so, als würde Blanc mir einen Schlag ins Gesicht verpassen. Und mir dann in den Bauch treten. Während ich bereits am Boden liege. Ich spüre den dunklen Teppich des Rings unter mir, sämtliche Nerven schicken Schmerzsignale durch meinen Körper. Ich spüre die Prellungen in meinem Geist. Die Kratzwunden. Mein rechter Ellbogen könnte gebrochen sein. Es fühlt sich an, als bohrten sich die gesplitterten Knochen von innen in das Fleisch meines Oberarmes. Und mir platzt gleich der Schädel.

Das war es wert.

Ich bekomme nur ganz am Rande mit, dass der Ringsprecher meine Gegnerin zum Sieger erklärt. Das Publikum skandiert ihren Namen. *Silberpfeil* nennt sie sich. Als sie mir auf die Beine hilft, trägt sie bereits wieder Handschuhe. Der Schiedsrichter reicht mir mein Paar. Silberpfeil lächelt, und ich erwidere es gern, als wir uns die Hände reichen – trotz der Schmerzen. Das Adrenalin rauscht noch durch meine Adern. Mein Geist dehnt sich genüsslich. Auch wenn ich verloren habe: Ihr Geist war die reinste Wonne. Hätte ich gewusst, dass es so etwas gibt, wäre ich schon viel früher nach Berlin gekommen.

Kampfarenen für Magdalenen.

Hier spielt es keine Rolle, wie man aussieht. Muskelmasse, Größe, Gewicht, alles unwichtig. Hier zählt nur dein Geist und wie du ihn einsetzt.

Die Menge bejubelt uns. Langsam bekommen die verwaschenen Konturen wieder Schärfe. Das Publikum sitzt an kleinen Tischen, die rings um den Ring aufgestellt sind. Man raucht

Zigaretten im Halter, trägt Perlen und Federn. Silberpfeil und ich bedanken uns für den Kampf, dann taumele ich aus dem Ring. Der Schweißgeruch lässt nach, wird verdrängt von Zigarettenrauch und dem Prickeln von billigem Champagner. Hier drin gibt es neben dem Parkett noch zwei Ränge: Auf dem ersten trägt man statt Weste Jackett, auf dem zweiten komplette Dreiteiler. Die Band setzt wieder ein, Klavier, Saxofon und Schlagzeug vereinen sich zu wilden Jazzklängen. Schaumwein fließt, Zigaretten qualmen, der schwere Duft von gebratener Ente zieht vorbei.

Als ich an die Bar trete, hat mir die Barfrau bereits Champagner eingeschenkt. »Kämpfer kriegen einen aufs Haus«, erklärt sie mir. Ihre Haare sind ebenso dunkel wie ihre Haut. Mir gefällt die Art, wie sie sich bewegt, so geschmeidig. Und routiniert. Sie schenkt ein, mixt Cocktails. Bei einem sehe ich genauer hin: Wermut, Gin, eine klare grüne Flüssigkeit, ein Blatt Minze. Ganz zum Schluss lässt sie eine Perle hineinfallen. Offenbar ist sie essbar. Ich bin wie gebannt.

Der Alkohol vertreibt die Schmerzen. Jetzt könnte ich wieder fliegen. Wieder in Silberpfeils faszinierenden Geist eintauchen. Den Rausch des Kampfes genießen, ohne mich verstecken zu müssen, ohne um mein Leben zu fürchten, jeder Schlag ganz ich selbst. Silberpfeils Geist und ihre Lippen, so dicht an meinen, als sie mir aufgeholfen hat.

Oh Maria. Hoffentlich ist Robin nicht aufgewacht.

Ich versuche mich daran zu erinnern, wann ich am Morgen aufstehen muss. Doch selbst, als es mir wieder einfällt, tut das meinen Glücksgefühlen keinen Abbruch. Morgen müssen wir uns mit dem Repräsentanten des Weißen Hofes treffen – um unsere Rückkehr nach London zu besprechen. Und in einer Woche werde ich wieder dort sein. In einer Woche werde ich Berlin verlassen und wieder Handschuhe tragen müssen, Devotionsknickse machen und mich bemühen, nicht an das Fallbeil zu denken, das ständig über meinem Kopf schwebt. In einer Woche bin ich wieder im Gläsernen Turm.

Ich lehne den Kopf ans Fenster und drücke die Finger an die Scheibe. Dann sollte ich die Zeit besser nutzen.

Wenn Sie wissen möchten, wie es weitergeht, lesen Sie
C. E. Bernard
Palace of Fire – Die Kämpferin
ISBN: 978-3-7645-3198-0
ISBN 978-3-641-21752-5 (E-Book)
Penhaligon Verlag